Antonio Torremocha Silva

El bibliotecario de Medina Azahara

LIBROS
EN EL
BOLSILLO

«Era al-Hakam al-Mustansir bi-llah persona religiosa y virtuosa; uno de los soberanos más justos, devotos, sabios, modestos y de mejor conducta... Se interesaba por el saber, por reunir libros y por atraerse a sus autores... Era, además, hombre de profundo saber, inteligente y fiel. Experto en genealogías y biografías. Sabía de historia y consiguió reunir a los hombres de ciencias de las más diversas procedencias».

Dikr (*Una descripción anónima de al-Andalus*).
Edición y traducción de Luis Molina, Madrid, 1983.

ALGUNAS ANOTACIONES DEL AUTOR

Para la redacción de esta novela se han utilizado los estudios, ensayos y traducciones de las crónicas árabes que tratan sobre la historia de al-Andalus, con especial énfasis en lo acontecido en el siglo X, durante los reinados de Abderramán III, al-Hakam II e Hixam II, realizadas por prestigiosos medievalistas y arabistas españoles y de otras nacionalidades, que han dedicado sus esfuerzos e investigaciones a los primeros siglos de la historia de al-Andalus.

Sin embargo, el relato de los acontecimientos narrados y la descripción física de los personajes mencionados y de las ciudades de Córdoba, Málaga, Almería, Nakur, Fez, Bagdad y Crotona, así como de los paisajes, los caminos, las especies arbóreas, la fauna, la gastronomía, los vestidos, las armas y la orografía de los territorios por los que se desplazan los protagonistas, se han extraído —hasta donde lo han permitido los textos consultados— del análisis de las fuentes originales, de las crónicas y los tratados de geografía sobre al-Andalus y el norte de África escritas, algunas de ellas, por cronistas cercanos en el tiempo a los hechos narrados y, otras, por historiadores, geógrafos, compiladores y viajeros árabes que vivieron en siglos posteriores a los reinados de los califas citados, traducidas al castellano o al francés en la segunda mitad del siglo XIX o durante el pasado siglo.

Habría que destacar las crónicas y los tratados de geografía de Ibn Hayyán, Ahmad al-Razi, Ibn Idari, Ibn al-Kardabus, Ibn Harit al-Jusani, Abdallah al-Bakri, Abu-l-Abbás al-Udri, Ibn Gálib al-Ansari, Ibn Hawqal, Ibn Baskuwal, Ibn al-Faradi, Arib Ibn Sa'id, Muhammad al-Idrisi, Zakariya al-Qazwini, al-Zuhri, Ibn Abi Zar, Ibn Sa'id al-Magribí, Ibn al-Qutiyya, al-Himyari, Ibn Battuta, Muhammad al-Maqqari, la *Crónica anónima de Abd al-Rahman III al-Nasir* y el *Dikr bilad al-Andalus* (*Una descripción anónima de al-Andalus*).

No obstante, la utilización literaria de las citadas crónicas —que representan la base histórica fundamental de la novela— ha tenido, necesariamente, que someterse a un profundo y selectivo análisis crítico, porque los cronistas musulmanes que las redactaron —de una manera inconsciente, producto de la tradición literaria de la época, o intencionada— procuraron resaltar y engrandecer las virtudes y los hechos heroicos protagonizados por los emires, los califas, los chambelanes, los visires y los generales que aparecen en el texto, soslayando u ocultando en numerosas ocasiones las acciones reprobables cometidas por dichos poderosos personajes. A veces, tergiversando sucesos —quizás, como ocurría en las crónicas de los reyes cristianos medievales, escritas «por encargo» y con fines puramente encomiásticos—, tergiversaciones que algunos historiadores musulmanes posteriores o investigadores modernos dejaron en evidencia.

En ese orden de cosas, sirvan de ejemplos las relaciones amorosas que, sin duda, existieron entre Subh, la esposa de al-Hakam II, y Muhammad ben Abi Amir, que podrían explicar su fulgurante ascenso hasta la cima del poder en el califato sin pertenecer al entorno omeya ni a la aristocracia. Unas relaciones que, con el decidido apoyo del poderoso visir Yafar al-Mushafi y, en ocasiones, del general Gálib Abu Tammam, se habrán de tener en cuenta para poder comprender los acontecimientos relatados en los capítulos finales de la novela y la política seguida por Almanzor

—bien documentada por las fuentes— de persecución de los librepensadores y de sus obras de filosofía antigua, religión o ciencia, así como el expolio de la Gran Biblioteca de Córdoba y la quema de los libros que consideraban, él y sus intransigentes ulemas dirigidos por el visir Abu Bakr al-Zubaydi, «heréticos», que buena parte de los cronistas ignoran o mencionan de manera escueta.

La mayoría de los historiadores árabes dedican los capítulos que tratan sobre Muhammad ben Abi Amir a exaltar sus grandes victorias, logradas en el transcurso de las campañas emprendidas contra los reinos y condados cristianos del norte, o al enaltecimiento de su figura como devoto defensor del islam y ejecutor de las obras de ampliación de la mezquita aljama o la construcción de la «Ciudad Resplandeciente», obviando que su ambición y sus despiadadas acciones fueron, a la postre, las que condujeron al califato de Córdoba a una cruenta guerra civil y a su posterior disgregación.

Se ha empleado el calendario cristiano o gregoriano y no el musulmán para señalar los días, meses y años en los que suceden los diferentes acontecimientos narrados en la novela, con el fin de facilitar al lector la posición y el orden temporal de dichos acontecimientos. Por ejemplo: la proclamación como califa de Abderramán III se llevó a cabo, según el calendario musulmán, el viernes primero de *du-l-hiyya* del año 316, que se corresponde con el 16 de enero del año 929 del calendario cristiano, que es el que se utilizará en todas las fechas que aparezcan en el texto.

Es aconsejable revisar, antes de acometer la lectura de la novela, el primero de los dos capítulos o apéndices que se han añadido al final, en el que se exponen unas breves biografías —en orden alfabético— de los personajes mencionados en el texto, que ayudarán a conocer su origen étnico y procedencia social y a comprender las actitudes y acciones de los mismos en relación con los protagonistas principales de la novela, personajes reales que vivieron en el Siglo de las

Luces de al-Andalus: Jalid ben Idris, el director de la Gran Biblioteca de Córdoba; Talid al-Qurtubí, el culto eunuco de palacio, conservador de la misma, y las dos ilustradas mujeres, Lubna y Fátima, que desempeñaron cargos muy relevantes y prestigiosos en la corte califal y, luego, en los talleres de copia, traducción y restauración de libros establecidos en la citada biblioteca.

I

JALID BEN IDRIS, «EL INTELIGENTE DE AL-ANDALUS»

Jalid ben Idris, conocido en los ámbitos intelectuales y culturales de Egipto con el sobrenombre de «el inteligente de al-Andalus», se acomodó en el mullido sillón que tenía en su elegante despacho de director de la «Casa de la Sabiduría», que había fundado, hacía tan solo unos meses, el califa fatimí Abu Mansur Nizar al-Aziz —aconsejado por su influyente y culto visir Ya'aqub ben Killis—, al oeste de la mezquita al-Azhar, y que constaba —además de su espléndida sala de oración con un amplio patio y un esbelto alminar— de una nutrida biblioteca, un gabinete de estudios filológicos y una academia de teología y filosofía que incluía el estudio y la exégesis del Libro Sagrado y de las leyes musulmanas. Adosada a ella se hallaba su célebre madrasa, a la que asistían casi dos centenares de jóvenes cairotas, persas, sirios e iraquíes decididos a adquirir y ampliar sus conocimientos en lengua árabe, literatura antigua, filosofía, astronomía y matemáticas con las enseñanzas impartidas por los numerosos sabios de Oriente y los que habían acudido a El Cairo, atraídos por el prestigio y la fama de aquel foco del saber, desde las ciudades musulmanas de Occidente.

Jalid había llegado a la capital de Egipto hacía tan solo

unos meses, en el verano del año 988, ya anciano, cuando había superado los sesenta y ocho años de edad. Se había visto obligado a huir de Córdoba para salvar su vida, amenazado de muerte por el despiadado chambelán Muhammad ben Abi Amir, conocido con el sobrenombre de Almanzor por las numerosas victorias logradas contra los cristianos del norte cuando se hallaba en la cima del poder califal. Jalid ben Idris se había enfrentado con el tirano amirí, desde su relevante cargo de director de la Gran Biblioteca fundada por al-Hakam II, a causa de sus injerencias en la institución que dirigía y por cuestiones culturales y teológicas, ganándose su animadversión y su declarado odio y el del infame visir Abu Bakr al-Zubaydi, que pasó de ser uno de sus más leales compañeros de estudios en la madrasa kabira a su más enconado enemigo.

El respetado bibliófilo andalusí, exiliado en el Egipto fatimí, había nacido en Córdoba, en el seno de una conocida familia de intelectuales con antepasados en el norte de África, según aseguraba su progenitor, miembros del noble clan de los idrisíes, que habían dedicado su vida al estudio y a la traducción de obras griegas y latinas al árabe, que su abuelo había logrado traer a al-Andalus desde Constantinopla, Damasco y la lejana Isfahán en tiempos del emir omeya Muhammad I. Entre ellas, un volumen escrito en griego de la *Ética* de Aristóteles, los libros II y III de *De anima*, de este mismo autor, en una versión latina, pues el original griego se había perdido, y una traducción al árabe del *Timeo* de Platón. En ese ambiente intelectual en el que se desarrolló su infancia y en su predisposición a la lectura y al estudio, había surgido su vocación de políglota, traductor, literato y excepcional conocedor de la filosofía y la historia de los antiguos, lo que hizo que, a los cuarenta y dos años, después de una larga y fecunda carrera cursada en la madrasa que dirigía el sabio historiador y reputado médico cordobés Arib ben Sa'id, y de años dedicados a la traducción de obras latinas, fuera promocionado y nombrado por el califa director de la Gran Biblioteca de Córdoba, que al-Hakam II había fundado con los legajos y libros heredados de su padre, el califa Abderramán III.

No contento con los fondos bibliográficos que había logrado reunir su progenitor con la inestimable ayuda de su asesor y consejero áulico, el poeta Ben Abd Rabbihi, al-Hakam la había ampliado, adquiriendo valiosos manuscritos, legajos y libros escritos en árabe, griego o en latín, procedentes de Constantinopla, Damasco, Isfahán o Bagdad por medio de sus embajadores y sus agentes o representantes, que tenían el secreto mandato de comprar y traer a Córdoba las obras de los grandes sabios de la antigüedad o de eruditos musulmanes que localizaran en subastas públicas o en los mercados de libros, antes de que se perdieran en manos de irreverentes coleccionistas. También acogía la biblioteca incunables y libros únicos comprados o donados por los cordobeses o regalados por los reyes vasallos del norte.

El insigne e ilustrado monarca al-Hakam II, dedicado en cuerpo y alma a embellecer su capital con sobresalientes monumentos y a enaltecerla haciendo de ella un emporio del arte y la cultura, enriqueció, de esa original manera, su biblioteca, y la transformó en la más prestigiosa y admirada de todo el orbe musulmán, merced a los abundantes fondos bibliográficos que consiguió reunir y a la calidad y variedad de los mismos; esforzada labor en la que participó de manera decisiva Jalid ben Idris con sus compañeros Talid al-Qurtubí, Lubna y Fátima, como luego se verá.

Jalid ben Idris depositó sobre la mesa de su despacho la pluma de ave junto al tintero de cerámica y los folios de papel —cuyo secreto había llegado a Siria y Egipto a través de unos prisioneros de guerra chinos—, útiles que esperaba emplear para iniciar la redacción de su biografía, tarea que se había propuesto llevar a cabo el mismo día en que puso los pies en la capital fatimí, antes de que la inexorable guadaña de la Parca lo arrancara de este mundo.

Se acercó al ventanal desde el que se podían contemplar las calles que circundaban la «Casa de la Sabiduría», repletas de viandantes curiosos y de compradores que se arremolinaban delante de los puestos de venta, atendidos por vendedores parlanchines que voceaban exponiendo la calidad de sus productos. Y sintió un profundo sentimiento de nostalgia, porque era una escena que le traía a la memoria el gran zoco de Córdoba al que acostumbraba a acercarse cuando terminaba su trabajo diario en la biblioteca, situada en uno de los pabellones remodelados del antiguo alcázar, a un tiro de flecha del río Guadalquivir, residencia del califa hasta que el Príncipe de los Creyentes, Abderramán ben Muhammad, construyó la ciudad palatina de Medina Azahara y la hizo sede de su poder.

Pero aquella visión de la bulliciosa medina de El Cairo, ciudad que con tanto afecto lo había recibido y con tanta generosidad le había proporcionado un cargo relevante para que pudiera sustentarse los años que le quedasen de vida, aunque no le era desagradable, le producía la inevitable añoranza y el recuerdo de su amada tierra andaluza; porque, cuando llegaba la noche y se recluía en su aposento para descansar, veía, a través de la celosía de la ventana, las calles y plazas de la ciudad egipcia que permanecían oscuras y silenciosas, mientras que las noches de Córdoba resplandecían iluminadas por los cientos de farolas de aceite, estratégicamente situadas en las plazas y en las confluencias de las calles, que diligentes funcionarios, dependientes del zalmedina, se ocupaban de mantener encendidas hasta el amanecer. Y sus oídos, solo conmovidos por las voces del almuédano de la mezquita al-Azhar llamando a la última oración del día, permanecían insensibles y sordos, esperando escuchar en vano el cadencioso fluir de la corriente del río golpeando las palas de madera de la gran noria, conocida como de la Albolafia, que surtía de agua del Guadalquivir a los baños y los jardines del alcázar.

Jalid era consciente de que jamás regresaría a su Córdoba natal. Que nunca más aspiraría el gratificante aroma del azahar de los naranjos que florecían en sus calles en los meses de primavera, ni volvería a escuchar la oración del viernes en la gran mezquita remodelada por el califa al-Hakam II y ampliada luego, con desprecio de las enormes sumas del tesoro público utilizadas, por el chambelán usurpador e impío, Muhammad ben Abi Amir. Y que sus ojos no podrían contemplar ya, asombrados, las coloridas ilustraciones de los viejos códices custodiados en la Gran Biblioteca. Que sería un humilde panteón funerario, sufragado, sin duda, por su benefactor, el califa fatimí, en el gran cementerio de El Cairo, su última morada en la tierra, hasta que el misericordioso Alá lo devolviera a la vida el día de la Resurrección —según proclamaban los alfaquíes y ulemas que interpretaban las suras del Libro Sagrado y eran sabedores de la tradición profética—; aunque él, que había vivido tanto, y había leído y estudiado apasionadamente las obras de los antiguos sabios griegos, y que conocía bien sus teorías filosóficas y su desapego a los mitos y a las religiones, había perdido, a fuerza de decepciones y desdichas, la fe en los dogmas defendidos por el islam y en los antiguos mandamientos de cristianos y judíos, pues, después de haber sufrido tantos desengaños y reveses a lo largo de su tumultuosa existencia, se había transformado, en secreto, en un agnóstico convencido.

Apartó de su mente aquellos tristes pensamientos que le hacían retornar a una etapa de su agitada vida plena de alegrías y, también, de sinsabores, que ya nunca retornaría, y se concentró en ordenar las hojas de papel que, a partir de ese día, serían sus inseparables compañeras en las que, con su cálamo y la tinta morada que le proporcionaba su amigo, el químico Abu ben al-Bustad, plasmaría, con verdad y sin dobleces, los más relevantes episodios que habían jalonado su paso por este mundo, desde el lejano día de su nacimiento en la alquería de Abd Allah, situada en la Axarquía, frente a la concurrida puerta de Abd al-Chabbar, hasta su obligado exilio en el Egipto fatimí, huyendo de quienes tanto lo odiaban y tanto mal le deseaban.

Entornó los ojos y se afanó en abstraerse de las voces y los sonidos que llegaban a sus oídos desde la calle y en traer a su mente los desvaídos recuerdos de su infancia y su juventud, cuando, enfrascado en sus estudios elementales y en sus juegos, bromas y chanzas con los compañeros de la escuela coránica, aún ignoraba los extraordinarios sucesos y los graves y tristes episodios de los que, como alto funcionario del califato, sería privilegiado testigo y, a veces, obligado protagonista, a su pesar.

* * *

De los lejanos días de mi infancia recuerdo, con sorprendente nitidez, el gran acontecimiento que supuso para los habitantes de la ciudad la fastuosa procesión que se celebró una mañana, desde la cercana fortaleza de Almodóvar hasta la puerta del Nogal o de Badajoz, donde se expusieron los cuerpos crucificados de Omar ben Hafsún y de sus hijos Suleimán y Hakam para que fueran contemplados por todos los moradores de Córdoba que quisieran acercarse a ver tan desagradable espectáculo. El otro hijo del rebelde, Hafs, había solicitado el perdón al emir después de haber entregado la fortaleza de Bobastro, y este le concedió la libertad y lo inscribió en el ejército. Decían los ulemas que el emir los puso en tan transitado lugar para que, aquellos que pudieran albergar algún deseo de sedición o revuelta, abandonaran sus perversos planes.

La procesión estaba formada por los soldados de caballería del *chund*[1] vestidos con sus mejores galas, con relucientes

---

1   Parte del ejército andalusí que, en el siglo X, estaba constituida por soldados regulares y voluntarios que se diferenciaban de las tropas

cotas de malla y cascos de cuero reforzados con láminas de bronce cubriendo sus cabezas, acompañados de los capitanes y los jefes de los destacamentos de infantería, con sus capas verdes o rojas, cabalgando los jinetes, muy ufanos, montados en sus briosos corceles adornados con vistosas gualdrapas de colores. Detrás marchaban los cadíes con sus blancas almalafas, los ulemas, los alfaquíes y el gran imán, el cadí Ahmad ben Baqi. La comitiva iba encabezada por el todavía emir Abderramán ben Muhammad, que marchaba al lado de unos jinetes que portaban, atados sobre los lomos de unas acémilas, el cadáver descarnado y putrefacto del sedicioso Omar ben Hafsún y los ensangrentados cuerpos de sus vástagos, que habían sido ajusticiados una semana antes, para clavarlos en cruces, labradas con madera de olivo, junto a la transitada puerta.

El gentío gritaba enfervorecido diciendo frases laudatorias hacia el emir y bendiciendo a las valientes tropas que habían logrado aniquilar a aquellos contumaces y heréticos enemigos de los omeyas.

El emir Abderramán ben Muhammad era de mediana estatura, defecto que se compensaba con una complexión recia y musculosa y unos brazos cortos pero fuertes. El cabello, que le caía sobre los hombros cuando no se cubría la cabeza con un turbante, lo tenía rubio, tirando a pelirrojo, que él se oscurecía aplicando abundante alheña. Sus ojos, de color azul claro, eran vivos y de mirada penetrante. El color de sus ojos y su piel blanca eran rasgos que delataban su doble ascendencia vascona, pues su abuela Onneka (llamada en Córdoba Durr) era hija de Fortún, rey de Pamplona, y su madre, la cautiva Muzna, también era cristiana de Navarra.

Yo acababa de cumplir ocho años y asistía a aquel importante evento cabalgando a hombros de mi padre Abdalá Idris, que no quería estar ausente de la procesión y perderse

---

mercenarias cristianas (*saqalibas*) y bereberes.

tan histórico momento. Una vez que hubieron llegado a la explanada que había al norte de la mezquita aljama, mi padre, liberado del peso que yo representaba —pues me había dejado al cuidado de mi buena madre Aminah junto a la puerta del alminar—, se sumó a la comitiva y acompañó al emir y a los soldados hasta el patio de aquel relevante oratorio en el que el emir Abderramán iba a ofrecer tan gran victoria alcanzada con la conquista y la destrucción de la irreductible fortaleza de Bobastro al Todopoderoso, aunque no pudo acceder a la sala de oración, ocupada como estaba por varios miles de destacados miembros de la alta sociedad cordobesa.

Como fue aquel un día de júbilo, como no habían vivido otro igual los habitantes de Córdoba desde que fue entronizado el dirigente omeya, hacía dieciséis años, aquella fecha sería recordada anualmente con la celebración de un acto religioso en la mezquita aljama, presidido por el que pronto sería califa de todos los musulmanes, feliz acontecimiento que no tardaría en producirse.

Cuando, pasados unos años, comencé a vislumbrar cómo se desenvolvían las relaciones humanas y empecé a hacerme preguntas y a querer comprender cómo se desarrollaban las cosas de la política y de la vida, le solicité a mi padre, que se hallaba atareado en la lectura y traducción de un libro en su oficina, que me explicara por qué se seguía celebrando cada año un acontecimiento tan desagradable como fue la traída a Córdoba y su exposición pública del cadáver, descompuesto por el paso del tiempo, del caudillo rebelde Omar ben Hafsún. Que, a mi entender, los moradores de nuestra populosa y floreciente ciudad parecían haber olvidado aquella denigrante procesión por completo y, cada vez, era menor el número de personas que asistía al acto religioso que la conmemoraba, incluyendo el propio califa, que permanecía recluido en su palacio o empeñado en alguna expedición contra los cristianos del norte, aunque los huesos, quemados por el sol, de los rebeldes ajusticiados aún permanecieran colgados junto a la puerta del Nogal.

Mi progenitor dejó el libro que estaba traduciendo sobre la mesa y me senté a su vera. Luego carraspeó, como si estuviera preparando la respuesta que debía ofrecer a un niño de once años, aunque a esa edad ya diera muestras de gran inteligencia y recibiera los halagos y felicitaciones del alfaquí que impartía las clases en la escuela coránica a la que asistía. A continuación, dijo:

—Hijo mío, los emires de Córdoba no han sido siempre tan poderosos ni nuestros territorios tan extensos y ricos como lo son ahora. Hace unos cincuenta años, cuando reinaba el emir Muhammad I —a quien Dios haya concedido los dones del Paraíso— y amplias zonas de al-Andalus, las más montuosas y alejadas de Córdoba, estaban ocupadas por cristianos, por musulmanes nuevos, que antes habían sido seguidores de la religión de Cristo, o por irreductibles y descreídos bereberes, un antiguo noble, de ascendencia visigoda, llamado Omar ben Hafsún, se rebeló contra el poder legítimo de los emires omeyas. Se apoderó de los castillos y las aldeas de una parte de al-Andalus, desde Jaén hasta Salobreña y desde Almería a Algeciras. Muchas ciudades le juraron obediencia al comprobar que las tropas de los generales más encumbrados y poderosos no lograban someterlo. Mantuvo en jaque a los ejércitos de los emires Muhammad I, al-Mundir y Abd Allah, hasta que murió en el año 918 después de haber renegado del islam y retornado a la religión cristiana, tomando el nombre de Samuel. Sus hijos lo enterraron en un sepulcro de piedra junto a una iglesia rupestre, con curas y obispo, que habían construido cerca de la inexpugnable fortaleza de Bobastro, que era su capital, en lo más abrupto de la sierra de Málaga. Al fin, nuestro señor pudo vencer a sus hijos Suleimán y Hakam y tomar su ciudad en el año 928. Abderramán III no mostró piedad alguna. Destruyó Bobastro y exhumó el cadáver de

Omar ben Hafsún, que llevaba muerto diez años. Y así fue como, por venganza y para escarmiento de los que pensaran rebelarse contra la autoridad del emir, lo trajo a Córdoba y lo crucificó por impío y por haber renegado de la verdadera religión, acompañado de sus dos hijos, en la puerta del Nogal. ¿Comprendes ahora por qué fue reconocida como una gran victoria, que salvó a nuestro emirato, la derrota de los encastillados en la ciudad de Bobastro y su ejemplar crucifixión, para que se celebre cada año aquel hecho como un acontecimiento histórico?

Yo había escuchado con atención la larga y sincera exposición que mi padre había desgranado con tanta emoción y tanto lujo de detalles. Pero estaba confuso, porque mi infantil entendimiento, modelado por las enseñanzas del bondadoso alfaquí en la escuela coránica, no alcanzaba a comprender los motivos que habían provocado aquella larga y sangrienta guerra y, menos, la cruel e inútil venganza de los vencedores.

—¿Y cómo es, padre mío, que en aquella rebelión contra los emires estuvieran unidos musulmanes, cristianos y bereberes, como me has relatado? —le pregunté, porque esperaba escuchar una explicación que aclarara las dudas que anidaban en mi cerebro—. ¿Acaso no viven hoy los cristianos, los musulmanes, los bereberes y los hebreos en nuestras ciudades y aldeas en paz y hermandad, formando un mismo y respetable pueblo, protegidos por las leyes de nuestro califa?

Ahora, en mi vejez, después de haber sufrido tantas desdichas a lo largo de mi existencia y presenciado tantos desafueros, maldades y guerras, soy consciente de que, a pesar de mi declarado interés por saber cómo se movía la compleja rueda de la vida en aquellos lejanos días, aún no estaba suficientemente capacitado para comprender las profundas razones que conducían a los hombres a la rebeldía y a la mutua destrucción, exponiendo sus vidas y sus haciendas en defensa de unos ideales que, con frecuencia, estaban abocados al fracaso.

Mi erudito progenitor esbozó una mueca de amable condescendencia y dijo:

—Jalid: en ocasiones, la defensa de la religión y la protección de la lengua, de la raza o del territorio se utilizan como poderosos motivos que obligan a los pueblos a enfrentarse entre sí. Pero, las más de las veces, esas loables razones ocultan otras mucho más mezquinas e innobles, como son la ambición, la avaricia o el odio. Con el paso de los años, hijo mío, irás comprendiendo esto que te acabo de decir. Y estoy seguro de que, para tu desgracia, lo aprenderás por propia experiencia.

Yo no podía imaginar, entonces, cuáles serían las desdichas que me esperaban en el transitar por la vida, ni las poderosas razones que, ingenuo de mí, llegaría un día a conocer y que eran las que, en verdad, originaban y mantenían las guerras y los enfrentamientos entre los pueblos para gloria y beneficio de los potentados.

El día 16 de enero del año 929, el emir Abderramán asistió, como todos los viernes, a la oración principal en la mezquita aljama, situándose en el lugar a él reservado en el centro de la antigua *maqsura*. El emir, ataviado con una aljuba de seda de color azul y un turbante blanco, antes de ocupar el lugar a él destinado, permaneció de pie un buen rato observando complacido a los dos millares de fieles musulmanes que abarrotaban la sala de oración y parte del patio de las abluciones.

En el cercano *minbar*, de torneada y rica madera, se hallaba encaramado el alfaquí y gran imán Ahmad ben Baqi, vestido con una reluciente almalafa blanca con el capuz caído sobre la espalda, para proceder a recitar el consabido sermón en representación del Príncipe de los Creyentes, el señor de Bagdad, el califa e imán de todos los musulmanes, Abu al-Fadl-al-Muqtádir. Pero fue enorme la conmoción sufrida por los numerosos creyentes reunidos en la gran sala de oración cuando Ben Baqi, elevando las manos al cielo y con tono solemne, dijo las sorprendentes y, a primera vista, heréticas palabras:

—En el nombre de nuestro señor, el califa Abderramán ben Muhammad ben Abd Allah, Príncipe de los Creyentes y elegido por el clementísimo Alá como imán, faro, guía y Comendador de los Musulmanes de las dos orillas. Yo pronuncio hoy este sermón que será el primero que se hace en nombre de nuestro egregio y supremo imán, descendiente legítimo de los preclaros omeyas que fundaron y expandieron el extenso califato de Damasco hasta que fueron derrocados, pérfidamente, por Abu-l-Abbás y sus fanáticos seguidores.

Los musulmanes que abarrotaban la sala de oración y parte del patio de la mezquita, repuestos de la sorpresa y entendiendo el decisivo cambio que aquella proclamación representaba para el futuro de la dinastía omeya en al-Andalus, comenzaron enardecidos a lanzar gritos a favor de los descendientes legítimos de los *marwaníes* y frases laudatorias hacia la persona del nuevo califa y de agradecimiento al Dios Único que les había permitido asistir y presenciar tan relevante acontecimiento.

A continuación, el anciano poeta áulico, Ben Abd Rabbihi, que como el resto de los presentes se hallaba postrado de rodillas delante del *mihrab*, se alzó y recitó emocionado el siguiente poema:

«La unidad de al-Andalus logró, por fin, nuestro imán.
Del reino arrancó los velos y las tinieblas que lo envolvían.
Lo que se hallaba destrozado pudo reparar
y firmes y seguras han quedado las fronteras
con el título que ahora ostenta.
Con la luz que emana ha vuelto a amanecer un nuevo día.
La corrupción y el desorden han acabado
después de un tiempo en que la hipocresía

y la disidencia dominaban al-Andalus.

Ahora comienza una época gloriosa que será recordada por los buenos musulmanes y temida por sus enemigos del norte y del sur».

El nuevo califa tomó el título o sobrenombre de *al-Nasir li-din Allah*, que quería decir «Aquel que hace triunfar la religión de Dios».

Lo que había sucedido era que la autoridad y la supremacía religiosa del señor de Bagdad, que se consideraba legítimo, único representante e imán de todos los musulmanes, se estaba desmoronando desde que, en el año 910, los seguidores de Fátima, la hija del Profeta, y de su marido, Alí, establecidos en Túnez, que odiaban a los omeyas por considerarlos herejes y blasfemos y a los abasíes de Oriente porque —aseguraban— estaban usurpando ilegítimamente el poder del imanato que a ellos correspondía, se habían intitulado a sí mismos califas en sus territorios del norte de África. Como enemigos jurados de los omeyas, estaban en conflicto continuo con los emires de Córdoba, que aspiraban, también, a dominar el Magreb y controlar el flujo del oro que llegaba a ese territorio desde la tierra de los negros. De ahí la necesidad que tenía el emir Abderramán III, después de haber derrotado a los hafsuníes, de fortalecer su posición política y religiosa tomando el título de califa y acabando con la dependencia ideológica y religiosa que, como emir, aún mantenía con los califas de Oriente.

Ese fue, sin duda —y puedo afirmarlo como testigo directo y partícipe que fui de lo acontecido en los decenios siguientes—, el punto de inflexión y el inicio de la gran expansión política, territorial, cultural y económica de la que gozó el califato de Córdoba hasta el día que tomó el poder la pérfida familia de usurpadores amiríes, encabezada por el despiadado y manipulador Muhammad ben Abi Amir.

Lo que Ben Abd Rabbihi había anunciado en su poema, en relación con el temor que debían sentir, a partir de ese día, sus enemigos del norte y del sur, se cumplió a poco de haber tomado Abderramán III el título califal. Dos años más tarde envió un ejército al puerto de Algeciras, donde había ordenado edificar unos àrsenales y construir en ellos cien navíos de guerra, para que cruzara el Estrecho y se apoderara de Ceuta. Nombró gobernador de esa ciudad y del territorio circundante al noble y leal Faray ben Ufayr y, desde esa fortificada población, en poco tiempo logró someter, por la fuerza de las armas o mediante acuerdos, pactos y gratificaciones económicas, a los jeques de las tribus bereberes de casi todo el Magreb. Al año siguiente, el ejército andalusí había ocupado la ciudad de Siyilmesa, en las lindes del desierto, a donde llegaba todo el oro y los esclavos que las caravanas de comerciantes traían desde la región de Kumbi Saleh y Tombuctú. Con los cristianos del norte hizo otro tanto, aunque, en ese caso, le costó mayor esfuerzo, más tiempo y algunas derrotas poder atraerlos a la obediencia.

Todas las mañanas, después de la segunda oración del día, marchaba yo, con el hatillo de libros y cuadernos debajo del brazo, a la mezquita de barrio situada en el arrabal que luego se llamó de al-Mughira, en una de cuyas galerías impartía sus clases el alfaquí Musa ben Hayyad, un hombre anciano y muy sabio que conocía a la perfección la lengua árabe, las suras del Corán, las tradiciones proféticas y las leyes que había de memorizar y cumplir todo buen musulmán. Mi padre decía que Musa, por su sabiduría y declarada santidad, no debía dar clases en aquella humilde y apartada mezquita de barrio, sino en la galería de la mezquita aljama, donde se hallaba la escuela coránica más reputada de Córdoba, a la que asistían los hijos de la aristocracia, de los altos funcionarios y de los comerciantes y mercaderes más ricos de la ciudad. Pero el bueno de nuestro maestro alegaba que él prefería impartir sus enseñanzas en aquella mezquita tan humilde, porque seguía al pie de la letra los consejos y preceptos del Profeta en relación con la obligación que los alfaquíes tenían de impartir los conocimientos religiosos a los más jóvenes. Primero —aseguraba Musa que había dicho Mahoma— se ha de enseñar a leer y a escribir en árabe y a conocer los preceptos básicos del islam a los niños de las familias más necesitadas y empobrecidas y, luego, a los de los ricos y poderosos; porque, de esa manera —decía—, el preceptor que generosamente dedicaba sus afanes a enseñar a los pobres e indigentes ganaría, en mayor medida, la virtud y la santidad que le permitirían alcanzar, el día en que abandonara este mundo, un mejor lugar en el prometido Paraíso.

Musa nos enseñaba el árabe clásico, porque decía que su aprendizaje era necesario para poder leer, recordar y, luego, recitar las suras del Libro Sagrado. Teníamos que memorizar un versículo del Corán cada día y, luego, repetirlo delante del maestro sin equivocarnos. También nos enseñaba a escribir y a mejorar nuestra caligrafía, así como a conocer la historia del islam, desde su nacimiento en las ciudades de La Meca y Medina, hasta nuestros días. Algunas horas las dedicábamos al aprendizaje de la aritmética y el cálculo, operaciones que realizábamos sobre unas placas de pizarra que nuestros padres compraban en el zoco. Refería el erudito maestro, muy ufano, que los musulmanes utilizábamos, para efectuar las operaciones aritméticas, unos signos, llegados de Oriente, basados en los diez dedos de la mano, que eran más fáciles de manejar que los que empleaban los cristianos usando complejas series de letras sacadas del alfabeto latino.

A la sombra de una de las galerías del patio de la mezquita, que luego se llamó del príncipe al-Mughira, como se ha dicho, hijo del califa —de triste y dramático final, como luego se verá—, porque con su peculio este la mandó remodelar y ampliar añadiéndole dos nuevas naves, nos sentábamos en el suelo de losas de piedra manteniendo las placas de pizarra sobre nuestro regazo y con el pizarrín entre los dedos de la mano derecha. Asistíamos a las clases unos veinte alumnos, aunque, en ciertas épocas del año, solo acudían ocho o nueve, porque los padres de los ausentes, que trabajaban en las almunias y alquerías de las afueras de la ciudad, los llevaban consigo para que les ayudaran a recoger aceitunas o grano en el tiempo de la recolección.

Uno de mis compañeros, que se llamaba Ahmad al-Harrani, había nacido dos años después que yo. Con el paso del tiempo llegué a entablar una estrecha relación de amistad con él. Me atraía porque, a diferencia de otros alumnos que no aspiraban sino a aprender a leer someramente para poder recitar el Corán, y a recibir las más elementales nociones del cálculo, Ahmad deseaba aprender con soltura la lengua árabe y las propiedades de las plantas y los nombres de las enfermedades para poder asistir a la academia de ciencias y llegar a ser médico como su abuelo. Aseguraba que sus antepasados procedían de la lejana Siria y que habían llegado a al-Andalus en tiempos del emir Abderramán I, cuando este príncipe desembarcó en Almuñécar huyendo del rebelde Abu-l-Abbás y de sus guerreros.

Cuando abandonaba la escuela coránica, me dirigía a mi casa para estar cerca de mi padre y observar atentamente el trabajo minucioso que realizaba leyendo códices antiguos, transcribiendo al árabe textos escritos en griego o en latín o haciendo copias de libros árabes iluminados con miniaturas de plantas, animales o signos del Zodiaco. Por lo general, estos libros trataban de astronomía, herbología o medicina, cuya traducción le encargaban algunos personajes ilustrados y ricos de la ciudad a cambio de una cantidad de monedas de plata previamente acordada.

Al caer la tarde, me dirigía hasta una plazuela rodeada de una hilera de limoneros que había cerca de la mezquita para jugar con algunos niños de mi edad, entre ellos un tal Braulio, que era cristiano, pero con el que mantenía una íntima amistad porque era educado, cariñoso y dicharachero.

En ocasiones, sobre todo en verano, nos desplazábamos hasta la orilla del río Guadalquivir saliendo de la medina por la puerta del Puente y siguiendo el arrecife o calzada de piedra que llevaba hasta la fortaleza de Almodóvar. Debajo de los álamos que crecían junto a la corriente del agua, no lejos de los molinos harineros que se habían edificado sobre unas isletas que sobresalían en medio del río y cuyas norias eran movidas por la fuerza del agua encauzada por medio de un canal, nos sentábamos sobre la hierba seca para charlar y contarnos historias y leyendas que corrían de boca en boca entre los rapazuelos con los que nos relacionábamos, no siendo las menos recurrentes de ellas las hazañas de los soldados del califa en sus expediciones por tierras del norte o por los territorios africanos.

A veces, nos acercábamos a la explanada que había delante del alcázar para poder contemplar las armas, los coloridos pendones de seda y los caballos, bellamente enjaezados a la manera de los cristianos, requisados al enemigo, así como los desdichados prisioneros encadenados que se habían tomado en el transcurso de alguna campaña o aceifa veraniega.

—Observo, amigo Braulio, que no te conmueve ver a esos pobres soldados, doloridos y encadenados delante del alcázar, siendo cristianos como tú —le dije un día que vimos meterlos en unos carros que portaban jaulas de madera, pensando que era una escena que, como cristiano, le debía repugnar.

—Jalid: soy cristiano, pero también súbdito leal de nuestro señor el califa. He nacido y me he criado en el seno de una antigua familia cristiana y asisto, cada domingo, a la Santa Misa en la iglesia de los Santos Mártires. Sin embargo, has de saber que me siento parte integrante de la gente de Córdoba, mis conciudadanos, como los musulmanes, los muladíes y los hebreos —respondió el joven cristiano—. Para mí son tan ajenos esos desdichados prisioneros, a los que no deseo ningún mal, como para ti que eres un buen musulmán. Además, no debes olvidar que nuestro obispo Recemundo es uno de los más respetados consejeros del califa Abderramán y, como tal, fiel y leal servidor de su persona.

Yo nada añadí, porque entendía que solo la verdad salía de los labios del bueno de Braulio. Sin embargo, no se me escapaba que su noble corazón de cristiano debía de dolerse al ver a sus hermanos de religión en una situación tan penosa, aunque no quisiera reconocerlo delante de su amigo musulmán.

Algunos calurosos días del verano, después de descansar y estar conversando un largo rato a la sombra de los álamos, oyendo el fluir del agua moviendo las ruedas de madera de los molinos, caminábamos río abajo hasta dar con un lugar solitario donde ya no había edificaciones ni grupos de mujeres lavando la ropa en la orilla de la corriente. Allí nos despojábamos de nuestras ropas y, desnudos como cuando vinimos al mundo, nos zambullíamos en una profunda poza que había formado el Guadalquivir en uno de los recodos que hacía su cauce en ese lugar, a la sombra de unos sauces. A veces nos acompañaban, en esas expediciones natatorias, otros mozalbetes de nuestra misma o parecida edad. Dos de ellos, Alí y Utmán, eran musulmanes, pero el tercero se trataba de Isaac, que era hijo del rabino que regentaba una de las sinagogas del populoso arrabal donde residían los judíos cordobeses. He de referir que, cuando emprendíamos la aventura de ir a nadar al río, lo hacíamos a espaldas y sin conocimiento de nuestras madres, que nos tenían prohibido bañarnos en aquellas profundas pozas, porque aseguraban que ya habían muerto ahogados algunos muchachos en aquel mismo lugar, tragados por los traicioneros remolinos.

Una tarde en que estábamos sentados Braulio, Isaac y yo mismo, a la sombra de los limoneros en la plazuela que solíamos utilizar como zona de juegos y de animada conversación, decidí poner en apuros a mis dos amigos, el cristiano y el judío. Yo había leído, aquella mañana, en la biblioteca de mi padre, un libro que hablaba de la presencia de los ángeles en la vida de Mahoma y cómo uno de ellos, que los cristianos llaman Gabriel y nosotros *Yibril*, fue el que dictó el Corán a nuestro Profeta.

—Amigos Braulio e Isaac, hoy he leído en un libro que los ángeles son espíritus puros que han bajado a la tierra en numerosas ocasiones para revelar la palabra y los mensajes de Dios a los hombres —comencé diciendo—. Y que así lo creen los buenos musulmanes, pero también los que profesáis la religión de Moisés y la de Cristo.

Braulio e Isaac me miraron con expresión de perplejidad.

—Cierto es, amigo Jalid, que en los libros sagrados de nuestras tres religiones se trata con mucho respeto y admiración las misiones que realizan los ángeles como mensajeros e intermediarios entre el Todopoderoso y los hombres —contestó, algo confuso, el judío, pues no alcanzaba a comprender mi súbito interés por una cuestión que solo a los alfaquíes, rabinos y sacerdotes cristianos debía incumbir—. Pero no sé qué puede tener de interés para nosotros un asunto tan alejado de nuestros afanes, que no son otros que cumplir con devoción los preceptos de nuestras religiones, estudiar y divertirnos cuando hay ocasión.

—Y así debe ser, amigos míos. Pero, ¿nunca os habéis preguntado si los ángeles son varones o hembras?, ¿si tienen cuerpo o solo espíritu? ¿Y en qué lengua se expresan cuando revelan a los hombres los mensajes que Dios les envía decir? ¿Hablan en árabe, griego, latín, romance o hebreo...?

Los dos muchachos seguían con interés lo que les estaba diciendo sin saber qué respuestas dar a mis preguntas. Yo, como buen conocedor, aunque aún no había cumplido los trece años, de los contenidos del Libro Sagrado, gracias a las excelentes lecciones que impartía Musa ben Hayyad y a las cultas explicaciones de mi padre, sabía con todo detalle cuanto concernía a yla existencia de los ángeles y a sus sagrados cometidos, según el Corán y las tradiciones proféticas e, incluso, según la Biblia hebrea y los libros de los cristianos. Pero deseaba poner a prueba a aquellos dos muchachos, que decían ser buenos seguidores de la religión de Moisés y de la fe predicada por Cristo.

Ahora, en la vejez, superada mi natural inmodestia, me arrepiento de haber utilizado mi superioridad intelectual y mis conocimientos teológicos para intentar humillar a mis dos compañeros de aventuras. Pero es ese un pecado de arrogancia juvenil y de soberbia que espero que, si es cierto que existe un tribunal que nos ha de juzgar en la otra vida, sea comprensivo conmigo y sepa perdonarme un pecado que cometí en mi lejana juventud.

He de decir que Braulio e Isaac no supieron qué contestación darme. Y yo, que era consciente del aprieto en el que los había metido, solo pude decirles que preguntaran por las respuestas de aquellas enrevesadas preguntas al rabino, en la sinagoga, y al sacerdote que impartía sus enseñanzas en la escuela cristiana, ubicada junto a la iglesia de los Santos Mártires, a la que asistía Braulio.

Lo cierto es que nunca obtuve ninguna respuesta a lo preguntado en aquella ocasión en los años que, antes de ingresar yo en la madrasa de Arib ben Sa'id, continuamos unidos los tres inseparables amigos. Ni abrigaba yo en mi alma, por entonces, ningún atisbo de arrepentimiento o aflicción por haber querido humillar con mi incipiente sapiencia a aquellos dos inocentes muchachos.

Cuando cumplí dieciséis años, ya hacía dos que había dejado de asistir a la escuela coránica regentada por el alfaquí Musa ben Hayyad en la mezquita de al-Mughira, porque, según aseguraba mi sabio y anciano maestro, ya no podía enseñarme nada nuevo. Supe que Braulio había ingresado en la escuela de teología que había fundado el obispo Recemundo en un edificio que lindaba con la iglesia de San Acisclo, pues, en más de una ocasión, me había confesado su deseo de prepararse para poder recibir el orden sacerdotal, lo que, al cabo de siete años de estudios, logró. Entonces, ilusionado y satisfecho por haber alcanzado lo que tanto deseaba desde su infancia, fue destinado como cura responsable de la citada iglesia y pastor y guía de los numerosos cristianos que acudían a ella y que residían en esa parte de la Algarbía y en el arrabal de Nazara. Aunque yo, que le tenía un gran aprecio por su humildad y demostrada bondad, pude, no sin esfuerzo, recuperarlo como colaborador en los trabajos de traducción de obras romances y latinas cuando el justo y sabio califa al-Hakam II me nombró director de la Gran Biblioteca, como en su momento referiré.

Cuando dejé la escuela coránica era ya un buen conocedor de los preceptos del islam y de los fundamentos de la lengua árabe. Leía y escribía a la perfección el árabe clásico, recitaba de memoria todas las suras del Corán y conocía la mayor parte de los hadices o tradiciones que se atribuyen al Profeta y los comentarios que de ellas habían hecho reputados ulemas de Oriente y que había recopilado el teólogo al-Fadl en su libro *Las siete lecturas*, que mi progenitor guardaba en su biblioteca. Llegado a ese momento de mi vida, mi padre, Abdalá Idris, sustituyó al anciano Musa como maestro, impartiéndome en su despacho clases de griego, latín y hebreo, pues decía que me serían muy útiles y necesarios esos conocimientos cuando ingresara en la academia de humanidades de la madrasa para comenzar los estudios de filología y filosofía antiguas, que debían ser, con los de historia y caligrafía árabe, la base de mi futuro oficio de traductor, filólogo y copista, siguiendo la tradición familiar.

Yo aceptaba y seguía con entusiasmo las clases que, después de rezar la segunda oración del día, me impartía mi paciente padre, evidenciando, con mi dedicación y entrega, la inclinación que había demostrado, desde mi más tierna infancia, hacia esos saberes humanísticos gracias a la inteligencia, perseverancia y buena memoria que el Altísimo, o la madre naturaleza, me habían concedido. Sin embargo, aunque el aprendizaje de la lengua latina y del hebreo me satisfacía plenamente y yo lo asimilaba sin mucho esfuerzo, he de reconocer que el griego se me resistía y se negaba a penetrar en mi cerebro, a pesar del interés que ponía en ello y de las admoniciones y consejos de mi progenitor, que decía que dominar esa lengua antigua me sería un conocimiento muy necesario si quería llegar a ser, en el futuro, un buen traductor, un destacado filólogo y un experimentado copista. No obstante yo, aunque adolecía de severas carencias en el dominio del griego, era un apasionado admirador de la filosofía de aquellos insignes pensadores, como Aristóteles, Platón o Heráclito —el «Oscuro de Éfeso»—, cuyas obras conocía bien gracias a las traducciones en lengua árabe que mi padre conservaba en su biblioteca.

Pero el día que cumplí dieciocho años y accedí emocionado a la madrasa de Arib ben Sa'id, sabía que mis debilidades en esa lengua, que era en la que se expresaban y en la que escribían los grandes filósofos y literatos de la antigüedad que yo tanto admiraba, serían un serio obstáculo en mi futuro oficio.

A principios del mes de septiembre del año 938, mi padre me acompañó hasta el rectorado de la madrasa kabira, la más acreditada y antigua de la ciudad, situada al este de la mezquita aljama, junto a la alcaicería y la Casa de Correos. Cuando accedimos al despacho de su director, el sabio médico e historiador Arib ben Sa'id, las piernas me temblaban. Después de saludar con una inclinación de su cabeza a tan prestigioso personaje, mi padre me presentó diciéndole que me llamaba Jalid ben Idris, que era natural de Córdoba, aunque mi familia descendía de los prestigiosos idrisíes norteafricanos llegados de Oriente en el lejano pasado, y que deseaba ingresar en la academia de humanidades de aquella famosa madrasa para aprender latín, griego, filología, filosofía e historia.

Arib me observó con detenimiento y, a continuación, dijo, dirigiéndose a mí:

—No has hecho una mala elección, muchacho, al querer ingresar en nuestra prestigiosa academia. Pero, antes de ser admitido, necesito saber cuáles son tus verdaderos intereses y los conocimientos que posees sobre las disciplinas en las que deseas matricularte.

Y, al decir esto, miró a mi padre esperando que este le entregara las acreditaciones que portaba en la mano y que recogían todo lo aprendido hasta esa fecha en la escuela coránica y el nivel de conocimientos alcanzado, según el informe otorgado y firmado por el alfaquí Musa ben Hayyad.

Después de leer, durante varios minutos, el extenso documento que mi padre le hubo entregado, dijo, con una media sonrisa reflejada en su barbado rostro:

—Ciertamente es inmejorable el informe aportado por tu maestro de la escuela coránica, joven Jalid, al margen de lo que tu padre, reputado filólogo y copista, conocido por todos los intelectuales de esta ciudad, supongo que te habrá enseñado, aunque no conste en este documento. Acércate al despacho del funcionario responsable de la admisión de alumnos y cumplimenta la solicitud que te va a proporcionar.

Y, de esa manera, para satisfacción de mi padre, transcurridos dos días, conseguí ser admitido en aquella célebre institución de enseñanza en la que iba a permanecer realizando los estudios de humanidades los siguientes diez años. Al cabo de ese período y, aunque logré obtener la *iyaza*[2] que me permitía impartir enseñanzas de filosofía, gramática y literatura árabe en alguna academia o madrasa privada, opté por seguir los consejos de mi padre y me establecí en el arrabal de los Pergamineros, fundando un taller de copia y restauración de libros, antes de que el noble califa al-Hakam se fijara en mí y me nombrara director de la Gran Biblioteca de Córdoba.

---

2   Licencia o autorización por escrito que otorgaba la institución académica para que los alumnos que habían finalizado sus estudios de manera satisfactoria pudieran enseñar lo aprendido en su especialidad.

II

LA MADRASA DE ARIB BEN SA'ID

Córdoba, en los días en que yo ingresé en la prestigiosa madrasa kabira o principal de la ciudad (pues había, por aquellos días, una decena de ellas, menos acreditadas, fundadas por profesores que poseían la *iyaza*), era una urbe con numerosa y variada población, en la que la lengua predominante era el árabe, cada vez más adulterada por su uso diario y las influencias locales previas a la llegada del islam y a los dialectos norteafricanos; aunque, para la correspondencia oficial, los textos científicos, literarios y religiosos y las inscripciones conmemorativas y monumentales, se seguía utilizando el árabe clásico. También estaba muy extendida la lengua romance, que la hablaban los cristianos y algunos muladíes que se resistían a abandonar sus antiguos usos, y el hebreo. Sin embargo, esta vieja lengua oriental había perdido bastante relevancia en favor del árabe, que era la lengua en la que escribían y se expresaban los médicos, astrónomos, matemáticos y filósofos judíos que moraban en Córdoba.

El núcleo poblacional más numeroso e influyente estaba constituido por los musulmanes, algunos descendientes de los árabes y sirios que llegaron a al-Andalus en los tiempos de la conquista de *Hispania*, pero la mayor parte de ellos antiguos cristianos, que habitaban aquel territorio antes de ser sometido por los generales Tariq y Musa, y se habían convertido a la fe del profeta Mahoma durante los emiratos que precedieron al reinado de Abderramán III. Decía mi padre que la conversión al islam de estos cristianos se había debido no a un apasionado deseo de profesar la fe islámica, sino a poder librarse del pago del impuesto del *jarach*, contribución en monedas por la propiedad de la tierra que solo se exigía a los cristianos y a los judíos. A estos musulmanes nuevos se les aplica el apelativo de *mawla* o muladí. Al principio eran considerados ciudadanos de escasa relevancia, pero en tiempos del primer califa de al-Andalus estaban tan integrados en la sociedad andalusí que ya no había diferencias entre ellos y los verdaderos árabes. Sin embargo, algunos, para ocultar su verdadero origen hispano y aparecer como descendientes de prestigiosas tribus árabes o sirias, falsificaban sus genealogías tomando nombres, patronímicos y gentilicios de famosas familias originarias de Oriente, como Hasim, Himyar o Lajm.

Una tercera parte de los habitantes de Córdoba, que reside aún en el arrabal de Nazara, situado al este de la medina, profesaba, sin recelo ni temor, la religión cristiana. Poseían iglesias muy respetadas y cementerio propio para enterrar a sus muertos. También había varios miles de judíos que vivían —y siguen viviendo— en el barrio de la Judería, al norte del alcázar. Se dedican, sobre todo, al comercio, al trabajo de orfebrería o al lucrativo oficio de prestamista, actividad que está prohibida por su religión a los cristianos y a los musulmanes. Algunos de ellos destacan por ser excelentes médicos, filósofos, astrónomos o matemáticos.

Los descendientes de los bereberes —que tantas rebeliones protagonizaron en tiempos anteriores a la instauración del califato— no habitan en Córdoba, sino que se han asentado en apartadas aldeas y alquerías situadas en las montañas o en algunas ciudades del sur como Almería, Málaga o Algeciras. Los pocos que se han establecido en la capital, la mayor parte de ellos gente de alcurnia que han logrado ocupar cargos de relevancia en la administración, están mal vistos por la aristocracia local. Estos influyentes bereberes, buenos colaboradores de los omeyas, procuran ocultar su origen africano, aunque les delatan sus nombres y su *nisba*.

Esa era la Córdoba de mi juventud que yo recordaba, digna de admirar, aunque aún no había alcanzado la enorme expansión y el número de habitantes que llegó a tener, décadas más tarde, y la riqueza y el poder que logró cuando reinaba el califa al-Hakam II y yo asumí, por su generosidad, el cargo de director de la Gran Biblioteca. En esos años, la ciudad competía, sin ningún complejo, en número de pobladores, en grandes monumentos, en arquitectos famosos, en sabios y en riqueza con la prestigiosa Constantinopla, capital de los cristianos de Oriente, y con El Cairo que yo conocí, superando a la Bagdad de los abasíes y al Isfahán de los persas.

Cuando, en el año 961, falleció el primer califa de los omeyas de al-Andalus, Abderramán III al-Nasir, quizás debido a los achaques de la vejez, pero sobre todo, aseguran algunos, a la melancolía perniciosa que le había provocado la muerte prematura de su primera esposa, Fátima al-Qurasiyya, o por otras causas que luego se supieron, heredó el trono y el título de califa su hijo, el noble y culto al-Hakam II. Este, que había cumplido cuarenta y seis años, adoptó el título de *al-Mustánsir bi-l-Lah*, que quiere decir «el que busca la ayuda victoriosa de Dios».

En ese año, lograda por fin la pacificación del Magreb y del norte cristiano, Córdoba era una inmensa ciudad con un recinto amurallado de más de nueve millas, que encerraba en su interior la antigua medina, los palacios de la nobleza edificados al norte de esta, el antiguo núcleo palatino y el centro del poder político, administrativo y religioso, con el alcázar y la gran mezquita, lindando, por el sur, con la orilla septentrional del río Guadalquivir. Al oriente de la mezquita aljama se hallaba situada la alcaicería principal, que era, con las otras menores y el casi centenar de zocos que tenía la ciudad, el gran mercado de artículos de lujo, en el que se exponían vestidos de seda, excelentes almalafas de lino, espadas con nielados de plata, joyas de oro con incrustaciones de esmeraldas, rubíes, coral extraído de las costas del Estrecho o perlas del mar de Omán. Gozaban de justa fama las arquetas fabricadas en Córdoba con el ébano y el marfil importados de Kumbi Saleh o de Tombuctú. También se vendían otros maravillosos objetos elaborados en las fundiciones y los talleres de orfebrería, vidrio y talabartería o eran traídos por los mercaderes judíos de los reinos cristianos del norte, la tierra de los francos o la lejana Constantinopla.

En la parte oriental de la medina, conocida como la Axarquía, se había ido formando, desde tiempos de los emires Muhammad I, Al-Mundir y Abd Allah, una serie de arrabales, rodeando antiguas almunias y alquerías, formados por manzanas de casas de una o dos plantas, calles estrechas y pequeñas plazuelas con fuentes, habitados por gente muy emprendedora, como el de Nazara o de los Cristianos, el de los Talabarteros y el de los Pergamineros, este cerca del río. En la zona occidental o Algarbía también se habían ido creando otros barrios y arrabales habitados por comerciantes, trabajadores de la construcción, alfareros, vendedores ambulantes y gente sin oficio emigrada de otras ciudades y aldeas, siendo el más extenso el que llaman de al-Musara, porque en ese lugar era donde antes se celebraba la Fiesta del Sacrificio.

Hacia occidente, a cuatro millas y media de Córdoba, se halla la ciudad palatina de Medina Azahara, mandada edificar por el califa Abderramán III en el año 936 —que yo tuve que visitar en numerosas ocasiones, reclamada mi presencia por el califa al-Hakam II o por mis amigos de la *jassa*[3]— y, hacia oriente, como a unas dos millas, en la

---

3   La sociedad musulmana estaba dividida en dos grupos o estratos según la nobleza de su origen o la riqueza de la que disponían: la *jassa* y

orilla derecha del río, la ciudad de Medina al-Zahira, que construyó para su solaz y como centro de su ilegítimo poder el advenedizo Muhammad ben Abi Amir.

De las puertas abiertas en la muralla de la medina, las más concurridas eran las del Nogal o de Badajoz y la del León, que daban al oeste; la de los Judíos, que miraba al norte; la del Puente o de Algeciras, que se abría en el muro meridional, frente al antiguo puente de piedra construido por los que habían dominado al-Andalus antes de que la conquistaran los musulmanes, y las de Toledo y Abd al-Chabbar, que permitían el acceso a los arrabales de la Axarquía.

En los tristes días en que, perseguido y amenazado de muerte por Almanzor, me vi obligado a abandonar Córdoba a lomos de una mula aprovechando la oscuridad de la noche, acompañado solo de mi fiel criado Farid, todavía era la ciudad más poblada, rica y extensa de todo el orbe musulmán. Ninguna de las urbes de Oriente la superaba en el número y variedad de habitantes, en lujosos palacios, en hermosos monumentos, en el prestigio de sus madrasas, bibliotecas y talleres de orfebrería y brocados, en la fama de su mezquita aljama y en sus bien surtidos zocos. Pues yo, que había viajado y conocido, por mi oficio, Fez, Alejandría, El Cairo y Bagdad, doy fe de que ninguna de ellas poseía tanto esplendor, riqueza y poder como Córdoba.

Cuando accedí el primer día, como alumno, a la academia de humanidades de la madrasa, mi padre Abdalá Idris quiso acompañarme, pero yo le hice desistir porque, a la edad de dieciocho años, me sentía suficientemente independiente y

---

la *amma*. La *jassa* era la aristocracia, constituida por familias nobles que procedían de prestigiosas estirpes árabes, sirias, muladíes o *saqalibas*. Disfrutaba de privilegios y exenciones fiscales y de ella salían los individuos que ocupaban los altos puestos de la política y la administración. Por el contrario, la *amma* o pueblo llano estaba formada por las clases pobres y humildes y aquellos que carecían de lo que, en el mundo cristiano, se consideraba estatuto de hidalguía.

preparado para poder enfrentarme a la vida solo. Y quería comenzar mi andadura como estudiante sin la bienintencionada protección de mi ilustre progenitor, que se resistía a perder el control que, hasta entonces, había ejercido sobre su joven vástago, pensando ingenuamente que sin su apoyo y vigilancia no sabría desenvolverme en ese nuevo mundo académico en el que todos los cordobeses sabían que proliferaban las bromas pesadas y las novatadas sufridas por los alumnos recién incorporados.

Sin embargo, mi ingreso en la academia de humanidades no fue nada traumático, pues los alumnos novatos que, como yo, se sumaban aquel año al primer curso de estudios, me acogieron con respeto y sana amistad y los veteranos, que asistían a los cursos superiores, procuraban no molestar a los nuevos, porque sabían que se hallaban bajo la estricta vigilancia de los profesores y de los bedeles que se encargaban de mantener el orden en el interior de la madrasa.

Esta prestigiosa institución de enseñanza ocupaba un enorme edificio de dos plantas y cuatro crujías, con forma rectangular, situado al este de la alcaicería, junto a la Casa de Correos, como ya he referido. Disponía de un amplio patio central rodeado de una galería porticada, sostenida por arcos de herradura, debajo de la cual se localizaban numerosos bancos de mampostería para uso de los alumnos cuando no asistían a las clases que impartían los profesores en sus aulas. En el centro del patio había una fuente redonda con cuatro caños dispuestos a la altura adecuada para que pudieran ser usados por los jóvenes estudiantes. En la crujía meridional se hallaba el oratorio, rematado por un pequeño alminar desde el que el muecín llamaba a la oración cuando correspondía.

En el ala oeste se localizaban las aulas dedicadas a las clases de humanidades, los despachos de los profesores de teología, filosofía antigua, literatura, derecho e historia y la biblioteca general, que era utilizada por los alumnos de todas las ramas del saber que se impartían en la madrasa, tanto los que cursaban asignaturas de humanidades, como científicas. También podían acudir a ella estudiosos residentes en la ciudad o procedentes de otros lugares de al-Andalus o del norte de África atraídos por la fama y el prestigio adquirido por sus fondos bibliográficos. En el ala este del edificio se hallaban las aulas en las que se impartían las clases de matemáticas, geometría, medicina y astronomía, los despachos de los profesores y los talleres de prácticas, uno de ellos situado al aire libre, en la terraza o azotea, donde estaban emplazados los artilugios de medición y de observación de las estrellas, a los que más adelante me referiré.

En el ala norte —en la que se encontraba situada la puerta de acceso al edificio— se localizaban las oficinas de la administración, el despacho del director de la madrasa y las estancias de los bedeles y los sirvientes y ayudantes de los profesores. Y, en la planta alta, los aposentos o pequeñas celdas de los alumnos que, cursando estudios en la madrasa, procedían de ciudades y aldeas alejadas de Córdoba y que, por tanto, debían pernoctar en la capital del califato para poder asistir a las clases. Aunque en la madrasa solo vivían los alumnos pobres que recibían ayudas económicas de las fundaciones pías o estaban pensionados por el Estado, porque los hijos de los ricos residían en sus casas de la medina o en las haciendas rurales y, los foráneos, en albergues o pensiones privadas pagadas por sus padres.

Esa era la institución de enseñanza en la que iba a permanecer, como ya he referido, diez años de mi vida de estudiante, antes de dedicarme a la copia o a la traducción y restauración de libros y, después, a estar al servicio de mi señor, el califa.

El primer día de clase, Arib ben Sa'id nos reunió a los alumnos que nos incorporábamos a los estudios de humanidades ese año, que éramos unos cuarenta, en la amplia sala que se usaba para impartir conferencias o para celebrar actos oficiales, como la conmemoración de un hecho con resonancia política o religiosa o el enaltecimiento de algún relevante personaje vinculado a la madrasa que había abandonado este mundo. En ese caso, se congregaba todo el claustro de profesores en el salón y cada uno de ellos debía leer una elegía en recuerdo del fallecido, resaltando las virtudes que lo adornaron en vida, la calidad y originalidad de sus estudios y las publicaciones que habían dado prestigio a la madrasa. En ocasiones se mencionaban las generosas aportaciones económicas que habían dejado en sus testamentos destinadas a la construcción de hospicios o escuelas coránicas, o para financiar algunas de las fundaciones pías que existían en todas las mezquitas de la ciudad.

Sobre el estrado, detrás de una larga mesa, presidiendo el acto, se hallaba el venerable director de la madrasa y, junto a él, los profesores que, ese curso, tenían el cometido y la responsabilidad de impartir las clases magistrales en las diferentes disciplinas que constituían el programa de estudios de la academia de humanidades.

—Que el sapientísimo Alá nos ilumine en el inicio de este presente curso —exclamó el director de la institución, antes de presentarnos a los que iban a ser nuestros profesores—. Comenzaré presentándoos al insigne poeta y filólogo Abu Alí al-Qali, que procede de Oriente, donde ha alcanzado, por su erudición y altura intelectual, justa fama. Él os enseñará gramática y filología árabes. Aunque su lugar de nacimiento es la lejana Armenia, antes de establecerse en Córdoba residió en Basora, en cuya madrasa principal ha impartido enseñanzas de poesía arcaica y gramática —proclamó Arib ben Sa'id, señalando al personaje que se hallaba sentado a su lado y demostrando, con tan apasionada presentación, el enorme respeto y el aprecio que aquel relevante gramático oriental le inspiraba.

A continuación se dirigió al segundo de los cinco sabios humanistas que, ese año, tendríamos la suerte de tener como profesores.

—Os presento al joven historiador Ben al-Qutiyya, que, aunque residía en Sevilla, de donde es originaria su noble familia, nuestro amado califa ha podido convencerlo para que abandone su ciudad natal y se incorpore al claustro de nuestra madrasa. No cabe duda de que nos aportará el prestigio y la fama que ya posee como excelso historiador. No es un secreto que se encuentra atareado en la redacción de una obra sublime que será de uso obligado en todas las madrasas y bibliotecas del mundo islámico cuando la acabe y la publique. Trata de la historia de la conquista de al-Andalus, en la que sus antepasados tuvieron una destacada participación.

Ben al-Qutiyya, barbilampiño y de aspecto juvenil, pues no había cumplido aún los treinta y cinco años, se puso en pie y respondió a las halagadoras palabras de Arib ben Saʻid, diciendo:

—Son, sin duda, excesivas las alabanzas de nuestro respetado director hacia mi persona. Sobre todo estando presente el veterano y sabio Muhammad Ahmad al-Razi, el más prestigioso de los historiadores que residen y trabajan en Córdoba.

Se refería el sevillano, que descendía del último de los reyes visigodos que reinó en *Hispania*, al preclaro historiador, ya anciano, Ahmad al-Razi, que se sentaba a su lado y que, con su *Historia de los soberanos de al-Andalus*, había alcanzado las más altas cotas del saber histórico de su tiempo.

—Ben al-Qutiyya os impartirá las clases de historia del islam, desde su nacimiento en las ciudades de La Meca y Medina hasta los días en que los generales Tariq ben Ziyad y Musa ben Nuzayr entraron en *Hispania* —concluyó Arib.

Las clases de historia de al-Andalus, hasta los días de nuestro califa, nos la iba a impartir el venerable al-Razi; la teología islámica le correspondería a Ahmad ben al-Fadl, especialista en las tradiciones proféticas y en el estudio de las lecturas coránicas; el conocimiento del derecho y de las leyes que imperaban en al-Andalus estaría a cargo del prestigioso juez Ben Harit al-Jusani, cadí de fama porque había escrito una gran obra sobre la *Historia de los jueces de Córdoba*. La historia de la filosofía de los antiguos y el aprendizaje de las lenguas griega y latina estarían a cargo del anciano filólogo, historiador y genealogista Qasim ben Asbag, de enorme prestigio intelectual. Sería este erudito el que, años más tarde, traduciría del griego al árabe la *Materia médica*, obra del insigne médico y botánico griego Dioscórides, que, en el año 942, trajo el embajador del emperador bizantino, Constantino VII, como regalo para el califa Abderramán III, y que este la depositó en su biblioteca palatina, aunque, años más tarde, acabó en la Gran Biblioteca fundada por el califa al-Hakam II.

Y con el conocimiento de aquellos relevantes personajes de la intelectualidad cordobesa, que serían, en los siguientes años, mis maestros, se dio por finalizada la presentación del claustro de profesores de la academia de humanidades de la madrasa kabira.

He de decir que la prueba de la dureza y exigencia de los estudios que se cursaban en aquella prestigiosa institución de Córdoba y la obtención de la *iyaza* o licencia para poder impartir enseñanza, quedaba en evidencia cuando se sabía que, de los cuarenta o cincuenta alumnos que se matriculaban ilusionados cada año en el primer curso de humanidades, no lograrían acceder al décimo y último más allá de catorce o quince de ellos; y que solo cinco a seis afortunados, con un brillante expediente, alcanzarían el grado de idoneidad suficiente para poder ejercer como profesores contratados o titulares en alguna academia no oficial después de diez o doce años de estudios.

De estos pocos, solo uno o dos, aquellos que pudieran presentar unas calificaciones excepcionales y contaran con el patrocinio expreso del profesorado, lograrían impartir clases en la madrasa kabira, pues su selecto claustro estaba reservado únicamente a destacados y reconocidos sabios humanistas o a grandes científicos andalusíes o llegados de Oriente. Estos últimos acudían a Córdoba desde Bagdad, Basora, Damasco o Kufa porque, en aquellos años, la capital del califato omeya de al-Andalus era un emporio del saber y el centro de la ortodoxia sunní, de la prestigiosa doctrina jurídica malikí, del arte, de la ciencia y de la cultura del mundo islámico, como Constantinopla lo era de las naciones que seguían la religión de Cristo.

El aula que nos correspondió a los alumnos novicios, aquel año, se hallaba situada en la segunda planta del edificio, no lejos de la biblioteca general. Disponía de dos grandes ventanales que daban a la cercana alcaicería, lo que obligaba a mantenerlas cerradas todo el día para que los profesores pudieran impartir sus clases sin tener que soportar el griterío de los vendedores que proclamaban con desmesura las bondades de sus mercancías desde las puertas de sus negocios, ni las disputas de los compradores empeñados en sus intentos por regatear y obtener un mejor precio de lo adquirido.

En las aulas no había bancos corridos o almadraques como en las escuelas coránicas, sino amplias mesas de dos palmos de altura rodeadas de cojines y almohadones para que los alumnos pudiéramos acomodarnos con las piernas cruzadas y seguir las lecciones que impartían los profesores teniendo colocados los libros sobre nuestros regazos y los cuadernos y cálamos depositados en la cercana mesa. El profesor ocupaba la cabecera de la estancia, sentado en una silla de tipo «curul», sin respaldo, situada sobre una tarima de madera para que todos los discípulos pudiéramos verle y oír sus disertaciones sin estorbo alguno.

A mi lado se sentaba un joven, algo mayor que yo, que se llamaba Abu Bakr al-Zubaydi, que luego, cuando logré ganarme su amistad y su confianza, supe que había nacido en Sevilla, que su familia procedía de Siria y que se había trasladado a Córdoba porque quería ser filólogo y su padre, que era cadí de su ciudad natal, aseguraba que el mejor, el más sabio de los filólogos de al-Andalus y del que más podría aprender, era un armenio que se llamaba Abu Alí al-Qali, que impartía sus enseñanzas en la madrasa kabira de Córdoba. Era el que nos había presentado el director de la misma en el acto que tuvo lugar en la sala de conferencias.

—Cierto es, al-Zubaydi, que no debe de haber otro más sabio que él en su especialidad en todo el islam —le dije cuando, finalizada la primera clase del día, nos encontramos descansando en uno de los bancos del patio—. Se comenta que en la ciudad de Basora aún continúan lamentando su marcha los estudiantes de la madrasa donde impartía sus enseñanzas.

—Pues a tan sabio filólogo quiero seguir su estela para lograr algún día, al menos, poder imitarle —respondió el sevillano, mientras tomaba una rosquilla de harina y azúcar que yo le había ofrecido, extrayéndola de una taleguilla de tela que portaba colgada en bandolera y que, cada día, llenaba de tan delicados dulces mi atenta madre.

—Pero volvamos al aula, que ya parece que ha hecho su entrada el historiador al-Qutiyya, sevillano como tú, que es el que nos ha de instruir sobre la historia de al-Andalus.

Ahora, en mi vejez, he de lamentar y dolerme del inesperado y terrible giro que, cuando asumiera el poder Muhammad ben Abi Amir, iba a dar en su vida al-Zubaydi, como luego se verá, al que, por entonces, consideraba un buen compañero amable, culto y tolerante.

Otros alumnos con los que hice amistad y llegaría a tener una gran confianza fueron Ibrahim ben Katib, hijo del secretario de la madrasa; Talid al-Qurtubí, un eunuco de palacio al que, en contra de las normas de la institución —que no admitía como alumnos a esa clase de personas mutiladas—, por su gran conocimiento de la lengua árabe y su declarada fidelidad y cercanía al califa, este había promocionado y enviado a estudiar a la madrasa. Aseguraban algunos que estaban al tanto de lo que acontecía en palacio, que Abderramán III deseaba que, con el paso de los años, Talid, por sus excepcionales dotes y la absoluta lealtad a su persona, pudiera ejercer de director y conservador de su biblioteca. También asistían a clase dos mujeres que gozaban, al igual que Talid, del apoyo y el favor de la casa real: una se llamaba Lubna. Había sido una esclava cristiana convertida al islam y manumitida por el califa, que debía tener unos veinte o veintiún años. Luego supe que se hallaba estudiando en la madrasa kabira, en contra de la costumbre de no permitir que se matricularan en dichas instituciones de enseñanza superior mujeres, porque había demostrado en la corte, donde residía y estaba a cargo de la correspondencia de la Gran Señora, que dominaba el arte de la caligrafía y el conocimiento de los diferentes tipos de escritura árabe mejor que los maestros que asesoraban a Abderramán III en esas materias.

La segunda se llamaba Fátima. Era más joven que Lubna. No debía de haber cumplido aún los dieciocho años, aunque aparentaba uno o dos menos. También era una cristiana conversa manumitida, que estaba siempre acompañada por Lubna, quizás porque esta parecía tener la misión, ordenada por quien las había enviado a estudiar a aquella institución plagada de hombres, de protegerla y vigilarla a causa de su juventud. Aunque se mostraba siempre muy recatada y procuraba alejarse de las reuniones y conversaciones que mantenían sus compañeros, yo quedé prendado de ella desde que la vi entrar en el aula por primera vez, conmovido por su adolescente belleza, la elegancia de sus movimientos, la dulzura de su voz y las lánguidas miradas que surgían de sus hermosos ojos de color esmeralda.

Aquella estudiante, que había sido antes esclava y cristiana, sería el faro que iluminaría mi vida en los siguientes años. Al menos ese era mi pensamiento, aunque sabía que sus inquietudes y las mías se hallaban, en aquellos años, tan alejadas las unas de las otras como lo pueden estar el Sol o la Luna. Ambas jóvenes, las únicas de su sexo que asistían a las clases de humanidades, formaban una pareja inseparable y siempre distante de los muchachos, como no podía ser de otra manera en la sociedad cordobesa de la época, en la que la mujer todavía estaba marcada por las viejas tradiciones musulmanas. Aunque los emires omeyas, quizás influenciados por las costumbres heredadas de la gente que habitaba al-Andalus antes de la llegada del islam, o por el poder persuasivo de sus esposas, que habían sido antes esclavas cristianas manumitidas, como la Gran Señora Maryam, eran cada vez más permisivos con el papel que debían desempeñar las mujeres en la sociedad andalusí. Buen ejemplo de ello era la presencia de Lubna y Fátima en la madrasa kabira y las cristianas y judías cultas que ocupaban cargos de cierta relevancia en la administración del Estado. Sin embargo, era de dominio público que algunos ulemas y alfaquíes, reacios a aceptar esas liberalidades contrarias a la *sharia*, criticaban desde sus púlpitos esa política poco ortodoxa propiciada desde el poder. No obstante, a pesar de la oposición de algunos ulemas que predicaban en el oratorio de la madrasa, ambas alumnas, en el aula y en la biblioteca, se relacionaban con toda normalidad con sus compañeros varones sin ningún embarazo ni aprensión debido a la diferencia de sexo.

Las clases eran impartidas desde dos horas después de la primera oración del día hasta la tercera, que coincidía con la media tarde, cuando los alumnos abandonábamos la madrasa y marchábamos a nuestros hogares, excepto los que estaban pensionados, que permanecían en el edificio a la espera de que les sirvieran la cena y pudieran recluirse en sus aposentos. Algunos dedicaban el tiempo libre a conversar de cosas banales o a polemizar sobre las lecciones dictadas aquella mañana por los profesores, o a jugar al ajedrez en el patio, que era, con el alquerque, el único juego permitido, aunque no estaba muy bien visto por los ulemas y los alfaquíes. Estos teólogos, defensores de la pureza del islam original, aseguraban que el Profeta repudiaba ese juego porque los persas, que lo introdujeron en Arabia, representaban las figuras de los contendientes con gran realismo, lo que era contrario a lo estipulado por el Libro Sagrado. En Córdoba era un juego que estaba muy extendido entre los nobles y los hombres ilustrados, con algunas limitaciones, como la prohibición de apostar dinero y que provocara disputas y peleas. Para soslayar la prohibición coránica de representar con realismo las figuras del sultán, del primer ministro o «emir», de los caballeros de su guardia, de los soldados de a pie y de los caballos, las piezas se modelaban con arcilla o se tallaban en madera o en hueso o marfil —si las encargaban miembros de la nobleza— siguiendo modelos no anatómicos, aunque el sultán, que era el personaje principal, representado por una columnilla rematada con un turbante, siempre debía superar en tamaño a las demás piezas.

Al finalizar las clases diarias, como aún era pleno día, yo me dirigía a la biblioteca general para estudiar o leer y memorizar alguno de los capítulos de los libros recomendados por los profesores. Las clases de historia de al-Andalus, impartida por el eminente historiador al-Razi —que era también, según decía mi padre, un reputado maestro de ajedrez—, o de teología o filología latina y árabe, no representaban para mí ningún esfuerzo suplementario, porque, en caso de duda, siempre podía contar con la ayuda de la nutrida biblioteca que pertenecía a mi progenitor y con sus sabios consejos. Sin embargo, las enseñanzas de la lengua griega, con sus complicados verbos de múltiples raíces y su grafía endiablada, que impartía dos veces a la semana el prestigioso filólogo y genealogista Qasim ben Asbag, eran motivo de mi preocupación, porque, como he referido en otro lugar de este relato, era consciente de que el aprendizaje y el dominio de esa lengua antigua me serían muy necesarios si quería dedicarme, en el futuro, a la traducción y a la copia de las obras escritas por los grandes filósofos a los que tanto admiraba, como Aristóteles, Platón, Anaxágoras o Anaxímenes de Mileto. Y no sabía por qué extraña razón mi cerebro, tan proclive al aprendizaje de la lengua latina, la historia y la filología árabe, se negaba a asimilar, con la misma facilidad, los conocimientos que el sabio Ben Asbag exponía desde su cátedra de una manera clara y asequible para el resto de mis compañeros. Consciente de esa deficiencia, una vez finalizada la jornada de estudios en el aula me dirigía, casi a diario, a la biblioteca y me afanaba en memorizar la lección que nos había dictado el ilustre filólogo esa mañana con el deseo de suplir, con la dedicación y el estudio, mis carencias en tan importante materia del conocimiento.

Mis intentos de acercamiento a la esclava manumitida Fátima, cuya belleza y delicadas maneras tanto me atraían, fueron infructuosos en los tres primeros meses de obligada convivencia en el aula. Lo uno, porque ella procuraba no mantener una relación estrecha con sus compañeros varones, más allá de los respetuosos saludos y algunas breves consultas que nos hacía, en ocasiones, sobre las disciplinas impartidas en el aula. En especial aquellas en las que sabía que al-Zubaydi o yo mismo sobresalíamos por encima del resto de los alumnos. Lo otro, porque no se separaba nunca de su compañera Lubna, más arrogante y engreída que ella y, por lo tanto, menos dada a la plática con sus compañeros. Al menos esa era la impresión que causaba; quizás porque ese temperamento frío y distante le había sido impuesto, no se sabía bien por quién, para que se encargase sutilmente de la protección y vigilancia de la jovencísima e inocente Fátima.

Pero en el mes de enero, mientras que, con al-Zubaydi y el eunuco Talid, estábamos resguardados de la lluvia en una de las galerías que circundaban el patio de la madrasa, se acercaron ambas jóvenes, para nuestra sorpresa, al lugar donde, sentados en uno de los bancos de mampostería, charlábamos animadamente los tres compañeros de estudio.

Como tanto al-Zubaydi como Talid conocían mi inclinación y mi debilidad emocional hacia la muchacha de ojos lánguidos, alegaron ámbos ciertas razones para dejarme a solas con las dos jóvenes estudiantes. Fátima y Lubna se aposentaron en los espacios del banco que habían dejado desocupados mis amigos. No se cubrían el rostro con el consabido velo, pues solo lo usaban cuando salían al exterior de la madrasa, contraviniendo las severas admoniciones del imán encargado del oratorio de la institución educativa, que aseguraba que una buena musulmana no debía exponer su rostro ni su cabello a las miradas de los varones que no fueran su esposo, sus hermanos o sus hijos. Era esa, a mi entender, una prueba más de que ambas contaban con la protección de la casa real o de algún poderoso personaje que permanecía en la sombra.

Lubna nada dijo. Fue Fátima la que inició la conversación.

—Jalid, nos has de perdonar si te hemos incomodado por haber interrumpido la conversación que mantenías con tus compañeros. Pero, si me dirijo a ti, es por indicación de nuestro maestro, Qasim ben Asbag, que me ha asegurado que tú puedes ayudarme en un trabajo de filosofía que me ha encargado —exclamó con voz melodiosa y expresión sumisa, como si creyera que su interrupción me había producido algún malestar. No podía imaginar la joven que era aquel acercamiento a mi persona lo que había estado esperando y deseando desde que la vi el primer día de clase acceder al aula de humanidades y quedé embelesado por su belleza y sus delicados gestos.

—No solo no me has incomodado, Fátima, sino que me siento halagado al poder serte de alguna utilidad —respondí con el corazón palpitante, agradeciendo al Altísimo que hubiera propiciado aquel primer encuentro con la muchacha que, en secreto, yo amaba, aunque ella aún ignoraba cuáles eran mis sentimientos hacia su persona—. Puedes contar con toda la ayuda que sea capaz de proporcionarte, aunque has de saber que mis conocimientos sobre la filosofía de los antiguos son muy modestos.

Fátima miró de soslayo a Lubna, que continuaba en silencio, haciendo ver que el asunto que me estaba proponiendo la joven estudiante a ella no le incumbía. A continuación, dijo:

—No han de ser tan modestos tus conocimientos de filosofía, cuando el maestro Ben Asbag me ha enviado a ti.

—Dime qué es lo que deseas —contesté algo azorado, pues no era un secreto que yo sabía tanto de los sabios de la antigua Grecia como el resto de mis compañeros de curso. ¿Qué esperaba, entonces, de mí el insigne Qasim ben Asbag? ¿En qué podría ayudar a aquella joven en un tema del que ambos éramos meros aprendices? Aunque no podía negar que, en lo profundo de mi corazón, sintiera un gratificante reconocimiento hacia nuestro anciano maestro por haberme dado la oportunidad de conversar con la joven cuya atención, con tanto anhelo y tan escasos resultados, había intentado atraer durante meses.

—Ben Asbag me ha encargado que le entregue, antes de transcurrida una semana, un comentario de uno de los capítulos de la obra que el sabio Aristóteles escribió sobre la existencia y los atributos del alma —exclamó Fátima.

—Sin duda un asunto digno de estudio, pues a musulmanes, cristianos y seguidores de la ley de Moisés interesa, porque creemos firmemente en su existencia —añadí, sin saber aún en qué podría consistir la ayuda que esperaba de mí la joven estudiante de humanidades.

—He de reconocer que me satisface poder leer y comentar lo que tan relevante sabio escribió, hace siglos, sobre la existencia del alma y sus atributos —continuó diciendo Fátima—. Sin embargo, he encontrado un grave inconveniente que, es posible, me impida acometer el trabajo que me ha solicitado nuestro profesor de filosofía.

—¿Un grave inconveniente? —pregunté, como si lo dicho por Fátima me hubiera sorprendido. Aunque, con las últimas palabras pronunciadas por la joven, ya había intuido cuál era la ayuda que necesitaba de mí y por qué el astuto Qasim ben Asbag la había remitido a mi persona.

—Cuando me dirigí a la biblioteca para solicitar al bibliotecario la obra *Sobre el alma*, de Aristóteles —argumentó la muchacha—, el diligente funcionario de la madrasa movió negativamente la cabeza, y me dijo, con gesto de impotencia, que de los tres libros que Aristóteles dedicó al estudio del alma, solo se conservaba en la biblioteca un ejemplar traducido al latín del Libro Primero. Que el original de la obra en griego se había perdido y que en el libro conservado en la biblioteca de la madrasa no iba a encontrar lo que estaba buscando, pues solo contenía los capítulos introductorios y el índice.

—Tan cierto como el sol que nos alumbra es lo que te ha referido el bibliotecario, Fátima —le dije con cierta arrogancia, puesto que ya sabía por qué la había remitido a mi persona el sagaz profesor de filosofía y cuál iba a ser la petición que, al cabo de aquella conversación, me iba a hacer la agobiada joven.

—Nuestro maestro me aseguró, después de conocer la fracasada búsqueda en la biblioteca general, que tú podrías facilitarme la consulta de los libros del filósofo griego que me interesan —dijo Fátima, imprimiendo un tono de súplica y desamparo en la voz que a mí me conmovió.

—El anciano profesor Ben Asbag conoce muy bien los fondos conservados en la biblioteca de mi padre, al que le une una vieja y sincera amistad. Sabe que en Córdoba solo hay una persona que posea los Libros II y III de la perdida obra aristotélica *Sobre el alma* en una traducción al árabe: mi progenitor, Abdalá Idris. Por ese motivo te ha enviado a mí.

Fátima miró a Lubna con expresión de alivio y, a continuación, dijo:

—¿Me permitirá tu padre que consulte esos libros que deben ser únicos y muy valiosos?

Esa era la frase que yo estaba esperando que surgiera de sus labios.

—Te aseguro, Fátima, que cuando mi progenitor sepa que te envía su respetado amigo, el profesor Qasim ben Asbag, los pondrá a tu entera disposición; pero con una condición.

—¿Qué condición, Jalid?

—Mi padre es muy celoso con sus libros y protege sus incunables como la madre perdiz defiende el nido con sus polluelos. No permite que salgan de su biblioteca obras tan raras y únicas. Su máxima es que si prestas un libro a un amigo, corres el riesgo de perder el libro y, de paso, al amigo. Por eso deberás, al finalizar las clases, dirigirte a mi casa para que puedas consultar, en nuestra biblioteca, los libros de Aristóteles que te interesan y, así, logres redactar el comentario que te ha encargado nuestro maestro. Yo estaré a tu lado y ejerceré, para ti, de ocasional asesor y bibliotecario.

Y así quedó acordado que, a partir del día siguiente, una vez acabada la jornada de estudios en la madrasa, la esperaría para acompañarla hasta mi casa, en la alquería de Abd Allah, y que podría consultar los libros de Aristóteles que, como oro en paño, guardaba mi padre en su versión árabe en una de las baldas de su bien surtida biblioteca.

¡El destino o el misericordioso Alá, que todo lo tienen concertado, habían logrado hacer realidad lo que yo con tanto apasionamiento deseaba y que, hasta ese día, se había mostrado tan esquivo: que la dulce Fátima y el enamoradizo Jalid ben Idris iniciaran una amistad que podría ser el comienzo, con el paso de las semanas y los meses, de una relación más íntima y duradera!

Abandoné la madrasa y retorné a mi hogar henchido de felicidad.

En los siguientes seis días, al finalizar las clases en la academia de humanidades, esperaba a Fátima en la plazuela que antecedía al edificio de la madrasa y, charlando animadamente de cosas banales o de las anécdotas acontecidas a lo largo de la jornada en el aula, nos desplazábamos hasta la zona extramuros, en la Axarquía, donde se hallaba la casa de mis padres. He de referir que, aunque temía que Lubna se uniera a nosotros en aquellas ocasionales expediciones lectivas —que yo aprovechaba para estrechar los lazos de amistad que me unían a la joven esclava manumitida—, la protectora e inseparable compañera de la que era la causa de mis insatisfechos desvelos amorosos, respetaba su temporal ausencia y permanecía, creo que a su pesar, recluida en la biblioteca general, hasta que retornaba la muchacha que estudiaba la obra del sabio Aristóteles en la biblioteca de mi progenitor.

Al cabo de una semana, habiendo terminado de redactar los comentarios que le exigía el profesor Qasim ben Asbag sobre los capítulos dedicados a la naturaleza del alma, a sus atributos y a sus manifestaciones corpóreas, que —según el gran filósofo griego— eran los sentidos de la vista, el oído, el olfato, el gusto y el tacto, y que mi padre se ofreció a revisar y a hacerle algunas correcciones, Fátima dejó de frecuentar mi biblioteca familiar. Pero yo me las ingenié para que aquella amistad que había surgido inesperadamente entre nosotros, merced a la necesidad que tenía la joven de consultar unos libros antiguos, no se diluyera como el humo de una hoguera se desvanece si no se alimenta el fuego con algo de leña o carbón.

Un viernes, que era día festivo y no se impartían clases en la madrasa, quedamos citados en el patio de la mezquita aljama, junto a la fuente de las abluciones, después de que yo hubiera asistido a la oración principal y al sermón impartido por el anciano imán Ahmad ben Baqi.

Acabada la ceremonia, los devotos musulmanes abandonaban el patio de la mezquita y, entonces, la vi. Fátima estaba espléndida. Vestía unas calzas de lino, holgadas. Sobre ellas portaba una camisa larga, también de lino y, encima, una túnica de lana de color azul. La cabeza se la cubría con un velo del mismo color que la túnica. Me produjo una agradable sorpresa contemplar la belleza realzada de la joven al portar aquellas nobles vestiduras, pues, cuando asistía a clase o se trasladaba a la biblioteca de mi padre, siempre vestía indumentarias muy humildes y recatadas, quizás para no desentonar con el resto del alumnado, aunque, por su elevada posición como esclava de la Gran Señora, su vestuario solía ser selecto y de una calidad muy superior al usado por la gente del común. Aquella transformación en su atuendo acentuó la atracción que siempre había sentido hacia aquella hermosa joven de la que estaba perdidamente enamorado. Sin embargo, no sabía por qué extraña razón, intuía que Fátima guardaba algún secreto relacionado con su familia y su actual situación como privilegiada estudiante de humanidades en la madrasa.

Aquel día, en el transcurso del paseo que, libre de la presencia de Lubna, íbamos a emprender, estaba decidido a lograr que me relatara la parte oculta y desconocida de su vida que yo deseaba conocer, así como que me explicara cuál era la naturaleza de su relación de dependencia con su compañera Lubna.

Como el cielo se presentaba libre de nubes y una brisa suave y cálida, procedente de la vega, hacía muy agradable el paseo, decidí que nos dirigiríamos a la parte del río, cerca de los molinos, donde acostumbraba a desplazarme, en los años de adolescencia, con mis compañeros de juegos y aventuras. Al cabo de media hora nos encontrábamos sentados sobre la hierba que crecía debajo de los álamos, no lejos de la corriente del Guadalquivir que runruneaba cadenciosa al mover las palas de madera de los molinos. Fátima se despojó del velo que le cubría el cabello y su hermoso rostro. Yo me desaté el turbante que portaba en torno a mi cabeza.

—Aquí, Fátima, acudía acompañado de mis amigos cuando finalizábamos las clases en la escuela coránica —dije, con la pretensión de vencer la leve resistencia a sincerarse que observaba en la muchacha cuando nos hallábamos a solas—. En verano nos zambullíamos en ese remanso que hace el río, desnudos como cuando vinimos al mundo.

Fátima esbozó una amplia sonrisa, de lo que deduje que, con aquella frase algo irreverente, había conseguido mi objetivo, que no era otro que lograr que la joven se sintiera relajada y proclive a iniciar la conversación que a mí me interesaba.

—Bañarse en el río desnudos es algo que solo podéis hacer los hombres. Las mujeres jamás podríamos disfrutar de un refrescante baño de la manera que dices —expuso, sin dejar de reír.

—Pero sí podéis hacerlo en los baños públicos, en las horas que están disponibles solo para las mujeres.

—Pero no es lo mismo, Jalid —replicó, frunciendo el ceño—. En este lugar gozas de la libertad y el contacto con la naturaleza que no encontrarás tras los muros de unos baños, estrechamente vigilada por las masajistas, las lectoras de poemas y las cuidadoras del horno y del agua caliente.

Llegado a ese punto, creí oportuno acometer el asunto que tanto me intrigaba y que, como enamorado de aquella dulce compañera de estudios, necesitaba conocer.

—Hace unos dos meses que nos relacionamos cordialmente y que podemos conversar fuera del aula, gracias a que tuviste que acceder a la biblioteca de mi padre para consultar los libros del filósofo Aristóteles —comencé diciendo, procurando dar a mis palabras la seriedad que el asunto del que deseaba tratar exigía—. Habrás observado, Fátima, que no puedo ocultar, cuando estoy a tu lado, la atracción que siento por ti.

La joven se ruborizó y, nerviosa, apartó la mirada y la concentró en las aneas que crecían en la orilla del río.

—Sé que es pronto para pedirte que nuestra relación sea más íntima y más cercana que la de simples compañeros de estudios. Pero, para que pueda continuar albergando la esperanza de que, con el paso de los días, surja en nuestros corazones algo más que amistad, necesito conocer algunos detalles de tu vida que ignoro —expuse con mucha vehemencia—. Tú sabes casi todo de lo que atañe a mi existencia. Has visitado mi hogar y conversado con mis padres, que sé que te aprecian. Te he hablado de mi infancia en la escuela coránica, de mis amigos. Pero yo nada sé de ti, al margen de que eres una esclava cristiana conversa. Me gustaría saber quiénes fueron tus padres, dónde vives ahora, quién fue el amo que te manumitió y cuál es el vínculo que te une a Lubna, que parece ser tu sombra.

Fátima guardó silencio. Permanecía con la mirada concentrada en la orilla del río, pensativa. Transcurrió un buen rato sin que palabra alguna surgiera de sus labios. Solo se oía el tenue sonido del agua al rozar con los tallos de las aneas y los juncos. Llegado a ese punto me arrepentí de haberle lanzado aquellas preguntas de una manera tan directa y precipitada, pues era muy posible que pensara, con razón, que había invadido, con mi exigencia, su intimidad y no estuviera dispuesta a desvelarme algunos de los secretos que parecía guardar celosamente en lo profundo de su corazón y que, impulsivamente, aquel joven enamoradizo e imprudente deseaba conocer. Al fin me miró a los ojos y dijo:

—Nada recuerdo de mi infancia, Jalid. A la edad de tres años fui tomada presa por las tropas del entonces emir en una de sus expediciones por tierras de cristianos, y llevada, como botín de guerra, a Córdoba. Me crié en el palacio de nuestro señor como esclava y servidora de la gran señora Maryam, después de que ella —que antes había sido la esclava favorita del sultán—, mediante un ardid, lograra que el emir repudiara a su esposa legítima, Fátima al-Qurasiyya, y se convirtiera en la primera mujer del harén y en la nueva esposa de nuestro señor. Como pronto los maestros de la escuela coránica de palacio observaron que yo sobresalía, por mi dedicación al estudio y buenas maneras, entre las demás esclavas, y que aprendía, sin ninguna dificultad, a leer y escribir en árabe, recitando con soltura las suras del Corán, el consejero del sultán, el poeta Ben Abd Rabbihi, encargado de cuidar y ordenar los libros de su biblioteca y de supervisar la formación religiosa de las esclavas, se fijó en mí y consiguió que me manumitieran y me tomara como una más de sus alumnas. Cuando cumplí diecisiete años, viendo que era muy diestra en el aprendizaje del árabe y en las técnicas caligráficas, me envió a la madrasa kabira; pues, de acuerdo con la Gran Señora, deseaba que, algún día, cuando acabara mis estudios de humanidades, fuera, con Lubna, su ayudante en la biblioteca palatina. Y así fue como me conociste.

Yo quedé conmovido con lo expresado, con tanta sinceridad, por Fátima. Ahora comprendía por qué, siendo una simple esclava cristiana manumitida, gozaba del raro privilegio de asistir, con los demás alumnos varones, a las clases de humanidades que se impartían en la principal madrasa de Córdoba.

—Me debo en cuerpo y alma a los deseos de mi señor el califa y de su esposa Maryam, que me dieron la libertad y se ocupan de mi sustento y educación —continuó diciendo Fátima—. Mi destino no es otro que estar al servicio de Ben Abd Rabbihi y de la Gran Señora. Aprender árabe, latín y griego es el cometido que me han asignado para poder llegar a ser la ayudante del bibliotecario de palacio y, llegado el caso, sustituirlo en su labor, pues es ya muy anciano, como sabes. Por eso, mi buen Jalid, me está vedado enamorarme, al menos en estos años de estudio y preparación. Seguiremos siendo buenos amigos. Pero nada más.

Ahora que, atemperada y casi olvidada la pasión que un día sentí por la bella y dulce Fátima, estando desterrado en esta lejana tierra de Egipto y, cerca ya del final de mi azarosa vida, se nublan y difuminan aquellos lejanos recuerdos, pienso, con tristeza, cuán equivocada estaba la ilusionada muchacha y cuán veleidoso y cruel fue el destino con ella y conmigo, como el lector podrá comprobar si decide continuar leyendo esta apasionante historia.

—Ya se han desvanecido las brumas que oscurecían mi entendimiento —manifesté, con el corazón todavía sobrecogido—. Pero aún persiste una duda que me corroe el alma, querida Fátima. ¿Qué cometido tiene tu compañera Lubna en toda esta historia que me has narrado? Porque no dudo que la continua vigilancia y la protección que te dispensa deben de estar relacionadas con tu condición de alumna favorita del poeta Ben Abd Rabbihi y de los planes que, junto con la Gran Señora, te tienen reservados.

—Lubna es casi mi hermana, Jalid. Fue tomada presa por el general Badr ben Ahmad cuando, siguiendo las órdenes del emir, atacó y saqueó el castillo de Álora, que estaba bajo la autoridad de los hijos del rebelde Omar ben Hafsún. Su alcaide fue ajusticiado y crucificado a las puertas de la fortaleza y su hija, que aún no había cumplido siete años, llevada a Córdoba y regalada a la noble Maryam como esclava. Juntas acudíamos a la escuela coránica de palacio y juntas fuimos manumitidas. Ben Abd Rabbihi se encargó, también, de su educación y, cuando ambas accedimos a la madrasa, pensó que dos jóvenes núbiles, que iban a estudiar en la academia de humanidades, donde solo había varones, debían proporcionarse mutua ayuda y protección. De esa manera Lubna, que es la mayor de las dos, se ha convertido en mi compañera y protectora. Ben Abd Rabbihi piensa que algún día ambas podremos ayudarle en la labor de encuadernación, copia y ordenación de los libros que él, con tanto celo, custodia en la biblioteca palatina.

Aquel día, a la sombra de los álamos que crecen en la ribera derecha del río Guadalquivir, pude, por fin, comprender el cometido de Fátima en aquel exclusivo mundo de hombres que era la madrasa, quiénes eran sus poderosos protectores y en qué consistía la naturaleza de la relación que la unía a Lubna. Sin embargo, aquella conversación mantenida con la joven de la que me había enamorado y que, pensaba, sería mi apasionado primer, único y definitivo amor, me dejó un regusto amargo, porque entendí que aquella tierna muchacha estaba destinada a ejercer funciones relevantes en el palacio califal que la alejaban de mí, un humilde estudiante de humanidades sin otro aval que el que le pudiera otorgar el prestigio de su erudito padre y su propio esfuerzo como estudiante. Aunque el insobornable paso del tiempo, que todo lo tiene escrito y concertado, iba a violentar y a torcer los planes y las ilusiones de los tres jóvenes aprendices de humanistas, conduciéndonos por sorprendentes y, en ocasiones, dolorosos derroteros que, en aquellos años juveniles, no podíamos imaginar.

Concluida aquella esclarecedora conversación, retornamos a la ciudad accediendo a la medina por la puerta del Puente. Fátima cabizbaja y en silencio, apesadumbrada porque sabía que nuestra incipiente relación había tomado un rumbo que, ineludiblemente, la alejaba de mí. Aunque estaba seguro de que aquella dulce muchacha guardaba en su corazón los mismos deseos que yo sentía por ella. Volvía a mi casa en la alquería de Abd Allah triste y desilusionado, porque era consciente de que, aunque mi amistad con la joven protegida de la Gran Señora podría continuar en los meses y años venideros, me estaba vedado gozar de ella y de su amor hasta que finalizaran nuestros estudios en la madrasa. Al menos eso pensaba yo ingenuamente. Aunque para que esa feliz circunstancia aconteciera, aún debían transcurrir ocho o nueve años, si es que el caprichoso azar no se interponía entre nosotros para desbaratar nuestros anhelos y proyectos.

III

EL ASTRÓNOMO BEN ABI ISA AL-ANSARI

El resto de aquel primer curso en la academia de humanidades transcurrió sin que aconteciera ningún suceso digno de mención, que no fueran las celebraciones multitudinarias que se organizaban en la gran mezquita para conmemorar algunas de las relevantes victorias de nuestro califa en tierras africanas o la firma de pactos y acuerdos, muy favorables para los musulmanes, que suscribía con algunos de los reyezuelos cristianos del norte, no siendo los menos relevantes las alianzas matrimoniales concertadas entre nuestro señor el califa y algunos reyes vasallos de Pamplona o de León, que le entregaban a sus hijas para apaciguar sus deseos de conquista. Estos reyes y condes cristianos, enfrentados en perniciosas e interminables guerras civiles por el dominio de Asturias, Galicia, Castilla o León, se vieron obligados a buscar, frecuentemente, la mediación o la ayuda de nuestro señor el Príncipe de los Creyentes que, empleando la astucia y su poderío militar, supo aprovechar sus odios y debilidades para someterlos, imponerles tributos y ampliar los territorios y el prestigio del califato.

Mi relación con la hermosa Fátima continuó, aunque hubiéramos abandonado, de común acuerdo, los planes —insatisfechos por mi parte— de unirme a ella mediante un vínculo más íntimo que el de simple amigo y compañero de estudios. Acudíamos juntos a las fiestas religiosas que se organizaban en la explanada de la *musalla*, siendo la que reunía un mayor número de devotos musulmanes la llamada del Cordero, que se celebraba cada año en recuerdo del sacrificio de un cordero macho que Dios ordenó a Abraham matar en lugar de su hijo Ismael; o en ciertos morabitos, situados extramuros de la ciudad, en los que se hallaba sepultado algún santo famoso, para conmemorar su edificante vida y rememorar sus buenas obras; o en la mezquita aljama, cuando los nobles se reunían para jurar fidelidad al soberano en el aniversario de su proclamación como califa. En estas celebraciones y en los paseos que dábamos por la ribera del río o el camino de tierra batida que conducía a la ciudad palatina de Medina Azahara, que se hallaba en construcción, solía acompañarnos Lubna; pues, desde el día que mantuve la conversación con Fátima bajo los álamos del río, había mudado su actitud hacia mí y me trataba sin recelo y como un buen amigo, quizás porque Fátima había intervenido en mi favor para lograr ese cambio de actitud. Con el paso de las semanas y de los meses pude constatar que, si inteligente y aplicada era Fátima, no le quedaba a la zaga su compañera, sobre todo en los asuntos relacionados con la ordenación y catalogación de los libros, la filología árabe y el conocimiento de la lengua griega, materias en las que destacaba por encima del resto de los alumnos.

Aquel verano del año 939, que fue muy caluroso, coincidiendo con la celebración del mes de Ramadán, período en el que se cerraban las madrasas —pues los severos ayunos eran incompatibles con el esfuerzo intelectual de los estudiantes y con las prácticas y los ejercicios a los que teníamos que someternos—, mi padre aprovechó dicha festividad para desplazarse, acompañado de mi madre y de mí, a una aldea situada en la campiña que llamaban Kanbaniya, donde residía su hermano, mi tío Omar. Este poseía un campo en el que cultivaba trigo y cebada y disponía de una pequeña huerta, regada con el agua que traía, mediante una acequia, desde un manantial cercano, en la que sembraba hortalizas y crecían algunos árboles frutales. No lejos, en las afueras de la aldea, había un pequeño oratorio rural en el que podíamos realizar las oraciones diarias prescritas por el Corán.

Aunque yo me resistía a dedicar horas al estudio y a la lectura, porque consideraba que aquellas semanas de asueto, alejado de la madrasa y su biblioteca, debían servir para gozar de la tranquilidad que proporcionaba la naturaleza, cazar algunas tórtolas y pichones con lazo o liga y olvidar las exigencias del trabajo intelectual, mi padre, que no cejaba en su empeño de hacer de su retoño un experto filólogo y un eficaz copista de árabe como lo era él y, antes, lo había sido mi abuelo, había transportado en la acémila en la que íbamos montados mi madre y yo un hatillo con varios libros para que los leyera en tanto que me relajaba debajo de los albaricoqueros.

—No hay mejor ocasión para instruirse, hijo mío —me aseguraba, con la certidumbre que dan la experiencia y el paso de los años—, que la calma y el sosiego que encontramos en el contacto con la naturaleza. Lee estos libros. Uno contiene las *Siete lecturas*, del sabio Ahmad ben al-Fadl, y los otros son obras del famoso filólogo de Basora, Abu Ubayda. En ellos hallarás lo mejor de la lengua árabe de Oriente y de Occidente, todavía no adulterada por el uso del amazigh y del romance.

Yo me sometía dócilmente a los requerimientos intelectuales de mi buen padre no sin cierta rebeldía interior, aunque era consciente de que, si quería llegar a ser tan sabio y respetado como lo era él, debía doblegar mi espíritu juvenil y aceptar los severos sacrificios que imponía el aprendizaje de la lengua árabe y la filosofía y filología antiguas.

Lo cierto era que aquellos libros, leídos sosegadamente a la sombra de los albaricoqueros en el huerto de mi tío Omar, me proporcionaron un inesperado deleite y un novedoso conocimiento sobre el origen y las cualidades del árabe clásico, tan diferente del que hablaban y escribían mis conciudadanos, adulterado por el uso de vulgarismos y plagado de términos procedentes de la lengua de los cristianos y de los bereberes y de extrañas modificaciones léxicas introducidas por jóvenes e inconformistas poetas.

A principios del mes de octubre, me incorporé a las clases de humanidades en la madrasa y volví a encontrarme con mis compañeros de curso en el segundo año de enseñanza. Saludé con afecto a al-Zubaydi y a Talid, antes de acomodarme en los almohadones que compartía con ellos. Yo estaba ansioso por localizar a Fátima y comprobar si la breve y obligada separación vacacional había hecho disminuir el afecto que, en los meses anteriores, habíamos logrado que surgiera entre ambos. Pero fue grande mi decepción cuando observé que ni ella ni Lubna habían acudido aquel primer día de clase al aula. Sentí que el corazón se me aceleraba y que un regusto amargo me ascendía por la garganta, sensaciones que atribuí a la desazón que me había provocado la inusual ausencia de tan aplicadas y cumplidoras alumnas; porque pensaba que, siendo como eran jóvenes esclavas núbiles que pertenecían al exclusivo séquito de la Gran Señora, esta había optado por alejarlas de la madrasa —institución plagada de hombres—, y las había recluido en alguna de las dependencias de palacio, proporcionándoles buenos profesores privados para que les enseñaran las disciplinas en las que eran expertos sin tener que mezclarse con la gente del común y, sobre todo, con muchachos proclives al enamoramiento por imperativo de la edad.

Pero, transcurridos dos días, el sosiego volvió a mi alterado espíritu y la sonrisa a mis labios: Fátima y Lubna aparecieron, tan joviales como siempre, en el aula y ocuparon los almadraques que les estaban asignados.

—¡Fátima, te hemos echado de menos! Talid y yo pensábamos que habías abandonado los estudios en la academia de humanidades —manifesté con la única intención de conocer el motivo que le había impedido acudir a la jornada de apertura del curso. Aunque no podía negar que también para poder oír su voz melodiosa, que tanto me agradaba. Pero fue Lubna la que respondió a mi requerimiento.

—No hemos abandonado los estudios en la madrasa, Jalid, como lo demuestra nuestra presencia hoy en esta aula. Como siervas que somos de la Gran Señora, tenemos otras obligaciones que cumplir en palacio. Además de ser discípulas del poeta Ben Abd Rabbihi, debemos atender a la esposa del califa en su labor de benefactora de las escuelas para pobres. En el mes de Ramadán hemos tenido que acompañarla, en sus visitas anuales, a las que patrocina en los barrios de la Algarbía.

Con la respuesta de Lubna quedó mi espíritu apaciguado, porque sabía que mi amor no correspondido iba a continuar estando cerca de mi persona y podría conversar con ella, escuchar sus cálidas palabras y, si se terciaba, ayudarla con mis consejos o proporcionándole el acceso a alguno de los libros que mi padre custodiaba en su biblioteca.

En el mes de febrero del año 940, el sabio profesor Ahmad al-Razi, que había cumplido cincuenta y tres años y estaba aquejado de una grave enfermedad, causó baja en la academia de humanidades y, entretanto que se recuperaba de su dolencia, y a la espera de que lo sustituyera un historiador que impartía enseñanza en la ciudad de Almería, gozábamos de unas horas de descanso cada mañana que yo, con al-Zubaydi y Talid, dedicábamos a jugar al ajedrez, afición que nos había inculcado el profesor al-Razi, pues, como ya se ha referido, era un experto ajedrecista, autor de un libro muy famoso que se titulaba *La elegancia en el juego del ajedrez*. En una de las galerías del patio de la madrasa nos sentábamos en el suelo, alrededor de uno de los bancos de piedra sobre el que colocábamos el damero de madera y las piezas de barro. Las blancas, dejándolas mostrar el color rojizo de la arcilla; las negras, coloreadas con betún.

He de reconocer que yo nunca llegué a ser un buen jugador, porque mis torpes estrategias siempre eran descubiertas y anuladas por al-Zubaydi, pero, sobre todo, por el eunuco Talid, que se mostraba sumamente habilidoso, venciéndonos en nueve de cada diez partidas. Aseguraba al-Zubaydi, cuando no se hallaba presente nuestro amigo Talid, que no le cabía la menor duda de que el haberle extirpado el cirujano los testículos en su infancia, además de provocarle una anómala obesidad y dotarlo de una voz aguda, casi femenina, le había proporcionado un excepcional y anormal desarrollo de la inteligencia. A ambos nos admiraba su sorprendente capacidad para adivinar las jugadas de su contrincante y desbaratarlas.

Una mañana, estando empeñado con el habilidoso Talid en una partida en la que me había tocado jugar con las piezas negras y me hallaba al borde de la derrota —como en tantas otras ocasiones—, pues había perdido las dos torres, cuatro soldados de a pie y los dos fogosos caballos, y mi contrincante me tenía rodeada la figura del sultán con la suya, la del primer ministro y los dos caballeros de su guardia, me dijo, con cierta condescendencia:

—Jalid: abandonaré esta partida y aceptaré la derrota si eres capaz de adivinar por qué el poderoso gobernador persa de Isfahán, Mardavich ben Ziar, mandó matar a su maestro de ajedrez, Sissa ben Dahir, a causa de una sutil apuesta que tuvo el atrevimiento de hacerle.

—Habla, pues, Talid. Que veré si puedo adivinar el motivo que llevó a la muerte a ese desdichado maestro de ajedrez —respondí, aunque estaba algo confuso, porque no entendía cómo se exponía a perder una partida que ya tenía ganada, conociendo su fatuidad y su oposición a que alguien pudiera vencerlo.

—Atiende, pues, Jalid, a esta sorprendente historia que me contó un jugador de ajedrez que conocí y que procedía de aquella ciudad.

—Soy todo oídos, amigo Talid.

—Decía con mucho convencimiento Hamid, pues ese era

su nombre, que el gobernador de Persia, hombre ilustrado y, hasta ese día, justo y prudente cuando tomaba alguna decisión, aprendió a jugar al ajedrez con las lecciones que le impartía un famoso matemático llamado Sissa ben Dahir, más conocido, por su demostrada habilidad y gran inteligencia, como «el Sabio de Samarcanda». Al cabo de varios años, Mardavich llegó a alcanzar tanta pericia en el juego que le había enseñado Dahir, que superó con creces a su maestro y era rara la partida en la que no le daba jaque mate para irritación del «Sabio de Samarcanda», que se consideraba imbatible en ese juego. Este, carcomido por la envidia y la soberbia, urdió un plan para vengarse de su diligente y poderoso alumno y, una vez que hubieron acabado una partida en la que, como era ya costumbre, volvió a ganar el gobernador, Dahir le dijo:

»—Mi señor Mardavich: con alegría y sin poder ocultar la satisfacción que siento al veros convertido en un gran maestro de ajedrez, observo que no solo habéis aprendido las reglas básicas de este maravilloso juego, sino que, con el entusiasmo y la dedicación que le habéis dedicado durante meses, habéis logrado superar mis conocimientos y habilidades. Sois, sin dudarlo, uno de los grandes jugadores de ajedrez de todo el Oriente.

»—Es a vos, mi buen Sissa ben Dahir, a quien debo los conocimientos adquiridos y el dominio, que con la ayuda del sapientísimo Alá, he podido adquirir de este interesante juego de estrategia —manifestó el gobernador, ajeno a la maldad y el vil engaño que ocultaban aquellas elogiosas palabras del resentido maestro ajedrecista—. Y, para premiar vuestras sabias enseñanzas, he decidido que me pidáis un regalo —continuó diciendo Mardavich—. Como confío en vuestra mesura y buen criterio, prometo solemnemente que os lo concederé sin tener en cuenta el valor del mismo, pues bien sabéis que soy inmensamente rico.

»El maestro ajedrecista inclinó la cabeza en señal de respeto —expuso Talid— y, a continuación, dijo:

»—Soy un humilde matemático que no ambiciona riquezas. No deseo pediros nada que exceda vuestras posibilidades, ni oro, ni palacios, ni esclavos. Quiero que me entreguéis un grano de trigo en la primera casilla del damero; dos en la segunda; cuatro en la tercera; ocho en la cuarta, y así en las siguientes, doblando el número de granos en cada una de las nuevas casillas hasta llegar a la última del tablero.

»—Muy modesta y poco exigente me parece vuestra petición, Ben Dahir —respondió el gobernador, pensando que iba a ser muy pobre y escaso el regalo que deseaba recibir su maestro de ajedrez y experto matemático.

En ese punto de la conversación intervino de nuevo Talid, dirigiéndose a mí:

—¿Puedes decirme, mi buen Jalid, si has descubierto el motivo que llevó al sensato y justo gobernador Mardavich ben Ziar a decretar la ejecución de su ilustre maestro de ajedrez?

Yo quedé confuso y sin saber qué contestar. Porque no creía que la petición del ajedrecista, que me parecía modesta y poco exigente, fuera motivo suficiente para que el gobernador ordenara acabar con su vida.

—No encuentro en tu relato la causa que pudo irritar al gobernador hasta el punto de que este tomara la terrible resolución de matar a su maestro de ajedrez. Sin duda, sería un motivo ajeno al asunto del juego y al regalo que le pidió el ajedrecista a su poderoso señor lo que desembocó en tan lamentable final —repuse, pensando que con esa respuesta había logrado desbaratar la rebuscada artimaña urdida por Talid y había podido ganar la partida en la que nos hallábamos enzarzados y que yo estaba seguro de que iba a perder.

Talid apoyó su ancha y robusta espalda sobre el banco de piedra, al tiempo que dejaba escapar una sonora carcajada.

—¿Es cierto que no encuentras nada en el relato que me trasladó Hamid, el jugador persa, que justifique la decisión del gobernador de Isfahán de matar al arrogante y pretencioso Sissa ben Dahir? —repuso Talid cuando hubo dejado de reír.

—Nada, amigo mío. Creo que la petición del maestro de ajedrez fue justa y escasamente ambiciosa.

—Pues habiéndose frustrado mi generosa propuesta de dar por perdida la partida si adivinabas por qué el gobernador mandó ejecutar a su maestro de ajedrez, procedo a hacer el movimiento que me corresponde y darte jaque mate.

Y, acabando de pronunciar aquellas palabras, con una amplia sonrisa de triunfo dibujada en su rostro, movió la figura del emir blanco tres casillas en dirección a mi acorralado sultán negro, que yo defendí interponiendo uno de los pocos soldados de a pie que me quedaban sobre el tablero. Entonces, Talid lanzó a uno de sus caballos contra el flanco desguarnecido de mi sultán, proclamando eufórico:

—¡Jaque mate!

Finalizada de esa manera la partida con el triunfo de Talid, rogué a mi amigo el eunuco que me revelara cuál había sido el motivo por el que Mardavich ben Ziar había ordenado matar al matemático de Samarcanda.

—Mi inocente amigo —comenzó diciendo—: el astuto ajedrecista, haciendo gala de su sapiencia como experto matemático, sabía que diciéndole al gobernador que le entregara un grano de trigo en la primera casilla y, después, fuera incrementando la cifra, duplicando lo obtenido en las siguientes, hasta llegar a la número sesenta y cuatro del damero, la enorme cantidad de granos de trigo que debía reunir Mardavich ben Ziar para cumplir su arriesgada promesa era tan desmesurada que las cosechas recolectadas en los campos de al-Andalus, el Magreb, el valle del Nilo y Persia durante diez años hubieran sido insuficientes para poder satisfacer la demanda del sagaz, ambicioso y vengativo maestro de ajedrez. Por ese motivo, al sentirse humillado y engañado por el matemático ajedrecista, su vasallo y, al mismo tiempo, insensato maestro, lleno de furia, mandó a su chambelán que le cortara la cabeza y, luego, la colgara en una de las puertas más transitadas de Isfahán.

—¿Hasta tal punto era enorme la cantidad de granos de trigo exigida por el maestro de ajedrez? —pregunté a Talid, escandalizado y confuso, porque no creía que un simple damero de sesenta y cuatro casillas pudiera contener las numerosas cosechas de trigo que decía.

—Ya sé, Jalid, que tu mente de humanista no está preparada para realizar tan complejos cálculos matemáticos que solo un sabio, experto en aritmética y álgebra, es capaz de hacer. El número total de granos de trigo que el burlado gobernador debía entregar a su maestro de ajedrez ascendía a muchos miles de millones de arrobas. Esa cantidad numérica, amigo mío, nuestras humildes y racionales mentes no son capaces de comprenderla ni de representarla.

Y, de esa manera, dimos por terminada la partida de ajedrez aquella mañana y la extraña apuesta que me hizo el ingenioso eunuco.

Aunque yo quedé pensativo un buen rato, mientras que Talid recogía las piezas del tablero y las guardaba en una caja de madera. Como no había quedado totalmente convencido con la explicación aportada por mi compañero de juego, estaba planeando el modo de dirigirme, sin que se percatara el inteligente eunuco, a la academia de ciencias para consultar, con alguno de los expertos matemáticos que impartían las clases de geometría y álgebra en la madrasa, el asunto de los granos de trigo y el damero de ajedrez que tenía la sorprendente propiedad de multiplicar casi al infinito una cantidad numérica. No obstante, antes de solicitar la ayuda de uno de los sabios de la academia de ciencias, opté por utilizar, en la intimidad que me proporcionaba la biblioteca de mi padre, los elementales conocimientos de cálculo que había aprendido en la escuela coránica en mi adolescencia para hacer las operaciones matemáticas y averiguar si, en verdad, alcanzaban una cifra tan enorme los granos que había que reunir en la casilla sesenta y cuatro del damero. He de decir que, después de dedicar varias horas a realizar las operaciones matemáticas necesarias, me vi obligado a abandonar tan inútil pesquisa, cuando comprobé que en la casilla treinta y seis ya se acumulaba la ingente cantidad de 34.354.738.360 granos de trigo.

Al llegar la primavera, como mis relaciones con Fátima, mi amor no correspondido, seguían siendo fluidas y cordiales, aunque no pasaran del rango de la simple amistad propia de unos buenos compañeros de estudios, yo procuraba que nuestros encuentros se hicieran más frecuentes y, sobre todo, que trascendieran las meras pláticas y consultas académicas y trataran sobre asuntos más íntimos y personales. Ella accedía, los días festivos que no teníamos que acudir a la madrasa, a pasear en mi compañía por la alcaicería para contemplar los objetos caros y exóticos que llegaban a Córdoba traídos por los mercaderes judíos desde el reino de los francos, Constantinopla o del Oriente musulmán, no faltando las exquisitas arquetas con inscripciones realizadas sobre placas de marfil que —aunque se fabricaban en nuestros talleres— se elaboraban con el marfil importado desde Siyilmesa o el reino de Kumbi Saleh. Sin embargo, los paseos más gratificantes eran los que realizábamos por la ribera del río, en dirección a la fortaleza de Almodóvar, o a los bosques situados en los montes de solana, cerca de la ciudad palatina que estaban construyendo a una legua y media de Córdoba y que era conocida como la Ciudad Brillante y, también, como Medina Azahara. Este nombre, la gente del común y los alarifes que trabajaban en ella aseguraban que se debía a que el califa la había mandado edificar para honrar y perpetuar la memoria de su esclava favorita, que se llamaba Azahara, que en romance quiere decir Flor; pero esa creencia no pasa de ser producto de la imaginación desbordada y del apego a la fantasía de los cordobeses.

En estos paseos a veces nos acompañaba Lubna que, como ya he referido, había mudado la manera de relacionarse conmigo, abandonando el recelo y el distanciamiento que, al principio de conocernos, me tenía. Como era una mujer muy inteligente y dominaba a la perfección el árabe, tanto el dialecto andalusí como el árabe clásico, y la historia de los musulmanes y la de los antiguos griegos, yo no desaprobaba su compañía, muy al contrario, disfrutaba con su culta conversación comentando con ella y con Fátima asuntos filológicos o históricos o analizando los errores que detectábamos en las malas traducciones realizadas de obras de los filósofos griegos o de sabios romanos. Aunque, a decir verdad, prefería que nos dejara a solas en nuestros ratos de asueto para que pudiera profundizar en mi relación con la que era la mujer que, no tenía duda, tarde o temprano me tenía reservada como esposa el destino.

En la primavera del año 941 murió el anciano gran imán de la mezquita aljama, el prestigioso cadí Ahmad ben Baqi, fallecimiento muy sentido y llorado por todos los cordobeses. No en vano fue el que, con su emocionante proclama en el año 929, elevó al rango de califa y Príncipe de los Creyentes a nuestro querido emir.

Al año siguiente, cuando se conmemoraron los trece del reinado —como califa único e imán de todos los musulmanes— de Abderramán III, y hacía cuatro de mi ingreso en la prestigiosa madrasa kabira, aconteció un hecho que demostraba el enorme poder y la fama que Córdoba y sus gobernantes estaban alcanzando en todo el mundo conocido —a pesar de la oposición y la enemistad de los fatimíes chiitas, enemigos jurados de los omeyas—, desde Persia y Bizancio hasta los reinos cristianos del norte y el poderoso imperio de los francos.

En el verano de ese año, arribó a la capital de al-Andalus una numerosa embajada que procedía de la ciudad de Amalfi, situada en Italia, en el golfo de Salerno, que se hallaba bajo la soberanía de Bizancio. Decía la gente que venía a rendir pleitesía a nuestro califa y a firmar una serie de acuerdos comerciales con los mercaderes de la ciudad. Pero Lubna, que se hallaba al servicio de la Gran Señora y tenía acceso a lo que se comentaba en palacio, aseguraba que la verdadera y secreta misión de aquella embajada era estrechar los lazos de amistad entre el emperador de Constantinopla, Constantino VII, y nuestro califa, y sondear la posibilidad de sellar un pacto militar entre ambos para hacer la guerra al enemigo común, que eran los fatimíes, pues con sus correrías marítimas desde sus puertos de Túnez y Mahdía perjudicaban por igual a andalusíes como a los cristianos de Oriente. Acompañaban al conde Arnulfo, que era el embajador, veinte mercaderes amalfitanos y un traductor de árabe egipcio. Decía la gente que este conde era dueño de más de cien factorías pesqueras y talleres de seda y brocados en ciudades del golfo de Bengala, Egipto y Constantinopla. Media Córdoba se congregó en torno a la puerta del Puente, por donde iba a entrar la comitiva de Amalfi para acceder al alcázar, donde sería recibido el embajador por nuestro señor el califa.

Habíamos acabado las dos primeras clases del día, impartidas por el historiador Ben al-Qutiyya y el juez al-Jusani, cuando, en compañía de Fátima y Lubna, decidimos acercarnos también nosotros al puente para contemplar la fastuosa llegada de aquellos extranjeros que procedían de un país tan lejano.

—¡Fátima, Lubna, apresurémonos! ¡Hemos de ocupar un buen lugar, cerca del puente, para poder ver de cerca a los italianos!

Las dos muchachas, con sus hatillos de libros debajo del brazo, me siguieron. Dejamos atrás la alcaicería y, cuando íbamos a embocar la larga calle que conducía a la puerta del Puente, que era conocida como la *Mahayya 'uzma*, una muchedumbre que tenía nuestra misma intención nos lo impidió.

—No podremos acceder al río por este lugar, Jalid —exclamó Lubna, tomando de la mano a Fátima y alejándola del gentío que pugnaba por alcanzar la puerta por la que iba a entrar en Córdoba la embajada de Amalfi.

—Es imposible pasar por este lado. Busquemos otro sitio más despejado para poder salir de la ciudad —dijo Fátima.

—La puerta de la Pescadería debe de estar libre de gente. Salgamos al arrecife por ella —propuse, señalando una calle que sabía que conducía a ese vano secundario de la muralla.

Ciertamente aquel postigo, poco transitado, abierto en el flanco meridional del recinto defensivo como a doscientos codos al este del puente, que comunicaba con la ribera del río, debía de estar despejado. Era utilizado, desde antes del amanecer, por los pescadores para introducir sus capturas y abastecer los puestos de pescado de los zocos. No cabía duda de que sería el mejor lugar para acceder al arrecife y, siguiéndolo, llegar al puente. Sin embargo, cuando estábamos a la altura del pretil del viejo puente de piedra, observamos que toda su calzada se hallaba flanqueada por grupos de curiosos que se habían reunido, desde muy temprano, para ocupar un lugar bien situado y no perderse nada de lo que iba a acontecer aquella mañana, pues era la primera vez que una embajada tan importante acudía a Córdoba.

El arrecife por donde iban a acceder los italianos, que recorría la ribera sur del Guadalquivir desde Alcalá, la estratégica fortaleza de los Banu Said, hasta la capital, estaba flanqueado, en algo más de una milla, por soldados de caballería del califa, luciendo sus coloridos uniformes y cubiertos con los relucientes cascos de acero. Como desde la calzada pavimentada, una escalera de piedra, colindante con los arcos del puente, llevaba a la orilla del río, procedimos a descender por ella y aproximarnos a la ribera. Allí se encontraban, varados en la arena, varios faluchos de pescadores cuyos dueños esperaban ver llegar al embajador y a su séquito desde ese tranquilo y despejado lugar. Nos acercamos a una de aquellas barcas y solicité a su dueño, que se afanaba en amarrar los cabos de la vela triangular a la borda de la embarcación, que nos pasara a la otra orilla del río a cambio de unas monedas. El pescador aceptó mi oferta y, al poco, nos hallábamos en la ribera meridional del Guadalquivir, donde acababa el empedrado arrecife que se iniciaba en la fortaleza de Alcalá. En aquel lugar, alejado de la muralla y del puente, el gentío era menor y pudimos ocupar un pequeño altozano desde el que, estábamos seguros, podríamos contemplar sin estorbo la numerosa comitiva que llegaba desde la costa italiana, después de haber desembarcado en el puerto de Málaga.

No había alcanzado el sol su cénit cuando, a lo lejos, aparecieron los primeros jinetes que escoltaban al conde Arnulfo y a los mercaderes que lo acompañaban. No hubo que esperar mucho para que la embajada llegara al lugar donde, expectantes, esperábamos Lubna, Fátima y yo mismo.

—¡Ese caballero que encabeza la comitiva es el conde Arnulfo! —exclamó Lubna—. ¡Monta un caballo con una lujosa gualdrapa bordada con cruces doradas, sin duda el emblema de la ciudad de Amalfi!

—Ciertamente es el conde embajador —añadí—, pues, al margen de las lujosas vestiduras que porta, cabalga con actitud altiva escoltado por dos jinetes que enarbolan banderas con el emblema oficial del Imperio bizantino: un águila bicéfala dorada sobre fondo rojo.

Mis dos asombradas compañeras me miraron sin poder ocultar la sorpresa que les habían causado mis palabras.

—No os sorprendáis, amigas mías. Ayer estuve ojeando el códice escrito e iluminado por el patriarca Focio el Grande, una de cuyas copias guarda mi padre en su biblioteca, que narra la historia de Bizancio y de sus emblemas.

Ambas muchachas rieron, al tiempo que me lanzaban una mirada displicente censurando mi atrevida e innecesaria muestra de erudición.

Detrás del conde marchaba su séquito, formado por una decena de caballeros armados con largas espadas, que portaban colgando de los lujosos tahalíes, y escudos triangulares muy diferentes a los usados por nuestros soldados. Cerrando la comitiva iban seis carros tirados por cuatro acémilas cada uno, flanqueados por unos jinetes lujosamente vestidos —algunos gordos y lustrosos, lo que demostraba que no eran miembros de la milicia—. Se trataba, sin duda, de los ricos comerciantes que portaban en los carros las mercancías que traían de Oriente. Cruzaron el puente y entraron en la ciudad, dirigiéndose al alcázar, en cuya plaza de armas los esperaba un cuerpo de caballería con uniformes de gala que no tenía otra función que mostrar a los italianos el poder de los omeyas de al-Andalus e impresionarlos. Todo el resto del día estuvieron los recién llegados en el alcázar, hablando el conde con nuestro califa por medio del intérprete egipcio que traían de Oriente y que conocía a la perfección la lengua de los cristianos de Bizancio, además del árabe. Dos jornadas más permanecieron los italianos en Córdoba, antes de retornar a su ciudad desde Málaga, en cuyo puerto se hallaban atracadas las naves amalfitanas.

Nadie supo lo que habían tratado, en sus conversaciones, el conde Arnulfo y el califa. Lo que sí se supo es que, en los días siguientes, en la alcaicería y en las tiendas de lujo de la medina se podían adquirir preciosos brocados de intensos colores —vestiduras nunca antes vistas en Córdoba—, túnicas de fina seda amarilla y azul, ricas almalafas teñidas con la exótica púrpura, zayas y marlotas de lino y elegantes alfombras de lana que, decían, procedían de la lejana Persia. Lo cierto es que, a partir de ese año, cada dos veranos, arribaba a Córdoba una nutrida comitiva de mercaderes procedente de Amalfi, con carros cargados de exóticos productos para comerciar.

Aseguraba Lubna —que, con Fátima, tenía acceso a las dependencias palaciegas y podía conversar con miembros de la corte califal— que los amalfitanos regalaron al califa tres caballos de una raza desconocida en al-Andalus y que, a cambio, solicitaron de la generosidad de Abderramán III que pudieran llevar consigo, en el viaje de vuelta, a uno de los prestigiosos alarifes que trabajaban en la construcción de la ciudad palatina de Medina Azahara para que colaborara con los arquitectos bizantinos en las obras de la catedral de Amalfi y la embelleciera con el arte de los omeyas de Córdoba. A lo que el Príncipe de los Creyentes aceptó, porque aquella petición no era más que la demostración del respeto y la fama que estaban alcanzando al-Andalus y su original arquitectura fuera de nuestras fronteras.

Unos años más tarde, el emperador de Bizancio, Constantino VII, hermanado con nuestro señor el califa, envió, con la delegación comercial de Amalfi, un preciado regalo para Abderramán III. Se trataba de un ejemplar del libro *Historiae adversus paganos*, del famoso escritor Paulo Orosio. Dicha obra, escrita en latín, fue traducida al árabe por nuestro profesor, el insigne sabio Qasim ben Asbag, antes de que perdiera la razón y falleciera a causa de los achaques provocados por la vejez. Como la auténtica joya literaria que era, el original y la traducción fueron depositados en la biblioteca de la que, años más tarde, fui director, hasta que el malvado Muhammad ben Abi Amir asumió el poder y, apoyado en los fanáticos *fuqahas*, después de haber arrinconado a los ulemas y alfaquíes moderados, la mandó quemar con otros incunables por considerar su contenido inmoral y pernicioso para los buenos musulmanes, como luego se verá.

Del supuesto acuerdo o pacto militar firmado entre el emperador Constantino VII y el califa Abderramán III por medio de la embajada amalfitana nada más se supo, pues los años pasaron y las relaciones con Amalfi y otras ciudades italianas, que estaban bajo el dominio de Bizancio, continuaron realizándose solo con fines comerciales.

Pero en la primavera del 949, el emperador de los cristianos de Oriente envió una numerosa representación diplomática a Córdoba. En esta ocasión encabezada por un embajador plenipotenciario designado directamente por el insigne mandatario, sin la mediación de los nobles amalfitanos. Las conversaciones se mantuvieron en secreto y los acuerdos pactados quedaron en la intimidad del califa y del emperador de Bizancio. Pero algunos relevantes miembros de la *jassa* sabían que la embajada bizantina tenía como principal cometido acordar con Abderramán III una alianza militar para hacer frente, unidos, al poder naval de los fatimíes, que se estaban enseñoreando de todo el Mediterráneo central, perjudicando las relaciones comerciales de ambos Estados, situados uno a Oriente y el otro a Occidente del mar que fue el gran lago de los emperadores romanos en el pasado.

Para demostrar su amistad, Constantino VII había mandado un nuevo regalo a nuestro señor el califa: un ejemplar de la famosa obra la *Materia médica* de Dioscórides, escrito en griego e ilustrado con numerosas miniaturas, bellamente coloreadas, de arbustos, ramas, hojas y flores alusivas a las drogas curativas y a las hierbas medicinales que se describían en el texto. Conozco su contenido porque pude admirarlo cuando asumí la dirección de la biblioteca de Córdoba.

Para que tradujera al árabe tan valioso y antiguo códice, el emperador bizantino, conocedor de la falta en Córdoba de expertos en la lengua griega, había enviado a un sabio monje, llamado Nicolás. Este erudito oriental, que dominaba tanto el griego como el latín y el árabe clásico, se estableció en la capital del califato, pensionado por Abderramán III y con la misión de enseñar a los alumnos, en la madrasa kabira, el griego y a traducir al árabe los libros escritos en esa lengua que ingresaban en la biblioteca palatina.

La paz armada se pudo mantener durante varios años, quizás porque los fatimíes estaban manteniendo conversaciones secretas con los bizantinos para poder llegar a acuerdos con ellos y desbaratar, de ese modo, la coalición de los cristianos de Oriente con los omeyas de al-Andalus. Pero, en el verano del año 955, aconteció un grave e inesperado suceso que desencadenó la inevitable guerra marítima.

En el mes de agosto, una flota fatimí que partió del puerto de Tenes, situado al este de Tremecén, constituida por veinticinco embarcaciones de guerra, diez cárabos y dos mil hombres, asaltó de noche y por sorpresa el puerto de Almería, donde se hallaba el almirante de la flota omeya y la mayor parte de sus navíos de guerra y de comercio. Dicen que el califa fatimí al-Muizz alegó, para justificar tan reprobable acción, que un barco de guerra omeya había capturado una galera fatimí que portaba una importante correspondencia oficial desde Sicilia. Lo cierto es que los norteafricanos lograron incendiar más de la mitad de los barcos andalusíes que estaban atracados o fondeados en el puerto, apoderarse durante la noche de la ciudad, robar las mercancías guardadas en los almacenes portuarios y matar a un centenar de almerienses antes de retornar, cuando amaneció, al puerto de donde habían partido.

En los dos años que siguieron a la destructiva acción de los fatimíes en Almería, la escuadra andalusí hizo frente, en aguas de Sicilia y Cerdeña, a la flota norteafricana, derrotándola en varias ocasiones hasta que, con la mediación del emperador bizantino, se dio por concluido el largo enfrentamiento marítimo, lo que obligó a la escuadra omeya a retornar a puertos andaluces. Para evitar nuevos ataques del enemigo fatimí, Abderramán III mandó, en el año 960, construir un castillo en Tarifa sobre el acantilado, ampliar las murallas de Marbella, Estepona, Málaga y Almería y erigir una serie de torres de vigilancia costera desde Gibraltar hasta el litoral almeriense.

Pero, una vez descritos los enfrentamientos marítimos acontecidos entre omeyas y fatimíes por el control del mar Mediterráneo a lo largo de esos años, volveré al apasionante relato de mi convulsa existencia, que es lo que, sin duda, con mayor interés desearán conocer los futuros lectores.

Después de asistir al gran y novedoso espectáculo que representó la entrada en Córdoba de la fastuosa embajada de la ciudad de Amalfi en el verano del año 942, Lubna, Fátima y yo continuamos asistiendo a las clases en la madrasa kabira que impartían nuestros insignes profesores, aunque el gran historiador al-Razi, que tantos conocimientos nos había proporcionado sobre lo acontecido en al-Andalus desde que desembarcaron en *Hispania* los generales Tariq y Musa, dejó de dar sus magistrales lecciones por haber perdido buena parte de la visión y adolecer de una grave enfermedad que fue la que, al final, acabó con su larga y fructífera existencia el mismo año en que los fatimíes asaltaron el puerto de Almería.

Transcurrieron dos años de la arribada de la embajada italiana sin que ningún suceso extraordinario, al margen de las triunfales entradas del Príncipe de los Creyentes al frente del ejército omeya en la ciudad, después de las victorias logradas contra los cristianos del norte, viniera a perturbar la tranquilidad que se respiraba en la capital del califato. Es necesario decir que aquellas aceifas o campañas veraniegas no siempre eran emprendidas por los musulmanes en solitario, como un acto de castigo por la ruptura de las paces o de los acuerdos firmados con algún reyezuelo, sino que, frecuentemente, se hacían en alianza con otros reyes o condes cristianos o pretendientes al trono que deseaban vengarse de sus correligionarios de Galicia o de Pamplona con la ayuda del ejército omeya.

El verano del año 944 —hacía seis que yo había ingresado en la academia de humanidades— se había iniciado y solo faltaba un mes para que comenzara el de Ramadán y la madrasa cerrara temporalmente sus puertas. Antes del anochecer, abandonamos Lubna, Fátima y yo la biblioteca general, en la que habíamos estado consultando unos textos de filología clásica por recomendación del profesor Ahmad ben al-Fadl, cuando decidimos acercarnos a la fuente que ocupaba el centro del patio para apagar nuestra sed. Fue entonces, al alzar la mirada hacia la azotea del pabellón donde se localizaban las aulas y los laboratorios de la academia de ciencias, cuando observamos a un grupo de alumnos que, rodeando a quien parecía ser su profesor, charlaban y centraban su atención en un extraño artilugio que estaba colocado sobre una especie de trípode y que señalaba la bóveda celeste en la que ya comenzaban a aparecer tenuemente las primeras estrellas.

—¿No os parece extraño y fuera de lugar que un profesor imparta una clase a deshora, al aire libre y cuando ya está tan próxima la noche?

Hice esa pregunta sin dejar de contemplar la escena que se estaba desarrollando en la azotea de la madrasa protagonizada por aquel, para mí, desconocido profesor rodeado de unos diez o doce atentos alumnos.

—Se trata del profesor de matemáticas y geometría, el famoso Ben Abi Isa al-Ansari —señaló Lubna—. Dicen que estudió astronomía y geometría en la escuela de Alejandría y que tuvo acceso en aquella ciudad a las obras científicas de los antiguos, que se salvaron del gran incendio que sufrió su biblioteca.

—¿Y qué hacen en la azotea? ¡Parece que están adorando a alguna divinidad celeste! —dije yo con sorna, porque sabía a ciencia cierta que lo que hacían en aquel lugar, cercana ya la noche, tenía que ver con prácticas o estudios relacionados con alguna de las asignaturas que el tal al-Ansari impartía en la madrasa y no con ningún misterioso ritual de astrología o magia, materias cuyas enseñanzas estaban prohibidas.

—Nadie lo sabe en la academia de humanidades —añadió Lubna—. Ya sabéis que a los alumnos que estudiamos historia, teología, filosofía o exégesis coránica nos está vedado acercarnos a los laboratorios de ciencias. Los ulemas son muy estrictos en el cumplimiento de esa prohibición, porque aseguran que algunos profesores realizan conjuros y exponen perniciosas teorías, en esos laboratorios, contrarias a lo que nos reveló el Profeta a través del Corán y de los hadices.

—¡Excusas sin fundamento, Lubna! Nada inmoral o herético se enseña en esta prestigiosa madrasa —aseguré, muy convencido de lo que decía, porque mi instruido padre me había enseñado a no despreciar ningún conocimiento procedente de los antiguos, aunque parecieran novedosos y fuera de toda lógica. Aseguraba que en ellos está la base y el fundamento de los saberes de nuestro tiempo—. Pronto sabremos a qué atenernos, amigas mías.

Aquella inusual escena, acaecida en la azotea del pabellón de ciencias de la madrasa kabira, había despertado mi curiosidad y, sobre todo, el deseo que siempre albergué en mi alma —quizás influenciado por mi ilustre padre— de conocer. Me despedí de mis dos compañeras de estudio, prometiéndome a mí mismo que averiguaría lo que se tramaba en aquella azotea y si podría, aun siendo un alumno de humanidades, acudir a aquellas casi secretas reuniones con el matemático Ben Abi Isa al-Ansari, al que, hasta ese día, no había tenido el gusto de conocer ni de intercambiar con él palabra alguna.

Lo primero que hice fue acercarme a la biblioteca general para saber si en el catálogo de obras de la misma aparecía alguna atribuida a al-Ansari, pues pensaba visitarlo para hacerle cierta consulta como un alumno interesado en los temas científicos de su especialidad; pero, antes, deseaba saber a ciencia cierta cuáles eran sus obras publicadas, que, sin duda, debían de ser relevantes, así como el contenido de las mismas. Era evidente que, sin el aval de importantes y novedosas aportaciones científicas, difícilmente un matemático, aunque fuera de renombre, podría aspirar a impartir enseñanzas en la exclusiva y exigente madrasa kabira.

—Lo siento, muchacho. No hay ninguna obra en nuestra biblioteca de la que sea autor el profesor al-Ansari —manifestó, algo contrariado, el encargado de atender a los alumnos que acudían en demanda de algún libro.

Quedé sorprendido y confuso. ¿Cómo era posible que no hubiera ninguna obra de tan prestigioso matemático en nuestra biblioteca? ¡No me podía creer lo que acababa de oír!, me repetía una y otra vez. Estaba tan claro como el agua que fluía en la fuente de las abluciones de la gran mezquita que la respuesta dada por el ayudante de bibliotecario no me había satisfecho, ni apagado mi ardiente deseo de conocer al profesor al-Ansari, ni de profundizar en tan extraño, anómalo y nocturno asunto que se desarrollaba en la azotea del pabellón de ciencias. Muy al contrario. Había despertado en mí una incontenible curiosidad, pues me parecía estar asistiendo a una aviesa conspiración intelectual que escapaba a mi comprensión. Por ello, me dirigí a la cercana biblioteca de la academia de ciencias. Seguro que en ella sí encontraría catalogada alguna de las obras escritas por el profesor Ben Abi Isa al-Ansari —me dije—. Pero cuál sería mi sorpresa cuando el encargado de consultar el catálogo, después de revisar, una y otra vez, las páginas en las que debía aparecer el nombre o la *nisba* de al-Ansari encabezando sus obras, me dio la misma respuesta que la obtenida en la biblioteca general. ¡No existía catalogado ningún libro escrito o anotado por al-Ansari! Aquello me dejó perplejo. Algo no cuadraba. ¿Cómo era posible que tan prestigioso profesor no hubiera escrito, comentado o anotado una sola obra de su especialidad, quedando depositada en la biblioteca para que pudiera ser consultada por sus alumnos? Aquella frustrante y fracasada indagación no hizo sino incrementar mi deseo por conocer a aquel atípico profesor y poder entablar una conversación con él.

Dejé en su secretaría una nota con mi nombre y la petición de que me recibiera, pues, aunque era alumno de la academia de humanidades, quería que, a ser posible, resolviera algunas dudas que tenía sobre ciertos filósofos y sabios de la antigüedad. Unas dudas tan falsas como la santidad que algunos atribuyen a los heréticos *jariyíes*, pero que consideré una manera casi segura de poder ser recibido por el profesor al-Ansari. Luego, maneras tendría de dirigir la conversación al asunto que me tenía intrigado. He de decir que mis compañeros al-Zubaydi y Talid, así como Fátima y Lubna, ignoraban, en todo y en parte, las pesquisas que estaba realizando para poder acceder al misterioso profesor que se reunía con sus alumnos a deshora en la azotea de la madrasa.

No fue larga la espera. Pasados dos días de haber entregado a su secretario la esquela con mi petición, este me esperaba a la salida de clase.

—Jalid ben Idris: el profesor al-Ansari me ordena que le diga que esta tarde, al finalizar las clases, va a recibirle —expuso el secretario sin mucho entusiasmo—. Le atenderá en su despacho.

—Transmítale mi agradecimiento al profesor —respondí, sin poder ocultar la satisfacción que aquella noticia me había proporcionado, pues pensaba que el insigne matemático no tendría excesivo interés en atender a un alumno que no pertenecía a la exclusiva academia de ciencias y, menos, que hubiera respondido a mi petición con tanta presteza.

Al finalizar la clase de filología impartida por el profesor Ben al-Fadl, me despedí de Lubna y Fátima, que quedaron sorprendidas y confusas al observar la diligencia que yo ponía en abandonar el pabellón de humanidades y dirigirme al de ciencias, en cuya planta segunda tenía el profesor Ben Abi Isa al-Ansari su despacho; no sin antes haber decidido que, dependiendo de lo que averiguara tras la entrevista, los pondría al corriente de la misma.

Cuando hube ascendido por la escalera de losas de piedra que daba acceso al pasillo donde se hallaban los despachos de los profesores de ciencias, busqué con la mirada la puerta en la que, sobre una cartela de madera y escritos con letras rojas en cursiva, aparecían los nombres de los profesores. En la segunda puerta pude leer el del profesor al-Ansari. Esperé a que la puerta se abriera, pues consideré que sería una falta de respeto golpearla con mi puño para atraer la atención de quien estuviera al otro lado. Pero no fue necesario tomar esa decisión, porque no transcurrieron diez segundos sin que se abriera y apareciera la figura del joven secretario de al-Ansari.

—Jalid ben Idris: el profesor le espera —fueron sus parcas palabras, al tiempo que, con un ademán de su mano derecha, me invitaba a acceder al despacho del insigne profesor de matemáticas y astronomía de la madrasa kabira.

De pie, delante de una mesa sobre la que estaban depositados varios legajos y un par de libros encuadernados con piel muy ajada de color marrón, se hallaba Ben Abi Isa al-Ansari. Nunca me había topado con él en el patio de la madrasa, ni en el oratorio, ni en las calles de Córdoba y, por lo tanto, su fisonomía me era desconocida. Esperaba encontrarme con un avejentado y venerable maestro, pero me sorprendió observar que era relativamente joven, pues no debía superar los cuarenta años. Vestía con mucha pulcritud una túnica blanca de mangas anchas que los musulmanes llamamos *yubba*, pero que los muladíes y los cristianos cordobeses denominan, en la lengua romance que hablan, aljuba. Generalmente la *yubba*, de uso diario, se complementaba con una pelliza o capa de lana oscura en invierno, pero, como ya se acercaba la estación cálida, no era necesario llevarla ni en el interior de los edificios ni siquiera en plena calle. No se cubría la cabeza con turbante ni con el típico bonete de fieltro tan usado por los poetas y los intelectuales. El cabello, negro como la noche, lo llevaba recortado alrededor del cuello y su cara estaba adornada por una barba muy sutil, también recortada.

—Sé bienvenido a este rincón de la madrasa donde se guardan los secretos de la ciencia, tan alejados de la realidad que muestran los libros de historia y filosofía que tú estás acostumbrado a manejar —dijo al-Ansari, esbozando una leve sonrisa, sin duda para justificar la ironía que encerraban sus palabras.

Yo estaba azorado, aunque la sonrisa mostrada por el profesor de ciencias había logrado tranquilizarme. Su voz cálida y suave me animó a responder a sus palabras de bienvenida.

—Deseo expresarle, profesor al-Ansari, mi agradecimiento por haberme recibido en su despacho y que me dé ocasión de poder solicitar de su reconocida sabiduría su consejo respecto a ciertas dudas que tengo sobre algunas obras de los antiguos.

Ben Abi Isa al-Ansari permaneció en silencio unos instantes, como si estuviera pensando qué decir a aquel atrevido alumno de humanidades. Luego mostró una amplia sonrisa dibujada en su barbado rostro y dijo:

—Muchacho: sé a ciencia cierta que el motivo que expusiste en la esquela que le presentaste a mi secretario para que te recibiera no es el que en realidad te ha movido a estar hoy en mi presencia. Un alumno experto, como lo eres tú, en los temas de historia, filosofía y filología de los antiguos no necesita solicitar los consejos, en esos asuntos, de un humilde profesor de matemáticas.

Quedé como petrificado y sin habla.

Solo esperaba que al-Ansari llamara a su secretario para que despachara con cajas destempladas a aquel alumno insolente sin más explicaciones. Pero, para mi sorpresa, no sucedió de la manera que temía.

—No acostumbro a atender a alumnos de otras disciplinas al margen de las matemáticas, la geometría o la astronomía, que son las asignaturas que imparto en esta academia, Jalid —expuso el profesor de ciencias, al tiempo que se acercaba a un diván que estaba adosado a la pared, debajo de la amplia ventana ajimezada que daba al patio de la madrasa y me invitaba a acompañarlo tomando asiento a su vera—. Si te he recibido con tanta presteza, muchacho, ha sido porque siento un enorme respeto y agradecimiento hacia tu padre, el ilustre Abdalá Idris, experto copista y hábil traductor del latín, quien, hace unos seis años, copió para mí un viejo tratado de aritmética que se hallaba tan deteriorado que, de no haber sido tan cuidadosa y fielmente copiado por tu progenitor, se hubiera perdido irremisiblemente. Es el pertenecer a la conocida familia de los idrisíes lo que ha posibilitado que te recibiera, aun a sabiendas de que era una pueril excusa lo que escribiste en la tarjeta que entregaste a mi secretario para que atendiera tu petición. A tu padre se lo debes, Jalid. Y ahora, joven hábil e impulsivo, dime qué es lo que, en verdad, deseas de mí.

Lo cierto es que, después de que al-Ansari hubiera descubierto la falsedad del motivo por el que había solicitado que me recibiera, no sabía qué contestar. Me sentí desvalido y falto de argumentos. Pero, como no había olvidado cuál era el verdadero objetivo que me había llevado a la presencia de aquel afamado profesor de ciencias, no tardé en recomponerme y dije:

—Estimado profesor: aunque soy un alumno de la academia de humanidades y a las disciplinas de historia, filosofía y filología de los antiguos me dedico desde que abandoné la escuela coránica, no por ello han dejado de interesarme los misterios y las invenciones relacionadas con la ciencia, especialmente si se trata de aquellas que hemos recibido de los antiguos griegos y romanos, aunque siempre he dado muestras de poseer muy escasas dotes para el estudio de las matemáticas y la geometría. Quizás por ese motivo, mi ilustrado padre, desde mi más tierna infancia, procuró dirigir mi interés y mis estudios hacia las humanidades.

—No necesitas justificarte, muchacho —terció al-Ansari—. Conozco tus inquietudes intelectuales y tu grado de preparación humanística. No en vano, antes de decidir si atendía tu solicitud estuve ojeando tu expediente académico. Y, además, comprendo tu inclinación por las disciplinas de humanidades viniendo de una prestigiosa familia de copistas y traductores. Pero no has respondido a mi pregunta: ¿qué deseas de mí?

Llegado a ese punto de la conversación, creí oportuno exponer el verdadero motivo que me había conducido a la academia de ciencias.

—Profesor al-Ansari: estando con mis compañeros de clase en el patio de la madrasa, observé que, cuando estaba próximo el anochecer, impartíais una atípica lección a deshora en la azotea del pabellón de ciencias y que lo hacíais en torno a un extraño artilugio que señalaba el cielo estrellado.

El sabio matemático esbozó una sonrisa que me pareció de condescendencia hacia aquel atrevido joven que, con sus palabras, estaba demostrando su ingenuidad e ignorancia.

—¿Es este el extraño artilugio que provocó tu sorpresa? —manifestó al-Ansari, abandonando el diván en el que estábamos aposentados y acercándose a un rincón de la habitación. Una vez en aquel lugar, procedió a descubrir el artefacto que tanto había atraído mi atención, que se hallaba oculto bajo una pieza de tela negra.

—¡Cierto, profesor! ¡Ese era el misterioso objeto que usabais en la azotea!

Al-Ansari soltó una sonora carcajada.

—Este instrumento con forma de tubo, que se apoya, como puedes comprobar, sobre un trípode metálico, y que tú llamas extraño artilugio, no es nada extraño para los alumnos que reciben mis lecciones de astronomía. No es, joven Jalid, una invención mía o de los árabes, sino de los antiguos griegos. Aunque su nombre procese del latín, pues se compone de los términos *captare* y *laxius* que, unidos, dan catalejo. Su función no es otra que acercar a la vista los objetos que están muy lejos, sobre todo la Luna y las estrellas, gracias a unas lentes curvas que inventó el eminente sabio Arquímedes y que mi buen amigo, el artífice del taller del vidrio, Ahmad al-Zulami (que tiene su fundición al otro lado del río, en el antiguo arrabal de Secunda) ha confeccionado según mis indicaciones. Por ese motivo, las clases, que tanto te intrigaron, las imparto al caer la noche en la azotea.

Mientras escuchaba la disertación del profesor al-Ansari, yo no apartaba la mirada de aquel objeto constituido por un largo tubo metálico de color negro, sostenido por tres patas o apéndices de hierro.

—¿He satisfecho tu curiosidad, hijo del bueno de Abdalá Idris?

—Sí, maestro —respondí, sin haberme repuesto aún de la sorpresa por hallarme tan cerca de aquel raro instrumento, ideado por los antiguos, que el profesor usaba para impartir sus clases de astronomía—. Pero ahora que he comprendido el uso que dais a este maravilloso objeto, que llamáis catalejo, deseo haceros una petición: que me concedáis autorización para asistir a una de vuestras clases y que pueda contemplar la Luna y las estrellas que vuestros alumnos decís que observan, desde la azotea del pabellón de ciencias de la madrasa, a través de este aparato.

Sin estar yo aún totalmente repuesto de lo que había visto y oído en el despacho de aquel sabio maestro en matemáticas y astronomía, me hallaba expectante y a la espera de la respuesta que iba a dar a mi atrevida petición el profesor al-Ansari.

—No solo podrás asistir a una de mis clases al aire libre la semana que viene, Jalid, sino que te voy a hacer partícipe de unos secretos que, por ser hijo de quien eres y a quien tanto respeto, vas a tener el privilegio de conocer. Y, en cuanto a esperar a la semana que viene para que asistas a la lección de astronomía que imparto en la azotea, no es un capricho mío, sino que es necesario que la Luna se halle a oscuras, es decir, que esté tapada totalmente por la sombra de la Tierra para que se puedan ver y admirar en todo su esplendor las estrellas.

Si antes de acceder al despacho de al-Ansari me hallaba intrigado por lo que sucedía al caer la noche en la azotea del pabellón de ciencias, después de escuchar las últimas palabras pronunciadas por el profesor de matemáticas y astronomía estaba seguro de que, para mi sorpresa, iba a poder penetrar en un mundo que, enfrascado como estaba en el estudio de los conocimientos teóricos de humanidades, jamás hubiera tenido ocasión de conocer.

Al-Ansari se dirigió a un armario de madera noble, decorado con relieves de lacerías, que se hallaba adosado a la pared frontera a la puerta de entrada, no sin antes haberla cerrado con un pestillo para incomunicar la habitación donde nos hallábamos con el exterior. Tomó una llave que portaba colgada del cuello y abrió con ella la puerta del armario. A continuación, extrajo de una de las baldas que había en su interior dos gruesos libros y los depositó sobre la mesa.

—Acércate. Jalid —ordenó, al tiempo que señalaba los libros que estaban encuadernados con tapas de cuero gris, deslucidas por el uso, y en cuyos lomos se podían leer, escritos con tinta roja, sus títulos—. Estas son las dos obras fundamentales que me sirvieron para obtener la *iyaza* en la Casa de la Sabiduría de Bagdad y poder impartir las enseñanzas de matemáticas, geometría y astronomía —expuso el profesor al-Ansari, señalando los dos gruesos volúmenes, sin poder ocultar un rictus de tristeza que se dibujaba en su rostro—. Una versa sobre la *Esfericidad de la Tierra*, según el sabio Eratóstenes de Cirene. La otra se titula *¿Es el Sol el centro del universo?* Se trata de un texto escrito por el famoso astrónomo griego Aristarco de Samos, acompañado de un extenso comentario realizado por mí sobre la teoría heliocéntrica defendida por él, contraria a la del gran Aristóteles, que aseguraba que la Tierra era el centro del universo, en torno a la cual giran los planetas y las estrellas.

Por desgracia, el original griego se ha perdido, aunque yo poseo una buena traducción al árabe. Su autor, por defender esa novedosa teoría, fue tachado de farsante e inmoral y de divulgar ideas contrarias a la tradición y a la obra del prestigioso filósofo director de la Academia de Atenas.

Quedé sin habla y confuso, dado que nunca había oído hablar de esos dos sabios griegos, pues mis estudios se centraban en el conocimiento de la enrevesada lengua de Aristóteles y en la filosofía antigua. Y nada sabía de las extrañas teorías científicas que dichos sabios habían vertido en sus libros y que algunos tachaban de falsas e inmorales —como decía al-Ansari—, habiendo sido perseguidas o rechazadas en su tiempo.

—¿Y cómo es que ninguna de esas dos relevantes obras, que posibilitaron el que obtuvierais la licencia para poder enseñar, se encuentra depositada en alguna de las dos bibliotecas de la madrasa para que puedan ser consultadas por vuestros alumnos? —exclamé, sin poder ocultar la extrañeza que tal ausencia me provocaba—. Lo sé, estimado profesor, porque, sin que lo consideréis una indiscreción, estuve en las dos y en ninguna aparecían, en sus catálogos, títulos de libros escritos o anotados por el profesor Ben Abi Isa al-Ansari.

La mirada del profesor se ensombreció.

—Querido alumno de humanidades, vástago del eminente Abdalá Idris: hay verdades que son incómodas y, a veces, peligrosas, y no deben hacerse públicas para que ojos sin preparación o fanatizados las puedan leer. Si los ulemas más intransigentes tuviesen acceso a mis libros y a las teorías que yo expongo en ellos siguiendo a los sabios de la antigüedad, los confiscarían y, muy probablemente, los mandarían quemar por considerarlos inmorales, heréticos y contrarios a las verdades que proclama el islam. Es seguro que a mí me retirarían la licencia para poder enseñar. Por eso están ocultos a sus inquisitivas miradas en este armario. Solo algunos de mis alumnos, en quienes tengo depositada toda mi confianza, pueden acceder a ellos y conocer sus contenidos. Y, a partir de hoy, tú serás, si lo deseas, uno de esos alumnos privilegiados. Puedes acudir a mi despacho al acabar las clases. Mi secretario sabrá que tienes libre acceso con mi autorización y, sentado en el diván, leer estos dos libros. Empápate de lo que en ellos han escrito prestigiosos y visionarios sabios de la antigüedad cuyas obras yo he procedido a anotar. Analiza sus contenidos. Y, cuando hayas acabado su lectura, espero conocer tu opinión y que me expongas tus puntos de vista sobre las teorías que en ellas se formulan y yo apoyo.

Después de oír lo relatado por el profesor al-Ansari, se hizo para mí la luz y comprendí por qué no hallé ni rastro de las obras de tan famoso matemático y astrónomo en los catálogos de las dos, bien dotadas, bibliotecas de la madrasa kabira. Por aquellos días y, sobre todo, durante el reinado del noble al-Hakam II, existía una gran permisividad y tolerancia en el ámbito de los estudios científicos en Córdoba, permisividad que, desgraciadamente, sería cercenada de raíz —como más adelante se verá— cuando asumiera ilegítimamente el poder el advenedizo Almanzor, secundado por los fanáticos *fuqahas*, que se consideraban los únicos ulemas legalmente capacitados para interpretar la *sharia* y transmitir la Verdad Revelada.

—Nos veremos la semana que viene en la azotea del pabellón de ciencias —dijo, a modo de despedida, el profesor al-Ansari—. Creo haber conseguido despejar las dudas que te preocupaban. Aunque, muchacho, intuyo que con esta entrevista no he hecho más que introducir nuevas preocupaciones intelectuales en tu fogoso espíritu, deseoso de saber y aprender.

Con el corazón henchido de felicidad por haberme convertido, sin esperarlo, en un alumno privilegiado, aunque ocasional, de tan famoso profesor de astronomía, abandoné su despacho y me dirigí a mi hogar con la seguridad de que, transcurrida una semana, la Luna entraría en su fase de novilunio y yo podría escuchar, otra vez, las sabias palabras de tan ilustrado personaje, a la vez que tendría ocasión de poder observar de cerca los astros que pueblan el firmamento.

Entonces no podía imaginar cuánto iba a aprender a través de mis conversaciones con el insigne profesor Ben Abi Isa al-Ansari, hasta qué punto abriría este sabio mi cerrada mente a nuevos y sorprendentes conocimientos y las consecuencias que tendrían para mi inconformista espíritu y para las creencias religiosas —todavía intactas— que había heredado de mis progenitores y recibido en la escuela coránica, las verdades que me iba a revelar e inculcar.

IV

LOS LIBROS «HERÉTICOS» DEL PROFESOR AL-ANSARI

Una mañana recibí una escueta nota, firmada por el profesor Ben Abi Isa al-Ansari, que me entregó su secretario cuando salía de clase. Decía: «Esta noche, cuando luzcan las primeras estrellas en el cielo de Córdoba, te espero en la azotea del pabellón de la academia de ciencias. La Luna se habrá ocultado a nuestros ojos y, si unas nubes inoportunas no lo impiden, podrás observar un mundo que solo los antiguos imaginaron que existía». Aunque Lubna y Fátima estaban presentes, procuré que la cita pasara desapercibida para ellas, pues, tras la conversación mantenida con el profesor de matemáticas y astronomía en su despacho, era evidente que el secreto que guardaba en sus libros y que, para mi sorpresa, me había revelado, así como sus novedosas y perturbadoras teorías, no podían ser transmitidas a nadie, aunque fuera de la cercanía y confianza que gozaban para mí las dos leales compañeras de estudios.

Anochecía cuando ascendí la escalera que conducía a la terraza del pabellón de ciencias. Las aulas y los pasillos estaban desiertos. A esa hora avanzada de la tarde, los alumnos o habían abandonado el edificio, o los que estaban pensionados por el Estado se hallaban recluidos en sus respectivas habitaciones estudiando o esperando que les sirvieran la cena. Una puerta cerrada me impedía el paso hasta la azotea. Pero, como sabía que estarían en ese lugar el profesor al-Ansari y sus alumnos dispuestos a recibir la lección de astronomía, golpeé la hoja de madera y, al momento, la puerta se abrió y pude acceder a la terraza. Allí, cerca del pretil que daba al patio de la madrasa, se encontraba el profesor Ben Abi Isa al-Ansari acompañado de media docena de alumnos que se afanaban en poner en la dirección adecuada el catalejo.

—Sabía que no faltarías a la cita, Jalid ben Idris —dijo el astrónomo, abandonando durante unos instantes la labor que estaba realizando con sus alumnos.

—Ni por todo el oro del mundo hubiera dejado de acudir, profesor —manifesté mientras me acercaba, un poco cohibido, al grupo e intentaba identificar sus rostros, pues hacía un buen rato que el sol se había ocultado tras la cercana sierra y solo el resplandor de las farolas con las lámparas de aceite que los funcionarios estaban encendiendo, en las calles próximas a la madrasa, iluminaban levemente la escena.

—Estos son los alumnos que cursan el último año de las disciplinas de ciencias que yo imparto en la academia —expuso al-Ansari—. Son los seis que han logrado acabar los estudios y están cerca de obtener la *iyaza* que les permitirá establecerse como profesores de ciencias o ser contratados por alguna escuela. He de decirte, muchacho, que eran veinticinco los que comenzaron los estudios hace ocho años.

No era necesaria esa aclaración, pues, al contemplar sus rostros, la mayoría de ellos barbados, pude colegir, sin mucho esfuerzo, que todos habían superado los treinta o treinta y cinco años.

—Acércate al catalejo y mira a través de él el trozo de firmamento que hoy hemos seleccionado.

Yo obedecí y aproximé mi rostro a la parte inferior del tubo que estaba orientado hacia las estrellas que ya habían empezado a aparecer en el cielo.

—Verás un cúmulo de estrellas, Jalid, que están inmóviles

en el firmamento, que es como una gran bóveda que cubre y rodea la Tierra. Al menos esa es la impresión de quietud que dan. Pero, si permanecieras varias horas observándolas, verías que todas giran a la vez, describiendo grandes círculos en torno a nosotros y alrededor de otra estrella que no está sometida al mismo movimiento, aunque manteniendo las mismas distancias entre ellas. Por ese motivo las llamaron los antiguos «estrellas fijas». Aunque ese movimiento rotatorio es solo una ilusión óptica, como asegura el gran Ptolomeo y tendré ocasión de explicarte.

El profesor me obligó a retirar el ojo del catalejo para ocupar él mi lugar. Estuvo moviendo el instrumento, primero hacia la izquierda y, después, hacia la derecha y en sentido vertical. Al cabo de un rato, cuando creyó que estaba orientado en la dirección correcta, dijo:

—Vuelve a mirar por el catalejo, Jalid. ¿Ves una estrella muy luminosa de color rojizo?

—¡Sí, profesor al-Ansari! ¡Y es muy diferente a las otras que son más pequeñas, menos brillantes y que muestran un color azulado!

—Es que esa, y algunas otras, son unas estrellas muy peculiares. No están fijas en el cielo, como las demás, ni mantienen la misma distancia entre ellas. Si las observas a lo largo de la noche, podrás percibir un extraño y atípico movimiento pendular. A estas estrellas, el sabio Claudio Ptolomeo las denominó «estrellas errantes» y aseguró que son astros que no tienen luz propia y que, a diferencia de las otras estrellas, giran sin un orden previo establecido. Descubrió, después de años de observación y estudio, que están más cerca de nosotros que las otras estrellas y que describen órbitas que tienen sus propios y particulares itinerarios en medio del firmamento.

Estaba maravillado y anonadado por el resultado de las observaciones y descubrimientos que, con tanto apasionamiento, estaba exponiendo al-Ansari, cuya existencia yo ignoraba.

—Aunque esta noche no es posible contemplar la faz de la Luna, por estar en fase de novilunio u oscuridad completa —continuó diciendo el matemático astrónomo—, cuando hemos podido observarla a través del catalejo en todo su luminoso esplendor, te sorprendería asistir a un extraño fenómeno, Jalid: ¡este extraordinario astro siempre presenta la misma faz hacia el observador! Como no tenía una explicación a esa desconcertante peculiaridad, indagué en la biblioteca de ciencias y hallé un libro que copió del original griego un erudito musulmán de Damasco en tiempos del califa Marwán II. Había reproducido un comentario hecho, hacía más de doce siglos, por un sacerdote que vivió en Babilonia llamado Beroso. Este sabio caldeo aseguraba que la duración del movimiento de rotación de la Luna era igual que el de traslación que realiza el astro nocturno en torno a la Tierra, motivo por el que siempre presenta la misma cara hacia el observador. Joven estudiante, es evidente que nunca podremos contemplar la cara oculta de la Luna.

El profesor insistió ante su asombrado y selecto auditorio:

—Para saber por qué acontecen estos raros fenómenos, Jalid, hay que leer y estudiar detenidamente las obras escritas por los sabios griegos de la antigüedad, aunque algunos ulemas consideran esas lecturas una actividad perniciosa, contraria a la Verdad Revelada y casi herética. Cuando hayas leído las dos obras que guardo en mi despacho y que están a tu disposición, te aseguro que comprenderás lo que ahora te parecen prodigiosos descubrimientos que escapan a la lógica y a la razón humana —continuó diciendo el ilustre profesor de astronomía—. Ahora seguiré impartiendo la clase a mis alumnos —añadió, al tiempo que, con un amable ademán, me invitaba a abandonar aquel extraño observatorio estelar situado en la azotea del pabellón de ciencias de la madrasa kabira—. Recapacita y piensa en lo que esta noche has podido observar y descubrir al contemplar las estrellas, creadas, sin duda, por el Todopoderoso —expuso a modo de conclusión—. Observaciones que muy pocos han tenido la oportunidad de hacer, porque carecían del maravilloso instrumento que los acercara al lejano firmamento, a excepción de los grandes astrónomos de la antigüedad, cuyos valiosos descubrimientos y extraordinarias teorías, perdidas hace siglos, se están recuperando en nuestro tiempo en Córdoba, pero también en Bagdad, Isfahán y Basora.

Entendí que con las observaciones que el profesor Ben Abi Isa al-Ansari me había permitido realizar aquella noche y con sus doctas explicaciones, mi curiosidad y mi deseo de saber habían quedado, por el momento, satisfechos. También inferí humildemente que yo no era más que un ignorante intruso en medio de aquellos hombres instruidos que pronto serían expertos profesores de ciencia. Agradecí al profesor al-Ansari el enorme privilegio de haber podido asistir a su breve lección de astronomía y me despedí de él y de los amables alumnos que, pacientemente, habían esperado a que su maestro me permitiera acceder a una experiencia científica de la que ellos, desde que recibían las lecciones del profesor al-Ansari, sin duda participaban.

Con mi mente alterada y en plena ebullición por lo que había comenzado a vislumbrar a través de aquel extraordinario artilugio, y deseando que llegara el momento de acceder al despacho del profesor al-Ansari para leer los libros en los que se exponían sorprendentes teorías, casi heréticas —según decía él mismo—, y se despejaran las brumas y las dudas existenciales que, con lo observado y oído en la azotea aquella noche, se habían instaurado en mi mente, abandoné la academia de ciencias y marché a mi casa en la alquería de Abd Allah.

Una vez finalizado el mes de Ramadán del año 944, una noticia, no por esperada menos gratificante y festiva, se extendió, como el agua desbordada de un torrente de montaña anega el valle, por los puestos de los zocos de la ciudad y las tiendas de la alcaicería, y yo pude confirmarla por confidencia de mis dos compañeras de estudio, privilegiados testigos de lo que iba a acontecer. Decía la gente que, acabadas las obras de la residencia palatina del Príncipe de los Creyentes y de su alcázar —conocido como la *Dar al-Mulk* o Casa del Poder— en la ciudad de Medina Azahara, así como de los edificios destinados a ser la sede del gobierno y de la administración, nuestro señor Abderramán III había ordenado que se trasladaran a la nueva capital del califato, su real persona, su familia, sus concubinas, el chambelán, los visires con sus departamentos del gobierno, la fábrica de la moneda, el gran imán de la mezquita aljama —relevante cargo ocupado, desde la muerte de Ahmad ben Baqi, por el prestigioso juez Yahya ben Yahya—, su guardia personal y la biblioteca palatina. Yo, como otros muchos cordobeses, fui testigo del traslado de los valiosos enseres desde el antiguo alcázar, que se llevó a cabo en verano para que una lluvia inesperada no pudiera dañar los objetos de plata y marfil, los valiosos cortinajes, los muebles, las alfombras orientales y, sobre todo, los libros. El traslado de los quince mil libros y legajos que se custodiaban en el alcázar viejo duró una semana. Estuve preocupado y atento, sobre todo, a cómo se transportaban aquellos preciados volúmenes desde la biblioteca del alcázar hasta el nuevo edificio en la ciudad palatina que, decían, era muy hermoso y de enormes proporciones, aunque no pude acceder a él, pues solo estaban acreditados para atravesar los altos muros de la Ciudad Brillante los porteadores y los soldados que los escoltaban. La comitiva, constituida por una hilera de carros tirados por bueyes, vigilados por funcionarios y por soldados de caballería, estuvieron en el camino, cubriendo las cinco millas que separaban Córdoba de Medina Azahara, hasta que finalizó el mes de agosto.

Yo continué asistiendo a las clases en la madrasa y cultivando las relaciones con mis queridos compañeros de estudio, sobre todo con Lubna y con la que seguía siendo la mujer de mis sueños: la hermosa, prudente y recatada Fátima.

Era entrada la primavera del año 945 y nos hallábamos una mañana sentados los tres en uno de los bancos de piedra que rodeaban el patio de la madrasa cuando Lubna, que siempre era, de las dos, la que parecía ser representante de ambas, tomó la palabra y, con una mirada triste reflejada en sus ojos negros, dijo:

—Jalid: es el séptimo año que juntos acudimos a esta noble academia para realizar los estudios de humanidades. Dentro de tres habremos completado los cursos obligatorios y dado fin a las enseñanzas impartidas por nuestros maestros. Entonces podremos solicitar la *iyaza* que nos permitiría dar clases de nuestra especialidad, que es, sin duda, lo que todo buen estudiante desea. Pero, como bien sabes, nuestro futuro no está relacionado con la enseñanza. La Gran Señora y el anciano poeta Ben Abd Rabbihi, encargado por el califa de nuestra educación y de atender la biblioteca de palacio, nos tienen reservada, a Fátima y a mí, una importante misión, ahora que ellos creen que hemos alcanzado suficientes conocimientos en la academia de humanidades. Han considerado, con buen criterio, que ya hemos cumplido con creces la etapa de formación y aprendizaje. Que ya estamos preparadas para ejercer las labores que, desde hace años, ambos esperan de nosotras trabajando en la biblioteca palatina.

Aquellas palabras salidas de los labios de Lubna, que parecían ser de despedida, fueron como una daga ardiente que me atravesaba el corazón. ¿Me estaba diciendo, mi apreciada compañera de estudios, que ella y Fátima debían abandonar la academia sin haber completado sus estudios? ¿Que iban a recluirse en el exclusivo y cerrado mundo de la Ciudad Brillante para servir a un anciano poeta áulico? ¿Que ya no volvería a ver a Fátima, ni a platicar con ella, ni a poder pasear acompañado de la joven de la que estaba locamente enamorado y que esperaba que, algún día, fuera mi esposa? Después de hacerme estas dolorosas preguntas procuré tranquilizarme, aunque recordaba que el destino de mis dos compañeras era bien conocido por todos nosotros y que había sido un tema de conversación recurrente desde que ingresaron en la madrasa. A continuación dije, sin poder contener la emoción que me embargaba:

—Era esta una triste y amarga noticia que esperaba recibir desde hacía meses. Sabía que, algún día, el cruel destino vendría a separarnos, Lubna. Pero albergaba el deseo y la esperanza de que ese doloroso instante estuviera aún lejano en el tiempo.

—Ese instante, Jalid, ha llegado —expuso con tristeza la joven—. Nuestros mentores nos necesitan en palacio.

Sentí que el mundo se deshacía a mi alrededor; que la idea, antes poderosa y firme, de llegar a ser un gran humanista como mi padre había dejado de interesarme; que, sin la cercanía y el afecto de Fátima, la madrasa sería un lugar oscuro, triste y desapacible. Al cabo de un rato pude recuperar el ánimo y la cordura que parecía que me habían abandonado.

—Entonces, si la decisión ha sido tomada por tan poderosos señores y ya nada la puede revocar, decidme, al menos, si está cercano el momento en que debáis incorporaros al servicio de Ben Abd Rabbihi en la biblioteca de palacio —exclamé con voz temblorosa, sin poder dar crédito aún a lo que acababan de percibir mis oídos.

Concentré la mirada en el rostro de la dulce Fátima que, apoyada en el banco, en silencio y con su acostumbrada actitud recatada y triste, sin querer mirarme a los ojos, estaba confirmando las descorazonadoras y dolorosas palabras pronunciadas por Lubna, no me cabía ninguna duda que a su pesar. Porque, después de varios años de cercanía y afectuosa amistad, estaba seguro de que en su corazón había prendido el mismo amor que yo sentía hacia ella. Pero que, por su obligada sumisión a la Gran Señora, su benefactora, y el respeto y la obediencia que debía hacia la que era esposa del califa y hacia su insigne mentor el poeta áulico, se veía obligada a alejarse de mí y recluirse en palacio rodeada de la selecta nobleza cortesana.

—El anciano Ben Abd Rabbihi está muy enfermo, Jalid. Desde hace un mes se halla recluido en su habitación. Agoniza y ha comenzado a perder lucidez —manifestó Lubna—. El médico judío de palacio que lo atiende, Hasday ben Shaprut, asegura que pronto perderá la conciencia a pesar de las infusiones de salvia y las cataplasmas que le aplica. La Gran Señora nos reclama con urgencia, pues desea que, antes de que tan preclaro poeta abandone este mundo, debe decirnos cuáles han de ser las labores que habremos de desempeñar en la biblioteca que él, con tanta dedicación, ha logrado reunir por voluntad de nuestro señor, el califa. Mañana, un enviado de la Gran Señora se entrevistará con el director de la academia de humanidades para comunicarle que dejaremos de asistir a las clases impartidas por nuestros maestros, dando por finalizados nuestros estudios en la madrasa.

Una sola idea me asaltaba, después de haber asumido que, recluida en palacio y dedicada a servir a la Gran Señora, la esperanza que albergaba de ver a la candorosa Fátima convertida, algún día, en mi esposa, se había desvanecido como se desvanece el humo del incienso que surge de los pebeteros.

Infringiendo las más elementales normas de la moral, que todo buen musulmán debe cumplir cuando se halla junto a una mujer en un lugar público, tomé las temblorosas manos de Fátima y dije:

—Querida Fátima: acerquémonos al pórtico que da acceso al oratorio, al otro lado del patio. Deseo hablar contigo a solas.

La muchacha, azorada, miró suplicante a Lubna. Esta le hizo una leve señal para que, sin temor, me acompañara. Al-Zubaydi y Talid abandonaban en ese momento el pabellón donde se hallaba la biblioteca de la academia y accedían al patio. Parecía que iban a acercarse a nosotros, como de ordinario hacían, pero, al observar que algo anormal acontecía, optaron por continuar la marcha y dirigirse el exterior de la madrasa. Cuando estuvimos a solas junto al pórtico que daba acceso al oratorio, a esa hora, finalizada la segunda oración del día, libre de los alumnos y profesores que acudían a orar, le dije a la que era el objeto de mi amor que, dadas las circunstancias, me parecía ya inalcanzable:

—Fátima: sabes que te amo desde el primer día que te vi aparecer en la madrasa acompañada de tu inseparable Lubna. Luego, cuando, pasado algún tiempo, te confesé cuáles eran mis sentimientos hacia ti, me aseguraste que nuestro amor era imposible, que, como esclava cristiana manumitida, te debías en cuerpo y alma a la Gran Señora, esposa del califa. Que tu destino estaba ligado al palacio y al servicio del poeta Ben Abd Rabbihi. Acepté con resignación tus palabras, aunque no he perdido la esperanza de que, algún día, el amor que te profeso pueda ser correspondido.

La joven se cubrió el rostro con sus delicadas manos para evitar que yo pudiera contemplar las lágrimas que se deslizaban por sus mejillas.

—Quiero estar a tu lado y amarte y llegar a ser tu esposa. Pero es un deseo imposible, Jalid. No podré unirme a ningún hombre hasta que mi dueña considere que ha llegado la hora de que contraiga matrimonio. Y lo más probable es que permanezca soltera, dedicada a mis labores en la biblioteca, o que me entregue a un destacado y rico personaje de la corte, aunque yo no sienta nada por él. Debes olvidarme, Jalid ben Idris.

Yo permanecí unos segundos en silencio, corroído por el dolor y pensando que aquella podría ser la última vez que conversara con mi amada. Luego, dije:

—Sé que es ese el destino que aguarda a toda joven cristiana conversa a la que su poderosa dueña, que la aprecia, como es tu caso, desea otorgar un futuro estable vinculado a una labor prestigiosa en palacio o junto a un esposo rico y poderoso. Pero yo no me resignaré a perderte. ¿Podré saber de ti cuando estés instalada en la biblioteca de palacio? ¿Podrás escribirme, aunque sea una breve esquela, para que sepa si eres feliz en el cargo que vas a desempeñar?

—No lo sé, Jalid. Es probable que pueda comunicarme contigo. Quizás antes de que la Gran Señora me obligue a contraer un matrimonio no deseado. Pero, aunque no logre conversar contigo o mantener una relación epistolar, has de saber que siempre ocuparás un lugar destacado en mi corazón.

Acabada la breve plática, Fátima hizo una leve señal a Lubna, que esperaba sentada en el banco de piedra. Ambas se dirigieron a la puerta de la madrasa y accedieron a la plaza que antecedía al edificio donde se impartían las enseñanzas de humanidades y ciencias. Yo, cabizbajo y triste, con los ojos inundados de lágrimas, las seguí a cierta distancia hasta que las perdí de vista cuando tomaron una de las estrechas callejuelas que conectaban la plazuela con la casa de postas, donde debía de estar esperándolas algún carruaje para trasladarlas a la Ciudad Brillante. Desaparecieron entre el gentío que ocupaba las calles de la medina a esa hora del día, mientras yo me dirigía, con desgana y profundamente turbado, a mi casa en la alquería de Abd Allah. En tanto que caminaba sin rumbo fijo en dirección a la puerta de Abd al-Chabbar, que comunicaba con la Axarquía, sentí una gran opresión en mi pecho. Todo era oscuridad y tristeza a mi alrededor.

Aquel día, la vida y los estudios perdieron cualquier aliciente para mí.

Pero como ningún dolor ni pesadumbre es permanente y la huella que deja el sufrimiento en el alma afligida, por muy profunda que sea, se va desvaneciendo con el paso de los días, al cabo de varias semanas, quizás porque hallé —como a continuación se verá— un estimulante sustituto intelectual al dolor que mortificaba mi espíritu, pude recuperar la alegría de vivir y los deseos de reemprender los estudios de humanidades. Aunque he de reconocer que la herida que había dejado en mi corazón el amor no correspondido de la dulce y juiciosa Fátima nunca se cerraría del todo, como lo demuestra que, pasados los años, en el otoño de nuestras vidas, cuando parecía que iba a renacer de sus cenizas, unos desafortunados acontecimientos me obligaron a alejarme para siempre de la única mujer que hube amado.

Los siguientes tres meses los dediqué a visitar la biblioteca privada del profesor al-Ansari, donde hallé la necesaria paz de espíritu, después de la desdicha sufrida, para leer los libros que me había recomendado el sabio astrónomo y que, me dijo, me abrirían las puertas a nuevos y sorprendentes conocimientos. Esas visitas las realizaba algunas tardes, después de que hubieran finalizado las clases. Mis compañeros al-Zubaydi y Talid, con los que antes pasaba las horas de asueto charlando o jugando al ajedrez, mostraban su extrañeza y su preocupación al observar la mudanza que habían advertido en su siempre cordial y asequible amigo. Aunque yo, por la promesa de confidencialidad que había hecho al profesor de astronomía, no podía revelarles el verdadero motivo que me impulsaba a realizar aquellas furtivas desapariciones vespertinas.

No obstante, al cabo de varias semanas de ausencia, no tuve más remedio que responder a las inquisitivas y lógicas preguntas que me hacían, no con malévola intención, sino porque pensaban que con su amistad y cercanía podrían ayudarme, pues ellos pensaban que estaba angustiado y triste a causa de algún problema familiar ajeno a los estudios de humanidades o al vacío que me había provocado el alejamiento de mi amada Fátima. Una tarde en que se habían confabulado para asediarme y obtener de mis labios las respuestas que proporcionaran tranquilidad y sosiego a sus bondadosos espíritus, tuve que pergeñar, con todo el dolor de mi corazón, una mentira que, quizás, podría servir para apaciguar la inquietud que, estaba seguro, los embargaba y satisfacer el deseo que tenían de ofrecerme una ayuda a todas luces innecesaria.

—¿Qué te sucede, Jalid? —demandó al-Zubaydi, cuando estuvimos los tres sentados en uno de los bancos que circundaban el patio de la madrasa—. No pareces el mismo. Rehúyes nuestra compañía y desapareces al acabar las clases. Antes compartíamos los ratos de ocio y conversábamos y nos comunicábamos nuestros secretos y anhelos, o jugábamos al alquerque o al ajedrez.

—El profundo amor que sientes por Fátima y su alejamiento y reclusión forzosa en las dependencias del palacio real en la Ciudad Brillante, sabemos que te han producido un gran dolor, amigo mío —expuso Talid—. Pero ya han transcurrido varios meses y el paso del tiempo debe haber cauterizado la herida que tal pérdida te produjo. Aun así, ese dolor no justifica que te hayas alejado de nosotros, tus amigos y compañeros que tanto te apreciamos. ¿Cuál es la causa que te obliga a abandonar nuestra compañía y recluirte cada tarde en el pabellón donde se imparten las disciplinas de ciencias?

—Queridos amigos: no os he abandonado ni he renunciado a vuestra sincera amistad y agradable compañía. Este alejamiento temporal se debe a un asunto de trabajo. En lo que decís del dolor que me produjo la separación de Fátima, es algo que, por fortuna, ya he logrado superar —manifesté, procurando imprimir a mis palabras una delicadeza y una serenidad con las que deseaba expresar mi sincera devoción y mi reconocimiento hacia mis dos preocupados compañeros de estudios.

—¿Un asunto de trabajo? —exclamó Talid.

—He de realizar unas copias de ciertos documentos que están cerca de perderse a causa del paso del tiempo y de la humedad.

—¿Puedes ser más explícito, Jalid? —terció al-Zubaydi—. Es al pabellón de ciencias al que acudes. ¿Acaso es ese el lugar donde debes realizar las copias que dices?

Llegado a ese punto, decidí exponer a mis dos preocupados compañeros un relato, a todas luces falso, que, sin duda, los tranquilizaría, pudiendo yo continuar con las furtivas visitas al despacho del profesor al-Ansari sin que al-Zubaydi y Talid sospecharan cuál era, en realidad, la causa que me empujaba, cada tarde, al pabellón de ciencias: poder leer y conocer los sorprendentes secretos científicos de los antiguos sabios griegos y romanos que el maestro de matemáticas y astronomía guardaba, como oro en paño, en su biblioteca.

—El profesor al-Ansari, al que sin duda conocéis, porque se trata de uno de los más reputados maestros que imparten clases en la madrasa, es un viejo amigo de mi padre, Abdalá Idris —comencé diciendo—. Es propietario de un legajo, muy deteriorado, formado por una decena de documentos redactados por ilustres sabios griegos, traducidos al árabe en Basora. Hace unos meses solicitó a mi progenitor que los copiara antes de que la humedad, que estaba borrando la escritura cursiva en la que se hallan escritos, los hiciera desaparecer para siempre. Mi padre, con buen criterio, creyó que era una oportunidad para que yo me ejercitara en el oficio de copista, en el que, pensaba, me iba a especializar al término de mi formación en la madrasa, y le recomendó a al-Ansari que fuera yo el que copiara dichos documentos, asegurándole que estaba capacitado para realizar tan delicada labor. Y de esa manera me vi involucrado en ese trabajo de copista, que a mí me satisface y que estoy llevando a cabo en el despacho del profesor de astronomía, cuando no tengo tareas que realizar por mandato de nuestros maestros. Ese es, queridos amigos, el misterio que encierran las visitas periódicas que hago al pabellón de ciencias.

Con el relato expuesto aquella mañana con tanta naturalidad, quedaron satisfechos mis dos compañeros de estudios, que no volvieron a indagar en el asunto de mis esporádicas visitas al despacho de al-Ansari, permaneciendo en el secreto los asombrosos descubrimientos que guardaban en sus páginas los libros del reputado astrónomo, como me exigió el insigne profesor. No obstante, para recuperar la amistad y, sobre todo, la confianza de al-Zubaydi y de Talid, procuré dedicar algunas tardes a reunirme con ellos en el patio de la madrasa, bromear, pasear por la alcaicería, jugar al ajedrez con Talid o comentar los últimos sucesos acontecidos en Córdoba o en otras de las ciudades de al-Andalus.

Hasta que finalizó aquel curso, en el verano del año 946, que era el octavo de las enseñanzas que recibía en la prestigiosa madrasa kabira, no di por concluida la lectura de la primera de las dos obras maestras del profesor al-Ansari, que trataba sobre la esfericidad de la Tierra y las medidas que, según el sabio griego Eratóstenes de Cirene, tenía su circunferencia. Aunque, cuando acababa uno de los capítulos que más llamaba mi atención por lo novedoso y sorprendente de las afirmaciones que contenía, o iniciaba la lectura de un tema que consideraba podía refutar alguna de las verdades que son el fundamento de la religión, de la moral o de la tradición, procuraba acercarme al profesor con la intención de que me atendiese y me aclarase las dudas que tales afirmaciones me estaban suscitando. Mas, el sagaz astrónomo ignoraba mi petición y se despedía de mí diciendo:

—¿Has acabado la lectura de los dos libros que te recomendé, muchacho?

—No, profesor. Aún no he comenzado el segundo de ellos, pero...

No me dejó terminar la frase.

—Cuando hayas terminado de leer esas dos reveladoras obras redactadas por los sabios de la antigüedad, una de ellas con mis notas y comentarios escritos en sus márgenes, momento será de que entablemos una larga conversación sobre sus contenidos, que sé que te están provocando desazón y dudas espirituales. No te preocupes. Si lo que estás leyendo contradice, en ocasiones, lo que te han enseñado en la escuela coránica o se aleja de las verdades que, hasta ahora, considerabas inmutables, es que estoy logrando lo que me propuse cuando te permití acceder a esos libros: que tu mente se abriera a nuevos conocimientos que, con el paso del tiempo, Jalid, serán, no lo dudes, admitidos, estudiados y defendidos por los hombres de ciencia que hoy, por ignorancia o fanatismo religioso, los desprecian al considerarlos inmorales y heréticos.

Y, acabada su admonición, me despedía con una amable sonrisa de complicidad marcada en su rostro sin darme tiempo a replicarle. Aunque me alejaba algo frustrado, porque deseaba no tener que esperar a finalizar la lectura de los dos libros, que celosamente guardaba el profesor en su despacho, para que aclarase algunas de las sorprendentes y novedosas afirmaciones que encerraban en sus ajadas páginas, decidí asumir la situación —no en vano él era el prestigioso profesor de astronomía y yo un simple e inexperto alumno— y continuar con mis clases, mis encuentros lúdicos o intelectuales con mis compañeros al-Zubaydi y Talid y, cuando tenía ocasión, acercarme al despacho de Ben Abi Isa al-Ansari y reemprender tan apasionante lectura.

Imbuido en las páginas de aquellos libros descubrí conceptos y afirmaciones que eran para mí desconocidas y, a veces, de difícil comprensión, porque superaban con creces mis elementales conocimientos de ciencia y filosofía o soslayaban alguna de las verdades de la religión. Esperaba exponer mis dudas al profesor al-Ansari. Por ello, no dejaba de tomar notas en un cuaderno y escribir en él las preguntas que debía plantearle cuando me recibiera. Aunque, a veces, estaba tentado de exponer a mi instruido padre algunas dudas que me asaltaban después de haber leído determinado capítulo, al momento lograba desechar tal idea, pues sabía que, si solicitaba la ayuda de mi progenitor, quebrantaría la promesa de confidencialidad que le había hecho a mi generoso mentor académico.

Quince días después de haber finalizado el mes de Ramadán, entregué una breve misiva al secretario del profesor al-Ansari en la que le exponía mi deseo de que me recibiera y pudiéramos conversar sobre el contenido de sus preciadas obras, pues ya había acabado su lectura y tomado las notas y redactado las preguntas que dicha lectura me había sugerido. Transcurridos unos días, el astrónomo de la academia de ciencias me citó en su despacho una vez que hubieran finalizado las clases. Yo acudí portando el cuaderno donde tenía anotadas las preguntas que esperaba hacerle. Al-Ansari me recibió con la cordialidad y cercanía que siempre me había demostrado —sin duda por el respeto y la admiración que sentía hacia mi padre o por el aprecio que había despertado en él mi inusitado interés por la ciencia de los antiguos—. Me observaba sin la arrogancia y la superioridad intelectual de la que, en tantas ocasiones, hacen gala algunos profesores cuando reciben a sus alumnos.

—Buenas tardes, profesor. ¿Puedo pasar? —pregunté con un hilo de voz, una vez que su secretario hubo abierto la puerta de la estancia en la que, sentado tras su mesa de trabajo, se hallaba el eminente profesor de matemáticas y astronomía.

—Buenas tardes, querido alumno. Te esperaba. Entra y toma asiento en el diván en tanto que acabo de redactar unas notas para la clase de mañana.

Accedí, algo azorado, al interior del despacho de al-Ansari. Al fondo de la estancia se localizaba el armario donde guardaba, junto a otros libros, las dos obras que yo leía cuando el profesor no se hallaba trabajando y preparando sus lecciones. El astrónomo continuó atareado consultando un libro y anotando unas frases en el cuaderno que tenía depositado sobre la mesa. El sol se había ocultado detrás de la sierra y la habitación, en la que comenzaba a reinar la penumbra, estaba iluminada por la luz que emitía una almenara de hierro que soportaba cuatro candiles de cerámica que debió de encender su secretario antes de abandonar el despacho. Al cabo de un rato, al-Ansari cerró el libro que consultaba y se aproximó al diván donde yo estaba aposentado con el cuaderno apoyado en mi regazo. Tomó asiento a mi lado y carraspeó, quizás esperando que fuera yo el que iniciara la conversación. Como vio que me resistía a comenzar la plática, me puso su mano sobre el hombro y dijo:

—Mi buen Jalid, vástago del ilustre Abdalá Idris. Sé que la lectura de las dos obras que te recomendé te ha provocado una profunda inquietud; la misma que yo sentí cuando era un joven aspirante a científico y las adquirí, traducidas al árabe, en un mercado de Basora. Seguro estoy de que lo que has hallado escrito en sus páginas ha quebrantado tus sanas creencias adquiridas en la escuela coránica y heredadas de tu noble familia, fieles seguidores de la doctrina transmitida por el Profeta.

Yo no sabía qué responder, porque solo la verdad salía de sus labios. Cierto era que lo que contenían aquellas dos obras era, a veces, contrario a lo que predicaban los ulemas y estaba escrito, como verdades inmutables, en el Libro Sagrado y en los comentarios de la *sunna* que yo, por mi dedicación al estudio del árabe clásico y de la exégesis coránica, tenía la obligación de conocer. Por ese motivo estaba deseoso de que el profesor, que me había perturbado el alma con aquellos heterodoxos conocimientos, me proporcionara, con sus sabias explicaciones, avaladas por la ciencia, el sosiego y la tranquilidad espiritual que había perdido.

—Las teorías científicas que se exponen en esos dos libros, joven estudiante de humanidades —continuó diciendo al-Ansari— no han de considerarse ni inmorales ni heréticas porque no se ajusten a las creencias establecidas por la tradición. En tiempos de los antiguos griegos, eran defendidas o refutadas con total libertad por los sabios sin que sus opiniones fueran prohibidas ni ellos perseguidos por exponerlas; aunque, a veces, surgieran algunos disidentes que daban muestras de su exacerbado fanatismo y lograban que sus autores se vieran obligados a retractarse. Sin embargo, la mayor parte de aquellas novedosas teorías eran consideradas verdades o afirmaciones que no contradecían la obra de la naturaleza ni los postulados y dogmas que las diferentes religiones tenían sobre la creación del universo.

—¿Y por qué en nuestros días son consideradas peligrosas y contrarias a las creencias reveladas por el Profeta? —pregunté.

—Cuando el mundo antiguo colapsó y se desarticuló y se extravió el saber con la destrucción de las grandes bibliotecas de Alejandría y de Atenas, aquellos novedosos conocimientos fueron olvidados, entrando la humanidad en un período de oscuridad, ignorancia y fanatismo —manifestó con mucha contundencia al-Ansari—. Pero, ahora, en Basora, Bagdad, El Cairo, Isfahán y Córdoba, gracias a la labor de recuperación y traducción de los viejos manuscritos griegos y latinos hallados, nuestros sabios están conociendo verdades que se perdieron u olvidaron hace siglos. Esos dos libros son un buen ejemplo de ello, aunque sus contenidos aún no deben ser divulgados. Los ulemas, los rabinos y los intransigentes teólogos cristianos no están preparados para aceptar esas incómodas evidencias. Pero llegará un día, Jalid, en el que las academias de ciencias y los sabios de todos los reinos del mundo acepten como verdades irrefutables los descubrimientos que hicieron y describieron en sus libros aquellos grandes sabios de la antigüedad. Como estoy convencido de ello, es por lo que te he permitido acceder a esas dos reveladoras obras, privilegio que solo algunos de mis alumnos más aventajados y leales a mis tesis se han ganado.

Yo asistí a la larga exposición del profesor al-Ansari conmovido por la confianza que aquel insigne maestro de astronomía depositaba en un joven alumno del que no tenía otra referencia que la amistad que lo unía a su progenitor. Como había quedado anonadado por la novedad y la trascendencia de lo expresado por mi instruido maestro, no supe qué decir. Sin embargo, sería mi mentor intelectual el que acudiría en mi ayuda.

—Y ahora, hijo de Abdalá Idris, que sabes lo que deseo de ti, háblame del contenido de esos libros que, estoy seguro, han tenido que despertar tu interés, al mismo tiempo que han debido de inocular en tu mente la duda y el deseo insatisfecho de saber —dijo, a modo de conclusión—. Hazme las preguntas que sé que tienes anotadas en tu cuaderno y, si lo crees necesario, con plena libertad, apoya o refuta las teorías que expusieron, hace más de mil años, Heráclides Póntico, Eratóstenes de Cirene, Aristarco de Samos, Claudio Ptolomeo o Arquímedes, entre otros.

Abrí el cuaderno que mantenía entre mis manos y, después de revisar la primera de las anotaciones, le expuse la sorpresa que me había provocado la afirmación del sabio griego, que se llamaba Eratóstenes, sobre la forma de la Tierra, contraria a lo que me habían enseñado en la escuela coránica.

—Refiere ese sabio de la antigüedad, según he leído en su libro, profesor, que la Tierra es una enorme esfera que flota en medio del firmamento —manifesté, esperando que al-Ansari rebatiera lo que, a mi entender, era algo inasumible por la razón—. ¡Una gigantesca esfera! ¿Cómo es posible? Si así fuera, la gente que habita en la parte inferior de esa esfera caería y se precipitaría sin remedio en lo profundo del espacio. En la escuela coránica, el alfaquí que impartía las clases nos aseguraba que la Tierra era un gran disco que flotaba en medio del cielo, totalmente plano, y en el que solo sobresalían las montañas, estando rodeado de un inmenso e insondable océano. Si alguien se atrevía a navegar hasta los confines de la Tierra su embarcación, nos decía, caería inexorablemente al vacío.

El profesor de astronomía no pudo evitar esbozar una indulgente sonrisa que a mí me pareció una falta de respeto hacia el ilustre alfaquí que impartía enseñanza en la escuela coránica. Pero, como estaba en su presencia para que me instruyera y me sacara de la ignorancia sobre esos temas de la naturaleza, nada dije, sino que esperé a que expusiera las razones que me permitieran comprender lo que sustentaba aquella sorprendente afirmación.

—Jalid ben Idris: Eratóstenes fue un famoso filósofo y astrónomo que expuso unas teorías que hoy pueden parecer descabelladas —manifestó al-Ansari—. Pero te aseguro que están avaladas por la experiencia y la razón. Fue director de la biblioteca de Alejandría y en los rollos y papiros en ella custodiados, algunos procedentes del antiguo Egipto o de la lejana Babilonia, hoy perdidos, debió de conocer verdades que, luego, él hizo suyas. Fue amigo del gran Arquímedes, que apoyó sin fisuras la teoría de la esfericidad de la Tierra que él defendía frente a otros sabios que la repudiaban.

—¿Cómo logró demostrar su teoría para que un eminente sabio como Arquímedes la apoyara? No lo dice el libro que leí.

—Cierto es que él la expuso a nivel teórico, aunque no fue capaz de demostrar con ejemplos tan extraordinario descubrimiento —respondió el profesor de astronomía—. Por ese motivo su teoría quedó en el olvido durante cinco siglos, sufriendo injustas burlas y siendo tachado de falsario por sus opositores intelectuales.

—No comprendo, profesor. Si Eratóstenes no logró demostrar fehacientemente que la Tierra era una esfera y no un disco plano, ¿cómo es que dais credibilidad a sus palabras y decís que un día llegará en el que todo el mundo aceptará su descubrimiento como una verdad irrefutable?

Al-Ansari sonrió, con la misma expresión dibujada en el rostro que la de Talid cuando estaba a punto de darme jaque mate en el ajedrez.

—Eratóstenes no pudo asistir a la demostración de su

teoría, Jalid, porque hacía doscientos cincuenta años que había muerto cuando un continuador de sus estudios, el astrónomo romano Claudio Ptolomeo, pudo demostrar empíricamente, ante una asamblea de sabios que se había reunido en Alejandría a petición suya, que la Tierra era una esfera como aseguraba el filósofo griego.

—¿Cómo lo logró, maestro? —insistí.

—Claudio Ptolomeo convocó a ese grupo de sabios a una reunión que se celebraría en el dique del puerto, junto al famoso faro que ordenara edificar el faraón Ptolomeo II y que, luego, un terremoto destruyó. El astrónomo romano había mandado a una galera que, con las velas desplegadas, se internara en el mar. Al cabo de dos horas de navegación, preguntó a sus compañeros: «¿Qué es lo que estáis observando?». Transcurridos unos instantes, uno de ellos dijo: «Observo que ya no se ve el casco del navío. Solo la vela». Claudio Ptolomeo dejó transcurrir una hora más y, a continuación, volvió a preguntar: «¿Qué es lo que veis ahora?». A lo que el mismo que había intervenido la vez anterior dijo alarmado: «¡Ya no se ve el casco! ¡Y de la vela, solo emerge la parte superior y la cofa! ¡La galera se está hundiendo! ¡El mar, aunque se halla en calma, se traga sin remisión la embarcación con sus tripulantes!». Claudio Ptolomeo lanzó una sonora carcajada. «No, amigos míos» dijo. «El mar no se ha tragado la galera. Es que la Tierra es redonda y el mar no es plano, sino que se curva para adaptarse a lo dicho por Eratóstenes y demostrar, así, su teoría sobre la esfericidad de la Tierra que, hace casi trescientos años, expuso nuestro antecesor en esta misma ciudad» añadió Ptolomeo.

—Y de esa manera, Jalid, quedó demostrado que la Tierra en la que vivimos no es un disco plano, como decía tu maestro el alfaquí, sino una esfera, como la redonda Luna que contemplamos en las noches de plenilunio —continuó con su exposición al-Ansari—. En lo que dices sobre la posibilidad de que los habitantes que pueblan la parte inferior de la esfera caigan y se precipiten en el oscuro firmamento, es algo, muchacho, para lo que aún no tengo respuesta. Puede que exista alguna fuerza, aún desconocida para nosotros, que impida que caigan al vacío. Pero, en referencia a otros asuntos tratados en esas dos obras, te he de decir que en una de ellas faltan dos capítulos que se perdieron, pero que historiadores posteriores incluyeron en sus libros. Ambos se atribuyen a Eratóstenes. En uno aseguraba que pudo medir la distancia existente entre la Tierra y el Sol. Y en otro, que fue capaz de calcular la circunferencia de la Tierra comparando la altura de la sombra del Sol al medio día en la ciudad de Menfis, en el norte de Egipto, con la de Tebas, al sur del río Nilo, ambas en el mismo meridiano tomadas a la misma hora.

—Ciertamente son descubrimientos extraordinarios, maestro. ¿Cómo es posible que hayan caído en el olvido y que no existan en nuestros días sabios que los expongan en sus obras y los enseñen en las academias de ciencias y las madrasas?

—En Basora y en Córdoba, algunos astrónomos somos fieles seguidores de las teorías de los antiguos griegos, Jalid, pero es sumamente peligroso hacer públicas esas creencias, porque los ulemas más fanáticos, en las tierras del islam, y los teólogos intolerantes en los reinos cristianos, las considerarían heréticas. Si las enseñáramos en clase, seríamos, sin duda, perseguidos, perderíamos la *iyaza* y nuestros libros acabarían quemados por contener, según la opinión de los más intransigentes doctores de la Ley, afirmaciones contrarias a la moral, la tradición y la Verdad Revelada.

Después de escuchar la sentida exposición del profesor al-Ansari y el temor a que dichas teorías fueran divulgadas, quedé profundamente conmovido, porque fui consciente de las verdades que encerraban los libros de los sabios de la antigüedad y de sus esfuerzos para explicar fenómenos naturales que, para gran parte de la gente, seguían siendo manifestaciones erróneas o heréticas. ¡La Tierra que habitamos, desde Isfahán hasta Córdoba, el reino de los francos y los desiertos de Kumbi Saleh, es una esfera que flota en el espacio! Eso pensaba el sabio Eratóstenes, lo creía a pie juntillas el profesor de astronomía de la madrasa kabira y, desde ese día, también lo creía yo sin dudarlo.

—Pues, hijo aventajado de Abdalá Idris, si te ha sorprendido lo que contenía el primero de los libros cuya lectura te recomendé y las someras explicaciones que te he dado, seguro estoy de que tu sorpresa y tus dudas existenciales no han hecho más que comenzar —continuó diciendo al-Ansari—. ¿Qué me dices del contenido del segundo de los libros, que trata sobre la teoría heliocéntrica, considerada en nuestros días como una creencia absurda, herética y contraria a las religiones monoteístas, destinada a quebrantar la fe de los creyentes en la revelación divina?

—No se equivoca, estimado profesor. En este cuadernillo tengo anotadas varias preguntas sobre tan apasionante asunto que deseo hacerle y cuyas respuestas espero que aporten algo de luz a mi confusa mente.

—Deseoso estoy de conocer tus impresiones sobre lo expuesto por el sabio Aristarco de Samos y sobre los comentarios y las anotaciones que, con enorme respeto y gran humildad, he hecho de tan asombrosa teoría, pues no soy más que un simple discípulo de tan preclaro pensador y astrónomo.

—¿Es cierto, profesor, que el tal Aristarco de Samos, antes de escribir su obra «*¿Es el Sol el centro del universo?*» (cuyo título expresa las dudas que tenía sobre tan relevante y decisivo asunto), había escrito otra apoyando la teoría del sabio Aristóteles que defendía que la Tierra era el centro del universo y que en torno a ella giran los planetas, el Sol y las estrellas, como he leído en el segundo libro que me recomendó?

—Tan cierto como el Sol que nos alumbra, Jalid. Ese eminente astrónomo, influenciado, sin duda, por la autoridad incuestionable de Aristóteles, que aseguraba con pruebas, según él, irrefutables, que el universo y los cuerpos celestes en sus esferas giraban alrededor de la Tierra, no pudo sustraerse a la atracción que ejercía el gran filósofo, director del famoso Liceo de Atenas, cuando redactó su primera obra, que tituló *De los tamaños y las distancias del Sol y de la Luna*. En ella se decantó abiertamente por la llamada teoría geocéntrica, que era la aceptada por la mayor parte de los sabios de su época. Sin embargo, al final de su vida, quizás porque descubrió que algunos planetas describían trayectorias errantes en medio del cielo y que, a veces, se movían hacia delante y, otras veces, hacia atrás, lo que contradecía la teoría de las órbitas inmutables defendida por Aristóteles, optó por exponer, como has podido comprobar en la obra que has leído, con todo lujo de detalles y aportando pruebas que solo los obcecados que se niegan a aceptar la realidad pueden rechazar, la teoría heliocéntrica. Muchacho: la Tierra es esférica, como demostró Ptolomeo, y gira en torno al Sol y no al contrario, como aún tantos sabios y astrónomos defienden.

—Intuyo, por algunos comentarios que habéis escrito al margen de determinados capítulos, que la obra que con tanto celo guardáis en vuestra biblioteca es una copia en árabe realizada en Basora hace uno o dos siglos, pero que el original griego se perdió en el transcurso de uno de los incendios que sufrió la biblioteca de Alejandría. ¿Acaso sospecháis que alguno de esos incendios fue provocado por sus detractores para hacer desaparecer el códice titulado *«¿Es el Sol el centro del universo?»* y que solo se conservaran los libros que ensalzaban la teoría aristotélica?

—No fue esa mi intención cuando redacté el comentario al que te refieres, querido alumno —manifestó, algo molesto por la insinuación que yo había hecho de un suceso que, en realidad, el profesor al-Ansari solo había tratado de soslayo—. Estimo que nadie, y menos un ilustrado personaje de la época de Aristarco, aunque negara y refutara la teoría heliocéntrica por considerarla inconsistente y falsa, hubiera cometido un acto tan ruin y execrable. Lo que yo creo es que la obra original se ocultó intencionadamente en la biblioteca de Alejandría por temor a la influencia que pudiera ejercer entre los numerosos defensores de la extendida teoría geocéntrica. No obstante, el texto escrito en griego debió de aparecer en algún lugar de Oriente después de transcurridos varios siglos y, antes de que se perdiera definitivamente, fue mandado traducir al árabe por algún ilustrado dirigente musulmán. Y esa es la copia que yo tuve la fortuna de descubrir y adquirir en Basora. Por la grafía y los modismos utilizados por el copista, Jalid, apostaría a que se trasladó a nuestra lengua a mediados del siglo VIII, cuando los abasíes fundaron en aquella ciudad la famosa Escuela de Gramática y Ciencia en la que destacaron literatos y astrónomos como al-Jahiz y al-Hacén. No me cabe duda de que uno de ellos fue el traductor de la obra de Aristarco de Samos que yo poseo.

—También, profesor al-Ansari, aseguráis, en otro de vuestros comentarios sobre la obra del astrónomo griego, que este acertaba cuando aseguraba que el Sol era más grande que la Tierra, aunque pareciera de menor tamaño, y que las estrellas se hallaban infinitamente más lejos que la Luna y el Sol, exceptuando las llamadas estrellas errantes.

—Estoy convencido —repuso al-Ansari— de que, aunque con el catalejo de mi invención podemos ver numerosas estrellas en el firmamento, todas ellas de similar tamaño, menos algunas que se mueven a su libre albedrío, estas no son estrellas, sino planetas que se hallan más cerca y que giran alrededor del Sol como la Tierra. Es una verdad irrefutable, Jalid, que la mayor parte de las estrellas que iluminan nuestro cielo nocturno se hallan a distancias tan enormes que nuestra pobre inteligencia es incapaz de asimilarlo.

—Ahora entiendo, maestro, por qué guardáis tan celosamente estos dos libros en vuestra biblioteca, alejados de miradas indiscretas —aseveré, al tiempo que tomaba con extrema delicadeza los dos volúmenes que se hallaban depositados sobre el diván—. En ellos se encierran afirmaciones y creencias que pueden ser consideradas, por ulemas fanáticos o alfaquíes intransigentes que siguen con severidad los postulados del islam, heréticas y motivo de persecución y pérdida de la *iyaza* para quienes las defiendan y propaguen.

El sabio profesor Ben Abi Isa al-Ansari tomó en sus manos los dos libros y con una expresión sombría, como si intuyera el terrible final que esperaba a aquellas dos extraordinarias obras, dijo:

—Recuerda, Jalid, que antes de que iniciaras la lectura de estos dos reveladores libros, te referí que uno de sus autores, el desdichado Aristarco de Samos, fue acusado por sus contemporáneos de inmoralidad y de propalar falsas creencias. Lo relata un historiador muy posterior en el tiempo, el romano Plutarco, con las siguientes descarnadas palabras: «Cleantes, un eminente filósofo, pensó que era el deber de los griegos procesar al astrónomo Aristarco con el cargo de impiedad, por poner en movimiento la Tierra, que en verdad se halla inmóvil en el firmamento, suponiendo que el cielo permanece en reposo y nuestro planeta gira en un círculo oblicuo, mientras que rota, al mismo tiempo, sobre su propio eje. ¡No se puede permitir que esas monstruosas falsedades corrompan y envilezcan a nuestra juventud!».

—En todo tiempo y en todo lugar, joven estudiante de humanidades —dijo, a modo de conclusión, el ilustre astrónomo de la madrasa kabira—, han existido personajes imbuidos por el fanatismo, el odio y el desprecio a la ciencia que han perseguido a los hombres sabios que, con sus descubrimientos y extraordinarias invenciones, proporcionaron alas al progreso de la humanidad. Y, por desgracia, Jalid, los días en los que nos ha tocado vivir no son una excepción.

Aquella última frase del respetado e instruido profesor de matemáticas y astronomía de la academia de ciencias de Córdoba era, sin duda, una premonición de lo que nos esperaba en el discurrir de los años, cuando asumiera el poder el perverso, fanático y manipulador Muhammad ben Abi Amir, conocido por el pueblo llano y sus enemigos cristianos del norte con el sobrenombre de Almanzor por las numerosas veces que los venció en el campo de batalla.

Iba a despedirme del profesor al-Ansari, una vez satisfecha mi curiosidad y subsanadas las dudas que me habían asaltado al leer los libros que me recomendó, cuando este me retuvo, diciendo:

—Sé que se ha cumplido el objetivo que perseguía cuando te invité a acceder a mi despacho y a leer las dos obras que, con gran secreto, guardo en ese armario, que no era otro que abrir tu mente de humanista y lograr que superaras los parcos y, a veces, erróneos conocimientos que te impartieron en la escuela coránica. Algunos de ellos, Jalid ben Idris, están escritos como verdades reveladas por el Altísimo en el Libro Sagrado y en los hadices sobre la vida del Profeta. Pero has de saber que no es herejía dudar para poder extraer la verdad y averiguar qué afirmaciones son ciertas y cuáles falsas y tendenciosas, creadas para que los hombres perseveren en el error y se muestren sumisos y obedientes ante los poderosos.

—Podéis estar satisfecho, maestro, porque, después de esas instructivas lecturas y de escuchar sus eruditas explicaciones, que han superado con creces mi capacidad de asombro, mi mente se ha iluminado. Cuando estudie, a partir de ahora, los textos de los filósofos, literatos, historiadores y exégetas, le aseguro que sabré discernir lo verdadero de lo falso y apreciar sus extraordinarios contenidos y el verdadero valor de sus novedosos descubrimientos.

—Es lo que espero de ti, joven Ben Idris, porque sé que, perteneciendo a tan ilustre familia, tu futuro estará ligado a la enseñanza o a la investigación y, sin duda, a ocupar algún día un alto cargo en la administración del califato. Pero, antes de que abandones este despacho —manifestó, cuando nos habíamos puesto de pie y yo pensaba que había finalizado tan instructiva entrevista—, quiero hacerte partícipe de un sorprendente descubrimiento que guardo en ese arcón: un mapa que me regaló un rico mercader de Siyilmesa, de los que comercian con el oro que sacan del otro lado del desierto, en los entornos del río Níger. Aunque su contenido es verdaderamente asombroso y, yo diría, que increíble, él me aseguró que sus autores fueron marinos que navegaron por el gran Océano en la antigüedad.

Y, acabando de pronunciar aquellas enigmáticas palabras, se acercó a un baúl de madera reforzado con launas de bronce que había junto al armario-biblioteca. Lo abrió introduciendo en la cerradura otra de las llaves que portaba colgada del cuello y extrajo de su interior un ajado pergamino. Lo extendió sobre la superficie de la mesa, después de haber apartado los libros y legajos que la ocupaban, y me indicó con su dedo índice unas líneas, casi borradas, dibujadas con tinta negra, que representaban un litoral muy recortado, con algunas ensenadas e islas costeras, y una decena de palabras escritas en una lengua desconocida para mí que señalaban algunas de estas costas e islas.

—El recortado litoral que aparece en este mapa, Jalid —dijo, procurando que su voz surgiera de su garganta como un leve susurro—, representa el límite de una tierra desconocida que se encuentra al otro lado del gran Océano. El mercader de Siyilmesa decía que se puede llegar a ella siguiendo una ruta de navegación en dirección al lugar del horizonte por donde se pone el sol cada tarde. Gente anciana de aquella ciudad del desierto aseguraba que unas embarcaciones de los antiguos, que procedían del reino de Siria o de Egipto, conociendo, sin duda, la teoría de la esfericidad de la Tierra defendida luego por Eratóstenes, habían partido desde la costa de los negros para comerciar con la gente que habita al otro lado del mundo. Me dijo que este mapa se había conservado durante generaciones en una biblioteca de Tombuctú como si fuera un gran tesoro. Aunque yo pienso que es pura invención, porque, aunque creo firmemente en que la Tierra es una esfera, sería una locura intentar llegar al otro lado del mundo a través del inmenso y desconocido Océano. Sin embargo, es posible que, algún día, algunos osados marineros se atrevan a emprender tan arriesgado viaje. Pero, si lo hicieran, no sé cómo retornarían, pues los marinos y mercaderes musulmanes que comercian con la tierra de los negros por mar dicen que en aquellos pagos, al alejarse los navíos de la costa, los vientos soplan siempre en dirección suroeste. Podrían navegar siguiendo la ruta que dice el rico mercader, pero nunca podrían regresar a su puerto de partida.

Después de haber leído las obras que me recomendó el profesor de astronomía, escuchado sus eruditas explicaciones y contemplado, con mis propios ojos, el sorprendente mapa que, según un desconocido mercader de Siyilmesa, describía las recortadas costas de unas lejanas tierras situadas al otro lado del gran Océano, abandoné el despacho de al-Ansari, convencido de que había tenido acceso a extraordinarios conocimientos, ignorados por los restantes alumnos que cursaban sus estudios en la madrasa kabira, y que tan eximio maestro me los había transmitido, quizás por la amistad que le unía a mi progenitor, con la intención de liberar mi mente de las brumas de la ignorancia, desvelándome unos descubrimientos científicos que él creía que me iban a ser útiles en el futuro; o porque pensaba el sabio astrónomo que, algún día, aquellos incunables, que contenían extraordinarias revelaciones, aquellos mapas únicos y sorprendentes y aquellos maravillosos artilugios de su invención pudieran correr la misma suerte que corrió, hacía siglos, la gran biblioteca de Alejandría.

Y no eran vanos los temores del bueno de Ben Abi Isa al-Ansari, pues, pasados los años, cuando el califato cayó en manos de dirigentes zafios, imbuidos por el fanatismo religioso, el odio hacia los que pensaban diferente y el desprecio al saber, a la ciencia y a la cultura, la intolerancia y la persecución de la heterodoxia hicieron su nefasta aparición, extendiéndose, como una perniciosa y destructiva plaga, por las ciudades de al-Andalus, destruyendo todo lo bueno que había creado el califa sabio, al-Hakam II.

V

COPISTA Y TRADUCTOR DE LIBROS

En contra de lo que me pedía el corazón y soslayando, a duras penas, el sincero sentimiento de amistad que me unía a al-Zubaydi y a Talid, supe mantener el secreto de lo que había aprendido con la lectura de los libros de al-Ansari y con sus instructivas explicaciones. En ocasiones, cuando, al término de las clases impartidas por el profesor Qasim ben Asbag, conversábamos y debatíamos sobre algunas de las obras de filósofos y sabios griegos, como la de Euctemón de Atenas, que escribió sobre la posición y la distancia de las estrellas —teoría que yo sabía que era errónea—, y al observar el desconocimiento que tenían mis buenos amigos del asunto en discusión, sentía la tentación de decirles por qué el filósofo-astrónomo Euctemón estaba equivocado. Mas, como había hecho la firme promesa al profesor de astronomía de no revelar tan delicados, comprometedores y, probablemente, peligrosos conocimientos, me abstenía de sacarlos del error y exponerles lo que había aprendido con las lecciones ocasionales recibidas del ilustrado al-Ansari. Llegado a ese punto, procuraba introducir en la conversación un tema secundario e irrelevante con el fin de desviar la discusión del asunto central que era el eje de la controversia. Sin embargo, como ya he referido en otra ocasión, mi falta de humildad y el afán por demostrar mis conocimientos ante mis interlocutores me llevaban, a veces, a sacarlos del error y revelarles por qué tal o cual teoría era falaz e inconsistente. Mis dos inocentes compañeros de estudios me miraban, en esos casos, boquiabiertos y, al-Zubaydi, que era el más crédulo de los dos, me decía:

—¡Jalid ben Idris! Querido amigo, ¿cómo es posible que refutes y critiques lo que escribió el gran filósofo Euctemón, si nuestro sabio profesor Ben Asbag ha dado por ciertas sus afirmaciones sobre la lejanía y posición de las estrellas?

Entonces, yo recurría siempre al mismo argumento para justificar mis excepcionales y, para ellos, sorprendentes conocimientos de astronomía.

—Apreciado al-Zubaydi: en las dos bibliotecas de la madrasa, pero sobre todo en la bien nutrida biblioteca del pabellón de ciencias que, por cierto, no acostumbráis a frecuentar, encontraréis numerosas obras que, algunas, refutan y, otras, defienden y apoyan los descubrimientos y las afirmaciones realizadas por los antiguos filósofos y sabios de la antigüedad. Visitadlas y consultad esas obras y sabréis a qué ateneros cuando el profesor Ben Asbag nos dicte sus lecciones.

Nunca supe si mis alegaciones convencieron a mis compañeros de estudios. Pero yo, que aún no había podido desprenderme de la arrogancia y el engreimiento de los que, por mi inteligencia y preparación, había hecho gala desde que estudiaba en la escuela coránica —defecto aborrecible que, ahora, en mi ancianidad, repudio—, me quedaba plenamente satisfecho por haber sabido sortear el espinoso asunto con tan elemental y vana excusa.

El curso que finalizó en el verano del año 947 fue el penúltimo de mi estancia en la madrasa kabira recibiendo las enseñanzas de los profesores de humanidades, pues en el siguiente, después de diez años asistiendo a las lecciones de los más insignes maestros de Córdoba, recibiría, si así lo consideraba oportuno el claustro de la academia, la *iyaza*, licencia o certificado que me permitiría impartir clases, si esa era mi intención, en alguna de las madrasas de la ciudad o de manera privada. No obstante, yo, por consejo de mi padre y porque ese era el deseo que albergaba desde mi infancia, me incliné hacia la traducción de obras escritas en latín, lengua que dominaba como si fuera la mía propia, lo que no podía decirse del griego, que seguía negándose a mis intentos de aprendizaje, aunque fuera la filosofía griega una de las ramas del saber que más me atraía. Otra de las ocupaciones que me agradaba era la copia y la restauración, por encargo, de legajos y de libros deteriorados por el paso del tiempo, la acción de la humedad o roídos por algunos insectos a los que tanto atraía el papel, escritos bien en árabe o en latín, labor que venía ejerciendo con gran éxito y excelente remuneración mi progenitor.

En la primavera del año citado, Talid que, como se ha dicho, era un eunuco inteligente, instruido y muy bien considerado por el poder, que residía en el palacio del califa protegido por la Gran Señora, como lo estaban Lubna y Fátima, me citó en el patio de la madrasa porque quería conversar conmigo y darme una importante noticia que atañía a su persona. He de decir que desde que Lubna y Fátima abandonaron la madrasa kabira, hacía ya dos años, no había tenido noticias de ellas, aunque había movido cielo y tierra para poder ver y hablar con la muchacha que seguía siendo el objeto de mis deseos, cuya tierna imagen se me aparecía cada noche impidiéndome conciliar un sueño reposado. Yo continuaba amándola, con más fuerza si cabe después de dos largos años de ausencia. Ansiaba poder acercarme a su persona para decirle que mi amor no había sufrido merma alguna desde que se alejó de mí para recluirse en el palacio califal en la Ciudad Brillante, obligada por su dueña, la poderosa Maryam.

Talid, con una expresión de tristeza reflejada en su barbilampiño rostro, tomó asiento a mi vera en uno de los bancos de piedra que, al amparo del intenso sol del mediodía, se hallaba situado debajo del pórtico oriental de la madrasa, a no mucha distancia de la fuente en la que varios alumnos se divertían arrojándose agua.

—He de abandonar los estudios en la madrasa, Jalid, siguiendo los pasos de Lubna y Fátima —manifestó el joven eunuco con la voz quebrada.

—¿Cómo es posible, amigo mío? ¡Solo te falta un año de estancia en esta institución académica para que puedas recibir la *iyaza*!

Talid me miró dulcemente con los ojos humedecidos por las lágrimas que pugnaban por surgir de ellos, lo que evidenciaba que su alejamiento de la academia era una dolorosa imposición a la que no podía negarse.

—No aspiro a impartir enseñanza en ninguna madrasa o escuela, Jalid —murmuró con un hilo de voz—. Mi destino, como el de Lubna y Fátima, está ligado a mi dueña, la Gran Señora. Sabes bien que nos envió a la academia de humanidades para que nos instruyéramos en la literatura y las lenguas latina y griega, porque nos tenía reservada una importante labor en palacio.

—¿En el cuidado y la ordenación de libros en la biblioteca palatina? —manifesté a modo de reproche sin mucho entusiasmo, pues era bien sabido por todos que la estancia de Talid, Lubna y Fátima en la academia de humanidades solo era una etapa transitoria de preparación para desempeñar más altas responsabilidades.

—En la biblioteca palatina, cuyos fondos están ordenando, catalogando y restaurando nuestras queridas compañeras desde hace dos años —repuso Talid—. Abdalmalik ben Chuayd, que hasta hace dos meses era gobernador de la provincia de Carmona, ha sido nombrado por el califa chambelán y consejero áulico, encargado de supervisar las obras de la Ciudad Brillante, del protocolo de la corte y de la organización de la biblioteca de palacio. Ha reclamado mi presencia para que colabore con Lubna y Fátima, como había dejado establecido el poeta, asesor en asuntos culturales del califa, Ben Abd Rabbihi, al que el misericordioso Alá haya concedido los goces del Paraíso.

—Sabes, querido Talid, que me apena enormemente tu partida —dije, sin poder ocultar la sensación de vacío y aflicción que la noticia que me acababa de dar mi compañero de estudios, aunque esperada, me había provocado—. Echaré de menos nuestras partidas de ajedrez y las derrotas que me infligías. Aunque te envidio, amigo mío, porque con tu marcha y tu nueva y relevante labor en palacio podrás disfrutar de la compañía de mi amada Fátima. No obstante, como veo que es una decisión irrevocable, porque no depende de ti, sino que procede de personas muy poderosas, la acepto resignado, deseándote que seas muy feliz en la nueva etapa de tu vida que vas a iniciar. Sin embargo, me gustaría hacerte una súplica.

—Habla, Jalid, que, por la amistad y el aprecio que te tengo, no podré dejar de concederte lo que me pidas.

—Guarda en tu zurrón una carta que pienso escribir antes de tu partida. Entrégasela discretamente a mi adorada Fátima. Es un enorme favor que me harías.

—No es una petición onerosa ni comprometedora, amigo mío —manifestó Talid—, siempre que la entrega se haga furtivamente, sin que sea percibida por los criados que, sin duda, están al servicio de las dos jóvenes en la biblioteca. A pesar de ello, no dejaré de satisfacer tu deseo.

Antes de despedirse de mí, el bondadoso y juicioso Talid al-Qurtubí me abrazó con ternura. De sus ojos surgían un par de lágrimas mientras me apretaba sobre su orondo pecho. Al día siguiente, delante del pórtico de acceso a la madrasa, estando en presencia de al-Zubaydi, que también había acudido a despedir a nuestro común amigo, le hice entrega de la carta que había redactado aquella noche para que se la diera en mano a Fátima. El contenido de aquella extensa y sentida misiva era el siguiente: «Mi querida y añorada Fátima: dos años han transcurrido desde que, por obedecer y servir a la Gran Señora, tu dueña, te viste obligada a abandonar la academia de humanidades y alejarte de mí. Alejamiento que me provocó un inmenso dolor y una herida en mi corazón que aún supura y que no dejará de hacerlo hasta que pueda reunirme contigo y dedicar todos los días de mi vida a amarte y hacerte feliz. Sé que si no te has puesto en contacto conmigo es porque tu situación en palacio te lo habrá impedido. Pero, ahora que se une a vosotras, en la sobresaliente labor que realizáis en la biblioteca palatina, el bueno de Talid, no quiero desaprovechar la ocasión que me brinda su marcha para escribirte y rogarte que busques la manera de que pueda visitarte en la Ciudad Brillante. Solo me conformo con poder verte y platicar contigo. Con la firme esperanza de que, al fin, lograré estar junto a ti, aunque sea brevemente, continuaré ilusionado con mis estudios en la academia de humanidades. Creo que no ignoras que el año próximo finalizará mi estancia en la madrasa. Es probable que consiga la *iyaza* y, aunque no será la enseñanza el futuro que me espera, estoy convencido de que no me alejaré demasiado de las disciplinas que, juntos, hemos cursado en la madrasa kabira. Tu fiel y devoto Jalid ben Idris».

Talid abandonó la madrasa cabizbajo, portando, colgado de su hombro, el zurrón de lona en el que guardaba media docena de libros y los cuadernos en los que había anotado las lecciones impartidas por nuestros profesores. Luego, acompañado de al-Zubaydi, sin decir palabra alguna, me dirigí al cercano oratorio para cumplir con el mandato sagrado del rezo a esa hora del día.

He de decir que esperé ansiosamente la respuesta a la carta que había enviado a mi amada Fátima las siguientes semanas, sin que ninguna noticia procedente de la Ciudad Brillante hubiera llegado a mi persona. No obstante, como no debía supeditar mi vida a unos sentimientos amorosos que empezaba a asumir que jamás serían correspondidos, decidí apartarlos de mi mente y concentrarme en los estudios, esperando que finalizaran para emprender una nueva senda en mi existencia sin la compañía y el calor de mis queridos compañeros.

Al acabar el verano del año 949 —el décimo de los cursos en los que habíamos recibido los conocimientos incluidos en las asignaturas de humanidades que yo había elegido hacía diez años— fuimos convocados al-Zubaydi y yo mismo, con otros quince alumnos de diferentes ramas del saber, en la sala de conferencias, en la que se hallaba reunido el claustro, presidido por el director de la institución, el eminente Arib ben Sa'id. Cuando llegó mi turno, el ujier me indicó que abandonara el banco en el que estaba sentado y me acercara al estrado en el que se hallaban los profesores que, durante diez años, habían sido nuestros maestros, aunque faltaba el gran historiador Ahmad al-Razi, que había tenido que abandonar la enseñanza y la academia por motivos de salud, como ya se ha referido. En el fondo de la sala, de pie, se encontraban los padres y amigos de los alumnos que íbamos a recibir la *iyaza*, después de haber considerado el claustro que los allí presentes habíamos completado los estudios con total aprovechamiento y alcanzado el grado de competencia e idoneidad suficientes para poder impartir las disciplinas en las que cada uno de nosotros nos habíamos especializado, o dedicarnos a cualquier otra de las ramas del saber humanístico.

Entre los invitados al acto se hallaba mi indulgente padre, que asistía a la ceremonia, estaba seguro, con la satisfacción y el justificado orgullo de que su único hijo, con el certificado que iba a recibir, estaría capacitado legalmente para emprender un trabajo honrado y muy valorado socialmente, como el suyo; pues yo sabía que ese era su deseo, aunque nunca me había querido obligar a seguirle los pasos como copista, traductor y restaurador de incunables.

—Jalid ben Idris: este claustro, analizado tu expediente académico y conocedor de tus excelentes cualidades y grandes conocimientos, no solo en las diversas ramas de las humanidades, pues has recibido el voto de confianza de un profesor que no pertenece a este claustro, pero que dice conocer bien tus cualidades y tus conocimientos, como es el eminente matemático Ben Abi Isa al-Ansari —proclamó con voz engolada el director de la academia—, ha decidido concederte la *iyaza* para que, a partir de hoy, puedas ejercer la enseñanza como profesor, si ese es tu deseo, o dedicarte a cualquier otra de las actividades vinculadas a las asignaturas en las que has demostrado tu preparación y competencia.

A continuación me acerqué al estrado y Arib ben Sa'id me hizo entrega de un pergamino en el que estaba escrita la licencia o autorización que me capacitaba para poder enseñar, contratado como profesor de alguna madrasa, o fundar y dirigir una escuela privada dedicada a las humanidades.

Una vez que hubo finalizado el acto, mi padre, que me esperaba en el patio acompañado de al-Zubaydi, que también había obtenido la licencia oficial como gratificante remuneración a sus años de esfuerzo y de duro aprendizaje, me abrazó emocionado. Al-Zubaydi hizo otro tanto y los tres, riendo y portando en nuestras manos la preciada *iyaza* escrita en un bonito pergamino rubricado por todos los miembros del claustro, nos dirigimos al arrabal de los Mozárabes, donde, en un concurrido mesón, regentado por un amigo de mi padre, nos esperaba mi madre para celebrar juntos tan sobresaliente jornada con una suculenta comida preparada al estilo de los cristianos cordobeses: cordero asado con miel, pescado hervido aderezado con cilantro, pimienta y orégano, berenjenas fritas y, de postre, rosquillas de azúcar blanco bañadas en canela.

Es necesario referir que el director de la academia me propuso ser contratado como profesor de árabe clásico e historia de la filosofía de los antiguos en su prestigiosa institución, aunque yo rehusé tan prometedora propuesta porque tenía otros proyectos, a los que ya he hecho mención, vinculados al ganancioso oficio de traductor y copista que ejercía mi progenitor, con gran notoriedad, en Córdoba. No obstante, continué vinculado de alguna manera a la academia de humanidades, en la que impartía clases de griego el monje bizantino Nicolás, con el que había trabado una estrecha amistad. Este erudito griego logró sacarme, en más de una ocasión, de ciertos atolladeros por mis escasos conocimientos en el idioma de Aristóteles, cuando tenía que copiar algún fragmento, incluido en un texto latino, escrito en esa enrevesada lengua oriental.

Aquella noche, después de la frugal cena que tomamos en nuestra casa, una vez que estuvimos sentados en el banco corrido que había en nuestro recoleto patio, hablé con mi padre.

—Padre mío, deseo exponerte un asunto que, aunque puede parecer prematuro, es necesario que conozcas —dije, en tanto que mi madre colocaba sobre la mesa de piedra una jarra de loza blanca decorada con trazos verdes colmada de zumo de naranja y unas escudillas de cerámica vidriada para que nos lo sirviéramos.

—Dime, Jalid.

—Hoy hemos asistido a la ceremonia en la que el ilustre Arib ben Sa'id me ha hecho entrega de la licencia que todo alumno aspira a recibir al término de sus estudios —manifesté—, licencia que me permite impartir, dentro de la legalidad, las disciplinas en las que me he especializado.

—Y yo te digo, hijo mío, que estoy muy satisfecho y feliz con el éxito alcanzado por mí único vástago. ¿No era ese tu deseo, Jalid, cuando ingresaste en la academia de humanidades?

—Mi deseo, querido padre, era aprender la literatura, la filosofía y las lenguas en las que escribían los antiguos, así como dominar el árabe clásico para parecerme a ti, que has sido la luz que me ha iluminado y guiado desde que comencé a asistir a la escuela coránica en la mezquita de al-Mughira.

Llegado a ese punto de la conversación, creí que era el momento oportuno para exponer al noble Abdalá Idris, afamado traductor, filólogo y copista, el proyecto que siempre había rondado en mi cabeza y que no tenía relación con ser profesor en alguna escuela o madrasa.

—Quiero seguir tus pasos, padre, y establecerme como copista y restaurador de libros y, cuando haya ocasión, dedicarme a la traducción de obras latinas, lengua que domino a la perfección.

El bueno de Abdalá Idris permaneció en silencio unos instantes, recapacitando sobre lo que yo acababa de manifestar. Sabía que a mi progenitor le ilusionaba que su hijo ejerciera de profesor de filosofía antigua, historia o lengua latina en la madrasa kabira y que, con el paso de los años, llegara a ser nombrado, por sus méritos, director de la academia de humanidades o rector de la noble institución de la madrasa. Luego me cogió ambas manos delicadamente y, con una expresión de dulzura reflejada en su rostro, dijo:

—Cierto es, hijo mío, que me ilusionaba verte, algún día, enseñando en la madrasa kabira al lado de aquellos que habían sido tus prestigiosos maestros: Ben al-Qutiyya, Ben Harit al-Jusani y Qasim ben Asbag. Pero reconozco que no me desagrada que desees continuar la tradición familiar y te dediques a la copia y a la traducción de libros. Aunque debes saber que, para ejercer ese delicado oficio, será necesario establecerte en una casa que posea una buena biblioteca, una sala con estantes para depositar los pergaminos y el papel que habrás de usar y estiletes, pinceles y cálamos de calidad de diversos calibres. Al mismo tiempo, joven entusiasta, debes adquirir las costosas tintas de colores que se elaboran en los talleres de la calle de los Tintoreros y contar con el concurso de un criado que te ayude en la labor, aunque yo nunca lo necesité. Y lo que es más importante: ganarte la confianza de ricos clientes, que serán los que te han de hacer los encargos. Para que ese ambicioso e ilusionante proyecto se haga realidad, necesitarás, hijo mío, dinero y publicidad en los ambientes aristocráticos de Córdoba, pues no te bastará con el prestigio que yo he alcanzado a lo largo de los años hasta convertirme en uno de los copistas más solicitados de la ciudad. Deberás reunir una clientela que te permita subsistir y ganarte honradamente la vida.

Yo no supe qué responder, porque, hasta ese momento, no había reparado en lo complejo y caro que podía llegar a ser establecer un taller de copia, traducción y restauración de libros en la capital del califato.

—No obstante, no es mi intención desanimarte y que, a causa de las dificultades que vas a encontrar y que te he enumerado, solo para que seas consciente del trabajo que te espera, abandones tan prometedor proyecto, querido hijo —añadió mi progenitor—. Puedes contar con mi ayuda. Te prestaré el dinero que vas a necesitar. Ya me lo devolverás cuando empieces a acometer los trabajos que te soliciten. Seré tu representante y te buscaré los primeros clientes entre las familias pudientes que conozco. Mañana, si lo crees oportuno, te acompañaré al arrabal de los Pergamineros para que alquiles una casa cerca de los talleres donde se confeccionan los pergaminos o se vende el preciado papel, que serán la base y el sostén de tu trabajo.

Durante tres días estuvimos recorriendo las calles del arrabal de los Pergamineros buscando una casa o un local que contara con las estancias idóneas para establecer una sala de recepción de clientes, una pequeña biblioteca (mi padre me había donado la mitad de la suya, que consistía en un centenar de libros) y el taller con los estantes para situar las redomas que contendrían las tintas, los pinceles, los cálamos y los estiletes. También un bargueño y una mesa grande en la que llevar a cabo las labores de lectura, copia y restauración de incunables, cuando estos estuvieran en mal estado de conservación y necesitaran ser reparados antes de proceder a su copia. No podían faltar un dormitorio, una pequeña cocina y un modesto comedor; aunque yo seguía frecuentando la vivienda de mis padres para realizar las comidas diarias.

Es necesario exponer, para conocimiento de futuros lectores, que, si aquel barrio se denominaba de los Pergamineros, era porque en el pasado se hallaban instalados en él los talleres de curtido de pieles y elaboración de los pergaminos. Pero que, desde los tiempos del emir Muhammad I, con la llegada a Córdoba de inmigrantes sirios que eran conocedores de la técnica de fabricación del papel, el uso del pergamino —obtenido de la piel curtida de los corderos lechales— para la escritura de libros y los documentos emitidos por la administración, había sido sustituido por el papel. En las riberas del Guadalquivir, no lejos de la ciudad, se había instalado una docena de molinos papeleros que surtían a los talleres y las tiendas —situadas en el mal llamado arrabal de los Pergamineros— de aquella nueva y delicada materia escriptoria que, según decían, había llegado de China. Aseveración que pude corroborar cuando, para mi desgracia, llegué, perseguido por el infame Almanzor —al que Alá confunda—, a la lejana y hospitalaria ciudad de El Cairo. Por ese motivo, la mayor parte de los establecimientos de curtido de pieles y elaboración de pergaminos habían sido sustituidos por negocios regentados por los artesanos y vendedores de papel.

Al cuarto día de búsqueda dimos con una casa de mediano tamaño, aunque bien aireada, situada en una de las calles principales del barrio, que había sido, antes de que la vendiera su dueño y el nuevo la alquilara, una tienda en la que se exponían y vendían papel con defectos, telas de segunda mano, alfombras de esparto y pergaminos hechos con la piel curtida de terneros o asnos, más baratos y de peor calidad que los de piel de cordero, pero que, por su bajo precio, aún eran muy solicitados.

Durante un mes estuve acondicionando mi lugar de trabajo, mientras que mi atento padre se encargaba de publicitar la labor que iba a ejercer, en el arrabal de los Pergamineros, su hijo. En la calle de los Ebanistas, en la medina, adquirí los muebles usados que iba a necesitar, entre ellos un armario-biblioteca y otro con los estantes para las vasijas, cuatro sillas con asientos de aneas para la sala en la que debía recibir a los clientes y, en el zoco grande, las vasijas, los pinceles, estiletes y demás utensilios que eran imprescindibles en el taller de un buen copista y restaurador de libros. Mi padre, que había cumplido sesenta años y adolecía de una enfermedad que le afectaba a la memoria, clausuró su taller de copista, alegando que ya no lograba recordar con nitidez las tintas y los tipos de cálamos que debía emplear. Aunque yo sabía que era un falso pretexto, pues su enfermedad no había alcanzado aún la gravedad suficiente para impedirle distinguir los colores y seleccionar los cálamos apropiados para reproducir los textos. Sé que tomó aquella radical decisión por amor hacia mí y para no estorbar, con su bien ganado prestigio, mi labor como copista novel.

A principios del año 950, acabadas las obras de adaptación de la casa-taller, me instalé en ella y comencé ilusionado mi labor de copista. Aunque había adquirido suficientes pliegos de pergaminos de buena calidad para acometer la copia de códices o libros antiguos que estaban escritos o copiados en esa clase de materia escriptoria, a sabiendas de que, más temprano que tarde, acudiría al taller algún rico personaje para que copiase una obra escrita en pergamino, pensé que debía disponer de igual o mayor número de pliegos de papel que, sin duda, serían los que, con más frecuencia, debería emplear en los trabajos encargados por mis clientes. Por ese motivo, me dirigí a un establecimiento situado en una calle cercana donde sabía que residía un artesano, cuyo padre, de origen sirio, había traído a Córdoba el conocimiento de los molinos de molturación de papel desde el otro lado del Mediterráneo. En su tienda vendía papel de diversas calidades —según me dijo mi progenitor—, algunas a precios asequibles procedentes de la molturación de telas usadas o fibras vegetales que procesaba en el molino que poseía en la ribera del río, al otro lado del cementerio del Arrabal.

—Te doy la bienvenida a esta humilde tienda, joven, desconocido —exclamó el hijo del inmigrante sirio cuando me vio atravesar la puerta que daba acceso a la tienda—. ¿Qué es lo que deseas?

El vendedor era de escasa estatura, delgado, aunque de brazos nervudos y movimientos ágiles. Una barba hirsuta le adornaba el rostro y se cubría con una almalafa marrón de lana muy usada, con una cogulla que le caía sobre la espalda. Su edad debía de rondar los cincuenta años.

—Sea bien hallado, señor comerciante. Me llamo Jalid ben Idris y espero no ser un desconocido para vos a partir del día de hoy —dije, acercándome al mostrador detrás del cual se hallaba ordenando algunos pliegos de papel—. Soy vuestro vecino. He abierto un taller de copia de libros y restauración de incunables no lejos de vuestra tienda.

—¡Ah! ¡Entonces debéis de ser el artesano de los libros que se ha instalado en la casa y taller que fue del bueno de Yusef ben Abda, al que deseo que el clementísimo Alá le haya concedido los goces del Paraíso, pues era un buen musulmán, fiel cumplidor de los mandatos contenidos en el Libro Sagrado!

—Soy ese mismo que decís, amigo...

—Musa ben Daud. Ese es mi nombre —terció el artesano—. Mi progenie procede de la lejana Siria, de donde emigró mi padre, en tiempos del emir Muhammad I, huyendo de los impíos *jariyíes* que se habían apoderado del pueblo en el que vivíamos. Pero no me puedo quejar, porque en Córdoba, mi progenitor primero y luego yo mismo, hemos hallado un modo de ganarnos honradamente la vida ejerciendo esta profesión en la que mi familia siempre ha destacado, antes en Siria y, desde que arribamos a Córdoba, en esta acogedora ciudad. Pero no deseo cansarte con mi perorata de inmigrado, Jalid ben Idris. Dime: ¿qué es lo que deseas de mí? —volvió a preguntar.

—Espero recibir a algunos clientes en los próximos días —le mentí— y, como sé que serán libros de poemas, de historia o de temas religiosos que, generalmente, están escritos en papel, necesito hacer acopio de cierta cantidad de pliegos para poder responder a los encargos que, sin duda, me harán.

—Has acudido al lugar apropiado —proclamó Musa ben Daud—. En mi tienda vas a encontrar las diversas clases y calidades de papel que necesitarás. Te recomiendo que adquieras pliegos de varios precios. Algunos muy baratos, porque están elaborados con telas usadas y trozos de papel viejo, y otros caros y muy exclusivos, porque se han obtenido molturando la mejor fibra vegetal que se produce en todo al-Andalus. Serán estos los que te van a reclamar los clientes más adinerados y exigentes para sus copias.

—Seguiré vuestro consejo, Musa ben Daud. Ahora, enseñadme los tipos de papel que tenéis a la venta y los precios de los mismos y yo decidiré.

El hijo del sirio se dirigió a la trastienda y volvió al poco rato portando una decena de pliegos de papel que depositó sobre el mostrador.

—Estos pliegos, de los que se obtienen cuatro hojas de cada uno, los vendo a un cuarto de dírhem la media docena —manifestó el artesano señalando unos pliegos que, sin ser experto en aquella industria, se advertía a la legua que eran de una calidad ínfima—. Están elaborados molturando en el molino trapos usados o esparto. Para blanquearlos se ha empleado cal, aunque muy aguada, y el encolado se ha conseguido aplicándoles engrudo de almidón.

—Creo, buen artesano del papel, que ninguno de mis clientes aceptará, aunque les cobre poco dinero por el trabajo, que use este despreciable papel en sus copias.

—Nunca se sabe, amigo mío —repuso Musa, esbozando una sonrisa burlona—. Depende de la posición social del cliente y, sobre todo, del afecto que le tenga a la obra que desea copiar o restaurar. Yo te aconsejo que adquieras algunos pliegos. Quizás los necesites. Aunque siempre los tendrás a tu disposición en mi tienda.

—¿Qué precio tienen estos otros? —pregunté, al tiempo que señalaba unos pliegos que, por su blancura y tersa superficie, conjeturé que serían los de mayor calidad.

Musa ben Daud me miró con sorna.

—Veo que, aunque no eres perito en la artesanía del papel, sabes identificar la calidad y la excelencia —manifestó, tomando uno de aquellos pliegos y acercándolo a mi persona para que pudiera apreciar su tersura y contemplar de cerca el color blanco y nítido de su superficie.

El fabricante de papel ignoraba que yo era hijo de un afamado copista de la ciudad y que, con frecuencia, mi padre me había enseñado esos valiosos pliegos que él, a veces, utilizaba para realizar copias encargadas por altos funcionarios miembros de la *jassa* o por ricos comerciantes.

—Estos pliegos, amigo Jalid, tienen un valor de un dírhem y medio la media docena —continuó diciendo Musa ben Daud—. Su elevado precio está totalmente justificado, porque es un papel excelente elaborado con fibras de lino seleccionadas por su finura, o con cáñamo, blanqueadas con la aplicación de cal tres veces filtrada. Una vez molturada y prensada la pasta, se encola con goma que importan mercaderes judíos desde Arabia. Ahora comprenderás por qué los he de vender a ese precio.

Palpé con mis manos uno de aquellos pliegos y pude comprobar que, ciertamente, se trataba de un papel de inmejorable calidad.

—Compraré cincuenta pliegos del papel barato. Pero preparadme también ciento treinta pliegos del de mejor calidad —dije, mientras procedía a sacar de mi faltriquera los dírhems que, mientras conversábamos, había estado calculando y que debía entregar al vendedor de papel.

—Has hecho una buena compra, vecino copista —exclamó el comerciante—. Ya sabes a dónde debes acudir cuando se agoten tus reservas. Te aseguro que no encontrarás en todo el arrabal de los Pergamineros nadie que te pueda ofrecer mejores precios.

A continuación, después de despedirme del atento comerciante y asegurarle que, si el negocio discurría favorablemente, volvería a visitarle, y acompañado de uno de sus criados, que transportaba sobre sus hombros un fardo que contenía los pliegos adquiridos por mí a Musa ben Daud, me dirigí a mi casa para hacer los preparativos de inauguración de mi taller de copista y restaurador de incunables.

Finalizaba el verano de aquel año 950 cuando un terrible acontecimiento conmocionó a la sociedad cordobesa. Uno de los hijos del califa, Abd Allah, hermano uterino del heredero al trono, al-Hakam, que entonces contaba con treinta y cinco años de edad, por motivos que nunca llegaron a aclararse, encabezó una insurrección contra su padre con la finalidad de destronarlo apoyado por varios poderosos funcionarios de la corte, entre ellos el reputado jurista Abu ben Abd al-Barr. Algunos alegaban que el hijo desleal acusaba a su progenitor de no cumplir fielmente los preceptos de la doctrina musulmana y que no acudía con regularidad los viernes a la preceptiva oración o *azalá* que se rezaba ese día. Descubierta la conjura antes de ser consumada, el Príncipe de los Creyentes, ejerciendo la autoridad que legítimamente le correspondía, mandó detener a los insurrectos y ejecutarlos en el patio del alcázar. Decía la gente que el califa, con sus propias manos, degolló a su hijo traidor durante la fiesta del Sacrificio, que era la fecha acordada por los conjurados para el alzamiento.

Transcurrieron dos meses, después de que hubiera acontecido tan penoso y grave suceso, sin que ningún cliente atravesara la puerta de mi casa para ofrecerme un trabajo de copia o restauración, aunque fuera de poca importancia. Yo sabía que mi padre, cumpliendo su promesa, se esforzaba por lograr que alguno de sus antiguos clientes me hiciera un encargo o me recomendara a quien tuviera necesidad de copiar, restaurar o encuadernar algún libro. Sin embargo, iniciada la primavera del año 951 comencé a recibir a clientes que solicitaban alguna copia de libros, aunque de poca entidad, o que querían que reparara determinado legajo que el paso del tiempo o la acción de algún irreverente insecto habían deteriorado. He de mencionar, por lo insólito, el encargo que me hicieron dos jóvenes: un varón y una mujer, que acababan de perder a su padre, que ejercía el oficio de cocinero principal en la mansión de un rico comerciante. Me presentaron un libro escrito en árabe clásico que contenía seiscientas recetas de cocina. Se hallaba tan deteriorado que a duras penas lograría copiarlo en su integridad. Pero cuál sería mi sorpresa cuando el joven me expuso lo que deseaba que hiciera:

—Señor: nuestro padre falleció hace un mes —dijo, sin poder ocultar la pena y el dolor que sentía—. En su testamento nos ha legado a ambos la casa en la que vivía al norte de la Axarquía, un pequeño huerto que poseía al otro lado del río y los muebles de buena madera que contenía la casa y que, ambos, nos hemos repartido como buenos hermanos. Pero nada decía el codicilo testamentario sobre el valioso libro de recetas orientales que había adquirido nuestro progenitor, escrito en Bagdad por el cortesano Ben Sayyar al-Warraq, titulado *Kitab al-Tabih* (*El libro de los platos*), que contiene seiscientas recetas de cocina. En un primer momento pensamos que la mejor solución sería partir el libro por la mitad y que cada uno de nosotros se quedara con trescientas recetas. Pero entendimos que era una abominable acción que a nuestro padre le hubiera causado mucha aflicción y enorme enfado. Estábamos seguros de que, cuando nos encontráramos con él el día del Juicio Final, nos iba a pedir cuentas por haber cometido tal agravio a su memoria destrozando su estimado libro. Por eso hemos decidido que realice dos copias iguales de este famoso recetario. Una para cada uno de nosotros y que el original, cuyo contenido es casi ilegible, lo restaure para que podamos donarlo a la biblioteca de la madrasa kabira, que es el lugar en el que nuestro padre hubiera querido que acabara.

Oída la atípica y sorprendente petición de los dos jóvenes y a sabiendas de que con mi labor de copista y restaurador, al margen de recibir una buena cantidad de dírhems, iba a lograr que tan valiosa joya bibliográfica no se perdiera y fuera depositada en la prestigiosa biblioteca de la madrasa, no pude sino aceptar complacido el trabajo y ponerme a la labor; primero de restaurar y lograr aclarar el desvaído color de la tinta roja en la que estaba redactado el famoso recetario y, a continuación, proceder a la doble copia como requerían los jóvenes herederos. Dos meses estuve en el proceso de restauración del deteriorado libro y otros seis en acabar las dos copias. Pude entregar los tres ejemplares a sus dueños antes de finalizar ese año.

No sé si fue por la resonancia que tuvo el buen trabajo que hice para la pareja de atribulados jóvenes, que quedaron satisfechos y muy agradecidos por mi labor de copista, o porque mi padre había logrado dar a conocer, entre sus clientes y conocidos, las excelentes dotes de copista de su hijo, lo cierto es que en los siguientes dos años no me faltaron los encargos. Como la labor de copia o de restauración exigía mucho tiempo y una especial y esmerada dedicación, por tratarse de un trabajo que, la mayor parte de las veces, había que realizar de preciados incunables o de libros que contenían obras de enorme valor literario o científico, me veía obligado a rechazar algunos encargos de obras poco relevantes, prometiendo a los frustrados clientes que quizás los pudiera atender, transcurridos dos o tres años, una vez que hubiera acabado los numerosos trabajos en los que estaba atareado.

Al cabo de cuatro años me había ganado justa fama, no solo en la copia y restauración de libros, sino también en mi faceta de traductor, pues había realizado algunas traducciones de breves opúsculos escritos en latín al árabe clásico. Mi reputación se extendió, para mi sorpresa, hasta los miembros de la aristocracia que residían en la Ciudad Brillante, cerca del califa, como a continuación referiré. En esa ocasión no pudo intervenir mi buen padre, que ya se hallaba, con la memoria casi perdida, recluido en su casa atendido por mi madre, sino que la recomendación no pudo llegar de otra persona que no fuera mi querido amigo el eunuco Talid.

Aunque había perdido el contacto directo con él desde que me hube instalado en el arrabal de los Pergamineros, sabía de la relevante labor que realizaba en la biblioteca palatina ordenando y catalogando, junto con Lubna y Fátima, los fondos bibliográficos que tenían a su cargo. Su prestigio había llegado a ser enorme en la Ciudad Brillante, habiendo conseguido ascender en la escala social de la ciudad palatina, merced a su preclara inteligencia y su capacidad de trabajo, superando su condición de siervo y, como otros eunucos *saqalibas*[4], llegando a ser un alto funcionario asesor, en asuntos culturales, del mismo Abderramán III.

El caso fue que, en el verano del año 954, después del obligado ayuno en el mes de Ramadán, período de tiempo que yo pasaba, como en mi juventud, en la aldea que poseía mi tío Omar en el pago de Kanbaniya, me visitó un criado del arquitecto Maslama ben Abd Allah, que dirigía las obras de construcción y ampliación de la Ciudad Brillante. Me dijo que su señor deseaba hacerme un importante encargo

---

4   Nombre que se aplicaba a los esclavos cristianos que participaban en el
     ejército omeya como mercenarios o que, castrados, llegaron a ocupar
     cargos relevantes en la administración y la política.

relacionado con la labor que yo llevaba a cabo en el arrabal de los Pergamineros. Que me rogaba que lo acompañara hasta su residencia en la ciudad palatina.

Sin haberme aún repuesto de la sorpresa que me había provocado la inesperada visita de aquel personaje que acudía a mí en nombre del prestigioso alarife mayor que dirigía las obras de la Ciudad Brillante, subí al carro que, tirado por dos caballos, esperaba en la puerta de mi casa-taller. Siguiendo la calzada, de reciente construcción, que unía Córdoba con Medina Azahara, al cabo de una hora y media llegamos a la amurallada ciudad que era la sede del poder desde que el califa trasladó a ella su residencia. Entramos a través de un gran pórtico que daba al este, constituido por monumentales arcos con dovelas de colores alternos: unas de caliza blanca y otras de ladrillos rojos, siguiendo el modelo que, dos siglos antes, había implantado el primer emir omeya, Abderramán I, para erigir la arquería de la Gran Mezquita.

No pude evitar que me asaltara una extraña sensación de ahogo y que mi corazón palpitara con fuerza: ¡tras aquellas altas murallas, en algún lugar de la extensa ciudad que era el centro del poder del califato, se hallaba la mujer a la que seguía amando tan intensamente como en los días que, juntos, asistíamos a las disertaciones de nuestros profesores en la madrasa kabira! ¿Lograría encontrarme con ella y hablarle y decirle que mi amor no correspondido no había sufrido merma, a pesar de que hacía nueve años que no nos veíamos? Y el bueno de Talid, que estaba seguro era el muñidor de aquel encuentro con el maestro de los arquitectos de la Ciudad Brillante, ¿saldría a mi encuentro? ¿Podría abrazarlo y decirle cuánto lo echaba de menos? Estos pensamientos ocupaban mi mente impidiendo que me concentrara en el motivo que podría explicar mi presencia en aquella impenetrable y exclusiva ciudad.

Unos soldados que hacían guardia junto a la enorme puerta nos dieron el alto y no nos permitieron acceder a la gran plaza de armas que antecedía a lo habitado, hasta que no reconocieron al criado del alarife mayor y este les dijo quién era el desconocido que lo acompañaba y por qué estaba autorizado a entrar en la Ciudad Brillante. Una vez que hubimos superado ese trámite, dimos con una plataforma enlosada en la que se iniciaban las calles, rampas y escaleras que posibilitaban llegar a las terrazas sobre las que se había edificado la ciudad.

—Ascendiendo por esas rampas, señor, se accede al palacio del califa, a las residencias de los altos funcionarios y al salón del trono. Esos otros caminos laterales comunican esta plaza con la medina, los zocos, los cuarteles, los almacenes de la tropa y las viviendas de los alarifes y los artesanos que trabajan en los talleres de cantería —dijo el criado de Maslama ben Abd Allah cuando, tras descender del carro, hubimos iniciado la marcha en dirección a la zona noble y elevada de la ciudad.

Avanzamos por una rampa pavimentada con losas de piedra que, sorteando algunas construcciones, ascendía hasta la segunda terraza donde se hallaban la residencia de verano del califa y los jardines.

Dejamos atrás un edificio rectangular, con varias bóvedas semiesféricas que, me dijo el criado, eran los baños a los que acudían los altos funcionarios y los jefes del ejército. Y, después de bordear un extenso y bien cuidado jardín con un amplio estanque, dimos con una parte de Medina Azahara, ubicada en la segunda terraza, debajo del alcázar-palacio del califa, en la que se localizaban las lujosas viviendas de los miembros del gobierno y de la alta administración. Todas ellas estaban construidas con sillares de piedra arenisca, algunos recubiertos de placas de mármol, colocados mediante el novedoso aparejo denominado a soga y tizón, modo de edificar que identificaba la arquitectura oficial del califato.

—Ya hemos llegado, señor —manifestó el criado, deteniéndose delante de una casa de noble aspecto, con un pórtico formado por tres arcos de herradura con dovelas blancas y rojas. Los tres vanos estaban flanqueados por hermosas columnas de mármol rosa—. Aguarde en la entrada de la casa. Le comunicaré a mi señor que he cumplido su mandado y que esperáis ser recibido.

Al cabo de un breve período de tiempo, la puerta principal de la vivienda se abrió e hizo su aparición quien debía de ser el prestigioso alarife que tenía el cometido de dirigir la construcción de aquella inmensa y fabulosa ciudad.

—¡Tú debes de ser Jalid ben Idris, el copista! —exclamó el arquitecto—. Te doy la bienvenida.

Yo temblaba, porque era la primera vez que accedía a la ciudad palatina, un lugar vedado para la gente del común residente en Córdoba o en cualquier otra parte del califato. Solo aquellos que disponían de un salvoconducto especial o pertenecían a la escala más elevada de la *jassa* o del ejército podían traspasar sus recias murallas sin autorización. Los comerciantes, artesanos, agricultores, médicos, astrólogos, criados de los nobles y esclavos que servían al califa o a los demás privilegiados habitantes que residían en aquella hermética ciudad, muy escasas veces salían de ella. Los mercaderes judíos eran los encargados de abastecer de mercancías selectas a los habitantes de Medina Azahara. El resto de productos de consumo diario lo encontraban en los bien surtidos zocos y en las tiendas y alcaicerías ubicadas en el interior de la medina.

—Yo soy Jalid, el copista, mi señor —murmuré con la voz quebrada, impresionado aún por la majestuosidad edilicia que me rodeaba—. He acudido solícito a vuestra llamada porque, conjeturo, me queréis encargar algún trabajo relacionado con mi profesión, pues solo ese motivo explicaría que tan poderoso servidor de nuestro señor, el califa, cuya vida el sapientísimo Alá guarde muchos años, haya tenido la deferencia de requerir mi presencia ante su egregia persona.

Maslama ben Abd Allah sonrió, probablemente con la intención de transmitirme la serenidad y el equilibrio mental que observó que me faltaban.

—No creas, Jalid, que soy tan poderoso como dices —repuso el alarife—. En la corte de Medina Azahara, el poder es un bien efímero y aleatorio, que se puede perder tan presto como se alcanza. Y no da la felicidad como pensáis los que vivís fuera de estos muros. A veces envidio la apacible existencia de la gente del común y no me importaría ejercer de copista o de imán de una humilde mezquita de barrio. Pero dejemos la charla y entra en mi casa que, mientras mis criados nos sirven zumo de granada endulzado con miel, te he de exponer el trabajo que quiero que hagas para mí.

Accedí a la mansión de Maslama ben Abd Allah. Me condujo hasta una sala amplia con el suelo formado por grandes losas de caliza blanca bien pulidas. Las paredes, que debían de estar hechas con sillares de la misma piedra o de arenisca, estaban recubiertas con placas de mármol blanco decoradas con hermosos y complicados atauriques. Una mesa hexagonal baja y labrada con taraceas de marfil y madera de ébano ocupaba el centro de la estancia rodeada de cojines azules con ribetes plateados. A una indicación del alarife me acomodé en uno de ellos, en tanto que él hacía lo mismo en otro, muy cerca del que yo ocupaba.

Maslama ben Abd Allah era de elevada estatura y fuerte complexión. Una cabellera negra, bien recortada por encima del cuello, le cubría la cabeza, con algunos bucles que le caían sobre la frente. La barba se la rasuraba, dejando solo crecer el vello en torno a los labios y en el mentón. Vestía una espléndida *yubba* de seda roja abierta con mangas anchas sobre un *qamis*[5], sin duda tejido con el mejor lino

---

5   Prenda interior ligera a modo de una camisa.

blanco, que le cubría la piel del pecho. Su mirada era limpia y su voz melodiosa. Su edad rondaría los cuarenta años. Su afectuoso recibimiento y su agradable aspecto físico lograron aportarme tranquilidad y sosiego.

Al poco aparecieron dos criados, que colocaron sobre la mesa una jarra de bronce con decoración vegetal cincelada y sendos vasos de cristal. Sirvieron el violáceo zumo de granada y el alarife me tendió uno de los vasos para que degustara la refrescante bebida. Y digo lo de refrescante porque, aunque estábamos al final de la estación veraniega, la frialdad de aquella bebida solo podía deberse a que Maslama poseía un pozo de nieve en la umbría de su jardín.

—Te preguntarás, Jalid ben Idris, qué es lo que espero de ti —comenzó diciendo el maestro de los alarifes de la Ciudad Brillante.

—Deseoso estoy, señor, de saber el motivo por el que habéis recurrido a un humilde copista y restaurador de libros que aún carece de experiencia en el oficio —exclamé.

Maslama ben Abd Allah esbozó una leve sonrisa.

—En esta ciudad reside un amigo tuyo que te tiene una gran estima —continuó diciendo—. Él es el que me ha recomendado que solicite tus servicios.

—¿Os referís al bibliotecario Talid al-Qurtubí?

—A Talid, el bibliotecario encargado de la ordenación y catalogación de los libros que se custodian en la biblioteca de palacio. Cuando acudí a él para que me asesorara sobre quién podría traducir al árabe un texto escrito en latín, no dudó en remitirme a su antiguo compañero de estudios, Jalid ben Idris. Según él, nadie mejor que tú podrá sacarme del atolladero en el que me encuentro, pues es un asunto de vital importancia, que procede directamente de nuestro señor el califa a través del general Gálib Abu Tammam, jefe de las tropas regulares del *chund* y de los mercenarios cristianos.

—Decidme de qué se trata, señor Abd Allah. Aunque os

advierto que no sé si podré satisfacer vuestros deseos. Os recuerdo que soy un novicio copista de libros.

—Y un notable traductor del latín, según tu amigo Talid.

En el mismo instante que surgió el asunto que justificaba mi presencia en la mansión de Maslama ben Abd Allah: la traducción al árabe de una obra escrita en latín, en mi fuero interno deseé que Talid hubiera perdido el habla antes de haberme recomendado al alarife mayor de la Ciudad Brillante. Cierto era que había descollado en el aprendizaje de la lengua de Virgilio y Ovidio y que había traducido algunos breves opúsculos escritos en esa lengua, pero nunca había acometido la complicada labor de traducir un libro extenso escrito en latín al árabe clásico.

—El motivo por el que he reclamado tu presencia, Jalid, es encomendarte una importante labor de traducción con la que vas a asumir una enorme responsabilidad, si aceptas llevarla a cabo, por el carácter confidencial y secreto de la misma. De ella dependerá que el ejército de nuestro señor, el califa, pueda dotarse de nuevas armas, desconocidas aún en al-Andalus, en los reinos del norte y en el califato fatimí, a los que, a no mucho tardar, habrá que hacer la guerra.

Yo quedé anonadado, porque nunca pensé que ejercer el oficio de simple copista e inexperto traductor acabaría implicándome en un trabajo tan reservado y secreto que, en opinión de Maslama ben Abd Allah, habría de servir para dotar de nuevas y poderosas armas al ejército de nuestro señor el califa, mandado por el general Gálib.

—El caso es —continuó con su exposición el prestigioso arquitecto— que cuando fue coronado por el patriarca de Constantinopla el nuevo emperador de Bizancio, Constantino VII, este, para demostrar su deseo de que continuaran vigentes los antiguos pactos y las alianzas firmadas entre su imperio y el de los omeyas de al-Andalus, envió a un embajador que portaba, además de los documentos con los acuerdos renovados, un extraordinario regalo para nuestro califa: un ejemplar, escrito en latín, del libro cuarto de la obra sobre poliorcética denominada *De re militari*, del polígrafo romano Flavio Vegecio Renato. Según ha referido el citado embajador, es el único ejemplar que se conserva, aunque, probablemente, sea una copia del original. En él, asegura el funcionario bizantino, se exponen con gran detalle las diferentes maneras de fortificar y hacer inexpugnables las ciudades y se describen, literalmente y con dibujos y planos muy precisos, las eficaces máquinas de guerra empleadas, en la antigüedad, por las invencibles legiones romanas. Si decides traducir ese libro, Jalid, trabajo por el que recibirás una justa remuneración en dírhems que te entregará el general Gálib Abu Tammam, nuestras tropas serán verdaderamente invencibles, porque nuestras ciudades y castillos de la frontera podrán resistir los más enconados asedios y nuestra infantería y artillería utilizar contra nuestros enemigos nuevas y destructivas armas cuya existencia ignoran.

Y dicho aquello con gran apasionamiento, se alzó del almadraque en el que estaba aposentado y se acercó a un bargueño que se hallaba en una zona reservada de la habitación. Lo abrió y extrajo de su interior un grueso cartapacio de piel en el que conjeturé que debía de hallarse el preciado tratado de Flavio Vegecio Renato. A lo lejos se oía la voz cadenciosa del almuédano llamando a la tercera oración del día desde el alminar de la mezquita aljama de la Ciudad Brillante.

—Este cartapacio contiene, Jalid, el libro cuarto del tratado sobre poliorcética que escribió el polígrafo romano, cuya custodia me encargó el general Gálib —manifestó Maslama ben Abd Allah, señalando la carpeta que había depositado sobre la mesa—. Tómala y, si aceptas el trabajo, marcha a tu taller de copista para que empieces la labor de traducción al árabe clásico que, según el eunuco Talid, dominas tan bien como la lengua dialectal que hablamos los musulmanes de al-Andalus. Espero que, antes de transcurridos seis meses, puedas entregarnos la traducción.

Cierto era que aún no había dado mi conformidad a la sorprendente propuesta del alarife mayor, pero no era menos cierto que no podía desestimarla, porque aquellos clientes no eran gente del común, sino pertenecientes a la poderosa aristocracia palatina. Negarme hubiera podido tener para mí, sin duda, graves consecuencias. Probablemente perder la confianza de aquellos miembros de la *jassa* que me hacían encargos relevantes y de alto precio y, a la postre, verme obligado a abandonar mi bien remunerado oficio. Por otra parte, el acercamiento a aquellos encumbrados personajes, tan alejados de mí hasta ese día como lo están el sol o las estrellas, y la deuda que contraían conmigo, podrían posibilitarme, algún día, el acceso, sin traba alguna, a la Ciudad Brillante, en cuya biblioteca palatina se hallaba mi adorada Fátima.

—Una cuestión, Jalid ben Idris, que has de tener en cuenta —repuso el alarife mayor antes de que yo tomara el grueso cartapacio de la mesa—, es que el trabajo de traducción de esta obra requiere realizarse con gran discreción y en absoluto secreto. Nuestros enemigos, los fatimíes, estarían dispuestos a robar, secuestrar o matar, si fuera necesario, con tal de apoderarse del tratado de poliorcética de Flavio Vegecio. El servicio de seguridad que dirige el general Gálib sabe que en Córdoba residen espías del pérfido califa al-Muizz. El zabazorta, cuya principal función es ejercer la labor de jefe de la policía, ha logrado detener a varios de ellos, cuyas cabezas cortadas aún están expuestas en la puerta del Nogal para disuadir a quienes piensen traicionar a nuestro señor, el califa. Te aconsejo que continúes con tu trabajo diario en el taller de copista atendiendo con normalidad a tus clientes. Cuando llegue la noche, enciérrate en tu casa. Es entonces cuando debes dedicarte a la lectura y la traducción de este libro a la luz emitida por los candiles de una buena almenara. Ahora toma el cartapacio e introdúcelo en este zurrón. Mi criado te acompañará hasta Córdoba en el mismo carro en el que accediste a la Ciudad Brillante. Guárdate esta misiva firmada por mí. Si algún peligro te amenazara, dirígete a la oficina del zabazorta. Él estará sobre aviso.

Confuso y alarmado por las últimas frases pronunciadas por el maestro de los alarifes, y acompañado del criado, me dirigí a la plaza de armas situada junto al gran pórtico que, orientado hacia el este, era el principal acceso de la ciudad desde Córdoba; una grandiosa puerta por la que acostumbraban a entrar las embajadas que acudían a Medina Azahara para cumplimentar al poderoso señor de al-Andalus, Príncipe de los Creyentes y legítimo imán de todos los musulmanes. Antes de atravesar la muralla y salir a la zona extramuros, dije al criado de Maslama ben Abd Allah:

—Desde este lugar diáfano es posible ver con todo detalle las tres terrazas sobre las que se asienta la Ciudad Brillante. ¿Me podrías indicar dónde se encuentra la biblioteca palatina?

El esclavo señaló la parte más alta y de noble aspecto del conjunto.

—Allí, señor, en lo más elevado, junto al recinto que cierra por el sur la residencia del califa, de la Gran Señora y de sus familiares más íntimos, podéis contemplar un edificio de dos plantas erigido junto a una de las torres de la muralla. En esa edificación se encuentra la biblioteca y, junto a ella, el taller de copia y restauración de libros.

Dos horas más tarde, el carro se detenía junto a la fachada de mi casa-taller. Abrí la puerta y, una vez que hube depositado el cartapacio en el armario donde guardaba los libros que debía copiar o restaurar, a la espera de iniciar la labor solicitada por Maslama ben Abd Allah, me arrellané en el diván que tenía en la biblioteca, cerré los ojos y rememoré la inusual y extraordinaria entrevista que había mantenido aquella mañana con el arquitecto principal de la Ciudad Brillante.

Al llegar la noche, cerré la puerta que daba a la calle y la aseguré con el pestillo de hierro. Emocionado y con el corazón palpitante, deposité el libro cuarto del famoso tratado de Flavio Vegecio Renato referente a la poliorcética sobre mi mesa de trabajo y, a continuación, encendí los cuatro candiles de cerámica vidriada que colgaban de los brazos de la almenara de hierro que usaba para iluminarme. Entonces, recluido en mi hogar y gozando de la seguridad que me proporcionaba dicha reclusión, no podía imaginar las numerosas e insospechadas aventuras, las satisfacciones y, también, las desdichas que aquel extraño y casi secreto encargo, que me había abierto de par en par las herméticas puertas de la ciudad palatina, me iba a deparar en los años que siguieron.

VI

EL TRATADO DE FLAVIO VEGECIO SOBRE POLIORCÉTICA

Lo primero que hice cuando tuve ante mis ojos tan relevante obra, escrita en un latín poco elegante, con un léxico enrevesado y salpicado de expresiones prestadas de otras lenguas foráneas, fue analizar el estilo de la misma para localizar el período en el que se escribió o se hizo la copia. Pude observar que contenía algunos términos procedentes del griego, y otros que eran claras injerencias de las lenguas provinciales del imperio, lo que al culto Cicerón o al autor de *La guerra de las Galias* hubiera escandalizado. Dicho análisis me permitió asegurar que se trataba de un texto tardío, probablemente redactado en el período de decadencia del gran Imperio romano. Por fortuna, el códice, protegido por una recia cubierta de piel curtida de vaca, se hallaba bien conservado y la escritura era nítida y legible. Solo en ciertos capítulos la humedad y el paso del tiempo habían deteriorado las letras al final de cada página. Algunos de estos capítulos se completaban con esquemas, planos y dibujos muy detallados de las edificaciones, las armas y las máquinas que el autor describía en ellos. Estas ilustraciones serían muy útiles y esclarecedoras cuando los ingenieros militares, al servicio del general Gálib Abu Tammam, analizaran mi traducción y se dispusieran a construir dichos artilugios ofensivos o defensivos para el ejército califal.

La obra estaba compuesta de treinta y ocho capítulos. Como eran de extensión muy similar, pensé que si dedicaba cuatro de las horas nocturnas en cada sesión, con la ayuda de los diccionarios que poseía en mi biblioteca y, cuando fuera necesario, acudiendo a la bien dotada biblioteca general de la madrasa, cada cuatro días podría dar por concluida la traducción de uno de dichos capítulos. A ese ritmo de trabajo, la traducción del libro cuarto del tratado sobre poliorcética de Flavio Vegecio estaría acabada en unos cinco meses.

El capítulo segundo se refería a la necesidad de construir las murallas, en torno a las ciudades y los castillos, en ángulo y no en línea recta, con el fin de restar eficacia a los impactos de los proyectiles de piedra lanzados por los enemigos en el transcurso de los asedios. El autor se extendía en el tipo de materiales que había que emplear para dar mayor consistencia a la obra defensiva, tanto al muro principal como a las torres de flanqueo y a las torres secundarias que debían situarse, en ocasiones, en la zona extramuros para cubrir un camino o defender una puerta. En cuanto a los ingresos, que son los lugares más débiles de los recintos defensivos, Vegecio dice, en su capítulo cuarto, que es el fuego su peor enemigo. Para librar las hojas de madera de una puerta del fuego que los asediadores pueden provocar lanzando sobre ellas carros llenos de heno ardiendo, refiere que se han de cubrir, en caso de asedio, con pieles frescas de vaca o buey o con planchas de hierro o cobre; aunque, según el escritor romano, lo más eficaz es construir matacanes en lo alto de la muralla, sobre las puertas, para poder arrojar agua cuando el enemigo intente incendiarlas.

Habían transcurrido más de dos semanas de intensa labor nocturna traduciendo el libro que me había proporcionado Maslama ben Abd Allah. Yo estaba reticente, en un principio, a acometer con garantías de éxito la traducción de una obra literaria plagada de términos cuyo significado, a veces, desconocía y que tenía que buscar en diccionarios o traducciones latinas antiguas o acudir al asesoramiento del monje Nicolás, que seguía impartiendo clases en la madrasa. Por ese motivo temía que mi trabajo de traductor no respondiera a las pretensiones y los deseos de los poderosos señores de la Ciudad Brillante que me lo habían encargado. No obstante, según me sumergía en la obra de Vegecio, superando los escollos y las dificultades antes expresadas, más fuerte era la atracción que sentía por conocer su contenido y con mayor ímpetu me encerraba en mi biblioteca durante las primeras horas de la noche, como me había aconsejado el alarife mayor, para continuar febrilmente la labor de traducción.

He de decir que no fue baladí el consejo que me dio Maslama ben Abd Allah ni su temor a que los enemigos de los omeyas quisieran apoderarse de tan relevante obra. Por eso me había exigido que realizara el trabajo de traducción durante la noche, después de haber cerrado el taller, con la máxima discreción y cautela posibles, pues era conocida la existencia en Córdoba de espías al servicio de los fatimíes que quizás pretendieran robar el códice de Vegecio. Lo cierto es que no me había sentido vigilado ni amenazado hasta el día en que aparecieron dos extraños personajes en mi taller para solicitar mis servicios de traductor. Había observado que, a lo largo de la mañana y al caer la tarde, dos policías hacían la ronda por las calles del arrabal de los Pergamineros, sin duda enviados por el zabazorta siguiendo las órdenes de Gálib o de Maslama, pero nadie sospechoso había frecuentado los alrededores de mi casa.

Como digo, me había sentido seguro hasta ese día en que, recién abierto mi negocio, accedieron a la estancia donde recibía a los clientes dos siniestros personajes que, para parecer buenos y devotos musulmanes, o para ocultar su verdadera identidad, vestían ambos sendas almalafas blancas con la cogulla cubriéndoles la cabeza.

—Bendito sea Alá, el Clemente y el Misericordioso —exclamó uno de los recién llegados, a modo de saludo.

—Sea bendito por siempre —respondí—. ¿Qué desean de este humilde copista y restaurador de libros?

El que había iniciado la conversación continuó diciendo:

—No es de vuestro oficio de copista y restaurador, sino el de traductor de latín, del que solicitamos vuestra colaboración.

Aquella inesperada y atípica petición me alarmó.

¿Cómo sabía aquel posible cliente que, además de copista y restaurador, también ejercía el oficio de traductor de latín si, desde que me establecí en el arrabal de los Pergamineros, solo había realizado trabajos de copia y restauración y algunas traducciones de poemas latinos de escasa relevancia? Además, lo que incrementó mi temor y la desconfianza que me inspiraban aquellos aparentemente piadosos musulmanes era que el que habló no se expresaba correctamente en la lengua dialectal andalusí, sino que empleaba modismos que eran propios de los inmigrantes bereberes.

—En ocasiones he traducido algunos opúsculos latinos, aunque no es esa mi especialidad —manifesté, mientras pensaba en la manera de salir de aquella encerrona, pues estaba seguro de que su interés en la traducción de obras latinas solo podía estar relacionada con el manuscrito de Vegecio que guardaba en mi biblioteca.

—Queremos haceros un encargo —repuso el otro musulmán—. Que traduzcáis un libro sobre herbología de un tal Patroclo que adquirimos en Almería a un comerciante sirio. Pero antes, desearíamos ver el taller en el que realizáis las copias y las traducciones y contemplar alguna obra en la que estéis trabajando.

Después de escuchar la sorprendente y exigente petición de aquellos dos extraños personajes, consistente en traducir una obra de un autor desconocido para mí y querer contemplar algunas de mis traducciones, estaba completamente seguro de que no eran lo que aparentaban y que su interés por acceder a mi taller y observar algunos de mis trabajos de traducción escondía aviesas intenciones. Sabía que, si accedía a su solicitud y les permitía entrar en mi trastienda, mi vida correría un grave peligro. Con la presteza y el ingenio con que la mente discurre cuando se cierne sobre nosotros alguna amenaza, manifesté, procurando expresarme sosegadamente, y sin mostrar signo alguno de temor o desconfianza:

—Me parece justa vuestra petición de querer ver el lugar donde trabajo y que les muestre algún ejemplo de mis traducciones. Pero hoy es imposible. El libro de poliorcética romana en cuya traducción estoy empeñado se encuentra en la madrasa kabira para que el profesor Ahmad ben al-Fadl, experto en gramática latina, me dé su opinión y me aconseje. Si tanto les interesa ver esa traducción, que se halla en sus postrimerías, acudid mañana por la tarde a mi taller y así podréis contemplarla.

Los dos falsos devotos musulmanes cruzaron sus miradas y, luego, uno de ellos dijo:

—Mañana nos volveremos a ver, señor copista y traductor. Os traeremos el libro de la historia de la herbología. Si nos convence la manera que tenéis de trabajar, os lo dejaremos en depósito para que lo traduzcáis al árabe. Le aseguramos que el trabajo os será muy bien remunerado.

Y, acto seguido, abandonaron mi casa.

Me sorprendió la facilidad con que se habían tragado el cebo que yo, de una manera casi inconsciente, les había ofrecido, pues los muy ilusos se habían marchado pensando que lo que al día siguiente les iba a enseñar era el tratado de poliorcética de Flavio Vegecio Renato que, sin duda, robarían después de haberme cortado el cuello.

Me apoyé tembloroso en la mesa cercana, porque creí que iba a desmayarme. Hasta que no recibí la visita de aquellos dos falaces personajes no percibí, en su justa medida, el peligro que ciertamente corría y del que me había prevenido el alarife mayor de la Ciudad Brillante.

Aquella misma tarde me acerqué a la oficina del zabazorta, que se hallaba en la medina, en una plazuela situada al norte del alcázar. Le presenté la misiva que me diera Maslama ben Abd Allah, aunque el jefe de la policía de Córdoba estaba al tanto del asunto. Le relaté con todo detalle lo acontecido en mi casa con los dos extraños clientes, sin duda, espías del califa fatimí. Al día siguiente, antes de que los dos facinerosos pudieran acceder a mi casa, una patrulla de siete policías, encabezada por el mismo zabazorta, haciéndose pasar por comerciantes y artesanos del arrabal, los detuvieron y les pusieron sendos grilletes en los tobillos y cormas en las muñecas y el cuello. Nadie dudaba de que, a consecuencia del grave delito que pensaban cometer, después de ser sometidos a un doloroso interrogatorio, serían juzgados y ejecutados por atentar contra la seguridad del Estado.

Continué con mi labor de traductor durante las primeras horas de la noche, aunque, a partir de ese día, procuré estar ojo avizor y atento a las reacciones y el aspecto de las personas que acudían durante el día a mi taller. Sobre todo me inquietaban y me hacían sospechar de su buena fe aquellos clientes desconocidos que no se expresaban correctamente en el dialecto árabe-andalusí o en la lengua romance que era la utilizada por los cristianos y buena parte de los muladíes que habitaban en Córdoba. No obstante, no tuve que asistir a nuevos intentos de atentar contra mi persona y robar el valioso tratado de Vegecio a partir de la detención de aquellos dos espías fatimíes, lo que indicaba que los enviados del astuto califa al-Muizz o habían sido todos descubiertos y ejecutados o habían abandonado Córdoba dándose por vencidos.

Al comenzar el tercer mes de trabajo, acometí la traducción del capítulo veintidós. En esa parte del códice encontré enormes dificultades para poder hallar los términos adecuados en árabe clásico o en romance que se correspondieran con el verdadero significado y uso de los que aparecían en el texto. Con una exhaustiva labor de investigación en obras antiguas de carácter militar conservadas en la biblioteca general, pude identificar los nombres y el uso de algunas de aquellas máquinas, porque los artilugios descritos por el tratadista romano eran desconocidos para mí, a excepción de los que él denominaba onagros, que deduje que se correspondían con las máquinas de guerra que las tropas omeyas utilizaban en los asedios a las fortalezas y que nosotros conocemos como almajaneques. Vegecio se extendía en describir con mucho detalle las máquinas ofensivas y defensivas que él llamaba balistas, las ballestas lanzadoras de grandes saetas, los fustíbalos y escorpiones, así como otras poderosas máquinas, descritas en el capítulo veinticuatro, capaces de derribar murallas y puertas blindadas con chapas de hierro, consistentes en grandes arietes instalados en el seno de pesadas torres de asalto móviles.

Estaba convencido de que esos capítulos eran los que iban a interesar especialmente al general Gálib y a sus ingenieros militares, pues aportaban al ejército omeya artilugios y poderosas armas, hasta ahora desconocidas en al-Andalus, con cuya construcción y posterior uso harían del ejército califal una fuerza verdaderamente imparable. Ahora comprendía el temor que Maslama ben Abd Allah tenía a que aquel extraordinario tratado cayera en manos de los chiitas norteafricanos, enemigos de los omeyas instalados en al-Andalus.

A mediados del año 955, después de un mes ocupado en la revisión y últimas correcciones de la complicada traducción realizada del libro cuarto del tratado de poliorcética de Flavio Vegecio Renato, di por culminada mi labor. Encuaderné la traducción, que había escrito en cuidada letra cursiva con tinta roja en el mejor papel adquirido en la tienda de Musa ben Daud, en una recia carpeta de cuero de vaca que compré en la calle de los Curtidores de la medina, y me dispuse a entregarla a quien me la había encargado junto con el original en lengua latina. Hubiera querido que el profesor Ahmad ben al-Fadl, experto en lenguas y gramáticas griega y latina, revisara la traducción que yo había realizado, no sin grandes dificultades de interpretación, pero el mandato de confidencialidad del alarife mayor me impidió acometer lo que yo consideraba un definitivo reconocimiento y un aval científico y literario a mi esforzado trabajo.

Envié una breve carta a Maslama ben Abd Allah solicitando que me recibiera. Para ello utilicé la mediación del zabazorta que, como he referido, estaba al tanto de todo lo concerniente a la traducción de la obra de Vegecio y de la importancia que dicha traducción tenía para el arquitecto mayor de la Ciudad Brillante y para el general Gálib Abu Tammam. Transcurrida una semana, el criado de Maslama ben Abd Allah, montado en el carro en el que me había recogido cinco meses antes, esperaba a la puerta de mi casa. Subí en el carruaje y, portando en bandolera el zurrón que contenía las dos obras que esperaba entregar al alarife mayor, salimos de Córdoba por la puerta del León en dirección a la ciudad palatina de Medina Azahara.

Estaba muy avanzada la primavera y, bordeando la calzada de grandes losas de caliza violácea, crecían multitud de flores: rojas amapolas, caléndulas anaranjadas, margaritas amarillas y blancas, prímulas y falsas orquídeas cubrían el campo, a ambos lados del camino, con una alfombra polícroma y aromática. El cielo, espléndido y de un azul cegador, inspiraba calma y confianza. Yo no cabía en mí de gozo. No solo porque había logrado llevar a cabo un complicado trabajo de traducción, el primero de esa envergadura que acometía en mi taller del arrabal de los Pergamineros, sino porque era consciente de que, si la traducción realizada respondía a los intereses y a las expectativas de los altos personajes de la Ciudad Brillante que me la habían encargado, no era baladí pensar que las puertas de la ciudad palatina se podrían abrir de par en par para aquel habilidoso y servicial traductor que había proporcionado al ejército omeya las novedosas armas que lo convertirían en una fuerza militar prácticamente invencible. Y, de paso, quizás, me posibilitaría acceder a la biblioteca palatina y ver y saludar a mi añorada Fátima y a Lubna y abrazar al bueno de Talid.

Dos horas más tarde accedíamos a la gran plaza oriental de la Ciudad Brillante. El criado me acompañó hasta la mansión de Maslama ben Abd Allah. El arquitecto mayor me recibió con una amplia sonrisa dibujada en su rostro.

—Bienvenido a mi casa, Jalid ben Idris —manifestó, al tiempo que me indicaba que lo acompañara hasta la sala en la que, meses antes, habíamos conversado y yo recibí el encargo de realizar la traducción del famoso tratado de Flavio Vegecio—. Por la carta que me has enviado, deduzco que acabaste el trabajo que te encomendé.

—En ese zurrón porto el original latino y la copia en árabe clásico —dije, sin poder contener la satisfacción que me invadía—. Ha sido una labor ardua, mi señor, porque de algunos términos de uso común en la lengua tardía de los romanos no lograba hallar su correspondencia en la nuestra. Pero, al cabo, con la ayuda de buenos diccionarios, conseguí encontrar las palabras adecuadas en árabe.

Maslama tomó de la mesa en la que yo lo había depositado el zurrón, y extrajo de él los dos libros. Por la expresión de su rostro constaté que la presentación del tomo que contenía la traducción, con su reluciente cubierta de cuero de vaca marrón, le había complacido.

—Ahmad ben Basil, el zabazorta, me relató cómo tuviste que hacer frente, con inteligencia, discreción y mucha valentía al intento de los enemigos de los omeyas, como yo recelaba y temía, de apoderarse del libro que guardabas en tu taller.

—Por fortuna, habíais puesto sobre aviso al jefe de la policía, que acudió presto a mi requerimiento y supo actuar con diligencia y eficacia deteniendo a los dos facinerosos.

Mientras hablábamos, el alarife mayor había tomado el ejemplar con la traducción y lo había comenzado a hojear. Pasaba las páginas con delectación sin apartar la mirada del texto escrito con tinta roja, aunque observé que lo que más le sorprendió y agradó fue que yo hubiera reproducido y anotado con todo detalle los dibujos y los planos de las máquinas de guerra que Vegecio había incluido en su obra.

—Creo, Jalid, que has realizado un excelente trabajo —exclamó, cuando hubo acabado de hojear varios capítulos—. Hoy mismo enviaré la traducción al general Gálib. Él, como máximo representante del ejército omeya, es el que debe valorar la importancia que tiene el libro que has traducido para la milicia y para alcanzar la victoria en las próximas campañas que tiene previsto emprender nuestro señor el califa —dijo a modo de conclusión—. Dentro de una semana te presentarás de nuevo en mi casa, Jalid. Es probable que el general Gálib Abu Tammam quiera conocerte y desee conversar contigo. Él te abonará la cantidad que mereces recibir a cambio de tu excelente trabajo. Hasta entonces, que el misericordioso Alá te acompañe.

Pasados siete días volví a la Ciudad Brillante. Me recibió Maslama ben Abd Allah en su gran mansión, aunque quedé decepcionado, porque el poderoso general Gálib Abu Tammam, al que deseaba conocer en persona, no se presentó. Solo lo había visto de lejos, cuando desfilaba, montado en su caballo, por las calles de la medina al frente de sus tropas, para celebrar alguno de sus triunfos. El alarife mayor me entregó una bolsa de cuero que contenía cierta cantidad de monedas. Luego dijo:

—El general Gálib ha quedado muy satisfecho con el trabajo que has realizado. No ha podido acompañarnos, aunque me ha pedido que te traslade su agradecimiento y su admiración por tus excepcionales cualidades como traductor. Me ha rogado que te entregue esta bolsa con las monedas que, según su criterio, te has ganado con creces.

Tomé la bolsa con las monedas y me despedí del arquitecto jefe de la Ciudad Brillante. Antes de abandonar el pórtico y la triple arcada que precedía la casa, acompañado de su criado, exclamó:

—No te olvidaremos, Jalid ben Idris. Algún día puede que necesitemos de nuevo tus servicios. Hasta entonces, te deseo que goces de salud y que el clementísimo Alá te colme de felicidad.

En el camino de vuelta a Córdoba, en el carro tirado por los caballos que, con gran maestría, dirigía el criado de Maslama, estuve tentado de desatar la cinta de cuero que cerraba la bolsa con el pago de mis servicios de traductor. Pero, como me pareciera indecoroso hacerlo delante del criado, esperé a estar aposentado cómodamente en el diván que tenía en mi biblioteca para proceder a su apertura. Cuando deposité sobre la tersa superficie del diván las quince monedas que contenía la bolsa, mi sorpresa fue enorme. No podía pronunciar palabra alguna. ¡El general Gálib había remunerado mi labor de traducción con quince dinares! ¡Quince monedas de oro acuñadas en la ceca de Medina Azahara! ¡Un pequeño tesoro que no hubiera logrado reunir en cinco años de trabajo como copista, traductor y restaurador de libros! En ese momento fui consciente de la trascendencia que, para el general Gálib Abu Tammam y para el resultado de las campañas militares que pensaba emprender el califa, tenía el haber podido conocer las extraordinarias máquinas de guerra usadas por las legiones romanas, cuya existencia se ignoraba aún en al-Andalus, descritas en el libro cuarto del tratado de poliorcética de Flavio Vegecio Renato.

Cuando me hube serenado, recapacité sobre el valioso trabajo que había realizado por encargo del arquitecto jefe de la Ciudad Brillante bajo las órdenes del general Gálib Abu Tammam. Ciertamente, mi vida había dado un giro inesperado y afortunado, porque aquella casi secreta labor de traducción, llevada a cabo en cinco meses, me había convertido en un hombre, si no rico, sí al menos con una situación económica muy desahogada. Pero, sobre todo, estaba satisfecho y feliz porque la relación profesional mantenida con Maslama ben Abd Allah e, indirectamente, con el poderoso general Gálib Abu Tammam, dos destacados representantes de la aristocracia que rodeaba y asesoraba al califa en la Ciudad Brillante, me podía abrir definitivamente las puertas de aquel cerrado y exclusivo mundo. Quizás, algún día, mis conocimientos en la lengua latina y mi experiencia como experto traductor —reconocida por tan eximios personajes— me permitirían formar parte de los afortunados moradores de aquella deslumbrante ciudad, donde se hallaban recluidas, por propia voluntad y, también, por su condición de esclavas manumitidas por la Gran Señora, mi adorada Fátima, la inteligente Lubna y, también, mi leal amigo Talid.

Empleé el dinero en adquirir en propiedad la casa-taller que tenía arrendada en el arrabal de los Pergamineros; sustituí el mobiliario que compré, ya usado, por muebles nuevos de mejor calidad encargados a los artesanos de uno de los talleres que abría sus puertas en la calle de los Ebanistas y entregué dos dinares a mis padres para que pudieran vivir sin estrecheces el resto de sus días, pues, desde que mi bondadoso progenitor abandonó el oficio de copista y traductor a causa de la enfermedad mental que sufría —y, seguro estaba, que para favorecer mi labor de copista sin su reconocida competencia— vivían ambos humildemente de lo poco que les rentaba lo ganado durante sus años de esforzado trabajo.

El resto de aquel año 955 y la mitad del siguiente, hasta principios del verano, los pasé recluido en mi taller, pues los encargos de copia o restauración de libros y algunas traducciones de breves opúsculos de poesía latina que me solicitaba mi antiguo profesor de gramática, Abu Alí al-Qali, me mantenían ocupado nueve o diez horas al día. Mi buena reputación como copista se fue extendiendo por la ciudad de Córdoba, acudiendo a mi taller ricos mercaderes, destacados funcionarios de la administración e, incluso, el obispo de Córdoba, Recemundo. Este prelado, que era consejero y asesor en temas religiosos y culturales del califa, así como su embajador ante los reyes cristianos, envió a mi antiguo compañero de juventud, Braulio —que ejercía, como había deseado desde su infancia, el cargo de sacerdote titular de la iglesia de San Acisclo—, para que tradujera al árabe un tratado que estaba escribiendo en lengua latina que se titulaba *El libro de la división de los tiempos*, más conocido como *El calendario de Córdoba*. En él se describían los trabajos agrícolas que habían de acometerse en cada uno de los meses del año para que los labradores, en sus labores de arado, siembra, poda y recolección, las realizaran en los momentos más propicios. Yo se lo pasé al árabe clásico y no tuve más noticias de dicha traducción hasta que el obispo se la regaló al nuevo califa, al-Hakam II, y este la envió a la Gran Biblioteca, de la que yo era ya director, para que se registrara y catalogara.

Pero a principios del verano del año citado, un inesperado acontecimiento vino a trastocar, de manera insospechada y, diríase, que definitiva, mi sosegada existencia de copista y traductor de libros en el tranquilo barrio de los Pergamineros.

Un mañana accedió a la estancia que utilizaba para atender a los clientes un hombre que decía venir de la Ciudad Brillante y que me traía una carta de parte del bibliotecario de palacio, Talid al-Qurtubí. Yo tomé la carta emocionado, pues hacía nueve años que no tenía noticias directas del bueno de Talid y sentía una inmensa alegría de poder saber, por fin, a través de aquella inesperada misiva, algo sobre su recatada vida de bibliotecario. Rompí la cinta que la ataba y la desplegué ante mis ansiosos ojos. Su tenor era el siguiente:

«Querido amigo Jalid, hijo del ilustre Abdalá, del clan de los idrisíes. Sean mis primeras palabras para rogarte que, haciendo gala de tu reconocida benevolencia, me perdones por haber dejado pasar tantos años sin comunicarme contigo, cuando tan intensa y sincera era, hasta el día que tuve que marchar a la Ciudad Brillante, nuestra amistad, y profundo el cariño y el respeto que nos dispensábamos. Pero, como bien sabes, la sumisión que debemos a la que es dueña de nuestras vidas y gran benefactora de unos antiguos esclavos que, gracias a su generosidad, gozamos de los beneficios de la libertad, nos ha impedido, hasta hoy, establecer contacto con quienes fueron nuestros compañeros de estudio que residen lejos de la ciudad palatina. Pero el azar, o la voluntad del Altísimo, que todo lo puede, han intervenido, querido amigo, para que ese obligado alejamiento haya finalizado en el día de hoy, pues el gran chambelán, consejero áulico de nuestro señor el califa y encargado de la biblioteca palatina, Abdalmalik ben Chuayd, ha recibido el mandato del Príncipe de los Creyentes de enviar una embajada a la ciudad de Fez para traer a Córdoba cierto regalo que el emir de aquel reino ha ofrecido a nuestro señor el califa en señal de amistad y de sumisión. Yo formaré parte de dicha embajada como experto en literatura y gramática árabe. Pero Abdalmalik ben Chuayd desea que, siguiendo el consejo del general Gálib Abu Tammam —que te tiene en gran estima— y por otros motivos que en su momento te expondrá, tú nos acompañes. Para que sepas cuál será nuestro cometido en la ciudad de Fez y puedas preparar tan largo viaje, te emplaza para que mañana, después de la tercera oración del día, acudas a la Ciudad Brillante, a su despacho, junto a la Casa del Poder, donde él te recibirá.

Que el misericordioso Alá te acompañe y te ilumine.

Un abrazo de tu amigo Talid al-Qurtubí».

Sentado en el diván en el que me había apoyado para leer lo que había escrito Talid, mantuve durante un cuarto de hora su carta entre mis manos, volviéndola a leer una y otra vez con la intención de comprobar si había interpretado correctamente su contenido. Pero, al cabo de ese tiempo, concluí que era claro y evidente el mensaje que el culto eunuco me había trasladado a través de su atenta misiva. Sin embargo, no alcanzaba a comprender por qué el gran chambelán me había elegido a mí para que acompañara al bibliotecario en aquel extraño viaje a la ciudad de Fez. ¿Estaba relacionada esa elección con la traducción que había realizado del libro cuarto del tratado de poliorcética de Flavio Vegecio que tanto había satisfecho al general Gálib? Si era una misión relacionada con los libros, como intuía al conocer el contenido de la misiva, ¿no había en la biblioteca palatina y en sus diferentes y prestigiosos departamentos peritos en caligrafía, en encuadernación, en la transcripción de textos griegos y latinos o en el árabe dialectal que se habla en la otra orilla para llevar a cabo la misión que esperaba el gran chambelán que se acometiera en el norte de África? Pero, como de nada iba a servir empecinarme en intentar averiguar lo que deseaba de mí Abdalmalik ben Chuayd hasta que no me hallara en su presencia y, por otra parte, como era evidente que resultaba baladí negarme a acatar una orden emitida por tan poderoso personaje, decidí olvidar el asunto y esperar a que amaneciera el nuevo día y, portando como salvoconducto la carta de Talid, dirigirme a la Ciudad Brillante.

VII

UNA MISIÓN EN LA CIUDAD DE FEZ

Cuando presenté la carta a uno de los soldados que hacían guardia en la entrada oriental de la ciudad palatina y le dije que debía presentarme en el despacho del gran chambelán, cerca de la residencia del califa, como se decía en ella, se aprestó a abandonar su puesto, que fue ocupado por otro de sus compañeros de armas, para acompañarme hasta la Sede del Poder. Esta se hallaba constituida, como ya se ha dicho, por el alcázar-palacio del califa y las dependencias de la alta administración, la Casa de la Moneda y los despachos de los visires, del jefe del ejército y del gran chambelán.

Se alzaba en lo más elevado de la ladera sobre la que se había erigido, aterrazada, la inmensa urbe, lindando con la cercana sierra. Era como una pequeña ciudad, dentro de la extensa ciudad palatina, rodeada de su propia muralla edificada con aparejo de sillares a soga y tizón —al que ya me he referido—, propio del arte constructivo que identificaban los edificios mandados erigir por el califa Abderramán ben Muhammad. El recinto palacial era el de más fácil defensa, pues se hallaba situado en la terraza superior, desde la cual se dominaba toda la ciudad extendida a sus pies, que acababa, por el sur, en la ribera del río Guadalquivir.

Pude observar, mientras el soldado me guiaba por aquel laberinto de rampas y escaleras, que en la terraza media, pero no lejos del palacio califal, se localizaba la mansión de Maslama ben Abd Allah y de otras viviendas pertenecientes a personajes de la *jassa*, aunque de menor relevancia política. Ascendimos por una rampa que, haciendo zigzag, rodeaba los jardines y el pabellón de verano del califa hasta dar con las viviendas de los poderosos dignatarios.

El soldado me obligó a enseñar la carta de Talid a otros militares que controlaban el acceso a diferentes edificios, hasta que, al cabo de una media hora, accedimos a una plazuela pavimentada con grandes losas de piedra, que disponía de elegantes farolas de hierro en su entorno rematadas con fanales de aceite que, conjeturé, debían de encenderse al llegar la noche, como hacían los funcionarios del zalmedina en la ciudad de Córdoba. En uno de los laterales de la plaza se alzaba la fachada de una mansión, muy similar a la de Maslama ben Abd Allah, con un soberbio pórtico formado por tres arcos de herradura con las albanegas y los zócalos cubiertos con atauriques y placas de mármol blanco labradas con motivos epigráficos.

—Esta es la residencia del gran chambelán, señor desconocido —dijo el soldado antes de alejarse, pensando que ya había cumplido su misión.

No fue necesario llamar la atención de los residentes de la casa, pues dos soldados que guardaban la entrada del edificio reclamaron la presencia del que debía de ser el mayordomo o secretario del gran chambelán que, al poco, apareció en el umbral de la gran puerta que se hallaba entornada y dijo:

—Debéis de ser Jalid ben Idris. Mi señor Abdalmalik ben Chuayd os espera en la galería de verano. Acompañadme.

Cuando accedí a la lujosa mansión del jefe del protocolo de palacio y el personaje más relevante de la Ciudad Brillante, después del Príncipe de los Creyentes, creía que me iba a desmayar. Mis piernas flaquearon y la respiración comenzó a agitarse con peligro de sufrir un desvanecimiento. Por fortuna, el mayordomo, al ver la situación en que me hallaba, intervino para tranquilizarme y que el sosiego perdido retornara a mi ajado cuerpo.

—Sosegaos, señor. El gran chambelán es hombre fiel cumplidor de los preceptos recogidos en el Libro Sagrado, respetuoso con sus hermanos musulmanes y de trato afable —manifestó el servidor de Abdalmalik ben Chuayd—. Nada debéis temer.

Las palabras del mayordomo lograron aportarme la serenidad y la calma que, sin duda, iba a necesitar cuando me hallara en presencia de tan egregio personaje.

Atravesamos varias salas cuyas paredes estaban lujosamente revestidas con mármoles de diversos colores, separadas por grandes arcos sostenidos por columnillas rematadas con capiteles que se asemejaban a avisperos, por la delicada decoración taladrada que presentaban. Un embriagador aroma, producido por el incienso quemado en los pebeteros, invadía las diferentes estancias. En la última de ellas, que consistía en una galería porticada que daba a un jardín con una fuente con surtidor en el centro, un grupo de músicos, sentados en mullidos almadraques de color azul, tocaban una deliciosa melodía, tañendo algunos de ellos laúdes, otros usando flautas, llamadas ajabebas, y dos soplando en largos añafiles. Pronto pude comprobar que los músicos deleitaban a un personaje que, aposentado en un almadraque del mismo color que los utilizados por ellos, ocupaba un extremo de la galería. Se trataba, no cabía duda, del gran chambelán.

Su edad no debía de sobrepasar los cuarenta años. Era de elevada estatura. Sus brazos, largos y fuertes, terminaban en unas manos muy cuidadas y ágiles. La cabeza la llevaba descubierta, aunque el pelo rubio y ensortijado evidenciaba su ascendencia norteña. Su rostro, cubierto de una barba sutil y también dorada, era afable, adornado con una sonrisa casi perpetua que transmitía a su interlocutor sosiego y confianza. Vestía una túnica *zihara* de seda blanca ribeteada con bordados hechos con hilos de plata.

—Acércate, Jalid ben Idris. Esperaba tu visita —manifestó con expresión amable Abdalmalik ben Chuayd, en tanto que me indicaba un cojín que había cerca del suyo para que me aposentara.

Yo hice lo propio, sin haber podido aún serenar mi espíritu, alterado a causa de la impresión recibida ante la majestuosidad y el lujo que me rodeaba.

—Estos músicos, joven traductor —dijo, señalando a la pequeña orquesta que ocupaba un extremo de la galería—, están interpretando una antigua melodía que procede de la lejana Persia. La trajo a al-Andalus, hace algo más de un siglo, un famoso poeta y músico llamado Ziryab que, amenazado por un califa malvado que envidiaba sus dotes musicales, se vio obligado a emigrar, primero a Túnez y, luego, a nuestra ciudad. A él se deben muchas de nuestras espléndidas canciones e, incluso, algunos instrumentos que mandó construir y que hoy forman parte de las prestigiosas orquestas surgidas en Córdoba, Sevilla, Málaga o Almería. Pero dejemos la música y pasemos a tratar el asunto que te ha traído a la Ciudad Brillante.

Después de escuchar la interesante explicación del gran chambelán sobre la música andalusí y el poeta Ziryab, cuya existencia conocía debido a los comentarios que hacía la gente en las tiendas de la alcaicería sobre las modas en el vestir que llevan su nombre, quedé a la espera de lo que tenía que decirme mi poderoso interlocutor.

—Es debido a los favorables informes recibidos de tu persona del prestigioso general Gálib Abu Tammam y del arquitecto jefe, Maslama ben Abd Allah, que he tenido conocimiento de tu inusual dominio de la lengua latina, pero, sobre todo, de tu buena disposición para servir al Estado —repuso el gran chambelán—. Sé que has realizado una excepcional labor de traducción de un tratado antiguo que está posibilitando que nuestros ingenieros militares se hallen en plena labor de construcción de nuevas máquinas de guerra con las que podremos vencer, sin muchas pérdidas de hombres, a nuestros enemigos y expugnar con facilidad sus fortalezas.

—No he hecho, mi señor, otra cosa que cumplir fielmente las obligaciones que tiene todo buen musulmán y leal súbdito del verdadero Príncipe de los Creyentes —dije algo azorado, porque no esperaba recibir tales halagos de quien era uno de los cortesanos más ricos e influyentes de todo el califato.

—Admiro tu humildad, Jalid ben Idris —señaló el gran chambelán—, porque, con tu modestia, refuerzas las elogiosas palabras que vertieron sobre ti los respetados Gálib Abu Tammam y Maslama ben Abd Allah. Pero no es de tu excepcional labor como traductor de textos latinos de lo que quiero hablarte y por lo que hoy estás en mi presencia.

Ciertamente, yo no sabía qué responder, porque, a pesar de lo expuesto por Talid en su carta, ignoraba, en todo y en parte, cuáles eran las intenciones del gran chambelán sobre mi persona y los planes que albergaba en relación con la supuesta misión en tierras de África. Solo pude aducir lo que en ese momento me vino a la mente.

—Mi señor dirá qué es lo que desea de este humilde y servicial súbdito de nuestro señor, el califa. Ordene, que yo obedeceré.

—Jalid ben Idris: es probable que, dado tu oficio, alejado de la milicia y de la política, desconozcas los éxitos recientemente alcanzados por las tropas omeyas en el Magreb —se aprestó a relatar el gran chambelán, al mismo tiempo que ordenaba a uno de sus criados que nos sirviera cierta bebida refrescante. Los músicos, desde el otro extremo de la galería, continuaban deleitándonos con sus canciones—. Algunos reyezuelos bereberes que, hasta hace poco, rendían pleitesía al califa fatimí al-Muizz — continuó diciendo— han sido sometidos, después de algunas batallas y una habilidosa labor diplomática, por nuestros generales. El más poderoso de ellos, Ahmad ben al Qasim Gannún, señor de Fez, que era uno de los más contumaces, ha abdicado y su trono ha sido ocupado por su hermano, Hassán ben al-Qasim, que ha cambiado de bando y, para demostrar su fidelidad a los omeyas, no ha tardado en hacer la *jutba* u oración principal del viernes en la mezquita al-Qarawiyyín en nombre de nuestro señor, el califa de Córdoba.

Yo agradecía la valiosa información que me estaba proporcionando Abdalmalik ben Chuayd sobre lo que acontecía en las provincias africanas del califato, pero no alcanzaba a comprender qué relación tenía tan detallada exposición con lo que deseaba encomendarme y que aún era un secreto para mí.

—No creas que relatarte la situación política en que se halla el Magreb es una cuestión banal, pues está relacionada con la importante misión que tú y el bibliotecario Talid al-Qurtubí debéis llevar a cabo en la ciudad de Fez —manifestó el gran chambelán. Por primera vez, comprendí que lo referido por Talid en su carta comenzaba a tener sentido—. Hassán ben al-Qasim —prosiguió el jefe del protocolo de palacio—, para congraciarse con nuestro señor el califa y demostrar su inquebrantable lealtad con los omeyas, ha ofrecido a Abderramán III, como exquisito regalo, el único ejemplar que se conserva del *Kutub al-Sittah*, un libro que tiene un valor incalculable para los musulmanes de Oriente y de Occidente. Se trata de una obra escrita por el teólogo Muhammad al-Bujari en Bagdad en torno al año 846, que recoge los hadices o tradiciones que se atribuyen a Mahoma. Es considerada la más fiel recopilación de los dichos proféticos, de la que beben y se inspiran todos los tradicionistas, ulemas y alfaquíes del orbe musulmán, sobre todo los que seguimos el rito sunní, porque ese libro santifica a quien lo posea, lea y custodie. Bien ha sabido elegir el emir de Fez el mejor y más preciado regalo para alegrar el corazón de nuestro señor, el califa. Pero existe otro motivo, Jalid, no menos importante, por el que el Príncipe de los Creyentes está muy interesado en poseer dicho libro. Los fatimíes que, como sabes, son partidarios y defensores de la herejía chií, azuzados por sus fanáticos ulemas, están deseando apoderarse de la obra de Muhammad al-Bujari para reescribirla y suprimir de ella los hadices que son contrarios a su desviada visión del islam. El emir de Fez sabe que solo estando el *Kutub al-Sittah* en poder del Príncipe de los Creyentes se hallará la obra de al-Bujari a salvo de los chiitas.

—¿Y cuál será, mi señor, mi participación en la misión que conjeturo que habremos de realizar en la lejana Fez?

El gran chambelán depositó sobre la mesa de ataraceas de nácar y maderas preciosas la jarra con la que había servido, en unas copas de cristal, el líquido que contenía, y prosiguió:

—Jalid: es cierto que nuestro general, encargado de pacificar la región de Fez, podría hacerse cargo de la obra de al-Bujari y enviarla en un correo a Córdoba. Pero nuestro señor el califa no confía en la inquebrantable lealtad del veleidoso Hassán ben al-Qasim. El muy ladino es capaz de enviar a Córdoba una mala copia del libro y quedarse con el valioso original. En ese caso, nuestro general, experto en los asuntos de la milicia, pero, probablemente, desconocedor de la escritura árabe antigua, no estará capacitado para averiguar si la obra es la auténtica o una fraudulenta réplica. Por ese motivo, con el beneplácito de nuestro señor el califa, he decidido que tú, que eres experto en copias y traducciones y gran conocedor del árabe clásico, acompañes a Talid en ese viaje a Fez y certifiques que la obra que traéis a Córdoba es la original y no una burda falsificación. Otro de los motivos por los que deseo que aceptes encabezar esta importante misión es tu ascendencia norteafricana. Tu *nisba* certifica que, en el pasado, tu familia perteneció al relevante clan de los idrisíes, noble rama que desciende de la familia del Profeta, que se vio obligada a abandonar Bagdad hace más de un siglo para refugiarse entre los bereberes y fundar el reino de Fez. A esa prestigiosa estirpe pertenece

Hassán ben al-Qasim. Te presentarás en la corte de Fez como un miembro destacado de la aristocracia cordobesa. Serás mi secretario. Descendiente directo de los idrisíes que emigraron a al-Andalus. No me cabe duda de que pertenecer a ese clan te facilitará el acceso hasta el emir y ganarte su confianza. No obstante, debes saber que, cuando lleguéis a Fez, el gran imán de la prestigiosa mezquita al-Qarawiyyín, en cuya biblioteca se custodia el famoso libro, quizás oponga alguna resistencia y objeciones a tener que desprenderse de la obra de al-Bujari. Confío en tu inteligencia y habilidad para que puedas convencer a tan venerable y, al mismo tiempo, influyente musulmán de la necesidad de cumplir con lo ordenado por su emir.

—Contad con mi decidida participación en esa emocionante misión diplomática y bibliográfica que, con tanta vehemencia, habéis expuesto —dije, una vez que hube conocido el fondo del asunto—. Será gratificante para mí y, sobre todo, sabiendo que mi antiguo compañero de estudios, Talid, formará parte de la expedición que nos conducirá al norte de África.

—El siguiente paso que has de dar, Jalid ben Idris, es reunirte con Talid al-Qurtubí en la biblioteca palatina. Él te espera para, entre ambos, disponer todo lo concerniente a los preparativos del viaje —dijo Abdalmalik ben Chuayd—. Debéis acordar la fecha de la partida, así como otros pormenores relativos a la expedición. Talid ha sido informado de que estarás al frente de la delegación y que serás el encargado de ejercer las labores diplomáticas cuando lleguéis a Fez. Él ejercerá de intendente, responsable de los medios de transporte que habréis de utilizar, tanto por tierra como por mar, de administrar el dinero que necesitaréis para vuestro mantenimiento y el de los acemileros y los escoltas durante los, aproximadamente, dos meses que estaréis lejos de Córdoba. La escolta estará formada por tres soldados de caballería del *chund*, de los que han estado destinados en el reino de Fez y que, por tanto, conocen como la palma de su mano el territorio por el que vais a desplazaros y las peculiaridades de la gente con la que os encontraréis. Esos soldados de caballería estarán mandados por un experimentado capitán de nombre Yassir Mubassir.

A continuación dijo, a modo de conclusión:

—Presenta este salvoconducto a los vigilantes y guardias que encuentres a tu paso. Te abrirá todas las puertas de la Ciudad Brillante. También debes llevar en tu zurrón a África esta carta, firmada por mí y dirigida al gran visir de Fez, Abu Yafar ben Katir, en la que le expongo que eres mi ilustre secretario, encargado por el Príncipe de los Creyentes para que recibas y verifiques la autenticidad del libro que el poderoso emir de Fez regala a nuestro señor el califa de los omeyas. Hago, igualmente, referencia en la misiva a que has sido elegido para encabezar tan relevante misión por tu condición de miembro destacado de los idrisíes, descendientes del santo Profeta, que llegaron a al-Andalus desde Oriente al mismo tiempo que ellos fundaron el reino de Fez.

Y, acabando de decir aquellas palabras, me entregó la esquela junto con la carta cerrada y lacrada que debía hacer llegar al gran visir de los idrisíes norteafricanos cuando accediéramos a la ciudad de Fez. Se despidió de mí sin que se borrara la sonrisa de su afable rostro, sin duda satisfecho porque había logrado llevar a buen término el mandato del Príncipe de los Creyentes.

Abandoné la mansión de Abdalmalik ben Chuayd y me dirigí diligentemente, con el corazón palpitante y lleno de gozo, al edificio en el que se hallaba situada la biblioteca palatina, cuyos fondos el califa Abderramán III había logrado reunir con los libros heredados de los emires que le precedieron en el trono y con las obras que había conseguido traer a Córdoba, bien adquiridas en los zocos de venta de libros de las ciudades de al-Andalus o como regalos enviados por el emperador de Constantinopla, los reyezuelos vasallos de África o los soberanos de los reinos cristianos del norte.

Al cabo de un cuarto de hora, después de ascender por una empinada escalera, haber mostrado el salvoconducto a dos soldados que hacían guardia en la entrada de lo que parecía un cuartel y dejado atrás las recias murallas del alcázar, di con una plaza en una de cuyas fachadas se había erigido un soberbio edificio de dos plantas. Un anciano, que acababa de abandonarlo, me dijo que era esa la biblioteca palatina. Accedí, a través de una gran puerta que estaba rematada por un arco de medio punto en la que se iniciaba una galería que desembocaba en el patio central de la edificación. La biblioteca de palacio presentaba una planta cuadrada con un patio central rodeado de galerías sostenidas por arcos de herradura. En dos de ellas arrancaban las escaleras que comunicaban con el piso superior. Como no sabía a qué dependencia debía dirigirme, esperé en el centro del patio hasta que alguien descendió por una de las escaleras ojeando un libro que portaba abierto entre las manos. ¡Era Talid! Sin que se percatara de mi presencia, me acerqué y le interpelé con cierta socarronería:

—Señor, ¿le gustaría jugar conmigo una partida de ajedrez?

Talid, sorprendido, volvió el rostro para poder identificar a aquel recién llegado que lo retaba a jugar a un pasatiempo que le entusiasmaba, pero que era posible que hubiera abandonado hacía tiempo, cuando ingresó en la biblioteca palatina.

—¡Jalid! ¡Mi querido amigo Jalid ben Idris! ¡Cuánto te he echado de menos y cuánto me alegra poder abrazarte!

Y se abalanzó sobre mí con su oronda figura. Ambos nos fundimos en un emocionado abrazo, pues hacía más de nueve años que no nos veíamos.

Mi querido amigo, el eunuco protegido por la Gran Señora Maryam, había cambiado después de los años transcurridos. Seguía siendo tan obeso como cuando asistíamos a las clases en la academia de humanidades y su voz era tan aguda e infantil como antes, pero había perdido la jovialidad y espontaneidad que lo habían caracterizado en su juventud; aunque, a cambio, había ganado en prestancia y respetabilidad. Ahora vestía ropas lujosas y se cubría la cabeza con un turbante blanco, cuando en otro tiempo abominaba de esa costumbre, pues decía que era una moda extranjera importada por los ulemas y alfaquíes desde Oriente.

—Esperaba tu visita. El gran chambelán me la había anunciado, pues desea que procedamos a la preparación de la expedición que, juntos, hemos de emprender al reino de Fez, tú como jefe de la comitiva y yo como intendente y económo —manifestó el eunuco—. Abdalmalik ben Chuayd quiere que no se retrase nuestra partida. Debemos estar en Fez antes de que se inicie la estación de las lluvias. Pero acompáñame a mi despacho, que se encuentra en el primer piso, y allí, sentados en unos cómodos almadraques, podremos entablar la necesaria conversación sobre los preparativos del importante asunto que el gran chambelán nos ha ordenado llevar a cabo en las tierras de África.

Ascendimos por una escalera con peldaños y balaustrada de piedra labrada que desembocaba en una extensa galería en la que se distinguían varias puertas, algunas de ellas abiertas y otras entornadas.

—Ya hemos llegado —manifestó Talid señalando una de las puertas.

El despacho de Talid al-Qurtubí consistía en una amplia estancia cuyas paredes estaban ocultas por armarios y estanterías repletas de libros de variados tamaños y con diferentes tipos de encuadernaciones. Solo uno de los muros estaba libre de estantes. En él se abrían dos grandes ventanales ajimezados que daban al este, desde los que se podían contemplar los extensos y cuidados jardines que rodeaban el gran estanque y el pabellón que contenía el Salón del Trono.

Cuando estuvimos acomodados en los almadraques, Talid me dijo que, después de consultar al astrónomo de palacio por indicación del gran chambelán, pensaba que la fecha más oportuna para que emprendiéramos el viaje era a mediados del mes de junio, puesto que el experto científico consideraba que en los dos meses siguientes no era probable que la región del Rif sufriera los devastadores temporales que, en otoño e invierno, azotaban aquella zona montañosa. Así fue como decidimos que él se encargaría de hacer los preparativos necesarios para que la comitiva abandonara Córdoba el día 15 de junio del año 956.

—Mas, querido Jalid; un asunto queda pendiente —expuso con voz grave, a todas luces fingida, el bibliotecario de palacio—. Un asunto hasta cierto punto baladí, pero de enorme importancia para nuestras eruditas personas, acostumbradas solo a caminar y a calentar los bancos de las bibliotecas o los almadraques de las aulas.

—¿A qué asunto te refieres, amigo mío?

Talid sonrió con cierta displicencia y algo de socarronería.

—¿No has pensado, experto humanista, que para poder realizar este viaje por tierra y, luego, a bordo de un navío, es necesario cabalgar a lomos de una acémila o de un brioso corcel?

—¿Quieres decir que hemos de aprender a montar a caballo?

—No sé si tú has cabalgado alguna vez sobre un caballo o una mula, Jalid. Pero yo nunca he montado en un asno y, menos, sobre la insegura grupa de una mula o un caballo. Como colijo que tú eres tan poco diestro como yo en ese noble arte, es evidente que habremos de tomar con urgencia, buen Jalid, clases de equitación.

Al día siguiente comenzaríamos a recibir las clases de equitación, impartidas por el capitán Mubassir en la palestra que los soldados de caballería tenían en su cuartel situado junto al alcázar viejo.

Pero, antes de abandonar la biblioteca palatina, le dije a Talid:

—Querido amigo: me ha colmado el corazón de alegría poder verte y abrazarte después de tantos años de obligada separación. Y, sobre todo, haber podido constatar que vamos a emprender juntos un fascinante y largo viaje a tierras de África. Pero más gozoso y satisfactorio sería este encuentro si pudiera ver y conversar con la que sigue siendo la mujer de mis sueños. Pues, aunque han transcurrido diez años desde que el ingrato destino nos separó, no he podido olvidarla. Ninguna mujer de las que he conocido en ese tiempo ha sido capaz de llenar el vacío que ella me dejó. No sé si sus sentimientos han cambiado y si el paso del tiempo ha logrado borrar la huella que dejaron en nuestras almas aquellos alegres años de estudio y amistad en la madrasa kabira. Pero necesito encontrarme con ella, amigo mío. Poder verla y saber si aún siente algo por mí.

Talid permaneció en silencio, pensativo y con una expresión de pesadumbre reflejada en el rostro, quizás porque había supuesto, erróneamente, que la prolongada separación de los dos apasionados estudiantes de humanidades había logrado borrar la huella de su fugaz enamoramiento de juventud, nunca correspondido por una de las partes. Y porque temía que aquel tardío encuentro pudiera reavivar un fuego que él y, sin duda, la protectora Lubna, consideraban apagado. Al cabo de unos instantes de duda, dijo:

—No ignoras, Jalid, que tus intentos de acercamiento amoroso hacia Fátima nunca fueron aceptados por Lubna, que tenía el mandato de la Gran Señora de impedir que la joven esclava manumitida se vinculara sentimentalmente con algún joven, porque su estancia en la madrasa kabira no tenía otro fin que prepararla en las disciplinas de humanidades que, algún día, debía desempeñar asumiendo altas responsabilidades en palacio, como al cabo ha sucedido. Fátima y Lubna son ahora dos cultas y expertas copistas y restauradoras que, a mi lado, constituyen el alma de la biblioteca que nuestro señor, el califa, desea legar a su heredero en el trono cuando él desaparezca. Pero han de seguir siendo célibes, Jalid, porque ese es el deseo de su dueña. No obstante, soslayando el mandato no escrito de que sigan recluidas y alejadas del mundo en esta biblioteca, voy a llevarte a su lado.

Abandonamos el despacho de Talid y desanduvimos un tramo de galería hasta acceder a la zona donde se hallaban los departamentos en los que se procedía a la catalogación, copia y restauración de los libros. El bibliotecario-conservador empujó la puerta en cuyo dintel se podía leer una cartela que decía: «Departamento de copia» y cruzó el umbral.

—Fátima. Tienes visita —exclamó, antes de retornar al pasillo y cerrar tras de sí la puerta, una vez que yo hube accedido al interior de la estancia.

Delante de una mesa de trabajo, rodeada de legajos, se encontraba Fátima. Me miró sorprendida y, dejando sobre la mesa el libro en el que se hallaba atareada, avanzó hacia mí y me abrazó emocionada. Un abrazo entre dos jóvenes célibes que hubiera sido considerado inmoral en presencia de algún exigente ulema, pero que ambos no pudimos evitar.

—¡Mi amada y añorada Fátima! —fueron las únicas palabras que pude pronunciar, mientras unas lágrimas resbalaban por mis mejillas.

—¡Jalid ben Idris, el mejor y el más bondadoso de mis compañeros! ¡Qué alegría siento al poder saludarte! —respondió la experta copista, aunque procurando no exteriorizar en exceso la misma inmensa alegría que yo sentía y que, iluso de mí, esperaba encontrar en ella.

Estuvimos abrazados un largo rato. Al cabo, ella se separó de mí con dulzura y, tomándome de la mano, sin dejar de mirarme con un halo de tristeza reflejado en sus bellos ojos, me condujo a una puerta que comunicaba con otro de los departamentos de la biblioteca.

Los años transcurridos la habían cambiado físicamente.

Era ya una mujer esbelta y de facciones maduras, aunque

más hermosa, si cabe, que cuando acudía a la biblioteca de mi padre para leer el libro sobre la existencia y los atributos del alma del sabio Aristóteles. Sin embargo, su delicado rostro y su serena mirada habían perdido la inocencia y la frescura que yo recordaba y que con tanta fuerza habían conquistado mi corazón. Y lo que más me alarmó fue observar la expresión de profunda tristeza que reflejaban sus ojos, antes siempre alegres y relucientes, que yo atribuí al forzado aislamiento que soportaba tras aquellas cuatro paredes. Aunque, quizás también, a que continuaba enamorada de mí a sabiendas de que nuestro amor era una relación imposible.

—Ven, Jalid, que quiero que saludes a Lubna —dijo, casi como un susurro—. Ella también te aprecia y sé que se alegrará de volver a verte. Ambas te hemos echado tanto de menos...

En el gabinete de restauración se encontraba Lubna, atareada en la labor de restaurar un viejo códice. La encontré tan prudente y reservada como cuando convivimos en la madrasa kabira. Me saludó sin mostrar excesiva emoción y, a continuación, los tres nos sentamos en un diván y conversamos recordando los viejos tiempos de estudiantes y yo interesándome, sin mucho entusiasmo, por la labor que mis antiguas compañeras realizaban en aquellos casi secretos departamentos de la biblioteca palatina. Sin embargo, el intenso amor que había sentido por la delicada y dulce Fátima hasta ese día parecía haberse apagado de golpe aquella mañana en la biblioteca de la Ciudad Brillante. Aunque, como el lector podrá comprobar si continúa interesado en el relato de mi azarosa existencia, la relación profesional y de amistad con Fátima y Lubna iba a ser una constante en mi vida futura, hasta que el veleidoso y cruel destino, que ora te regala la alegría y el mayor bienestar y ora te arroja inmisericorde al más profundo de los abismos, me obligó a separarme de ellas para siempre.

Transcurrida media hora, después de despedirme de Talid —inmerso en tristes y lúgubres pensamientos que solo el paso de los días y el ilusionante viaje a Fez que íbamos a emprender lograron, por fortuna, apartar de mi mente— abandoné la biblioteca palatina y me dirigí a la plaza donde me esperaba el criado del gran chambelán para llevarme a mi casa del arrabal de los Pergamineros en el carruaje que había puesto a mi disposición tan noble personaje.

VIII

MÁLAGA Y NAKUR

Mediaba el mes de junio. Había llegado el día de nuestra partida. En la plaza que antecedía al alcázar y al cuartel de caballería, nos encontramos Talid, los tres soldados que serían nuestra escolta al mando del capitán Yassir Mubassir y yo mismo a lomos de sendos caballos, muy dóciles —aseguraba el maestro de equitación que nos enseñó a montar—. No obstante, aún no habíamos logrado dominar los fundamentos de aquel difícil arte del que hacían gala los expertos soldados que nos acompañaban y que sonreían a hurtadillas observando las dificultades que tenían aquellos dos cultos humanistas, pero novicios jinetes, a la hora de dominar sus rocines. También nos acompañaban tres criados que hacían de acemileros, montando cada uno en su respectiva mula, y otras dos acémilas sobre cuyas jamugas transportábamos, en una de ellas, la impedimenta, consistente en tres tiendas de campaña desmontadas, mantas y tabardos de lana impermeabilizados con cera para resguardarnos del frío y la lluvia, si esos fenómenos atmosféricos hacían acto de presencia. En la segunda de las mulas llevábamos las vituallas: cecina, galletas, algunos higos secados al sol, queso curado de leche de cabra y cantimploras con el agua. Bastimentos insuficientes para mantener a los nueve expedicionarios durante casi tres meses, pero utilizables solo en caso de emergencia, pues pensábamos adquirir los alimentos necesarios en las aldeas, alquerías y ventas en las que pernoctáramos al final de cada jornada de marcha con los dírhems y feluses que portaba en su bolsa Talid.

Yo había dedicado varias tardes a visitar la biblioteca general de la madrasa para consultar los mapas en los que aparecía el itinerario que debíamos seguir, desde Córdoba hasta la ciudad de Málaga, puerto en el que embarcaríamos en un cárabo que había contratado el general Gálib, y que nos pasaría al otro lado del mar, a la costa de Nakur. También me había informado de la historia de la ciudad de Fez y de sus fundadores los idrisíes con un viejo opúsculo escrito por un persa llamado Abu-l-Fadl al Balami que se titulaba *Historia de la fundación de Fez*. Había tomado buena nota de las poblaciones, los castillos, las alquerías y ventas situadas en la ruta a seguir y las distancias en leguas entre ellas para calcular en qué lugares deberíamos hacer alto y pasar la noche, si era posible, siempre en espacios habitados. Aunque si las distancias entre las poblaciones eran demasiado grandes, deberíamos pernoctar fuera de las mismas, al aire libre. En ese menester estaba seguro de que nos sería de gran ayuda el capitán Yassir Mubassir, que decía ser un buen conocedor de los caminos de al-Andalus y, sobre todo, de las tierras africanas que debíamos cruzar, en las que su destacamento había servido, con el general Gálib Abu Tammam, sometiendo a los fatimíes y a sus aliados bereberes. No obstante, los detalles relativos a las distancias exactas y a las características de las poblaciones que íbamos a hallar en el camino no los podríamos confirmar hasta que nos encontráramos sobre el terreno.

—Creo, Mubassir, que el itinerario más corto y menos montañoso para llegar al puerto de Málaga sería el que ya utilizaron los antiguos moradores de estas tierras y cuya calzada, pasando por la alquería de Aben Caez, Santa Ialla, Poley, Monturque y el castillo de los Banu Bashir, nos llevará a la ciudad de Antakira —dije al capitán de caballería que dirigía la escolta—. Desde allí hasta Málaga solo hay dos jornadas largas de marcha.

Talid y Yassir Mubassir, experto veterano del *chund*, quedaron estupefactos por los conocimientos geográficos que yo había expuesto con tanta firmeza. Lo que ni el militar ni Talid sabían era que había dado aquella demostración de sapiencia geográfica para que todos los miembros de la expedición que nos llevaría a la lejana África entendieran quién era el que ostentaba el mando, como con rotundidad me lo había hecho saber el gran chambelán en el transcurso de la entrevista que mantuvimos en su mansión.

—Me parece muy acertada su propuesta, señor Jalid ben Idris —reconoció el militar—. Esa calzada aún conserva tramos con las grandes losas y los puentes de piedra originales y, a veces, los miliarios con las inscripciones que señalaban las distancias entre ciudades. Además, las construían en las laderas de las colinas y en los valles para evitar las cuestas empinadas que podrían dificultar el tránsito de los carruajes.

—Pues a qué esperamos. Iniciemos la marcha.

El sol acababa de surgir por encima de las verdes lomas que rodeaban el castillo de Burch al-Hanax[6], al oriente de la campiña cordobesa. Después de cruzar el río por un puente de piedra, obra sin duda de los antiguos romanos, avanzamos por la calzada que discurría por la orilla meridional del Guadalquivir unas dos millas, en dirección a la alquería, habitada por gente mozárabe, de Aben Caez, a unas cinco leguas de distancia, que sería donde acamparíamos y pasaríamos la primera noche.

Como era noche cerrada cuando acabamos de montar las tiendas de campaña en las que íbamos a pernoctar —en un llano que había a respaldo de un bosquecillo de acebuches, a un cuarto de milla de la aldea—, esperamos a que amaneciera para dirigirnos, Mubassir y yo, a la alquería de los cristianos

---

6   Hoy, Bujalance.

con la intención de adquirir leche de cabra y pan blanco recién horneado. Los moradores de aquella población, que se dedicaban a la agricultura de regadío con el agua que sacaban del río mediante una noria y a elaborar aceite en sus almazaras con las aceitunas que producía el pequeño olivar que rodeaba el caserío, se mostraron muy corteses hablándonos en romance, lengua que yo dominaba gracias a las enseñanzas recibidas de mi padre y a las esporádicas labores de traducción que realizaba en mi taller.

Después de tomar un cuenco de leche y una rebanada de excelente pan elaborado con harina de trigo y hacer la segunda oración del día, los criados, ayudados por los soldados, desmontaron las tiendas de campaña y emprendimos de nuevo la marcha que nos habría de conducir a la aldea de Santa Ialla, habitada, como la que dejamos atrás, por mozárabes. He de referir que, aunque la obligación de todo musulmán es rezar cinco veces al día, en las llamadas horas canónicas, cuando se realizaba un largo viaje, dichas horas podían variar a lo largo de la jornada e, incluso, anularse alguna de ellas por necesidad. También he de decir que no acostumbraba a cubrirme la cabeza con turbante, pero que, antes de emprender aquel viaje, avanzado ya el verano, adquirí uno de color blanco en una tienda del zoco para poder protegerme la testa de los ardientes rayos del sol que con tanta fuerza castiga, en los meses del estío, las tierras meridionales de al-Andalus.

A media tarde habíamos recorrido tres leguas y media, que eran las que nos separaban de la aldea de Santa Ialla. Pero, aunque quedaban aún unas cuatro horas de sol, decidimos acampar en los aledaños de la población, compuesta por una docena de casas construidas con tapial de barro apisonado de aspecto pobrísimo, porque el siguiente lugar habitado, el castillo de Poley, se encontraba a más de seis leguas, lo que nos obligaba a cubrir esa distancia en dos jornadas cortas. Antes de que anocheciera, se acercó a nosotros un grupo de cristianos para saber quiénes éramos y solicitarnos alguna ayuda, porque nos dijeron que ese año la cosecha había sido muy escasa, que sus tierras estaban muy flacas y producían tan poco que la gente joven, desalentada, se había visto obligada a emigrar a la capital del califato para trabajar en las obras de construcción de la Ciudad Brillante. «Algunos se han alistado en el ejército como tropas auxiliares —aseguró uno que parecía alcaide o mandamás del pueblo—, aunque a los más ancianos nos ha parecido una traición, pues se verán obligados a luchar y matar a nuestros hermanos de religión que viven en los reinos del norte».

Acabadas las lamentaciones de los desdichados mozárabes, les expresamos nuestro sincero pesar por las desgracias que estaban padeciendo, pero que nada podíamos hacer por ellos que no fuera rezar al Altísimo para que su precaria situación cambiase en el futuro. No obstante, de acuerdo con Talid, les entregamos un puñado de feluses para que adquirieran trigo o harina en la alquería de Aben Caez, en la que pudimos comprobar que sus moradores no pasaban necesidades.

Al día siguiente partimos con el alba, compungidos y tristes por el negro futuro que esperaba a aquellos buenos cristianos. Como el castillo de Poley se hallaba, como se ha referido, a más de seis leguas, decidimos acampar al atardecer en un punto intermedio y hacer el trayecto hasta la fortaleza en la siguiente jornada. Cuando llegamos a Poley, su alcaide, Yusuf ben Umaya, nos recibió al pie de la muralla, junto al puente levadizo que salvaba el profundo foso que rodeaba el enclave fortificado. Nos rogó que aceptáramos su hospitalidad y que nos hospedáramos en su alcázar. Poley había sido una de las plazas fuertes de Omar ben Hafsún que, por su proximidad a la ciudad de Córdoba, había representado, en el pasado, una seria amenaza. Acabó destruida por el emir Abd Allah en el transcurso de una de las batallas que mantuvo con los hijos de Omar, aunque fue reconstruida por el Príncipe de los Creyentes después de vencer a los hafsuníes, nombrando como alcaide a uno de sus familiares más cercanos y leales.

A la mañana siguiente nos despedimos del amable alcaide omeya agradeciéndole su hospitalidad y emprendimos la marcha, en esta ocasión con destino al castillo de Monturque, que se hallaba situado en la cima de un cerro a tan solo dos leguas de Poley. Una jornada tan corta acabó al mediodía, pues estaba el sol en su cénit cuando la pequeña comitiva se detuvo delante de la puerta de la fortaleza a la espera de que, como en Poley, su alcaide nos permitiera pasar la noche en el interior del recinto fortificado. Pero este no se mostró tan hospitalario y amistoso como Yusuf ben Umaya.

El castillo de Monturque estaba habitado por un clan de bereberes *hawwaras* que se habían asentado en aquel territorio cuando el general Musa ben Nuzayr recorrió aquellas tierras en los años de la conquista. Su alcaide salió a recibirnos y, como sospechábamos, al ver a los soldados del *chund* que nos acompañaban, nos pidió que instalá-ramos el campamento en el exterior de la fortaleza, en la albacara que utilizaban, extramuros, como aprisco para sus rebaños de cabras y ovejas. Al parecer, en la pasada guerra habían sufrido el asedio y el saqueo por tropas incontrola-das y estaban temerosos de nuestros escoltas. Aunque, para compensarnos por su falta de hospitalidad, nos obsequió con tres piernas de cordero asadas y una bandeja colmada de dulces elaborados al estilo de los *hawwaras*.

Cuando, sentados en torno a la hoguera que uno de los soldados había encendido cerca de las tiendas, degustába-mos el sabroso cordero, Mubassir dijo:

—No debe extrañarnos, señor Jalid ben Idris, los recelos y el temor mostrados por el alcaide de este castillo. Como otras fortalezas habitadas por bereberes, que se unieron a la rebelión de Omar ben Hafsún y que, una vez muerto este sedicioso cristiano, se negaron a pagar los impuestos que el emir les exigía, fueron saqueadas por las tropas de nuestro señor Abderramán ben Muhammad, a quien el Todopoderoso conserve la vida muchos años, como castigo por su negativa a contribuir económicamente a los gastos del Estado.

—En ese caso, hemos de perdonar la desconfianza y el recelo con que nos ha recibido el alcaide *hawwara* —manifesté, antes de llevarme a la boca un trozo de la exquisita carne asada.

—Tendrán que transcurrir muchos años —repuso Mubassir— para que estos bereberes, que se equivocaron de bando, olviden el daño sufrido.

Acabada la cena, nos dispusimos a dormir en las tiendas de campaña dejando el fuego encendido, aunque esa medida era baladí en los meses de verano, como no fuera para alejar a los lobos y los osos.

A la mañana siguiente, antes de que amaneciera, nos levantamos desvelados por el sonido de los cencerros de las piaras de cabras que los pastores conducían a los montes cercanos para que ramonearan entre las matas de coscoja, majuelo, tomillo y aulaga. Los criados procedieron a desmontar las tiendas y atarlas sobre las jamugas de las acémilas y, después de degustar el resto de los dulces que habían sobrado de la noche anterior, iniciamos la marcha.

El día se presentaba luminoso. Sin nubes y con una brisa fresca que era de agradecer a esa hora de la mañana, pues luego se tornaría caliente como el vaho que arroja la boca de un horno de pan.

La gran distancia que separaba Monturque de nuestro siguiente destino, que no era otro que el castillo de los Banu Bashir[7], siete leguas, nos obligaba a recorrerla en dos jornadas. La primera, de tres leguas y media, nos condujo a un recodo del camino que lindaba con la ribera de un arroyo. Allí había un viejo molino harinero que movía su rueda de madera con

---

7   Actualmente, Benamejí.

el agua que desviaba el molinero del cauce principal mediante un canal o acequia de mampostería, algo ajado. Pudimos observar que una parte del caudal se perdía por varias grietas, lo que restaba eficacia al sistema hidráulico de molienda. Instalamos las tiendas de campaña cerca del molino, debajo de una enorme encina que nos daba cobijo, aunque tal prevención era innecesaria porque, en las noches de verano, el relente y el rocío no hacían acto de presencia en aquella tórrida región de al-Andalus. El molinero, un hombre afable y delgado como un junco, vino a saludarnos y a decirnos que, al amanecer del día siguiente, antes de nuestra partida, nos proporcionaría varias teleras de pan recién cocido en su horno. Aquella noche dormimos arrullados por el cadencioso sonido producido por la corriente de agua al mover la rueda del molino y la piedra volandera en la sala de molienda.

No había aparecido aún el sol por detrás de las montañas, cuando los acemileros comenzaron a desmontar las tiendas de campaña, mientras que Talid y yo procedíamos a cortar en trozos el exquisito pan que acababa de traernos el amable molinero, a cambio de unos feluses, y depositarlo sobre la laja de piedra que nos servía de mesa para que, acompañado de un pedazo de queso curado, del que portábamos para avituallarnos, nos sirviera de reconfortante desayuno.

Reiniciamos la marcha en dirección al siguiente destino de nuestro viaje, que tenía su final en el puerto de Málaga, que era la ciudad de Antakira, antigua e ilustre. Una medina bien poblada y muy rica, asentada en medio de una vega que, a decir de los comerciantes de Córdoba, producía la mejor harina y las más jugosas uvas pasas de todo el califato. Como esa ciudad se hallaba a siete leguas del castillo de los Banu Bashir, decidimos dedicar dos jornadas de marcha, con un alto para que descansaran los animales y nosotros mismos, en el segundo día. Dos horas más tarde dimos con un río bastante caudaloso, que llamaban *Wadi Genil* y que había que cruzar por medio de un puente construido con piedras similares a las empleadas en la calzada por la que caminábamos. Pero, al otro lado de la corriente, lo que hasta ese día había sido un sendero ancho, formado por grandes losas bien engarzadas y lisas, se convirtió en un mal camino de tierra batida, a veces con pronunciadas irregularidades.

—Son los efectos de las grandes avenidas de este río, que dicen que nace en la sierra de medina Elvira —manifestó Mubassir, acercando su montura a la mía para que pudiera oír lo que me decía.

—No te comprendo, soldado —repliqué.

—La calzada que hemos seguido desde que abandonamos Córdoba conserva las losas originales que colocaron sabiamente los antiguos romanos —repuso el militar—. Este río, señor Jalid ben Idris, se vuelve muy impetuoso algunos inviernos y, saliéndose de su cauce, arrastra cuanto halla a su paso: lajas de piedra de la calzada, árboles, edificios y los animales que sus dueños no tuvieron tiempo de trasladar a lugares elevados. A partir de aquí y en unas cuatro millas, la calzada ha desaparecido arrastrada por la furia del agua. Solo queda este sendero de tierra. Al menos así lo recuerdo cuando, hace años, realicé este mismo viaje con las tropas del general Gálib.

—¿Y es la clase de camino que encontraremos hasta llegar a la ciudad de Málaga? —se interesó Talid, abandonando la conversación que mantenía con otro de los soldados de la escolta para aproximarse a nosotros.

—Algunos tramos de losas originales se conservan, pero otros han desaparecido —respondió Mubassir—. Cerca de medina Antakira, el camino, aunque sin la consistencia y regularidad de la obra antigua, se mantiene en buenas condiciones y practicable porque los funcionarios del zalmedina de esa ciudad se ocupan de repararlo.

Continuamos la marcha hasta llegar a un valle recorrido por un río de poco caudal en cuya ribera hicimos alto y nos preparamos para pasar la noche. Como el lugar era agradable y había agua corriente y algunos árboles para que nos proporcionaran sombra durante el día, permanecimos allí descansando una jornada más. Al tercer día emprendimos de nuevo el viaje. Después de atravesar una extensa vega en la que había una docena de casas de campo o alquerías, rodeadas de tierras de labor y huertos con árboles frutales, accedimos a la ciudad amurallada de Antakira. En una venta, situada cerca del zoco, que disponía de cuadra para nuestras monturas, nos hospedamos con la intención de continuar la marcha al día siguiente.

Nada digno de mención aconteció durante las tres jornadas que duró el trayecto desde Antakira a Málaga, a excepción de las dificultades que encontramos al atravesar una abrupta montaña, por senderos casi imposibles, antes de acometer el descenso hasta la costa donde se hallaban la ciudad y el puerto de Málaga.

Aquella ciudad era notable por su extensión, sus altas murallas, su alcazaba y por poseer una mezquita aljama que, aunque yo no conocía, porque nunca había estado en ese puerto de mar, decían que era muy hermosa —atributo que pude comprobar con mis propios ojos— y que tenía un alminar que había mandado edificar el Príncipe de los Creyentes cuando, después de vencer a Omar ben Hafsún, trasladó a Málaga la capital de la provincia desde Archidona, población desleal que había secundado la rebelión del pérfido apóstata.

—Mubassir, con uno de los soldados dirígete al zoco y pregunta en la oficina del almotacén si nos puede recomendar una buena venta que disponga de caballerizas —ordené al que era el jefe de los escoltas y guía natural de la expedición, cuando hubimos entrado en Málaga por la puerta de Antakira—. Entretanto, acompañado de Talid, de los acemileros y de los otros dos soldados, nos acercaremos a los muelles para solicitar información en la capitanía del puerto sobre el cárabo que el gran chambelán nos aseguró que estaría a nuestra disposición para conducirnos a la costa africana.

Mientras que Yassir Mubassir y su compañero se alejaban en dirección a la medina, Talid, el resto de la comitiva y yo cruzamos un arrabal en el que, por su aspecto y los arreos de pesca que se secaban al sol en las fachadas de algunas casas, dedujimos que residía la gente del mar. Una vez que dimos con los muelles, en los que estaba atracada media docena de embarcaciones de diferentes clases y tamaños, cuyos nombres, por mis parcos conocimientos en el arte de la navegación y la construcción naval, ignoraba, nos dirigimos a una caseta de madera que debía de ser la que hacía la función de oficina del capitán de aquel puerto. Nos acercamos a ella y esperamos a que la abandonara un hombre que, como nosotros, debía de estar realizando alguna consulta o solicitando uno de los preceptivos permisos que autorizaban a un navío a zarpar.

—¿Qué deseáis, hermanos? —demandó con voz ronca el que pensamos que debía de ostentar la capitanía de aquel puerto cuando Talid y yo estuvimos en el interior del endeble chamizo.

—Mi nombre es Jalid ben Idris y soy secretario del gran chambelán del gobierno del califa, Abdalmalik ben Chuayd —dije, imprimiendo un tono pomposo y autoritario a mis palabras—. Mi séquito se ha quedado en las afueras de la ciudad. Necesito que me deis cierta información.

El funcionario abrió desmesuradamente los ojos y, temblando, como si hubiera sido atacado por el mal de las convulsiones que a tantos ha conducido a la casa de los locos, se alzó de la desvencijada silla de tijera en la que se hallaba aposentado y dijo con un hilo de voz:

—Perdonad, mi señor, si os he recibido en esta modestísima caseta; pues, por vuestra alcurnia hubierais merecido ser atendido en una oficina labrada con el mejor y más caro mármol. Pero, como soy vuestro humilde servidor y no todos los días se presenta en esta capitanía un destacado miembro de la corte califal, me inclino respetuoso ante vos. ¿En qué os puedo satisfacer?

El falso título de secretario del gran chambelán, otorgado de palabra por Abdalmalik ben Chuayd, había comenzado a demostrar su eficacia. Talid tuvo que cubrirse la boca para que el inocente capitán del puerto no percibiera su sonrisa burlona.

—Somos portadores de un importante mensaje que hemos de trasladar a cierto emir que reside en la costa africana —continué con la farsa que tan buen resultado nos había proporcionado hasta ese momento—. El gran chambelán debe de haberos anunciado nuestra llegada y la noticia de que ha contratado a un tal Muhammad al-Malaquí un cárabo, que tiene su base en este puerto, para que nos lleve a la ciudad de Nakur.

El funcionario manoseó nervioso algunos documentos que tenía depositados sobre la mesa. Al cabo de unos instantes extrajo uno de ellos del desordenado manojo de papeles y me lo presentó eufórico, porque, con la presteza en encontrarlo pensaba que había demostrado la eficaz labor que desarrollaba en su oficina.

—¡Este es el mensaje enviado por el gran chambelán, señor Jalid ben Idris! —exclamó el capitán del puerto—. Se me había traspapelado, pero ciertamente dice haber contratado la embarcación del patrón Muhammad al-Malaquí y que solicita autorización de la capitanía para zarpar. No obstante, mi señor, existe un inconveniente.

—¿Qué inconveniente? —pregunté, temiendo que hubiera sucedido alguna desgracia a la embarcación en la que debíamos atravesar el mar.

—El comerciante, que al mismo tiempo es propietario y patrón del navío —repuso el funcionario—, se encuentra en Ceuta con su cárabo, puerto al que se dirigió la semana pasada con una carga de viratones de ballesta para la guarnición de esa ciudad. Si no le ha sorprendido ninguna tormenta ni soportado malos vientos, mañana o pasado mañana debe arribar al puerto de Málaga. ¿Dónde os hospedáis, para que pueda enviaros a un mozo cuando atraque en el muelle el cárabo de Muhammad al-Malaquí?

Como no teníamos otra opción más que esperar la llegada del barco del tal Muhammad, le dije al capitán del puerto que, antes de una hora, enviaría a uno de mis escoltas con la dirección de la venta o mesón en el que estaríamos hospedados, para que pudiera darnos aviso cuando arribara el cárabo que esperábamos.

A continuación nos dirigimos a la medina y, en el zoco, nos encontramos con Mubassir y el soldado que lo acompañaba.

—Señor Jalid ben Idris: hemos encontrado, junto a la alhóndiga, una venta acorde con nuestras necesidades —dijo el capitán—. Posee unas cuadras amplias para que descansen los caballos y las mulas y, según el almotacén, tiene buenas y bien aireadas habitaciones con lechos limpios y libres de parásitos y un comedor que ofrece una excelente pitanza.

—Pues si está recomendada por el almotacén, que es el funcionario que mejor conoce el zoco y los servicios que ofrecen los comerciantes y los mesoneros, en esa venta nos hospedaremos, Mubassir.

Una vez instalados en la venta que dijo el almotacén, envié a uno de los soldados a la capitanía del puerto para que comunicara al azorado capitán, que creía estar tratando con un destacado personaje del gobierno omeya, el lugar donde íbamos a estar hospedados.

No fue larga la espera.

Transcurridos dos días, recibí la visita de un mozo de cuerda que venía a verme de parte del capitán del puerto para comunicarme que el cárabo de Muhammad al-Malaquí acababa de atracar en el muelle. Acompañado de Talid nos dirigimos al puerto. No representó ningún problema identificar el cárabo del comerciante malagueño, porque era la embarcación más grande y de más alta borda de cuantas estaban amarradas al pretil del muelle.

Muhammad al-Malaquí era un hombre rudo, de fuertes brazos pero, como pude comprobar cuando comencé a tratarlo, experimentado en las cosas del mar y de la navegación y en el dominio del barco y de la tripulación que lo gobernaba. Como era pleno verano, solo se cubría el torso con un chaleco rojo abierto, la parte inferior del cuerpo con unos zaragüelles amplios y la cabeza con un turbante para resguardarse del sol que debió de ser blanco en origen, pero que con el uso se había tornado gris. La tripulación estaba compuesta por diez marineros, tan rudos y fuertes como su patrón. Como debían descargar ciertas mercancías que habían embarcado en Ceuta, me emplazó a la mañana siguiente, al alba, que sería cuando zarparíamos para tomar la ruta de Nakur.

Amanecía cuando, después de tomar unas tortas de harina de trigo fritas bañadas en miel y un cuenco de leche cada uno de los expedicionarios y abonar lo que debía al ventero, jalando de los caballos y las mulas, nos dirigimos al puerto con la intención de embarcar en el cárabo que debía trasladarnos a la ribera africana. He de decir que un cárabo era una embarcación de casco redondo con dos palos, el mayor y el trinquete, y dos grandes velas latinas triangulares que a mí, que solo las había visto de pequeñas dimensiones en las barcas y los esquifes que navegaban por el río, me produjeron un enorme asombro. Algunos están dotados de una hilera de remos en cada banda, aunque no el de al-Malaquí. Esta clase de navíos se dedicaba al transporte de mercancías pero, por sus grandes dimensiones y su amplia bodega compartimentada, también podía embarcar caballos y otros animales como acémilas, corderos y cabras, además de pasajeros que se alojaban en incómodos camarotes situados en el único puente que tenía la embarcación en la popa.

Una hora después de haber iniciado las operaciones de embarque de los animales y la impedimenta, me acerqué al patrón del barco, que se hallaba en el puente ordenando a los marineros que izaran las velas y realizaran otras de las maniobras que iban a posibilitar que el navío se separara del muelle, impulsado por la suave brisa que había empezado a soplar desde el noroeste.

—Señor Muhammad al-Malaquí, ¿cuántos días de navegación nos esperan antes de arribar a la costa africana? —le pregunté, cuando hubo acabado de dar las órdenes oportunas a la tripulación.

—Accederemos al puerto de al-Mazamma pasado mañana al mediodía —respondió— si el viento continúa soplando del noroeste y no rola hacia el sur o el este.

—¿Al puerto de al-Mazamma? ¿No es a Nakur adonde nos dirigimos? —pregunté alarmado, porque pensaba que el patrón del cárabo iba a tomar un rumbo equivocado.

Muhammad al-Malaquí y el contramaestre, que acababa de unirse a nosotros, se miraron y esbozaron ambos una sonrisa condescendiente que a mí me pareció una falta de respeto a lo expresado por un inexperto pasajero desconocedor de los itinerarios y las singladuras.

—Ha de saber, señor Jalid ben Idris, secretario de nuestro señor el gran chambelán, pero ignorante de las cartas marinas y de la ubicación de los enclaves portuarios de África, que la ciudad de Nakur se halla situada tierra adentro, a cuatro leguas aguas arriba del río del mismo nombre. Su puerto es una pequeña población erigida en el seno de una rada que se llama al-Mazamma.

Después de la justificada amonestación del malagueño, que no hacía otra cosa que certificar mi desconocimiento de las cosas relacionadas con las rutas de navegación, me mantuve en silencio esperando mejor ocasión para continuar conversando con el experto marinero. Tres horas más tarde habíamos perdido de vista la costa de Málaga y nos rodeaba un atemperado mar inmenso y azul. Entonces me reuní con Talid y Mubassir y los tres, aprovechando que la navegación era agradable y el cárabo se desplazaba sobre la superficie del agua sin sobresaltos, nos sentamos en la tabla corrida que rodeaba la borda de estribor que servía para atar los cabos que aseguraban las jarcias y las velas.

—Amigo Talid —comencé diciendo, sin poder ocultar la preocupación que me había asaltado después de platicar con el patrón de barco, pues desconocía quiénes gobernaban Nakur y cuáles eran sus alianzas políticas—: como sabes, me he informado suficientemente sobre la historia de los idrisíes y el origen de la floreciente ciudad de Fez, que es nuestro destino final; pero desconozco en todo y en parte lo que concierne a la ciudad y al reino de Nakur. Y es algo que me preocupa porque, en los mapas que consulté en la biblioteca general, pude comprobar que el reino de los Banu Salih, cuya capital es Nakur, se halla rodeado por el poderoso emirato de Fez y, como también están en juego los intereses en la zona de los fatimíes, no sabemos si nos espera, en esa desconocida ciudad, gente aliada o soldados de los enemigos de los omeyas para asaltarnos, encarcelarnos o, quizás, cortarnos la cabeza creyendo que somos espías de nuestro señor el califa de Córdoba, su peor enemigo.

—Es muy razonable y justificado ese temor que te asalta, Jalid —manifestó el eunuco—, pero es una realidad cuyo conocimiento se nos escapa, dadas las circunstancias. Se asemeja, amigo mío, al juego del alquerque, que sabemos cómo iniciarlo, pero no cómo termina.

—No obstante, en vista de que Muhammad al-Malaquí, que es un hombre experimentado, debe de saber lo que pasa en los puertos de la otra orilla que frecuenta por razón de su oficio, haré un acto de humildad y le rogaré que me exponga cuanto sepa de la situación política del reino de los Banu Salih.

—Yo, que he formado parte de las tropas del general Gálib Abu Tammam en las guerras de África —intervino en la conversación Mubassir—, solo puedo decir que, antes de que asumiera el poder el actual emir, Said I ben Idris, los salihíes eran aliados de los fatimíes.

—Pues pronto saldremos de dudas y sabremos a qué atenernos —dije, a modo de conclusión.

Aquella misma tarde, cuando observé que el patrón del barco se encontraba en la toldilla, liberado de las labores propias de su cargo, me acerqué a él dispuesto a averiguar lo que sabía de los Banu Salih. Pero antes de que iniciara la conversación, señalando un punto del horizonte, me dijo:

—Estamos de suerte, señor Jalid ben Idris. El viento sigue soplando desde el noroeste. De acuerdo con mi larga experiencia surcando estas aguas, es probable que continúe así dos o tres jornadas más. Si esa circunstancia se confirmara, en dos días arribaremos al puerto de al-Mazamma.

—Me satisface, señor al-Malaquí, saber que los vientos nos son favorables —manifesté, apoyándome en la balaustrada que separaba el puente de la cubierta principal—, pero es otro el asunto que deseo exponerle.

—Pues, pregunte sin reparo alguno, que, si es algo relacionado con el arte de navegar o las singladuras que acostumbramos a emprender con este cárabo, seguro que os podré ilustrar.

—El caso es que deseo saber de qué parte está el emir de Nakur —dije—. Si en alianza con los fatimíes o en amistad con los idrisíes de Fez y, por tanto, con los omeyas. Nos asalta el temor, amigo Muhammad, de que si obedece a los califas de Túnez, nuestras vidas pueden hallarse en peligro cuando desembarquemos, pues nos tomarán por espías o agentes del califa de al-Andalus.

El patrón del cárabo me tomó de un brazo y me acercó al banco corrido que había en uno de los costados de la embarcación. En él nos sentamos. Luego carraspeó, quizás para dar sensación de que era perito en lo que me iba a relatar. A continuación, se expresó con estas palabras:

—Señor: en mis veinte años de navegación entre Málaga y los puertos africanos para comerciar, la mayor parte de los viajes a al-Mazamma, que es como decir a Nakur, que es hoy el principal mercado de toda la región y la puerta de entrada al extenso emirato de Fez, he tenido que sufrir las desagradables inspecciones de las galeras fatimíes que buscaban armas en la sentina de mi cárabo, siempre frustradas, porque las mercancías que hemos transportado en nuestra bodega han sido miel, arroz, trigo o herramientas de labranza. Esas inspecciones se realizaban cuando los emires de Nakur estaban en alianza con los tunecinos. Sin embargo, desde que ocupó el trono de Fez el emir Hassán ben al-Qasim, que ha rendido pleitesía a nuestro califa, y se han instalado tropas omeyas de ese emirato, los Banu Salih son nuestros aliados. Por ese motivo, señor Jalid ben Idris, nada debéis temer de la gente de Nakur.

Sosegado con las palabras pronunciadas por el mercader de Málaga, me encontré con mis compañeros en la proa de la embarcación, donde se habían reunido para observar, sorprendidos, las manadas de grandes peces de lomos azules que, saltando ágilmente fuera del agua, acompañaban el desplazamiento del barco. Cuando dieron por finalizadas sus acrobacias aquellos peces, les comuniqué lo dicho por el patrón del cárabo para que se tranquilizaran.

Como había asegurado Muhammad al-Malaquí, al tercer día de navegación, estando el sol en su apogeo, sin haber sufrido ningún incidente digno de mención en el transcurso de tan breve singladura, entramos en el puerto de al-Mazamma, una pequeña población desprovista de murallas que se arremolinaba en torno a la playa y a un endeble muelle de madera en el que había atracado otro navío de comercio.

En las labores de desembarco de la impedimenta, los caballos y las acémilas, estuvimos atareados dos horas porque una de las mulas, haciendo honor a la tozudez propia de su especie, se negaba a pisar la pasarela que comunicaba la cubierta del cárabo con el muelle. Una vez superado aquel obstáculo y después de despedirnos del amable patrón del barco, como ya era entrada la tarde y nos separaba de

Nakur cuatro leguas, decidimos acampar en las afueras de al-Mazamma e iniciar la marcha al amanecer del día siguiente.

Comenzamos a caminar cuando las primeras luces del alba iluminaban las grises cumbres de las montañas del Rif con la intención de poder llegar a Nakur antes del anochecer. A diferencia de la calzada que recorrimos entre Córdoba y Málaga, que aún conservaba muchos tramos de losas colocadas por los antiguos habitantes de al-Andalus, aquel sendero era pedregoso y descuidado, en ocasiones ocupado por lajas de piedra que las escorrentías habían depositado arrastradas de las laderas vecinas. Un bosque de alerces y pinos enanos y un sotobosque constituido por jaras, lentiscos y aulagas nos acompañaron casi todo el camino, cada vez más abrupto, que nos iba acercando a la capital de los Banu Salih. Al caer la tarde y culminar el ascenso a una colina, pudimos contemplar la ciudad de Nakur, rodeada por el río del cual había tomado su nombre.

Luego supimos, por boca del administrador de la alhóndiga en la que nos hospedamos, que toda la región dominada por los Banu Salih estaba habitada, desde antes de la llegada de los musulmanes, por los nafza, una tribu bereber muy belicosa que se había aliado con el general Muza ben Nuzayr, a cuyo ejército proporcionó quinientos guerreros, entre ellos uno que sería famoso por conquistar *Hispania*, aunque luego cayera en desgracia, que fue el desdichado Tariq ben Ziyad.

Una hora más tarde entrábamos en la ciudad mercantil de Nakur por la puerta que daba al norte y que, luego, supimos que se llamaba de los Judíos.

Era una población de mediano tamaño, aunque bien poblada y rica, según pudimos apreciar cuando descendíamos la colina que, dejando a un lado el río, cerraba el extenso valle en cuyo centro se hallaba Nakur. Lo ocupaban numerosas alquerías, huertas sembradas de árboles frutales y media docena de molinos harineros cuyas ruedas eran movidas por la cercana corriente fluvial. La ciudad estaba rodeada de una recia muralla de tierra batida reforzada con torres de planta cuadrada, y disponía de otras tres puertas, además de la de los Judíos, denominadas de Sulaymán, la que miraba al sur; de la Musalla, la que daba al oeste y la de los Banu Waryaga, que se abría hacia el sureste. En el centro de la medina —pues había dos arrabales situados, uno el de los nazaras o cristianos, al mediodía, y otro al este— había un gran zoco con puestos fijos y otros desmontables. Al sur de este mercado al aire libre se había erigido una hermosa mezquita con un alminar rematado con un *yamur* de bronce, pulido con tanto esmero que parecía de oro y, a su lado, una casa de abluciones que utilizaba el agua que sacaban de un pozo con una noria de sangre. Al norte de la plaza había unos baños y, al este, una alhóndiga de grandes dimensiones y dos plantas en la que recalaban los mercaderes y comerciantes que acudían a Nakur para comprar o vender sus mercancías, lo que daba fe de la importancia comercial de aquel enclave.

—Talid y los escoltas, con los caballos y los acemileros con las mulas, permaneced en este rellano —dije a mis compañeros de expedición, señalando la plazuela que, intramuros, antecedía a la puerta de los Judíos—. Mubassir y yo nos acercaremos a la alhóndiga. Quizás puedan darnos hospedaje. En caso de que no tengan habitaciones que ofrecernos ni cuadra para albergar a los animales, buscaremos una venta o posada que se adapte mejor a nuestras necesidades.

Sorteando a los viandantes y a los curiosos y compradores que se detenían delante de los puestos en los que se exponían frutas, verduras, pescado, hogazas de pan, especias diversas o aromáticas aceitunas de varios colores, logramos llegar a la puerta de la alhóndiga, que estaba rematada por un arco de medio punto con albanegas encaladas. Debajo de la capa de cal se distinguían algunos trazos de pintura roja desvaída, lo que indicaba que, alguna vez, en esos blancos paramentos hubo unas inscripciones que habían sido cubiertas y casi borradas por la cal. Cuando hubimos atravesado la puerta, dimos con un gran patio de planta cuadrada rodeado de cuatro crujías de dos plantas, como se ha dicho. Al segundo piso se ascendía por una escalera de madera que estaba adosada a uno de los muros laterales del edificio. En el centro del patio, cuyo pavimento lo constituían cantos rodados, sin duda sacados del río cercano, había un pilón con un caño que servía de abrevadero a las bestias de carga de los comerciantes y mercaderes allí hospedados. En la planta baja de la crujía frontera a la entrada se hallaba el comedor, distinguible por la cartela que lo anunciaba escrita en el árabe dialectal que usaba aquella gente. Las estancias situadas en la planta baja de las otras crujías estaban destinadas a almacenes para las mercancías, unas, y a cuadras para los asnos y las acémilas, otras. Las habitaciones ubicadas en la segunda planta, que daban a un pasillo abierto hacia el patio, debían de ser los aposentos o dormitorios de los huéspedes. Junto al pilón había dos mulas abrevando acompañadas de sus dueños y, asomados a la balaustrada de madera de la segunda planta, varios hombres, algunos con la *kipá* que portan los varones hebreos sobre la coronilla, conversaban animadamente. Otros, que, por los lujosos vestidos con que se cubrían, se adivinaba que eran personas ricas que debían de acudir a la alhóndiga a comprar las mercancías traídas de otras regiones por los mercaderes, se hallaban sentados en un banco corrido de piedra que había adosado a la pared del comedor. Me aproximé al más joven de los acemileros que se encontraba con su mula junto al abrevadero y le pregunté que dónde podría encontrar al patrón o posadero que regía aquella alhóndiga.

—Allí, hermano. En la puerta de las cuadras. Es ese elegante musulmán que viste una chilaba marrón y porta en su mano derecha un bastón de madera de acebuche con la eulogia *al-Tawfiq*[8] grabada en su empuñadura de plata —respondió el mulero con cierta retranca.

Yo quedé sorprendido por la exhaustiva información proporcionada por el joven, que superaba con creces e innecesariamente lo que yo deseaba saber. No obstante, había sido una descripción muy ajustada a la realidad y útil, pues nos permitió a Yassir Mubassir y a mí identificar sin posibilidad de error al administrador de aquella alhóndiga, ya que se hallaba rodeado de otros cuatro musulmanes que ni vestían chilaba ni portaban en su mano derecha un bastón con la empuñadura de plata. Nos dirigimos, pues, al personaje que nos había indicado el servicial acemilero.

—Disculpe, hermano, si interrumpo tan amena y, seguro, que relevante conversación —dije, procurando mostrar amabilidad—. Hemos desembarcado en el puerto en al-Mazamma después de un largo viaje que iniciamos en la ciudad de Córdoba. ¿Podéis ofrecernos hospedaje en esta alhóndiga?

El musulmán de la chilaba marrón nos lanzó una mirada inquisitiva.

—¿De Córdoba, decís?

—De Córdoba. Enviados por el gran chambelán para rematar cierto importante asunto en la ciudad de Fez —añadí, dando mucho énfasis a mis palabras para impresionar al mesonero—. Somos nueve los viajeros y necesitamos cama, comida y un establo con heno o alfalfa para nuestras monturas.

Mencionar al gran chambelán era un recurso muy eficaz para ganarse el respeto reverencial de cualquier musulmán que conociera la administración omeya y el inmenso poder que, como principal consejero del califa y jefe de los visires, tiene tan destacado funcionario. Mubassir me lanzó una mirada de complicidad, porque era consciente de

---

8   Significa: la asistencia divina.

cómo, con habilidad y evidente desmesura, había logrado desarmar cualquier oposición que hubiera podido presentar el administrador de la alhóndiga a nuestros requerimientos.

—Si venís enviado por tan relevante personaje de la corte del Príncipe de los Creyentes, seréis atendido con la mayor consideración. No en vano a él y a los mercaderes y comerciantes de la otra orilla debemos buena parte de nuestro bienestar y nuestra fortuna. Mi nombre es Ibrahim al-Kinaní. Y, como podéis deducir por mi *nisba*, no soy uno de estos rudos bereberes *nahzíes* o *hawwaras*, sino que desciendo de la noble tribu árabe de los Banu Kinana, que se estableció en estas montañas cuando acompañaba en sus conquistas al noble general Musa ben Nusayr.

Después de haber oído al mesonero del bastón con la empuñadura de plata hacer tan petulante manifestación, a todas luces falsa, comprendimos la ironía que subyacía en las palabras emitidas por el joven mulero, que bien debía de conocer al presuntuoso encargado de la alhóndiga de Nakur.

—Ordenaré que dispongan las habitaciones, una cena aceptable y heno para vuestras acémilas —añadió el bereber, que aseguraba descender de una de las tribus más prestigiosas de Oriente, antes de dirigirse a un extremo del patio donde charlaban animadamente tres muchachos que, conjeturé, serían criados del ventero.

Mandé a Mubassir a la explanada que había junto a la puerta de los Judíos para que comunicara a Talid, a los escoltas y a los acemileros, que esperaban el resultado de nuestras pesquisas, que ya podían acudir a la alhóndiga en la que habíamos encontrado un buen hospedaje, mientras yo me dirigía a las cuadras para inspeccionarlas y comprobar si los animales que había en ellas estaban bien cuidados y disponían de suficiente heno. Una vez visitadas las caballerizas quedé satisfecho, pues en las cuadras de la alhóndiga de Nakur trabajaba media docena de criados que atendían con celo y profesionalidad a los caballos y las mulas en alojamientos amplios y limpios.

Después de haber dejado nuestras monturas al cuidado de esos criados para que las alojaran en las caballerizas y depositado la impedimenta en uno de los almacenes destinados a custodiar las mercancías de los mercaderes, nos dirigimos al comedor en el que, como había prometido Ibrahim al-Kinaní, nos sirvieron una reconfortante cena que consistió en sopa de lentejas y habas, cordero asado al horno aderezado con miel y cilantro y tortas de harina de trigo que envolvían una exquisita fritura de carne de pichón con cebolla y especias.

A la mañana siguiente, acompañados de la salmodia del almuédano que llamaba a los musulmanes a la primera oración del día, y tras haber asistido a la misma en la elegante sala de la mezquita, cubierta con un rico artesonado de madera de araar, cargamos la impedimenta en las jamugas de las acémilas y nos dispusimos a abandonar aquella acogedora alhóndiga norteafricana. Pero, antes de salir al exterior del edificio, me acerqué al comedor donde se hallaba el amable, aunque presuntuoso, hospedero.

—Que el clementísimo Alá te conceda una excelente jornada, hermano Ibrahim —dije, a modo de saludo y, a la vez, de despedida.

—Que Él os acompañe y os guarde en la larga marcha que vais a emprender —repuso el hospedero—. Aunque nada debéis temer de la gente que habita estas montañas, pues son muy respetuosas y hospitalarias con los extranjeros, sobre todo si proceden de las tierras de al-Andalus.

—No tememos por nuestras vidas y hacienda, buen Ibrahim, porque sabemos que el Príncipe de los Creyentes, nuestro califa, es, desde que asumió el poder en Fez el noble emir Hassán ben al-Qasim, el único soberano y gran benefactor de las tribus de todo el Magreb y que, cada viernes, los imanes de sus mezquitas elevan al Todopoderoso la *azalá*, u oración principal, en su nombre en señal de respeto y sumisión.

Dije aquellas palabras a sabiendas de que eran una falacia, pues todo el mundo sabía en Córdoba que el dominio de los omeyas sobre las aguerridas tribus del Magreb solo se conseguía otorgando elevadas pensiones a los jefes tribales o con el empleo de la fuerza, la ocupación del territorio con nuestras tropas y el encarcelamiento o el degüello de los jeques insumisos.

—De todas maneras, generoso Ibrahim, nos gustaría saber cuál es la mejor ruta para poder llegar a Fez y cuántas leguas separan Nakur de la capital de los idrisíes —añadí, porque no era baladí que conociéramos los mejores caminos y los menos peligrosos, que eran frecuentados por los arrieros locales para atravesar aquellas montañas y poder acceder a la ciudad de Fez, destino final de nuestra andanza.

—Fez se halla a unas cincuenta leguas de Nakur. Un trayecto que podréis hacer, si no sufrís ningún contratiempo, en trece o catorce jornadas —manifestó Ibrahim al-Kinaní, en tanto que nos acompañaba hasta el exterior de la alhóndiga—. Las primeras seis o siete jornadas las habréis de hacer por terreno montañoso y abrupto. Sin embargo, el resto del viaje lo haréis por senderos bien cuidados que atraviesan suaves colinas cubiertas de olivos y valles en los que os encontraréis con alquerías y aldeas habitadas por laboriosos campesinos. En esas aldeas, aunque no poseen hospederías ni mesones, podréis pernoctar en establos o graneros.

Y oídas aquellas tranquilizadoras palabras, iniciamos la marcha que, según el hospedero, nos llevaría a la ciudad de Fez al cabo de unas dos semanas.

IX

A TRAVÉS DE LAS MONTAÑAS DEL RIF

Nos despedimos del funcionario administrador de la alhóndiga de Nakur y abandonamos la ciudad de los Banu Salih saliendo por la puerta que decían de Sulaymán. El camino, de tierra batida, cruzaba un paisaje de verdes colinas y campos cultivados que precedían a las altas montañas del Rif, con sus descarnadas cumbres de roca gris salpicadas, de vez en cuando, por manchones de árboles, que se divisaban como a tres leguas de distancia.

La primera jornada de marcha fue agradable, no solo porque el tiempo atmosférico era apacible, aunque caluroso, sino también porque el sendero era llano y sin escabrosidades. Pero, según dejábamos atrás las alquerías y los campos cultivados y nos fuimos internando en las montañas, las aldeas desaparecieron y los sembrados y las huertas de árboles frutales fueron sustituidos por los primeros bosques de encinas y alcornoques y un sotobosque de aulagas y lentiscos. El camino se fue transformando en una pendiente, al principio suave y, después, abrupta, y la ancha calzada de tierra batida acabó estrechándose conforme subíamos por la ladera de la montaña. Al caer la tarde, habíamos alcanzado la cumbre de un monte, todavía de escasa elevación pues, más lejos, se columbraban otras cimas rocosas que debían de superar con creces su altura.

—Pasaremos aquí la noche, Talid y Mubassir —dije, señalando un calvero que había junto al sendero, rodeado de encinas.

Los acemileros procedieron a liberar a las mulas de la impedimenta y proporcionarles un poco del heno que nos habían vendido en la alhóndiga. A continuación, siguiendo las órdenes de Mubassir, instalaron las tiendas de campaña y encendieron una hoguera. Después de tomar cada expedicionario un trozo de queso curado, una rodaja de cecina y una hogaza de pan que habíamos adquirido en uno de los puestos del zoco, nos tumbamos sobre la hierba seca para intentar conciliar un sueño reparador tras una larga jornada de marcha. Aunque Ibrahim al-Kinaní nos había dicho que, cuando ascendiéramos la montaña, íbamos a necesitar nuestras ropas de abrigo, lo cierto era que aquella primera noche, aunque refrescó, no necesitamos utilizar las mantas ni los tabardos.

Nada perturbó nuestro descanso, como no fuera que se oyeron algunos aullidos lejanos que, una vez que hubo amanecido, Mubassir —que estaba acostumbrado a transitar con el ejército por aquellos parajes—, nos dijo que eran aullidos de lobos. Con el alba, desmontaron los criados las tiendas, cargamos la impedimenta en los lomos de las mulas y desayunamos, antes de iniciar la marcha, la misma pitanza que la noche anterior, pues hasta que no diéramos con alguna aldea no podríamos comprar otro tipo de alimentos. No obstante, a media mañana Mubassir nos sorprendió con una exclamación de alegría, señalando unos árboles que crecían, en la ladera, a unos veinte codos del camino:

—¡Algarrobos, amigos míos! ¡Son algarrobos!

Él y otro de los soldados de la escolta se separaron de la comitiva y comenzaron a recoger del suelo una buena cantidad de vainas de algarrobas. Un alimento muy nutritivo que serviría para completar nuestra escasa dieta.

—Aún no es el tiempo de recolectar las algarrobas —continuó diciendo Mubassir—, pues hasta el otoño no estarán en sazón las que cuelgan de las ramas. Estas que hemos tomado del suelo son algunas de las que maduraron el año pasado y que, por fortuna, han respetado los jabalíes, que se alimentan casi exclusivamente de ellas.

Llenamos un zurrón con tan sabroso alimento y continuamos la marcha. La jornada transcurrió sin que aconteciera nada digno de mención, aunque aquella noche, como nos hallábamos a bastante altura, en plena sierra, tuvimos que arroparnos con las mantas y, al amanecer, hubimos de encasquetarnos los tabardos. Aunque a mediodía, cuando el sol alcanzó su cénit, nos vimos obligados a despojarnos de ellos. La noche siguiente, que fue fría y ventosa, la pasamos en un abrigo rocoso que había formado una enorme laja de piedra desgajada de la montaña en medio de un espeso bosque de alcornoques. De nuevo nos inquietaron los aullidos de los lobos, aunque Mubassir nos tranquilizó diciendo que, como en aquellos bosques abundaban los animales que constituían las presas preferidas de esos agresivos canes salvajes, como los corzos, los gamos y los conejos, no solían atacar a los arrieros y viajeros que cruzaban aquellas solitarias montañas.

En la tercera jornada nos vimos obligados a ascender por la escarpada ladera de una montaña altísima, de crestas desprovistas de cualquier clase de vegetación, sin duda porque se cubrían de nieve durante el invierno. Avanzamos por un sendero estrecho siguiendo el borde de un precipicio que daba a un profundo valle por el que discurría un río de abundante y ruidoso caudal, aunque fuera verano. En algunos tramos, el camino casi había desaparecido arrastrado por las escorrentías invernales, amenazando con lanzar al vacío a las confiadas mulas. Logramos atravesar aquel macizo rocoso por un paso de montaña que no debía de haber sido hollado desde hacía años y que nos llevó, rodeado de un impenetrable bosque de cedros, a la ladera meridional de la sierra.

Estábamos deliberando sobre cuál sería el mejor lugar para acampar, cuando aconteció un suceso que nos llenó de temor a los que, como Talid y yo, desconocíamos lo que podía depararnos la andanza por zonas tan agrestes y solitarias. Fue Talid, que con su caballo se había adelantado a la comitiva, el que, volviendo la grupa precipitadamente, dio la voz de alarma.

—¡Jalid y Mubassir! ¿Qué animales son aquellos que parece que nos están observando?

El jefe de la escolta se adelantó para poder contemplar mejor a los animales que, echados sobre la hierba, junto a unos cedros, habían llamado la atención del bibliotecario.

—Son leones, Talid —exclamó Mubassir—. En nuestros desplazamientos por estos montes nos los hemos encontrado en numerosas ocasiones.

—Magníficos animales —manifesté, cuando reparé en la larga melena que adornaba la cabeza de uno de ellos.

—Nada debemos temer. Están acechando a esa familia de monos que ocupa la copa de ese cedro —repuso el jefe de los escoltas, señalando una manada de macacos que saltaban de rama en rama a no mucha distancia de los leones.

Aunque las palabras de Mubassir nos habían tranquilizado, decidimos continuar la marcha y acampar media milla más adelante, con el fin de alejarnos de tan peligrosos e incómodos vecinos. No obstante, cuando alzamos las tiendas de campaña y, antes de introducirnos en ellas para dormir, los soldados encendieron una gran hoguera cerca de nuestras monturas, para disuadir a lobos y leones si fuera necesario, dijo el jefe de los escoltas.

Al quinto día de marcha dejamos atrás las elevadas montañas del Rif y accedimos a un territorio menos abrupto, constituido por montes cubiertos de bosques de encinas y alcornoques y amplios valles ocupados por extensos campos de cultivo, salpicados de algunas alquerías. Como a unas dos millas en dirección sur se podían vislumbrar las casas de muros ocres, construidos con tierra batida, de una pequeña población que Mubassir dijo que se llamaba Achaken.

—Observad esas verdes plantaciones que ocupan los campos situados a ambos lados del camino —comentó el capitán de caballería—. Son cultivos de la planta de la que se obtiene el *quif*. Una hierba aromática que los moradores de estas montañas fuman en pipas de barro cocido. Es una sustancia que, al que la consume, le produce alegría, bienestar y, en ocasiones, euforia. De efectos similares a los que ocasiona el alcohol a los cristianos y a algunos malos musulmanes.

Talid y yo quedamos sorprendidos al contemplar aquellos inmensos sembrados de esa planta cuyo cultivo, sin duda, debía de estar prohibido por las leyes del islam.

—Sé lo que estáis pensando, Jalid y Talid —intervino Mubassir—. El Corán y la *sunna* prohíben el consumo de alcohol, porque en una ocasión, dicen algunos ulemas, estando el Profeta sentado delante de la mezquita de Medina, vio pasar a un hombre borracho y dijo que ese comportamiento era repudiable y contrario a lo dictado por el Todopoderoso. Sin embargo, en estas regiones habitadas por los bereberes, el uso del *quif*, desde hace cientos de años, es tolerado por los ulemas, aunque los intransigentes teólogos de Oriente lo consideran un producto similar al alcohol y lo prohíben taxativamente.

Después de asistir a la instructiva disertación del experimentado soldado en los asuntos africanos, continuamos la marcha hasta dar con la aldea de Achaken, en la que hicimos alto para descansar y pasar la noche. Sus moradores eran gente humilde, pero muy hospitalaria, que no solo nos permitieron alojarnos en uno de sus establos, junto con nuestros caballos y acémilas, sino que nos ofrecieron heno para los animales y pan tierno horneado aquella misma mañana.

En las siguientes cuatro jornadas, hasta que llegamos a la población de Taunat, más grande y rica que Achaken, tuvimos que pernoctar al aire libre, bien porque no encontramos ninguna alquería o aldea al aproximarse la noche, bien porque, cuando nos topamos con una en la ladera de un descarnado monte, era tan pobre que no disponía de establo ni granero, teniendo que acampar la comitiva al amparo del muro de un corral que servía de aprisco a la decena de famélicas cabras que poseían sus moradores. En esa ocasión, no solo no aceptamos nada de lo poco que nos ofrecían, sino que les regalamos uno de los quesos que aún conservábamos desde que salimos de Córdoba.

Antes de acceder a Taunat, tuvimos que vadear un serpenteante río que se encajaba en el roquedal formando profundas gargantas y hermosas cascadas. Como el río, aunque estrecho, era bastante profundo y violento, para poder cruzarlo tuvimos que buscar uno de los vados que utilizaban los arrieros y la gente del lugar, situado aguas abajo a una media milla de distancia.

Taunat era una ciudad pequeña, asentada sobre una meseta que dominaba las gargantas del cercano río. Al sur del poblado se divisaba una gran extensión de terreno con cientos de higueras y de olivos. Cuando entramos en la ciudad, se aproximó a nosotros una caterva de niños que prorrumpieron en exclamaciones guturales que nos parecieron de bienvenida a los recién llegados. Taunat disponía de una pequeña mezquita, una casa de dos plantas, más grande y mejor construida que las demás que formaban la modesta medina, donde conjeturamos que debía de residir el alcaide de la población, y una plazuela con una decena de puestos de venta que componían el zoco. Frontera a la mezquita se localizaba la única hospedería con que contaba el pueblo, a la que nos dirigimos para solicitar alojamiento.

Nos recibió un hombre de unos cincuenta años de edad, enjuto de carnes, que vestía un albornoz hecho con pelo, al parecer, de cabra o borrego de color negro. Se mostró amable, aunque no podía ocultar la extrañeza que le producía vernos entrar en el pequeño patio que precedía a la hospedería, lo que evidenciaba que no era nada frecuente que acudieran extranjeros a aquel perdido poblachón de montaña.

—Sean bienvenidos a Taunat, hermanos —dijo, usando la lengua bereber—. ¿Es alojaros en mi hospedería lo que deseáis?

—Esperamos poder descansar en una buena cama y que tengáis, también, un establo para nuestras monturas —intervino Mubassir, que era el que dominaba la lengua de aquella gente.

—Mi hospedería no cuenta con establo —terció el mesonero—, pero muy cerca hay unas cuadras que usa el dueño de una reata de mulas con las que comercia con las aldeas y alquerías de la región.

—Pues no hay más que hablar. Nos alojaremos en su hospedería —concluyó Mubassir después de haberlo consultado conmigo, pues, aunque en Córdoba a veces había oído a los inmigrantes bereberes expresarse en su lengua, lo cierto era que no había entendido nada de lo dicho por el hospedero.

Antes de ocupar las habitaciones que, he de decir, estaban limpias y ordenadas y disponía, cada una, de una cama con colchón de paja, una silla con asiento de aneas y una pequeña mesa sobre la cual había un candil de cerámica con doble piquera, nos acercamos al establo que nos dijo el hospedero, que se hallaba situado al otro lado de la plaza donde, a lo largo de la mañana, se instalaban los puestos del zoco. Después de acordar con el propietario el precio, liberamos a las sufridas mulas de la carga que soportaban y las dejamos, con los seis caballos, a resguardo de la intemperie, en la cuadra.

Al día siguiente nos levantamos de nuestros lechos con el sol, como era lo acostumbrado, pues nuestros cuerpos, agotados por las dificultades encontradas en las últimas jornadas de marcha, estaban necesitados de un buen descanso. Asistimos a la segunda oración del día en la mezquita y, luego, nos acercamos al zoco para comprar algunos alimentos. Nos dijo el vendedor que nos atendió en uno de los puestos que no dejáramos de adquirir higos secados al sol, que los de Taunat eran de fama en toda la región. Así lo hicimos —aunque aún conservábamos algunos de los que traíamos desde Córdoba— y compramos medio almud de higos gordos, además de dos quesos curados en aceite, varias hogazas de pan de harina de trigo y cecina de carne de borrego.

Una vez cargadas las acémilas con la impedimenta y las alforjas con los alimentos comprados en el zoco y enjaezados los caballos, emprendimos la marcha en dirección sur siguiendo un camino que, a diferencia del escabroso sendero que utilizamos para atravesar las ásperas montañas del Rif, era ancho y liso y estaba bien compactado con arcilla.

El paisaje había cambiado. Las abruptas montañas, rematadas por grises roquedales desnudos de vegetación y valles con ríos encajados, habían quedado atrás. Ahora se presentaba ante nosotros un territorio formado por colinas y, de vez en cuando, montes redondeados cubiertos de bosques de encinas o matorral. Las colinas, que alguna vez también debieron de estar ocupadas por la vegetación arbórea, habían sido roturadas y, muchas de ellas, transformadas en campos dedicados a la siembra de cereales. Si en las jornadas anteriores era raro que nos topáramos con caseríos o aldeas aisladas, desde que abandonamos Taunat las alquerías y los asentamientos rurales, ubicados en amplios y fértiles valles o en las cumbres de las colinas, proliferaban cada cuatro o cinco millas dedicados al cultivo de trigo y cebada o a la explotación de huertas con árboles frutales. Estos vergeles eran regados con el agua que les proporcionaban acequias construidas con ladrillos que partían de manantiales o arroyos situados en los montes cercanos. En las siete jornadas de marcha que nos faltaban para acceder a la ciudad de Fez y dar por concluido nuestro viaje, pudimos pernoctar en los establos o en patios de las citadas alquerías, cuyos moradores siempre se mostraron amables y hospitalarios.

Sin que sucediera ningún acontecimiento extraordinario —que no fuera que en el cuarto día de marcha nos vimos obligados a permanecer durante dos jornadas en la alquería en la que habíamos pernoctado, porque el bueno de Talid sufrió de fuertes dolores de tripas y vómitos y tuvo que ser atendido por un curandero que le dio a ingerir ciertas hierbas medicinales, con lo que logró una pronta recuperación—, llegamos a una meseta muy extensa cubierta de olivos desde la cual se divisaban, como a media legua, las rojizas murallas de la ciudad de Fez.

Hicimos alto en dicho olivar para acampar y poder iniciar la marcha al día siguiente, al alba, con el propósito de entrar en la capital de los idrisíes antes del mediodía. Pero, aquella noche, estando todos reunidos en torno a la hoguera que había encendido uno de los soldados, creí que era el momento oportuno de exponer a mis compañeros algunas cosas que deberían saber sobre la ciudad que íbamos a visitar y en la que, con toda seguridad, residiríamos una o dos semanas. Y, también, sobre su origen y el de sus gobernantes, que pertenecían al prestigioso clan de los idrisíes, del que yo y mi familia, según el gran chambelán, debíamos formar parte.

—Fez nos espera en el día de mañana, amigos míos —comencé diciendo—. No cabe duda de que el emir Hassán ben al-Qasim habrá sido informado de nuestra próxima llegada y de la misión que debemos cumplir en su ciudad. La carta que me dio el chambelán Abdalmalik ben Chuayd y que debo entregar al gran visir, en la que me presenta como su secretario y miembro destacado de la *jassa* de Córdoba y del clan de los idrisíes establecido en al-Andalus, debe ser el salvoconducto que ha de abrirnos las puertas del alcázar y posibilitar la audiencia con el emir. Este, según refirió nuestro chambelán, es un fiel aliado de los omeyas después de las veleidades de su hermano, que se inclinó del lado de los fatimíes, motivo por el que se vio obligado a abdicar. No obstante, debemos ser astutos y respetuosos con sus decisiones para poder ganarnos su confianza. Y no solo en el transcurso de las conversaciones que debo mantener con Hassán ben al-Qasim, sino, como me previno quien nos envía a esta tierra africana, con el venerable e influyente imán de la mezquita al-Qarawiyyín, en cuya prestigiosa biblioteca se guarda el libro que debemos trasladar a Córdoba.

Talid y Mubassir pusieron cara de asombro porque, aunque sabían cuál era la misión que justificaba nuestro viaje a África, ignoraban otros detalles relevantes sobre el asunto que yo acababa de revelarles y que, hasta ese momento, había mantenido en secreto, incluso para mi buen amigo, el bibliotecario-conservador de palacio.

—¿Quiénes son, amigo Jalid, estos idrisíes a cuyo prestigioso clan, al parecer, tú y tus antepasados pertenecéis? —demandó Talid al-Qurtubí con cierta retranca, sin poder ocultar la decepción que le había provocado que yo hubiera mantenido en secreto buena parte de lo que íbamos a llevar a cabo en aquella ciudad, hasta estar a sus puertas.

—El que pertenezca mi familia al prestigioso clan de los idrisíes, descendientes del Profeta, a través de su hija Fátima y de su yerno Alí, es una desmesura ideada por el astuto Abdalmalik ben Chuayd para que Hassán ben al-Qasim me respete y me acepte como a un igual —respondí—. Son muchos los moradores de al-Andalus que poseen la misma *nisba* que ostenta mi familia sin que sean descendientes del profeta Mahoma.

—No lo entiendo, Jalid —repuso el bibliotecario.

—Los idrisíes de Fez son los únicos que pueden certificar tan noble ascendencia —continué diciendo— porque, al margen de la tradición, existen manuscritos muy antiguos que así lo demuestran, querido Talid. Los idrisíes de al-Andalus hemos recibido nuestra prestigiosa *nisba*, bien porque llegamos a ese lado del mar como clientes de los auténticos idrisíes, o porque, fraudulentamente, aprovechando algún desorden social, rebelión o guerra, algunos bereberes decidieron aplicarse una *nisba* que no les correspondía.

—Nos gustaría, señor Jalid ben Idris, que nos relatara la verdadera historia de estos idrisíes que ahora gobiernan el emirato de Fez —expuso Mubassir.

—Antes de que emprendiéramos este viaje consulté, en la biblioteca general de la madrasa, una obra en la que se describe la historia de los idrisíes, redactada por un persa llamado Abu-l-Fadl al-Balami —comencé diciendo para dar satisfacción a Mubassir y al resto de expedicionarios que, sin duda, estarían también interesados en conocer el pasado de la dinastía que gobernaba aquella ciudad—. En resumen, este autor dice que Idris, bisnieto de Alí, se vio obligado a huir de Bagdad al fracasar una rebelión que encabezó contra el califa abasí, al que consideraba ilegítimo y usurpador del imanato. Fue acogido por la tribu bereber de los *hawwaras*, que lo nombraron imán. Con ellos se estableció en la arruinada y antigua ciudad de Volúbilis. Luego fue su hijo, Idris II, el que trasladó la capital y fundó la ciudad y el emirato de Fez en el año 789. Y así se inició este prestigioso reino, hoy día aliado y vasallo del Príncipe de los Creyentes. El resto de la historia será mejor que nos la relaten algunos de los instruidos moradores de Fez con los que, sin duda, habremos de contactar.

A la mañana siguiente levantamos el campamento y, atravesando el resto de la meseta poblada de olivos y algunas alquerías, llegamos, transcurridas cuatro horas, al pie de las murallas de Fez, de notable altura, construidas con tierra batida y coronadas por merlones cuadrados, aunque en algunos tramos habían desaparecido debido, probablemente, a la incuria de sus gobernantes o a algunas de las frecuentes rebeliones que, en el pasado, había sufrido la ciudad. Antes de acceder a ella por la puerta situada al norte, que llamaban *Bab al-Guissa*, pudimos observar el enorme gentío que, a esa hora del día, cuando el sol se hallaba cerca de su cénit, entraba en la poblada medina portando sobre sus hombros sacos de heno o leña y frutas y verduras en carros tirados por asnos. Algunos arrieros azuzaban a sus recuas de mulas cargadas con carbón, pieles sin curtir o costales de trigo o cebada, apartando con gritos guturales a los viandantes que obstaculizaban la concurrida puerta.

Una vez que pudimos sortear a las numerosas personas y a las bestias de carga que ocupaban la angosta entrada a la medina, hicimos alto en la explanada que había tras la muralla apartando nuestros caballos y las acémilas para que no molestaran a los hombres y las mujeres que entraban o salían de Fez; ellas con la cabeza cubierta con llamativos pañuelos de colores y sombreros de paja. Mi primera intención fue preguntar por el lugar donde se hallaba el alcázar, sede del emir, para dirigirme a él. Pero como asumí que acceder al palacio emiral —que conjeturé debía de estar en lo más elevado de la ciudad, al otro lado del río que cruzaba la medina— era una acción imposible de realizar, pues tendríamos que atravesar con nuestras monturas cargadas las estrechas y concurridas calles de aquella abigarrada ciudad, contando con la opinión de Yassir Mubassir y Talid, decidimos buscar una hospedería cercana en la que alojarnos y dejar a buen recaudo los caballos y las acémilas con la impedimenta. Luego, ocasión habría de dirigirnos al palacio de Hassán ben al-Qasim y solicitar una audiencia con el gran visir.

X

LA BIBLIOTECA DE LA MEZQUITA AL-QARAWIYYÍN

La capital de los idrisíes ocupaba dos suaves laderas separadas por el cauce del río que llamaban Bu Jareb. En su lado sureste se hallaba la medina primitiva, fundada por los cordobeses del arrabal de Secunda cuando, en el año 818, se rebelaron contra el emir al-Hakam I y este los envió al destierro. En el lado noroeste se habían establecido los emigrados de Kairuán, expulsados de Túnez por similar motivo en el año 824. De tal modo que Fez era una ciudad doble con población mayoritariamente andalusí y tunecina, más los descendientes de los idrisíes que llegaron de Oriente y ocupaban los más relevantes puestos del gobierno. Todos esos grupos de emigrados se habían sumado a los bereberes que, desde antes de su llegada, se hallaban asentados en la región.

Después de cruzar un barrio constituido por viviendas de dos o tres plantas separadas por calles muy estrechas, a veces con algorfas o galerías elevadas que unían los pisos superiores de las casas afrontadas, dimos con una plazuela donde un amable vendedor ambulante de leche nos había dicho que encontraríamos una buena hospedería. No se equivocó el lechero. El edificio que ejercía de hospedería, de una sola planta con patio central y pavimento de tierra batida —que, luego, supimos que había sido una antigua alhóndiga abandonada cuando el emir que precedió al actual señor de Fez mandó construir otra más amplia, de dos plantas y mejor situada, en las proximidades de la puerta de *Abi Sufyan*—, estaba suficientemente ventilado y presentaba un aspecto aseado. En recuerdo de su antiguo uso, como alojamiento de mercaderes, aún conservaba un establo capaz de acoger a diez o doce acémilas, además de un pequeño almacén y una docena de habitaciones muy limpias cuyas ventanas daban al patio. En la fachada ostentaba un letrero, algo raído, que decía, en la lengua de los bereberes: «Hospedería de la Alhóndiga Vieja».

El hospedero, un hombre de unos cincuenta años, de barba muy poblada, que se cubría la cabeza con un turbante gris y el cuerpo con una almalafa del mismo color, nos recibió alborozado cuando supo que éramos gente llegada de al-Andalus, lo que indicaba que era un ferviente seguidor de los omeyas y partidario de las alianzas que su emir mantenía con los califas de Córdoba. Pronto llegamos a un acuerdo en el precio de la estancia, nuestra manutención y el cuidado y la alimentación de los caballos y acémilas, aunque le dijimos que no podíamos calcular la duración de la misma, pues dependía de las dificultades que tuviéramos en la resolución de los asuntos que nos habían traído a su ciudad.

Como estábamos agotados después de tantas jornadas de marcha, decidimos descansar en el albergue el resto del día, cenar una pitanza caliente y sustanciosa y acostarnos a continuación, dormir y, al día siguiente, cuando finalizara la segunda oración canónica, dirigirnos al palacio del emir que, según nos indicó el hospedero, se hallaba situado en la parte antigua y elevada de la medina, a caballo de la muralla.

—Pero si pretendéis solicitar una entrevista con el gran visir, Abu Yafar ben Katir, como habéis declarado —expuso el ventero—, mejor será que os dirijáis a la mansión que este posee junto al alcázar, donde recibe a los que desean expresarle alguna queja o hacerle una petición.

Siguiendo el consejo del hospedero, Talid y yo, con la carta de Abdalmalik ben Chuayd en mi zurrón, recorrimos las populosas calles de la medina que, en acusada pendiente, comunicaban la plazuela donde se hallaba situada la hospedería con el altozano en el que se alzaba el alcázar. No obstante, antes de abandonar la posada, como íbamos ataviados con vestiduras muy deslucidas y polvorientas a causa de las asperezas del viaje, procedimos a cambiarlas por unas camisas blancas de lino debajo de sendas elegantes aljubas de color azul que llevábamos, para la ocasión, entre la impedimenta. La cabeza nos la cubrimos con un turbante blanco, en mi caso, y azul en el de Talid. Ahora estábamos en condiciones de poder presentarnos ante aquellos eximios personajes norteafricanos.

El alcázar estaba rodeado de un fuerte muro de *tabiyya* —que en romance se dice tapial—, y con una sola puerta de acceso acodada abierta en el seno de una torre. A no mucha distancia, pero con un patio o jardín común con el alcázar, se había edificado una mansión de noble aspecto, aunque sin muro defensivo, que debía de ser, dedujimos, la casa del gran visir. En su puerta hacían guardia cuatro soldados con casacas o lorigas de cuero, al estilo de los guerreros bereberes, armados con lanza y adarga de piel de gacela. Hacia ellos nos dirigimos.

—Soldados del emir: ¿es esta la casa del noble visir Abu Yafar ben Katir? —pregunté, procurando imprimir un tono de amable sumisión a mis palabras.

—Esta es la residencia del gran visir de Fez. ¿Qué deseáis?

—Hemos realizado un largo viaje desde Córdoba. Traemos un mensaje del gran chambelán de los omeyas para vuestro señor, el gran visir —dije, sacando la carta de Abdalmalik ben Chuayd de mi zurrón y mostrándola a uno de los soldados, que parecía ser el jefe, para que pudiera contemplar el sello del gran chambelán impreso en el lacre que la cerraba. El soldado la miró con desconfianza. Yo estaba seguro de que aquella era la primera vez que sus ojos veían un sello perteneciente a un personaje tan relevante. Como no parecía reaccionar, se acercó otro de los soldados y, después de observar detenidamente el sello impreso en la misiva, dijo en árabe, dirigiéndose a mí:

—Esperad, forasteros, mientras que expongo al secretario del gran visir vuestra petición.

Y desapareció en el interior de la mansión. Talid y yo nos miramos con preocupación. En primer lugar, porque desconocíamos las costumbres de aquellos africanos en asuntos de protocolo y no sabíamos si se necesitaba realizar algún trámite previo para ser recibido por el gran visir; en segundo lugar, porque temíamos que el emir no hubiera comunicado a su visir la llegada de unos emisarios del Príncipe de los Creyentes para hacerse cargo del regalo que le había ofrecido. En ese caso, no era baladí pensar que Abu Yafar ben Katir se negara a recibir a aquellos dos desconocidos y molestos forasteros. Sin embargo, nuestro temor resultó ser infundado. Transcurrido un cuarto de hora, salió de la casa un sonriente personaje, vestido con una aljuba de seda amarilla, bordada con motivos realizados con hilo negro y tocado con un elegante turbante colocado al modo tunecino, que dijo ser Hassán al-Yawwar, secretario del gran visir.

—Perdonad la tardanza en salir a recibiros, nobles emisarios del Príncipe de los Creyentes —manifestó con amabilidad después de presentarse, entretanto que tomaba la carta de mis manos y nos hacía un ademán para que accediéramos al interior de la vivienda—. Estaba reunido con el gran visir tratando un grave asunto surgido en la frontera de los fatimíes en Tremecén. Abu Yafar ben Katir os esperaba desde hace días. Le entregaré la carta del gran chambelán de los omeyas y, luego, seguro que os recibirá.

Nos hizo esperar en una sala cubierta con una bóveda de media naranja que descansaba sobre toscos pilares de ladrillo rojo. En los muros de la derecha e izquierda, amplios ventanales daban al jardín y a la calle y, en el frontero, una puerta, de robustas hojas de madera constituidas por cuarterones con decoración geométrica, por donde había desaparecido Hassán al-Yawwar, debía de comunicar con el despacho del gran visir. Al poco, salió un funcionario y exclamó:

—Pasad. El noble Abu Yafar ben Katir os espera.

Entramos en una estancia amplia con el suelo de ladrillos rojos colocados en espiga, iluminada por dos grandes ventanales ajimezados que daban al cercano jardín. El gran visir se hallaba acompañado de su secretario, el tunecino, que permaneció en la habitación, aunque se mantuvo a cierta distancia del alto dignatario del emirato.

Abu Yafar ben Katir era un hombre de edad indefinible, porque la barba gris que le cubría el rostro, las profundas ojeras azuladas que le rodeaban sus ojos negros y la anormal obesidad de su vientre, que le daban el aspecto de un hombre anciano y cansado, no compaginaban con la soltura de su verbo y la agilidad de sus ademanes. Se hallaba aposentado en unos cojines o almadraques rojos con flecos de plata. Vestía una elegante túnica gandora negra ribeteada en las solapas con complejos bordados dorados. Fumaba, de una pipa larga que surgía de una especie de pebetero, lo que dedujimos que era el famoso *quif* que habíamos visto sembrado en las regiones por las que cruzamos cerca de la aldea de Achaken.

—Sed bienvenidos a Fez, representantes del Príncipe de los Creyentes —dijo, al tiempo que apartaba la pipa de sus labios y exhalaba una bocanada de aromático humo—. Nuestro señor el emir me comunicó que esperaba la llegada de una embajada de los omeyas, pero temía que algo os hubiera sucedido, porque os habéis retrasado más de una semana.

—Las inclemencias del tiempo y las escabrosidades del terreno son, a veces, imponderables que impiden calcular con exactitud la duración de tan largo viaje, señor —repliqué para justificar una demora que, sin duda, incomodaba a quienes se consideraban personajes tan poderosos—. Pero me alegro de haber podido llegar a esta gran ciudad sin mucha laceración y haberos encontrado en este magnífico palacio gozando de una excelente salud.

—Al misericordioso Alá se lo debo y al consumo de esta maravillosa medicina que Él nos ha proporcionado a los que habitamos en esta región —proclamó, señalando la pipa de *quif*, cuyo uso ellos enaltecen, pero que los ulemas repudian, como ya se ha referido, por considerarlo contrario al Corán y a la tradición profética.

—Pero pasemos a tratar el asunto que os ha traído a Fez. En esta carta que me envía el gran chambelán, mi admirado amigo Abdalmalik ben Chuayd —dijo, señalando la misiva que, abierta, había depositado sobre la pequeña mesa de taraceas que estaba situada delante de los almadraques—, me comunica que sois los legítimos representantes del Príncipe de los Creyentes, con la misión de haceros cargo del libro que nuestro respetado e ilustre emir ha decidido regalar, como testimonio de agradecimiento y amistad, al califa de los omeyas, nuestro aliado. También refiere que ha enviado como delegado suyo a quien ostenta el cargo de su secretario, que eres tú, porque considera que, al pertenecer al mismo clan de los idrisíes que gobernamos esta parte de África, sería un gesto a considerar por nuestro emir. Y no se equivoca el gran chambelán de Córdoba, porque tu adscripción a tan noble familia, descendiente del mismísimo Profeta, no cabe duda que te otorga una legitimidad y un respeto que pocos hijos de Alá pueden aducir.

—Cierto es que nuestra única misión en esta noble ciudad, señor, es hacernos cargo de la relevante obra del sabio ulema Muhammad al-Bujari, codiciada por los abasíes y los fatimíes chiitas. Y yo os agradezco las elogiosas palabras que habéis pronunciado sobre mi humilde persona como miembro de la noble familia de los idrisíes —manifesté gozoso, inclinando respetuosamente la cabeza porque, al margen de las laudatorias frases del gran visir, entendí que una parte importante de nuestra misión en Fez ya se había cumplido—. Esperamos de su benevolencia —añadí— y de la amistad que decís mantenéis con nuestro chambelán, que preparéis la necesaria entrevista con el poderoso Hassán ben al-Qasim, vuestro egregio señor, para que nos haga entrega del libro de al-Bujari y podamos retornar a Córdoba.

Abu Yafar ben Katir volvió a absorber el humo de la pipa de *quif* antes de ordenar a su secretario, el tunecino:

—Hassán: trae a mi presencia al escribano de mi casa.

Luego dijo, dirigiéndose a Talid y a mí:

—Redactaré una misiva comunicando a mi señor, el emir, que la embajada que esperábamos de Córdoba ha llegado a Fez y que aguarda para ser recibida en palacio. ¿Dónde os hospedáis? —demandó, mientras esperaba la llegada del escribano.

—En la «Hospedería de la Alhóndiga Vieja» —manifesté.

—No es lugar para que se hospede una embajada del Príncipe de los Creyentes, Jalid ben Idris. Desde hoy os alojaréis en el pabellón de invitados de mi mansión. Sé que os acompaña una escolta de soldados omeyas y acemileros. Ellos pueden continuar alojándose en la hospedería.

Hassán al-Yawwar nos acompañó a nuestros nuevos aposentos. Yo envié a Talid a la medina para que comunicara a Mubassir y al resto de los escoltas y criados que debían permanecer en la hospedería hasta que culminaran las conversaciones y se hubiera cumplido la misión que nos había llevado a la ciudad de Fez.

Siete días estuvimos alojados en la mansión del gran visir, a la espera de recibir la noticia de que el emir de Fez nos iba a recibir.

—¿No es sospechoso y preocupante, amigo Jalid, que pasen tantos días sin que tengamos noticias del emir? ¿Habrá decidido cambiar de idea y de bando y no entregarnos el libro de al-Bujari? —se interesó el bibliotecario-conservador de palacio, con una expresión de inquietud que reflejaba el tono de sus palabras.

Yo sonreí benevolente porque, en la doble pregunta de mi compañero de aventura, advertía su evidente ignorancia en los asuntos de palacio, aunque residiera en uno de ellos.

—Talid: nada fuera de lo normal acontece —le dije—. Si un poderoso señor acepta sin dilación una petición de entrevista o una recepción solicitada por alguno de sus súbditos, estaría demostrando una condescendencia que podría ser interpretada por sus cortesanos y sus opositores como un signo de debilidad y de falta de autoridad. Por ese motivo, aunque desee ardientemente recibir a una embajada o a una delegación amiga que le satisfaga, sus allegados le aconsejarán que deje pasar los días antes de responder favorablemente a cualquier petición o ruego de entrevista, porque así se reforzará su autoridad y el respeto que se le debe. No te preocupes. Transcurridos unos días más, te seguro que el gran visir nos comunicará que el emir de Fez nos recibirá.

Y eso fue lo que sucedió. Una mañana, después de haber rezado en el oratorio cercano la segunda oración del día, el gran visir requirió nuestra presencia en la azotea de su mansión que, por estar situada en lo más alto de aquella parte de la ciudad antigua, la que había sido fundada por los cordobeses huidos de la persecución del emir al-Hakam I, dominaba toda la extensa medina. Apoyados en el antepecho de la amplia terraza, podíamos contemplar los cientos de callejuelas y decenas de plazuelas y zocos repletos de hombres y mujeres que compraban en las tiendas, deambulaban con cestos sobre sus cabezas, algunos jalando de mulas cargadas con mercancías, o pregonaban a viva voz las excelencias de los productos que portaban en banastas de esparto o canastos de mimbre. Sobresaliendo del conglomerado urbano, veíanse los enhiestos alminares de las mezquitas y las torres con tejados a cuatro aguas de algunas lujosas mansiones. Al poco, hizo su entrada en la azotea Abu Yafar ben Katir.

—Veo que os ha impresionado la original disposición de nuestra ciudad, ocupando ambas laderas separadas por el río que la atraviesa —dijo el gran visir.

—No podemos negar, mi señor, que aunque Córdoba la supera en extensión, en número de barrios y arrabales y en la diversidad de sus moradores, Fez goza de una disposición urbana, partida en dos por el río, y una belleza que, posiblemente, la hagan única en todo el islam —repuse para expresar la supremacía de la capital de los omeyas, sin menospreciar la hermosura y originalidad de aquella ciudad africana.

—Ved cómo a este lado del río se han erigido las casas, los zocos y las mezquitas a la manera de las ciudades de al-Andalus, mientras que en la otra vertiente, que fue ocupada por los emigrados de Túnez, lo hacen al modo de Kairuán, su antigua patria —expuso el gran visir, señalando las dos partes de la medina a las que se refería, que, ciertamente, se diferenciaban por el estilo constructivo de sus viviendas y mezquitas y el abigarrado conjunto formado por las calles y las plazas—. Observad esa gran mezquita que ocupa casi el centro del barrio fundado por los cordobeses —continuó diciendo Abu Yafar ben Katir—. Es la renombrada mezquita de los Andaluces, a la que acuden a rezar los habitantes de la ciudad que descienden de los emigrados de al-Andalus. En ese otro barrio, donde se instalaron los tunecinos, podéis ver otra mezquita, esta con un amplio patio y naves con tejados de tejas vidriadas de color verde. Es la famosa mezquita al-Qarawiyyín. Creo que Fez es la única ciudad del islam en la que existen dos mezquitas aljamas. En cada una de ellas su imán reza la oración del viernes en nombre del califa de Córdoba. Ambas fueron fundadas, hace casi un siglo, por dos hermanas muy devotas: Fátima y Maryam al-Fihri, hijas de un rico comerciante tunecino.

—No dejaremos, gran visir, de loar las excelencias de vuestra ciudad cuando regresemos a Córdoba, pues, a excepción de los soldados del califa que han estado en este territorio para hacer la guerra a los fatimíes y a las tribus desafectas, la mayor parte de los habitantes de mi ciudad ignoran las maravillas que encierra Fez —dije esas palabras para complacer a nuestro amable anfitrión y agradecerle la información que nos había proporcionado sobre la ciudad de la que era uno de sus principales dignatarios.

A la mañana siguiente, uno de sus criados nos visitó en nuestros aposentos para comunicarnos que, después de rezada la segunda oración del día, el emir de los idrisíes nos iba a recibir en su palacio y que su señor, Abu Yafar ben Katir, nos acompañaría en el transcurso de tan esperada recepción.

Abandonamos la mansión del gran visir y nos dirigimos al cercano alcázar que, como ya se ha referido, era un edificio de altos muros de tapial con una decena de torres de flanqueo que lo reforzaban por todos sus flancos, la principal mirando a la medina, en la que se abría una hermosa puerta enmarcada por dos columnas de mármol rematadas con sendos capiteles de estilo clásico.

Junto a la puerta, vigilada por un cuerpo de guardia constituido por cuatro soldados zanatas —según nos dijo después el gran visir—, nos esperaba Abu Yafar ben Katir vestido con sus mejores galas.

—Nuestro señor, el emir de Fez, nos recibirá en el salón del trono —proclamó el visir, al mismo tiempo que nos indicaba que pasáramos al interior del edificio sin temor ni recelo alguno, por delante de los centinelas armados con lanzas y adargas de cuero.

Ascendimos por una escalera de ladrillos rojos que desembocaba en la segunda planta del alcázar, una sala en la que había otro grupo de soldados, aunque estos con atuendo militar más exquisito. En ese lugar nos ordenó el gran visir que nos detuviéramos, pues debíamos esperar a que apareciera el jefe del protocolo para que nos introdujera en el salón donde se hallaba el emir. He de decir, sin temor a caer en un excesivo amor hacia la ciudad que me había visto nacer, que aquel alcázar, edificado con vulgar tapial, no podía compararse en riqueza y magnificencia al de Córdoba y, menos aún, a la residencia del califa en la Ciudad Brillante, erigida con bien labrados sillares de arenisca rosa o caliza blanca. Aquel tosco palacio africano —aunque, por prudencia, me abstuviera de manifestarlo ante nuestros amables anfitriones— no era más que la pretensiosa mansión, fría y pobre, de un reyezuelo africano.

Al poco apareció el que debía de ser el jefe del protocolo del emirato de Fez. Un hombre grueso, de rostro poco afable, vestido con una aljuba verde y la cabeza cubierta con un turbante del mismo color.

—El gran emir, descendiente del Profeta y protegido del sapientísimo Alá, Hassán ben al-Qasim, espera a la digna embajada del Príncipe de los Creyentes. Acompañadme.

Abu Yafar ben Katir, Talid y yo mismo seguimos los pasos del fatuo dignatario. Unos soldados abrieron de par en par una gruesa puerta de noble madera y, ante nosotros, apareció el salón del trono del emir de los idrisíes. Se trataba de una sala amplia, bien iluminada, cubierta con una gran bóveda de media naranja reforzada, en sus cuatro lados, por muros de sillería con vanos que daban, unos a la medina y, otro, al campo exterior. En el centro de la estancia, un estrado de madera, cubierto con una alfombra de lana con decoración de leones afrontados, sin duda procedente de Persia, servía de acomodo a varios lujosos almadraques de seda en los que se aposentaban tres nobles musulmanes. Ocupando el centro, sentado sobre una especie de tarima cubierta con una alfombra bordada con hilos de oro y flanqueado por los otros dos personajes, que serían sus visires o consejeros, se hallaba el emir de Fez.

Hassán ben al-Qasim debía de tener unos cuarenta años —que era la edad que me había indicado Abdalmalik ben Chuayd—. Sin embargo, las lujosas vestiduras que portaba, el gran turbante con que se cubría la testa y la densa barba con algunos mechones grisáceos que le ocultaba la parte inferior del rostro le hacían parecer más viejo. Aunque estaba sentado en el grueso almadraque, no podía ocultar que era alto y corpulento. La piel de su cara y manos era blanca, lo que contrastaba con la de los otros dos personajes que lo acompañaban, que la tenían de color cobrizo, casi negra. Sus ojos, azulados y grandes, miraban inquisitivamente, aunque denotaban esa serenidad tan propia de aquellos que ostentan el poder absoluto. Vestía una delgada túnica de lino debajo de una gruesa aljuba verde con bordados de oro sobre el pecho y en las bocamangas. Cubriéndole los hombros y la espalda, portaba una rica capa con brocados, probablemente de factura oriental.

—Mi señor: estos son los embajadores que envía vuestro hermano, el Príncipe de los Creyentes, legítimo comendador de los musulmanes y señor de los omeyas de al-Andalus —proclamó el gran visir, postrando su rodilla derecha en el suelo de ladrillos rojos—. El jefe de la delegación tiene por nombre Jalid ben Idris y es secretario del gran chambelán de Córdoba. Quien le acompaña es Talid al-Qurtubí, ilustre bibliotecario del palacio del califa.

Hassán ben al-Qasim concentró su mirada en mí y, a continuación, con un ademán imperativo, ordenó al gran visir que se apartara. No cabía duda de que esperaba escuchar una frase de salutación surgida de mi persona.

Entonces yo tomé la palabra, algo azorado, porque desconocía el protocolo utilizado en una corte extraña para mí y en circunstancias tan novedosas. Inclinando respetuosamente la cabeza, dije:

—Mi señor, gran emir de Fez y representante del poderoso clan de los idrisíes, descendiente del Profeta a través de su hija Fátima y de su yerno Alí. Os traemos saludos muy afectuosos del Príncipe de los Creyentes y el ruego de que tengáis la generosidad de considerarnos dignos de recibir el regalo que espera de tan preclaro príncipe el señor de los omeyas de al-Andalus.

Aquellas palabras, que yo había estado pergeñando y memorizando en los días previos a la recepción, parecieron agradar al emir. Movió en varias ocasiones afirmativamente la cabeza en señal de complacencia mientras que las pronunciaba y, cuando acabé mi intervención, Talid y yo pudimos observar que se dibujaba en sus labios una amplia sonrisa, que a mí me produjo una enorme satisfacción.

—Jalid ben Idris: las cuidadas y elocuentes palabras que me has dirigido no han hecho más que demostrar, ante mis cortesanos, la nobleza de tu espíritu y la ilustre ascendencia de tu antigua estirpe, como tu *nisba* indica: los Banu Idris —expuso con mucho énfasis el emir de Fez. Palabras elogiosas que fueron confirmadas por las relajadas sonrisas que mostraban todos los presentes y las conversaciones que mantenían entre ellos—. Ilustre Ben Idris: hacía más de un mes que esperaba vuestra llegada, como me había comunicado el general de las tropas omeyas, Ahmad ben Mazud, antes de que marchara a la frontera de Tremecén, que es la primera ciudad de los fatimíes —continuó diciendo—. Llegué a temer que os hubiera sucedido alguna desgracia en el transcurso del viaje. Pero veo que estáis ante mí sin ninguna laceración en el cuerpo y con la sana alegría que otorga el saber que estáis cerca de cumplir la misión que el Príncipe de los Creyentes os ha encomendado.

—Ese es, mi señor Hassán ben al-Qasim, el propósito que, por orden de nuestro señor, el califa, y de su gran chambelán, nos ha conducido a este emirato que con tanta sabiduría y prudencia gobernáis —dije, creyendo que había llegado el momento, después de las salutaciones de rigor y los elogios mutuos, de exponer el asunto que nos había llevado a aquella tierra africana—. Sabemos que el regalo que deseáis enviar a mi señor, el califa, es la obra del insigne tradicionista y teólogo Muhammad al-Bujari.

El emir de los idrisíes iba a responder a mis palabras. Pero, antes, ordenó a unos criados que encendieran el incienso depositado en unos pebeteros de bronce que había en varios puntos de la habitación para mitigar el desagradable olor que había comenzado a penetrar, a través de las ventanas, probablemente procedente de una tenería cercana o de un muladar. A continuación, dijo:

—Es una obra sublime, Jalid ben Idris. Se trata de la más exacta recopilación de los hadices o dichos del Profeta que son la base de la *sunna* y que ambicionan poseer los impíos ulemas fatimíes chiitas y los heréticos califas de Bagdad. Pero yo, con buen criterio y con el beneplácito de los alfaquíes y ulemas de mi emirato, deseo que la posea el verdadero imán sunní de todos los musulmanes: el Príncipe de los Creyentes, Abderramán ben Muhammad.

Los dos visires o consejeros que lo acompañaban y Abu Yafar ben Katir, que continuaba de pie a poca distancia del emir, asintieron, corroborando con sus gestos las palabras dichas por el señor de Fez.

—Para recibir una obra que es, sin duda, la más apreciada por los musulmanes de Oriente y de Occidente, después del sagrado Corán, estamos en vuestra presencia, mi señor —repuse—. Solo resta saber dónde se halla depositada para que, como delegado del Príncipe de los Creyentes, la tome y, envuelta en un delicado velo de seda o en el interior de una arqueta de exquisita madera, pueda llevarla a Córdoba.

—Jalid ben Idris, del honorable clan de los Banu Idris descendientes del Profeta, embajador de nuestro señor el califa —continuó diciendo el emir de Fez—: el libro de al-Bujari se halla en la gran mezquita al-Qarawiyyín, en la biblioteca de la prestigiosa madrasa que fundara Fátima al-Fihri, dirigida por su imán Sidi Muhammad Alí ben al-Faqih, un hombre santo que cuida como verdaderas joyas los antiguos manuscritos que se redactaron y se recopilaron en los primeros tiempos del islam por sabios teólogos y tratadistas. Entrevistaos con él y decidle que el emir de Fez, como ya le comuniqué mediante una carta hace varias semanas, os envía para que el libro sobre los hadices de Muhammad al-Bujari sea trasladado a la ciudad de Córdoba y puesto al amparo del verdadero Príncipe de los Creyentes, preservándolo de los pérfidos teólogos chiitas que solo aspiran a tergiversar su contenido para justificar su perversa herejía. Marchad, pues, nobles embajadores de mi señor el califa y que, una vez en posesión de tan relevante obra, el misericordioso Alá os guíe y os libre de todo mal en vuestro viaje de regreso a la capital del califato.

Y, con aquellas postreras palabras, dio por finalizada la recepción el emir de los idrisíes de Fez. A continuación, ordenó al gran visir que nos acompañara al exterior del palacio para que pudiéramos acometer la segunda parte de la misión que nos había llevado a aquella ciudad de África, que consistía en solicitar al imán de la grande y prestigiosa mezquita al-Qarawiyyín que nos entregara el libro de al-Bujari.

Abandonamos el palacio de Hassán ben al-Qasim y descendimos por la ladera, que estaba ocupada por la abigarrada población del barrio de los tunecinos, de calles estrechas y muy concurridas, algunas de ellas cubiertas con toldos para librar a los transeúntes del intenso sol africano. Cerca del cauce del río Bu Jareb, que dividía en dos la medina, separando la población llegada de Córdoba de la tunecina, se localizaban las calles en las que se habían establecido los diversos oficios de la ciudad fundada por la gente de Kairuán. Unas, con las fraguas y los talleres de los metalisteros y los orfebres; otras, con los obradores de los carpinteros y ebanistas y, otras, con las tiendas de los curtidores, talabarteros, zapateros y bordadores. Una calle, la más apartada y cercana al río, estaba ocupada por las tahonas que abastecían de pan a los habitantes de Fez, con los almacenes de leña y los hornos mirando a la corriente de agua para que no molestaran con sus humos a los viandantes. En esa calle, que acababa en un puentecillo de un solo ojo que servía para poder cruzar el río, tuvimos que refugiarnos precipitadamente en una panadería porque una mula, portando una gran carga de leña sobre su doble jamuga, nos obstaculizaba el paso.

—Has observado, amigo Talid —dije, una vez que, libres de la acémila, pudimos continuar la marcha—, cómo, en esta estrechísima calle, una sola mula cargada de leña puede impedir el paso a toda una turbamulta de gente. Eso no habría sucedido en Córdoba, porque los tratados de *hisba*, promulgados por los jueces, obligan a edificar las viviendas dejando entre ellas calles lo suficientemente anchas para que puedan cruzarse dos acémilas cargadas.

—Es, sin duda, una señal de que en Fez aún carecen de esas beneficiosas leyes —manifestó el bibliotecario de palacio.

—Así es, mi buen amigo. Una prueba más de que las ciudades de al-Andalus gozan de normas, dictadas por los jueces y obligadas a ser cumplidas por el zabazoque y los almotacenes, que se ignoran en esta parte de África, como hemos podido comprobar.

Pero no tuvimos que cruzar el río, porque en una plazuela dimos con un muchacho, que sacaba agua de un pozo con un cubo de latón, que nos dijo que, para acceder a la mezquita al-Qarawiyyín, debíamos volver sobre nuestros pasos y sortear un arrabal donde se habían establecido las famosas, extensas y malolientes tenerías para el curtido y el teñido de pieles. Que siguiéramos una calle que ascendía en dirección a la llamada puerta de *Abi Sufyan*, pero que no atravesáramos el río, sino que continuáramos en dirección norte buscando la citada puerta. No lejos de aquel ingreso hallaríamos la mezquita de los tunecinos.

Seguimos el itinerario que nos había indicado el joven y, después de dejar atrás varias tenerías con sus patios repletos de piletas para el teñido de pieles y un pequeño oratorio de barrio con una fuente en su fachada, utilizada por los creyentes para realizar las abluciones rituales como manda el Libro Sagrado, llegamos a una calle en la que se abría la puerta principal de la mezquita al-Qarawiyyín.

Sentado junto a una de sus jambas, un anciano ciego vestido pobremente extendía su mano derecha para solicitar una limosna. Como buen musulmán que cumple con la *sadaqah*, procedí a depositar unas monedas que eran de curso legal en el emirato de Fez, diciendo lo que estipula la *sunna*: «Sea por la causa de Alá». A continuación accedimos al patio atravesando una breve galería cubierta con un artesonado de madera decorado con suras del Corán.

—Estamos pisando, amigo Talid, el suelo de una de las mezquitas más santas y prestigiosas del islam —dije, cuando nos hallábamos en medio del patio porticado de forma rectangular que antecedía a la gran sala de oración.

En el centro de aquel espacio a cielo abierto, una fuente de mármol de planta circular, con surtidor, servía de decoración, porque, por su pequeño tamaño y escaso flujo de agua, dedujimos que no se utilizaría para realizar las abluciones rituales. Estas debían de hacerse en una casa de abluciones ubicada en el exterior del famoso oratorio. Desde la entrada se podían columbrar los tejados a dos aguas de tejas vidriadas verdes que cubrían las largas naves que constituían la sala de oración. Cuando entramos en ella, nos invadió una sensación de tranquilidad, quizás debido a la grandiosidad de las naves, a su rico artesonado y al silencio y quietud que imperaba en el lugar. Todos los elementos sustentantes estaban formados por arcos de herradura encalados que se apoyaban en anchos pilares de ladrillos.

Nos dirigimos, a través de la nave central, cubierta con artesonados que dibujaban estrellas de múltiples puntas, hasta las cercanías del *mihrab*, constituido por una hornacina con arco, también de herradura, aunque más cerrado. No lejos del *mihrab* se localizaba el *minbar* desde el que el imán dirigía a los fieles la oración del viernes. Era de fábrica muy modesta, con cinco escalones muy ajados, habiéndose utilizado madera de escasa calidad, lo que evidenciaba los agujeros producidos en los peldaños por insectos amantes de la madera.

Retornamos al patio y procedimos a continuar con la visita, que no tenía otro propósito que localizar al imán de la mezquita y director de la famosa biblioteca de Fez, Sidi Muhammad Alí ben al-Faqih. Preguntamos por el citado imán a unos jóvenes estudiantes que, con unos libros debajo del brazo, salían de lo que parecía una sala de estudios situada en la crujía porticada que cerraba por el oeste el patio.

—El venerable maestro Sidi Muhammad Alí ben al-Faqih se encuentra en su despacho, junto a la biblioteca, al final de esta galería. Podéis acompañarme y os conduciré hasta él —manifestó uno de ellos.

Hacia allí nos dirigimos.

Se trataba de un pabellón, de una sola planta, adosado al flanco occidental de la mezquita que debía de ser la célebre biblioteca de la madrasa que fundara, hacía casi un siglo, al mismo tiempo que aquel prestigioso oratorio, la generosa tunecina Fátima al-Fihri. Una puerta con arco de herradura festoneado y con las hojas de madera bellamente labradas, abiertas de par en par, permitía el paso a los estudiantes que frecuentaban aquel centro del saber. Una vez en el interior de la edificación, recorrimos un largo pasillo al final del cual dimos con una pequeña puerta de madera muy tosca que, a duras penas, hubiera podido atravesar un hombre de mediana estatura y que contrastaba con otras puertas cerradas, de madera bien labrada, que debían de comunicar con la sala de lectura u otras dependencias anejas.

—¿Quiénes desean ser recibidos? —demandó el estudiante.

—Venimos enviados por el emir de Fez, el poderoso Hassán ben al-Qasim. Somos los delegados del Príncipe de los Creyentes, el gran califa de los omeyas. Seguro que el venerable imán de la mezquita al-Qarawiyyín y director de su biblioteca espera nuestra visita.

El estudiante que, por la soltura que mostraba en la conversación, debía de gozar de la confianza del personaje que ostentaba la dirección de aquella institución, golpeó la primera puerta, la que no superaba los tres codos de altura, y, a continuación, entró en la estancia sin esperar a recibir la autorización de quien se hallaba en su interior, lo que confirmaba mis sospechas de que ejercía algún cargo entre los funcionarios que trabajaban en la biblioteca. Al poco, retornó al pasillo en el que esperábamos la respuesta a nuestra solicitud.

—El venerable imán Sidi Muhammad Alí ben al-Faqih os recibirá. Podéis pasar.

Cuando accedimos al despacho del respetado personaje, imán de aquella antigua mezquita y custodio de su prestigiosa biblioteca, tuvimos que agacharnos para que nuestras cabezas no se toparan con el dintel de la puerta. Nuestra sorpresa fue enorme, pues esperábamos que aquella estancia estuviera dotada de un mobiliario lujoso, acorde con la importancia del personaje que la utilizaba. Pero los escasos enseres que había a la vista eran tan pobres que bien hubieran podido pertenecer al despacho del modesto maestro de una escuela coránica.

Sentado detrás de una tosca mesa se hallaba un venerable anciano de mirada noble, cara adornada con una barba blanca que le caía sobre el pecho y la cabeza cubierta con la cogulla o capuz de la impoluta almalafa que le cubría el resto del cuerpo.

—Yo soy Muhammad Alí ben al-Faqih, humilde imán de la mezquita al-Qarawiyyín —dijo, al mismo tiempo que nos indicaba que ocupáramos sendas sillas, con asientos de cuero muy usado, que había delante de la mesa—. Sé para qué estáis en Fez, hermanos. Nuestro emir me envió una misiva en la que exponía brevemente la misión que estáis obligados a realizar en nuestra ciudad. Sin embargo, antes de tratar el relevante asunto que os ha traído a África desde la lejana Córdoba, os quiero relatar una historia que tiene que ver con la pequeña puerta de mi despacho que os ha obligado a inclinaros para poder entrar en él y la sencillez y pobreza de su mobiliario. Una historia que ocurrió en al-Andalus hace más de dos siglos.

—Sin duda, venerable Ben al-Faqih, será un relato digno de escuchar y que seguro que nos instruirá. Mi nombre es Jalid ben Idris y el de mi compañero, que ejerce el cargo de bibliotecario en el palacio de nuestro señor Abderramán III, es Talid al-Qurtubí.

—Pues atended, siervos de los omeyas, a mis palabras: cuando el general Musa ben Nuzayr, al que Alá haya concedido las delicias del Paraíso, acometió la conquista de las tierras ocupadas por los cristianos, fue falsamente denunciado por otro general envidioso de sus éxitos, siendo llamado por el califa a Damasco para ser juzgado y, luego, condenado y desposeído de todos sus títulos y riquezas, acabando su vida asesinado por un esclavo al salir de la mezquita en la que rezaba —comenzó diciendo el anciano imán—. Aquel noble general, que tanto hizo por la expansión del islam, antes de partir hacia Damasco nombró a su hijo Abd al-Aziz gobernador de al-Andalus. Pero este Abd al-Aziz no era tan buen musulmán como su padre, sino una persona engreída, pérfida, cruel y pretensiosa. Se instaló en un antiguo palacio situado en la ciudad de *Hispalis*, que ahora llamáis Sevilla, y para obligar a inclinarse ante su persona a los prestigiosos jeques de las tribus árabes que lo acompañaban, a los gobernadores de las ciudades y fortalezas y a todo aquel que lo visitara, mandó abrir una puerta como la que habéis utilizado para acceder a este despacho, pero labrada con la más rica madera chapada de oro. Humillados los gobernadores de las provincias, los jeques, los alcaides de las fortalezas y los capitanes de su ejército al tener que rendirle pleitesía de esa manera tan poco honrosa, como si se tratara de un califa o de un rey, urdieron un plan para asesinarlo, acabando su perversa existencia una mañana a manos de dos de sus gobernadores. No cabe duda de que el justo Alá lo habrá enviado, en remuneración por su mal gobierno, sus maldades y su arrogancia al ardiente lago del *Yahannam*.

Talid y yo cruzamos nuestras miradas, confusos, porque no alcanzábamos a comprender la relación que podría existir entre la actitud del ensoberbecido hijo de Musa y la suya.

—Fue, nobles representantes de los omeyas, un mal ejemplo para los musulmanes el comportamiento del pérfido vástago de Musa —repuso Sidi Muhammad Alí ben al-Faqih—. Sin embargo, yo he querido que se acceda a mi despacho a través de una puerta similar, pequeña, pero de madera pobrísima, para que nunca se olvide que, a diferencia del pretencioso Abd al-Aziz, deben ser la humildad, la sencillez y el alejamiento de los bienes del mundo la manera de comportarse de un buen musulmán. De ese modo espero gozar, algún día, de las bondades del Paraíso que el Misericordioso nos tiene prometido. Con esa actitud sencilla y humilde, amigos míos, solo aspiro a ser un digno ejemplo para mis estudiantes de la madrasa que han de ser futuros teólogos y exégetas. Cumplo con escrupulosidad la sura 4 de la aleya 13 del Libro Sagrado que dice: «Quienes creen y hacen buenas obras, serán admitidos en jardines por los que corren ríos, en los que vivirán para siempre por mandato del clementísimo Alá».

Aquellas postreras palabras proferidas por el anciano Sidi Muhammad Alí ben al-Faqih y su limpia mirada, carente de cualquier pretensión, nos permitieron descubrir a un santo y venerable varón, digno de la fama que, como imán de aquella prestigiosa mezquita y director de la renombrada madrasa de Fez, gozaba.

—Y ahora, hermanos míos, hablemos del asunto que os ha traído a Fez y que el noble emir de los idrisíes espera que yo resuelva, aunque sea con inmenso dolor de mi corazón.

—El emir Hassán ben al-Qasim, fiel aliado del Príncipe de los Creyentes, legítimo califa sunní y enemigo de los fatimíes, seguidores de Alí, yerno del Profeta, desea que el *Kutub al-Sittah*, la obra del gran teólogo y compilador Muhammad al-Bujari, sea trasladada a Córdoba y entregada, como precioso regalo, a nuestro califa. Creo que con la clara intención de alejarla de los ulemas chiitas de Túnez y Tremecén que aspiran a apoderarse de ella —comencé diciendo.

El imán permaneció unos segundos en silencio. En su apacible rostro se reflejó un rictus de tristeza y, al mismo tiempo, de resignación.

—Has de saber, Jalid ben Idris, que, aunque en nuestra biblioteca está a salvo tan importante recopilación de los hadices o dichos del Profeta de las acechanzas de los ulemas chiitas, los tornadizos vientos de la política pueden cambiar algún día de dirección, y si hoy el emir de Fez es aliado y amigo de los omeyas, mañana, otro emir lo puede ser del califa fatimí. No obstante, en mi opinión, nuestro señor ha tomado la decisión correcta al regalar al califa omeya el *Kutub al-Sittah* alejándolo de los fatimíes. Y yo, como siervo fiel de los idrisíes, no tengo más opción que obedecerle y entregar la obra más relevante que se guarda en nuestra biblioteca a los delegados del califa de Córdoba. Acompañadme.

Sidi Muhammad Alí ben al-Faqih nos hizo salir de la modesta estancia que era su despacho de director de la biblioteca y madrasa de Fez. Caminamos por la galería hasta dar con una puerta de la que salían varios estudiantes conversando animadamente. Cuando vieron llegar al director acompañado de dos desconocidos, se apartaron para dejar expedito el paso. Entramos en una estancia grande de paredes encaladas cubierta con un artesonado constituido por jácenas bien torneadas decoradas con aleyas del Libro Sagrado. Aquella era la sala de lectura de la biblioteca de la mezquita al-Qarawiyyín. Una decena de bancos corridos y pupitres, ocupados por otros tantos estudiantes vestidos todos ellos con almalafas blancas, se dedicaban, en absoluto silencio, a consultar libros o a hacer anotaciones en sus cuadernos.

—Pasemos a la estancia donde se guardan los incunables y los manuscritos más raros y valiosos —dijo el anciano, dirigiéndose al final de la sala, donde una puerta cerrada debía de comunicar con la habitación en la que se custodiaban los libros cuya consulta parecía estar vedada a los estudiantes.

Se trataba de una sala pequeña, de planta cuadrada, con una sola ventana que daba al patio de la mezquita, aislada del exterior con placas de papel encerado que proporcionaban una luz muy tenue y escasa a la estancia, que yo deduje tenía como finalidad no dañar las obras únicas que allí se guardaban. Un artesonado, similar al de la sala de lectura, pero semejando una estrella de múltiples puntas, hacía de techumbre. Dos estanterías adosadas a la pared, que disponían, cada una, de cuatro baldas, contenían el medio centenar de incunables y viejos manuscritos que eran las preciadas joyas bibliográficas de aquella institución. En el centro de la habitación había una mesa cuadrada rodeada de cuatro sillas. Sidi Muhammad Alí ben al-Faqih se acercó a una de las estanterías y tomó de las baldas varios libros que depositó sobre la mesa. A continuación, nos invitó a que tomáramos asiento en las sillas para que pudiéramos escuchar lo que iba a exponer.

—Ilustres delegados del Príncipe de los Creyentes —comenzó diciendo, al tiempo que abría uno de los ajados códices con tapas de cuero mal curtido y con los bordes corroídos por el paso del tiempo y el uso—: este es el libro que escribió Ubadah ben al-Sami, compañero del Profeta, con la recopilación de dos mil hadices que él dice que había escuchado de labios del Enviado. Es uno de los más antiguos y, como podéis comprobar, está escrito sobre papiro egipcio. Sin embargo, los teólogos más sabios aseguran que es una obra incompleta, que contiene numerosos errores e, incluso, algunas falsedades.

Talid y yo observábamos con los ojos como platos aquella antigua obra realizada por un insigne teólogo oriental que decía haber sido compañero del Profeta.

—Este otro códice, escrito sobre pergamino —continuó diciendo el anciano imán, señalando las páginas de otro de los libros, que estaban bellamente decoradas con entrelazos y motivos vegetales rodeando el texto—, fue redactado por el iraquí Ahmad ben Hanbal después de consultar varios miles de obras antiguas que contenían hadices; y este otro, sin duda, debe de ser conocido por vosotros los andalusíes, pues es la recopilación conocida como la *Muwatta*, realizada por el famoso ulema Malik ben Anás, que trasladó a al-Andalus el sabio algecireño Yahya ben Yahya al-Layti en tiempos del emir Abderramán II.

Ciertamente, la *Muwatta* era la recopilación más usada en al-Andalus, porque desde que Yahya ben Yahya la llevó a Córdoba, eran sus hadices los que utilizaban en sus *fetwas* y sentencias los ulemas y los cadíes de la escuela malikí.

Sidi Muhammad Alí ben al-Faqih volvió a colocar tan preciados ejemplares en sus correspondientes baldas y tomó otro libro que se hallaba en la segunda de las estanterías, dejándolo con sumo cuidado sobre la mesa. Las tapas eran de piel curtida gris de la mejor calidad y sobre la portada se podía leer, escrito con letras negras, su título: *Kutub al-Sittah*.

—Esta es la gran obra de recopilación realizada por el sabio imán Muhammad al-Bujari, después de haber viajado y consultado a sabios ulemas por todo el Oriente durante dieciséis años. La redactó utilizando, según refieren los más reputados teólogos, doscientos mil dichos del Profeta. Él escogió solamente, en su obra de recopilación, los siete mil doscientos setenta y cinco que consideraba auténticos. En nuestro tiempo son la base de los estudios de todos los teólogos, imanes, alfaquíes y ulemas que aceptan y siguen la *sunna*.

Talid y yo no podíamos apartar la mirada de aquel ejemplar único, relevante no por su belleza externa, pues no se diferenciaba en exceso de las otras obras que el amable y erudito director de la madrasa nos había enseñado, sino por ser la recopilación de hadices más valorada y auténtica de todas las conservadas y estar perseguida por los ulemas chiitas con la finalidad de desacreditarla y suprimir en ella los hadices que contradicen su herética doctrina.

—He aquí el libro que nuestro amado emir desea que llevéis a Córdoba como exquisito regalo para el Príncipe de los Creyentes —manifestó con una expresión de tristeza reflejada en su barbado rostro, lo que indicaba el dolor que le producía tener que desprenderse de la que era, sin duda, la obra más importante y prestigiosa de cuantas se custodiaban en la biblioteca de la mezquita al-Qarawiyyín.

—Habíamos pensado, venerable Sidi Muhammad Alí ben al-Faqih, adquirir un arca de buena madera en uno de los talleres que hay en la calle de los Ebanistas, para depositar en ella el libro de al-Bujari y que pueda viajar en la jamuga de una de nuestras acémilas sin el riesgo de sufrir algún desdichado accidente —dije, pues me preocupaba que tan delicada obra bibliográfica pudiera deteriorarse en el transcurso del viaje de regreso a Córdoba.

—No debes inquietarte, Jalid ben Idris —adujo el director de la madrasa—. No será necesario que encargues un arca en la que guardar este preciado libro. Una obra tan importante y delicada dispone de su propia arqueta de madera de roble para cuando es trasladada, en determinadas festividades, a la mezquita, y ser leída por mí desde el *minbar* al finalizar la oración del viernes. Es esta que, como podéis ver, tiene las medidas exactas para contener el libro que debéis llevar a la capital del califato.

Y, diciendo esas palabras, colocó sobre la mesa una arqueta que había estado oculta a nuestras miradas por un paño rojo en una esquina de la habitación. Era, en efecto, una pequeña arca de madera de las dimensiones y forma apropiadas para contener la obra de al-Bujari. Disponía de dos bisagras y un cierre de bronce y estaba decorada, en su tapa de forma curvada y en sus cuatro frentes, por placas de marfil con inscripciones en elegante letra cúfica.

El director de la madrasa tomó, con gran delicadeza y mimo, el *Kutub al-Sittah* y lo colocó en el fondo de la arqueta, que estaba revestida, en su interior, con un lienzo de seda azul y, a continuación, la tapó y la cerró con el pestillo de bronce.

—Recibid este libro, que es como una reliquia para los musulmanes sunníes. Cumpliendo el deseo de nuestro respetado emir, podéis llevarlo a Córdoba para que lo entreguéis al Príncipe de los Creyentes. Él sabrá agradecer el regalo de nuestro señor y custodiarlo para que nunca caiga en manos de nuestros adversarios chiitas.

Cogí la arqueta con el valioso libro en su interior y, acompañado del venerable imán, Sidi Muhammad Alí ben al-Faqih, nos dirigimos al patio de la mezquita al-Qarawiyyín. Allí nos despedimos del generoso director de la madrasa de Fez, deseándole que el misericordioso Alá le conservara la vida muchos años y que su labor, formando e instruyendo a los nuevos teólogos del islam, fuera fructífera y gratificante. Agradeció mis palabras con lágrimas en los ojos y retornó al interior de la biblioteca, mientras que nosotros salíamos a la concurrida calle que daba a las tenerías.

—Talid: dirígete a la «Hospedería de la Alhóndiga Vieja» y relata a Yassir Mubassir todo lo que ha acontecido desde que abandonamos la posada. Abona la cantidad que debemos por el hospedaje y la manutención de los hombres y los animales. Dile, también, que tenga preparados los caballos y las acémilas con la impedimenta mañana al amanecer. Tú le harás compañía esta noche. Llévate el arca con la obra de al-Bujari y entrégasela al capitán de los escoltas para que la custodie hasta que emprendamos el viaje. Yo volveré a la mansión del gran visir para anunciarle que la misión que nos trajo a Fez ha concluido felizmente y despedirme de él, agradeciéndole todo lo que ha hecho por nosotros. Mañana, después de acabada la primera oración del día, os espero junto a la puerta de *al-Guissa* para iniciar la primera parte de nuestro viaje de vuelta a Córdoba, que finalizará, si así lo tiene el misericordioso Alá concertado, en el puerto de al-Mazamma.

XI

UN REMEDIO PARA EL CALIFA MORIBUNDO

Lo primero que hice cuando, al amanecer, me encontré con mis compañeros de viaje en la puerta de *al-Guissa*, fue envolver la arqueta con el libro de al-Bujari en una de las mantas que portábamos para resguardarnos de la lluvia y colocarla sobre la jamuga de una de las acémilas, debajo de la impedimenta. Esa medida de precaución no se debía solo al deseo de salvaguardar la obra del gran teólogo musulmán de las inclemencias del tiempo, pues, estando cerca el final del verano, aquellas tierras montañosas del norte de África eran propicias a las ventiscas, la lluvia y los vendavales, sino, también, para ocultarla de la curiosidad de la gente con la que, sin duda, nos íbamos a encontrar y de la posibilidad de que llegara a oídos de espías fatimíes —que seguro pululaban por el reino de Fez y el territorio de Nakur— que éramos portadores de tan valioso objeto bibliográfico.

Las primeras jornadas de marcha, hasta que llegamos a la población de Taunat, se desarrollaron sin que hubiera que hacer referencia a ningún acontecimiento extraordinario, que no fuera que, durante varias noches, hubo que encender grandes hogueras para ahuyentar a las manadas de lobos que, a veces, se acercaban amenazantes, azuzadas por el hambre, para buscar algo con que alimentarse. Pero, una vez dejada atrás la aldea de Achaken, ese peligro pasó y no volvimos a encontrarnos con aquellos fieros perros salvajes ni con los leones que pudimos ver en el viaje de ida hasta Fez. Sin embargo, cuando nos hallábamos casi en la cima de la cordillera del Rif, atravesándola por un peligroso paso de montaña que discurría por la ribera de un encajado torrente, el tiempo atmosférico sufrió un cambio radical y violento. Negras nubes, que venían del mar, ocuparon el cielo y cubrieron las desnudas crestas de la sierra, acompañadas de un fortísimo viento y continuos aguaceros. Aquel vendaval nos obligó a buscar refugio en una enorme cueva que, por fortuna, descubrimos en la ladera rocosa que daba al sur y, por lo tanto, libre de las acometidas de la tempestad. Como transitar por el estrecho y embarrado sendero que bordeaba el río a gran altura era una temeridad, porque los caballos y, sobre todo, las cargadas acémilas podrían resbalar y precipitarse a lo hondo del barranco, optamos por permanecer en aquella resguardada oquedad natural hasta que hubiera cesado el temporal. Tres días con sus noches estuvimos encerrados en aquella cueva, que no por ser un lugar protegido del viento y de la lluvia dejaba de presentar cierto peligro, peligro que el experimentado Mubassir me trasladó, al atardecer del tercer día, sin que lo oyeran los restantes miembros de la expedición.

—Señor ben Idris —dijo el jefe de los escoltas, llevándome hasta la entrada de la cueva, desde la que se podía observar la cercana montaña y el río que corría a sus pies—. Esta gruta, aunque parezca un lugar seguro, puede ser nuestra perdición.

—No te comprendo, Mubassir.

El militar omeya me señaló la ladera pétrea en cuya base la naturaleza había excavado aquella caverna en la que habíamos encontrado providencial refugio.

—Vea, señor, esas grandes rocas que rematan la ladera en la que se halla la cueva.

Yo seguí sus indicaciones y pude observar que, ciertamente, por encima de la entrada de la cueva se acumulaba una docena de enormes rocas que, al parecer, estaban sólidamente asentadas sobre el talud.

—Con buen tiempo, esas rocas forman parte del terreno y están firmemente unidas a la montaña —manifestó en voz baja Mubassir—. Pero cuando se hallan sometidas a violentos temporales de agua y viento, sus bases pueden desmoronarse y el roquedal precipitarse sobre el sendero tapando la boca de la caverna. En ese caso, los desdichados que estuviéramos en su interior moriríamos sin remedio.

Las palabras del jefe de los escoltas me alarmaron. Pero me abstuve de comentar tan terrible posibilidad con mis compañeros. Aquella noche no logré conciliar el sueño, atento al menor ruido proveniente del exterior. Un árbol que se desplomaba por efecto de la tempestad, una roca que se precipitaba por el barranco o una racha de viento más fuerte que la anterior, me parecía que eran las grandes y amenazantes rocas precipitándose sobre nosotros.

Por fortuna, amaneció un claro día sin que los temores de Mubassir se hubieran cumplido. Sentados en un recodo del sendero, en el exterior de la cueva, desayunamos copiosamente parte del queso que habíamos adquirido en el zoco de Fez y unos sabrosos dátiles que compramos a un comerciante en las afueras de Taunat. A continuación emprendimos la marcha con el ardiente deseo de dejar atrás cuanto antes aquellas peligrosas montañas. Esperábamos, calculando las jornadas que hicimos en el camino de ida hasta la capital de los idrisíes, que en seis o siete días estaríamos en Nakur y, desde ese emporio comercial, pasar al puerto de al-Mazamma para embarcar en un cárabo o nave de los Banu Salih o de los omeyas con destino a Málaga.

No obstante, las cosas no acontecieron como deseábamos y el destino, o los inescrutables designios del Todopoderoso que, en ocasiones, se cruzan en el camino de los pobres mortales para mortificarlos, nos iban a jugar una mala pasada, obligándonos a permanecer en Nakur casi un mes.

Pero, entretanto, continuábamos cubriendo las postreras jornadas de nuestro itinerario africano ilusionados y con el único pensamiento de que, antes de dos semanas, podríamos arribar al puerto de Málaga y, desde esa ciudad, emprender la última etapa de nuestro viaje por tierras de al-Andalus para llegar sanos y salvos a Córdoba y con la misión que nos encomendó el gran chambelán cumplida.

Faltaban dos meses para que se cumpliera el año de los cristianos, cuando entramos en Nakur por la puerta de Sulaymán, que daba a las lejanas y grises montañas del Rif, de infausto recuerdo por el peligro que corrimos en la cueva en la que nos resguardamos del furioso temporal. La ciudad la encontramos distinta a cuando la abandonamos hacía algo más de un mes y medio. La plaza del zoco estaba menos concurrida y en la alhóndiga, donde volvimos a hospedarnos, no se veía el bullicio y la afluencia de mercaderes que conocimos en la anterior visita. Lo primero que hicimos fue dirigirnos al comedor, donde pensaba que hallaríamos al presuntuoso administrador de la alhóndiga, Ibrahim al-Kinaní, el que aseguraba que no era de etnia bereber, sino descendiente de la noble tribu árabe de los Banu Kinana. Sentado junto a una mesa, acompañado de dos personajes que, por sus atuendos, parecían comerciantes o mercaderes, se encontraba el hospedero al que íbamos a solicitar alojamiento y que pudiéramos descansar, hombres y bestias, después del largo viaje que habíamos hecho desde Fez.

—Sed bienvenidos, viajeros de al-Andalus —proclamó con la arrogancia y el desparpajo que le caracterizaba cuando nos vio aparecer en el umbral de la puerta.

—Seas bien hallado —respondí, mientras que los escoltas y los acemileros daban de beber a los caballos y las mulas en el pilón situado en el centro del patio—. Ya estamos de vuelta de la capital de los idrisíes y esperando poder embarcar en al-Mazamma para arribar al puerto de Málaga, aunque deseamos hospedarnos en la alhóndiga uno o dos días para descansar y poder recuperar las fuerzas perdidas en el transcurso de tantas jornadas de marcha.

El rostro de Ibrahim al-Kinaní se ensombreció y, apoyándose indolente en su bastón con el puño de plata, dijo:

—Tengo muy malas noticias que daros, hermanos. El puerto de al-Mazamma está bloqueado por la escuadra fatimí. Ninguna embarcación de transporte de los Banu Salih o de los omeyas se atreve a hacerse a la mar por temor a ser capturada por los tunecinos.

Nos quedamos de piedra. ¿Cómo era posible que Nakur, una ciudad que dependía del comercio marítimo, estuviera aislada, si lo que caracterizaba a los Banu Salih era su habilidad diplomática y su inteligente posición siempre neutral? ¡Ahora comprendía la decrepitud del zoco y la escasa presencia de mercaderes en la alhóndiga!

—Dime, buen hospedero: ¿qué es lo que ha sucedido en nuestra ausencia para que los enemigos de los omeyas se hayan hecho dueños del mar?

Ibrahim al-Kinaní nos ofreció, a Talid y a mí, sendas sillas con asientos de esparto para que compartiéramos la mesa y la bebida que estaban degustando, en tanto que ordenaba a una criada que nos sirviera unas tortas endulzadas con miel. A continuación, comenzó su relato:

—Hace algo menos de un mes, cuando aún no habían transcurrido tres días desde que abandonasteis Nakur, una flotilla del Príncipe de los Creyentes, que se dirigía a la isla de Sicilia dando escolta a diez barcos mercantes que transportaban ricas mercancías para los bizantinos, sus aliados, fue interceptada, en aguas de los Banu Salih, por una escuadra fatimí portadora del temible fuego griego, formada por medio centenar de navíos. Después de una enconada y desigual batalla naval, las embarcaciones de guerra omeyas fueron derrotadas y tuvieron que huir, mientras que los fatimíes se apoderaban de los barcos mercantes y de su valioso cargamento. Desde ese día, los tunecinos se han hecho dueños del mar e impiden que cualquier embarcación de los omeyas o de sus aliados navegue por estas aguas.

Talid y yo no podíamos dar crédito a lo que el hospedero nos acababa de narrar. Primero, porque pensábamos que los fatimíes habían quedado escarmentados tras la severa represalia del Príncipe de los Creyentes cuando atacaron Almería hacía dos años. Segundo, porque el comercio y las comunicaciones marítimas entre al-Andalus y el norte de África, sobre todo con Nakur y, a través de Nakur, con el emirato de Fez, eran vitales para el mantenimiento de la economía y de las alianzas militares de Córdoba con estos reyezuelos y con las veleidosas tribus bereberes.

—¿Y no se espera una reacción de la flota omeya para acabar con esta desdichada situación, Ibrahim? —exclamé, sin poder ocultar la sorpresa que lo dicho por el hospedero me había producido.

Aunque estaba seguro de que no iban a transcurrir muchos días sin que pudiéramos atravesar el mar y arribar al puerto de Málaga, pues, conociendo las expeditivas aceifas de nuestro señor Abderramán ben Muhammad realizadas contra sus enemigos del norte, casi siempre victoriosas, y el odio que sentía hacia los fatimíes chiitas, podía apostar diez dinares —sin temor a perderlos— de que, a no mucho tardar, la poderosa escuadra omeya establecida en los puertos de Almería y Algeciras haría acto de presencia en las aguas de . los Banu Salih y los barcos fatimíes tendrían que retornar a sus puertos de Túnez.

—Esa es nuestra esperanza —reconoció el hospedero—. Al día siguiente de la derrota de la flota omeya, partió del puerto de al-Mazamma una zabra, de las que utilizan los marineros de esa aldea para pescar en su bahía, con destino a la ciudad de Ceuta. Su patrón porta una carta para el gobernador omeya de esa ciudad solicitando ayuda urgente. Navegando de noche y cerca de la costa, es posible que haya arribado a ese puerto en tres o cuatro jornadas. Aunque es seguro que el Príncipe de los Creyentes debe de estar ya al tanto de lo sucedido, porque los navíos derrotados hace muchos días que estarán fondeados en el puerto de Almería.

Permanecimos hospedados en la alhóndiga de Ibrahim al-Kinaní las siguientes tres semanas. Hasta que llegó a Nakur un mercader procedente del puerto de al-Mazamma asegurando que la navegación con al-Andalus y con otros puertos de los cristianos estaba expedita. Una escuadra omeya, procedente de Almería, mandada por el almirante Muhammad ben Rumahis, había arribado a las aguas de los Banu Salih venciendo a la débil flota enemiga. Decían que luego iba a continuar navegando hacia el este para arrasar el puerto de Susa, una de las bases de la flota fatimí. Sin embargo, cinco de los navíos omeyas habían quedado fondeados en la rada de al-Mazamma para que los barcos mercantes que se dirigieran o zarparan de ese puerto lo pudieran hacer confiados y sin temor a ser asaltados por los tunecinos.

Aunque tuvimos que esperar que arribara a al-Mazamma un bajel que hiciera la ruta hasta Málaga y que pudiera embarcar caballos y mulas, el primer día del mes de diciembre nos hallábamos en la cubierta de un cárabo que transportaba pieles adobadas y trigo para vender en ese puerto de al-Andalus. Parecía que nuestras desdichas y penalidades habían terminado y que, una vez que hubiéramos desembarcado nuestros caballos y nuestras mulas en el puerto de Málaga y tomado el camino que nos conduciría a Antakira, la llegada a nuestra querida ciudad de Córdoba sería una realidad en algo más de dos semanas.

Transcurridos veinte días, al atardecer, sin que hubiéramos sufrido ningún percance ni retraso digno de mención, agotados pero felices por haber finalizado nuestra aventura africana sin mucha laceración de nuestros cuerpos, entramos en la capital del califato por la puerta del Puente para dirigirnos cada uno a su residencia. Nos despedimos afectuosamente de Yassir Mubassir, de los acemileros y de los tres escoltas. Y después de agradecerles el inestimable servicio que nos habían prestado y, entretanto que los soldados se incorporaban a su cuartel de caballería, junto al antiguo alcázar, y Talid marchaba a la Ciudad Brillante para continuar con su trabajo en la biblioteca palatina, yo me dirigí a mi casa en el arrabal de los Pergamineros. Pensaba descansar aquella noche y, a la mañana siguiente, solicitar una audiencia con mi señor, el gran chambelán Abdalmalik ben Chuayd, para hacerle entrega de la arqueta que contenía el libro de Muhammad al-Bujari y narrarle lo más sobresaliente de lo acontecido en el transcurso de nuestro viaje al reino de Fez.

Pero no fue necesario que enviara un mensaje al gran chambelán para pedirle audiencia, porque, cuando preparaba el escrito que debía enviar a través de un correo oficial, un mensajero de la Ciudad Brillante acudió a mi taller con una carta que decía lo siguiente: «Jalid ben Idris: mi dilecto y, por un tiempo, mi secretario extraordinario en misión diplomática. Recibe mis más afectuosos saludos y mis deseos de que el clementísimo Alá te haya preservado de los peligros y las dolencias que tan comunes son en la tierra de los bereberes. Sé, por el servicial Talid, que habéis retornado felizmente a Córdoba con la misión que os encomendé, por mandato del Príncipe de los Creyentes, cumplida. No espero recibir tu preceptiva petición de audiencia para escuchar lo que tengas que decirme y que puedas entregarme el valioso regalo del emir de los idrisíes, sino que, con esta carta que, como en otras ocasiones, te servirá de salvoconducto, quiero que acompañes a mi mensajero y acudas con él, sin excusa ni tardanza alguna, a la Ciudad Brillante y a mi despacho. Con mis mejores deseos: Abdalmalik ben Chuayd, gran chambelán de nuestro señor el Príncipe de los Creyentes y Comendador de Todos los Musulmanes».

Aunque el bueno de Talid parecía estar detrás de aquella afectuosa pero, al mismo tiempo, imperativa carta, no era lerdo y sabía que, desde que nuestra comitiva había dejado atrás el castillo de Poley, el gran chambelán, por medio de sus informadores y espías, estaba al tanto de por dónde marchábamos y cuándo llegaríamos a la ciudad de Córdoba.

Como yo estaba tan ansioso por hacer entrega de la obra de al-Bujari y de poder relatar las peripecias sufridas en el transcurso de nuestro viaje a tan relevante funcionario del califato, como él de recibir el codiciado libro y escuchar mis palabras, rogué al mensajero, que había acudido al arrabal de los Pergamineros en un carruaje tirado por dos briosos caballos, que esperase mientras tomaba la arqueta que me dio el imán de la mezquita al-Qarawiyyín con el libro en su interior.

Mientras el carruaje recorría la calzada de grandes losas de piedra que unía Córdoba con la Ciudad Brillante y cruzábamos varios puentes abovedados, uno de ellos de gran belleza y consistencia, rodeado de un bosquecillo de nogales, yo iba meditando sobre cómo me debía presentar ante el gran chambelán, a quien debía obediencia y sumisión. Desde niño —como ya he referido con anterioridad en otro de los capítulos en los que narro mi peculiar existencia— he dado muestras de arrogancia y falta de modestia, debido, sin duda, a la inteligencia con que el Altísimo ha tenido a bien dotarme; arrogancia que, con el paso de los años y los reveses y las decepciones sufridas a lo largo de mi vida, he logrado transformar en humildad y mansedumbre. Por ese motivo, no quería que la euforia que iba a sentir, cuando estuviera ante quien era la máxima autoridad del califato después del Príncipe de los Creyentes me hiciera, por vanidad, caer en el pecado de la soberbia y aparecer como el único y principal protagonista del éxito logrado en la ciudad de Fez, olvidando que había sido un triunfo conseguido gracias a la inestimable participación de otras personas leales y serviciales, como Talid, el disciplinado y obediente Mubassir, los tres escoltas y los laboriosos acemileros. Sin olvidar la ayuda recibida del gran visir de los idrisíes y del venerable anciano director de la prestigiosa madrasa de aquella ciudad norteafricana.

Como ya conocía el lugar, junto a la Casa del Poder, en el que se había erigido la rica mansión de Abdalmalik ben Chuayd, acceder a la ciudad palatina no me produjo la misma impresión que la primera vez que entré en ella por el fastuoso pórtico oriental en el que se iniciaban las rampas y las escaleras que conducían a la terraza en la que residían los miembros de la corte. Sin poder contener la inquietud y, al mismo tiempo, la satisfacción que me provocaba aquel encuentro, consciente de que con la entrega de la obra de al-Bujari concluía la importante misión que nos había encargado el Príncipe de los Creyentes a través de su principal consejero y asesor, expuse a uno de los dos soldados que guardaban la entrada porticada de la casa de Abdalmalik ben Chuayd que el gran chambelán había requerido mi presencia. Desapareció tras la puerta de doble hoja tachonada con relucientes clavos de bronce y, al poco rato, volvió a ocupar su puesto, no sin antes haberme comunicado que su señor me esperaba en la sala principal de la casa.

Como estaba avanzado el mes de noviembre y la temperatura era gélida a causa del viento del norte procedente de la cercana sierra, en esta ocasión no me recibió en la galería que daba al jardín, sino en el interior de la mansión. Sentado en unos almadraques de lana de color negro con ribetes dorados, se hallaba el personaje más poderoso de Córdoba, después del califa. No vestía, como la otra vez que me entrevisté con él, una veraniega túnica *zihara* de seda blanca, sino unas sayas de lana con mangas anchas y unos zaragüelles holgados que le cubrían las piernas. Tampoco portaba sobre los hombros el típico tabardo de lana con solapas de pelo de marta que acostumbraban a llevar los ricos dignatarios durante el invierno, porque nos hallábamos en un espacio interior calentado por el fuego que ardía en una chimenea. El gran chambelán se alzó del lujoso almohadón en que se hallaba aposentado y, abriendo desmesuradamente los brazos, actitud que me sorprendió, se dirigió hacia mí con la clara intención de abrazarme. Yo deposité la arqueta de madera de roble, en la que guardaba el *Kutub al-Sittah*, sobre la mesa de taraceas que había delante de los almadraques y me dejé abrazar por el gran chambelán, el cual, acabando su efusiva e inesperada muestra de cariño, dijo, sin dejar de mirar la arqueta:

—¡Aquí debe de estar, Jalid ben Idris, el regalo que el Príncipe de los Creyentes esperaba recibir del emir de Fez! Ahora has de relatarme los sucesos y las aventuras que habéis tenido que superar, a lo largo de tan arriesgado viaje, hasta lograr traer a Córdoba este códice con la relación de los hadices auténticos que ambicionan poseer los heréticos chiitas.

Abdalmalik ben Chuayd me indicó que lo acompañara y me aposenté en uno de los almadraques. A continuación ordenó a un criado que añadiera leña a la chimenea para que aumentara el calor que irradiaba. Antes de abrir la arqueta con el libro de al-Bujari y contemplar tan ansiada joya bibliográfica, me hizo señas para que le narrara todo cuanto había acontecido en el tiempo que estuvimos en la tierra de los bereberes.

Más de una hora estuve relatando al gran chambelán, con todo el pormenor posible, las numerosas situaciones de peligro a las que tuvimos que enfrentarnos, los sorprendentes y extraños lugares en los que nos vimos obligados a pernoctar y los poderosos personajes con quienes nos entrevistamos. Sin dejar de mencionar la calurosa acogida que nos dispensó el gran visir, Abu Yafar ben Katir, el emir de los idrisíes, Hassán ben al-Qasim, y el venerable y generoso imán de la mezquita al-Qarawiyyín, Sidi Muhammad Alí ben al-Faqih, del que se podía esperar alguna oposición a que su prestigiosa biblioteca perdiera tan valiosa obra bibliográfica. No obstante —le dije— fue el mejor aliado del Príncipe de los Creyentes, facilitando el traslado a Córdoba del libro de al-Bujari. Bien era cierto que lo hacía por temor a que la actual alianza de los idrisíes con los omeyas, seguidores ambos del rito sunní, se cambiara por la de los fatimíes y el *Kutub al-Sittah* pudiera pasar a manos de los ulemas chiitas.

A modo de conclusión, no dejé de expresar a Abdalmalik ben Chuayd el agradecimiento que debíamos a Talid al-Qurtubí, al servicial jefe de los escoltas, Yassir Mubassir, y a los tres soldados que lo acompañaban, sin cuya inestimable colaboración no hubiera sido posible haber conseguido dar fin con éxito a aquella insólita misión por tierras africanas y traer el libro de Muhammad al-Bujari a Córdoba.

El gran chambelán me comunicó que nuestro señor, Abderramán ben Muhammad, había decidido que, después de tenerlo consigo varias semanas para poder leerlo, reflexionar sobre su contenido y memorizar los hadices más relevantes, lo añadiría a los fondos de la biblioteca palatina que, bajo la supervisión del príncipe heredero, Talid estaba organizando en la Ciudad Brillante.

Abdalmalik ben Chuayd, una vez que hubo escuchado expectante el relato de lo que nos había acontecido en el transcurso de la expedición a la tierra de los bereberes, tomó de la mesa, con gran delicadeza, la arqueta que contenía el valioso libro de los hadices auténticos atribuidos al profeta Mahoma. Sus manos temblaban de emoción, pues era consciente de que, al extraer aquel antiguo códice, estaba tocando con sus manos una de las fuentes originales y verdaderas de la transmisión profética. Depositó el *Kutub al-Sittah* sobre la mesa y lo abrió al azar. A continuación acercó su rostro a las páginas abiertas, amarillentas y con la escritura algo desvaída, y procedió a leer el primero de los hadices que encontró y que decía: «Abu Huraira escribió que el mensajero de Dios dijo: "Quien ayuna en el mes de Ramadán por la fe y deseando solo la recompensa divina, verá sus pecados pasados perdonados"». Luego quedó pensativo, meditando sobre aquel dicho atribuido a Mahoma, y concluyó elevando las manos al cielo y proclamando la *shahada* o profesión de fe islámica: «No hay más Dios que Alá y Mahoma es su profeta».

—Solicitaré audiencia a nuestro señor, el califa. Pronto tendrá en sus manos esta recopilación de los auténticos hadices que le ha enviado su vasallo y fiel aliado el emir de Fez, Hassán ben al-Qasim —dijo, cerrando el libro y volviéndolo a depositar en el interior de la artística arqueta de madera de roble—. Tus compañeros serán remunerados en justicia, tal como os merecéis por la extraordinaria labor que habéis llevado a cabo. Tú, Jalid ben Idris, deberás esperar. Tu recompensa será mayor que la de ellos y de una dignidad acorde con tus méritos.

Y, dichas aquellas enigmáticas palabras, se despidió de mí deseándome que el misericordioso Alá me colmara de felicidad y éxitos en mis trabajos de traductor y copista. Yo esperaba poder visitar a Talid en la biblioteca y saludar a Lubna y, sobre todo, a Fátima, pero no creí que aquella fuera ocasión para hacerle al gran chambelán tal solicitud. Aunque lo cierto era que el alejamiento de mi amada y el constatar que ella no deseaba mantener una relación amorosa conmigo me había desilusionado y enfriado el antiguo ardor de juventud que, en el pasado, había anidado en mi corazón.

Después de visitar a mis padres y comprobar con pesar que el bueno de Abdalá se hallaba muy enfermo, cercano a la muerte, con la memoria casi perdida, me enclaustré en mi taller del arrabal de los Pergamineros y aguardé pacientemente a que me volvieran a hacer encargos los miembros de la aristocracia o la intelectualidad cordobesa, con la esperanza de que el gran chambelán cumpliera su palabra y pudiera, por mediación suya, ascender en la escala social, tal como colegí de sus postreras palabras.

Aunque transcurrían los meses sin tener noticias de la Ciudad Brillante ni del influyente Abdalmalik ben Chuayd, no me podía quejar, porque después de la fama adquirida con la traducción que había hecho del tratado de poliorcética de Vegecio, que estaba sirviendo para dotar al ejército omeya de nuevas y poderosas armas, y el traslado de la obra incunable de Muhammad al-Bujari desde Fez, salvándola de las acechanzas de los fatimíes, proeza que estaba en boca de todos los cordobeses ilustrados, el trabajo se me acumulaba. Todo aquel que deseaba una buena traducción de alguna obra latina o en lengua romance o copiar algún libro que se hallaba cerca de perderse corroído por los insectos o afectado por la humedad, acudía al famoso traductor que había realizado trabajos tan importantes para el Príncipe de los Creyentes.

El dinero no me faltaba. Logré que un afamado médico judío de Almería visitara a mi padre para que le aplicara los remedios al uso y le diera los bebedizos que pudieran remediar su mal. Pero todo fue inútil. En el mes de Ramadán del año 958, Abdalá Idris murió de la dolencia que lo aquejaba desde hacia una década, con la conciencia perdida, sin reconocer a su hijo y a su amada esposa. Lo enterramos, según el rito malikí, en el cementerio de Umm Salama, situado al norte de la ciudad, extramuros de la puerta de los Judíos.

Vendí mi modesta casa-taller y adquirí una mansión grande y bien situada al oeste de la medina y de la muralla, en el populoso y renovado barrio de Balat Mugit, con un extenso huerto-jardín y un pozo con noria para regar las plantas decorativas y los parterres sembrados con lechugas, berenjenas, altramuces, alubias y dos albaricoqueros que un criado que contraté cuidaba. La casa disponía de una gran sala-laboratorio para mis trabajos de copia y traducción y una bien surtida biblioteca en la planta baja. Detrás, lindando con el huerto, había un establo con capacidad para dos caballos o dos acémilas. La segunda planta estaba dedicada a mi residencia y la de mi madre Aminah que, tras la muerte de mi padre y, después de vender su casa, se había venido a vivir conmigo.

Casi había olvidado la promesa que me hiciera, dos años antes, el gran chambelán, dedicado como estaba a mi bien remunerado trabajo y al bienestar económico que, en compañía de mi atenta madre, gozaba por aquellos días. Hasta que, a comienzos del año 959, recibí una carta de la Ciudad Brillante con el sello impreso sobre lacre de Abdalmalik ben Chuayd como responsable del *diwán* u oficina militar del califa. Procedí a abrirla, sin poder ocultar la sorpresa que aquella tardía misiva del que era uno de los personajes más relevantes de Córdoba me había producido, y a leer su excesivamente afectuoso contenido, cuyo tenor era este: «Jalid ben Idris: mi caro amigo. Sin duda, uno de los traductores más respetados de Córdoba y leal servidor del Príncipe de los Creyentes. Aunque he de reconocer que he tenido en el olvido la promesa que, cuando retornaste de la ciudad de Fez, te hice, deseo resarcirte de tan irreparable descuido, aunque sé que no has necesitado de ninguna ayuda externa para alcanzar el bienestar económico y el prestigio social que, en justicia, te merecías. Pero ahora, estimado Jalid, vuelvo a necesitar de tus servicios. Acude sin demora a la oficina del *diwán*, en la que tengo mi despacho como responsable del ejército. Te he de presentar a un afamado médico de la cámara de nuestro señor el califa, que necesita de tus excepcionales dotes de traductor. Que el misericordioso Alá te siga protegiendo como hasta ahora lo ha hecho. Abdalmalik ben Chuayd, jefe del *diwán* y principal consejero de nuestro señor».

Plegué la carta y la deposité sobre la mesa de mi despacho. Estaba confuso pero, al mismo tiempo, contento de poder retornar a la Ciudad Brillante, pues hacía casi dos años que no pisaba sus enlosadas calles y las escaleras que conducían a la terraza donde se hallaba la Casa del Poder, quizás porque anidaba en mi corazón un justificado desapego a aquella ciudad palatina en la que residía la persona que, en el pasado, había rechazado en varias ocasiones mis sinceras declaraciones de amor, sentimiento que aún no había logrado borrar totalmente de mi alma. ¿Pero, qué trabajo de traducción querría encargarme el gran chambelán después de haberme mantenido en el olvido más de dos años, como él mismo había reconocido? No me cabía duda de que por el contenido amable y adulador de la misiva, debía de tratarse de un trabajo de gran importancia para sus intereses y su propio prestigio.

Había comprado un caballo joven, de raza andalusí, de los que se crían y cuidan en las marismas del Guadalquivir y, aunque antes de partir para la ciudad de Fez, había aprendido someramente a cabalgar, decidí completar mis escasas habilidades de jinete con las lecciones de equitación que se comprometió a darme el que era ya uno de mis mejores amigos: Yassir Mubassir. A la mañana siguiente, después de haber desayunado y realizado la primera oración del día, le coloqué la silla de montar, lo saqué del establo y lo puse al trote en el camino que conducía a la ciudad palatina de Medina Azahara para poder conocer la naturaleza del trabajo que deseaba que acometiera el gran chambelán.

Transcurridas unas dos horas, entraba en la Ciudad Brillante por el pórtico oriental. Como nunca había estado en el edificio donde se hallaban situadas las dependencias del *diwán*, lugar en el que se encontraba el despacho del gran chambelán, después de dejar el caballo junto al cuerpo de guardia, con las riendas atadas a una de las argollas que pendían de la muralla, expuse a uno de los soldados la necesidad que tenía de acceder al despacho de Abdalmalik ben Chuayd. Una vez que hubo comprobado, leyendo la misiva que portaba en mi mano, que estaba citado por el gran chambelán, me acompañó hasta una zona de la ciudad que ya conocía, cerca de la residencia del califa. No lejos de la casa de los visires se erigía un edificio de dos plantas construido con sillares de arenisca ocre y con una puerta constituida por un doble arco de herradura. El soldado me indicó que esa era la sede del *diwán*.

Cuando el guardia que vigilaba la puerta de su despacho me hubo facilitado la entrada, Abdalmalik ben Chuayd, que estaba sentado detrás de una bien labrada mesa trabajando en la lectura de unos documentos, se levantó y me abrazó mostrando una amplia sonrisa, aunque pude observar que su mirada parecía cansada y que su rostro expresaba preocupación.

—Sé bienvenido a la Ciudad Brillante, Jalid ben Idris —se apresuró a decir—. Sean mis primeras palabras para mostrarte mis condolencias por el fallecimiento de tu padre que, sin duda, goza ya de las delicias del Paraíso prometido por Alá.

—Agradezco vuestras palabras de pesar, mi señor. No he tardado en acudir a vuestro requerimiento, pues, siendo un súbdito leal del Príncipe de los Creyentes y de los nobles miembros de su justo gobierno, no había de demorar una petición recibida de quien tanto debo —respondí, con la intención de que me desvelara, sin excesivo preámbulo, el contenido de la labor que deseaba que yo acometiera.

El jefe del *diwán* me tomó por el brazo y casi me obligó a abandonar su despacho.

—Estimado Jalid. Lo cierto es que, en esta ocasión, el trabajo que debes realizar no es para mí ni para el general Gálib Abu Tammam, sino para un amigo que goza de enorme prestigio en la corte y que pertenece a la exclusiva cámara privada de nuestro señor, el califa —manifestó, entretanto que caminábamos por uno de los pasillos del edificio.

Yo no supe qué decir. Aunque aguardé antes de pronunciar palabra alguna para que el gran chambelán pudiera acabar su exposición.

—Es aún un secreto, amigo mío, pero nuestro poderoso califa, Comendador de Todos los Musulmanes y Príncipe de los Creyentes, se encuentra recluido en sus aposentos desde hace varias semanas —repuso con un hilo de voz, como si temiera que sus palabras pudieran ser oídas por alguien en quien no confiara—. Está siendo atendido por su médico personal, el prestigioso cirujano judío Hasday ben Shaprut. Aunque, según este experimentado médico, su vida no corre inminente peligro, reconoce que no encuentra un remedio eficaz para detener el curso de su enfermedad. Piensa que si continúa el deterioro físico del califa, pues se niega a ingerir alimentos, su final no puede tardar. Al parecer, Hasday ben Shaprut ha detectado señales de una hemorragia en las heces de nuestro señor y no sabe qué medicamento aplicarle para detenerla. Y ahí es donde debes tú intervenir.

Quedé estupefacto y sin habla al escuchar el final de la declaración de Abdalmalik ben Chuayd. ¡Intervenir un simple traductor de latín y copista de árabe en un asunto relacionado con la enfermedad de nuestro señor, el califa! ¡O yo desconocía la totalidad del problema, o mi señor, el gran chambelán, había perdido el juicio!

—Acompáñame, Jalid, al despacho del médico de nuestro señor —dijo, al tiempo que me obligaba a salir de la sede del *diwán* y a caminar a su lado por una calzada que terminaba en una pequeña plaza, con una fuente de mármol en su centro, en uno de cuyos lados se erigía un edificio de similar traza que el que habíamos abandonado.

En una estancia, a modo de amplio zaguán, se iniciaba una escalera con peldaños de mármol que conducía a la segunda planta. Ascendimos por ella hasta dar con lo que parecía una antesala o sala de recepción con algunos bancos de madera, bellamente esculpidos, adosados a sus paredes. En una de ellas se podía ver una puerta cerrada. El techo estaba constituido por un artesonado de exquisito gusto, lo que indicaba que nos hallábamos en unas dependencias que en nada desmerecían de las del cercano palacio del califa. El gran chambelán golpeó con suavidad una de las hojas de la puerta y, desde su interior, se oyó una voz que, por su tono, debía de pertenecer a alguien que estaba avisado de nuestra llegada. El propio Hasday ben Shaprut fue el que la abrió y nos recibió.

—Pasad, Abdalmalik ben Chuayd y su acompañante. Os esperaba —dijo, cerrando la puerta cuando hubimos accedido al interior de la estancia.

El médico del califa era de fuerte complexión. Alto. De brazos largos y manos delgadas que movía con gran destreza, cualidad necesaria —pensé— para poder desarrollar con eficacia su oficio de médico y cirujano. Su edad debía de rondar los cuarenta y cinco años. Una barba sutil, picuda y de color grisáceo le caía sobre el pecho. La cabeza se la cubría con la *kipá* que caracteriza a los varones que profesan la religión de Moisés. Iba vestido con una especie de almalafa de color negro sin adorno alguno ni capuz, porque incluso los hebreos ricos y famosos tenían prohibido usar prendas de seda, lujosos brocados o tejidos ornados con piezas de oro o plata. El despacho era también su laboratorio y su biblioteca médica. Una mesa grande ocupaba el centro de la estancia. Sobre ella había depositados varios libros, uno de ellos abierto. Las baldas de dos estanterías contenían numerosos códices bien encuadernados en piel y algunos legajos atados con cintas rojas. La tercera estantería estaba constituida por solo tres baldas en las que estaban colocadas diez o doce redomas y jarritas de cristal que contenían, algunas de ellas, polvos de diversos colores, y otras, lo que parecían semillas o flores secas de algunas plantas.

Hasday ben Shaprut nos indicó que le acompañáramos hasta un doble diván que había en un lateral de la habitación, en el que nos sentamos mientras que él, con las manos recogidas sobre su regazo y una expresión de preocupación reflejada en el rostro, se aprestaba a intervenir en la conversación.

—Este es Jalid ben Idris, el destacado traductor de latín y experto copista del que te hablé y que ha realizado grandes servicios a nuestro señor, el califa —dijo el gran chambelán para presentarme ante el médico judío.

—Me siento honrado y agradecido por haber aceptado

ayudarme en el grave asunto que nos duele y preocupa. Me ha asegurado Abdalmalik ben Chuayd que puedo confiar plenamente en ti y que sabrás guardar el secreto de lo que hoy vas a escuchar de mis labios.

—Soy un fiel súbdito de nuestro señor el califa y leal servidor de los altos funcionarios que forman su gobierno —manifesté, sin saber aún de qué secreto iba a ser partícipe, pero consciente de que no podía defraudar a mi mentor, el gran chambelán, y negarme a colaborar en el asunto que tanto les preocupaba—. Lo que hoy digáis en este despacho será un secreto que me acompañará, ilustre médico de la cámara del califa, hasta la tumba.

El judío esbozó una leve sonrisa que era, sin duda, de satisfacción y, quizás también, de alivio, al saber que podría contar con mi colaboración y mi total discreción.

—El caso es —continuó diciendo— que, como solo conocen algunos miembros del gobierno y de la familia del califa, nuestro señor, Abderramán ben Muhammad, se halla enfermo desde hace unos diez años. Sufre el mal del espíritu: la enfermedad sagrada[9], agravada por una profunda tristeza, abatimiento y melancolía perniciosa que yo, que lo he tratado como médico durante quince años, observé que comenzó a sufrir el día que, para salvar su trono, se vio obligado a ejecutar a su querido hijo Abd Allah. Aunque otros médicos de la cámara de nuestro señor aseguran que comenzó a padecer melancolía y tristeza cuando falleció su primera esposa, Fátima al-Qurasiyya. Pero sea por uno u otro motivo, lo cierto es que su estado de salud no ha hecho más que agravarse en los últimos meses. He analizado, durante una semana, las heces de nuestro señor y he descubierto que aparecen en ellas flujos de sangre, cada día más abundantes. Hemorragias internas que, si no logramos contener, acabarán sin remedio con su vida al paso de dos o tres meses.

---

9   Hoy, enfermedad conocida como epilepsia.

—Y en ese punto, Jalid ben Idris, es en el que Hasday ben Shaprut necesita que tú intervengas —terció el gran chambelán.

Al oír las palabras de Abdalmalik ben Chuayd noté cómo mis piernas flaqueaban y un sudor frío comenzó a correrme por la frente, pues no alcanzaba a comprender cuál podría ser mi participación en un asunto de tanta gravedad y tan alejado de mis conocimientos de traductor y copista.

—¿Yo, señor? —exclamé—. ¿Qué puedo hacer, si mi oficio es el de traductor y nada sé de medicina ni de los remedios que se han de aplicar para curar las enfermedades?

El médico judío se aproximó a una de las estanterías y tomó de una de las baldas un grueso libro. A continuación lo depositó sobre el diván, cerca de donde yo me encontraba, para que pudiera tomarlo, abrirlo y leer su contenido. En la portada de piel curtida se podía leer su título, *Liber de curandi ratione per sanguinis missionem*.

—Es una de las grandes obras sobre medicina escritas por el famoso médico griego, aunque vivió en tiempos de los romanos, Claudio Galeno —expuso el médico judío—. Este ejemplar, escrito en latín, lo recibí como herencia de mi padre Ishaq ben Shaprut, que era también médico en la ciudad donde nací, en Jaén. Sé que en este libro Galeno describe los diferentes remedios que él descubrió para detener las hemorragias internas de quienes padecían ese mal, así como las recetas que ideó para mejorar el flujo sanguíneo, evitar las hemorragias y acabar con la melancolía perniciosa. Yo sé traducir correctamente del griego y, también, del romance, pero siempre se me ha negado el latín, aunque no me ha sido complicado traducir el título de esta obra: *Libro sobre cómo curar las secreciones y hemorragias de la sangre*. Ese es el trabajo que, encarecidamente, te encomiendo, Jalid ben Idris. Que traduzcas su contenido para que yo pueda conocer los remedios que propuso Galeno para curar las hemorragias internas y, así, salvar, si es posible, la vida de nuestro señor el califa.

En ese momento comprendí que mis temores de verme envuelto en un asunto que se hallaba a mil leguas de distancia de mis conocimientos y mi profesión habían sido infundados. ¡Lo que deseaban de mí aquellos dos leales funcionarios de nuestro señor, el califa, era que tradujera una obra de medicina del latín al árabe para que el servicial médico judío pudiera conocer los remedios que Galeno había propuesto para curar las hemorragias internas que aquejaban al Príncipe de los Creyentes!

—El tiempo apremia, Jalid —manifestó, a modo de conclusión, el gran chambelán—. Toma el libro y marcha a Córdoba. En tu biblioteca dedícate a la traducción de la obra de Galeno. Pero es necesario que la acabes antes de pasados veinte días. La vida de nuestro señor depende de ello.

Tomé el libro que Hasday ben Shaprut había depositado en una caja de madera para facilitar su transporte y, después de despedirme de aquellos dos influyentes personajes de la corte califal, descendí por las rampas y escaleras que, cruzando la zona noble de la ciudad, conducían al pórtico oriental, principal acceso a Medina Azahara desde Córdoba. Até la caja con el libro de Galeno a la grupa de mi caballo y cabalgué en dirección al barrio de Balat Mugit con el corazón palpitante y un solo pensamiento ocupando mi mente: traducir la obra del médico griego y llevarla a la Ciudad Brillante antes de transcurrido el plazo de veinte días.

Cuando dejé el corcel en el establo y accedí a la casa por la puerta trasera que daba al huerto, mi madre me estaba esperando. Como no podía contarle el secreto que había prometido guardar, aun a costa de mi vida, solo le dije que tenía que llevar a cabo un importante trabajo de traducción. Que iba a permanecer encerrado en la biblioteca hasta que lo acabase; y que dijera a los probables clientes que acudieran para hacerme algún encargo que estaba enfermo y que no podría atenderlos hasta pasadas tres semanas. Quedó muy sorprendida, porque no era esa mi manera habitual de proceder. Pero, como se trataba de una mujer inteligente y respetuosa con mis decisiones, asintió sin hacer ninguna pregunta incómoda para mí y continuó con sus quehaceres, mientras que yo, con el libro de Galeno debajo del brazo, me encerraba en la biblioteca.

He de referir que la traducción de una obra escrita en ciento cincuenta páginas, en papel, que, después de analizarla detenidamente, deduje que no era una obra original, sino una copia realizada en el territorio oriental del Imperio romano hacía unos seis siglos, me tendría atareado cuatro o cinco meses. Pero como tenía que entregarla antes de que pasaran veinte días, debía dedicarle doce o trece horas diarias si quería cumplir ese plazo. Los tres primeros capítulos logré traducirlos en dos días, una vez que pude familiarizarme con la grafía y el estilo del autor o del copista. Pero, a partir del cuarto, como Galeno comenzó a introducir términos en la lengua de su tierra natal, que era el griego y, como he mencionado en otro lugar de esta autobiografía, nunca fui muy ducho en la enrevesada lengua de Aristóteles, tenía que asesorarme consultando algunos de los libros escritos en griego o diccionarios que, heredados de mi padre, guardaba en las baldas de mi biblioteca. Esas consultas me retrasaban y me producían desasosiego, porque temía que me impidieran cumplir con el plazo que Abdalmalik ben Chuayd y Hasday ben Shaprut me habían impuesto. Para complicar aún más la traducción, el erudito Galeno a veces empleaba, para describir algunas plantas o sustancias necesarias en la composición de sus recetas, nombres procedentes del griego antiguo en vez de sus correspondientes latinos, como por ejemplo el jengibre, que no lograba localizar en latín porque él lo escribía en caracteres griegos, desconocidos para mí hasta que no lograba hallarlos en algún antiguo diccionario o en un texto bilingüe.

Como solo salía de la biblioteca para ingerir con presteza el menú que mi buena madre me preparaba al mediodía y al atardecer y, luego, dirigirme al dormitorio, a altas horas de la noche, para conciliar el necesario sueño despés de toda una jornada de agotador trabajo intelectual, mi madre comenzó a preocuparse por mi bienestar y no dejaba de indagar haciéndome preguntas indirectas para poder saber cuál era el motivo de mi severo enclaustramiento y de que estuviera poniendo en riesgo, con aquella labor desaforada y atípica, mi salud.

—Es un encargo de personas muy importantes que debo entregar en un plazo previamente fijado, madre —le respondía en los breves momentos que, durante las comidas, disponíamos para poder conversar—. En unas tres semanas habré acabado la traducción de una obra escrita en latín. Entonces podré recuperar la calma y el sosiego que tú echas en falta y que ha sido, hasta ahora, la manera habitual de comportarme.

Sé que, con mi respuesta, Aminah no quedaba satisfecha. Pero yo no podía ser más explícito, aunque era consciente de que con mi actitud obsesiva y reservada le producía una inquietud que, por desgracia, no podía evitarle.

Verdaderamente, la obra de Claudio Galeno era un compendio novedoso de remedios para diversas enferme- dades relacionadas con el flujo sanguíneo y un conjunto de recetas que el médico y cirujano griego aseguraba que servían para curar o, al menos, hacer disminuir las hemorragias y la expulsión involuntaria de sangre con las heces. También describía Galeno los remedios que se habían de aplicar a los enfermos que sufrían este mal para evitar los daños que un flujo excesivo de sangre pudiera provocar en algunas zonas del cuerpo ocasionando decaimiento, melancolía, falta de apetito y la enfermedad sagrada. Yo, por mis nulos conoci- mientos de medicina, no alcanzaba a comprender la mayor parte de aquel exhaustivo recetario que, con tanto pormenor, describía el médico griego en su libro, exponiendo las clases de hierbas y las dosis de las mismas que se debían utilizar.

Pero estaba seguro de que Hasday ben Shaprut, un cirujano experimentado y famoso, sabría obtener de él las recetas que podrían devolver la salud al Príncipe de los Creyentes.

Antes de haberse cumplido el plazo de los veinte días, la obra de Claudio Galeno se hallaba traducida y convenientemente corregida y anotada al margen con los comentarios que el texto latino me había sugerido, con el fin de hacer la traducción más asequible al médico de palacio. Cuando el gran chambelán y el cirujano del califa me recibieron en la Ciudad Brillante, no daban crédito a lo que veían. ¡No solo les había entregado la traducción y el original en el plazo fijado, sino que lo había hecho dos días antes de la fecha acordada! ¡Y convenientemente anotada, como pudieron comprobar cuando comenzaron a ojearla!

Recibí toda clase de halagos y una remuneración económica que superaba con creces cualquiera de los trabajos de traducción que hubiera realizado hasta ese día.

En el transcurso de los dos siguientes años no volví a pisar las calles de la Ciudad Brillante, ni mi mentor reclamó mi presencia para darme alguna información sobre la enfermedad o la salud del califa, pues tales informaciones se consideraban secretos de Estado. Nada supe del resultado del tratamiento, ni si las recetas y pócimas, sacadas de la obra de Galeno, que Hasday ben Shaprut debía de haber suministrado a nuestro señor, el califa, para detener y curar las perniciosas hemorragias que sufría, habían resultado eficaces. Yo supuse que los remedios aplicados por el cirujano judío fueron acertados y beneficiosos para nuestro señor, porque los meses pasaban y ninguna mala noticia, procedente de la ciudad palatina, llegaba a Córdoba.

Como ningún desorden ni alteración social se produjo en esos años en la capital de califato —lo que, de ordinario, sucedía cuando la gente presagiaba que se acercaba el final de la vida de un califa y los potentados y altos funcionarios, que gozaban de grandes privilegios y relevantes cargos y puestos en el gobierno o la administración, temían verse desposeídos de ellos o destituidos si un nuevo califa asumía el poder—, deduje que los remedios que Hasday ben Shaprut había aplicado a nuestro señor Abderramán ben Muhammad habían logrado sanarlo y devolverle la perdida salud. Seguro estaba de que, de nuevo, nuestro señor se hallaba dirigiendo al pueblo con mano de hierro, como era su manera de gobernar a los cordobeses, desde la Casa del Poder.

Pero, al cabo de esos dos años, a inicios del otoño del 961, una terrible noticia se extendió entre los círculos del poder y de la aristocracia de Córdoba, en los conciliábulos que se formaban en el patio de las abluciones de la mezquita aljama al acabar las oraciones canónicas, en la madrasa kabira y en los zocos y baños de la ciudad. ¡El califa, Abderramán ben Muhammad ben Abd Allah, Príncipe de los Creyentes y Comendador de Todos los Musulmanes, agonizaba en su mansión de la Casa del Poder en la Ciudad Brillante, acompañado de su hijo, el príncipe heredero al-Hakam, de su otro hijo, Abu-l-Mustarrif al-Mughira, de su médico Hasday ben Shaprut, del gran chambelán, del imán de la mezquita aljama y de algunos de sus visires!

El poderoso señor de al-Andalus, de los reinos vasallos del norte y de las provincias del Magreb —desde Tánger a Siyilmesa y el valle del Draa—, primer califa sunní de los omeyas de Oriente y Occidente, murió el día 15 de octubre del año 961, a los setenta años de edad, habiendo reinado durante cuarenta y nueve años. ¡Que el misericordioso Alá le haya permitido gozar de los ríos por los que fluyen leche y miel en los jardines del Paraíso!

Su cuerpo, acompañado de sus familiares, de los cortesanos y del enorme gentío que quería tributarle un postrer homenaje, fue trasladado desde la ciudad palatina de Medina Azahara, que él había mandado construir para hacerla sede de su poder, a Córdoba, para que recibiera sepultura, siguiendo el ritual malikí, en la *rawda* del antiguo alcázar, junto a los panteones de los emires que habían reinado antes que él. La oración fúnebre, en presencia de los altos dignatarios del califato, fue rezada por su hijo y sucesor, el príncipe al-Hakam.

XII

DIRECTOR DE LA GRAN BIBLIOTECA

Antes de que se dirigiera la comitiva con el cuerpo del califa a la *rawda* del alcázar, fue llevado a la mezquita aljama para que el imán, director de la oración, Abu Abd Allah Yazid, procediera a proclamar la oración fúnebre desde el *minbar* ante los miles de fieles musulmanes que ocupábamos la sala de oración y parte del patio de las abluciones. Después, fue conducido el cuerpo sin vida del Príncipe de los Creyentes al cementerio real para realizar la ceremonia final, antes de depositar sus restos, envueltos en un sudario de lino, en la sepultura. A este acto deseaba asistir gran número de cordobeses, entre ellos yo mismo, en agradecimiento por los grandes favores que, directa o indirectamente, me había concedido. Pero la gente del común tuvimos que conformarnos con congregarnos en la gran plaza que antecedía a la antigua fortaleza, pues el acceso a la *rawda* estaba reservado solo a los familiares directos del fallecido, al gran chambelán, al general Gálib Abu Tammam, responsable del ejército de la frontera, a su visir, Abu Utmán ben Idris, que había gozado de su confianza en los últimos años de su vida, al juez de jueces de Córdoba, al zabazorta principal, Muhammad ben Fudayl, y al ya citado imán director de la oración de la mezquita mayor.

Finalizada la ceremonia, y una vez que hubieron retornado los cordobeses a sus diarios quehaceres, me dirigí a mi casa en el barrio de Balat Mugit para continuar con mi labor de traductor y copista en la que había logrado ganarme justa fama, no solo por la calidad y precisión de mis traducciones y la exactitud de mis copias, sino, sobre todo, porque la nobleza y la intelectualidad cordobesas, como todos los engolados aristócratas, sabios pensionados y los potentados del mundo, respetan y admiran a aquellos que, aun perteneciendo al pueblo llano, están en excelentes relaciones con los que ostentan el poder, no por la excelencia de sus obras, sino porque su interesada amistad y cercanía pueden, algún día, serles útiles. Y yo, por fortuna o por la mediación de Alá, al que, todavía, consideraba la fuerza creadora suprema que movía a su voluntad los hilos de todo el universo, revelada por el profeta Mahoma, gozaba del aprecio, el respeto y la consideración de chambelanes, visires, generales, arquitectos de la Ciudad Brillante y cirujanos reales.

La semana que siguió al óbito de nuestro señor el califa, la vida en la capital aún no había recuperado la normalidad acostumbrada. La gente de la *amma* acudía cada día a la alcaicería, a los puestos de los zocos, a los talleres de los diferentes oficios en las calles de la medina y a las tiendas de los arrabales como si nada hubiera sucedido. Aunque, cuando yo asistía a la preceptiva oración en la mezquita aljama, captaba una anormal inquietud en algunos miembros de la nobleza o del alto funcionariado que conocía. Ese desasosiego, me contaba mi difunto padre, aconteció también cuando murió, en el año 912, el emir Abd Allah, que precedió en el poder a Abderramán ben Muhammad. Pero, entonces, la desazón que parecía agobiar a los principales dignatarios y a los altos cargos de la administración era menor y pasajera. La diferencia de la inquietud que se observaba tras el fallecimiento del califa Abderramán estribaba en que, en el año 912, el emirato de Córdoba no había alcanzado aún la extensión, el prestigio y la riqueza que había logrado cuando el Príncipe de los Creyentes fue llamado a presencia del Todopoderoso.

Ahora que las fronteras del califato llegaban a los territorios de los reyes y condes cristianos y los Banu Qasi por el norte y a Siyilmesa y los desiertos del Magreb por el sur, y los cargos eran numerosos y muy bien remunerados, los gobernadores de las provincias y los funcionarios de las ciudades —enriquecidos, muchos de ellos, fraudulentamente, con ilegales corruptelas—, los generales e interventores del ejército —que sabían ahorrar hábilmente en el mantenimiento y la manutención de la tropa para embolsarse parte de lo presupuestado—, los influyentes y respetados alfaquíes y los encopetados jueces provinciales temían ser removidos o cesados en sus cargos por el nuevo califa. Esa era la inquietud y el temor que se respiraba en la sala de oración y en el patio de las abluciones de la mezquita aljama entre los poderosos y los altivos funcionarios que acudían para cumplir con las oraciones diarias y escuchar la *azalá* del imán predicador cada viernes.

El día 25 de octubre del año 961 fue proclamado califa en la Ciudad Brillante, con toda la pompa y la magnificencia que tan importante acto requería, al-Hakam II, Príncipe de los Creyentes y Comendador de Todos los Musulmanes. Adoptó el título honorífico de *al-Mustansir bi-llah*, que en la lengua romance quería decir «El que busca la ayuda victoriosa de Dios». Había cumplido cuarenta y seis años. Tenía el cabello rubio, como su difunto padre, la nariz aguileña, las mejillas tersas y sonrosadas, los ojos grandes y negros y la voz aguda. Era delgado, elegante en el andar y de elevada estatura. Dicen algunos de los que pudieron asistir a la ceremonia de proclamación que el nuevo califa se mostró moderado en el habla y respetuoso y amable con los visires, alfaquíes, jefes militares, jueces y altos funcionarios que lo acompañaban en tan relevante ocasión, celebrada en el Salón del Trono que su padre había mandado construir, en medio de un exuberante jardín, no lejos de la Casa del Poder. Esta actitud complaciente y moderada de al-Hakam II fue interpretada erróneamente por algunos como una demostración de indolencia y falta de autoridad, lo que les debió de transmitir tranquilidad y la seguridad de que el nuevo califa los confirmaría en sus cargos y podrían seguir disfrutando de sus exclusivos privilegios y corruptelas. Aunque era una impresión engañosa y vana que confundió a aquellos ambiciosos personajes, que solo miraban por sus propios intereses. No habían logrado comprender aún cuán diferente iba a ser su política con respecto a la seguida por su padre. Sobre todo en lo referente a la elección de sus más cercanos colaboradores y a sus principales asesores y consejeros. Una vez proclamado, el nuevo califa ordenó que se redujeran los impuestos a las clases bajas, mandó liberar a todos los musulmanes que estuvieran presos en las cárceles y distribuyó cien mil dinares entre los moradores de los barrios más necesitados de la Axarquía, la Algarbía y los arrabales meridionales para que pudieran construir atarjeas y cloacas donde no las hubiera.

Cuando las aguas volvieron a su cauce y la vida diaria de la ciudad adquirió, de nuevo, su tono habitual en los zocos, la alcaicería, las madrasas y las mezquitas, retorné a mi taller para dedicarme a mis labores de traductor y de copista que, como ya he referido, me estaban proporcionando unos ingresos y un estatus social impensable para alguien que, como yo, hubiera nacido en el seno de una modesta, aunque ilustre, familia que formaba parte de la *amma*. De alguna manera, aquella recuperación de la vida ordinaria en la bulliciosa ciudad, capital del extenso imperio de los omeyas, era más optimista, tranquila y alegre que antes de la muerte de Abderramán III, porque los cordobeses admiraban las cualidades del nuevo califa desde que este era tan solo un joven príncipe heredero que solía acompañar a su padre en las ceremonias oficiales, en las campañas militares y en los actos religiosos; y ya daba muestras de su inteligencia, sabiduría, tolerancia y buen criterio.

Hacía un mes que había sido proclamado al-Hakam II

califa de al-Andalus y Príncipe de los Creyentes cuando, estando atareado en la copia, por encargo de un prestigioso ulema, de un ejemplar del Corán de tiempos del tercer califa ortodoxo, Utmán ben Affán —el primero que mandó trasladar al pergamino el texto del Libro Sagrado—, que, por su antigüedad y mal uso estaba cerca de perderse, recibí una carta cerrada y lacrada que parecía proceder de la Ciudad Brillante, pero que carecía del sello del personaje que me la había mandado. Extrañado a causa de esa carencia, procedí a abrirla y ver la firma de su remitente para, a continuación, leer su contenido. La enviaba mi admirado y noble Abdalmalik ben Chuayd. Su tenor era el siguiente: «Jalid ben Idris: eminente traductor y leal servidor del Príncipe de los Creyentes. Mi querido y respetado amigo, al que el misericordioso Alá conceda todos los dones que, por su buen hacer y su piadoso modo de vivir según lo estipulado por el Libro Sagrado, se merece. Sirvan estas palabras de despedida y de reconocimiento a nuestra amistad, así como de agradecimiento a los grandes servicios que, durante mi mandato, me has hecho. Nuestro señor el califa, haciendo uso de la potestad que le otorga la alta magistratura que ostenta, ha tenido a bien nombrarme gobernador de la región de Tánger, en el Magreb, destino al que he de incorporarme antes de pasado un mes. He cesado en mi cargo de gran chambelán, que he ocupado con total satisfacción y siempre leal a nuestro señor, siendo sustituido por el honrado Yafar al-Siqlabi, que hasta el día de su nombramiento había sido jefe de las caballerizas del difunto Abderramán ben Muhammad —a quien el bondadoso y justo Alá haya concedido los gozos del Paraíso— y, luego, responsable de la *Dar al-tiraz*[10]. He mantenido con él una larga conversación en el transcurso de la cual le he confiado los secretos que todo chambelán debe guardar hasta que los pueda transmi-

---

10 Fábrica de tejidos de la Ciudad Brillante.

tir a su sucesor en el cargo. También le he hablado de ti y de los relevantes servicios que me has hecho a mí, al general Gálib, al arquitecto jefe de la Ciudad Brillante y al mismo Príncipe de los Creyentes, para que los tenga en cuenta y continúe manteniendo contigo la relación de amistad y el afecto que ambos siempre hemos tenido. Al mismo tiempo, le he asegurado que puede confiar en ti y considerarte un leal y obediente colaborador al que puede acudir sin temor a ser defraudado. Que el sapientísimo Alá te guarde y que podamos abrazarnos en una futura ocasión si Él lo tiene así concertado. Abdalmalik ben Chuayd, gobernador de Tánger y su provincia por el Príncipe de los Creyentes».

La destitución del bueno de Abdalmalik ben Chuayd —aunque su nuevo destino como gobernador de una rica provincia, de la que se importaba el hierro y toda la plata que necesitaba para sus acuñaciones la ceca de Medina Azahara, no desmerecía del que había ostentado con anterioridad— me entristeció profundamente porque, al margen de haber sido el alto dignatario de la corte que me había promocionado profesionalmente y abierto las puertas de la Ciudad Brillante, sentía por él un afecto que superaba con creces la simple amistad.

Luego supe que el nuevo chambelán era un cristiano que había sido tomado preso, antes de cumplidos los quince años, en una de las aceifas realizadas por el anterior califa, al principio de su reinado en las tierras del norte. Residiendo en la Casa del Poder como esclavo y eunuco, fue educado en el islam y manumitido por Abderramán III, ejerciendo diversas labores de carácter administrativo. Por su capacidad organizativa, su preclara inteligencia, sus dotes diplomáticas y su probada lealtad, se fue ganando la confianza y el aprecio del califa, ascendiendo en la exclusiva sociedad de la Ciudad Brillante y llegando a ocupar importantes cargos. Como agradecimiento por haber sido nombrado gran chambelán, Yafar al-Siqlabi había regalado a al-Hakam II cien esclavos francos, procedentes del otro lado de los Pirineos, que había comprado con su propio peculio. A partir del año de su nombramiento, estos esclavos, de melena rubia y ojos claros, participaban en los desfiles militares que recorrían las calles de Córdoba vestidos a la usanza de su tierra, lo que llamaba la atención de los cordobeses, que los denominaban los *yafaríes*, en alusión a quien los había traído a la capital de al-Andalus y dado como regalo al nuevo califa.

Como había dejado de residir en la Ciudad Brillante la persona que me había demostrado siempre un gran afecto y consideración, ejerciendo de mi confidente y mentor, necesitaba saber cómo se estaban disponiendo y consolidando las estructuras del poder en la nueva etapa que se iniciaba y si mi privilegiada posición, como experto traductor, copista y, en ocasiones, ejerciendo de diplomático, había sufrido alguna merma o continuaba siendo reconocida y respetada en la corte califal. Por ese motivo decidí enviar una misiva a Maslama ben Abd Allah solicitándole una entrevista. Lo cierto era que, después de los turbulentos meses que antecedieron al fallecimiento del califa Abderramán ben Muhammad y al advenimiento de al-Hakam II y los cambios habidos en los distintos cargos que constituían el círculo de confianza del nuevo califa, era muy probable que Maslama ya no ocupara el de arquitecto jefe de las obras de la Ciudad Brillante. No obstante, esperaba que, si recibía mi carta, por la amistad que siempre me demostró, me respondiera y pudiera yo dirigirme a la que fue su casa en Medina Azahara para conversar con él y tratar algunos asuntos que podrían atañerme en el futuro.

Seis días después de haber depositado la misiva en la casa de correo o *barid*, situada junto a la madrasa kabira —que era uno de los servicios que, abarcando todo al-Andalus y las provincias del Magreb con una red de postas a caballo, mejor funcionaba, dirigido por un oficial dependiente del zalmedina—, recibí la contestación del arquitecto de la

Ciudad Brillante por medio de una carta en la que me citaba en su mansión un día antes de que se iniciara aquel año el mes de Ramadán.

Maslama ben Abd Allah continuaba residiendo en la misma mansión en la que me recibió, hacía ya siete años, cuando me trasladó el encargo del general Gálib Abu Tammam para que tradujera al árabe el valioso tratado sobre poliorcética de Flavio Vegecio. Me atendió en el salón principal de la casa, al que me había conducido un criado después de cruzar un patio porticado, uno de cuyos laterales, en el que se abrían dos grandes vanos con arcos de herradura, daba al jardín. Por uno de ellos surgió la figura de Maslama.

—Sé bienvenido a mi casa, Jalid ben Idris, el mejor traductor de latín de Córdoba —dijo, mientras me abrazaba—. Doy gracias al Todopoderoso por habernos reunido de nuevo después de tantos años.

—Seáis bien hallado, Maslama ben Abd Allah, el más prestigioso alarife de la Ciudad Brillante, cuyo esplendor y magnificencia, en parte, a vos se debe.

El arquitecto esbozó una amplia sonrisa al oír mis halagadoras palabras.

—Pero dejemos por el momento las mutuas alabanzas y siéntate en uno de esos almadraques de seda que tú ya conoces, pues son los mismos que nos sirvieron de acomodo cuando acudiste, desasosegado y tembloroso, a mi requerimiento —añadió, mientras me tomaba de un brazo y me acercaba a uno de los lujosos cojines que rodeaban la mesa poligonal de taraceas que ocupaba el centro de la estancia.

Unos mechones grises adornaban la cabellera de Maslama ben Abd Allah, antes totalmente negra, y los bucles que antaño le caían sobre la frente, proporcionándole un aspecto juvenil, habían desaparecido. El arquitecto había envejecido en los siete años transcurridos desde que lo visité para que me trasladara el encargo del general Gálib.

—Dime, buen Jalid, ¿cuál es el motivo de tu visita?

—Ninguno en especial —respondí, sin mostrar un excesivo interés en mi respuesta—. Como he tenido noticias de los cambios, las sustituciones y los nuevos nombramientos que se han producido en algunos departamentos del gobierno y de la administración del Estado, entre ellos el del que fuera mi mentor, el gran chambelán Abdalmalik ben Chuayd, que ha sido destinado a la región de Tánger como gobernador, deseo conocer la predisposición de aquellos que ahora ostentan el poder en los asuntos que me puedan atañer. Si son proclives a seguir haciendo la guerra a cristianos, fatimíes y bereberes —continuando el nuevo califa la tradición paterna— o, como se comenta, son elegidos y nombrados por el Príncipe de los Creyentes atendiendo a su temperamento moderado y demostrada religiosidad, a sus inclinaciones culturales y al saber. Necesito que me iluminéis, buen Maslama, porque de estos nuevos dignatarios seguro que dependerá, en gran medida, mi futuro profesional, tan vinculado, en estos últimos años, a la rica pero veleidosa aristocracia, y a los miembros más destacados del gobierno.

El rostro de Maslama, ornado con una suave sonrisa, expresaba un optimismo y una calma que a mí me produjo una gran sensación de tranquilidad, que se reafirmó cuando el arquitecto dijo:

—No van descaminados los que aseguran que nuestro señor al-Hakam está nombrando en algunos cargos de confianza a personajes ilustrados, tolerantes y muy leales a su persona relacionados con el arte y la cultura, Jalid. No oculta sus intenciones de centrar su política en la ampliación y el embellecimiento de la gran mezquita, atendiendo y protegiendo, al mismo tiempo, a las clases más humildes y a los literatos y a los sabios. Pero es un gobernante inteligente y sabe hallar el equilibrio en esos nombramientos para contentar a las diferentes facciones que se mueven en torno a la corte califal, a los poderosos miembros de la *jassa*, a los hombres de religión y a la influyente y, no siempre, leal milicia. A mí no me ha renovado el nombramiento de arquitecto jefe de la Ciudad Brillante, quizás porque ya poco queda por hacer, pero no me ha destituido de mis funciones. El nuevo gran chambelán, Yafar al-Siqlabi, desea que continúe ejerciendo como supervisor de las murallas y de las obras de ampliación de la Casa del Poder. Sin embargo, me preocupa que nuestro señor haya nombrado visir al bereber Yafar al-Mushafi, que, hasta ahora, era gobernador de la isla de Mallorca. Persona de su total confianza, que ya ejercía el cargo de secretario personal de al-Hakam II cuando tan solo era príncipe heredero, pero que, en mi modesta opinión, adolece de una desmesurada ambición.

Esa apreciación del experimentado arquitecto jefe no carecía de fundamento, como el lector podrá comprobar cuando haga su aparición en esta historia Muhammad ben Abi Amir.

—Al general Gálib Abu Tammam y al gran imán de la mezquita, así como a los ulemas y a los alfaquíes más prestigiosos y tolerantes y a los jueces expertos en jurisprudencia los mantiene en sus cargos —continuó con su exposición Maslama ben Abd Allah—. No obstante, a los jueces les ha ordenado que apliquen siempre la justicia con rigor, pero rectamente, de acuerdo con el derecho sunní y la jurisprudencia de la escuela malikí, sin inclinarse por la riqueza, el prestigio o la fama que pueda poseer alguno de los litigantes. No, Jalid ben Idris. No debemos preocuparnos, porque el reinado que ahora se inicia será glorioso para el islam y beneficioso para el pueblo.

—¿Y qué piensa del nuevo chambelán, Yafar al-Siqlabi? —demandé con cierta inquietud, porque era consciente de que de tan poderoso personaje dependía la aplicación de buena parte de la política diseñada por el califa. Casos había habido en el pasado de emires que estuvieron dominados por sus ambiciosos visires o sus chambelanes—. ¿Será su actitud semejante a la del preclaro y generoso Abdalmalik ben Chuayd?

—Al-Siqlabi es un hombre que ha surgido de lo más bajo. Ha sido esclavo, y conoce bien la maledicencia de los poderosos y el desprecio que, con harta frecuencia, sufren los humildes. Haber sido siervo y haber gozado de la plena confianza del padre del nuevo califa, sin duda, habrá modelado su espíritu e incrementado su religiosidad y su apego a obrar rectamente como nos manda el Libro Sagrado. Ya sabes que los mejores musulmanes y los más cumplidores son los conversos, y Yafar al-Siqlabi lo es.

Una vez acabada la instructiva charla con Maslama ben Abd Allah y, tras haberme despedido de él prometiéndole que no esperaría que transcurrieran otros siete años para que pudiéramos vernos y conversar, me dirigí a la puerta oriental de la Ciudad Brillante, en cuyo cuerpo de guardia había dejado atado mi caballo. Monté en él, cabalgando sin prisa al trote lento en dirección a mi barrio de Balat Mugit. Iba ensimismado en mis pensamientos y recapacitando sobre lo que me había relatado el arquitecto principal de la ciudad palatina, aunque ahora ejerciera funciones secundarias en las obras que, con tanto acierto, había dirigido en el pasado. ¿Sería verdad que nuestro señor al-Hakam estaba más interesado en hacer de Córdoba una pujante y culta ciudad y en promocionar a los sabios, a los poetas y a los hombres de religión más moderados, o seguiría la política expansiva de su padre? Aunque no dejó de dotar de mejoras urbanísticas a la capital, de sistemas de desalojo de aguas negras, de puentes, murallas y mezquitas, se aplicó, sobre todo —quizás porque nunca pudo olvidar la larga y sangrienta guerra mantenida contra el contumaz Omar ben Hafsún—, en someter a los reyezuelos que amenazaban sus fronteras desde el norte y reforzar la defensa del litoral frente a los fatimíes.

Yo, a pesar de las excelentes relaciones que había mantenido con los poderosos dignatarios del califato y del aprecio y el respeto que ellos siempre habían mostrado por aquel eficiente y leal traductor que tan buenos servicios les había prestado, era un intelectual desconocedor de las intrigas palaciegas y de los complicados vínculos personales o familiares —a veces, transformados en retorcidas y despiadadas confabulaciones—, que eran el pan de cada día de una sociedad enriquecida y una administración y un gobierno que dominaba medio mundo, como era el de los califas de Córdoba.

Estaba accediendo al establo para dejar que mi caballo se alimentara con una buena ración de avena cuando, antes de entrar en mi casa, como resumen y colofón a las cavilaciones que habían estado ocupando mi mente, me dije: sea como dice Maslama o como auguran algunos, descontentos con la nueva política porque no se les ha dado lo que esperaban recibir, yo he de seguir dedicado a mi bien remunerado y prestigioso oficio, pues dominen unos u otros en la Ciudad Brillante, al cabo todos necesitarán, en alguna ocasión, del trabajo que realizan los artesanos, los traductores, los copistas o los restauradores de libros.

Como al día siguiente se iniciaba el Ramadán, marché a la aldea de Kanbaniya, donde mi tío Omar tenía su casa de campo, establo para el ganado y una huerta, como ya he referido en otro lugar de este relato. He de decir que mi tío Omar había muerto dos meses después de que mi amado padre abandonara este mundo para entrar en el Paraíso prometido por el Todopoderoso, lugar que se tenía ganado con creces dada su bondad y las numerosas buenas acciones que había realizado a lo largo de su vida ayudando a los menesterosos. La alquería estaba regida por sus dos hijos, mis primos, que, como en ocasiones anteriores, me proporcionaban una habitación para que me hospedara y un lugar en su mesa para que degustara sus mismos alimentos.

Aquel año llevé conmigo el libro II de la *Retórica* de Aristóteles, escrito en griego, que trata con detalle, cuidado estilo y con elaborados ejemplos las formas de persuasión que existen y que debe utilizar un buen orador para ganarse la confianza de los oyentes, bien por su elocuencia, la veracidad de lo expuesto o por su habilidad en expresar falsedades como si fueran verdades absolutas. Lo había heredado con el resto de la biblioteca de mi progenitor y no pensaba leerlo por amor a la filosofía aristotélica o por divertimiento, sino porque su lectura, en aquella aislada aldea en medio de la naturaleza, me serviría para mejorar mis conocimientos de la lengua griega. Ese idioma seguía resistiéndose a mi compresión, lo que me hacía rechazar los encargos que implicaran la traducción de algún texto escrito en aquel enrevesado idioma plagado de términos recibidos de las lenguas orientales que le precedieron.

Las exigencias que la ley islámica impone a todo creyente durante los días que abarca el mes del Ramadán eran más llevaderas en un lugar campestre en el que predominaba el silencio, solo perturbado por el trinar de los pájaros, el sonido del agua al discurrir por las acequias y la llamada del almuédano desde el alminar del cercano oratorio. Sin embargo, la prohibición de comer y beber en las horas de luz se soportaban peor si el mes sagrado coincidía con la época de verano y el calor y los días largos incitaban a los buenos musulmanes a romper las normas, acudiendo a beber agua en alguno de los manantiales o ruidosos caños que, en los entornos de la alquería, servían para alimentar las acequias. El rezo, acompañado de mis familiares en el modesto oratorio, era un acto de hermandad que asumíamos con paciencia y alegría.

El día de la ruptura del ayuno, cuando daba fin el mes del Ramadán, se organizaba una fiesta nocturna en la plaza que había en el centro de la aldea. Se encendían hogueras y las mujeres sacaban mesas plegables en las que depositaban albóndigas de carne de cordero, rosquillas de azúcar, buñuelos bañados en miel, almojábanas hechas con queso, zumo de granada y melaza de albaricoque.

Finalizaba el mes de enero del año 963.

Me encontraba enclaustrado en mi biblioteca atareado en varias traducciones de obras latinas que había dejado inconclusas debido a la falta de tiempo para poder atenderlas debidamente. Ciertamente, el trabajo no me faltaba. Con frecuencia acudían a mí algunos coleccionistas de libros antiguos o ricos prebostes, que habían estado destinados en el Magreb, para que reparara algún ejemplar deteriorado de hermosos Coranes que decían haber adquirido en ciertos mercados de África —aunque yo sabía que eran producto del botín y del expolio de algún palacio, biblioteca o madrasa—. En esos casos, me negaba a realizar el trabajo que me solicitaban, no solo porque me repugnaba colaborar con esa clase de personajes, sino, en mayor medida, porque no me satisfacía la labor de restaurador de libros, cuando había conseguido ganarme justa fama y una saneada posición como traductor y copista.

Pero un sorprendente e inesperado mensaje que recibí al inicio del verano de aquel citado año, cuando hacía casi dos que había sido entronizado el califa al-Hakam II en la Ciudad Brillante, iba a dar un nuevo y, yo diría, definitivo giro a mi ajetreado discurrir por este mundo. Lo que en los días siguientes se me iba a proponer me llenó de orgullo, alegría y justificada satisfacción, aunque no exenta de temor por la gran responsabilidad que iba a asumir. Aquella propuesta me permitiría lograr lo que toda persona ilustrada poseedora de la *iyaza*, pero nacida en los estratos más humildes de la sociedad, esperaba: ascender y ocupar alguno de los prestigiosos y codiciados cargos en la administración del califato.

Mas, iluso de mí, entonces no podía imaginar las dolorosas consecuencias, injustas persecuciones y desgracias sin cuento que, por cumplir con total lealtad, dedicación y honradez mis obligaciones, sufriría en las últimas décadas de mi existencia, antes de verme obligado a emigrar a un país lejano para poder escapar de la persecución y de la muerte. Pero esa parte de mi azarosa vida se relatará, con toda minuciosidad y no poca aflicción, en los capítulos finales de esta historia.

La carta era del nuevo gran chambelán, Yafar al-Siqlabi. Contenía un breve mensaje por el que me citaba en su despacho de la Ciudad Brillante tres días más tarde, después de que el sol se hallara en su cénit y hubiera cumplido con el obligado rito de rezar la tercera oración prescrita por el Corán.

Quedé confuso y desconcertado porque, establecido Abdalmalik ben Chuayd, mi mentor, en la lejana ciudad de Tánger y desposeído Maslama ben Abd Allah de su influyente puesto de arquitecto jefe de la Ciudad Brillante, pensaba que transcurriría todavía algún tiempo antes de que pudiera recuperar el reconocimiento y el prestigio que bajo sus mandatos había tenido como traductor para la *jassa* y la administración palatina. ¿Qué desearía de mí el nuevo chambelán? ¿Querría encargarme algún trabajo relacionado con mi oficio? Sin duda, sería ese el motivo de su llamada. No podría ser otro, pues aún era yo un personaje irrelevante y desconocido para él, al margen de saber, por mediación de su antecesor en el cargo, mi dedicación a las disciplinas de la copia y la traducción. Aunque, como me había referido el gran chambelán Abdalmalik ben Chuayd en su carta de despedida, le había hablado de mí, de mis excelentes cualidades como traductor y copista y de las importantes misiones que había llevado a cabo por orden del anterior Príncipe de los Creyentes.

Guardé la misiva en el cajón de la mesa de mi despacho y me quedé pensativo, cavilando sobre el breve mensaje que encerraba aquella carta que portaba, marcado en el rojo lacre, el sello del nuevo chambelán.

El día señalado, a media mañana, cuando aún faltaban tres horas para que el sol estuviera en lo más alto del firmamento, ensillé mi caballo alazán y, abandonando el establo, después de despedirme de mi madre, enfilé las calles del barrio de Balat Mugit hasta dar con el arrecife que, tras cruzar el riachuelo que, desde la almunia de la Ruzafa, atravesaba la Algarbía para desembocar en el Guadalquivir, se dirigía a la ciudad palatina de Medina Azahara. El enlosado camino dejaba en su lado norte las sierras pobladas de abedules, encinas y, en lo más abrupto, alcornoques y algarrobos; y, en su lado sur, la extensa vega del río, salpicada de almunias y de campos cultivados. Era un día radiante. Yo azuzaba mi rocín casi instintivamente, pues mis pensamientos se hallaban ocupados en lo que me podría ordenar o pedir el gran chambelán y, dependiendo de lo que me dijera, cuál iba a ser mi respuesta. Pero, como ignoraba el contenido de su petición, opté por no atormentarme inútilmente y continuar la marcha disfrutando del agradable paisaje que me rodeaba, dejando descansar mi imaginación.

Transcurrida una hora y media entraba en la Ciudad Brillante por el gran pórtico oriental abierto en la muralla. He de referir que la casa en la que moraba el nuevo chambelán era la misma en la que había residido Abdalmalik ben Chuayd hasta que fue destinado como gobernador al Magreb. La fachada principal estaba constituida por un muro de sillares con un pórtico central formado por un triple arco de herradura. Cuando hube accedido al interior de la mansión, un criado, al que dije que el gran chambelán me esperaba, me condujo, a través de varias salas, hasta una amplia estancia que disponía, en uno de sus frentes, de una galería porticada que daba al jardín, en la que me había recibido, años antes, su antecesor en el cargo. Media docena de almadraques de color azul con ribetes dorados ocupaba el centro de la habitación. Con el corazón en un puño esperé que apareciera el que era, según decían, el hombre más influyente del califato, el principal asesor del nuevo califa, sin cuyo consejo al-Hakam II no acometía ninguno de sus grandes proyectos.

Al poco surgió, por una de las puertas que comunicaban con la zona privada de la casa, la figura de Yafar al-Siqlabi.

Era de estatura media, delgado, de rostro agraciado, con una nariz pequeña y recta y unos ojos grandes y claros. Su piel era blanca, lo que evidenciaba su ascendencia leonesa o gallega. Su mirada era inquisitiva, pero, al mismo tiempo, amable y dotada de cierta ternura que no casaba con la severidad que se espera encontrar en tan poderosos personajes. Vestía modestamente con una aljuba verde abierta por delante y adornada con bordados elaborados con hilo blanco, muy diferentes a los que usaba la arrogante y rica aristocracia cordobesa, tejidos con hilos de plata o de oro. Llevaba la cabeza descubierta. El cabello, muy negro, le caía sobre los hombros, aunque lo tenía recortado en la frente. Una tenue barba, casi inapreciable —característica inherente a su condición de eunuco— le cubría la parte inferior del mentón. Observando el aspecto físico, la modestia en el vestir, los gestos sosegados y la noble mirada del nuevo chambelán, tuve que reconocer que Maslama ben Abd Allah no se había equivocado al describirme las buenas cualidades que adornaban a Yafar al-Siqlabi.

—Tú eres Jalid ben Idris, el famoso traductor del que, con tanto entusiasmo y cariño, me ha hablado Abdalmalik ben Chuayd —aseveró el gran chambelán, sin mostrar un ápice de duda, de lo que colegí que sabía tanto de mi persona como yo mismo.

—Ese soy yo, mi señor. Y he acudido presto a vuestro requerimiento, como antes lo había hecho a la llamada del generoso Abdalmalik ben Chuayd o del que era arquitecto jefe de la Ciudad Brillante, Maslama ben Abd Allah —respondí, inclinando la cabeza en señal de respeto, pero nombrando a quienes eran mis relevantes mentores para que supiera que estaba bien relacionado con la casta gobernante.

—Sé todo lo que concierne a tu vida, buen Jalid. No en vano poseo un excelente servicio de información que me tiene al día de cuanto acontece en esta ciudad —repuso el gran chambelán—. Pero, antes de continuar con nuestra conversación, aposentémonos en estos almadraques y charlemos mientras que mis criados nos sirven zumos de frutas, tan abundantes en Córdoba en este inicio del verano.

Y al tiempo que ordenaba a unos sirvientes que, por su aspecto, parecían esclavos procedentes de su tierra de origen, que nos trajeran una jarra de loza decorada con unos cervatillos rampantes con el zumo y unos vasos de cristal tallado, nos sentamos en los almadraques. Yo permanecí en silencio, degustando el zumo después de que al-Siqlabi lo hubiera hecho con antelación, pues era él el que debía iniciar la conversación para que supiera qué era lo que deseaba de mí.

—Creo que no es un secreto para ti que el nuevo califa, nuestro señor al-Hakam, al tiempo que ha mantenido en sus puestos y cargos a aquellos que han mostrado, a lo largo de su vida, una absoluta fidelidad y obediencia a su padre, se está rodeando de personas leales que no han de pertenecer forzosamente a la *jassa*, como reputados poetas, literatos, juristas, teólogos, arquitectos, copistas y traductores. Estos han de ser los encargados de llevar a cabo los grandes proyectos que tiene en mente para hacer de Córdoba el emporio de Occidente y poder superar en magnificencia y cultura a la ciudad de Constantinopla y a Bagdad. Ya ha ordenado que un sabio ulema intervenga en la educación de los niños, que antes se hallaba bajo la autoridad y responsabilidad de la «Gran Señora», esposa de su padre. Ha nombrado ochenta alfaquíes fieles a la tradición sunní y a la jurisprudencia malikí para que impartan enseñanzas en las escuelas gratuitas para niños pobres y huérfanos que está construyendo en los arrabales donde residen las familias más humildes. También ha ordenado edificar escuelas en las aldeas del alfoz que no cuentan con ningún tipo de institución educativa, como ordena el santo Profeta.

—Loable acción la de nuestro señor el califa, que así cumple con el sagrado mandato del Corán y de la *sunna* y obedece la *sura* que dice: «Si dais limosna en público, es algo bueno; pero si la ocultáis y la dais a los pobres, mejor, porque el sapientísimo Alá sabe perfectamente lo que hacéis» —dije, para expresar la admiración que tan misericordioso proyecto me producía y, al mismo tiempo, mostrar mis conocimientos del contenido del Libro Sagrado.

—Y en esa nueva política, que consiste en rodearse de asesores piadosos y sabios y expertos en el arte y la cultura, es en la que nuestro señor, que conoce los grandes servicios que has prestado en el pasado a su padre, desea que participes activamente.

Al oír aquello quedé sin habla, como mudo.

—¿Yo? ¡Mi señor! —exclamé, cuando me hube repuesto de la sorpresa—. ¡No soy más que un humilde copista y traductor de libros escritos en latín! ¿Qué espera de mí nuestro excelso califa?

Estaba abrumado y tembloroso porque intuía que en esta ocasión lo que el Príncipe de los Creyentes esperaba de mí no era únicamente encargarme la traducción de una obra antigua o enviarme en labores diplomáticas a la tierra de los bereberes.

Yafar al-Siqlabi esbozó una leve sonrisa que no pude interpretar, pues no sabía si la mostraba para tranquilizar mi alterado espíritu o porque era consciente de que no podría oponerme a cumplir una orden que procedía directamente de nuestro señor, el gran califa omeya de al-Andalus.

—Lo que ha decidido nuestro señor, Jalid, ha de honrarte. Te nombra director y responsable de la Gran Biblioteca que, con los fondos bibliográficos heredados de su padre y con los que piensa reunir en los próximos años, se va a ubicar en las dependencias del antiguo alcázar de Córdoba, casi abandonadas desde que se trasladó la sede del poder y los diferentes departamentos gubernamentales a la Ciudad Brillante.

Yo, después de escuchar las palabras del gran chambelán, temblaba de emoción y, al mismo tiempo, de temor por la inmensa responsabilidad que la decisión del califa había hecho recaer sobre mis hombros. ¡Director de la Gran Biblioteca de Córdoba! ¿Pero qué sería del servicial Talid y de sus ayudantes Lubna y Fátima? ¿Cuáles serían sus cometidos en la nueva institución que se iba a instalar en el alcázar bajo mi dirección? Sin embargo, como esos eran asuntos aún prematuros para plantear, esperé a oír lo que, sin duda, aún tendría que comunicarme Yafar al-Siqlabi.

—A Talid al-Qurtubí y a sus dos expertas colaboradoras ya se les ha informado de la decisión de nuestro señor. La semana que viene te haré entrega del documento, firmado y sellado con el sello del Príncipe de los Creyentes, nombrándote director de la biblioteca de Córdoba, en el que se estipularán las condiciones que has de cumplir y los emolumentos que recibirás por desempeñar tan importante labor —continuó diciendo el gran chambelán—. Te incorporarás, con Talid como conservador, y sus dos compañeras, que han trabajado hasta ahora en la biblioteca palatina de la Ciudad Brillante como copistas y restauradoras, en la nueva institución. En los próximos meses os dedicaréis a organizar y preparar los fondos bibliográficos que se han de trasladar a la nueva sede, a la espera de que el arquitecto Maslama ben Abd Allah proceda a acondicionar el pabellón del alcázar en el que se ha de instalar la Gran Biblioteca. Maslama contará con cuadrillas de canteros, albañiles del yeso y carpinteros. Me ha asegurado que antes de la primavera del próximo año estarán las nuevas instalaciones acondicionadas para poder recibir las estanterías, el mobiliario de los talleres de restauración y copia, los almacenes y los despachos que habréis de ocupar. Y ahora, Jalid ben Idris, asume tu nuevo oficio de director de la Gran Biblioteca con entusiasmo, y no te quepa duda de que, con el paso de los años y el decidido apoyo de nuestro señor, el califa, será una de las más famosas y mejor dotadas tanto de Oriente como de Occidente. Y una última recomendación —repuso al-Siqlabi—: Maslama ben Abd Allah espera tu visita y la de Talid. Desea que ambos intervengáis en el diseño de los planos de reforma del alcázar para que el nuevo edificio se adapte a las necesidades de la institución que va a contener. Que el misericordioso Alá te acompañe, te ilumine y te ayude en la labor que, desde hoy, vas a emprender por mandato de nuestro señor, el califa al-Hakam II.

Y el gran chambelán me despidió con aquella postrera y piadosa frase.

No abandoné la Ciudad Brillante, sino que me dirigí al pabellón donde se hallaba la biblioteca palatina con el corazón rebosante de felicidad, pero, al mismo tiempo, con el fundado temor de que el cargo que pronto iba a ostentar y que, según al-Siqlabi, conocían ya Talid, Lubna y Fátima, provocara un desapego y un distanciamiento hacia mi persona del siempre comprensivo eunuco y de sus dos colaboradoras, pues, desde ese día, pasarían a ser mis subordinados. Pero mis temores eran infundados. Los tres me recibieron dando muestras de alegría y felicitándome por haber logrado alcanzar un puesto tan relevante que —aseguraban los tres— merecía con justicia por mis cualidades y por los servicios que había prestado a los omeyas.

—Serás un excelente director de la Gran Biblioteca y nosotros, Jalid, unos funcionarios serviciales y honrados que trabajaremos, sin trabas ni injustificadas demoras, en las labores que tengas a bien ordenarnos —dijo Talid, corroborando sus palabras los rostros sonrientes de las dos mujeres.

He de decir que, desde ese día, no volví a hacer ninguna insinuación que delatase mis verdaderos sentimientos hacia Fátima, aunque aún anidara en mi corazón el recuerdo de aquel amor de juventud no correspondido, porque un alto cargo no podía mantener ninguna inclinación o preferencia hacia un subordinado que pudiera provocar los celos o la envidia entre sus compañeros. Dispusimos, de común acuerdo, que trabajaríamos desde que acabara la segunda oración canónica, hasta que se iniciara la tercera oración del día.

La primera labor consistiría en que Talid me informara del número exacto de ejemplares que estaban catalogados en la biblioteca palatina, del estado de conservación de las obras heredadas del califa fallecido, así como de las materias escriptorias utilizadas y de los tipos de encuadernaciones que presentaban para preparar, juntos, su traslado, pasados seis o siete meses, al alcázar de Córdoba cuando Maslama ben Abd Allah hubiera acabado las reformas necesarias en el edificio.

Una semana más tarde, acompañado de Talid, nos citamos con el arquitecto de las obras que se iban a realizar en el viejo alcázar. Aquel gran complejo edificatorio ocupaba una extensa zona urbanizada, rodeada de una muralla construida con sillares de piedra arenisca de diversa tipología en los tiempos de los emires Abderramán II y Muhammad I. El recinto estaba rodeado y defendido por numerosas torres de flanqueo de planta cuadrada. Se hallaba situado al sudoeste de la medina, lindando con la ribera del río por el sur y con la mezquita aljama por el este. De los diversos edificios que lo formaban, de acuerdo con Maslama, decidimos elegir uno grande, ubicado cerca de la puerta de la muralla que daba a la plaza meridional colindante con la mezquita. Tenía forma rectangular con un amplio patio central, que una vez dispuso de una fuente ajardinada, abandonada por no hallarse el alcázar en uso. Presentaba dos plantas y cuatro crujías rodeadas de un pórtico corrido sustentado por delgadas columnas de mármol y arcos de herradura.

Yo, que había visto cómo estaba organizada la famosa biblioteca de la mezquita al-Qarawiyyín de Fez, le sugerí a Maslama que debíamos disponer de diez grandes estancias o salas en la planta baja para situar en ellas los fondos biblio-gráficos heredados del padre del califa, unas quince mil obras, entre ellas códices miniados en pergamino, libros con cubiertas de piel escritos en papel, legajos y papiros antiguos, más las obras que se habrían de adquirir en el futuro. Yo calculaba que alcanzarían el número de cincuenta o sesenta mil, si teníamos en cuenta las previsiones de nuestro señor el califa, expresadas por el gran chambelán.

—Mi respetado arquitecto —dijo Talid, después de haber hecho yo relación de los espacios con que debía contar una biblioteca de esas características—: una pieza que no ha de faltar es un amplio almacén, escasamente iluminado, pero bien ventilado para evitar la humedad, en el que se han de guardar el papel y los pergaminos que se necesitarán para hacer las copias y restaurar los libros dañados por el mal uso o el ataque de los insectos.

—Además de los despachos del director y de Talid, también, en la planta baja, habría que ubicar una gran sala de lectura dotada de mesas y bancos corridos bien iluminados, aunque sin recibir la luz solar directa —repuse—. La segunda planta se destinaría a los departamentos de encuadernación, restauración, traducción y de los expertos encargados de la corrección de las copias, así como a los talleres de los copistas, iluminadores y miniaturistas, dirigidos por Lubna y Fátima, que dispondrán de numerosos especialistas en esas materias.

Maslama ben Abd Allah nos agradeció las indicaciones que le habíamos proporcionado y que le iban a ser de gran ayuda a la hora de diseñar el proyecto de reforma y adaptación del edificio a su nueva función, pues, aunque se trataba de un experimentado arquitecto, era la primera vez que debía acometer la reforma de un edificio para convertirlo en biblioteca.

—En la primavera del año próximo podréis hacer el traslado de los fondos custodiados en la biblioteca palatina ubicada en la Ciudad Brillante, Jalid y Talid, e inaugurar la Gran Biblioteca que tiene pensado fundar nuestro señor al-Hakam para hacer de Córdoba el centro de la cultura musulmana, tanto de Oriente como de Occidente —declaró Maslama antes de despedirse de nosotros.

Talid y yo quedamos emplazados, a la mañana siguiente, al término de la segunda oración del día, en la biblioteca palatina de Medina Azahara para comenzar, con Lubna y Fátima, los trabajos de organización, selección, inventario y clasificación de los libros que, en seis o siete meses, deberíamos trasladar al antiguo alcázar.

Antes de separarnos, Talid me dio una noticia que me llenó de alegría: nuestro antiguo compañero de estudios en la academia de humanidades de la madrasa kabira, Abu Bakr al-Zubaydi, que consiguió la *iyaza* de una manera brillante como filólogo y experto en exégesis coránica y literatura árabe, había sido reclamado por el Príncipe de los Creyentes para que se hiciera cargo de su secretaría particular, un relevante puesto de la alta administración que era ambicionado por influyentes representantes de la *jassa*, a la que él, aunque descendía de una noble familia yemení establecida en Sevilla, no pertenecía. La alegría que entonces sentí se transformaría en decepción y tristeza cuando hubieran transcurrido veinte años, como ya he referido al inicio de este relato.

Una vez en mi casa, después de abandonar la Ciudad Brillante, tendido en el diván que había en la sala principal, mientras que mi madre preparaba la *harira* y la sopa de pichón con berzas que íbamos a degustar aquel día, dejaba vagar mi imaginación y agradecía al tornadizo destino o a los designios del Todopoderoso el que me hubiera otorgado un cargo que era, sin duda, ambicionado por muchos cordobeses: historiadores, literatos o bibliófilos, poseedores de la necesaria *iyaza*. Y, al mismo tiempo, sentía una inmensa alegría porque, después de transcurridos muchos años, nos había vuelto a reunir, en un mismo e ilusionante proyecto, a aquellos que fuimos, en la lejana etapa de estudiantes en la madrasa kabira, íntimos e inseparables amigos y compañeros: Talid, Lubna y Fátima.

Acababa de cumplir cuarenta y dos años.

Sin embargo, la alegría y la enorme satisfacción que experimentaba por haber podido dedicarme, al cabo de los años, a ejercer, al margen del oficio de copista y traductor, la noble profesión que mi buen padre hubiera deseado para su vástago, y haber hallado de nuevo la casi perdida amistad y la cercanía de Talid, Fátima y Lubna, se verían, por desgracia, empañadas, al paso de diez años, por los males sin cuento y los terribles desafueros que, a causa del mal gobierno del advenedizo Muhammad ben Abi Amir, de sus relaciones con la esposa del califa y de la desmedida ambición de algunos poderosos miembros de la *jassa*, iba a sufrir la ciudad que me había visto nacer.

XIII

VIAJE A LA CIUDAD DE BAGDAD

En el mes de enero del año 964, las obras de reforma y acondicionamiento del antiguo alcázar, para que se adaptara a las necesidades de una biblioteca, habían concluido, dando por finalizada su exquisita labor el experimentado arquitecto y, desde entonces, querido y respetado amigo, Maslama ben Abd Allah. Pero, aunque el impulsivo Talid y las entusiastas Lubna y Fátima y yo estábamos deseosos de ocupar las nuevas instalaciones, no tuvimos más remedio que esperar varios meses más, hasta avanzado mayo del año citado, para que los talleres de los carpinteros y ebanistas ubicados en la medina, que eran los encargados de confeccionar y colocar en los lugares previamente establecidos los diferentes modelos de estanterías para los libros, rollos y legajos; los armarios para los productos de restauración; las vitrinas para las redomas que contendrían las tintas y las vasijas con los pinceles y los cálamos, así como el mobiliario de los despachos, realizados con excelente madera de nogal, estuvieran acabados e instalados en las respectivas dependencias de la Gran Biblioteca.

El 5 de mayo del año 964, veinte carros tirados por cuatro mulas cada uno, escoltados por un destacamento formado por quince soldados de caballería, con los libros perfectamente colocados, atados con cintas y cubiertos con una lona embreada para librarlos de una intempestiva lluvia, abandonaron, vigilados y dirigidos por Talid y por mí, la Ciudad Brillante, saliendo al campo exterior por la gran puerta oriental en la que se iniciaba el arrecife que conducía a Córdoba.

Es necesario anotar que nuestro señor el califa, por medio de su chambelán, Yafar al-Siqlabi, había enviado a cuarenta criados libres y diez esclavos para que estuvieran a nuestro servicio en la biblioteca, realizando las tareas que yo, como director, o Talid como conservador, tuviéramos a bien encargarles. Los criados habían sido elegidos por el propio califa entre aquellos antiguos esclavos manumitidos que dominaban algunas de las disciplinas relacionadas con la literatura, el dibujo y la restauración de libros o que habían estado trabajando en la biblioteca palatina con Talid, Fátima y Lubna hasta el día en que fue trasladada al alcázar. Todos debían dominar perfectamente el árabe y haber demostrado su absoluta lealtad a los omeyas. La intervención del califa en estos asuntos, aparentemente irrelevantes, vinculados con la organización de la biblioteca, venía a mostrar hasta qué punto se hallaba involucrado personalmente con aquel proyecto cultural y bibliográfico.

Yo continué residiendo en mi casa del barrio de Balat Mugit, pero Talid, Fátima y Lubna ocuparon sendas viviendas que Maslama había acondicionado en el interior del alcázar, en un pabellón situado a escasa distancia de su lugar de trabajo.

Al finalizar el mes de mayo se encontraban los quince mil ejemplares procedentes de la biblioteca palatina: rollos, códices, libros, pergaminos sueltos o de uno o varios pliegos y legajos, en el nuevo edificio, colocados provisionalmente en las salas 1 y 2 a la espera de que se ordenasen de nuevo y se realizara su definitivo inventario y catalogación.

Aquellos fondos provenientes de la biblioteca palatina ocuparon las dos primeras salas, como se ha dicho, quedando las ocho restantes, con sus estanterías y baldas vacías, a la espera de ir recibiendo los libros que fueran ingresando en los años siguientes, bien adquiridos por los numerosos delegados y representantes que tenía el Príncipe de los Creyentes en las principales ciudades de Oriente con la misión de localizar y comprar los libros que ellos consideraban más valiosos, bien donados por ricos aristócratas de Córdoba, Málaga, Sevilla o Almería que, de esa manera, deseaban congraciarse con el poder.

Talid asumió el cargo de conservador, el mismo que había desempeñado en la Ciudad Brillante. Lubna y Fátima, expertas conocedoras del árabe clásico, del griego y del latín y de las técnicas de restauración, se encargaron de los departamentos y talleres de encuadernación, traducción, corrección de copias, restauración y de otras labores que realizaban los iluminadores y los miniaturistas. Para ello, contaban con una docena de expertos que, pronto, fueron sustituidos por otras tantas mujeres capacitadas en las diferentes tareas que se ejecutaban en los citados talleres. Y así fue como comenzó a funcionar la que, años más tarde, sería conocida como la Gran Biblioteca de Córdoba, institución en la que se custodiaban los mayores y más selectos fondos bibliográficos de al-Andalus y, también, que contaba con los más prestigiosos talleres dedicados a traducir libros, copiarlos y, cuando fuera necesario, restaurarlos. Al paso de tres años, disponía yo de un plantel de veinticinco traductoras de latín y de griego y copistas establecidas en una decena de talleres que se hallaban distribuidos en el arrabal de los Pergamineros, en la Axarquía y en mi barrio de Balat Mugit. Nuestro señor, el califa, dedicaba ingentes cantidades de dinares al mantenimiento y enriquecimiento de la Gran Biblioteca y a financiar sus numerosos talleres y departamentos. Al-Hakam II deseaba que los libros más relevantes, escritos en latín o en griego, que se custodiaban en la biblioteca y los que fueran ingresando en el futuro, se tradujeran al árabe para que pudieran ser consultados sin dificultad por los intelectuales residentes en la ciudad o que acudían a ella desde otros puntos de al-Andalus, Oriente o el norte cristiano, así como los alumnos de la madrasa kabira y de las otras madrasas privadas que existían en Córdoba.

El primer trabajo que, junto con Talid, acometimos, fue elegir los incunables y las obras raras que, por ser únicas, podrían correr el riesgo de sufrir algún accidente y perderse y que, por ese motivo, debían recibir un trato especial y una esmerada y completa catalogación acompañada de un amplio resumen. Así fue como seleccionamos los cinco volúmenes de la *Materia médica* de Dioscórides, que había recibido el padre de nuestro califa como obsequio del emperador bizantino Constantino VII; la *Crónica de los reyes francos*, regalada por el obispo de Gerona, Gotmar II; la obra del médico grecorromano Claudio Galeno, el *Liber de curandi ratione per sanguinis missionem*, que, aunque había pertenecido al médico y cirujano personal de Abderramán III, Hasday ben Shaprut, este la donó a la biblioteca palatina antes de que falleciera el Príncipe de los Creyentes; el tratado de poliorcética *De re militari*, de Flavio Vegecio Renato, que yo tuve la fortuna de traducir del latín y que ahora se hallaban, el original y la traducción, en nuestra biblioteca; las obras, escritas en griego, de Aristóteles, la *Ética* y los libros II y III de *De ánima*, del mismo autor, en una versión latina, y una traducción al árabe de el *Timeo* de Platón, que habían pertenecido a mi padre y que yo regalé a la nueva biblioteca junto con otros libros que había heredado de mi progenitor. En un lugar reservado, a salvo de la humedad y de la excesiva y dañina luz, colocamos varias docenas de papiros egipcios de mucha antigüedad que trataban de astronomía, de historia y de arquitectura.

Aquel nuevo equipo profesional constituido por Talid, Lubna, Fátima y yo mismo como director, y las traductoras, copistas, restauradoras y los numerosos criados que teníamos a nuestro servicio y que, con el paso de los meses, se fue ampliando con la llegada de expertas caligrafistas, copistas, miniaturistas y lectoras de árabe, todo ello financiado con el peculio personal del Príncipe de los Creyentes, fue tomando forma y dando lugar al gran proyecto de aquel culto e ilustrado califa —*Luz y Faro de Occidente*, le llamaban en Córdoba y en las Casas de la Sabiduría de Oriente— de crear la biblioteca más prestigiosa y mejor dotada de libros y de personal experto de todo el orbe musulmán. Para nuestro asombro, en los meses siguientes no cesaban de ingresar nuevas obras que eran regaladas por bibliófilos particulares y miembros ricos de la *jassa* de Córdoba o eran adquiridas en otras ciudades de al-Andalus o de Oriente por los delegados y agentes literarios del califa sin atender a los elevados precios que muchas de ellas alcanzaban.

Casi sin percibirlo, habían transcurrido siete meses desde que ocupamos el edificio del alcázar en el que se fue instalando el necesario mobiliario y, al cabo, habíamos logrado trasladar los fondos que se hallaban custodiados por Talid, Fátima y Lubna en la Ciudad Brillante.

Una mañana, estando en mi despacho atareado en leer un opúsculo sobre cirugía que había regalado a la biblioteca el joven médico Abulcasis, que luego gozaría de enorme fama y muchas de cuyas obras, antes de que el pérfido Almanzor se adueñara del poder con la complicidad de la esposa del califa, Subh —como luego se verá—, pasaron a enriquecer las estanterías de nuestra biblioteca, se acercó a mí Talid y, con una expresión de sorpresa reflejada en su rostro, dijo:

—¡Jalid! ¡Un criado del gran chambelán nos ha traído esta esquela de Yafar al-Siqlabi! ¡En ella dice que mañana vendrá a visitarnos por orden de nuestro señor el califa!

Yo tomé la misiva de las manos temblorosas de Talid y, en efecto, era ese el escueto mensaje que contenía.

—¿El gran chambelán? Hasta ahora no se ha dignado poner los pies en nuestra biblioteca. ¡Y por orden del califa! ¿Qué querrá de nosotros Yafar al-Siqlabi? —me pregunté, a sabiendas de que ni Talid ni yo podríamos responder a esa pregunta hasta que no estuviéramos en presencia del poderoso dignatario de la Ciudad Brillante.

A la mañana siguiente, después de rezada la segunda oración del día, Yafar al-Siqlabi, acompañado del visir Yafar al-Mushafi y de una pequeña escolta formada por cuatro soldados de la casa real y dos criados —que permanecieron en el exterior del edificio, menos dos de ellos, que portaban un arcón de madera—, se presentó en la puerta principal de la biblioteca donde ya los esperábamos Talid y yo. Accedieron a una sala de recepción que se había habilitado cerca de mi despacho para atender a los altos personajes que se dignaran visitar la que ya era una de las instituciones culturales más prestigiosas y conocidas de Córdoba. En la biblioteca no había sido dotada ninguna estancia con almadraques y mesas bajas ataraceadas al modo musulmán, sino con mesas altas, sillas con asientos de cuero, bancos corridos para los lectores y divanes. Cuando los visitantes estuvieron acomodados en sendos divanes y los dos criados hubieron depositado el arcón sobre la mesa que ocupaba el centro de la habitación, tomé la palabra:

—Mi señor Yafar al-Siqlabi y noble visir al-Mushafi, os damos la bienvenida a esta biblioteca, reputada institución cuya existencia se debe a la magnanimidad de nuestro señor el califa. ¿En qué podemos serviros?

Talid no apartaba la mirada del arcón, que debía de ser pesado por el esfuerzo que hicieron los dos criados para depositarlo sobre la mesa. Tenía una longitud de algo más de un codo y otro codo de altura. Estaba reforzado con varias launas de hierro y lo cerraba un pestillo con ojo para una llave y un grueso pasador.

—Cierto es que nuestro señor el Príncipe de los Creyentes ha considerado la fundación de esta biblioteca, así como las numerosas escuelas gratuitas que está edificando y dotando de buenos maestros en los barrios más pobres de Córdoba, como una labor santa con la que, sin duda, se le abrirán las puertas del prometido Paraíso cuando Alá tenga a bien llevarlo de este mundo —manifestó al-Siqlabi.

El gran chambelán hizo una pausa en su discurso. Luego, lanzó una mirada de complicidad a al-Mushafi, y continuó diciendo:

—El caso es, estimado Jalid, director de esta prestigiosa institución, que el califa, en su afán por enriquecer los fondos de esta biblioteca con grandes obras publicadas o custodiadas en las ciudades de Oriente, como bien sabéis, no ha dejado de nombrar delegados suyos a sabios, bibliófilos o literatos en Bagdad, El Cairo, Alejandría, Constantinopla, Basora, Damasco e Isfahán. Ese es el motivo por el que hoy nos encontramos en esta biblioteca, ante su respetado director, por mandato de nuestro señor al-Hakam II.

—Podéis exponer sin traba alguna lo que el Príncipe de los Creyentes haya decidido ordenarnos, mi señor al-Siqlabi, que nosotros, como leales servidores de nuestro señor, gustosos obedeceremos —respondí, pues no podía ser otra mi contestación a las palabras pronunciadas por quien era el hombre más poderoso de al-Andalus después del califa.

No obstante, como aún desconocía cuál era el mandato de al-Hakam II y me desasosegaba observar aquel extraño y pesado arcón depositado sobre la mesa, no podía impedir que me asaltara una profunda inquietud. Sin embargo, esperé a escuchar lo que Yafar al-Siqlabi tenía que decirme como conclusión a su discurso.

—Estimado Jalid ben Idris: hace algo más de un año, el representante de nuestro señor en la ciudad de Bagdad, el famoso poeta persa Abu Mansur Daqiqi, envió una carta al Príncipe de los Creyentes comunicándole que un eminente sabio, poeta y genealogista, llamado Abulfaraj al-Isfahani, al que había conocido en el palacio del califa Abu al-Fadl al-Muqtádir, era poseedor de la excepcional obra, compuesta de doce volúmenes, titulada *Kitab al-Aghani* (*El libro de los cantares*), que contenía la biografía de los grandes recitadores musulmanes, sus canciones e himnos sagrados, además de los poemas de numerosos poetas que vivieron en los primeros tiempos del islam. Que el tal Isfahani, que, como su *nisba* indica, era natural de la ciudad persa de Isfahán, abandonó Persia en su juventud y ahora residía en Bagdad. Que Abu Mansur Daqiqi, como delegado de nuestro señor y conocedor del inmenso valor de dicha obra, le había propuesto adquirirla para enviarla a Córdoba y ampliar, con ella, los fondos de la Gran Biblioteca. Decía, en su carta, que ofreció comprársela por un precio que consideraba justo, consistente en doscientos dinares. Pero que el sabio persa, aunque era sunní y descendiente del último califa omeya, Marwán II, como nuestro señor, le aseguró que nunca se desprendería de tan valiosos libros. Pero que estaba dispuesto a venderle una copia fiel y exacta, realizada por uno de los copistas más famosos de Bagdad. Refería Abu Mansur que el astuto persa, conocedor del afán de nuestro señor, el califa, por contar en su biblioteca con las más sobresalientes obras escritas en griego, latín y árabe clásico, pedía por ella la desproporcionada cantidad de mil dinares. Aunque, para compensar tan alto precio, aseguraba que enviaría a Córdoba, también, una extensa genealogía de los omeyas que él había estado elaborando a lo largo de toda su vida y que, no le cabía duda, sería muy apreciada por el Príncipe de los Creyentes.

—¿Mil dinares por una simple copia, aunque fuera una obra única y excepcional? —exclamé, sin dar crédito a lo que exponía el gran chambelán, pues consideraba desmesurado y fuera de toda razón pagar esa cantidad de dinero, con la cual se podría adquirir una casa con artesonado de maderas nobles o una plantación con quinientos olivos.

—Ciertamente es una fortuna la que exige por una copia de *El libro de los cantares* el tal Abulfaraj al-Isfahani —repuso el gran chambelán—. Pero, después de leer la carta de Abu Mansur, nuestro señor el califa reclamó mi presencia ante su noble persona. Me ha ordenado que proceda a enviar a Bagdad los mil dinares que exige al-Isfahani para que Abu Mansur adquiera la copia de su relevante obra y la envíe a Córdoba junto con la genealogía de los omeyas.

Yafar al-Siqlabi volvió a guardar unos segundos de silencio. Luego añadió:

—Ese es el motivo de mi visita, Jalid ben Idris, a la Gran Biblioteca. En este arcón que está depositado sobre la mesa se encuentran las mil monedas de oro que es el precio exigido por el sabio persa a cambio de la copia de *El libro de los cantares* y de la genealogía de los omeyas que tú has de llevar a Bagdad y entregar al tal Isfahani.

Quedé abrumado y confuso al escuchar la propuesta del gran chambelán; que no era tal propuesta, sino una orden de obligado cumplimiento recibida del Príncipe de los Creyentes. ¡Debía hacerme responsable de un verdadero tesoro, transportarlo hasta el otro extremo del mundo y entregarlo a un sabio persa a cambio de unos valiosos libros; y, una vez con la obra literaria en mi poder, retornar con ella a Córdoba, si un imprevisto temporal marítimo, el asalto de unos piratas o la traición de algún representante de los abasíes, enemigos de los omeyas, no me quitaban la vida para apoderarse de los libros o del dinero!

Yafar al-Siqlabi clavó su mirada en el visir al-Mushafi, que se hallaba sentado a su vera, como si esperase que, con su intervención, pudiera yo recobrar el equilibrio emocional que había perdido al oír sus sorprendentes e inesperadas palabras.

—No debes preocuparte por la seguridad del oro contenido en ese arcón, Jalid —manifestó al-Mushafi—. De su custodia se encargará una escolta formada por diez soldados, además de cinco criados que, en igual número de acémilas, portarán la impedimenta y las vituallas. El almirante de la flota, Muhammad ben Rumahis, tendrá preparado, en el puerto de Almería, un navío de alto bordo que enarbolará sendas velas latinas, las mejores para navegar contra el viento si fuera necesario, con una tripulación escogida y experta que os conducirá hasta la costa de Damasco. Desde allí os dirigiréis a la ciudad de Bagdad para cumplir con el mandato de nuestro señor, el califa.

Como no podía negarme, aunque me apenaba y entristecía tener que alejarme de la biblioteca cuando tanto esfuerzo y tiempo exigía su organización, manifesté ante el gran chambelán, sin poder ocultar los encontrados sentimientos que me embargaban al pensar en las peripecias y desconocidos lances que, sin duda, tan prolongado viaje, portando un tesoro en dinares, nos iba a deparar:

—Por segunda vez he de cruzar el proceloso mar. En esta ocasión en un viaje más largo y peligroso que me tendrá alejado de Córdoba durante muchos meses. Pero lo emprenderé, mi señor, gozoso porque sé que complace al Príncipe de los Creyentes y que, al término del mismo, si así lo tiene concertado el misericordioso Alá, habré aportado a nuestra biblioteca unos libros, deseados por nuestro señor, el califa, que servirán para enriquecer, aún más, sus valiosas colecciones. Sin embargo, quiero, mi señor Yafar al-Siqlabi, que me concedáis una gracia.

—Dime, director de la Gran Biblioteca de Córdoba.

—Que el mando de la escolta lo tenga un oficial de caballería al que aprecio y en quien confío. Su nombre es Yassir Mubassir y, en tiempos pasados, me hizo un gran servicio.

—Mubassir será el jefe del destacamento responsable de la custodia de los mil dinares que habréis de transportar hasta la lejana ciudad de Bagdad.

Cuando el gran chambelán y el visir al-Mushafi abandonaron la biblioteca, no sin antes haber dejado una guardia de cuatro hombres armados en la puerta de la estancia en la que permaneció el arcón con los dinares, Talid y yo nos encerramos en mi despacho para platicar sobre la inesperada y sorprendente misión que, de nuevo, iba a tener que acometer; en esta ocasión no al norte de África, sino al centro del imperio de la dinastía abasí. Era obvio que Talid no me podría acompañar esta vez, porque debía quedar como responsable, con Fátima, de la biblioteca durante los ocho o nueve meses que yo iba a estar alejado de Córdoba. Sería Lubna, que hablaba a la perfección el árabe clásico y el dialecto que se usaba en Oriente, la que me acompañaría en la dilatada expedición que nos llevaría al otro lado del mar y a la capital de los abasíes.

Yafar al-Siqlabi y el visir al-Mushafi decidieron que, si no acontecía algún suceso que lo impidiera, a mediados del mes de enero del año siguiente, 965, partiríamos los expedicionarios con los dinares y el objetivo de alcanzar, transcurridas unas dieciocho jornadas, el puerto de Almería, pasando por la ciudad de Elvira. En ese puerto, base de la flota omeya, se hallaría avisado y preparado el patrón del navío que habría de conducirnos hasta la costa de Damasco. Como yo desconocía la distancia a la que se encontraba ese litoral y las ciudades y los puertos que íbamos a hallar en el transcurso de tan incierta singladura, dediqué una tarde a consultar algunos mapas que habíamos catalogado y se hallaban custodiados en nuestra biblioteca. Pero, como su información fue escasa e insuficiente para poder conocer lo que nos esperaba en aquellos ignotos mares y desconocidas tierras, decidí visitar al gran chambelán. Al-Siqlabi era tan desconocedor como yo de los dominios de los abasíes, aunque me dijo que ya no eran los antiguos califas, descendientes de Abu-l-Abbás, los dueños de aquel inmenso imperio, sino una dinastía de guerreros que se denominaban los buyíes. No obstante —me aseguró—, le habían informado de que el patrón del navío que nos llevaría hasta el litoral de Damasco había navegado por los mares de Oriente y conocía bien aquellas aguas, las tierras circundantes y quienes las dominaban. «Él os expondrá con todo lujo de detalles lo que deseáis saber», dijo, a modo de conclusión.

Mediaba el mes de enero del año 965.

Amanecía un día claro y luminoso cuando, reunidos junto a la puerta del alcázar que daba a la plaza contigua a la mezquita aljama, Yassir Mubassir —que no sabía cómo expresarme su agradecimiento por haber vuelto a confiar en él—, los nueve soldados de caballería que estarían bajo su mando, los cinco jóvenes criados con sus acémilas que cargaban la impedimenta, las vituallas y, en una de ellas, el arcón con los dinares cubierto con una piel curtida e impermeabilizada, y la recatada Lubna vistiendo unos zaragüelles anchos para facilitar sus movimientos y un velo que le cubría la cabeza y la parte inferior del rostro, emprendíamos la marcha saliendo por la puerta del Puente. En la explanada que dejamos atrás se hallaban depositados los restos de mármoles y las viejas jácenas desechadas en làs obras de ampliación de la sala de oración, con el nuevo *mihrab* y la exquisita *maqsura* que había mandado construir al-Hakam II.

Cabalgábamos por el arrecife que, atravesando las tierras y los alfoces de Bayyana[11], el castillo de Lukka, la alquería de Tusar, March al-Qurún y Binus[12], acababa en la antigua ciudad de Elvira[13].

En nueve jornadas de marcha, sin que aconteciera ningún incidente digno de mención, si exceptuamos la negativa de la gente del catillo de Lukka de permitirnos pernoctar en el interior de la fortaleza al finalizar el segundo día de andanza, a causa de ciertas desavenencias surgidas entre su alcaide muladí y las autoridades de la capital, la comitiva arribó a la pequeña ciudad de Elvira, que, aunque era un enclave rural, contaba con una buena alcazaba, que había edificado el emir Abderramán II, y una mezquita con un alminar de poca altura,

---

11   Actualmente, Baena.
12   Actualmente, Alquería de Pinos Puente.
13   La antigua Granada.

pero de buena construcción. En sus alrededores, junto a un caudaloso arroyo, permanecimos acampados tres días para dar descanso a las monturas y a nuestros agotados cuerpos.

Las jornadas de marcha desde Elvira hasta el puerto de Almería fueron más penosas, porque el terreno era muy abrupto, aunque procurábamos rodear por el sur la sierra de las Nieves. Las alquerías eran escasas y los castillos estaban enclavados en cumbres casi inaccesibles, obligándonos a pernoctar en encajados valles alejados de los lugares habitados. En ocho jornadas de marcha, después de atravesar los alfoces de Diezma, Guadix, Fiñana —que llamaban la ciudad de la seda—, la alquería de los Banu Abdus[14] y Pechina, entramos en la poblada ciudad de Almería. Su puerto, bien resguardado, se hallaba situado al pie de las antiguas murallas.

Cruzamos la población y accedimos a la zona portuaria por la llamada puerta del Mar, que daba a una explanada con un largo muelle donde se hallaba atracada una docena de embarcaciones, algunas dedicadas al comercio y, otras, galeras y navíos preparados para la guerra. Cerca del pretil del muelle había depositadas numerosas mercancías en fardos atados con cordeles de esparto y medio centenar de toneles. No lejos de una puerta enorme por la que entraba el agua del mar y que Mubassir nos dijo que era la puerta de las atarazanas o arsenales, se localizaba la caseta del capitán del puerto, señalada con un viejo cartel, y, al final de aquella explanada, un gran edificio que parecía un cuartel, porque su puerta de acceso estaba vigilada por un cuerpo de guardia. En sus alrededores, aún podían verse los estragos causados por la flota fatimí cuando asaltó Almería hacía nueve años.

—Mubassir —dije, reclamando la presencia del jefe de los escoltas—: cuando emprendimos la expedición al norte de África pudimos embarcar los caballos y las acémilas en el cárabo que nos llevó a la otra orilla, porque era una embarca-

---

14   Hoy, Benahadux.

ción preparada para el transporte de animales y mercancías y porque el viaje entre Málaga y el puerto de al-Mazamma era de breve duración. Pero, en esta ocasión, la singladura será muy larga y el navío de guerra que nos conducirá a la lejana costa de Damasco no tiene las bodegas adaptadas como establos para llevar caballos y acémilas.

—¿Y qué pensáis hacer? —demandó el leal capitán de caballería.

—La carta que me entregó el gran chambelán y que nos ha de servir de salvoconducto, pues contiene la orden para el patrón del navío que nos debe llevar a Oriente, también menciona la necesidad de que nuestras monturas permanezcan en Almería —le respondí—. Antes de preguntar por el patrón o arráez del barco, me dirigiré al cuartel que se halla al final del muelle. Presentaré en él la carta de Yafar al-Siqlabi. Seguro que nos ofrecerán una solución.

No me equivocaba. El capitán del ejército al mando de la guarnición que defendía el puerto de la ciudad, establecida en Almería después del asalto fatimí, nos propuso que dejáramos nuestros caballos y las mulas en los establos del cuartel. Que ellos les proporcionarían el heno y los cuidados necesarios hasta que retornáramos de nuestro largo viaje. Después de agradecer al capitán su buena disposición y su inestimable ayuda, regresé con Lubna y mis demás compañeros de andanza para librar a las acémilas de la impedimenta, las vituallas y el arcón con las monedas a la espera de poder embarcarlas en el navío. A continuación, llevamos los animales a los establos del cuartel y, luego, nos dirigimos al muelle para preguntar por la identidad del patrón que tenía la orden del almirante de la flota de embarcarnos y conducirnos al otro lado del mar.

No fue complicada ni laboriosa la búsqueda del patrón del navío que nos estaba destinado, porque, aunque había atracada en el muelle media docena de embarcaciones de guerra, cuatro eran galeras, y solo dos de ellas naves de gran porte dotadas de dos palos, sendas velas latinas recogidas todavía en sus vergas y dos castillos, uno a popa y otro a proa. Esa era la clase de embarcación que reunía —como había asegurado al-Siqlabi— las características apropiadas para poder hacer largas singladuras y trasladarnos a la costa de Damasco sin el peligro de sufrir un naufragio a causa de una inesperada tempestad o el ataque de algún navío corsario.

El segundo de los grandes barcos atracados en el muelle, a continuación de las galeras, estaba gobernado por un experto marinero de unos cincuenta años de edad, llamado Musa ben Gumis. Cuando supo quiénes éramos y hubo leído la carta del gran chambelán, se identificó como el patrón que había sido designado por el almirante de la flota con base en Almería para que embarcáramos en su nave de guerra y nos condujera —si el misericordioso Alá así lo tenía concertado, dijo— hasta el litoral de Damasco, para dejarnos en tierra en un puerto que tenía por nombre Haifa.

Los nueve soldados, mandados por Yassir Mubassir, y los cinco criados se aprestaron a embarcar en el navío y colocar en su amplia bodega la impedimenta con las tiendas de campaña, los tabardos y las mantas que íbamos a necesitar cuando emprendiéramos la marcha desde el puerto de Haifa hasta Bagdad. Así como las vituallas que aún conservábamos después de haber consumido parte de ellas en las jornadas que transcurrieron entre Córdoba y Almería.

El navío de Musa ben Gumis tenía unos sesenta codos de eslora por veinte de manga. La obra muerta que sobresalía del agua alcanzaba unos seis codos, lo que le diferenciaba de las galeras de guerra que, por su baja borda y sutil estructura, no podían navegar en pleno invierno y tenían que ser sacadas a tierra para librarlas de los temporales y proceder a su mantenimiento. Disponía, como se ha dicho, de dos palos, el mayor y el trinquete, con vergas largas y fuertes para poder arbolar dos grandes velas latinas. En el castillo de popa contaba con dos camarotes: uno destinado al patrón o arráez y el otro para el piloto. Lubna ocupó el camarote situado en el lado de babor, que pertenecía, en circunstancias normales, al patrón, pasando este a alojarse en el de estribor con el piloto y conmigo. Otra de las características que diferenciaba a estos navíos de las galeras consistía en el timón, que en las naves era de codaste —decían que traídos a Occidente por marineros chinos—, lo que les proporcionaba mayor maniobrabilidad y control del rumbo a seguir. Nuestro navío iba armado con dos almajaneques para lanzar proyectiles de piedra y dos máquinas para arrojar el llamado fuego griego, una sobre la amura de babor y la otra sobre la amura de estribor. La marinería la componían doce hombres más el cocinero, el timonel y el patrón. También embarcaba veinte soldados de infantería encargados de defender el barco de posibles ataques enemigos. Todos ellos estaban alojados en la sentina, así como seis de nuestros soldados y los cinco criados que dormían en hamacas colgadas de las cuadernas. Mubassir y los otros tres soldados restantes ocuparon un camarote situado en el castillo de proa, en el que se había guardado el arcón con los dinares.

Esa era la segura embarcación que debía conducirnos, después de veinticinco o treinta días de navegación, al puerto de Haifa.

Aquella tarde, después de tomar la sabrosa comida, compuesta de pescado asado y carne cocida en leche agria, que en esta parte de al-Andalus llaman *al-madira*, que nos preparó el cocinero, me reuní en el camarote con el patrón del navío con el que esperaba entablar una conversación que me ilustrara sobre ciertos aspectos del viaje que íbamos a emprender. He de referir que Musa ben Gumis, aunque era militar, vestía a la manera de los pescadores y marineros mercantes, con una camisa blanca debajo de una casaquilla de lana atada a la cintura y con unos zaragüelles rojos anchos que introducía en la parte superior de unas botas de cuero, breves de caña, pero con suelas de cáñamo para que no resbalaran en la cubierta humedecida por el mar. Se cubría la cabeza con un turbante azul desteñido y la cara con una tupida barba negra bien recortada. Cuando estuvimos sentados en los dos bancos corridos situados a ambos lados del camarote, pues el de popa estaba ocupado por dos grandes ventanales, inicié la plática diciendo:

—Señor patrón de este navío: sean mis primeras palabras para mostraros mi agradecimiento por la amable acogida que nos habéis dispensado a mí y a mis compañeros de viaje.

—No ha de ser otra mi actitud, señor Ben Idris, cuando cumplo un mandato de nuestro respetado almirante, Muhammad ben Rumahis, que, a su vez, lo ha recibido de nuestro señor el gran chambelán —respondió el arráez, un poco azorado porque, por su oficio, no debía de estar acostumbrado a recibir en su barco a personas civiles e instruidas en asuntos humanísticos.

Yo carraspeé durante unos segundos antes de acometer el asunto que, en verdad, me interesaba.

—No puedo negar mi ignorancia en todo cuanto se refiere a las cosas del mar y de la navegación —manifesté, con la intención de ganarme su confianza y despertar el interés que todo experto en alguna materia tiene de poder instruir a un novicio aprendiz—. Solo he navegado durante unos días haciendo la singladura desde Málaga a Nakur. Por ese motivo deseo escuchar de sus labios cómo va a ser el viaje que nos espera y si nos aguarda algún peligro en tan larga travesía; pues sé que habremos de navegar por aguas que pertenecen a nuestros enemigos fatimíes y a gente que sigue la falsa doctrina chiita y, por tanto, contraria a los omeyas.

El patrón del navío de guerra esbozó una leve sonrisa, que interpreté como una evidente muestra de suficiencia y de dominio del tema que yo le había expuesto.

—Señor Ben Idris: este viaje por mar es cierto que será largo. Según mi experiencia, pues he estado con la flota de nuestros aliados bizantinos en aguas de Creta en varias ocasiones, creo que durará algo más de veinte días, sin contar los que habremos de permanecer en Crotona para dar descanso a la tripulación y a los pasajeros —comenzó su disertación el marinero—. No podremos tomar la ruta que sería la más corta, siguiendo la costa de África, porque, desde Nakur, son aguas dominadas por los fatimíes o sus aliados. Por ello, habremos de navegar con rumbo nordeste para acercarnos a la isla de Mallorca, que es de nuestro señor el califa al-Hakam II. Desde esa isla tendremos que poner rumbo al este y, después, al sureste, para arribar a la isla de Sicilia, cruzar el canal y entrar en el puerto de Crotona. Todas esas tierras y esas aguas están ahora en la obediencia de nuestros aliados, los cristianos de Constantinopla, y nada tendremos que temer al surcarlas. Desde Crotona, navegaremos con dirección este para, dejando atrás la isla de Creta, llegar al litoral de Damasco, varias jornadas después, y atracar en el puerto de Haifa.

—Os agradezco, señor Musa ben Gumis, la lección de navegación y de geografía que me acabáis de dar —reconocí, sorprendido por la agilidad mental y excelente oratoria mostrada por alguien que había superado el medio siglo y cuyo oficio era hacer la guerra y no impartir lecciones a pasajeros impertinentes.

—He de deciros, señor Ben Idris, que, como mi *nisba* indica, no soy árabe ni sirio ni bereber, sino muladí. Mi bisabuelo fue un prestigioso capitán de la escuadra de al-Hakam I, llamado Alonso Gómez, que residía en Algeciras cuando fueron enviados al exilio los sublevados del Arrabal. Mi abuelo, su hijo, se convirtió, siendo muy joven, a la religión musulmana, de la que fue devoto seguidor durante toda su vida. Mi padre nació y creció en el seno de la verdadera religión, transmitiéndola a mis hermanos y a mí. Ahora, como tantos otros muladíes, mi familia y yo somos leales servidores de nuestro señor, el califa, y fieles cumplidores de las verdades reveladas por el Profeta y recogidas en el Libro Sagrado.

A la mañana siguiente, antes del amanecer del día 7 de febrero del año 965, zarpó el navío de Musa ben Gumis del puerto de Almería para poner rumbo a las aguas de la isla de Mallorca. Una singladura que, según el patrón del barco, hubiera durado tres días, se prolongó dos jornadas más porque, cuando faltaban cien millas para poder avistar el litoral de la isla, el viento roló hacia el nordeste, obligando a los marineros a variar la posición del velamen y navegar de bolina hasta que dejamos atrás Mallorca. A partir de ese punto, pusimos rumbo al este con mucha fortuna, porque el viento volvió a cambiar de dirección empujando las grandes velas desde la popa del navío.

Transcurrieron seis días más sin que ningún incidente digno de mención aconteciera y nos retrasara o pusiera en peligro el barco. Al atardecer, vimos aparecer por la amura de babor la recortada costa meridional de la isla de Cerdeña que, dijo Musa ben Gumis, estaba gobernada por un emir musulmán independiente, aunque ayudado por nuestro señor, el califa de Córdoba. Pero que se creía que no tardaría en caer bajo el dominio de los cristianos de Oriente o de Roma.

—A partir de ahora, señor Ben Idris, y en tanto que nos acercamos al canal que separa la isla de Sicilia de las tierras de los cristianos —dijo el patrón del navío, acercándose a donde yo me encontraba apoyado en la balaustrada del puente—, hemos de navegar con mucha prudencia y estar ojo avizor, porque no se halla lejos el litoral de Túnez, donde tienen sus puertos las galeras y naves fatimíes.

—Confiamos en su pericia y en el conocimiento que tiene de estos mares, señor Ben Gumis —le respondí, para que supiera cuál era nuestra opinión sobre su capacidad como patrón del barco. Pues, si el almirante de la flota lo había designado para que nos llevara a Oriente, era porque había, sin duda, elegido a un arráez experimentado, sagaz y prudente.

Después de rezada la tercera oración del día, el 25 de febrero entramos en el canal y, siguiendo el rumbo nordeste empujados por un viento favorable, alcanzamos, en el atardecer del segundo día de navegación, el puerto de Crotona, que era una de las posesiones costeras más fuertes y mejor defendidas de los bizantinos en aquel mar, después de que se vieran obligados a abandonar sus aspiraciones de apoderarse de la vecina isla de Sicilia. En el único muelle que poseía su puerto, atracamos.

Crotona era una ciudad de tamaño mediano, pero bien fortificada. Se hallaba situada en el extremo de un saliente de tierra que penetraba en el mar algo más de una milla. En su vertiente meridional se había habilitado un puerto pequeño, pero abrigado de los malos vientos del norte, en el que los bizantinos habían edificado unos arsenales para calafatear y reparar sus dromones. No lejos corría un río que los naturales llamaban Esaro, rodeado de viñas, huertas con árboles frutales y unas salinas. En una posada que había cerca del puerto nos hospedamos, pues Musa ben Gumis nos dijo que la tripulación y los hombres de armas que iban a bordo necesitaban descansar, después de tan largo viaje, al menos durante cuatro días.

Como la tripulación había saltado a tierra, exceptuando una guardia formada por cuatro hombres de mar y tres soldados, que se relevaban cada seis horas, y que, a mi entender, no representaban gente suficiente para garantizar la custodia del arcón con los mil dinares, propuse al patrón del navío que el arcón se quedara en el camarote del castillo de proa vigilado por Mubassir y tres de nuestros soldados, que se irían turnando, cada cuatro horas, durante el tiempo que la embarcación permaneciera atracada en el puerto de Crotona.

A Musa ben Gumis le pareció una buena idea.

Aunque desconocía cuál era el contenido del arcón, estoy seguro de que mis prevenciones debieron de hacerle sospechar que portaba algo de mucho valor.

Y así fue como transcurrieron los cinco días que permanecimos descansando en Crotona, no sin que hubieran acontecido algunos desagradables incidentes, porque los hombres de armas del navío —algunos de ellos cristianos— no respetaron las sagradas normas dictadas por el Corán y la *sunna* y se embriagaron en los bodegones del puerto, provocando algunos altercados con la población local. Por fin, el día 2 de marzo, al alba, zarpamos y abandonamos el puerto de aquella ciudad bizantina.

La singladura desde Crotona hasta el puerto de Haifa fue la más prolongada en el tiempo y la más desagradable para aquellos que, como yo, no estábamos familiarizados con la navegación, por la mala mar que zarandeó durante muchas jornadas la embarcación y nos obligó a permanecer encerrados en nuestros camarotes o en la sentina. Ambos puertos estaban separados unas novecientas millas, lo que significaba que, si el viento nos era favorable y soplaba siempre desde el oeste o el noroeste —circunstancia que, según Musa ben Gumis, era poco probable—, estaríamos navegando durante unas quince jornadas más; aunque lo cierto fue que, antes de llegar a vislumbrar la isla de Creta, no sería una tempestad lo que azotó el barco amenazando con hundirlo, sino la temida por los marineros calma absoluta que mantuvo el barco al pairo cinco días con sus noches.

En la segunda semana del mes de marzo, cuando, estando en el puente recibiendo en mi agobiado rostro la benéfica brisa del mar, en tanto que el patrón del navío se afanaba en utilizar un astrolabio mirando a través de él el firmamento para conocer la posición del barco, ordené a uno de los criados que llamara al capitán Mubassir, que no se sabía por qué razón, sin ser hombre de mar, no sufría las arcadas y vómitos que aquejaban a buena parte de los pasajeros. Este desagradable malestar, al tiempo que nos deprimía, hacía sonreír burlonamente, con una total falta de respeto y de humanidad, a los expertos marineros que constituían la tripulación del navío. Al poco, se presentó el jefe de los escoltas en el puente.

—Otea el horizonte por el lado de babor, Mubassir —le dije, señalando una línea azulada que comenzaba a perfilarse por encima del mar—. Es la costa de la isla de Creta. Ahora pertenece a los cristianos de Oriente, pero hasta hace poco era un emirato fundado por un grupo de exiliados cordobeses, algunos musulmanes y otros cristianos mozárabes que, acompañados de sus mujeres e hijos, tuvieron que abandonar al-Andalus perseguidos por el emir Abderramán II. Navegaron hacia el este hasta que dieron con esta isla y aquí se asentaron y prosperaron, a veces actuando como piratas. Pero, hace cuatro años, el emperador Nicéforo II Focas les declaró la guerra, acusándolos de ser corsarios apátridas, y los hizo sus súbditos.

—Triste destino, señor Ben Idris, el de esos cordobeses que, enemistados con su emir, se vieron obligados a lanzarse al mar y, cuando parecía que habían logrado alcanzar la paz y la tranquilidad en otra tierra, de nuevo el destino adverso les quitó lo que antes les había dado.

—Lo que demuestra, amigo mío, que no hay nada seguro en este mundo sino la muerte que nos abre las puertas del Paraíso, según enseñó el Profeta —dije, a modo de sentencia, mientras que por el norte, iluminada por los rojizos rayos del sol poniente, se hacía visible la costa acantilada de aquella isla que se hallaba a unos seis o siete días de navegación de nuestro puerto de destino.

Sin que sufriéramos ningún nuevo percance, empujados por una suave brisa que soplaba desde el oeste y con la superficie de la mar algo rizada, al cabo de una semana y media, el veintitrés de marzo, arribamos al puerto de Haifa.

Haifa era una ciudad de escasa importancia hasta que el profeta Mahoma recibió la revelación y se estableció en Medina y, después, en La Meca. Comenzó a desarrollarse durante el período de los califas ortodoxos, pero su momento de mayor esplendor lo alcanzó cuando los abasíes derrocaron a los omeyas y crearon su gran imperio, trasladando la capital desde Damasco a Bagdad. Sin embargo, su cercanía a la antigua capital de los omeyas hizo que conservara estrechos vínculos políticos y económicos con esa ciudad, cuyos habitantes nunca olvidaron que había sido la sede del poder omeya en Oriente y Occidente.

Cuando desembarcamos en su puerto, un arsenal para la reparación de navíos, numerosos almacenes situados junto a los muelles y los barcos de transporte: cárabos, bateles y saetías atracados o fondeados en la rada daban fe de la importancia que la industria y el comercio habían adquirido en la ciudad, según pudimos confirmar cuando entablamos conversación con algunos de sus moradores. Haifa disponía de prestigiosas fábricas de cristal y factorías en las que se obtenía, desde hacía siglos, la púrpura sacada de unos caracoles marinos que recogían en sus playas y que los miembros de la *jassa* de Bagdad, Damasco, Isfahán y Basora adquirían a muy alto precio.

A la mañana siguiente, los criados procedieron a desembarcar la impedimenta y los soldados de Mubassir el arcón protegido y camuflado bajo la piel curtida. Antes de abandonar la embarcación, me entrevisté con su patrón, Musa ben Gumis, para expresarle mi agradecimiento por el inestimable servicio que había prestado a nuestro señor, el califa, al habernos conducido sanos y salvos hasta aquel lejano puerto de mar y pedirle que me dijera cuáles eran las órdenes recibidas del almirante de la flota en lo referente a nuestro regreso a al-Andalus.

—Una vez transcurridos cuatro días, que es el tiempo que debo dar de descanso a la tripulación y a los hombres de armas —manifestó el arráez, cuando hubo terminado de ordenar a unos marineros que extendieran las dos velas sobre cubierta para lavarlas con agua dulce antes de atarlas a sus respectivas vergas—, he de poner rumbo a Famagusta, en la isla de Chipre, donde debo hacer entrega de unas cartas a su gobernador. En ese puerto permanecerá el barco atracado dos meses, plazo suficiente para que podáis llegar a Bagdad, cumplir con la misión en la que estáis empeñados y retornar a Haifa. Aquí os esperaremos, porque esa fue la orden que nos dio el almirante Muhammad ben Rumahis.

Acompañado de Mubassir y de Lubna, me acerqué a unos mozos de cuerda que estaban embarcando en un cárabo, atracado junto al pretil del muelle, unas tinajas de gran tamaño. Les pregunté que dónde podría encontrar a un mercader que usara para el transporte de sus mercancías recuas de mulas. Uno de ellos me señaló a un hombre, vestido pulcramente y con la cabeza cubierta con un gran turbante al estilo de los musulmanes de Oriente, que se hallaba tomando el sol sentado en un endeble escabel con un *mishaba* o rosario musulmán entre los dedos y que parecía ser el mercader que estaba ordenando el embarque de las tinajas.

—*Salam aleikum* —exclamé, pronunciando el saludo que nos enseña el Libro Sagrado.

—*Aleikum salam* — respondió—. Sed bienvenidos a Haifa, extranjeros.

—Hermano, cierto es que somos extranjeros, porque procedemos de la lejana al-Andalus. Pero compartimos un mismo credo, que es el que nos transmitió el profeta Mahoma.

—¿Y qué es lo que deseáis de mí?

—Acabamos de desembarcar en vuestro puerto después de haber realizado un largo viaje —dije—. Pero nuestro destino está al otro lado del desierto, en la ciudad de Bagdad. Necesitamos arrendar una recua de mulas y unos caballos para poder continuar el citado viaje. ¿Dónde podríamos encontrar a alguien que nos proporcione a un buen precio las acémilas para transportar la impedimenta y los caballos para nuestros soldados? Será por un par de meses.

El mercader o comerciante nos miró con expresión de asombro. No tanto por la petición que le acababa de hacer, como por la noticia del viaje que pensábamos emprender a través de un peligroso y extenso desierto que nos era totalmente desconocido.

—Hermanos musulmanes —comenzó diciendo sin mucho entusiasmo—: yo podría proporcionaros la recua de mulas que necesitáis, pero no los caballos, porque el gobernador de Damasco ha requisado los caballos de toda la región para alguna de las guerras que, de vez en cuando, emprende contra los rebeldes *jariyíes* establecidos en las montañas. Vuestros soldados deberían contentarse con cabalgar sobre dóciles acémilas.

—Nuestros soldados no harán sino seguir el ejemplo de los primeros árabes que conquistaron medio mundo a lomos de acémilas y de asnos —dije para que el mercader supiera que era conocedor de la historia del islam—. Pero no me ha dicho el precio del arriendo de la recua.

—¿Cuántos animales os harían falta?

—Seis con jamugas para portar la impedimenta y a una mujer, y diez acémilas con sillas de montar para los soldados —respondí.

El mercader depositó el *mishaba* sobre su regazo y, después de tocarse el mentón, como si hiciera un cálculo mental de lo que iba a exigirme por el arrendamiento de las quince mulas, dijo:

—Treinta dirhems por cada día. En caso de accidente y pérdida de alguna de las monturas, deberéis pagar cien dirhems.

—Me parece un precio justo por el servicio que nos vais a dar —manifesté, a sabiendas de que era un precio demasiado elevado. Pero, como desconocía el valor de las monedas en Oriente, le di mi conformidad.

—Si estáis de acuerdo, dentro de tres días, después de la primera oración de la mañana, tendréis los animales preparados en el patio que está situado detrás del almacén. Diez mulas enjaezadas con sillas de montar y seis equipadas con resistentes jamugas de madera de olivo. Pero os debo dar un importante consejo: no emprendáis el viaje en soledad. El desierto está plagado de bandoleros que asaltan, roban y matan a los viajeros imprudentes. Además, desconocéis la ubicación de los oasis y las aldeas con pozos de agua potable, lugares en los que deberéis acampar al término de cada jornada.

—Nosotros nada debemos temer, amigo mío —repliqué—. Los diez soldados de la escolta nos proporcionarán la defensa y la seguridad que nuestra comitiva va a necesitar durante el viaje. Sin embargo, es cierto que desconocemos los lugares más a propósito para poder acampar, en los que hallar heno para los animales y comida y agua para los hombres.

—Yo os proporcionaré un árabe que conoce el desierto como la palma de su mano y que os llevará por el camino que siguen las caravanas desde Haifa y Damasco hasta Bagdad.

Le dije que, siguiendo su consejo, contrataría al árabe para que nos guiara hasta la capital de los abasíes. Que lo enviara antes del anochecer a la hospedería en la que íbamos a pernoctar. Luego nos despedimos del mercader agradeciéndole su valiosa ayuda y sus recomendaciones, no sin antes haberle preguntado por alguna posada en la que pudiéramos pasar la noche, que contara con un almacén o un desván donde poder depositar la impedimenta y guardar el arcón.

El día señalado, al alba, emprendimos el camino, en dirección este, guiados por el árabe, que tenía por nombre Yusuf al-Sham, que significaba Yusuf el Sirio, penetrando en el desierto antes de que declinara ese día. Para arribar a la ciudad de Bagdad, calculó el árabe que estaríamos en la andanza unas treinta jornadas.

Durante el día, el calor era insoportable en medio de aquel desierto de arena y rocas descarnadas. Pero, al llegar la noche, el intenso calor se transformaba en un frío que helaba los huesos. Al caer la tarde, después de haber recorrido tres leguas por un terreno pedregoso, Yusuf nos señaló una vaguada, resto de un antiguo *wadi*, donde podíamos acampar, resguardados del frío, cerca de un conjunto de árboles raquíticos. Una vez que los criados hubieron montado las tiendas de campaña y arropados con los tabardos y las mantas, Mubassir ordenó que se encendiera una hoguera con las ramas secas cortadas de varios de aquellos árboles. Sentados a su alrededor degustamos parte de los alimentos que habíamos comprado en el mercado de Haifa. El jefe de los escoltas se acercó a mí cuando ya Lubna, los criados, los soldados y Yusuf se hallaban descansando en el interior de las tiendas.

—¿Es cierto, señor Ben Idris, que estas tierras están gobernadas por un califa enemigo de los omeyas? —preguntó, quizás preocupado por la conversación que, a lo largo de la jornada, yo había mantenido con el guía árabe.

—Antes de que emprendiéramos el viaje, consulté algunos libros que custodiamos en la biblioteca sobre la historia de los califas de Oriente. En ellos encontré una abundante información. Toda esta extensa región, desde Damasco a Isfahán, en Persia, forma parte del imperio de los buyíes —comencé diciendo—. Hasta hace algunos años este territorio estaba dominado por los califas abasíes de Bagdad, enemigos de los omeyas; pero, no hace mucho, una parte de su ejército de mercenarios, comandada por un tal Ahmad ben Buya, se rebeló y se hizo con el poder, relegando al califa y a su corte. Aunque son legitimistas como ellos, se muestran más tolerantes y ya no persiguen a los sunníes ni a los cristianos. Por ese motivo se puede viajar a Bagdad o a Isfahán, siendo sunní, sin temor a ser perseguido y encarcelado. Los buyíes han enviado una embajada a Córdoba y, en reciprocidad, nuestro señor el califa ha mandado un representante suyo a su capital. Por lo tanto, amigo Mubassir, no tengas ningún temor. Podemos viajar hasta Bagdad sin miedo a ser molestados por los buyíes.

Los días de marcha transcurrieron monótonos y calurosos, sin haber sido objeto la comitiva del asalto de los bandidos ni sufrir la temida escasez de agua ni de alimentos, porque el experimentado Yusuf al-Sham sabía guiarnos por los mismos caminos que habían sido hollados por las caravanas, conduciéndonos hasta las aldeas y los oasis que se encontraban, cada cinco o seis leguas, al término de las sucesivas jornadas de marcha.

Sin que aconteciera ningún suceso extraordinario, sorprendidos por la amable acogida que nos proporcionaban los moradores del desierto, que cumplían escrupulosamente con la hospitalidad, como ordena el santo Corán, a los treinta días de haber abandonado Haifa pudimos vislumbrar, al caer la tarde, las ocres murallas de la ciudad de Bagdad, atravesada por el río que llamaban Tigris, que fue la sede del gobierno del famoso califa Harún al-Rashid, que la habitó hacía un siglo y medio.

Estando descansando en la cumbre de una colina, como a dos millas de las murallas de la ciudad, se acercó a mí Yusuf al-Sham con la intención de hablarme.

—Mi señor Ben Idris: sé que ansiáis entrar en Bagdad y dar el merecido descanso a los agotados hombres que nos acompañan, a la esforzada mujer y a la reata de mulas —dijo el guía árabe—; pero no me parece una buena decisión que entremos en la medina y, menos, en el arrabal de los comerciantes y los mercaderes, donde se hallan las hospederías, con tan elevado número de animales y con los hombres armados que forman la escolta. Mi consejo es, mi señor, que nos dirijamos al caravasar que se halla cerca de la puerta de Kufa y nos hospedemos en él.

—¿Un caravasar? —exclamé, sin poder ocultar la sorpresa que me producía oír ese nombre desconocido para mí.

—Se trata de una antigua institución que, aseguran algunos, fue creada, en medio del desierto o extramuros de algunas ciudades, para acoger a las caravanas de mercaderes que venían desde el reino de China con seda y porcelana para los habitantes de Roma antes de que el Profeta tuviera la Revelación —repuso Yusuf al-Sham—. Es el mejor lugar para hospedarse, porque posee buenos dormitorios, amplios establos, almacenes, cocina bien surtida y agua y heno abundantes para los animales.

Siguiendo la recomendación del árabe, ordené a la comitiva que se pusiera en marcha y, transcurrida una hora, entrábamos por la única puerta que tenía el caravasar —que ocupaba una explanada a media milla de las murallas— y que daba a un gran patio empedrado con cantos rodados y losas de variados colores. El caravasar de la puerta de Kufa de Bagdad era una enorme construcción de planta cuadrada con cuatro crujías de dos pisos, cada una erigida en torno a un patio en cuyo centro se localizaba un pozo con varias piletas de piedra para que pudieran abrevar los animales. Las crujías disponían, mirando hacia el patio, de galerías cubiertas sostenidas por pilastras de ladrillos rojos y arcos peraltados. En una de las crujías se encontraban los establos y los almacenes; en otra, los comedores y las cocinas y, en las dos restantes, los dormitorios donde se hospedaban los mercaderes y los comerciantes y en los que, al paso de media hora, estábamos instalados los dieciocho miembros de nuestra expedición, después de que los criados hubieran dejado las acémilas en uno de los establos y la impedimenta en un almacén cercano. El arcón con los dinares lo depositamos en mi habitación, bajo la estrecha vigilancia de tres soldados de la escolta. Lubna ocupó una pequeña habitación que le proporcionó el administrador del caravasar, separada del resto de los hombres.

En la mañana siguiente, después de haber rezado la primera oración del día en el oratorio que poseía el caravasar en la crujía que miraba al oeste, que era donde se hallaba la ciudad santa de La Meca, Mubassir, Lubna y yo nos dirigimos a la ciudad para llevar a término la misión que nos había conducido a la capital de los buyíes. Como sabíamos que el representante de nuestro califa, Abu Mansur Daqiqi, era un reputado poeta, muy bien considerado por los intelectuales y los sabios, pensamos que el mejor lugar para saber dónde podríamos encontrarlo sería visitando la prestigiosa biblioteca que el califa Harún al-Rashid había fundado en Bagdad. Entramos por la puerta de Kufa, abierta en una imponente torre redonda, y atravesamos la ciudad hasta dar con un edificio de varias plantas donde, nos dijeron, se hallaba instalada la biblioteca y la Casa de la Sabiduría.

Bagdad era una ciudad grande y bien situada, algo menor en extensión que Córdoba, pero no menos rica y dotada de edificios menos notables. Aunque, después, el bibliotecario nos dijo que, antes, cuando gobernaban los califas abasíes sin mediación de los guerreros mercenarios, Bagdad era la capital de un imperio con una población y una riqueza aún mayores y un crisol de gente llegada desde todos los rincones del mundo, sobre todo cuando ostentaba el poder el respetado califa Harún al-Rashid. Desde la puerta de Kufa, una larga calle, flanqueada de una galería cubierta bajo la que se hallaban situadas las tiendas de tejidos de seda y brocados, de muebles de fina madera, de objetos de oro y de plata y los talleres en los que se fabricaban dichos objetos, terminaba al pie de una inmensa fortaleza de planta circular, rodeada de altos muros, que era el palacio del califa venido a menos, pues el emir de los buyíes, que ostentaba de hecho el poder y dirigía los destinos del califato, residía y gobernaba el imperio desde otra fortaleza erigida como a media milla de distancia.

Cuando entramos en la sala en la que se atendía a los lectores y visitantes de la biblioteca, se acercó un hombre joven, vestido elegantemente con una especie de *zihara* abierta y una *kuffiya* azul envolviéndole la cabeza.

—¿Qué desean? —preguntó en un árabe dialectal que solo Lubna entendía.

—Estamos interesados en conversar con un reputado poeta que sabemos que reside en Bagdad —dijo Lubna, pues esa era la única información que deseábamos obtener.

—¿Y cuál es el nombre de ese poeta?

—Se llama Abu Mansur Daqiqi.

El bibliotecario o ayudante de bibliotecario abrió desmesuradamente los ojos, y su rostro se iluminó con una sonrisa que revelaba que no le era desconocida la identidad del poeta por el que nos interesábamos.

—Abu Mansur es un gramático y poeta muy conocido en Bagdad. Precisamente mañana se reúne en la Casa de la Sabiduría con otros poetas y literatos de la ciudad, como hacen una vez al mes para comentar y declamar sus poemas —manifestó el bibliotecario, muy ufano y satisfecho por haber podido proporcionar a aquellos tres extranjeros, que hablaban un extraño dialecto, la información que demandaban.

La Casa de la Sabiduría era un anexo a la biblioteca que, como la madrasa kabira de Córdoba, disponía de salas dedicadas al estudio y la discusión de diversas disciplinas, especialmente las relacionadas con la exégesis coránica y la literatura árabe; aunque los sabios bagdadíes que se ocupaban de la astronomía, las matemáticas y la geografía —cuya existencia yo conocía gracias a las lecciones recibidas del profesor al-Ansari— gozaban, también, de justa fama.

Después de agradecer al bibliotecario sus palabras, quedamos en volver al día siguiente para conocer y platicar con el poeta Abu Mansur Daqiqi.

Así lo hicimos y, a la mañana siguiente, acabada la segunda oración del día, nos dirigimos a la biblioteca. Una vez en su interior, seguimos las indicaciones del joven vestido con la *zihara* y ascendimos a la segunda planta del edificio por una escalera de piedra muy bien labrada. En la que debía de ser la Sala de Literatura encontramos reunidos a varios personajes que conversaban y discutían, probablemente de temas relacionados con su especialidad. Como la puerta estaba abierta, al cabo de un rato uno de ellos se percató de nuestra presencia y, reconociendo nuestros atuendos, propios de la gente de al-Andalus y, sin duda, avisado por el bibliotecario de nuestro interés por conversar con él, abandonó la reunión y se dirigió a nuestro encuentro.

—¿Es al poeta Abu Mansur Daqiqi al que buscáis? Yo soy ese poeta. El bibliotecario me anunció vuestra visita —exclamó, al tiempo que nos conducía a una zona alejada de la sala en la que continuaban conversando sus compañeros de plática.

—Mi nombre es Jalid ben Idris —le dije—. Soy el director de la Gran Biblioteca de Córdoba y vengo acompañado de la copista y traductora Lubna y del capitán de caballería Mubassir, que está al mando de los soldados que nos han escoltado hasta Bagdad.

Abu Mansur Daqiqi era de estatura mediana y de edad irreconocible, pues una poblada barba casi le ocultaba el rostro. Vestía una humilde almalafa marrón, algo deteriorada, y se cubría la cabeza con un turbante viejo y descolorido, lo que no compaginaba con el atuendo que ha de portar un famoso y destacado poeta que frecuentaba, según se decía, el palacio del califa.

—Como sabéis, soy el representante y delegado del Príncipe de los Creyentes en esta ciudad —manifestó con una autoridad de la que solo hacen gala las personas que gozan de reconocido prestigio—. Os esperaba, Ben Idris. El gran chambelán de los omeyas me envió un correo anunciándome que el califa había aceptado mi propuesta y que partíais al frente de una comitiva con los dinares.

—Esa es la misión que nos ha traído a esta ciudad: abonar al genealogista persa lo que exige por la copia de su obra y llevarnos a Córdoba, en el viaje de vuelta, los doce volúmenes de *El libro de los cantares* y el códice con la genealogía de los omeyas.

—Abulfaraj al-Isfahani espera en su mansión, situada al otro lado del río, en el barrio de los Escritores, que yo le anuncie vuestra llegada para recibirnos y rematar la compra de los libros —expuso Abu Mansur—. Mañana, a esta misma hora, os emplazo en el jardín que antecede a la biblioteca. Al-Isfahani estará preparado para concluir la transacción que tanto desea que hagamos el Príncipe de los Creyentes.

Y dicho aquello, abandonamos la Casa de la Sabiduría y retornamos al caravasar, no sin antes haber visitado algunas de las tiendas donde se exponían exóticas mercancías desconocidas para nosotros, que el tendero aseguró que procedían de la India. Lubna quedó prendada de un pañuelo de seda amarillo con ribetes azules y estampado con la figura de un elefante que se exponía en una vitrina. Preguntó por el precio y, como no era excesivamente caro, lo adquirió mostrando una sonrisa que expresaba la satisfacción que aquella inesperada compra le había producido. Luego, antes de salir de la ciudad, le dije a Mubassir:

—Habrás observado, Mubassir, la extrema pobreza y lo ajado de las vestiduras que porta Abu Mansur, así como la humildad y templanza con que se expresa, características impropias de alguien que se codea con la *jassa* de Bagdad y frecuenta el palacio del califa. En Córdoba sería, sin duda, un poeta jactancioso y engreído, de trato difícil con aquellos que no pertenecieran a su misma corporación intelectual.

—Lo he observado y lo que he pensado, señor Ben Idris, es que este Abu Mansur es una persona negligente y desaliñada que no cuida la imagen de reputado poeta que dice ser.

Yo lancé una breve carcajada al comprobar que el oficial de caballería desconocía en todo y en parte los entresijos de la doctrina que profesábamos y las numerosas sectas y cofradías formadas por venerables santos que habían ido surgiendo en el seno del islam, sobre todo en Oriente, con el paso de los siglos. Pero en ese asunto no tuve que intervenir, porque terció en la conversación Lubna, que era experta en el conocimiento de las distintas escuelas jurídicas y sectas surgidas en los primeros tiempos del islam.

—Abu Mansur Daqiqi no es un poeta negligente ni desaliñado, Mubassir —dijo la traductora y experta copista, mientras cruzábamos la puerta de la ciudad y el puente levadizo que servía para salvar el foso—, sino un fiel y devoto seguidor de la cofradía de los sufíes, de la que no me extrañaría que fuera un famoso representante en esta ciudad. Los sufíes han de ser humildes en exceso, vestir pobremente sin lujo alguno y dedicarse solo a la meditación y al estudio de la *sunna* y los hadices, sin ambicionar nada en este mundo: ni fama, ni riquezas, ni puestos ostentosos en la política o la administración. Siguen al pie de la letra la sura del Libro Sagrado que dice: «Lo justo es adorar a Alá como si lo vieras. Si no puedes verlo, seguramente Él sí te ve a ti».

Dejamos al leal Mubassir reflexionando sobre lo que le acababa de exponer Lubna, y al cabo de media hora llegamos al caravasar.

A la mañana siguiente, acompañado de Lubna, Mubassir y de dos soldados que caminaban al lado de una acémila en cuya jamuga iba, camuflado, el arcón con los mil dinares, nos dirigimos a la plaza ajardinada que había delante de la biblioteca, en la que ya nos esperaba Abu Mansur Daqiqi, el sufí. El poeta delegado del Príncipe de los Creyentes nos señaló una calle estrecha que seguimos hasta dar con el río. Cruzamos la corriente por un puente de piedra que parecía de mucha antigüedad y, al llegar a un grupo de casas muy lujosas que se hallaban cerca de la orilla izquierda del Tigris, nos dijo que nos detuviéramos, que habíamos llegado a la mansión de Abulfaraj al-Isfahani.

El famoso poeta y genealogista persa nos recibió en el zaguán de su mansión. Vestía a la moda de la *jassa* y de los sabios residentes en Isfahán, a algunos de los cuales yo había visto en Córdoba cuando viajaban hasta la corte de nuestro califa para presentarle sus credenciales como embajadores de los emires samánidas. Portaba una aljuba muy lujosa, recamada de perlas y pequeñas piezas de oro y, cubriéndole la cabeza, llevaba un turbante rojo de seda adornado con una gran perla negra.

—*Salam aleikum*, ilustre Abulfaraj al-Isfahani —dijo Abu Mansur.

—*Aleikum salam* —respondió el persa.

—La persona que me acompaña es el respetado Jalid ben Idris, director y responsable de la Gran Biblioteca que el Príncipe de los Creyentes está reuniendo en su ciudad de Córdoba —manifestó el representante de nuestro señor, el califa, cuando hubimos accedido al salón principal de la casa—. Y este es el gran genealogista Abulfaraj al-Isfahani, pensionado por nuestro señor al-Muqtádir para que escriba la historia de los califas, emires y sabios que han dado gloria y fama al islam desde que el profeta Mahoma recibió el mensaje de la Verdad en la ciudad de La Meca.

—Es un honor conoceros, señor al-Isfahani —respondí, inclinando levemente la cabeza en señal de respeto—. En mi biblioteca poseemos algunos libros de poemas de los que sois autor.

—Me satisface, noble Ben Idris, saber que mis poemas han viajado hasta el otro extremo del mar para que puedan ser conocidos por mis hermanos musulmanes de al-Andalus —terció el genealogista, mientras señalaba unos almadraques de seda que había sobre una tarima para que nos aposentáramos.

—Ben Idris ha sido enviado por el gran chambelán de los omeyas para que, respondiendo a vuestra generosa oferta, abone la cantidad de dinares que pedís por vuestra excelente obra, contenida en doce volúmenes, que habéis titulado *El libro de los cantares* —intervino Abu Mansur con la intención de que centráramos la conversación en el asunto que, en verdad, nos interesaba y que era la única razón que justificaba nuestro largo y agotador viaje hasta Bagdad.

—En esas baldas están depositados los libros —dijo, señalando una estantería que se hallaba adosada a una de las paredes de la habitación—. Aunque no es la obra original, esta copia es una fiel reproducción de la que he escrito, anotado e iluminado durante una buena parte de mi vida y que se guarda, como preciado tesoro, en la biblioteca privada del califa en su palacio. Nada desmerece, señor Ben Idris, del original, porque está realizada en uno de los talleres de copistas más prestigiosos de Bagdad, en el que se copia y, luego, se distribuye por las mezquitas, bibliotecas y madrasas de Oriente y Occidente la edición del santo Corán que mandó realizar el califa Utmán, yerno del Profeta.

—De la calidad de la copia no dudamos, ni del valor de su contenido, pues si no fuera así, nuestro señor, el califa al-Hakam II, de sobresalientes conocimientos literarios, no se hubiera interesado por ella ni hubiera estado dispuesto a abonar tan elevado precio por adquirirla —manifesté—. En la calle, frente a vuestra mansión, se hallan los soldados que, en la jamuga de una acémila, transportan el arcón con los dinares. Si os parece momento oportuno, saldré para decirles que lo traigan y podáis tomar y contar las monedas de oro que ya os pertenecen.

—Que así sea y, de esa manera, quede concluida la transacción en presencia del representante de vuestro señor, el Príncipe de los Creyentes, el ilustre poeta Abu Mansur Daqiqi, mi buen amigo y notable literato y filólogo.

Salí al exterior de la mansión e indiqué a Mubassir que ordenara a los soldados que tomaran de la jamuga el arcón y lo introdujeran en la casa. Cuando estuvo depositado sobre la tarima de madera y al-Isfahani lo abrió, quedó absorto y sin poder pronunciar palabra alguna de la impresión que le produjo contemplar el brillo de los áureos dinares que habían sido acuñados en la prestigiosa ceca de la Ciudad Brillante. A continuación, el poeta y genealogista persa se dirigió a la estantería donde estaban colocados los doce tomos, encuadernados con excelente cuero curtido de vaca, y con los títulos y la numeración escrita en letras rojas sobre la portada y el lomo de cada uno de ellos. Con un ademán, autorizó a Mubassir y a los soldados que los tomaran y los depositaran sobre la tarima, junto al arcón. No podía ocultar la satisfacción que sentía, porque en su fuero interno pensaba que había logrado hacer un buen negocio; aunque no cabía duda de que para nuestro señor, el ilustrado califa omeya, poseer en su biblioteca obras de esa relevancia no representaba un negocio, sino una inversión que proporcionaba prestigio y poder a su califato. Al-Isfahani nos dijo que podíamos tomar los libros con la delicadeza y el respeto que tan importante obra se merecía, pues ya pertenecían al verdadero Príncipe de los Creyentes y Comendador de Todos los Musulmanes.

Como había que transportarlos en la jamuga, a lomos de la mula, solicité al poeta y genealogista persa unos lienzos con que envolver los libros, a la espera de que, una vez en el caravasar, procediéramos a cubrirlos y resguardarlos con la cubierta de cuero impermeabilizada que habíamos utilizado para trasladar el arcón desde Córdoba a Bagdad. En una pequeña caja de madera de cedro se hallaba la obra sobre la genealogía de los omeyas, que también debíamos llevar con nosotros.

Al amanecer del día siguiente, cuando estuvieron los doce tomos y el libro con la genealogía de los marwaníes envueltos en el lienzo proporcionado por el rico personaje persa y cubiertos con el cuero para preservarlos, de esa manera, de la intemperie o de un inesperado aguacero —lo que era improbable en un desierto donde la lluvia solo hacía acto de presencia brevemente cada cinco a seis años—, abandonamos el caravasar y la ciudad de Bagdad para tomar la senda de Haifa, siguiendo las indicaciones del guía árabe Yusuf al-Sham.

El día 2 de junio del año 965, después de treinta y tres agotadoras jornadas de marcha, entramos en aquella ciudad portuaria. En el muelle nos esperaba, desde hacía una semana, Musa ben Gumis y el navío que debía llevarnos de vuelta al puerto de Almería.

Del viaje que hicimos, primero por mar y luego por tierra, hasta arribar a Córdoba a mediados del mes de septiembre, nada diré para no cansar a futuros lectores con el relato repetitivo del regreso de la expedición; sobre todo porque fue agradable, sin que sufriéramos ningún percance digno de mencionar, ni retraso, y porque habíamos concluido aquel prolongado desplazamiento por las tierras de Oriente alegres y orgullosos de haber podido cumplir satisfactoriamente la misión que nos fue encomendada.

Al día siguiente de nuestra entrada en Córdoba, envié un mensaje a Yafar al-Siqlabi para notificarle que ya estábamos de vuelta y con la misión cumplida sin haber sufrido contratiempo alguno y que la obra que tanto deseaba poseer nuestro señor el califa, *El libro de los cantares*, se hallaba depositada en la biblioteca del alcázar. Luego, después de abrazar emocionado a Talid al-Qurtubí, le dije que, con la ayuda de Lubna, revisara los doce volúmenes de la obra de Abulfaraj al-Isfahani y el libro de genealogía —por si hubieran sufrido algún deterioro durante el viaje— para proceder a su reparación antes de acometer el preceptivo trabajo de catalogación y colocarlos en un lugar destacado de la Gran Biblioteca.

Todo era felicidad entre los entusiastas funcionarios destinados en aquella institución, que tanto prestigio y tanta fama estaban proporcionando a Córdoba. Una inmensa alegría inundaba mi espíritu de buen musulmán y un enorme agradecimiento al Todopoderoso que, con el bondadoso y justo califa al-Hakam II, estaban propiciando aquel auge cultural de la ciudad en la que había nacido. En aquellos venturosos días aún no había comenzado a padecer las dudas existenciales y el desapego al poder y a la religión que, años más tarde, amargarían el final de mi existencia.

Cuando, sentado en mi cómodo y silencioso despacho —silencio solo perturbado por el trinar de las golondrinas que, en el alero del tejado, se preparaban para iniciar la emigración a la lejana África—, rememoraba los acontecimientos que, con Lubna y Yassir Mubassir, habíamos vivido en el transcurso de tan largo, agotador, pero, al mismo tiempo, enriquecedor viaje, no podía imaginar los graves sucesos y las desgracias que, como los negros nubarrones que presagian la llegada de una inevitable tormenta, amenazaban con abatirse sobre aquella populosa y rica ciudad, emporio del saber y del arte desde que la gobernaba el sabio, justo y preclaro califa al-Hakam II.

XIV

SUBH, LA ESCLAVA CANTORA

Dos días después de nuestra entrada en Córdoba, el gran chambelán Yafar al-Siqlabi —admirado y alabado por todos los cordobeses una vez finalizadas las obras de ampliación de la mezquita aljama, labrada la suntuosa *maqsura* e instaladas las veintiséis nuevas lámparas doradas que permanecían siempre encendidas, pues había sido él el diseñador y director de dicha ampliación— me enviaba una esquela notificándome su sincero agradecimiento por la importante labor llevada a cabo en Bagdad y anunciándome que nuestro señor, el califa, visitaría la biblioteca en los próximos días para poder contemplar la obra del insigne poeta y genealogista persa. La justa fama alcanzada por al-Siqlabi y el reconocimiento por la fastuosa obra realizada en la mezquita habían quedado inscritas para siempre con su nombre en los bellos mosaicos que, elaborados por un maestro mosaísta enviado por el emperador de Constantinopla, decoraban el arco y las albanegas doradas del nuevo *mihrab*.

También me comunicaba que sería una visita privada y casi secreta, sin especial escolta ni ceremonial multitudinario. Que solo iría acompañado de él mismo, del visir al-Mushafi y de cuatro soldados de su escolta personal, constituida por mercenarios cristianos, los famosos y leales *yafaríes*. Concluía la nota diciendo que me avisaría con varios días de antelación para que tuviera preparados los doce volúmenes redactados por al-Isfahani.

Por medio de uno de los criados convoqué a Talid, Lubna y Fátima a una reunión urgente en mi despacho para comunicarles la sorprendente e inusual noticia de la prevista visita del Príncipe de los Creyentes. Al-Hakam II, experto en genealogía, literatura e historia, había acudido asiduamente —cuando aún era príncipe heredero— a la biblioteca palatina instalada en la Ciudad Brillante. En el transcurso de esas visitas, según decía Talid, había elegido y leído libros de variada temática. El eficiente conservador aseguraba que ponía gran atención en las obras que trataban sobre la historia de los musulmanes y los libros de poesía y genealogía y, también, las que se referían a la diplomacia y a las costumbres y tradiciones de los cristianos del norte. Pero, lo que le había causado una gran sorpresa, fue observar que nuestro señor, con su propia mano, anotaba comentarios en los márgenes de los libros y escribía sus impresiones sobre ellos en un cuaderno que siempre portaba para tal fin.

Con cierta desazón y algo de temor, Talid, Lubna, Fátima y yo mismo esperábamos que Yafar al-Siqlabi nos informara del día y la hora en que el califa nos visitaría para extasiarse, sin duda, con la contemplación de los doce tomos que contenían *El libro de los cantares* de Abulfaraj al-Isfahani y que, para mayor comodidad de nuestro señor, colocaríamos abiertos en varias mesas junto a dos tinteros, uno con tinta azul y otro roja, y cálamos de varios calibres para que escribiera sus anotaciones, si lo creía oportuno. Pero transcurrieron cinco días y no tuvimos noticias del gran chambelán. Nosotros continuamos con nuestra labor de inventario, catalogación, copia y restauración de aquellos ejemplares deteriorados que la necesitaran en los talleres de las mujeres caligrafistas y restauradoras dirigidos por Lubna y Fátima.

Una mañana, cuando una hora después de acabar la primera oración del día, como era mi costumbre, me dirigía a la biblioteca, y mientras cruzaba la concurrida plaza que se hallaba junto a la puerta del alcázar, atrajo mi atención un joven bien parecido, alto y fuerte, de rostro hermoso y nariz algo aguileña, que vestía una modesta camisa blanca con faldón atada a la cintura con un cordón y unos zaragüelles ajustados cubriéndole las piernas. Portaba sobre su cabeza un turbante, lo que me extrañó, porque en Córdoba solo los hombres de religión, los altos dignatarios y los miembros de la justicia acostumbraban a llevar turbante. Su edad no debía de pasar los veinticinco años. Se hallaba sentado en una silla plegable detrás de una mesa, también plegable, sobre la que había depositadas varias hojas sueltas de papel, un par de tinteros y dos o tres cálamos. Un grupo de muchachas se arremolinaba delante del tenderete. Estaba empeñado en escribir algo que una de las mujeres parecía estarle dictando. No pude ver sus ojos porque se hallaba inclinado sobre la hoja de papel en la que escribía, pero sí vislumbrar una barba hirsuta y bien recortada que le adornaba el rostro.

Intrigado, continué la marcha y accedí a la biblioteca pensando en quién podría ser aquel joven que, por su aspecto y ademanes, parecía instruido y gozar de indudable predicamento entre las mujeres, pero que era la primera vez que lo veía en los alrededores del alcázar. Le dije a Talid que tuviera la amabilidad de acudir a mi despacho, pues quizás el conservador, que no había estado ausente de Córdoba como yo durante ocho meses, pudiera saber quién era aquel apuesto muchacho, sin duda ilustrado, que se dedicaba a escribir probablemente cartas, poemas o mensajes a petición de aquellas mujeres.

—Jalid: solo puedo decirte que ese joven comenzó a instalar su extraño negocio en la puerta del alcázar hace unos cinco meses —expuso Talid cuando estuvimos acomodados en el diván que tenía en mi despacho—. Se presenta como escribano público y, ciertamente, debe de ser habilidoso escribiente y buen conocedor del árabe y de las fórmulas de los recursos y las sentencias judiciales, porque, dicen, ha ganado pleitos sin ser abogado. Como puedes comprobar cada mañana, clientes no le faltan, sobre todo mujeres. No sé de dónde procede ni cómo ha llegado a Córdoba, aunque aseguran algunos que ha recibido clases de jurisprudencia en alguna madrasa privada. Tampoco sé su nombre ni su *nisba*. Sus clientes le llaman Muhammad. Lo que te puedo asegurar es que no pertenece a ninguna de las nobles, conocidas y antiguas familias cordobesas.

La presencia de aquel joven, con aquellas cualidades literarias y sus conocimientos en leyes, de los que alardeaba pregonando sus frecuentes éxitos, según decía Talid, aunque no sabía por qué razón, me desasosegaba y me producía un extraño, aunque injustificado temor. Sin embargo, al cabo de unos días procuré olvidarlo y concentrarme en mi trabajo, aunque no era fácil apartarlo de mi mente, pues, cada mañana, cuando me topaba con él en la puerta del alcázar, la sensación de inquietud y desasosiego volvía a reproducirse. En una ocasión nuestras miradas se cruzaron. La suya, inquisitiva y arrogante, expresaba una superioridad intelectual y una prepotencia que me turbó. Entonces supe que algún día tendría que enfrentarme a aquel desconocido y altivo escribano público. Mas, en aquellos momentos, en los que gozaba de mi recién alcanzado estatus de director de la Gran Biblioteca y disfrutaba de la sincera amistad de poderosos dignatarios del califato, no podía imaginar las desgracias que iba a sufrir provocadas por aquel joven desconocido.

Pero aquella preocupación, que comenzó a anidar en mi alma una vez que hube retornado del viaje a Bagdad, se desvaneció como se desvanece el humo de una hoguera que se extingue cuando aquel extraño personaje, a principios del mes de octubre, dejó de instalar su tenderete con las hojas de papel, los tinteros y los cálamos sobre la mesa plegable en la puerta del alcázar. Fue entonces cuando, extrañado por la súbita desaparición del misterioso escribano público, decidí indagar y hacer las pesquisas necesarias para saber qué había sido de él y, sobre todo, quién era, a qué familia o clan pertenecía, qué buscaba exhibiendo públicamente, en plena calle, sus conocimientos literarios y del derecho malikí y por qué me había provocado su mirada tanta turbación e intranquilidad.

Pensé en acudir al experimentado y leal Yassir Mubassir para que él, como respetado capitán del ejército, que se podía mover como pez en el agua en medio de la compleja sociedad cordobesa, hiciera las investigaciones que a mí, probablemente, se me negarían. Pero una misiva, enviada por el gran chambelán, me obligó a olvidar, por el momento, las indagaciones que esperaba que hiciera el oficial de caballería.

La esquela remitida por Yafar al-Siqlabi decía que, transcurridos dos días, el sábado, después de la oración del mediodía, el Príncipe de los Creyentes visitaría la biblioteca para conocer la obra que tanto esfuerzo y tantos dinares había necesitado emplear para poder traerla a Córdoba.

A la hora fijada llegó el califa montado en un brioso corcel bellamente enjaezado, acompañado de Yafar al-Siqlabi y el visir Yafar al-Mushafi y escoltado por cuatro soldados *saqalibas*, que permanecieron en la puerta del alcázar mientras que al-Hakam II se hallaba en el interior de la biblioteca. Talid, Lubna, Fátima y yo lo recibimos en el zaguán que antecedía a la sala de lectura, en la que al-Siqlabi había preparado los almadraques de seda azul con ribetes bordados con hilo de plata que iban a servir de acomodo a los tres ilustres visitantes. La figura de nuestro señor el califa me impresionó por su elegancia, noble mirada y por la serenidad de su rostro. Aunque lo había visto, de lejos, en alguna ocasión, cuando asistía a la oración y al sermón del viernes en la mezquita aljama, era la primera vez que me hallaba tan cerca de quien era el Príncipe de los Creyentes y Comendador de Todos los Musulmanes. Los tres azorados y humildes funcionarios nos inclinamos apoyando la rodilla derecha en el suelo como nos había recomendado el gran chambelán, aunque el califa, con un gesto amable, ordenó que nos irguiéramos. A continuación acercó a nosotros su brazo derecho para que le besáramos la palma de la mano. Luego nos dijo al-Siqlabi que así mostraba su amistad y el amor a sus súbditos, a diferencia de los soberanos cristianos, que obligaban a sus vasallos a besarles el dorso en señal de reverencial sumisión.

El gran chambelán había colocado, delante de los almadraques en los que iban a aposentarse el califa y los dos altos funcionarios que lo acompañaban, dos mesas bajas con taraceas sobre las que habíamos depositado los doce tomos que contenían la obra de al-Isfahani, algunos de ellos abiertos por los capítulos que habíamos considerado más atractivos y bellos por las miniaturas vegetales y lacerías que contenían. El califa se cubría la cabeza con un turbante blanco que dejaba ver, sobre el cuello, algunos mechones de cabello rubio. Su voz era aguda, aunque no estridente, y melodiosa. Vestía una túnica de seda amarilla con las características bandas horizontales rojas y doradas bordadas en negro con suras del Corán en elegante letra cúfica, elaborada, sin duda, en el prestigioso *tiraz* de la Ciudad Brillante y, debajo, unos zaragüelles anchos de color rojo. Calzaba unos borceguíes de piel con incrustaciones de plata. Penetró en la sala, seguido de al-Siqlabi y de al-Mushafi. Detrás marchábamos nosotros, que permanecimos de pie a una prudencial distancia. Al-Hakam II se sentó en uno de los almadraques, se acercó a una de las mesas y, como la luz que llegaba desde el exterior era escasa, ordenó a su visir que le aproximara y encendiera una de las almenaras utilizada por los lectores que frecuentaban la biblioteca. En absoluto silencio, iluminadas las páginas del primer libro que había comenzado a leer y analizar con la llama de los candiles, se concentró extasiado en su lectura y en contemplar, con la admiración que podíamos ver reflejada en su rostro, las coloreadas miniaturas constituidas por ramas entrelazadas y la decoración epigráfica con que el poeta persa había adornado los márgenes y los inicios de cada capítulo.

Así transcurrieron dos horas. Después de haber revisado y leído algunos de los fragmentos más hermosos y escogidos de cuatro de los tomos, alzó la mirada de los libros y esbozó una amplia sonrisa, con la que expresaba la satisfacción que le había producido la contemplación de *El libro de los cantares* de Abulfaraj al-Isfahani, que ya formaba parte de la Gran Biblioteca que había fundado en su capital de al-Andalus.

Luego se puso en pie, movimiento que fue imitado al momento por los dos poderosos funcionarios que estaban a su lado, y los tres se dirigieron a la puerta de la biblioteca. Pero antes de abandonar el edificio, el Príncipe de los Creyentes se dirigió a mí y, con cálida y mesurada voz, dijo:

—Jalid ben Idris, director de esta biblioteca: deseo mostrarte, a ti y a los leales funcionarios que, contigo, trabajan en esta institución, mi agradecimiento por la labor que, con gran esfuerzo y dedicación, realizáis. No creas que he olvidado los grandes servicios que hiciste a mi padre, al que el misericordioso Alá haya concedido los goces del Paraíso, como eminente traductor y copista, ni los que a mí me haces cada día. Por ello, espero poder recompensarte. Deseo que, como si de un miembro destacado de la *jassa* fueras, me visites sin reparo alguno en la Ciudad Brillante para que me tengas informado de los progresos que hacéis en esta Gran Biblioteca de Córdoba.

Acabado de pronunciar aquel breve discurso, y escoltado por al-Siqlabi, al-Mushafi y los cuatro *saqalibas*, retornó el Príncipe de los Creyentes a la Casa del Poder en la ciudad palatina de Medina Azahara. Talid, Lubna, Fátima y yo volvimos a ocuparnos de nuestras respectivas labores de bibliotecario, conservador, copista y restauradora de libros. Un trabajo que nos llenaba de satisfacción, porque éramos conscientes de que estábamos empeñados en un proyecto que sería admirado y recordado durante siglos. Y no era baladí pensar que así sería —aunque el fanatismo religioso y el desprecio al conocimiento y al saber heterodoxo vendrían a impedirlo, como luego se verá—. No transcurría una semana, quizás a consecuencia de la regia visita, sin que Talid tuviera que catalogar cientos de libros donados por las ricas familias cordobesas o adquiridos —como en el caso de *El libro de los cantares*— en los mercados de Sevilla, Almería, Málaga o Tánger o en las ciudades de Oriente, como El Cairo, Bagdad o Constantinopla, por mediación de los representantes y agentes que tenía en dichas ciudades nuestro señor, el califa ilustrado.

Atareado en las labores de recepción de libros, de redactar las cartas de agradecimiento a los generosos donantes, ayudando a Talid en el ingente trabajo de inventario y catalogación de los ejemplares y, una vez catalogados y completadas las fichas con el resumen de las obras, colocarlas en los estantes numerados y las baldas que les correspondían, fueron pasando los días, las semanas y los meses.

A mediados del año 966, los quince mil libros heredados de la biblioteca palatina de Abderramán III se habían convertido en unos fondos compuestos por cuarenta mil ejemplares: legajos, libros encuadernados, códices de gran antigüedad —muchos de ellos regalados por los reyes vasallos del norte o por dignatarios del llamado Sacro Imperio Romano-Germánico— y manuscritos miniados procedentes de Oriente. En total, hasta ese año, se habían completado doce catálogos de cincuenta folios cada uno, que contenían el nombre del autor, el título, el lugar de procedencia, la fecha de ingreso en la biblioteca, la sala, la estantería y la balda donde se hallaba colocada la obra catalogada y un breve comentario de su contenido. De las diez grandes salas, diseñadas y construidas por el arquitecto Maslama ben Abd Allah, dotadas de estanterías desde el suelo hasta el techo, destinadas a contener los libros que fueran ingresando en la institución una vez catalogados, solo se habían completado, hasta la fecha, cuatro de ellas. Cada cierto tiempo llegaban a Córdoba obras aisladas o en varios volúmenes, a lomos de acémilas, enviadas por los delegados que nuestro señor tenía establecidos en las ciudades más importantes de Oriente, como ya se ha referido. El prestigio que estaba adquiriendo nuestra biblioteca se incrementaba cada día que pasaba y se hacía evidente por la enorme cantidad de lectores, poseedores de la *iyaza*, alumnos de las madrasas o aficionados, que acudían para leer o consultar algún libro o legajo desde la misma ciudad o desde Sevilla, Málaga o Almería, aunque no era nada extraordinario que nos visitaran hombres sabios o estudiantes residentes en algunos de los reinos cristianos del norte o famosos ulemas procedentes del otro lado del mar.

Después de la celebración del mes de Ramadán de aquel año 966, a mediados de octubre, decidí retomar las indagaciones sobre el extraño y huidizo personaje que redactaba cartas, poemas y recursos jurídicos en la puerta del alcázar. Una mañana escribí una carta para mi buen y leal amigo Mubassir. Por medio de un criado se la envié al cuartel de caballería, que seguía estando adosado al alcázar, rogándole que acudiera a la biblioteca, pues deseaba conversar con él y pedirle que hiciera unas pesquisas en relación con un asunto que me interesaba conocer —le decía en la misiva—. El diligente capitán de caballería se presentó al día siguiente en mi despacho y, después de abrazarnos con emoción, pues desde que retornamos de Bagdad no lo había vuelto a ver, nos acomodamos en el diván que, para recibir a las visitas, tenía en mi lugar de trabajo.

—En la carta que me enviaste me decías, Jalid, que querías que hiciera cierta indagación. Estoy a tu disposición, amigo mío. ¿Qué es lo que debo investigar? —señaló el capitán de caballería.

—Amigo Mubassir: no sé si llegaste a observar a un joven que instalaba una especie de oficina en la puerta del alcázar, con una mesa plegable en la que atendía a sus clientes —

comencé diciendo—. Hace algo más de un año que dejó su precario negocio. Nada sé de él, de su actual paradero ni de la actividad que ahora desarrolla, si es que no ha abandonado nuestra ciudad, aunque se rumorea que continúa en Córdoba. Deseo que investigues sobre esa persona. Quiero saber su nombre, de dónde procede, la familia o el clan al que pertenece y si son ciertos los rumores de que ejerce de letrado en la oficina de un destacado juez. Y, si es así, ¿quién es su influyente mentor, que ha conseguido que un joven desconocido, que hace tan solo unos meses se ganaba la vida como memoralista callejero o aficionado a la jurisprudencia, ocupe un cargo de cierta importancia en la curia de un juez de la ciudad? Yo, por la amistad y cercanía que me une al gran chambelán, podría solicitarle información sobre ese escribano, pero, como me temo que esté protegido por algún influyente dignatario del palacio, cercano al califa, mi indagación podría ser contraproducente.

—Sé a qué personaje te refieres, Jalid, porque en alguna ocasión pude ver su tenderete instalado en la puerta del alcázar —manifestó el militar—. Como veo que te preocupa ese joven y que quieres saber de él, no te defraudaré. Mañana mismo me pongo a trabajar y a indagar en el ámbito de la milicia y entre mis amigos que forman parte de la *jassa* y de la judicatura.

—Te estaría muy agradecido, Mubassir, si puedes aportarme alguna información que me permita conocer la identidad de ese joven y sus proyectos. Amigo mío, tengo el pálpito de que no es trigo limpio ese extraño personaje —dije, satisfecho porque podía contar con la labor de pesquisidor y la discreción del oficial de caballería.

—Cuando haya reunido la información que deseas conocer, te visitaré para poder ofrecértela —añadió el leal Mubassir.

Después salimos al exterior de la biblioteca y nos despedimos dándonos un fraternal abrazo, porque, como he referido en otra ocasión, desde que conocí a aquel capitán de caballería en el viaje que hicimos al norte de África, había surgido una estrecha amistad entre ambos que el paso de los años no había hecho más que incrementar.

Pero, mientras que esperaba los resultados de las pesquisas que estaba realizando Mubassir, unos maliciosos rumores, que yo pensaba que eran falsedades e injurias pergeñadas por los enemigos del califa para desacreditarlo, se fueron extendiendo, como las nubes de perniciosas langostas que asolan los sembrados en los años de sequía, entre los clientes que frecuentaban la alcaicería, la gente que acudía a los zocos y los corros que se formaban en el patio de la madrasa kabira y en la plaza de la mezquita aljama al acabar las oraciones. Mi madre, que había aprendido de mi padre que la mesura era una virtud que todo buen musulmán debía ejercitar, pero que la opinión de la calle podía ser, llegado el caso, tan peligrosa como una demoledora tempestad, me expresó su preocupación porque pensaba que, de ser ciertos aquellos malévolos comentarios, la paz y la estabilidad del califato podrían correr un serio peligro.

Una mañana le pedí a Talid que dejara la labor de catalogación que estaba realizando y se acercara a mi despacho, porque quería comentarle cierto asunto que me preocupaba. Cuando estuvimos a solas, cerré la puerta deslizando el pestillo y le dije, sin poder ocultar la desazón que me embargaba:

—Amigo Talid: estoy seguro de que han llegado a tus oídos los mismos rumores que me han transmitido, muy en secreto, algunos personajes destacados de la *jassa* con los que tengo alguna relación profesional y de amistad.

—¿A qué rumores te refieres, Jalid?

—Hace seis meses que nació el hijo de nuestro señor el califa, Hixam, el segundo de sus vástagos, pues el príncipe heredero, Abderramán, acaba de cumplir cuatro años. Dicen algunos, aunque yo creo que es pura insidia, que este retoño no es hijo de al-Hakam II. Que nuestro señor no tiene relaciones carnales con su esposa Subh. Que la obliga a vestirse de hombre, que la llama con el nombre masculino de Yafar y que los eunucos aseguran que nunca se ha acostado con alguna de las concubinas que tiene en su harén.

Talid me miró con una expresión de indiferencia y cierta aprensión reflejada en sus ojos.

—Amigo mío —comenzó diciendo el conservador de la biblioteca en voz baja, como si temiera que alguien pudiera escuchar las palabras que iba a pronunciar—. Lubna que, como sabes, antes de ejercer el oficio de copista y traductora en la biblioteca, vivió en palacio y fue secretaria del, entonces, príncipe heredero, asegura que no se equivocan los que piensan que el califa no es, como era su padre, proclive a la lujuria. Que su esposa y él duermen en estancias muy alejadas en la Casa del Poder y que es cierto que la llama Yafar y la obliga a vestir atuendos masculinos. Pero nadie puede afirmar que el príncipe Hixam sea fruto de un adulterio. No obstante, es un asunto al que debemos permanecer ajenos los funcionarios y la gente de la *amma*. Que para eso están los ulemas y los altos dignatarios que se ocupan de las cosas de palacio, del gobierno y de la continuidad y legitimidad de la sucesión en el califato, pues de ella depende su bienestar y el mantenimiento de sus cargos y privilegios. Olvida, Jalid, esta conversación que hemos mantenido y continuemos con nuestro trabajo sin que esos malintencionados rumores afecten la importante labor que realizamos, ni perturben nuestra vida diaria.

Transcurrieron varios meses sin que tuviera noticias de Mubassir ni del resultado de sus pesquisas. Pero, a principios de marzo del año 967, se presentó el capitán de caballería en mi despacho. Por la expresión sombría de su rostro intuí que lo que venía a relatarme era un asunto grave que, como yo había sospechado, podría comprometer, en el futuro, nuestra apacible existencia y la tranquilidad del califato.

—No me ha sido fácil, Jalid, hacer las indagaciones que me solicitaste, porque, como tú intuías, el tal Muhammad goza del apoyo y la protección de poderosos personajes de la corte, muy cercanos al califa —comenzó diciendo Mubassir—. Después de varios meses de investigación y de sutiles conversaciones mantenidas con personas que yo sabía que estaban relacionadas con él o muy próximas a su persona, redacté un informe que pensaba entregarte. Pero, amigo mío, como algunas de las conclusiones vertidas en sus páginas eran de una enorme gravedad, provenientes de testigos muy fiables que temen por su vida si se hicieran públicas sus declaraciones, decidí memorizarlas y, antes de venir a exponértelas, quemarlas y comunicártelas a viva voz.

—Habla, pues, amigo Mubassir, que lo que hoy expongas en este despacho puedes estar seguro de que jamás saldrá de él —manifesté con voz temblorosa, porque las palabras pronunciadas por el oficial de caballería venían a confirmar los temores que albergaba en mi mente desde el día que me topé con el joven aprendiz de jurista en la puerta del alcázar.

—El caso es que algunos miembros prominentes de la *jassa* y del ejército están alarmados por lo que está sucediendo, aunque, hasta ahora, su repercusión en la política del califato y en el discurrir de sus vidas sea aún escasa.

—Te ruego que seas más explícito, porque estoy ansioso por saber cómo la existencia de un simple escribano público, que se ganaba la vida atendiendo a la gente en plena calle en un humilde tenderete, puede llegar a alarmar a poderosos señores que gobiernan esta ciudad.

Mubassir se aproximó al lugar que yo ocupaba en el diván. Era evidente que deseaba dar la máxima confidencialidad a sus palabras.

—Su nombre es Muhammad ben Abi Amir. Él asegura que pertenece al noble clan de los maafiríes del Yemen, aunque es una aseveración que los genealogistas que he consultado consideran falsa. Su familia está asentada en el valle del río Guadiaro, en la cora de Algeciras, donde un antepasado suyo, que acompañaba al general Tariq ben Ziyad, recibió, como pago por sus servicios, unas propiedades rústicas en la aldea de Turrush. He podido constatar que, cuando sus padres murieron y él había cumplido dieciséis años, se trasladó a Córdoba, a casa de unos tíos suyos. Que aquí recibió lecciones de jurisprudencia, historia y literatura del profesor Abu Alí al-Qali.

—¿De Abu Alí al-Qali? ¡Fue uno de mis profesores en la madrasa kabira!

—Al parecer, al-Qali impartía clases en su academia privada situada en la medina a alumnos que no estaban matriculados en la madrasa.

—Continúa, Mubassir.

—Ahora viene lo más sustancioso y preocupante del asunto, Jalid ben Idris, y lo que, sin duda, te va a sorprender.

—¡Habla, por favor, amigo mío!

—Hace unos meses, como, según dicen, destacaba por su inteligencia y sus conocimientos en el derecho malikí, su mentor logró que lo contrataran de auxiliar de notaría en la curia del cadí supremo de Córdoba, Muhammad ben al-Salim.

Yo estaba anonadado y sin saber qué decir. Esa inesperada noticia explicaba por qué había abandonado el tenderete en el que prestaba sus servicios de asesor y memoralista a la gente del común en la puerta del alcázar.

—¿Y se sabe quién es el poderoso personaje que se ha convertido en su amigo, mentor y protector, Mubassir?

—Sí. Se trata del visir Yafar al-Mushafi.

—¡Al-Mushafi! ¡El bereber! ¡La tercera autoridad después del califa y del gran chambelán!

—El mismo —repuso el capitán de caballería—. Pero lo que vas a oír a continuación es tan extraordinario e increíble que te hará flaquear las piernas y perder cualquier signo de mesura. Acomódate con fuerza en ese diván, Jalid.

—¿Qué noticia puede ser aún más sorprendente e increíble?

El oficial del ejército omeya guardó silencio durante unos segundos, asegurándose de que no hubiera nadie apostado cerca de la puerta de mi despacho.

—Dicen que la cristiana que fue esclava cantora del califa y, ahora, es su esposa, Subh, a la que llaman despectivamente en palacio «la Vascona», cierto día que paseaba por los alrededores del alcázar, vio a ese Muhammad ben Abi Amir y se rindió a sus encantos, a su preclara inteligencia y a su juvenil belleza —susurró—. Pasado cierto tiempo, mandó que lo condujeran a la Ciudad Brillante, pues lo quería conocer personalmente y platicar con él. Desde entonces no se separa de su lado. Aseguran algunos, que no desean que se conozca su identidad, que ha surgido entre ambos un amor adulterino, ilícito y peligroso para la estabilidad del califato, aunque los miembros de la *jassa* que he consultado no dan credibilidad a ese rumor, quizás por temor. Esa mala y habilidosa mujer, Jalid, está sembrando una semilla de discordia, odio y división en la sociedad cordobesa que, a no mucho tardar, comenzará a dar sus nefastos frutos.

Quedé sin resuello al escuchar las postreras palabras del bueno de Yassir Mubassir. La premonición que tuve cuando me encontré, por primera vez, con aquel joven apuesto, de mirada inquisitiva y orgullosa junto a la puerta del alcázar, se había hecho realidad. El habilidoso aprendiz de jurista, que confraternizaba amigablemente con la gente del común, encerraba en su corazón una ambición sin límites que ocultaba con su impostada humildad. Había logrado la ayuda y la protección de uno de los personajes más poderosos del califato y conseguido acceder a la Casa del Poder no perteneciendo a la *jassa*, usando sus encantos personales y, según dicen, su inteligencia y elocuencia, encamándose, sin pudor alguno, con la mujer del califa. Como en otros casos semejantes, acontecidos a lo largo de la historia, el posible adulterio era evidente para una buena parte de la sociedad cordobesa, especialmente para los miembros más relevantes de la *jassa*, aunque estos procuraban mirar para otro lado —cada cual por motivos diferentes— e ignorar lo que estaba sucediendo por respeto al califa o por miedo a perder sus cargos, sus títulos y los privilegios que gozaban si se enemistaban con la influyente Subh. Sería el marido engañado el último en enterarse. Aunque yo estaba convencido de que el noble, benevolente y justo al-Hakam II debía de conocer las veleidades amorosas de su esposa, si es que existían, pero que su declarada inclinación a ejercer un buen gobierno sin sobresaltos ni conjuras, su apego hacia los sabios y los literatos, su afán por embellecer la ciudad y dotarla de mezquitas y escuelas y su deseo de hacer obras de caridad y atender a los pobres y desvalidos hacían que soslayara, consciente o inconscientemente, un asunto como las aparentemente secretas relaciones de la astuta y deshonesta Subh, considerándolo como algo intrascendente y banal.

Mubassir se despidió de mí deseando paz y felicidad a quien consideraba su mejor amigo al margen de sus compañeros de la milicia —dijo— y que aquella desdichada situación fuera pasajera y no influyera en los sobresalientes trabajos bibliográficos que estábamos realizando, con tanta ilusión y eficacia, en la Gran Biblioteca. Antes de abandonar el edificio me abrazó y me aseguró que podía contar con él siempre que necesitara su ayuda o su consejo.

De lo expuesto por Yassir Mubassir en mi despacho nada dije a mis compañeros, porque había hecho solemne promesa al pesquisidor ocasional de que ni una palabra de lo manifestado por él saldría de aquellas cuatro paredes. Sin embargo, a través de algunas conversaciones que mantuve en los siguientes días con Talid, Lubna y Fátima deduje que se hallaban al tanto de los rumores que corrían por la ciudad en relación con los amores que mantenían Subh y el advenedizo Ben Abi Amir. Estaba convencido de que todos los cordobeses lo sabían, aunque nadie quería reconocerlo públicamente, bien por miedo, bien por respeto y devoción al que era Príncipe de los Creyentes y Comendador de Todos los Musulmanes.

Pero dos meses después, a mediados de mayo, se presentó Talid en mi despacho con el rostro descompuesto. Deseaba hacerme una confidencia, aseguró.

—Jalid ben Idris, intuyo que ya conoces la identidad del escribano público que atendía a la gente en la puerta del alcázar. Es un joven provinciano, sin arraigo en esta ciudad, pero que ha logrado ascender milagrosamente de la nada en la escala social, asumiendo el cargo de auxiliar de notaría en el despacho del gran juez de Córdoba.

—Lo sé, amigo Talid, como lo sabe toda la ciudad.

—Sin embargo, ese prestigioso cargo no ha satisfecho su desmesurada ambición —manifestó Talid—. Yassín ben Bassal, el famoso poeta que acude asiduamente a nuestra biblioteca para consultar alguna obra literaria, me ha revelado con inquietud y temor la última andanza de Muhammad ben Abi Amir. No se ha contentado con ser jurista y ayudante del cadí Muhammad ben al-Salim, Jalid. Con el apoyo de al-Mushafi o quizás también de Subh, ha logrado que al-Hakam II lo nombre intendente de los bienes de sus hijos Abderramán y Hixam.

No me sorprendió la noticia, pues, desde que Mubassir me relató cómo había logrado ascender, en tan breve espacio de tiempo, en la exclusiva sociedad cordobesa, sabía que su fulgurante carrera no había hecho más que empezar.

—Es evidente, Talid, que el imparable ascenso de Muhammad ben Abi Amir en el seno de la *jassa* ha comenzado —reconocí con tristeza— y que no descansará hasta alcanzar la cima del poder. ¡Desdichada ciudad de Córdoba! ¡Desdichada al-Andalus!

A pesar de los tormentosos tiempos que se avecinaban y que amenazaban a los cordobeses con grandes desgracias a causa de la irresponsable actitud de la antigua esclava cantora, que parecía haber sorbido el seso a nuestro señor el califa, secundada por un visir desleal y algunos poderosos dignatarios de palacio que solo miraban por sus propios intereses, los funcionarios que acudíamos cada mañana a trabajar en la Gran Biblioteca y en la decena de talleres de copia, corrección, encuadernación y restauración de libros, con su casi centenar de habilidosas mujeres dirigidas por Lubna y Fátima, continuamos ilusionados nuestra labor con el apoyo incondicional de nuestro señor al-Hakam.

Apaciguados los cristianos del norte por medio de la diplomacia y los belicosos jeques bereberes del sur con el pago de elevadas pensiones, el Príncipe de los Creyentes se dedicaba en cuerpo y alma a atender a los pobres inaugurando escuelas y hospicios para los ancianos, construyendo mezquitas y oratorios en las aldeas alejadas de la capital y a promover la creación de academias de poesía, de música y de historia e incrementar los fondos de la Gran Biblioteca.

Los temores que albergábamos algunos cordobeses sobre los males que estaban comenzando a corroer a la sociedad y que tenían su origen en el palacio de la Ciudad Brillante, en el que la astuta Subh no cesaba de ampliar su poder logrando que su esposo destituyera a altos funcionarios que habían demostrado su lealtad al califa, pero se habían atrevido a contradecir sus opiniones, se hicieron más evidentes cuando supimos que al-Hakam II había destituido al honrado director de la casa de la moneda, Abderramán Suhayd. En su lugar había nombrado, sin duda a propuesta de Subh, a Muhammad ben Abi Amir, que aún no había cumplido veintinueve años de edad.

Pero la ofensiva para poder controlar todos los resortes del gobierno por al-Yazirí[15], como era ya conocido despectivamente por la *jassa* el ambicioso Ben Abi Amir para señalar

____

15   El Algecireño.

su origen plebeyo y provinciano, con el apoyo de Subh y de al-Mushafi, se estaba, por desgracia, consolidando. En enero del año 968 fue nombrado tesorero de las sucesiones y, al año siguiente, juez de los distritos de Sevilla y de Niebla, lo que, para los que nos considerábamos sus enemigos, fue un alivio, pues al menos se alejaría de la capital. Pero duró muy poco nuestra alegría. En junio del año 970 regresó a Córdoba para asumir el relevante cargo de administrador de los bienes del príncipe heredero, Hixam, después de la muerte del príncipe Abderramán dos meses antes.

Ese nombramiento debió de pergeñarse entre Subh, el visir al-Mushafi y Ben Abi Amir, pues con esa cercanía a los abundantes bienes del príncipe heredero y a su persona, estaba preparando el camino para acceder al poder absoluto del califato, influyendo en el infantil ánimo del inocente Hixam.

Unos meses antes, en enero, nos visitó un rico representante de la *jassa*, nieto del que había sido, hasta el año 931 —cuando falleció—, famoso cadí de Córdoba, Abderramán ben Futays. Venía acompañado de una decena de criados que jalaban de una recua de quince acémilas que dejó atadas en las cercanías de la biblioteca, cargadas cada una con un gran fardo. El funcionario que atendía a los visitantes lo condujo hasta mi despacho y, luego, golpeó la puerta para llamar mi atención. Salí al pasillo y me encontré con un hombre de unos cuarenta años, bien parecido y vestido con una lujosa aljuba granate.

—*Salam aleikum* —exclamó, inclinando levemente la cabeza en señal de respeto.

—*Aleikum salam* —respondí.

—Mi nombre es Ahmad ben Futays —dijo— y deseo hablar con el director de esta biblioteca.

—Yo soy Jalid ben Idris, la persona por la que os interesáis. Pero pasad al interior de mi despacho.

El noble personaje hizo lo que yo le había indicado y, al

cabo de unos instantes, estábamos en disposición de conversar, sentados ambos en el diván.

—Lo que voy a exponeros, señor Ben Idris, espero que os satisfaga. Nuestra familia lo ha decidido como homenaje a nuestro abuelo, que fue eminente juez de Córdoba en tiempos del califa Abderramán ben Muhammad, al que Alá haya abierto las puertas del Paraíso. Nuestro hogar está en la almunia de los Banu Futays, situada a dos leguas río arriba. En ella poseemos una hacienda con campos de pan sembrar, huertas con árboles frutales y varios molinos harineros cuyos rodeznos los mueve el agua que sacamos del Guadalquivir por medio de un canal —comenzó diciendo—. Mi abuelo, Abderramán ben Futays, al margen de ser un prestigioso juez y un hombre de elevada cultura, era un rico hacendado. Su afán de bibliófilo lo satisfacía, cuando no se hallaba en Córdoba ejerciendo su labor de juez, reuniendo y copiando manuscritos con los que fue creando una bien nutrida biblioteca en la hacienda. Mi padre dice que llegó a tener contratados a seis escribas que se encargaban de copiar los manuscritos y, luego, encuadernar las copias en forma de libros. Hace algunos años, un rico mercader judío de Sevilla nos ofreció tres mil dinares por toda la colección de libros que conservamos en su biblioteca. Y, aunque mis hermanos querían aceptar la oferta del mercader y que nos desprendiéramos de los más de mil libros que logró reunir nuestro abuelo, como no necesitamos el dinero, porque nuestra economía es saneada, en recuerdo de la labor que desarrolló en esta ciudad, hemos decidido donar todas estas valiosas obras a la biblioteca que nuestro señor, el califa, ha fundado en este edificio para disfrute de los habitantes de la ciudad y de aquellos que puedan acudir de otros lugares. A lomos de quince mulas están esperando los libros, cerca de la biblioteca. Es deseo de nuestra familia que aceptéis haceros cargo de ellos e incrementar, con nuestra donación, los relevantes fondos de esta insigne institución que con tanto celo dirigís.

No me extrañó la generosa propuesta de donación que me estaba haciendo el rico hacendado, nieto del cadí Abderramán ben Futays, porque no transcurría una semana sin que acudieran a la Gran Biblioteca hombres de letras o miembros acaudalados de la *jassa* poseedores de colecciones de libros o de alguna obra verdaderamente excepcional, con el deseo de que, antes de morir, ocupara un lugar preeminente en la biblioteca que era el gran proyecto cultural de nuestro señor el califa. Pero, hasta ese día, no habíamos tenido la fortuna de que una biblioteca completa, constituida por unos mil libros, fuera donada a la institución que yo dirigía. Reclamé la presencia de Talid y, después de presentarle al donante y relatarle lo que me había dicho Ahmad ben Futays, le conminé a que lo acompañara al exterior del alcázar, se hiciera cargo de los libros que cargaban en sus lomos las mulas y procediera a iniciar las labores de ordenación y catalogación.

Antes de que el generoso nieto del juez Ben Futays abandonara la biblioteca, le comuniqué que, una vez que hubieran transcurrido dos meses, retornara para que Talid le hiciera entrega del inventario de los libros donados y de una carta de agradecimiento firmada por mí. Cuando tuve ocasión de leer y de ojear los libros que pertenecieron al juez Ben Futays, pude comprobar que eran verdaderas joyas bibliográficas, porque, sin tener en cuenta su contenido, que no era posible valorar sin leerlos en profundidad, al ser copias de antiguos manuscritos árabes que el juez debió de pedir prestados a amigos o en bibliotecas privadas, eran obras únicas, pues los escritos originales o se habían perdido, o se hallaban en lugares imposibles de localizar después de haber transcurrido más de cincuenta años y desconocerse el origen de los mismos.

En los meses que siguieron, hasta que llegó junio —que fue cuando el Príncipe de los Creyentes recibió la visita del embajador del conde de Barcelona, Borrell II, a cuya ceremonia de recepción en el Salón del Trono tuve la dicha y el privilegio de poder asistir—, ingresaron en la biblioteca un centenar de valiosos libros, entre ellos el *Liber de intellectu*, de al-Kindi, basado en la filosofía aristotélica, y *El gran libro de la música* y *La enciclopedia* de al-Farabi, traídos a Córdoba por un mercader judío desde Bagdad, donde los había comprado el delegado de nuestro señor el califa Abu Mansur Daqiqi; el famoso compendio del derecho musulmán llamado *al-Mujtasar*, de Malik al-Qatani, que se creía perdido; un *Tratado de música* y la obra filosófica titulada *El árbol de la ciencia*, del matemático y filósofo al-Himar al-Saraqustí, del que quizás trate en otro capítulo, porque fue acusado de herejía por el tirano Muhammad ben Abi Amir y obligado, como yo, a exiliarse a la isla de Sicilia.

A mediados del mes de junio, recibí en mi despacho una inesperada carta que venía lacrada con el sello del gran chambelán, Yafar al-Siqlabi.

Habiendo quedado atrás la estación primaveral, el calor, como cada año, se extendía por el valle del Guadalquivir haciendo irrespirable la estancia de los cordobeses al aire libre. Las calles estaban desiertas en las horas centrales del día, renaciendo la vida al caer la tarde en los zocos y la alcaicería, cuando se iluminaban calles y plazas con las farolas de aceite que los funcionarios del zalmedina se encargaban de mantener encendidas toda la noche. Por fortuna, los anchos muros de piedra de la biblioteca, de la misma manera que nos libraban de los rigores del invierno, nos proporcionaban cierto frescor en los meses de verano.

Abrí la misiva y, después de leer su contenido, no pude evitar lanzar una exclamación de asombro. Mi mentor, el gran chambelán, me invitaba, en nombre de nuestro señor el califa, como remuneración —decía— por los grandes servicios que había hecho en el pasado y le seguía haciendo como director de la Gran Biblioteca, a asistir a la fastuosa ceremonia de recepción que el Príncipe de los Creyentes iba a dar en el Salón del Trono para recibir al embajador del conde de Barcelona, Gerona, Osona y Urgel, Borrell II, el conde Bon-Filio, hombre de su plena confianza que tenía a su cargo las fortalezas del condado. Venía acompañado de veinte notables de la corte del conde Borrell y traía un mensaje de su señor, que consistía en suscribir una alianza y una paz, que esperaba que fueran duraderas, con el califa de Córdoba, aceptando ser su vasallo.

Plegué la carta y la mantuve unos minutos entre mis dedos sin poder reaccionar. Era esa una magna ceremonia, celebrada en la Ciudad Brillante, a la que muy pocas personas no pertenecientes al círculo cercano al califa, como su chambelán, sus visires, el cadí supremo, el general Gálib Abu Tammam —si no se hallaba con el ejército en la frontera— y reputados alfaquíes podían asistir. ¡Y yo, un simple traductor de latín y copista, perteneciente a la *amma*, aunque fuera director de la Gran Biblioteca, tendría el exclusivo honor de hallarme cerca del califa cuando este recibiera al embajador del conde de Barcelona y conversara con él!

Como, en la carta, Yafar al-Siqlabi había señalado el día y la hora de celebración de la ceremonia, que tendría lugar pasadas tres jornadas, fui a comentárselo eufórico a mis compañeros, que mostraron su alegría dándome abrazos y diciendo palabras de apoyo, a sabiendas de que el privilegio que se me otorgaba a ellos también les correspondía, aunque Lubna y Fátima procuraban evitar, siempre que podían, esas jocosas familiaridades con un varón. Mi buena madre no cabía en sí de gozo y de orgullo, pues ingenuamente pensaba que aquella invitación representaba que, de la noche a la mañana, su hijo había pasado a formar parte de la selecta *jassa* de la ciudad. Lo que sí le agradecí es que me obligara a acompañarla a la alcaicería, a una tienda de ropas caras, para que comprara unas vestiduras acordes con la relevancia de la ceremonia a la que iba a asistir —me dijo con una expresión de suficiencia reflejada en su amable rostro—. Sin embargo, no tuve más remedio que pedirle que desistiera de su deseo de adquirir una elegante aljuba de seda roja con bordados de plata y un lujoso turbante, porque ella parecía olvidar que un miembro de la *amma*, aunque gozara de una buena situación económica, no podía vestir ropas lujosas, para no contravenir las rigurosas normas y prohibiciones suntuarias dictadas por el califa para que la gente del común no pudiera confundirse con los representantes de la *jassa*. Al cabo de una media hora logré convencerla de que era muy digno portar, en aquella exclusiva ocasión, una almalafa de color del azafrán, un turbante del mismo color y, como calzado, unos borceguíes de badana sin adornos.

El 1 de julio del año 971, dos horas antes de que se iniciara la ceremonia, vestido con mi almalafa color azafrán y a lomos de mi caballo, me trasladé a la Ciudad Brillante y entré en ella por la puerta oriental, una vez que hube presentado a los soldados de la guardia la carta de al-Siqlabi. En esta ocasión, los soldados encargados de vigilar el ingreso e impedir que entraran en Medina Azahara personas que no contaran con el preceptivo salvoconducto, me obligaron a dejar la montura en un amarradero que habían habilitado extramuros, a poca distancia de la puerta. Tuve que caminar casi media milla hasta llegar al jardín que antecedía al Salón del Trono, donde me esperaba el gran chambelán. Quedé maravillado y sobrecogido cuando contemplé el numeroso destacamento de soldados con brillantes corazas de acero, escudos que relucían al sol y lanzas engalanadas con gallardetes rojos y verdes y la cabeza cubierta con cascos de acero, que flanqueaban el camino desde la puerta oriental hasta la terraza donde se hallaba el Salón del Trono. Su presencia, alineados a uno y otro lado del sendero, producía una sensación de agobio y temor reverencial. Luego me dijo Yafar al-Siqlabi que era la manera de impresionar a los embajadores, que debían ascender por las rampas y escaleras, hasta llegar al Salón del Trono, rodeados de aquellos soldados con uniformes tan elegantes y bien armados. En el jardín, como a ochenta codos del pórtico que daba acceso al Salón del Trono, me esperaba el gran chambelán.

—*Salam aleikum* —exclamó, sin dejar de observar a los soldados que formaban la guardia que rodeaba el lugar del encuentro.

—*Aleikum salam* —respondí, colocándome a su lado, a la sombra de unos azofaifos que flanqueaban la gran alberca por el sur y el oeste.

—El califa y su séquito permanecen en la Casa del Poder —manifestó sin quitar ojo de encima a algunos escoltas que, agobiados por el intenso sol, estaban comenzando a perder la compostura—. Nuestro señor será el último en acudir a la ceremonia. Accederá al salón desde su palacio, sin pisar el jardín, un poco antes de que lleguen los embajadores del conde Borrell. Seguro que los dejará un buen rato al sol para que el calor les haga templar su ánimo y moderar sus exigencias.

—¿Están en Córdoba estos cristianos a la espera de ser recibidos?

—No, Jalid. Una comitiva tan numerosa, compuesta por el conde, los veinte señores que lo acompañan, los soldados omeyas que les han dado escolta desde Tortosa y los treinta esclavos que traen como regalo para nuestro califa, habría provocado un innecesario tumulto que hubiera perturbado la tranquilidad de la ciudad y perjudicado los negocios en los zocos. Borrell y los cristianos que le acompañan se hallan hospedados, desde que llegaron a Córdoba hace cuatro días, en un campamento que se estableció en la almunia de Nasar, al sur del río, frente a la puerta del Puente. Desde allí habrán partido hace unas cuatro horas para estar en el Salón del Trono antes de rezada la segunda oración del día.

Al cabo de una hora comenzaron a llegar los notables que iban a acompañar al Príncipe de los Creyentes en la recepción del embajador. El último en acceder al Salón del Trono fue el gran chambelán. Yo le seguí y entré en la lujosa estancia una vez que hube superado a los soldados de caballería, cubiertas sus testas con cascos de acero rematados en florones de plumas, que guardaban el acceso al Salón del Trono. El pórtico estaba constituido por cinco arcos de herradura con las dovelas blancas y rojas que descansaban en esbeltas columnas de mármol. Cuando estuve en el interior del salón, quedé sin habla al contemplar el esplendor arquitectónico del lugar, las ricas alfombras que cubrían parte del pavimento y las suntuosas vestiduras de los asistentes a la ceremonia.

Cierto era que había cruzado en varias ocasiones el jardín, por delante del Salón del Trono, cuando visitaba a Maslama ben Abd Allah o a Abdalmalik ben Chuayd, pero ni por asomo se me hubiera ocurrido mirar en el interior de aquel edificio que representaba el centro del poder omeya y el lugar mejor vigilado de la Ciudad Brillante. Me situé cerca de la entrada, alejado de los grupos de poderosos dignatarios que iban a acompañar al califa, con otros asistentes al acto que, por sus atuendos, deduje que serían jefes del servicio doméstico, eunucos del harén o personajes secundarios de la administración.

El Salón lo formaban cinco naves, las tres centrales separadas por arcos, similares a los del pórtico de entrada, pero que se apoyaban en columnas de mármol de fustes esbeltos, unos de color rosa y otros azules, rematados por hermosos capiteles con volutas, pencas y toda su superficie taladrada imitando un artístico avispero, similares a los que había visto en la mansión de Abdalmalik ben Chuayd, ahora ocupada por al-Siqlabi. Las paredes estaban decoradas con placas de mármol blanco, labradas con complejos motivos vegetales, y el techo, muy alto, se cubría con un artesonado formado por jácenas decoradas con frases del Corán. El suelo, todo él formado por grandes placas de mármol blanco, era tan pulido que reflejaba, como en un espejo, la luz que entraba desde el jardín, iluminando el artesonado del techo y el fondo de la sala.

Al poco, hizo su entrada al-Hakam II.

Se aposentó en un almadraque de seda roja que se hallaba situado en el centro del Salón, sobre un entablamento cubierto con una lujosa alfombra. Fuera esperaban, para ser recibidos, el conde Bon-Filio y la comitiva de nobles cristianos que lo acompañaban.

El califa vestía una túnica de seda amarilla. Sobre sus hombros portaba una capa de brocados y la cabeza se la cubría con un elegante turbante, también de color amarillo, adornado con una docena de perlas negras. A su derecha, de pie, se hallaban el visir Qasim ben Muhammad, intendente de palacio; Gálib Abu Tammam, el general en jefe de las tropas de la frontera; Hasday ben Shaprut, el médico de la corte; el gran chambelán Yafar al-Siqlabi, mi mentor, y el visir Yafar al-Mushafi. Un poco apartado de este, aunque unido a él a través de las miradas que, a veces, se cruzaban, estaba su protegido y favorito de la sultana, Muhammad ben Abi Amir. En el lado izquierdo del Príncipe de los Creyentes, también de pie, se hallaban Yafar ben Otmán, gobernador de Córdoba, y Muhammad ben Aflah, gobernador de la Ciudad Brillante.

Un cuarto de hora esperaron en el jardín, a pleno sol, el embajador de Borrell II y su séquito, en tanto que el califa departía animadamente con los dignatarios que lo acompañaban. Transcurrido ese tiempo, ordenó a Yahwar ben Axeij, que era el introductor de embajadores, que les diera autorización para poder acceder al Salón del Trono. Precedidos por Muhammad ben Otsmán, gobernador de la cora de Valencia, que los había acompañado desde Tortosa, entraron en la sala los cristianos, sobrecogidos por la magnificencia del lugar y las lujosas vestiduras que portaban los grandes personajes de la corte que se hallaban en torno al califa.

Yahwar ben Axeij se adelantó y presentó al Príncipe de los Creyentes al conde Bon-Filio, que encabezaba la embajada. Este se arrodilló ante nuestro señor, el califa. Al-Hakam II extendió el brazo para que le besase el dorso de la mano en señal de obediencia y sumisión. Después se aproximaron dos de los nobles catalanes, que depositaron sobre el marmóreo suelo unos hermosos vestidos de seda, varias aljubas bordadas con hilos de oro y cuatro espadas ceremoniales con nielados de plata en las empuñaduras, decoradas también con incrustaciones de esmeraldas y perlas blancas. El conde Bon-Filio entregó las credenciales y la documentación que enviaba el conde Borrell y, a continuación, estando aún de pie los extranjeros, mantuvo una conversación con nuestro señor el califa a través de los intérpretes mozárabes que había traído al-Mushafi desde Córdoba. Luego, el tesorero, Ahmed ben Ibrahim, hizo entrega al embajador, en nombre del califa, de unos regalos para que los trasladara al conde Borrell II, consistentes en ricos brocados elaborados en el *tiraz* de la Ciudad Brillante y cuatro libros, con lujosas cubiertas de piel, probablemente ejemplares de los evangelios que habían sido tomados en algunas de las aceifas llevadas a cabo por el general Gálib Abu Tammam en la frontera de León o de Galicia.

Del contenido de la conversación que mantuvieron nuestro señor y el conde cristiano solo puedo referir lo que, luego, me relató el gran chambelán, porque a la distancia en la que me hallaba no podía oír lo que ambos platicaron a través del intérprete cristiano. Al-Siqlabi me dijo que al-Hakam se había interesado por la salud del conde Borrell y por la situación en que vivía la gente de su país, expresándole el buen concepto y la buena disposición que tenía hacia la persona del conde de Barcelona, al que consideraba un leal amigo y un fiel vasallo.

Terminada la ceremonia de recibimiento de la embajada que enviaba el conde Borrell II, el califa despidió a los nobles cristianos y Yahwar ben Axeij los acompañó de regreso al campamento que ocupaban en la orilla meridional del río. Luego ordenó a un capitán de la guardia que liberara de sus ataduras a los treinta cautivos cristianos: hombres, mujeres y niños que habían traído los barceloneses como regalo y en señal de buena voluntad y que habían permanecido en el exterior del Salón del Trono. Ordenó, también, que les proporcionara vestidos nuevos y, a continuación, que los condujera a la Casa del Poder para que fueran destinados, por el intendente de palacio, a labores domésticas o agrícolas en algunas de las almunias que poseía en las afueras de Córdoba. A los más jóvenes mandó que los inscribiera en el ejército.

Al atardecer me hallaba descansando en mi casa del barrio de Balat Mugit en compañía de mi madre, satisfecho por la grata experiencia vivida y con la sana ilusión de acudir al día siguiente a la Gran Biblioteca y poder exponerla, con todo lujo de detalles, a mis compañeros Talid, Lubna y Fátima.

Pero la alegría que inundaba entonces mi alma de buen musulmán y que pensaba —ingenuo de mí— que sería el estado en el que viviría el resto de mis días, como prestigioso director de la Gran Biblioteca de Córdoba y amigo del gran chambelán, no iba a ser, por desgracia, duradera. Como mi buena madre decía, repitiendo un proverbio que, en ocasiones, refería mi difunto padre: «Escaso es, Jalid, el bienestar en la casa de los pobres y muy efímeros los momentos de alegría y placer».

Una mañana, transcurridos dos meses de haberse celebrado la ceremonia de recepción del embajador del conde Borrell II, cuando me incorporaba a mi trabajo en el despacho de la biblioteca, una carta sin lacrar enviada por el arquitecto Maslama ben Abd Allah, tan hostil como yo hacia el advenedizo y ambicioso administrador de los bienes del príncipe Hixam, Muhammad ben Abi Amir, acabó de un golpe con mi relajada vida de traductor y bibliotecario, retornando a mi alma los malos presagios y el temor por mi vida y la de mis allegados que había albergado en mi interior desde que el protegido de Subh comenzó su imparable ascenso.

XV

LA MUERTE DE AL-SIQLABI GUERRA EN ÁFRICA

La misiva de Maslama era concisa, pero preocupante. Decía: «Mi respetado amigo Jalid ben Idris. Ha acontecido una enorme desgracia. He de platicar contigo. Pero, en esta ocasión, no te desplaces a mi mansión en la Ciudad Brillante, donde ojos y oídos perversos están atentos en cada casa y en cada esquina. Te visitaré en la biblioteca mañana, después de la segunda oración del día, para relatarte lo que ha sucedido y el peligro que, sin duda, nos acecha. Se despide tu amigo, siempre leal a nuestro bienamado califa, Maslama ben Abd Allah, el que un día estuvo a cargo de las obras de la Ciudad Brillante».

Plegué la carta y quedé sobrecogido a causa del breve, pero perturbador mensaje que contenía. ¡Una enorme desgracia, escribía el arquitecto en un tono que expresaba la inquietud y el temor que sentía! ¿Qué habría sucedido y por qué aún no había llegado la noticia, que parecía ser de extrema gravedad, a conocimiento del pueblo de Córdoba? Procuré tranquilizarme. No dije nada de lo manifestado en la carta a mis compañeros, pues no quería alarmarlos sin saber aún a ciencia cierta lo que había ocurrido, aunque no esperé al día siguiente para conocer lo que, angustiado, me había comunicado el arquitecto. Me dirigí al cuartel de caballería, que se hallaba —como ya he referido en otro lugar— anexo al edificio del alcázar, y dije a uno de los soldados que hacían guardia en la puerta que deseaba entrevistarme con el capitán Yassir Mubassir. Al poco rato apareció la sonriente figura del que era uno de mis mejores y más leales amigos, excelente y servicial militar. En un lugar apartado, para que nadie pudiera escuchar nuestra conversación, le conté lo que Maslama me había relatado por medio de su carta. Mubassir me aseguró que ni él ni los oficiales, sus compañeros de armas, estaban al tanto de la desgracia que Maslama decía que había acontecido en la hermética ciudad palatina. Fracasada mi pesquisa en el, siempre bien informado, estamento militar, no tuve más remedio que retornar a la biblioteca y esperar, con el alma en vilo, a que amaneciera el día siguiente y recibiera la visita de Maslama ben Abd Allah, como indicaba en su carta.

Estaba el sol en su cénit cuando el atribulado arquitecto se sentó a mi lado en el diván que tenía en el despacho. Su rostro, lívido, y la expresión sombría de sus ojos denotaban la inquietud y el temor que le agobiaban y cuya causa yo, hasta ese momento, ignoraba. Cuando se hubo calmado, comenzó con voz temblorosa a desgranar lo que le atormentaba y que, ciertamente, era un suceso que encerraba una enorme gravedad.

—Jalid, amigo mío: el gran chambelán, Yafar al-Siqlabi, al que sé que considerabas un hombre honrado y generoso, fiel servidor de nuestro califa y tu mentor, murió inesperadamente hace dos noches —dijo, sin poder evitar que unas lágrimas escaparan de sus ojos.

—¿Al-Siqlabi, muerto? —exclamé, sin poder creer lo que estaba oyendo—. ¡Hace dos meses asistimos juntos y conversamos en la recepción que ofreció nuestro señor, el califa, al embajador del conde de Barcelona! ¡Nada parecía indicar que estuviera enfermo!

Maslama se enjugó las lágrimas que resbalaban por sus mejillas.

—Ha muerto envenenado.

—¿Envenenado? —musité.

—Unas setas ponzoñosas, ingeridas durante la cena, han acabado con su vida.

—Pero eso es imposible, Maslama. Su cocinero está acostumbrado a servirle setas asadas, uno de sus platos favoritos. Él mismo las recolecta en los bosques cercanos. Sabe distinguir bien cuáles son las setas comestibles y cuáles las venenosas.

El arquitecto lanzó una mirada hacia la puerta para asegurarse de que estaba bien cerrada. Luego se acercó a mí y dijo con un susurro de voz.

—Yafar al-Mushafi, a la mañana siguiente de conocerse el óbito, mandó decapitar al cocinero del gran chambelán, que fue el que preparó el plato nefasto, sin que mediara ninguna clase de juicio previo, acusándolo de negligente y traidor. Algunos dicen que lo hizo para hacer rápida justicia y vengar, así, la muerte de Yafar al-Siqlabi; pero hay quien asegura que lo mandó ejecutar para impedir que el desdichado cocinero pudiera hablar y acusar al verdadero autor o inductor de la muerte del gran chambelán.

—¿Acaso, Yafar al-Mushafi...?

—Todas las sospechas recaen sobre el poderoso visir Yafar al-Mushafi, Jalid ben Idris. Pero, ¿quién puede atreverse a acusarlo?

Un sudor frío comenzó a recorrer mi espalda. ¡No había sido, pues, un accidente culinario, sino un asesinato premeditado!

—¿Cómo es posible que al-Mushafi se haya involucrado en un acto tan execrable? —exclamé con la voz entrecortada y todavía dudando de que Yafar al-Mushafi pudiera ser el inductor de tan horrible crimen—. ¿Qué gana el visir con la desaparición de al-Siqlabi?

—Algunos altos cargos cercanos al poder recelan, desde hace tiempo, de las intenciones de Yafar al-Mushafi. Lo consideran un bereber advenedizo y ambicioso venido a más por la confianza que le había mostrado el anterior califa, pero que odia a los miembros de la *jassa*, a los clanes árabes y a los cristianos. Ahora parece que se ha aliado con Subh para encumbrar a otro advenedizo: a Muhammad ben Abi Amir. Esa puede ser, amigo Jalid, la causa que ha motivado el asesinato del gran chambelán, el único obstáculo que se interponía entre el inteligente y astuto favorito de «la Vascona» y su intención de continuar ascendiendo en la escala del poder. No creas que Ben Abi Amir se va a conformar con la administración de los cuantiosos bienes del príncipe heredero. Me preguntas qué gana Yafar al-Mushafi con la muerte del gran chambelán. Es evidente que, en contubernio con Subh, aspira a controlar la administración del califato para favorecer a su astuto y ambicioso protegido. Por fortuna, Muhammad ben Abi Amir aún no ha logrado introducirse en el estamento militar. Se comenta que el general Gálib Abu Tammam lo odia y no desea otra cosa que enviarlo de nuevo a la oscura notaría del cadí supremo o a la capital de la provincia en la que nació como un simple juez. Pero Gálib se halla lejos, al frente de las tropas establecidas en la frontera norte y, además, es posible que ignore que al-Mushafi está en connivencia con «la Vascona». Pero lo que tenga que suceder, buen Jalid, no cabe duda de que lo iremos descubriendo con el paso de los convulsos meses que se avecinan.

Maslama ben Abd Allah se despidió de mí, triste y apesadumbrado para retornar a la Ciudad Brillante, prometiéndome que me mantendría informado de todo cuanto aconteciera en torno a al-Mushafi, a Ben Abi Amir y a la intrigante Subh. Porque, conociendo las intenciones del habilidoso protegido de la sultana y su cercanía a los alfaquíes y ulemas más apegados a la vieja ortodoxia y críticos con la tolerancia religiosa de la que hacía gala nuestro señor, el califa, ningún hombre proclive a su política y leal a la familia omeya podría considerarse a salvo si llegara a asumir el poder el que decía ser descendiente del clan de los maafiríes del Yemen.

Pero el ascenso de Muhammad ben Abi Amir continuaba imparable con el apoyo del visir al-Mushafi, de la antigua esclava cantora y la indulgencia de su tolerante marido, que parecía ver la realidad solo a través de los ojos de su taimada esposa. A mediados del año 972, se corrió la voz por los zocos y los corros que se formaban en el patio de la madrasa kabira y la mezquita aljama, al terminar las oraciones diarias, que Muhammad ben Abi Amir había sido nombrado, por el califa, zabazorta o jefe de la policía de la ciudad; cargo muy bien remunerado y ambicionado por muchos prebostes porque, quien lo ostentara, ejercía un enorme poder sobre el pueblo, siendo muy temido por los ricos comerciantes, los mercaderes establecidos en los zocos y los talleres que abrían sus puertas en las calles de la medina. Decía la gente que un zabazoque que fuera hábil y proclive a la corrupción ganaba más con la extorsión y el chantaje a los ricos comerciantes, mercaderes y dueños de los talleres del marfil, de las joyas de oro y los cueros repujados, que con el sueldo que legalmente le correspondía por ejercer dicho cargo.

La tranquilidad que me había transmitido Maslama ben Abd Allah al comentarme que, por fortuna, el poder del ambicioso personaje se había limitado, hasta ese momento, a ejercer cargos de carácter administrativo y de política menor en la Ciudad Brillante y en Córdoba, se esfumó una mañana como la endeble paja se aleja de los granos de trigo aventados en las eras. Antes del mediodía, un soldado de caballería solicitó que lo atendiera. Me traía una carta de su capitán, Yassir Mubassir, el tenor de la cual era el siguiente: «Querido y respetado Jalid ben Idris: sirvan estas palabras para despedirme de ti. He sido movilizado por el ejército con los destacamentos de infantería e intendencia, las tropas auxiliares cristianas y las máquinas de guerra. Debemos marchar, mañana mismo, hasta el puerto de Algeciras, donde nos espera la flota del almirante Muhammad ben Rumahis, formada por sesenta embarcaciones de guerra, entre naves y grandes cárabos, para embarcar rumbo al puerto de Tánger y, desde allí, dirigirnos a los territorios del emir de Fez, el idrisí Hasán ben Qanún, que se ha rebelado contra nuestro señor, el califa, con el apoyo de los perversos fatimíes. Desde la frontera norte, donde estaba destinado, ha llegado a Córdoba el general Gálib Abu Tammam, que será el jefe de la expedición. Pero la noticia que te añado y que espero que no te inquiete en demasía es que, como intendente del ejército, con los mismos poderes que el general Gálib, nos acompaña el zabazorta de Córdoba y favorito de la sultana, Muhammad ben Abi Amir. A mi vuelta de África, te relataré cuanto haya acontecido en el transcurso de esa guerra. Recibe un abrazo de Yassir Mubassir, capitán de caballería».

Quedé anonadado y sin capacidad de pensar, porque una serie de ideas terribles comenzó a ocupar mi mente y a distorsionar mi capacidad de razonar. ¡Lo que tanto temía Maslama, una parte de los altos dignatarios del califato y yo mismo! ¡Que Muhammad ben Abi Amir pudiera introducirse en el estamento militar, una de las instituciones más respetadas y leales al califa, hasta entonces libre de su nefasta injerencia, acababa de suceder! ¿Cómo había logrado el ambicioso zabazorta, administrador de los bienes del príncipe heredero y protegido de la esposa del califa, ser nombrado intendente del ejército que marchaba a África; lo que significaba que era el dueño de los caudales con los que se abonarían los sueldos de los soldados, de los oficiales y del mismo general Gálib Abu Tammam? Y lo más sorprendente y aterrador: ¡con los mismos poderes que el propio general en jefe! Más tarde supe, por algunos miembros de la *jassa* residentes en la Ciudad Brillante, que Muhammad ben Abi Amir había sido investido con tanta autoridad que los generales, jefes de la escuadra y los gobernadores omeyas de una y otra orilla no se atrevían a tomar ninguna decisión sin que él la hubiera autorizado.

En los años previos al inicio de aquella campaña africana, me había asegurado Mubassir, que, para poder obtener una rápida y decisiva victoria sobre el ejército idrisí, se habían estado fabricando en los talleres reales diez mil rodelas cada año, otras tantas adargas, arcos, cotas de malla, espadas y lanzas; ocho mil tiendas de campaña, cien almajaneques y doscientas balistas de las que Vegecio describía en su tratado de poliorcética. En total se había reunido, para pasar a la otra orilla y luchar contra los idrisíes, un nutrido cuerpo de infantería formado por los soldados del *chund* más las tropas auxiliares cristianas; otro de intendencia constituido por bereberes leales y otro de caballería con diez mil corceles.

Como nada podía hacer para evitar lo que era ya inevitable y el odiado Ben Abi Amir iba a permanecer en África, alejado de Córdoba, al menos durante un año, me dediqué, con la ilusión renovada, a desempeñar mis labores de director de la Gran Biblioteca en la que el trabajo no faltaba, tanto para mí como para mis laboriosos compañeros Talid, Lubna y Fátima y las expertas mujeres que trabajaban en los diversos talleres de copia y restauración, pues cada día eran más los incunables y libros escritos en árabe que ingresaban, muchos de ellos necesitados de ser restaurados. Sobre todo, abundaban los viejos legajos que había que organizar y encuadernar y las obras de filosofía o astronomía escritas en griego o en latín que provenían de Oriente o eran donadas por particulares a cambio de que nuestras traductoras les entregaran una copia de las mismas en árabe. En el año 973, los fondos bibliográficos de la biblioteca habían alcanzado el número de ciento cuarenta mil ejemplares inventariados y los catálogos, elaborados por Talid, ascendían a treinta y cinco volúmenes constituidos, como ya se ha dicho, por cincuenta folios cada uno.

Sin embargo, una enfermedad que comenzó a sufrir mi madre vino a enturbiar la dicha que el agradable trabajo que realizaba en la biblioteca me estaba proporcionando. Una tarde, cuando comenzaba a oscurecer y Aminah me estaba preparando la cena, observé que no atinaba a encender los candiles de aceite que, colocados en una almenara de hierro, servían para iluminar la cocina en la que, en un fogón de carbón, preparaba la comida.

—¿Qué te ocurre, madre? ¿Acaso no ves la cazoleta en la que has de aplicar la llama?

—Nada me sucede, Jalid. Verás cómo atino a encender los candiles.

—No me engañas, madre. No ves la mecha.

Mi madre se echó a llorar.

—No quería preocuparte, hijo mío. Pero desde hace unos meses estoy perdiendo la visión. Los objetos aparecen borrosos, como si una sutil tela de lino se interpusiera entre ellos y mis ojos.

Tomé uno de los candiles y lo acerqué a los ojos de mi madre para poder observarlos de cerca. En efecto, se apreciaba una especie de velo blanquecino que cubría cada uno de sus globos oculares.

—Padeces una enfermedad de los ojos que te impide ver con nitidez las cosas, madre. Es un mal muy conocido que han padecido algunos profesores ancianos en la madrasa kabira.

—¿Es grave la enfermedad, Jalid? ¿Quedaré ciega?

—Desconozco si hay algún remedio para ella, madre. Los ancianos que sufrían esa enfermedad quedaban al final ciegos. Pero no dejaré que a ti te ocurra esa desgracia.

Mi madre hizo un esfuerzo para sobreponerse y dejar de llorar. Se secó las lágrimas con un pañuelo y dijo:

—No te preocupes por mí, Jalid. Será lo que Alá tenga decidido.

Y continuó, haciendo un gran esfuerzo, encendiendo los candiles y preparando la cena. Yo sentí una gran pena por mi pobre madre, porque sabía que esa enfermedad era incurable. Con el paso de los años iban aumentando sus perniciosos efectos y, al final, acababa en la ceguera absoluta. Entonces recordé que, hacía dos años, se había instalado en uno de los arrabales un oculista llamado Ahmad al-Harrani, aquel que había sido mi compañero en la escuela coránica. Supe que, después de estudiar en la academia de ciencias de la madrasa kabira, había marchado a Bagdad para completar sus estudios de medicina en la famosa Casa de la Sabiduría de aquella ciudad. Según decían, empleaba unos métodos muy avanzados, como cirujano, aprendidos en Oriente, y que lograba, si no curar, al menos mejorar la visión de los enfermos.

No lo pensé dos veces y, a la mañana siguiente, me dirigí al arrabal de los Nazaras en el que había instalado su dispensario y atendía a sus pacientes. No fue fácil que me reconociera y me recordara como compañero de estudios, porque cuando coincidimos en la escuela coránica del alfaquí Musa ben Hayyad en la mezquita de al-Mughira teníamos siete u ocho años. Al cabo de un rato de plática, conseguí que se acordara de mí al relatarle algunas de las bromas con las que castigábamos, sin maldad ni deseos de ofender, al bondadoso alfaquí. Cuando le describí lo que le sucedía a mi madre, me dijo que, al día siguiente, cuando el sol estuviera en su cénit, para que su sala de curas se hallara bien iluminada, la llevara a su consulta.

La sala de curas de Ahmad al-Harrani estaba situada en una zona de la casa que daba al sur. Disponía de una gran ventana por la que penetraba el sol a raudales, pues decía que una cirugía ocular no se podía realizar sin que el rostro del paciente estuviera bien iluminado.

—A veces, amigo Jalid, necesito hacer alguna intervención de urgencia en plena noche a causa de un accidente o de una herida ocasionada en el transcurso de un combate —manifestó, en tanto que disponía sobre una mesa los instrumentos de cirugía que, previamente, había pasado por la llama de un candil, consistentes en varios punzones, cuchillas bien afiladas, tijeras y pinzas de cobre—. Entonces, traslado al paciente a otra habitación donde tengo preparada una mesa con seis almenaras que sostienen, cada una, cuatro candiles y que están situadas delante de un gran espejo para multiplicar la cantidad de luz emitida. Pero, si no es urgente, prefiero intervenir a los pacientes a plena luz del día.

El cirujano colocó a mi madre sobre un sillón con respaldo inclinado, no sin antes haberle dado a beber un brebaje que, dijo, tenía la propiedad de adormecer al paciente mientras que él realizaba la intervención. A continuación, con una lente de aumento, similar a las que tenía en su despacho el astrónomo Ben Abi Isa al-Ansari, observó detenidamente los ojos de Aminah una vez que hubo separado los párpados con unas pinzas.

—En efecto, Jalid, tu madre padece de oscurecimiento de la pequeña lente que poseemos en cada ojo y que permite captar los objetos antes de pasar la imagen al interior del globo ocular —dijo, mientras un criado le acercaba una pequeña redoma de vidrio que contenía cierto líquido—. Es una enfermedad muy común en las personas ancianas. En Bagdad algunos oculistas muy afamados dicen haber logrado remediar el mal extrayendo la capa dañada del ojo, aunque es una intervención delicada y peligrosa, pues, la mayor parte de las veces, produce ceguera total en vez de curar al paciente. En la Casa de la Sabiduría aprendí una cirugía menor que, aunque dolorosa, logra que el paciente mejore. Pero no siempre ocurre de esa manera, consiguiéndose una mejoría solo pasajera que desaparece al cabo de varios meses. Me limitaré a separar con una afilada cuchilla esa lente que antecede al globo ocular para que la neblina, que afecta al ojo y oscurece la visión, desaparezca.

Ahmad al-Harrani le dio a beber a mi madre la infusión que había preparado el criado y, a continuación, cuando Aminah estuvo adormecida, realizó la operación que había indicado.

—¿Será suficiente con realizar esa intervención?

—pregunté, porque de las palabras pronunciadas por el experto oculista había deducido que no siempre se lograba la curación del enfermo.

—No lo sabremos, Jalid, hasta que transcurran uno o dos meses. Debes poner unas gotas de este líquido en cada ojo una vez al día, mejor al amanecer. Es una infusión concentrada de flores de aciano —dijo, al tiempo que me entregaba una redoma que contenía un líquido espeso de color rojo—. Al paso de un mes veremos los resultados. Que acuda a mi consulta dentro de treinta días.

Estuve poniendo en los ojos de mi madre unas gotas del líquido que me había recetado Ahmad al-Harrani y, aunque no logró reparar el daño causado por la enfermedad, lo cierto es que la infusión que, cada mañana, le aplicaba en los ojos pareció detener, en parte, el avance de la ceguera.

Dos meses después de haber sido atendida mi madre por segunda vez en el dispensario de Ahmad al-Harrani, este y su hermano Umar, también cirujano, fueron nombrados médicos de palacio para atender al califa, pasando ambos a residir en la Ciudad Brillante, en una mansión cercana a la Casa del Poder. Yo me alegré enormemente, porque con su experiencia adquirida en la prestigiosa Casa de la Sabiduría de Bagdad y los conocimientos en la curación de las enfermedades oculares que había demostrado Ahmad cuando aplicó el tratamiento a mi madre, estaba seguro de que la salud de nuestro señor se hallaba atendida por dos excelentes médicos.

Empeñado en la gratificante tarea que realizaba en la Gran Biblioteca, supervisando las labores que, bajo la dirección de Lubna y Fátima, ejecutaban las expertas mujeres restauradoras, encuadernadoras y copistas en los diversos talleres que estaban repartidos por la ciudad y, cuando tenía ocasión, ayudando en la catalogación a Talid u ojeando y admirando los libros más antiguos y raros que ingresaban en la institución, fueron pasando los días, las semanas y los meses, logrando que olvidara la existencia del personaje que, encumbrado con la ayuda de la sultana y del pérfido Yafar al-Mushafi, estaba seguro de que, algún día, amenazaría la paz y la estabilidad política del califato. Aunque lo que más me aterraba era que —conociendo su intención de librar al islam de la «perniciosa» heterodoxia— acabaría con la labor que realizábamos en la Gran Biblioteca, donde reuníamos y catalogábamos las grandes obras de filosofía, ciencia e historia de la antigüedad. Algunos ulemas, estrictos defensores de la ortodoxia, las consideraban obras escritas por idólatras, ponzoñosas y perjudiciales para los buenos musulmanes. Los fanáticos *fuqahas*[16] las repudiaban por heréticas. Sin embargo, sabedores de la actitud tolerante de nuestro culto califa, aún no se atrevían a emitir sus tendenciosas *fetwas*[17] prohibiéndolas. Pero si Ben Abi Amir alcanzaba el poder absoluto, no se dudaba que impondrían su visión intransigente del islam, y tales obras acabarían siendo pasto de las llamas.

Pero la tranquilidad que gozábamos en Córdoba desde que Gálib y Ben Abi Amir marcharon con el ejército a África para hacer la guerra a los rebeldes idrisíes se acabó en el mes de agosto del año 974. Fue entonces, cuando las tropas vencedoras regresaron a la capital de al-Andalus y el Príncipe de los Creyentes celebró una gran ceremonia de bienvenida en la mezquita aljama con la asistencia de los visires, cadíes y destacados alfaquíes, más los principales jefes de los diferentes destacamentos del ejército, encabezados por Gálib Abu Tammam y Muhammad ben Abi Amir.

A los cordobeses les sorprendió la presencia, en las calles y plazas de la ciudad, de unos desconocidos guerreros que vestían al estilo bereber, con escudos redondos de piel de gacela y cascos de cuero, que parloteaban en su dialecto norteafricano.

---

16   Expertos en la jurisprudencia musulmana que tenían una visión intolerante y rigorista del derecho islámico.

17   Pronunciamiento legal o sentencia emitida por un especialista en la ley musulmana.

Se trataba de las tropas auxiliares, mercenarios reclutados por Ben Abi Amir entre las tribus aliadas de *zanatas* y *magrawas*, que fueron asentadas en un campamento que se instaló en un llano al sur del río, cerca del asolado arrabal de Secunda. La animadversión que todo Córdoba sabía que existía entre el general Gálib y el ambicioso advenedizo sureño —pues el destacado militar desconfiaba de Ben Abi Amir a causa de los retorcidos métodos que empleaba para ir escalando y promocionándose en la sociedad cordobesa— parecía que había desaparecido desde que estuvieron peleando juntos contra los idrisíes, y el algecireño era el dueño de los dinares con que se abonaban los sueldos de la tropa y se compraban las alianzas y las voluntades de los jefes tribales. Decía la gente que el habilidoso e inmoral protegido de Subh había llegado a un pacto de no agresión con el poderoso y respetado militar para que ambos trabajaran juntos y defendieran sus propios intereses sin lesionar los de su oponente.

A principios del mes de septiembre, veinte días después de haber regresado de África, se presentó en mi despacho Yassir Mubassir para relatarme, como me había prometido, todo cuanto había acontecido durante su larga estancia en el Magreb sometiendo a los rebeldes.

El valiente capitán de caballería había adelgazado ostensiblemente y parecía cansado y triste, quizás por los padecimientos y las carencias sufridas durante las largas marchas y los duros combates, o porque me traía noticias que sabía que me serían desagradables y dolorosas. Cuando estuvimos aposentados en el diván, después de abrazarnos y expresarle la alegría que sentía al saber que había retornado a Córdoba sin haber sufrido herida alguna —cuando tantos buenos soldados, sus compañeros de armas, habían quedado para siempre sepultados en la lejana África—, comenzó a exponer, con voz cansada, los hechos más relevantes vividos bajo el mando conjunto del general Gálib Abu Tammam y el intendente Ben Abi Amir.

—Solo te haré relación, Jalid, de los acontecimientos que, aunque es posible que ya conozcas, pues las malas noticias suelen viajar más veloces que el viento, debes saber, porque pueden influir negativamente en nuestras vidas, en la política que sigue nuestro respetado señor y en el futuro del califato cuando el justo al-Hakam desaparezca y asuma el poder el jovencísimo y pusilánime príncipe Hixam.

Mubassir hizo un alto en su relato, como si en su mente estuviera ordenando las ideas que me quería transmitir.

—Cuando llegamos a la frontera del emirato de Fez —continuó diciendo— nos esperaba, con su ejército preparado para la lucha, el traidor Hasán Ben Qanún, reforzado con los destacamentos que le había enviado el califa fatimí. No obstante, unos días antes, cuando cruzamos las montañas en las que habitan las tribus *miknasa* y *magrawa*, que odian como nosotros a los perversos seguidores de Fátima y Alí, Ben Abi Amir se entrevistó con sus jeques y, aunque el general Gálib no se fiaba de aquellos tornadizos bereberes, el intendente, desoyendo los consejos de tan experto militar, los atrajo dándoles una enorme cantidad de dinares y logrando que le proporcionaran cinco mil guerreros que se unieron a nuestras tropas, que son los que están ahora establecidos en el campamento situado al sur del río. Entonces no entendía los motivos que tenía Ben Abi Amir para reclutar aquellos destacamentos a todas luces innecesarios, porque nuestro ejército, formado por más de veinte mil soldados andalusíes y *saqalibas*, era más que suficiente para vencer a los desmoralizados idrisíes. Pero ahora, amigo mío, entre mis compañeros oficiales se ha hecho la luz y pensamos que a lo que Ben Abi Amir aspira es a poseer unas tropas pagadas por él que le sean absolutamente leales, a modo de una guardia personal, sin depender del general Gálib. Solo el sapientísimo Alá sabrá con qué pérfidas intenciones las ha traído a Córdoba.

—No hay que ser un lince, amigo Mubassir, para saber cuáles son las intenciones de ese malnacido: disponer de un ejército propio para hacerse con el poder, con la connivencia y la aquiescencia de Subh y del visir al-Mushafi, cuando nuestro amado califa, que ha comenzado a padecer una extraña enfermedad, se reúna con su padre en el Paraíso.

—Luego, logramos vencer sin muchas pérdidas de hombres a los idrisíes y a sus aliados —añadió Mubassir—. Hicimos prisionero a Hasán ben Qanún y a toda su familia, que hemos traído encadenada a Córdoba. Dicen que Ben Abi Amir quería escarmentar a las tribus rebeldes del Magreb encadenando a Ben Qanún y metiéndolo de por vida en la cárcel de la Ciudad Brillante, pero que nuestro señor, el califa, dando una vez más muestra de su bondad e inteligencia y considerando a este emir como a un igual, lo ha perdonado, le ha regalado ricas vestiduras, entregado una mansión en la ciudad palatina y dotado de una elevada pensión anual.

Despedí a Mubassir después de haberle agradecido la relevante información que me había proporcionado y que no hacía más que incrementar los temores que albergaba, al comprobar que el ascenso de aquel astuto y habilidoso advenedizo en el seno del califato, arropado por la poderosa mano de la sultana, estaba alcanzando cotas preocupantes y peligrosas, sobre todo si nuestro señor al-Hakam abandonaba este mundo y asumía el poder el príncipe Hixam, todavía un niño manejado por su madre Subh y por el visir Yafar al-Mushafi.

El viernes siguiente, en el transcurso de la *azalá* u oración principal en la mezquita aljama, con la presencia del califa sentado en medio de la *maqsura*, el gran imán, subido en el espléndido *minbar*, mandado construir por al-Hakam II en uno de los más famosos talleres de ebanistería de la ciudad con madera de ébano, azofaifo y sándalo rojo y amarillo, declamó unos versos en loor del califa que había logrado llevar la paz y el orden a las tierras de África. Y acabó diciendo que, desde ese día, en las mezquitas de Fez, al-Basra y Siyilmesa, en los linderos del desierto, los imanes norteafricanos recitaban la oración de los viernes en nombre del Príncipe de los Creyentes, verdadero y único Comendador de Todos los Musulmanes, el califa al-Hakam II *al-Mustansir bi-llah*.

Unos meses antes de su muerte, quizás para compensar los muchos años de paz, de vasallaje y de alianzas que habían caracterizado las relaciones de Córdoba con los reyes y condes cristianos del norte o quizás debido a que la enfermedad que lo mantenía postrado en el lecho, con parte del cuerpo paralizado, le había hecho perder la sensatez y la mesura que había sido siempre su manera de proceder, el califa reclamó la presencia del general Gálib Abu Tammam, encumbrado y famoso después de sus hazañas en la otra orilla. Cuando estuvo ante él, le ordenó que hiciera una algarada por las tierras de Castilla, Navarra y Barcelona. Que los guerreros asolaran las aldeas y las ciudades, demolieran los castillos fronterizos, quemaran los sembrados y tomaran todos los cautivos que pudieran. Así lo hizo el obediente general que, dejando en Córdoba las tropas bereberes que dependían directamente del taimado Muhammad ben Abi Amir, llevó a cabo la orden recibida y regresó a la capital del califato, entrado el mes de septiembre, con ochocientos prisioneros cristianos, hombres, mujeres y niños, que fueron encerrados en las mazmorras de la Ciudad Brillante para ser, luego, vendidos o regalados a los altos dignatarios de la corte. Y los hombres jóvenes obligados a servir como soldados auxiliares *saqalibas* en el ejército omeya.

Pero, de nuevo, su actitud dio un cambio radical.

Quizás cuando vio acercarse el final de sus días, para hacer menos farragoso el tránsito hasta el Paraíso que Alá nos tiene prometido, se acentuó su piedad empleando muchos dinares en hacer obras de caridad, edificando oratorios en lugares apartados y agrestes y atendiendo a los ancianos impedidos y enfermos. Hasta tal punto llegó su afán por cumplir escrupulosamente los mandatos recogidos en el Corán y la *sunna* que, para acabar con la perniciosa costumbre de muchos musulmanes de beber vino —costumbre heredada de los mozárabes—, quiso evitarla mandando arrancar todos los viñedos de al-Andalus. Por fortuna para los contumaces bebedores de vino y los propietarios de los viñedos, que vendían el fruto obtenido de sus viñas como uvas pasas, fueran estos cristianos o musulmanes, la muerte del califa evitó que se llevara a cabo aquella severa, injusta y drástica medida.

A mi modesto entender de hombre versado en los estudios humanísticos y, por un lance de la fortuna, dedicado a la custodia de libros, y aunque había sido un ferviente y sincero defensor de la sabia política de tolerancia, alianzas y acuerdos seguida por el califa al-Hakam II, tengo que reconocer que, en los últimos años de su vida, a pesar de su postrero retorno a las costumbres piadosas, dominado por la fuerte personalidad y la astucia de Subh y de al-Mushafi, me decepcionó y me hizo perder la fe y la confianza que tenía en su egregia persona y, también, en la religión; porque era él, el Príncipe de los Creyentes, su máximo representante y el comendador y guía espiritual de todos los musulmanes.

Recluido en mi despacho, a sabiendas de que la enfermedad que sufría el califa lo llevaría sin remedio a la tumba, a pesar de las pócimas y cataplasmas de hierbas sanadoras que pudieran recetarle sus médicos de palacio, Ahmad y Umar al-Harrani, de las plegarias al Altísimo que, sin duda, ordenaría la falsamente compungida esposa que hiciera el gran imán en la mezquita aljama, yo, triste como solo lo estuve cuando murió mi buen padre, presagiaba que, asediado el ingenuo y débil Hixam II por su acaparadora madre, por el astuto al-Mushafi y por el ambicioso Ben Abi Amir, los años de felicidad y sosiego habían llegado a su fin; que se aproximaban días funestos y sucesos terribles que harían temblar los cimientos y los recios muros de la ciudad de Córdoba.

XVI

ALMANZOR: DUEÑO Y SEÑOR DEL CALIFATO

En la noche del día 2 de octubre del año 976 murió, en su residencia palatina de la Ciudad Brillante, el Príncipe de los Creyentes, al-Hakam II *al-Mustansir bi-llah*, a los sesenta y un años, en presencia de su esposa Subh; del príncipe heredero, Hixam, que acababa de cumplir once años de edad; de su tío, Abu-l-Mustarrif al-Mughira, hermano menor del difunto califa; del visir Yafar al-Mushafi y de los dos médicos de palacio, Ahmad y Umar al-Harrani, que nada pudieron hacer para salvar su vida.

Su cuerpo fue llevado a Córdoba para ser enterrado en la *rawda* del antiguo alcázar, junto a los sepulcros de su padre y de los emires que le precedieron en el gobierno de al-Andalus, a la espera de encontrarse con ellos, si es cierto lo que el Profeta nos ha revelado de que los muertos resucitarán y se reunirán, el día del Juicio Final, en el valle que los judíos llaman de Josafat.

Al día siguiente del fallecimiento de al-Hakam II, fue elevado a la máxima magistratura del califato el príncipe Hixam, que tomó el título de *al-Mu'ayyad bi-llah* —es decir, «El que recibe la asistencia de Dios»—, en presencia de los altos cargos políticos y administrativos y de los más influyentes hombres de religión que hicieron ante él *la bay'a*, el solemne juramento de obediencia y fidelidad. Había nacido el 11 de junio del año 965 y fue elevado al califato porque su hermano mayor, el primogénito Abderramán, había muerto cuatro años antes. Cuando nació, yo me encontraba con el capitán Yassir Mubassir y Lubna de viaje, enviados a Bagdad —como ya se ha referido— por el gran chambelán para abonar los dinares que exigía el genealogista persa y traer a Córdoba los doce tomos que contenían el famoso *Libro de los cantares*. A mi vuelta, me dijeron que el nacimiento del que iba a ser el heredero del califato había colmado de alegría a su padre, porque aseguraba la continuidad de la dinastía si moría su otro hijo, el enfermizo Abderramán. Se comentaba en los zocos y en la alcaicería que, cuando vino al mundo, Yafar al-Mushafi —que además de un eficiente y habilidoso político era un excelente poeta— fue el encargado de presentárselo a su padre recitando estos versos:

«La luna nueva ha aparecido tras su ocultamiento,
la espada se ha desprendido de su vaina,
pues nos ha venido el heredero de los más altos destinos
para que el poder se consolide y permanezca
en los tiempos venideros».

No podía imaginar entonces el poderoso visir los tiempos turbulentos, los males y las desgracias que iba a sufrir al-Andalus durante el reinado del jovencísimo y pusilánime califa Hixam II y el destino terrible que le esperaba a él, transcurrido un año, a manos de su desleal protegido y aliado Muhammad ben Abi Amir. Los que conocían al nuevo califa decían que tenía la piel clara y el cabello rubio como su padre. Los ojos azules, las pupilas grandes y la mirada penetrante, aunque adolecía de falta de firmeza y de autoridad. La nariz la tenía prominente y aguileña. Era rechoncho y barbilampiño, característica esa propia de su corta edad, pero que lo acompañaría el resto de su vida.

La primera medida que tomó el nuevo califa, probablemente a instancias de su astuta madre, que de esa manera pensaría que reforzaba el poder de su hijo, fue nombrar a Yafar al-Mushafi gran chambelán, con lo que, por fin, lograba el codicioso visir bereber alcanzar el poder que, con la complicidad de Muhammad ben Abi Amir, ambicionaba desde que murió de manera sospechosa Yafar al-Siqlabi. El sagaz algecireño sustituyó en el cargo de visir y jefe de las tropas de la capital a al-Mushafi, con el que parecía haber establecido una interesada, aunque peligrosa, amistad, pues toda Córdoba sabía que al-Mushafi y el general Gálib —con el que Ben Abi Amir había llegado a acuerdos secretos cuando estuvieron haciendo la guerra en África a los idrisíes— se odiaban.

Aunque lo acontecido en los días que precedieron al juramento ante el nuevo califa era un secreto al que solo tenían acceso algunos altos dignatarios y los poderosos eunucos *saqalibas* que formaban parte de la guardia personal del difunto al-Hakam, hubo gente de la *amma* que aseguraba que el traspaso de poderes no había sido tan ejemplar y pacífico como se decía, sino que existió una conjura para impedir que se nombrara califa al joven Hixam, alegando, ciertos ulemas, que la ley no permitía que un niño ostentara el título de Príncipe de los Creyentes y que fuera su nombre proclamado, cada viernes, en el transcurso de la oración principal o *azalá*, en todas las mezquitas aljamas del califato, tanto en las ciudades de al-Andalus como en el Magreb.

Yo deseaba estar al tanto de lo que había sucedido, no en vano sentía gran preocupación por las repercusiones que podría tener un cambio brusco y al margen de toda legalidad en el califato en uno de los grandes proyectos del difunto al-Hakam, que no era otro que crear una biblioteca que no tuviera parangón alguno con la de la Casa de la Sabiduría de Bagdad o la desaparecida biblioteca de Alejandría. Sobre todo, me inquietaba y temía que ese probable cambio estuviera protagonizado o respaldado por el ambicioso Ben Abi Amir, secundado por los fanáticos *fuqahas*, sus fieles aliados, y por Yafar al-Mushafi. Por ese motivo decidí visitar a Maslama ben Abd Allah en la Ciudad Brillante, pues estaba seguro de que el arquitecto, que tenía influyentes amigos en la corte, me podría informar de lo que, en realidad, había sucedido y que la gente, con temor y en voz baja, comentaba en los zocos o en el patio de la gran mezquita. Enjaecé mi caballo y me dirigí a la ciudad palatina, no sin antes haber solicitado un salvoconducto a Maslama para que la guardia situada en la puerta oriental no me impidiera acceder a su mansión.

El arquitecto me recibió apesadumbrado, sin la afabilidad y la alegría que de ordinario reflejaba su limpia mirada. Me abrazó y, a continuación, me condujo hasta la galería porticada que daba al jardín, donde tendríamos alguna intimidad después de haber ordenado a los criados que se mantuvieran en las estancias interiores de la casa. Nos aposentamos en los almadraques que había dispuesto en torno a una pequeña mesa de oscura madera de ébano. Yo, algo alterado al observar la expresión de contenida ansiedad que mostraba el siempre sosegado antiguo arquitecto principal de la Ciudad Brillante, inicié la conversación:

—Amigo mío: dime qué hay de cierto en los inquietantes rumores que se han extendido por Córdoba. ¿Han intentado los *saqalibas* y algunos hombres de religión impedir que fuera investido el príncipe Hixam como nuevo califa?

Maslama observó la puerta que daba a las estancias interiores de la mansión para comprobar que ningún criado se hallaba cerca de la galería.

—Jalid ben Idris: como en otras ocasiones hemos comentado, graves peligros se ciernen sobre la institución que, con tanto acierto, han venido gobernando, con la ayuda de Alá, primero los emires omeyas y, luego, los califas Abderramán ben Muhammad y su hijo, el difunto al-Hakam —comenzó diciendo—. Pero nunca, como ahora, ha estado el califato al borde del precipicio a causa de las arteras maniobras de la astuta Subh y de los ambiciosos planes de Yafar al-Mushafi y del jefe de las tropas de la capital, el advenedizo Ben Abi Amir.

—¿Tanto poder han llegado a acumular esos tres personajes para hacer que se tambalee el califato? —exclamé, sin poder contener la inquietud y, al mismo tiempo, el temor que me embargaba.

—El pusilánime Hixam está dominado por su madre, por el nuevo chambelán y por el jefe de las tropas de la capital que, al mismo tiempo, es su preceptor —continuó Maslama con su exposición—. Lo que se rumorea es tan cierto, Jalid, como el sol que nos alumbra. La noche en que murió al-Hakam se confabularon y reunieron en el palacio a los jefes de los *saqalibas* y algunos influyentes alfaquíes, que no aceptaban que un niño pudiera dirigir la oración del viernes en la mezquita aljama. Intentaron que Subh, Yafar al-Mushafi y Ben Abi Amir reconocieran como nuevo califa al hermano del difunto al-Hakam, el príncipe Abu-l-Mustarrif al-Mughira. Como la guardia armada de los *saqalibas* amenazaba con emplear la fuerza si no se aceptaba su propuesta, dicen que Ben Abi Amir, con gran astucia, les aseguró que la consideraba justa y de acuerdo con lo estipulado por la *sharia*, y que él mismo se dirigiría a la mansión de al-Mughira para comunicarle lo que se había decidido y acompañarlo hasta el palacio para recibir el juramento de fidelidad de los presentes, que lo convertiría en el legítimo califa en lugar del príncipe Hixam.

—¿Y qué ocurrió, Maslama? —demandé con ansiedad, porque deseaba conocer cuanto antes el desenlace de aquella secreta conjura.

—Mi buen amigo, el visir Musa ben Hudayr, me relató, con todo lujo de detalles, lo sucedido aquella aciaga noche —susurró Maslama—. Ben Abi Amir se dirigió, acompañado de una decena de guerreros bereberes de su entera confianza, a la casa de al-Mughira. Este le abrió la puerta, aunque estaba muy avanzada la noche, al reconocer al preceptor del príncipe Hixam. Ben Abi Amir le dijo que era portador de una orden que procedía de la Gran Señora y de Yafar al-Mushafi. Que él sería el nuevo califa. Que se vistiera con atuendos apropiados para tan relevante ocasión y que lo acompañara al palacio donde recibiría el juramento de fidelidad de Subh, al-Mushafi y los jefes *saqalibas*. Entonces, el confiado al-Mughira se retiró a su dormitorio para encasquetarse una lujosa aljuba y colocarse sobre la cabeza un turbante de seda en presencia de su mujer. Pero, entretanto que se vestía, entró violentamente en la habitación Ben Abi Amir con varios soldados y, tomándolo por el cuello, lo estranguló sin atender a los gritos y lamentos de su aterrorizada esposa. A continuación, ordenó a los bereberes que lanzaran una soga por encima de una de las vigas del artesonado y que colgaran de ella al desdichado al-Mughira. Después retornó a la Casa del Poder y comunicó a Subh, a al-Mushafi y a los jefes *saqalibas* que el príncipe al-Mughira ya no podría ser califa porque había aparecido ahorcado en su dormitorio. Esa es la verdad, amigo Jalid, de lo que aconteció aquella terrible noche. Los jefes *saqalibas* y los alfaquíes abandonaron apesadumbrados la Casa del Poder y, al día siguiente, al-Mushafi ordenó que fueran detenidos aquellos que habían estado la noche anterior en el palacio, acusados de haber encabezado un intento de rebelión contra el joven califa Hixam. Luego los mandó ejecutar.

Después de la conversación mantenida con Maslama ben Abd Allah, supe la verdad, aunque para el resto de cordobeses, ocupados en sus diarias labores y ajenos a lo que acontecía tras los muros de la Ciudad Brillante y, sobre todo, en el interior de la hermética Casa del Poder, la proclamación del príncipe Hixam se había realizado conforme a lo estipulado por el derecho y las normas recogidas en la *sunna*. Pero para los que, como yo, logramos saber cómo se habían desarrollado los hechos y cómo se había desarticulado la conjura palaciega de los jefes *saqalibas* y algunos poderosos ulemas, por al-Mushafi y el visir Ben Abi Amir, con la complicidad de Subh, quedó en evidencia que, para desgracia de los cordobeses, se acababa de instaurar en la ciudad palatina un poder sombrío que, marginado y dominado por su madre el infeliz Hixam, ponía en las manos de dos ambiciosos personajes el futuro del califato.

Una vez que hubo retornado la tranquilidad a la ciudad, los mercados a recuperar la actividad perdida en los días de zozobra, los baños públicos a ser visitados por la gente, los talleres a recibir encargos y los mercaderes a surtir de mercancías las tiendas de los zocos, el nuevo chambelán y su visir, Ben Abi Amir, se dejaron ver por las calles de Córdoba montados en sus briosos corceles y escoltados por su guardia personal formada por soldados andalusíes, la de Yafar al-Mushafi, y por guerreros bereberes, la del visir. Deseaban, con esa apariencia de normalidad, que el pueblo creyera que la sucesión en el trono había sido tranquila y ejemplar y que el nuevo Príncipe de los Creyentes, Comendador de Todos los Musulmanes, el joven Hixam II, gobernaba con mano firme los destinos del califato desde la Casa del Poder.

Una mañana, cuando me dirigía al alcázar para continuar con mis trabajos en la biblioteca, me topé con el capitán Yassir Mubassir, que salía del cuartel de caballería. Nos saludamos y, como observé que mi amigo militar parecía querer platicar conmigo, nos acercamos a uno de los jardines que se habían sembrado en la plaza, no lejos de las murallas del alcázar.

—Existe un gran malestar, amigo Jalid, entre la oficialidad —dijo, cuando hubo comprobado que no había cerca oídos que pudieran escuchar la conversación que íbamos a mantener—. El nuevo visir, no contento con los cinco mil guerreros *zanatas* y *magrawas* que trajo de África y que tiene acuartelados en el campamento situado al otro lado del río, ha enviado mensajeros con regalos y gratificaciones para los jeques de las tribus *miknasa* y cartas con la petición de que envíen a Córdoba otros cinco mil guerreros para inscribirlos en el ejército omeya. A ese paso, pronto contará con más soldados pagados por él que los que tiene a su cargo el general Gálib en la frontera norte y en los cuarteles de la ciudad.

—Gálib Abu Tammam, después de la secreta alianza del algecireño con al-Mushafi y gozando del favor de Subh, es el único obstáculo que le queda a Ben Abi Amir para poder llegar a lo más alto —manifesté, sin poder ocultar el temor que sentía—. No me cabe duda, amigo Mubassir, que pronto emprenderá una guerra contra los cristianos para ganarse el afecto del pueblo, el apoyo de los alfaquíes y los ulemas y dejar en evidencia a Gálib y al gran chambelán. Es la ocasión que, sin duda, espera para demostrar quién ostenta el verdadero poder en Córdoba.

No transcurrieron muchos meses sin que mis predicciones se cumplieran.

En diciembre del año 976, un ejército cristiano entró, rompiendo las alianzas firmadas con el difunto al-Hakam II, en territorio andalusí y atacó varios castillos de la frontera media. Era el momento que Muhammad ben Abi Amir estaba esperando. Espoleado por los intransigentes alfaquíes, que acusaban a al-Mushafi de negligente e incapaz de defender el califato, movilizó a sus guerreros bereberes y a las tropas que estaban acantonadas en la capital, entre ellas los destacamentos de caballería en uno de los cuales se hallaba destinado Yassir Mubassir, y marchó en dirección a la frontera para unirse a las tropas que estaban bajo el mando del general Gálib. Pero, antes, se había presentado en la mezquita aljama para lograr, en presencia del pueblo congregado, que los imanes y los ulemas más exaltados declararan aquella aceifa como una guerra santa en defensa del islam. Esta campaña, que fue victoriosa, como todas las que emprendió contra los cristianos del norte, hizo que se ganara el apoyo y el respeto de las autoridades religiosas y de los devotos cordobeses que, hasta ese día, lo veían solo como un político descreído y ambicioso.

Juntos, Muhammad ben Abi Amir y Gálib Abu Tammam atacaron la fortaleza de Baños de Ledesma, en la ribera del río Tormes. Aunque no lograron tomarla, hicieron en su alfoz más de mil prisioneros. A mediados de abril del año siguiente, retornó Ben Abi Amir victorioso a Córdoba, entrando la comitiva en la ciudad, con los prisioneros encadenados, como si se tratara de un general romano aclamado por el pueblo. Satisfecho con el éxito obtenido y habiendo logrado ganarse el respeto del general Gálib Abu Tammam, que ya lo consideraba como a un igual, emprendió una nueva aceifa atacando, en esta ocasión, Salamanca y Cuéllar. Cuando volvió, después de haber vencido a los cristianos, a Córdoba en el mes de diciembre, la gente lo aclamaba llamándole *Almanzor*, es decir, «el Victorioso», apelativo que lo acompañaría hasta el día de su muerte, tanto entre los musulmanes como entre las poblaciones cristianas del norte que sufrían sus destructivos ataques y saqueos.

Pero su desmedida ambición estaba haciendo que se resquebrajara la secreta alianza que había establecido con el gran chambelán, apoyada y favorecida por su antigua relación con Subh; aunque es necesario decir que era una relación que se había ido enfriando con el paso de los años. Sobre todo cuando la astuta madre del califa comprobó que el visir, preceptor de Hixam II, solo buscaba su propio encumbramiento y beneficio en detrimento del joven Príncipe de los Creyentes.

Envanecido por los triunfos alcanzados en la frontera y por haberse ganado el respeto de quien había sido, hasta entonces, su oponente, el poderoso general Gálib Abu Tammam, dio un paso que resultaría decisivo, pero muy peligroso: hizo, con el apoyo de Subh, que el califa lo nombrara prefecto de Córdoba, relevante cargo que, hasta entonces, había ostentado uno de los hijos de Yafar al-Mushafi, que fue destituido. Y eso era algo que el gran chambelán consideró una traición y una ruptura de sus pactos. Pero Almanzor ya había decidido abandonar a su suerte a un Yafar al-Mushafi desprestigiado ante los alfaquíes y la *amma* y cambiar su amistad por la de Gálib Abu Tammam.

Para contrarrestar el acercamiento y la amistad de Almanzor con el general Gálib y lograr que se le considerara un respetable miembro de la *jassa*, puesto que la nobleza omeya lo veía como un ambicioso bereber sin ascendencia ilustre, el sagaz al-Mushafi llegó a un acuerdo con el prestigioso militar para casar a otro de sus hijos con la hermosa Asma, hija de Gálib Abu Tammam. Pero cuando todo estaba preparado para que se celebrara el esperado enlace que permitiría a Yafar al-Mushafi codearse con lo más granado de la sociedad cordobesa, intervino Almanzor para deshacerlo. Se reunió en secreto con Subh y esta hizo que los planes del chambelán se torcieran y que la boda de Asma no se celebrara con el hijo de al-Mushafi, sino con el propio Almanzor, que acababa de cumplir treinta y nueve años.

Esta alianza matrimonial fue demoledora para los planes del bereber, que había conseguido escalar hasta la más alta magistratura del califato, el cargo más prestigioso después del de Príncipe de los Creyentes. La fastuosa boda entre Almanzor y Asma se celebró en la primavera del año 978, ocho meses después de la firma del contrato matrimonial que selló la alianza entre Gálib y Muhammad ben Abi Amir, alias Almanzor, y que marcó la pérdida del poder que, hasta entonces, había ostentado el chambelán al-Mushafi.

Gálib Abu Tammam fue nombrado chambelán —algo inédito en la historia de al-Andalus, pues nunca antes habían existido dos chambelanes al mismo tiempo en Córdoba—. Este nombramiento privó a Yafar al-Mushafi de la mayor parte de sus funciones y de su influencia en la Casa del Poder. Finalmente, Ben Abi Amir consiguió que el califa lo destituyera y, días más tarde, lo encarcelara. Sus familiares y sus partidarios en la Ciudad Brillante, algunos de ellos simples funcionarios de la baja administración, fueron arrestados y sus propiedades y caudales, confiscados. El desdichado Yafar al-Mushafi, que tanto poder había logrado acumular, hasta que se topó con el astuto y despiadado Muhammad ben Abi Amir, murió en la cárcel cinco años después de su detención, según dicen estrangulado por el propio Almanzor.

Este ambicioso personaje, llegado un lejano día del valle del río Guadiaro, sucedió al derrotado al-Mushafi como segundo chambelán del califato, compartiendo el cargo con su antiguo oponente y ahora su suegro y aliado, el general Gálib Abu Tammam; aunque aún le quedaba ascender un peldaño más para que el algecireño consiguiera hacerse con el poder absoluto.

Las diferencias y los enfrentamientos entre suegro y yerno no tardaron en producirse. Ambos, al frente de sus respectivas tropas formadas por soldados andalusíes, *saqalibas* y bereberes, realizaron varias aceifas contra los territorios cristianos, no siempre victoriosas. La pugna entre ambos chambelanes estalló con toda virulencia en el transcurso de la campaña que llevaron a cabo entre los años 980 y 981. Lograron conquistar la fortaleza de Atienza, pero en el transcurso de la fiesta que celebraron en el interior del castillo, el general Gálib se enzarzó en una pelea cuerpo a cuerpo con su yerno, acabando Almanzor herido en una mano, aunque, apoyado por sus partidarios, pudo abandonar la ciudad conquistada y reunirse con su ejército.

Hasta tal punto llegó el enconado enfrentamiento entre ambos poderosos mandatarios y el odio que sentían el uno por el otro que, en el mes de julio del año 981, Gálib, al frente de sus tropas constituidas por soldados andalusíes y *saqalibas*, reforzadas con destacamentos de sus aliados castellanos y navarros, y Almanzor con sus numerosas y leales tropas bereberes, entablaron una decisiva batalla en las cercanías de la fortaleza de Torrevicente. El día 10 del citado mes, en medio de la lucha, cuando el general Gálib Abu Tammam —que se cubría con una brillante cota de malla y un casco dorado decorado por dos bandas rojas que lo hacían fácilmente identificable— estaba cerca de alcanzar la victoria sobre las fuerzas mercenarias de Almanzor, unos guerreros bereberes lo hallaron muerto en el fondo de un barranco. Dijeron que sin señales de violencia. Los soldados que encontraron el cadáver del general le cortaron la mano izquierda y se la llevaron a su yerno para que este pudiera identificarlo al contemplar el anillo de oro que aún portaba en uno de sus dedos. Gálib Abu Tammam había cumplido setenta y nueve años de edad. Otra muerte tan extraña y oportuna para los intereses de Ben Abi Amir como la del desdichado Yafar al-Siqlabi.

A partir de ese día quedaba Muhammad ben Abi Amir, conocido entre los musulmanes y los cristianos que sufrían sus terribles y victoriosas acometidas con el sobrenombre de Almanzor, como dueño absoluto del califato, ejerciendo el poder a la manera de los más crueles y despóticos tiranos, como luego se verá.

XVII

¡QUE ARDAN LOS LIBROS HERÉTICOS!

He de rogar a los futuros lectores que se dignen leer el relato de mi agitada existencia de estudiante de humanidades, traductor de latín, copista y, al cabo, afortunado director de la Gran Biblioteca de Córdoba, injustamente perseguido y obligado a exiliarse a tierras lejanas para poder salvar la vida, que si he dedicado un capítulo, aunque ciertamente breve —pues esa parte de la historia de mi ciudad merecería ocupar varios volúmenes—, a narrar las andanzas de aquel astuto jovenzuelo provinciano que atendía a los cordobeses sentado tras una mesa plegable en la puerta del alcázar, ha sido por un único motivo: que se pueda entender lo que, a partir de ahora, sucederá en Córdoba y la repercusión que su vertiginoso ascenso, basado en una ambición desmedida, una inteligencia privilegiada y empleando unos métodos execrables, va a tener en mi propia vida, en la de mis desdichados compañeros Talid, Lubna y Fátima y en el ilusionante proyecto que puso en marcha el mejor y más sabio de los soberanos que han gobernado en al-Andalus y, sin duda alguna, en todo el orbe musulmán: al-Hakam II.

Ben Abi Amir, único gran chambelán desde el día que murió el general Gálib Abu Tammam, dueño de los destinos del califato con el inestimable apoyo que le habían proporcionado Subh y al-Mushafi y la indigencia de un califa inoperante y débil, se presentaba ante la *amma* como el más devoto de los musulmanes, defensor de la fe y la espada justiciera del islam, capaz de someter a los enemigos del norte que profesaban la religión cristiana. Los *fuqahas* proclamaban en las calles de la ciudad, en los patios de las mezquitas y en los zocos que los seguidores de la religión de Cristo amenazaban las sagradas fronteras de al-Andalus y aspiraban a convertir las mezquitas en templos de la iniquidad y la apostasía. Y, lo que más nos sorprendía y atemorizaba a una minoría de honrados cordobeses y a algunos encumbrados miembros de la *jassa*, como mi buen amigo Maslama ben Abd Allah, leales a los omeyas y secretos opositores al malvado amirí, era que la gente se hallaba eufórica con el gobierno de aquel advenedizo que, con sus guerreros bereberes a sueldo, los numerosos *fuqahas* fanáticos que estaba reuniendo en su entorno inmediato y su apariencia de devoto seguidor de la *sunna*, estaba conduciendo al califato por unos derroteros que, si el bondadoso Alá no lo remediaba, más temprano que tarde se precipitaría hacia una terrible guerra civil.

Pero como nada podíamos hacer los que nos considerábamos enemigos de aquel tirano, procurábamos continuar ejerciendo las labores que teníamos cada cual encomendada con la esperanza de que el viento de la historia, como en tantas otras ocasiones había sucedido, se dignara cambiar de dirección y las cosas volvieran a ser como antes de que la injusticia y la intolerancia se hubieran instalado en la Casa del Poder.

Estas sombrías reflexiones ocupaban mi mente sentado en la silla con respaldo de cuero repujado que tenía en la parte trasera de mi mesa de trabajo.

Acababa de cumplir sesenta y un años. La mayor parte de ellos los había vivido feliz e ilusionado, primero recibiendo los sabios consejos de mi buen padre y el amor de mi madre Aminah y rodeado de mis queridos compañeros de estudio en la madrasa kabira; luego, como humilde traductor y copista en mi casa-taller del arrabal de los Pergamineros y, más tarde, como director de la Gran Biblioteca, gozando del respeto de los altos dignatarios de la Ciudad Brillante y de la enriquecedora amistad de Talid, Lubna y Fátima. Pero, en el declinar de mi existencia, iba a asistir a una sucesión de trágicos acontecimientos que colmarían de amargura y tristeza los últimos años de mi vida y de penalidades sin cuento a mi querida ciudad de Córdoba.

Absorto en mis pensamientos, no había reparado en que alguien golpeaba la puerta de mi despacho.

—Adelante. Puede pasar —dije—. Era el bueno y leal Talid.

—Amigo Jalid ben Idris, director de esta biblioteca. Acudo a ti para solicitar tu ayuda y tu asesoramiento —expuso el experimentado conservador cuando estuvo aposentado en la silla que tenía al otro lado de la mesa.

Como tardaba en iniciar la conversación y mostraba cierta desazón, entendí que venía a exponerme algún grave problema.

—Desde la muerte del general Gálib, al que Alá haya concedido las delicias del Paraíso, y la toma del poder por el nuevo chambelán —manifestó el eficiente funcionario, sin poder ocultar una cierta preocupación que se manifestaba a través de su voz insegura—, estamos recibiendo numerosas e inusuales donaciones de libros. No pasa un solo día sin que me visite algún rico hacendado, propietario de una biblioteca privada, o un miembro de la *jassa*, a veces acompañado de varios criados que portan colecciones de libros o ejemplares de valiosos incunables, la mayor parte de ellos obras de filosofía o de ciencia escritas por los antiguos griegos o romanos, con la intención de entregarlos a la biblioteca. ¿Qué está sucediendo, Jalid?

Yo estaba al tanto de esas extrañas y recientes donaciones, porque algunos de los donantes se habían entrevistado antes conmigo y sabía cuál era la causa de esa novedosa e inusual generosidad de los cordobeses ricos que, con sus donaciones, estaban incrementando los fondos de nuestra biblioteca con obras verdaderamente únicas y, algunas de ellas, valiosísimas, aunque nada le había comentado a Talid para no inquietarlo.

—Amigo Talid al-Qurtubí, el funcionario más eficiente y laborioso en temas bibliográficos de todo Córdoba —dije, acercando mi mano a la suya, que tenía depositada sobre la mesa, y apretándola como muestra del gran cariño y la amistad que le profesaba—. Nos esperan tiempos difíciles e inquietantes. Esa desacostumbrada generosidad de que están haciendo gala algunos miembros muy cultos de la *jassa*, propietarios de magníficas bibliotecas particulares que, hasta ahora, se habían mostrado reacios a desprenderse de sus valiosos libros, responde a que temen por su vida y la de sus allegados si conservan ciertas obras de filosofía antigua y ciencia en sus mansiones. Saben las expeditivas medidas que pueden utilizar los representantes del nuevo poder establecido en la Ciudad Brillante, asesorados por los intransigentes *fuqahas*.

—¿Qué pueden temer de las inofensivas páginas de un libro, Jalid?

Yo sonreí con tristeza al comprobar la inocencia que, con sus palabras, estaba demostrando el conservador de la Gran Biblioteca.

—Un libro, buen y bienintencionado Talid, puede ser tan peligroso como un ejército de infantería o cien almajaneques dispuestos a asaltar una fortaleza. Depende de su contenido.

—No lo entiendo.

—Talid: el tirano que nos gobierna se está rodeando de fanáticos ulemas y alfaquíes para mostrarse ante el pueblo como el más devoto y ortodoxo de los musulmanes, aunque esa actitud es pura impostura. Está reuniendo a su alrededor, como consejeros, a reconocidos *fuqahas* que odian toda obra que ellos consideren contraria a la Verdad Revelada y a lo que está literalmente escrito en el Corán y los hadices. Los libros que tratan de filosofía, astronomía y ciencia, literatura, historia, arte y religiones de los antiguos, aunque estén traducidos a la lengua del Profeta, que nuestro señor al-Hakam creía que eran la base de la cultura de Oriente y de Occidente y dignos de ser custodiados y conservados en la Gran Biblioteca, están condenados al fuego si algún día esos influyentes *fuqahas* los declaran obras ponzoñosas, repletas de falsedades y heréticas. Por ese motivo, Talid, algunos bibliófilos y miembros de la *jassa*, poseedores de esas extraordinarias obras, las están donando, atemorizados, a nuestra biblioteca, sin pedir nada a cambio, creyendo, ingenuamente, que si no los hallan en sus estanterías estarán a salvo y no serán molestados por los *fuqahas* ni sus vidas correrán peligro.

—Ahora que lo dices, Jalid, comprendo por qué está llegando a la biblioteca, a veces a lomos de acémilas, tan enorme cantidad de libros. Precisamente ayer, un rico mercader que posee una colección de libros que ha ido adquiriendo en Oriente en el transcurso de sus viajes, nos ha donado media docena de obras, escritas en latín, que contienen las poesías completas de Horacio, Ovidio y Juvenal. Pero lo sorprendente es que ninguno de estos donantes exige que se le entregue el preceptivo documento, firmado por mí, en el que figuran su nombre y los títulos de las obras entregadas.

—No quieren que, de ningún modo, se les relacione con esos libros —manifesté—. Pero por desgracia, ni en sus estanterías ni en nuestra famosa biblioteca están a salvo esas valiosas obras escritas por los antiguos o por médicos judíos, matemáticos o astrónomos musulmanes que son consideradas injustamente por esos fanáticos ulemas libros contrarios a la Verdad Revelada. Aunque, por el momento, parece que el perverso Almanzor y sus *fuqahas* se hallan ocupados en otros menesteres que nada tienen que ver con los libros.

Talid, cabizbajo y triste, pero decidido a continuar con su trabajo de catalogación, en el que le aseguré que, a partir del día siguiente, contaría con mi ayuda, abandonó mi despacho dejándome sumido en oscuros y pesimistas pensamientos, porque era consciente de que los temores que anidaban en el corazón de aquellos donantes no tardarían en hacerse realidad. A continuación, visité a Lubna y a Fátima en sus talleres de copia, traducción y restauración para relatarles el contenido de la conversación que había mantenido con Talid, tranquilizarlas y mostrarles mi cercanía y mi apoyo en momentos que serían, también, difíciles para ellas.

—¿Qué nos puede suceder, Jalid? —demandó Lubna cuando, acompañada de Fátima, nos reunimos en el taller de la primera.

—Por ahora nada debemos temer, Lubna —dije—. El chambelán está empeñado, con las tropas del *chund* y sus guerreros bereberes, en las aceifas que cada verano hace por los territorios del norte. No creo que le quede tiempo para dedicarse, con los ulemas y sus *fuqahas*, a destruir la gran obra cultural del anterior califa. Además, desde que se ha hecho dueño del califato ha comenzado a edificar una nueva ciudad palatina al este de Córdoba que ha llamado Medina al-Zahira, «La Ciudad Resplandeciente», en la que piensa situar su residencia, la administración, la ceca, la fábrica de armas, el cuartel de los mercenarios bereberes y los almacenes de víveres. Ya que no puede suplantar al califa —que es lo que ambiciona—, porque carece de la legitimidad que solo posee la dinastía omeya, espera que Medina al-Zahira sea la plasmación física de su poder absoluto y Medina al-Zahara la jaula de oro en la que permanezca encerrado y alejado del pueblo el desdichado y pusilánime Hixam II.

—Creo, Jalid, que llegará el día en el que debamos abandonar Córdoba si queremos salvar nuestra vida. Estamos demasiado vinculados a la obra del anterior califa como funcionarios de la Gran Biblioteca. No nos perdonarán —expuso, entre sollozos, la inocente Fátima.

—Sin embargo, aún me queda un atisbo de esperanza, Lubna y Fátima. Es probable que las aguas puedan volver a su cauce. De la misma manera que la astuta Subh se deshizo de su fiel aliado Yafar al-Mushafi, de al-Mughira y de los poderosos jefes *saqalibas* que eran la guardia personal de al-Hakam II y aspiraban a derrocar al príncipe Hixam, es probable que lo haga con Almanzor cuando su ambición sea tan desmesurada que ella vea peligrar el estatus o la vida de su hijo, el joven califa.

En los años que siguieron, Almanzor, al frente de un ejército de cuarenta mil soldados, formado por las tropas andalusíes del *chund*, los mercenarios *saqalibas* y los diez mil guerreros bereberes que lo obedecían y seguían ciegamente, como si Ben Abi Amir fuera un nuevo *mahdi* o guía del islam, arrasó las ciudades de Castilla, León, Galicia, Navarra y, en el año 985, del condado de Barcelona. Al acabar cada verano, en el mes de septiembre, las calles y plazas de Córdoba se engalanaban para festejar el regreso del tirano, encabezando la larga comitiva formada por los soldados vencedores, las decenas de miles de prisioneros encadenados y los millares de ovejas, cabras y terneros tomados como botín, que eran vendidos en los zocos a muy bajo precio. Los desdichados cautivos se exponían a la vista de la gente en la plaza, delante del alcázar, para ser subastados entre los compradores que acudían desde otras ciudades de al-Andalus, incluso desde el Magreb. Las joyas robadas en los palacios y las iglesias las entregaba —el falso devoto chambelán conquistador— a las fundaciones pías y al tesoro de la mezquita aljama para ganarse el afecto de los imanes y de la tornadiza *amma*.

Este anual aporte de riquezas y de triunfos reforzaba el aprecio, la fidelidad y, también, el temor de la gente hacia aquel habilidoso chambelán sin que fueran conscientes los cordobeses de que, con aquella política suicida, aquel advenedizo que había llegado un día de la lejana provincia sureña de Algeciras los estaba conduciendo irremediablemente a un final terrible, que no podría ser otro que la desintegración del califato.

Me había incorporado a mi trabajo en la biblioteca al finalizar el mes de Ramadán del año 984, cuando Talid, entrando en mi despacho con los ojos enrojecidos, prueba de que había estado llorando recientemente, me trajo dos desalentadoras noticias. Una de ellas venía escrita en un papel que reconocí como los folios que utilizaban en sus labores Lubna y Fátima. Era una larga carta que venía firmada por la primera de mis queridas colaboradoras. Su tenor era el siguiente: «Apreciado y respetado Jalid ben Idris, director de la Gran Biblioteca de al-Hakam II: no consideres una pérdida de confianza y de respeto profesional el que te exponga lo que te he de comunicar a continuación por medio del endeble papel de esta carta. Sin embargo, es tan triste y doloroso lo que tengo que decirte, después de tantos años de sana amistad, que no sería capaz de manifestarlo mirándote a los ojos. Todo por lo que hemos estado empeñados con tanta ilusión, querido amigo, se desmorona, como los castillos de arena que construyen los niños en la inestable ribera del Guadalquivir, desde que accedió al califato Hixam II y su autoridad quedó eclipsada por el nuevo chambelán. Estoy convencida de que nuestros días en la Gran Biblioteca están llegando a su fin y no quiero ser testigo de los sufrimientos y las desgracias que nos esperan por ser fieles servidores y defensores de la obra del bondadoso al-Hakam II, al que Alá le haya abierto las puertas del Paraíso. He decidido abandonar Córdoba, mi buen Jalid. El gobernador de la cora de Carmona, en la que un tío mío ejerce el cargo de juez, me ha ofrecido un refugio seguro lejos de la capital del califato y de las persecuciones que, a no mucho tardar, sufrirán los humanistas y los desafectos al tirano. Cuando leas esta carta, ya estaré en el camino de la ciudad que, con tanta generosidad, me acoge. Te deseo lo mejor para ti, para Fátima y para Talid en los días turbulentos que, si Alá no lo remedia, os esperan. Se despide Lubna, que llaman "la Cordobesa", la que fue secretaria del buen califa al-Hakam y, luego, traductora y copista en la Gran Biblioteca de Córdoba»[18].

Quedé anonadado y sin saber qué decir. Un nudo me atenazaba la garganta y gruesas lágrimas comenzaron a fluir de mis ojos. Mi dolor y mi pesadumbre no se debían solo a la pérdida de una de mis más queridas y laboriosas trabajadoras de la Gran Biblioteca, pues estaba seguro de que su vida sería más agradable y sosegada en la ciudad que la había acogido, sino porque era consciente de que solo la cruda verdad se hallaba escrita en aquella extensa misiva que me había remitido Lubna por medio de Talid para comunicarme su decisión, a sabiendas de que si lo hubiera hecho en mi presencia, yo la habría hecho desistir de la idea de abandonar la imprescindible labor que, como traductora y copista, ejercía.

Pero aún restaba por escuchar la segunda desalentadora noticia que me había anunciado el eficiente conservador de la biblioteca.

—Dime, Talid, ¿cuál es esa segunda noticia que tenías que darme en esta aciaga mañana?

El eunuco se enjugó las lágrimas que la emotiva carta de Lubna le habían hecho manar de sus ojos y, casi sin fuerzas, tartamudeando, dijo:

—No podrás creer lo que ha sucedido en la Ciudad Brillante, en la Casa del Poder, Jalid. El que era nuestro admirado y querido compañero de estudios y el mejor gramático y exégeta de Córdoba, secretario del bondadoso

---

18 Lubna murió dos años más tarde en Carmona, probablemente de tristeza, de añoranza de su tierra y presagiando las desgracias que estaban próximas a suceder. En el año 2019, el Ayuntamiento de Córdoba le puso su nombre a una de las calles de la ciudad.

califa al-Hakam II hasta su fallecimiento, Abu Bakr al-Zubaydi, ha sido nombrado consejero para asuntos teológicos por Muhammad ben Abi Amir y jefe responsable de los odiados *fuqahas* que no tienen otra misión, ordenada por el tirano, que devolver, según sus sesgados criterios jurídicos y religiosos, la pureza y la recta moral que el islam ha perdido bajo los tolerantes gobiernos de los califas omeyas. Ha publicado un desafortunado opúsculo titulado *Hay que arrancar la máscara a los impíos*, apoyando la persecución de los librepensadores y de los libros que considera contrarios a la moral musulmana y a la *sharia*.

—¡Al-Zubaydi! ¡El más sabio y tolerante de nuestros compañeros de la academia de humanidades! ¡El que, en cierta ocasión, llegó a enfrentarse en el aula con nuestro maestro, Abu Alí al-Qali, en defensa de la moderación y la templanza que debían mostrar en sus sentencias los jueces malikíes!

—El mismo, Jalid. Ha abandonado la mesura de su pensamiento de sabio humanista para transformarse en uno más de los fanáticos ulemas que están al servicio del nuevo chambelán.

Aquella inesperada declaración de Talid, que venía a demostrar las profundas transformaciones que estaban teniendo lugar en el seno de la sociedad cordobesa, no hizo más que aumentar mis temores y el convencimiento de que debía olvidar la manera que había tenido de gobernar el califato el prudente al-Hakam II y asumir, con tristeza y miedo, la de un personaje provinciano y ambicioso salido de lo más bajo de la *amma*.

—Se aproximan tiempos de inestabilidad y de persecución, amigo Talid —murmuré—. No ha sido una casualidad, y sí una premonición, que Lubna, sobrina del prestigioso cadí de Carmona, quizás prevenida por él, haya decidido abandonarnos antes de que comience a soplar el viento huracanado y arrasador que amenaza con destruir la ingente labor llevada a cabo por el anterior califa.

Y ese viento, que el soberbio y despiadado chambelán, secundado por sus *fuqahas*, estaba alimentando desde las dependencias del palacio que ocupaba un joven califa indolente, incapaz y manejado a su gusto por Ben Abi Amir con la complicidad de su madre, iba a desencadenar, al paso de unos meses, un destructor vendaval que arrasaría todo lo bueno que habían logrado para al-Andalus los emires y califas omeyas.

Se había iniciado el mes de enero del año 985.

Muhammad ben Abi Amir, ensoberbecido por sus éxitos militares, se hallaba atareado en las obras de su «Ciudad Resplandeciente», que se encontraban en sus postrimerías. Todos en la capital pensábamos aliviados que, empeñado en cuerpo y alma en el que era su gran proyecto edilicio que, él creía, lo encumbraría como un nuevo califa, fundador de una nueva dinastía, lo mantendría alejado de Córdoba. Pero nada más lejos de la realidad.

Una mañana que, con Talid, estábamos trabajando en la catalogación de las últimas obras que habían ingresado en la biblioteca, oímos un enorme tumulto en la plaza que antecedía a la madrasa kabira. Luego supimos que se trataba de la vociferante y multitudinaria reunión de alumnos de la madrasa principal y de otras madrasas privadas que se habían unido a ellos para protestar ante el rector. Como deseaba saber a qué se debía aquella desacostumbrada manifestación estudiantil, me dirigí a la madrasa kabira, donde ejercía el cargo de secretario, después de la muerte de su padre —que también lo había ocupado antes—, mi amigo y compañero de estudios, el erudito Ibrahim ben Katib. Nos saludamos afectuosamente, sin poder evitar, el funcionario de la madrasa, mostrar un rictus de honda preocupación. Nos retiramos a un lugar reservado para poder platicar sin que nos molestaran los estudiantes que entraban y salían del edificio.

—¿Qué es lo que ha motivado, Ibrahim, esa tumultuosa manifestación de jóvenes delante del rectorado de la madrasa? —pregunté al secretario de tan respetable institución—. Estoy sorprendido y alarmado porque nunca, cuando éramos estudiantes, asistimos a un hecho semejante.

—Porque nunca, Jalid, había acontecido un suceso de tanta gravedad como el que, por desgracia, tuvimos que presenciar ayer.

—No lo entiendo. Procura ser más explícito.

Ibrahim me tomó del brazo y me condujo hasta un rincón de la sala de recepción de estudiantes para estar en un lugar más reservado. Luego comenzó diciendo:

—El visir Abu Bakr al-Zubaydi, nuestro antiguo compañero en la academia de humanidades y ahora obediente lacayo del chambelán, acompañado de dos *fuqahas* y una docena de guerreros bereberes armados hasta los dientes, irrumpieron en el patio de la madrasa kabira.

—¡Pero eso es imposible, Ibrahim! ¡Todo el mundo sabe que ningún hombre armado puede acceder al interior de la madrasa!

—Ese es el motivo por el que se han congregado los alumnos: para protestar ante el rector por la transgresión de esa norma no escrita.

—¿Y cuál era la razón alegada por al-Zubaydi y los *fuqahas* para entrar con los guerreros norteafricanos en la madrasa?

—Cometer un acto horrible y abominable, amigo Jalid —continuó diciendo el secretario con la voz entrecortada—. Nuestro antiguo compañero de estudios y los *fuqahas* sabían lo que buscaban. Se dirigieron al pabellón de ciencias y, después de destrozar la puerta del despacho que perteneció al difunto Ben Abi Isa al-Ansari, al que Alá haya recibido en el Paraíso, y ahora lo tiene su discípulo y sucesor, el astrónomo Maslama al-Mayrití, sin atender a las súplicas de este, abrieron violentamente los armarios y los arcones y sacaron de ellos los libros que guardaba, como oro en paño, al-Mayrití, y los instrumentos de astronomía, entre ellos el catalejo de al-Ansari y los mapas, astrolabios y cuadrantes de bronce.

—¿Y qué hicieron con los libros y los instrumentos que tomaron por la fuerza en el despacho de al-Mayrití?

—Al grito de «¡al fuego con estas máquinas del demonio y con los libros heréticos!», sacaron todo lo expoliado al patio y, haciendo una pira, le prendieron fuego en presencia de al-Zubaydi.

—¡Qué terrible desgracia, Ibrahim! ¡Esos fanáticos han destruido dos obras únicas escritas por grandes sabios de la antigüedad que yo tuve la suerte de leer por deferencia del profesor al-Ansari! Una versaba sobre la *Esfericidad de la Tierra*, según el sabio Eratóstenes de Cirene, y la otra se titulaba *¿Es el Sol el centro del universo?*, escrita por el famoso astrónomo griego Aristarco de Samos. Ahora, amigo mío, no son más que humo y cenizas.

Aquella tarde, cuando regresé a mi hogar, mi madre me interrogó sobre lo que me atormentaba, porque todas las madres saben descubrir, a través del comportamiento y las miradas de sus hijos, los pesares y las tristezas que les aquejan. Así advirtió la buena de Aminah que un inmenso dolor afligía mi alma.

—¿Qué te sucede, hijo mío? —preguntó, tomándome de la mano cuando nos hubimos sentado en torno a la mesa en la que estaba preparando el ataifor y las escudillas en las que íbamos a cenar—. Estás como ausente y tienes los ojos llorosos. ¿Qué te inquieta, Jalid?

—Acontecimientos muy dolorosos están sucediendo, madre. Se aproximan tiempos de zozobra y persecución. Temo por mis compañeros y por mí. Y lo que más desazón me produce es saber que el legado bibliográfico que nos dejó, para que lo cuidáramos y lo transmitiéramos a la posteridad, el sabio califa al-Hakam II, se halla en grave peligro. Los impíos guerreros bereberes, dirigidos pérfidamente por los *fuqahas*, han entrado en la madrasa y han quemado los libros que pertenecieron al ilustre astrónomo Ben Abi Isa al-Ansari por considerarlos obras heréticas y perniciosas, contrarias a la *sharia* y a la sagrada Revelación.

—Esa mala mujer, hijo mío, ha traído la perdición a esta tierra —exclamó mi madre que, en su simplicidad, culpaba de todos los males que estábamos sufriendo a las relaciones de «la Vascona» con el chambelán amirí.

A la mañana siguiente me reuní con Talid y Fátima en mi despacho. Debía prevenirles de lo que, estaba seguro, iba a suceder después de haber sabido, por boca de Ibrahim ben Katib, lo que aconteció en el patio de la madrasa con los libros de al-Ansari.

—Talid: ¿cuántos incunables, libros encuadernados, códices, legajos y mapas se hallan actualmente en nuestras estanterías? —demandé al laborioso funcionario encargado de la catalogación y posterior ubicación de los libros que ingresaban en la biblioteca.

—Ciento noventa mil —respondió diligentemente.

—¿Anotados en cuántos catálogos?

—En cincuenta y dos volúmenes de cincuenta folios cada uno.

—Bien, Talid. Esos catálogos serán lo que busquen con más ahínco los *fuqahas*, porque en ellos aparecen, como sabes, los nombres del autor de cada obra y del donante, el título de la misma, un breve resumen de su contenido y la balda, la estantería y la sala en la que se halla depositada. Si logran apoderarse de los catálogos podrán localizar sin mucho esfuerzo los libros que ellos consideran heréticos: las obras que tratan de astronomía, ciencia, filosofía, historia, poesía o arte de los antiguos griegos y romanos. Y, también, los libros enviados al califa por los cristianos de Oriente o los reyezuelos del norte que versan sobre su religión o la vida de sus santos. Obras sublimes y únicas que tanto odian los pérfidos *fuqahas* y los fanáticos alfaquíes y ulemas que obedecen ciegamente a Ben Abi Amir y a Abu Bakr al-Zubaydi.

—¿Y qué podemos hacer? —expuso casi sollozando Fátima.

No tardé ni un instante en dar respuesta a esa pregunta, porque la había estado madurando en mi cerebro desde el mismo momento en que Ibrahim ben Katib me describió el triste final que tuvieron los libros y las invenciones de al-Ansari en el patio de la madrasa.

—Talid: debes ocultar los catálogos en los sótanos del viejo alcázar, que se hallan abandonados desde que el califa Abderramán ben Muhammad trasladó la corte a la Ciudad Brillante. Os aseguro que no tardarán al-Zubaydi y los *fuqahas* en poner sus maliciosos ojos en la sublime obra del difunto califa al-Hakam: su Gran Biblioteca.

—Haré lo que dices, Jalid, y esconderé los cincuenta y dos catálogos en lo más recóndito de los sótanos. Mi boca estará sellada. Nadie logrará saber dónde están ocultos.

—Amigo mío: admiro tu entereza. No obstante, no cejarán hasta hallarlos. Te aplicarán el tormento en el que los crueles bereberes son hábiles maestros.

—Sufriré, Jalid y Fátima, la tortura, pero nada lograrán. Asumiré el dolor como una ofrenda que hago a nuestro bienamado califa que, desde el día de su muerte, nos espera en el Paraíso.

Yo no ponía en duda la fortaleza de ánimo ni la fidelidad del valiente Talid, pero era consciente de que todo hombre tenía un límite a la hora de poder soportar el tormento producido por el hierro ardiente, el agua hirviendo o la asfixia. Al cabo, Talid cedería y los catálogos, si no los destruía yo antes, acabarían en manos de los *fuqahas*.

Aquella noche, Talid se desplazó a los sótanos del viejo alcázar y, antes de que amaneciera, había depositado en un lugar seguro y reservado los cincuenta y dos volúmenes encuadernados con los catálogos de las obras custodiadas en la biblioteca. El traslado lo hizo sin ayuda, pues no quería que ningún criado lo acompañara y fuera testigo del ocultamiento.

No transcurrieron muchos días sin que lo que tanto temía aconteciera.

Iniciada la primavera del año 985, Abu Bakr al-Zubaydi me citó en su mansión de la Ciudad Brillante. Cuando me presenté ante él, lo encontré muy envejecido y con la mirada sombría y vacua. Yo lo reconocí, pero él pareció no reconocerme o, quizás, no quiso ver en mí a su antiguo compañero de estudios en la madrasa por pudor, soberbia o vergüenza. Fuera por una u otra causa, lo cierto es que no mencionó nuestro pasado en común cuando tan despreciable era lo que tenía que transmitirme. Me dijo que, a la mañana siguiente, después de rezada la segunda oración del día, mandaría a la biblioteca a dos *fuqahas*, acompañados de cuatro guerreros norteafricanos, para que trasladaran a su mansión los catálogos que, sabía, habían sido redactados durante años por Talid al-Qurtubí.

—Sé que en ellos se contienen los títulos y los nombres de los autores de las obras contrarias a la moral y a lo que prescribe el Libro Sagrado —manifestó endureciendo la voz y atareado en pasar, sin poner ninguna atención, las páginas de un Corán que tenía sobre la mesa—. El gran chambelán, para demostrar al pueblo su devoción y apego a la Verdad Revelada, desea depurar las bibliotecas de Córdoba de la infidelidad y la apostasía introducidas por cadíes y ulemas negligentes y de las obras heréticas escritas por los antiguos politeístas. Ha hecho suyo el contenido de mi libro *Hay que arrancar la máscara a los impíos* y ha ordenado que sus prescripciones se consideren ley de obligado cumplimiento. Manda, Jalid, al conservador de la biblioteca, al tal Talid al-Qurtubí, que tenga preparados los volúmenes con la relación de los libros catalogados que custodiáis en esa institución que diriges. Debe ser exonerada y liberada de la infidelidad y la idolatría.

Como había dicho al-Zubaydi, a la hora señalada se presentaron los dos *fuqahas* con los guerreros bereberes. Para mi sorpresa, me ignoraron y se dirigieron directamente al despacho del conservador. Estuvieron un buen rato encerrados y platicando con él, pero, al cabo de ese tiempo, salieron de la habitación parloteando en su dialecto norteafricano y dando empellones al pobre Talid para obligarle a abandonar la biblioteca. Yo conjeturé que la explicación a ese maltrato no era otra que el leal Talid se había negado a revelarles el lugar donde había ocultado los catálogos que venían a buscar. Luego le pusieron unos grilletes en los tobillos y lo metieron en una jaula con barrotes de hierro tirada por un par de mulas. Aunque quise intervenir exigiendo la libertad de mi amigo, nada pude hacer, porque los *fuqahas* y los guerreros bereberes, amenazándome con sus curvas espadas, me obligaron a retornar abatido al interior de la biblioteca.

Aunque, por el momento, el lugar donde se hallaban ocultos los catálogos que, con tanto afán y violencia, buscaban los enviados de al-Zubaydi seguía en el secreto, no era baladí pensar que el desdichado Talid no iba a soportar la cruel tortura a la que, sin duda, iba a ser sometido y que acabaría desvelando dónde estaban los cincuenta y dos volúmenes encuadernados con la relación de las obras custodiadas en la biblioteca y colocadas en sus respectivas estanterías y baldas.

Como no podía apartar de mi mente la dolorosa escena que me describió Ibrahim ben Katib de los valiosos libros de al-Ansari y sus aparatos científicos ardiendo en medio del patio de la madrasa y estaba convencido de que el destino de los libros que decían los *fuqahas* que eran «heréticos» e inspirados por Satanás —que estaban guardados en la Gran Biblioteca— sería el mismo, decidí actuar sin esperar a que aquellos malnacidos volvieran e hicieran una inmensa pira con las grandes obras de Isfahani, Aristóteles, Platón, Anaxágoras, Heráclito de Éfeso, Vegecio y Claudio Galeno, con el *Calendario de Córdoba* del obispo Recemundo, con la *Historiae adversus paganos* de Paulo Orosio, la *Materia médica* del botánico griego Dioscórides, *El árbol de la ciencia* de al-Himar al-Saraqustí; el *Liber de intellectu* de al-Kindi y otros centenares de libros que podían ser considerados por aquellos intransigentes ulemas obras perversas contrarias al Corán, a la *sharia* y a la moral de los musulmanes.

Me dirigí a mi casa y, después de tranquilizar a mi madre —que se hallaba al tanto de lo que ocurría, pues la aterrorizada Fátima había buscado refugio en mi casa y le había relatado lo que estaba sucediendo—, monté en mi caballo y cabalgué siguiendo la calzada que conducía a la Ciudad Brillante. Tenía que entrevistarme con el único amigo influyente que, además de Yassir Mubassir —que se hallaba movilizado con el ejército en la frontera—, me quedaba en Córdoba: el arquitecto Maslama ben Abd Allah, y rogarle que me ayudara a salvar aquellos libros amenazados por los fanáticos seguidores del tirano amirí.

Como carecía de salvoconducto para poder acceder a la ciudad palatina, tuve que solicitar al capitán de la guardia que vigilaba el pórtico oriental, que me conocía, que se desplazara a la mansión de Maslama y le dijera que Jalid ben Idris lo esperaba en la puerta de la ciudad que, desde Medina Azahara, conducía a Córdoba.

Dejé atado mi caballo en una de las argollas de hierro que, para tal fin, se hallaban instaladas en la fachada exterior de aquel majestuoso pórtico. No había transcurrido media hora cuando apareció, con el rostro marcado por la preocupación, porque no era lerdo y sabía, el experimentado alarife, que mi presencia en la Ciudad Brillante, sin haber solicitado el reglamentario pase, respondía a un asunto verdaderamente urgente y grave.

Después de abrazarnos afectuosamente, me tomó de un brazo y, sin decir palabra alguna, me condujo hasta su mansión. Una vez instalados en el salón principal de la casa y, cuando hubo despedido a los sirvientes, me preguntó por el motivo que había provocado tan inesperada visita. A continuación le relaté cuanto había acontecido en las últimas semanas en Córdoba y, aunque Maslama estaba al tanto de los desmanes llevados a cabo en la ciudad por los ulemas y los bereberes mandados por al-Zubaydi —entre ellos la quema de los libros científicos de al-Ansari en el patio de la madrasa—, le expuse la necesidad que tenía de contar con su ayuda después de que Talid hubiera logrado ocultar los preciados catálogos y los *fuqahas* lo mantuvieran detenido, probablemente para torturarlo y obligarle a que les dijera el lugar donde los tenía ocultos.

—Me temo, Maslama, que al-Zubaydi, siguiendo las órdenes del chambelán amirí, ha decidido entrar violentamente en la biblioteca, sacar de sus estantes los libros que consideran heréticos, hacer una pira con ellos y quemarlos como hicieron con las obras únicas que guardaba el difunto astrónomo al-Ansari en su biblioteca —manifesté con la voz entrecortada y sin poder ocultar la pesadumbre que me embargaba.

—¿Y qué puedo hacer yo, buen Jalid, para ayudarte en este trance tan terrible, consecuencia del mal gobierno de un califa incompetente y débil y un chambelán ambicioso y cruel que ha acaparado todo el poder del califato? —preguntó Maslama ben Abd Allah que, aunque ya había superado los tres cuartos de siglo de vida, aún poseía la clarividencia mental y la fuerza física de las que siempre había hecho gala el reputado y famoso alarife mayor.

—Maslama ben Abd Allah, el más prestigioso de los arquitectos de Córdoba: no transcurrirán muchos días sin que los *fuqahas* y los impíos bereberes asalten la Gran Biblioteca y extraigan de sus estanterías los libros de filosofía, medicina, matemáticas y astronomía escritos en griego o en latín y las traducciones al árabe que, con tanto celo y esfuerzo, Lubna y Fátima han realizado en sus talleres desde que fue nombrado califa el noble al-Hakam II.

—Sigo sin saber, Jalid ben Idris, cómo puedo yo ayudarte para evitar que se cometa tan gran felonía.

Creí que había llegado el momento de exponer a quien consideraba mi mejor y más leal amigo lo que había estado pergeñando en mi atormentada mente desde el día que supe cuál había sido el terrible final que tuvieron las obras de Aristarco de Samos y Eratóstenes de Cirene que, con tanto celo, guardaba al-Ansari.

—He pensado, Maslama, que, en secreto, con la ayuda de Fátima, saque de la biblioteca los dos centenares de libros que son las joyas bibliográficas más sobresalientes que se custodian en las estanterías de las diferentes salas —dije, a sabiendas de que mis palabras convertirían al bueno de Maslama en cómplice de un delito—. Dentro de poco será noche de luna nueva. En las jamugas de unas acémilas, tapadas con pieles como si fueran mercancías, podría transportar esas valiosas obras hasta la Ciudad Brillante y, antes del amanecer, tú te podrías hacer cargo de ellas y trasladarlas a tu mansión, después de haber declarado a los guardias de la puerta oriental que son piezas del mobiliario que necesitas para remodelar tu casa.

Maslama permaneció pensativo durante unos instantes. Era consciente de que, aunque me tuviera una gran estima, colaborar de esa manera con el director de la Gran Biblioteca, burlando y desobedeciendo las órdenes del todopoderoso chambelán, era exponer su vida y la de sus allegados. Pero, como tantos otros honrados cordobeses leales a los omeyas, sentía un enorme desprecio por aquel advenedizo que estaba destrozando la obra del mejor y más justo gobernante que había tenido al-Andalus.

—Puedes contar conmigo, Jalid —dijo al cabo de un rato, poniendo emocionado sus manos sobre mis hombros—. Las obras que hayas elegido y transportes en las jamugas de las mulas las llevaré, en secreto, hasta mi casa, procurando que ninguno de mis criados pueda saber lo que contienen los fardos. Ocultas en el sótano estarán a salvo de al-Zubaydi y de los intransigentes *fuqahas* hasta que las circunstancias políticas cambien y puedas sacarlas de nuevo a la luz.

Con lágrimas en los ojos abracé a aquel noble personaje que, aun ostentando un relevante y respetado cargo en la Ciudad Brillante, estaba dispuesto a arriesgar su vida en defensa del legado bibliográfico del gran califa al-Hakam II.

De la manera que decidimos en aquella improvisada y tensa entrevista, procedimos. En dos días con sus noches, como conocía la ubicación en los estantes y las baldas de las obras que había que salvar de la destrucción, estuve reuniendo los libros con la ayuda de Fátima y, cuando se hizo la oscuridad absoluta al llegar la luna nueva, los sacamos de la biblioteca y los colocamos sobre las jamugas de cuatro acémilas. Montado en una quinta, con Fátima en la grupa, jalamos de ellas hasta que, unas horas antes del amanecer, llegamos al pórtico oriental de la ciudad palatina, donde ya nos estaba esperando Maslama para hacerse cargo de las bestias y conducirlas, con la preciada mercancía que portaban sobre sus lomos, hasta su mansión.

Cuando el almuédano de la mezquita aljama llamaba a los musulmanes a la segunda oración del día, Fátima y yo accedíamos a mi casa, agotados pero felices e ilusionados por la inestimable ayuda que, exponiéndose a ser detenido y juzgado por hereje y traidor, nos acababa de prestar el bueno de Maslama ben Abd Allah. Una vez que hubimos dejado la mula en el establo, se acercó a nosotros mi madre sin poder contener las lágrimas y, abrazándome desconsolada, me comunicó la terrible noticia: los funcionarios del zalmedina habían hallado, en la orilla del Guadalquivir, cerca del Puente, el cuerpo sin vida, desfigurado, sin ojos y sin dedos, del conservador de la biblioteca, el bueno y valiente Talid al-Qurtubí, que había preferido padecer la dolorosa tortura y hallar la muerte antes que decir dónde se hallaban ocultos los catálogos de la biblioteca.

Dos días después de que los libros más relevantes de la Gran Biblioteca de Córdoba se hallaran a salvo en el sótano de la mansión del arquitecto mayor, cinco *fuqahas*, secundados por una veintena de guerreros bereberes, dirigidos por el pérfido al-Zubaydi, se presentaron en la biblioteca para localizar las obras que había que elegir y sacar de las estanterías para ser quemadas.

Tres días estuvieron los enemigos de los saberes antiguos, considerados heréticos, afanados en la búsqueda de las obras escritas en griego, en latín o sus traducciones al árabe en las diez salas en las que se encontraban las estanterías y armarios con las baldas repletas de incunables, libros encuadernados en lujosa piel, legajos antiguos cosidos con hilos de seda por Lubna, Fátima y las expertas manos de las copistas y restauradoras, mapas trazados en pergaminos y manuscritos científicos griegos y romanos que no habíamos podido salvar.

Cuando acabaron de seleccionar los varios miles de obras que, según los *fuqahas*, eran perniciosas para la moral de los buenos musulmanes y contrarias a lo revelado por el Profeta en el Libro Sagrado, fueron reunidas en la plaza que precedía al alcázar y al edificio donde se había instalado la Gran Biblioteca. Abu Bakr al-Zubaydi y Almanzor, este con una sonrisa de triunfo reflejada en su rostro, presenciaban, montados en sus lujosos caballos, el abominable acto que iban a llevar a cabo los fanáticos y serviles ulemas y los guerreros bereberes que, eufóricos, gritaban y lanzaban al aire la sagrada jaculatoria ¡*Allahu akbar*!¹⁹

A una orden de al-Zubaydi, los norteafricanos acercaron antorchas encendidas y prendieron fuego a los libros que, en su ignorancia, consideraban heréticos, pero que eran valiosas obras que contenían los conocimientos aportados, en el pasado, por cientos de hombres sabios que dieron luz

---

19   ¡Dios es el más grande!

con sus obras a la humanidad. El tirano se hallaba rodeado del pueblo de Córdoba, voluble, tornadizo e ingrato, que nueve años antes vitoreaba emocionado a al-Hakam II cuando este recorría a caballo las calles y plazas de la ciudad y, ahora, lo hacía para ensalzar al chambelán pirómano que estaba destruyendo lo que el califa sabio había creado con tanto esfuerzo, generosidad y tolerancia.

El denso humo producido por la pira que ardía en medio de la plaza se extendió pronto, como una nube nefasta y premonitoria, por toda la ciudad, por sus barrios y sus poblados arrabales sin que hubiera un solo miembro de la *jassa* ni de la *amma* que se opusiera a aquel expolio o se lamentara públicamente de tan execrable acto de barbarie.

Sin embargo, las repercusiones de aquella infame e innecesaria destrucción no tardarían en alcanzarme.

Al-Zubaydi, frustrado por no haber podido hallar los catálogos de la biblioteca, puso sus ojos en mí. Sospechaba que, desaparecido el leal Talid, era yo, como máximo responsable de la Gran Biblioteca, el que debía de saber dónde se ocultaban los cincuenta y dos volúmenes en los que se hallaban contenidos los datos que, con tanto ahínco, deseaba conocer. También sentiría, sin duda, un enorme remordimiento, porque, siendo como era un hombre culto e inteligente, que había seguido con entusiasmo las lecciones del sabio y tolerante profesor Abu Alí al-Qali, debía de ser consciente de que se había transformado en un ulema cruel e intransigente, capaz de destruir obras tan valiosas como las que se custodiaban en la Gran Biblioteca traídas desde Bagdad, Isfahán, Damasco o Constantinopla. Como, además de ser un fanático ulema, se había convertido en un personaje astuto y vengativo, estaba seguro de que yo me las había ingeniado para salvar las obras más prestigiosas cuando comprobó que muchas de ellas faltaban en el expolio realizado por los norteafricanos a sus órdenes y la posterior quema llevada a cabo en presencia de su chambelán.

Pero, antes de que yo sufriera las iras y los deseos de venganza de mi antiguo compañero de estudios y, en esos días, vil servidor del tirano Almanzor, aconteció un hecho luctuoso que me llenó de tristeza, aunque era esperado por mí desde hacía varios meses. Mi anciana madre, que había perdido gran parte de la visión provocada por la enfermedad ya citada, pero, sin duda, agravada desde que supo el horrible final que había tenido el noble Talid por ser leal a mi persona, murió una noche plácidamente sin que el médico que la atendió a la mañana siguiente pudiera dictaminar cuál había sido la causa de su óbito. Acompañado de Fátima y de algunos vecinos, la enterramos en el cementerio de Umm Salama junto a la sepultura de mi padre.

He de referir que Fátima, temiendo por su vida después del doloroso final que tuvo su compañero Talid, se había refugiado en mi casa, desierta desde que faltó mi madre, creyendo que de esa manera se vería libre del acoso de los malvados *fuqahas* y del visir al-Zubaydi, que tanto me odiaban.

Transcurridos dos días del entierro, cuando me dirigí apesadumbrado a mi despacho en la mermada biblioteca, a la que yo seguía acudiendo —aunque con el justificado temor de ser arrestado y llevado ante la presencia de al-Zubaydi o de Almanzor—, porque consideraba que era esa mi obligación como director de aquella noble institución, me esperaba en la puerta un criado, enviado por Maslama ben Abd Allah, con una carta cerrada y lacrada diciéndome que tenía el encargo del arquitecto de que me la entregara en mano y que me rogara que la leyera y que, una vez leída, actuara en consecuencia.

Cuando el criado se hubo marchado, entré en el despacho y, sentado en el diván, con las manos temblorosas a causa de las enigmáticas palabras pronunciadas por el enviado de Maslama, rompí el lacre y acometí la lectura de la misiva, cuyo contenido era el siguiente: «Querido amigo Jalid ben Idris: esta carta no tiene otra razón de ser que prevenirte de lo que ha concebido el perverso visir al-Zubaydi, siguiendo las órdenes de Muhammad ben Abi Amir, contra tu persona. Amigos leales que residen en la Casa del Poder me han comunicado que, anoche, Almanzor redactó un decreto, confirmado como *fetwa*, esta misma mañana, por el ulema jefe de los *fuqahas*, ordenando tu detención y encarcelamiento acusado de herejía y de alta traición. Toma lo que puedas llevar contigo y abandona la ciudad de Córdoba si quieres salvar tu vida. Busca el amparo de los clanes leales a los omeyas que están asentados en las montañas, lejos de la capital, donde tienen sus aldeas y alquerías. Yo cuidaré, entretanto que estés alejado de esta ingrata ciudad, del legado bibliográfico que me encomendaste. Que el bondadoso y justo Dios te ayude y te proteja en esta desdichada hora de tu vida. Maslama ben Abd Allah. El que fue arquitecto jefe de las obras de la Ciudad Brillante. (Cuando hayas leído esta misiva, amigo mío, destrúyela, porque ella me compromete y me hace tu cómplice, vínculo que acepto voluntariamente y con agrado por el gran afecto que te profeso, pero que me puede conducir, como a ti, a las frías mazmorras de la alcazaba o a la muerte)».

El mensaje de Maslama no hizo sino confirmar el temor que, desde la muerte violenta de Talid y el saqueo de la Gran Biblioteca sin que al-Zubaydi lograra encontrar los ansiados catálogos, anidaba en mi corazón y que, por otra parte, deseaba que se cumpliera —aunque el Libro Sagrado prohibía desear la muerte— para poder encontrar, con el sufrimiento y el martirio, la paz de espíritu y el sosiego que mi alma había perdido desde que los bereberes asesinaron a Talid, Lubna nos abandonó para hallar la seguridad que le ofrecían en la ciudad de Carmona, quedé huérfano de ambos progenitores y buena parte de mis admirados e insustituibles incunables fueron pasto de las llamas. Pero, como la muerte no nos alcanza cuando se desea, sino cuando el creador de todas las cosas lo tiene concertado, decidí seguir el consejo de Maslama y abandonar la ciudad que me había visto nacer y en la que había estudiado, logrado la *iyaza* y ser famoso traductor de latín y, luego, director de la Gran Biblioteca por designio del noble califa al-Hakam II. Mi difunto padre, siendo niño, me había hablado de un grupo tribal del clan de los idrisíes que se había establecido, cuando gobernaba el emir Abderramán II, en la sierra situada al norte de la capital, a unas veinte leguas de Córdoba. Que esos idrisíes vivían en alquerías alejados de las ciudades, cerca del antiguo y poco frecuentado camino que llamaban «de Abdalá», que cruzaba aquellos montes hasta llegar a *Hisn al-ma'din*[20]. Sus moradores se dedicaban al cultivo de cereales y de olivos, a la elaboración de aceite y a la cría de ganado avícola y lanar. Pensé que, con mi *nisba*, podría darme a conocer como un miembro del citado clan cuando aún estaba asentado en el Magreb, después de su forzosa emigración desde Oriente.

Me despedí de la fiel y diligente Fátima, que quedó como dueña de la casa que me había pertenecido. Ambos nos abrazamos con emoción mientras que nos inundaba un mar de lágrimas, porque, aunque hacía muchos años que habíamos acordado olvidar el amor de juventud que un día sentimos el uno por el otro, en esos tristes momentos de despedida y separación —que pensábamos que sería para siempre—, volvía a renacer en nuestros corazones un extraño sentimiento de afecto y ternura que, seguro estaba, era el rescoldo tardío de aquel lejano amor desaprovechado.

Me disfracé de humilde mercader con un jubón viejo y en parte deshilachado, unas botas de badana con hendiduras en las desgastadas suelas y un sombrero de ala ancha de los que usan los arrieros mozárabes para resguardarse del sol. Puse sobre la grupa de la acémila un tabardo viejo, para las noches frías o los días de lluvia, y unas toscas alforjas de arpillera remendadas con las vituallas que iba a necesitar durante las ocho o diez jornadas de marcha que calculaba duraría el viaje.

---

20 Castillo de la Mina, hoy Almadén.

Y, así ataviado, emprendí el camino que, siguiendo la ribera de un famélico arroyo, conducía a la abrupta sierra norte de Córdoba, donde sabía que se hallaban las aldeas y las perdidas alquerías habitadas por gente del clan de los Banu Idris.

Acababa de cumplir sesenta y seis años.

XVIII

CAMINO DE EL CAIRO

La andanza no fue excesivamente penosa, pues el sendero por el que caminaba, aunque era solitario y hacía años que nadie se había ocupado de reparar los destrozos causados por las violentas escorrentías producidas por las lluvias invernales, discurría por la ladera de los montes, rodeado de alcornoques, encinas, fresnos y matorrales, pero sin muchas escabrosidades ni pendientes. Cuando, al llegar la noche, me refugié debajo de unos roquedales que me resguardaban del viento del norte y me cubrí con el tabardo, después de haber ingerido un trozo de queso y algo del pan blanco que portaba en las alforjas, me tendí al pie de una de las lajas de piedra y dejé correr mi imaginación antes de que el sueño me venciera. Me embargaba una inmensa pena y una profunda tristeza, no solo porque me alejaba, quizás para siempre, de la ciudad en la que había ejercido oficios tan gananciosos y gozado de la amistad de personas tan relevantes y poderosas como los chambelanes Abdalmalik ben Chuayd y Yafar al-Siqlabi, el arquitecto principal de la Ciudad Brillante, Maslama ben Abd Allah, y el capitán de caballería, el leal Yassir Mubassir, sino porque, en el tránsito por aquella postrera y desdichada etapa de mi vida, había tenido que asistir a la desaparición de mi buena madre, del bondadoso y fiel Talid y de Lubna. Pero, lo que más dolor y desasosiego me provocaba, acurrucado debajo de aquel viejo tabardo para librarme del frío nocturno, era que desconocía cuál sería el destino de los valiosísimos incunables y las obras de los grandes sabios de la antigüedad que pude salvar de los fanáticos *fuqahas* y ocultarlas, con la complicidad del honrado Maslama, en el sótano de su mansión en la Ciudad Brillante.

El generoso arquitecto había superado la edad de setenta y cinco años y era ley de vida que no le quedara mucho tiempo sin tener que abandonar este mundo. ¿Qué sería de los libros que escondía en el sótano de su casa si fallecía? ¿Quién los descubriría, tras su muerte, y qué haría con ellos? Si eran nobles y cultos miembros de la *jassa*, defensores de la causa omeya, es posible que los libraran de las garras del infame chambelán; pero si eran hallados por seguidores de su perniciosa secta, acabarían irremediablemente en una pira, quemados, y sus contenidos perdidos para siempre. Mas, como eran elucubraciones que en nada aportaban soluciones a aquellos dolorosos pensamientos, sino que incrementaban aún más mi angustia y mi desconsuelo, agotado por la larga marcha seguida durante la jornada, me dejé ganar por el reparador sueño.

Durante los tres días que siguieron, logré avanzar ocho leguas, penetrando en una zona más agreste que lo andado hasta entonces, aunque continuaba sin hallar poblaciones o aldeas habitadas por las tribus y los clanes que se habían asentado en aquellos montes en los primeros tiempos del establecimiento del islam, la mayor parte de ellos bereberes procedentes del Rif y de la Yebala. Estaba llegando a los límites del alfoz de Córdoba, donde se iniciaban los dominios de la cora de *Fahs al-Ballut*[21] y, aunque era consciente de que no sabía a ciencia cierta dónde se hallaba la comarca en la que residía el clan de los Banu Idris, estaba seguro de que, más temprano que tarde, la hallaría, pues mi padre fue muy preciso cuando me describió los lugares montañosos donde se habían aposentado los idrisíes.

---

21   «Llano de las Bellotas». (Hoy, Valle de los Pedroches).

He de señalar que el destino final de aquel precipitado viaje lo había mantenido en secreto para Fátima, pues, consciente del odio que sentía hacia mi persona y hacia mis allegados y compañeros de trabajo el malvado al-Zubaydi —al que Dios confunda y le cierre las puertas del Paraíso, si existe tan incierto lugar—, temía que la inocente copista y excelente traductora fuera objeto de la animadversión, agresividad y violencia de los amiríes. No obstante, como no deseaba estar totalmente aislado, sin ningún lazo que me uniera a Córdoba, sobre todo porque no había perdido totalmente la esperanza de regresar algún día y recuperar los libros que custodiaba con tanto celo Maslama, este sí conocía el lugar donde pensaba refugiarme siguiendo su consejo, que no era otro que el territorio de los Banu Idris, situado en la sierra norte, donde podría encontrarme si las cosas tomaban otro rumbo en la capital del califato que me pudiera beneficiar.

Transcurridos seis días, di con el primer lugar poblado de aquella sierra. Se trataba de una aldea habitada por bereberes *magrawas* que se dedicaban a la cría de cabras y ovejas. El caíd o jefe de la comunidad me dijo que a dos días de marcha, en el corazón de la montaña, hallaría un encajado valle rodeado de colinas y espeso bosque, que era el territorio de los Banu Idris. Me dijo, también, que disponían de una aldea grande y cuatro o cinco alquerías o granjas en las que criaban gallinas y patos, cuyos huevos traían a la aldea *magrawa* una vez a la semana para comerciar mediante trueque, porque hasta esos perdidos lugares no llegaban ni los dírhems ni los feluses acuñados en la ceca de la Ciudad Brillante.

Con la ilusión recuperada con las palabras pronunciadas por el caíd, después de tantos esfuerzos caminando por ásperos senderos jalando, día tras día, de la desnutrida acémila, dimos, por fin, con la aldea principal de los Banu Idris. No sin cierto recelo de sus habitantes —que no se fiaban de un personaje con una apariencia tan deplorable: la barba crecida y las vestiduras tan ajadas, que decía ser mercader—, logré que me recibiera el caíd del clan, un hombre anciano al que llamaban Dris Umar al-Afiya. Cuando estuvimos acomodados con las piernas cruzadas sobre una tosca alfombra de lana teñida con colores rojo y azul en franjas paralelas que ocupaba el suelo terrizo de la única estancia que constituía su humilde vivienda, me preguntó qué era lo que me había llevado a aquel apartado rincón de la sierra.

—Venerable Dris Umar al-Afiya, mi nombre es Jalid ben Idris y, aunque por mi aspecto parezca un pedigüeño o un pobre arriero, he sido, durante muchos años, director de la Gran Biblioteca de Córdoba —manifesté, procurando imprimir firmeza a mis palabras para transmitir al bereber que lo que decía respondía a la verdad.

El idrisí me miró con sus ojillos semicerrados, probablemente a causa de alguna dolencia que sufría, y guardó silencio, como si estuviera dudando de lo de haber sido yo director de una biblioteca. Pues debía de pensar, no sin razón: ¿cómo es posible que haya sido director de una tan relevante institución un personaje tan desaliñado y vestido con atuendos tan deplorables?

—Como podéis comprobar por mi *nisba*, pertenezco, como vosotros, al noble clan de los idrisíes —repuse—. Aunque no pertenezco a la *jassa*, he sido una persona muy respetada por mis conocimientos en la lengua árabe y en la de los antiguos romanos, hasta que caí en desgracia. Debido a ciertos desafueros y persecuciones que he sufrido en Córdoba y que, si os parece, pasaré a continuación a relataros, me he visto obligado a abandonar la capital del califato y buscar refugio en estas montañas. Os pido, humildemente, que deis muestra de la hospitalidad que, con tanto énfasis, recomienda el Libro Sagrado y me concedáis amparo en vuestra comunidad.

Aquellas palabras parecieron tranquilizar al caíd de los Banu Idris y lograron que me ganara su confianza. Cuando comprobé que afirmaba con un movimiento de su cabeza y que estaba a la espera de que le contara lo que le había prometido, procedí a narrarle con todo lujo de detalles lo que me había acontecido por ser el custodio de los libros de la Gran Biblioteca, cómo los fanáticos ulemas me habían perseguido y logrado que el chambelán Muhammad ben Abi Amir me declarara hereje y reo de traición y decretara mi detención y encarcelamiento.

Creo que no fue complicado convencerle de que mi persecución fue injusta y mi huida a las montañas justificada, porque, como era gente aún escasamente islamizada, y sin oratorio ni alfaquíes en su comunidad, la herejía era, para ellos, un delito inexistente, pues, aunque oficialmente profesaban la religión revelada por el Profeta, muchos seguían apegados a sus ancestrales creencias paganas anteriores a la implantación del islam en el norte de África.

Lo cierto es que fui bien acogido por aquellos montañeses humildes, de buen corazón y hospitalarios, que me ofrecieron protección y me proporcionaron una pequeña habitación como morada, pero con la condición de que me ganara el diario sustento comportándome como uno de ellos, ayudando en las labores del campo, acudiendo diariamente a las granjas, situadas en la cercana vega, para recoger los huevos que hubieran puesto las aves de corral que criaban en ellas y mantener limpios los gallineros. Aunque eran rústicas labores que jamás hubiera pensado que acabaría realizando, me adapté sin mucho esfuerzo a esa nueva clase de vida, pues consideraba que era de justicia colaborar con aquellos generosos bereberes como pago al amparo y a la manutención que me proporcionaban. Sabía que, estando conviviendo con los Banu Idris en aquella apartada montaña, me hallaba a salvo de las maquinaciones y persecuciones del malvado al-Zubaydi y del perverso chambelán.

Y en aquella labor de aprendiz de campesino fueron transcurriendo los días, las semanas y, al cabo, los meses, alejado de Córdoba y de otra cualquier población que no fuera la aldea de los bereberes *magrawas*, a la que, en ocasiones, acompañaba a los Banu Idris transportando a lomos de asnos productos para el trueque, con el espíritu reconfortado por saberme libre de la persecución, de la cárcel y, probablemente, de la muerte a la que me habían condenado, sin juicio ni defensa posible, al-Zubaydi y el chambelán usurpador de la legítima autoridad califal.

Pero, al paso de un año y medio de estancia en aquella apartada serranía, en las postrimerías del mes de abril del año 988, comenzó a rondar en mi cabeza la idea, nunca desterrada, de retornar a Córdoba. Dos eran los motivos que habían hecho renacer en mí ese pensamiento: uno, que con la piel renegrida por el intenso sol, como la de un campesino, la barba crecida y el disfraz de mísero mercader, nadie podría reconocer en mi ajada figura a aquel que dos años antes había ostentado la dirección de la Gran Biblioteca. El otro motivo que me corroía el alma y me exigía que reconsiderara mi situación de refugiado en la apartada región de los Banu Idris y que volviera a pisar las calles de la ciudad en la que había nacido, era que la ancianidad de mi amigo y protector, Maslama ben Abd Allah, podía desembocar, a no mucho tardar, en su inevitable tránsito a la otra vida, y temía que los valiosos incunables y las obras de los grandes sabios de la antigüedad que ocultaba en el sótano de su mansión quedaran expuestos al expolio o al fuego si caían en manos de gente ignorante y fanática.

Pero no fue necesario que acometiera la arriesgada resolución de retornar a Córdoba sin saber, a ciencia cierta, hacia dónde dirigir mis pasos.

A principios del mes de mayo, cuando volvía a la aldea montado en un burro en cuya grupa transportaba una docena de gallinas atadas por sus patas para trocarlas en el poblado de los *magrawas*, porque ya habían dejado de poner huevos, y estando a un cuarto de milla de la población, se me acercó corriendo y vociferando un joven que gritaba, como si le fuera la vida en ello:

—¡Señor! ¡Señor! ¡Esté prevenido! ¡Ha llegado a la aldea un jinete que pregunta por el idrisí que vino de la capital!

En un principio me alarmé con los desaforados gritos del muchacho. Pero luego logré serenarme, porque estaba seguro de que nadie más que el bueno de Maslama conocía el lugar donde había hallado refugio y nada debía temer, puesto que tan leal amigo nunca me hubiera delatado. Cuando, azuzando al asno, me acerqué al jinete que, montado en su caballo, esperaba en el centro de la plazuela, pude reconocer en él a uno de los criados de Maslama ben Abd Allah.

—Señor Jalid ben Idris —dijo, al tiempo que descabalgaba—: traigo un mensaje de mi señor Maslama ben Abd Allah. Le ruega que lo lea y que le envíe respuesta por medio de una carta que yo le he de llevar en mi zurrón.

Tomé tembloroso la misiva, que venía lacrada, y me dispuse a retirarme al pequeño aposento del que disponía en una de las casas que pertenecían al caíd. Pero, antes de abandonar la única placita de que disponía la aldea, rogué al anciano Dris Umar al-Afiya, que había acudido al oír el tumulto provocado por la desacostumbrada llegada de un jinete, que le diera hospedaje aquella noche, pues debía esperar la respuesta que Maslama me había solicitado.

El escrito que había recibido del arquitecto de la Ciudad Brillante decía lo siguiente: «Jalid ben Idris: mi caro amigo y esforzado defensor de la obra de nuestro señor, el califa al-Hakam II, por cuya justa causa sufres persecución y destierro. Aunque decidimos que solo rompería el secreto del lugar en el que habías logrado encontrar amparo y protección frente a las acechanzas de los pérfidos seguidores del todopoderoso chambelán Ben Abi Amir, si acontecía algún suceso extraordinario que lo hiciera imprescindible, creo que ese momento ha llegado. Por medio de este escrito te comunico que, a mi pesar, no tengo más remedio que pedirte que regreses a Córdoba. Los médicos que me atienden me han asegurado que la enfermedad que me aqueja desde hace años, con la decrepitud de mi cuerpo envejecido, se ha agravado, hasta tal extremo que creen que no me quedan más de dos meses de vida. Es por ese motivo que se hace necesario que vengas a mi encuentro y, antes de que sea demasiado tarde, decidamos qué hacer con el valiosísimo legado bibliográfico cuya custodia me encomendaste. Como sabes, soy viudo desde hace quince años y el único hijo que tenía murió de unas fiebres malignas antes de haber cumplido los ocho. Cuando muera, mi mansión y todo lo que en ella se contiene pasarán a ser propiedad de mis sobrinos, hijos de mi difunto hermano Jalaf, que residen en Sevilla y que nada saben de los libros que oculto en el sótano y, menos, del enorme valor de los mismos. Aunque es probable que, al carecer de herederos directos, sea el gobernador de la Ciudad Brillante el que se haga cargo de mis propiedades. Mas, no creas que el odio que tienen a tu persona al-Zubaydi y el chambelán usurpador ha disminuido. Muy al contrario, perseveran y no cesan en el intento de conocer tu paradero para poder detenerte y, casi con seguridad, ejecutarte. Tienen vigilada tu casa y a la desdichada Fátima, pues sospechan que ella conoce el lugar en el que te ocultas. A mí me han interrogado en varias ocasiones los *fuqahas* y, si me he librado de ser torturado, es a causa de mi ancianidad y por el respeto que aún me tienen en la Casa del Poder y el aprecio de algunos prestigiosos miembros de la *jassa*, fieles a la dinastía omeya. Espero tu respuesta, buen Jalid. Que el clementísimo Alá te conceda la paz y te ilumine en estos trascendentales momentos. Maslama ben Abd Allah. El que fue principal arquitecto de la Ciudad Brillante cuando reinaba el gran califa Abderramán ben Muhammad».

Una vez leída y releída la extensa carta de Maslama, comprendí que era llegada la hora de retornar a Córdoba, entrevistarme con él y tomar la resolución más conveniente para poder poner a salvo, si no todos los libros ocultos en el sótano de su mansión, sí, al menos, los ejemplares más relevantes y únicos, que eran verdaderos incunables escritos en latín o en el idioma de los griegos y los textos científicos realizados por sabios musulmanes heterodoxos, como al-Himar al-Saraqustí, condenado por Almanzor al ostracismo en la isla de Sicilia, o el sabio al-Kindi.

Aquella noche, en la soledad de mi aposento, iluminado por la tenue llama de un candil, escribí una breve misiva en contestación a la reveladora y acuciante carta que me había enviado el anciano arquitecto cuya muerte estaba tan cercana. Entre otras cosas, le decía que, si le parecía oportuno, a principios del mes de junio, el primer día de luna llena, nos veríamos en el arco de entrada al patio de la alhóndiga nueva que el califa al-Hakam había mandado construir en la Axarquía. Que iría disfrazado de mercader, con la barba crecida, vistiendo un viejo jubón negro y la cabeza cubierta con un sombrero de ala ancha como los que usan, para librarse de los ardientes rayos del sol, los acemileros y mercaderes cristianos. Firmé y plegué la carta. A continuación la introduje en un pequeño cartapacio de cuero para librar lo escrito de la humedad y dejé que el sueño me venciera, satisfecho porque iba a poder regresar a la ciudad donde tan buenos momentos viví y, al mismo tiempo, tantas desdichas y sinsabores había sufrido. Pero, si algo me producía una profunda inquietud y desasosiego, era no saber cómo podría poner a salvo los libros que el anciano Maslama guardaba en el sótano de su casa.

Una vez que hubo amanecido, entregué el cartapacio, con la carta en su interior, al criado de Maslama ben Abd Allah y, cuando este desapareció cabalgando por el estrecho sendero que conducía a la aldea de los bereberes *magrawas*, me dediqué a las labores que tenía encomendadas como pago por el buen recibimiento y la hospitalidad que me habían ofrecido los generosos miembros del clan de los Banu Idris.

Aún permanecí quince días más en la aldea del caíd Dris Umar al-Afiya, hasta que calculé las jornadas de viaje necesarias para que mi llegada a Córdoba coincidiera con el primer día de la luna llena del mes de junio.

La mañana en que me despedí de los amables y bondado-sos idrisíes de la sierra cordobesa, todos los moradores de la aldea y algunos labriegos que se desplazaron desde las granjas y alquerías de la vega con los que había trabado amistad en el tiempo que trabajé con ellos, se reunieron en la plaza —en torno a la cual se habían erigido las casas de adobe con tejados de aneas— para desearme toda clase de bienes, alegrándose —emitiendo las mujeres el ulular tan característico de las bereberes— de que mi destierro y persecución hubieran llegado a su fin.

Montado en la mula con la que había arribado, hacía casi dos años, al territorio del clan de los Banu Idris, con las alforjas provistas de abundante vitualla, consistente en cecina, queso curado, galletas, higos secados al sol y una cantimplora con agua, inicié la larga marcha que, en unos diez o doce días, me habría de conducir a la Axarquía de Córdoba.

En el transcurso de las noches que, al amparo de unos roquedales o debajo de un frondoso acebuche, pasé hasta que divisé la bien torreada muralla de Córdoba y los barrios situados al norte de la Axarquía, un pensamiento me atormen-taba impidiéndome conciliar el sueño: ¿cómo podría poner a buen recaudo los libros que custodiaba Maslama si seguía siendo un paria perseguido por el chambelán amirí y por los *fuqahas* que solo deseaban mi muerte? ¿A qué lugar podría trasladar aquellos valiosos incunables que recogían en sus páginas la filosofía, la literatura y la ciencia de los sabios de la antigüedad si, en la ciudad que me había visto nacer, nadie, al margen del anciano Maslama, se atrevería a darme su apoyo y ofrecerme un refugio seguro sin exponer su vida? Entonces, en uno de los momentos de lucidez, creí dar con la solución. Una solución dolorosa, merced a la cual podría librarme de la cárcel y de la muerte a la que me habían condenado injusta-mente al-Zubaydi y los *fuqahas*, pero que me alejaría para siempre de mi querida ciudad de Córdoba. ¡Con los libros más valiosos sobre la jamuga de una acémila, como un simple mercader, me dirigiría a Oriente, donde los fatimíes, enemigos jurados de los omeyas y, sobre todo, de Muhammad ben Abi Amir y de los *fuqahas*, fanáticos defensores del sunnismo, a los que los chiitas odiaban como si fueran la reencarnación de Satanás, seguro que me darían amparo y me acogerían, pues mi fama como director de la biblioteca más grande y famosa de Occidente habría llegado a sus oídos!

Dos días antes de que la luna comenzara a mostrarse con todo su esplendor, llegué a las proximidades de la Axarquía. Acampé en un olivar que había como a media milla de la ciudad y, cuando hizo su aparición la primera luna llena, sin poder evitar que mi corazón palpitara como si quisiera salir del pecho, me dirigí a la alhóndiga nueva, en cuya entrada había quedado citado con Maslama ben Abd Allah. Era medianoche y nadie deambulaba por los alrededores. Las farolas de aceite, que de noche iluminaban las calles y plazas de Córdoba, estaban apagadas, porque la poderosa luz azulada emitida por el astro que me había enseñado a admirar el difunto Ben Abi Isa al-Ansari, hacía innecesario el gasto de aceite que exigía estar encendidas durante toda la noche.

No había transcurrido media hora cuando hizo su aparición, acompañado de un criado montado en una acémila que jalaba de las riendas de su caballo, el que había sido arquitecto y diseñador de las obras de la Ciudad Brillante. Descendió de su rocín y nos fundimos en un prolongado y emotivo abrazo. Gruesas lágrimas brotaron de nuestros ojos, lo que evidenciaba la amistad y el gran amor que nos profesábamos. No era baladí que el anciano Maslama ben Abd Allah pensara que se hallaba cerca de encontrarse con el Todopoderoso. Había adelgazado. Su faz estaba lívida y surcada de arrugas, los ojos hundidos en sus cuencas y sus movimientos eran lentos y torpes. Respiraba con dificultad. Me emocioné y sentí una gran pena por aquel gran personaje al pensar que, por mi causa, se había visto obligado a trasladarse a aquella hora tan intempestiva, a lomos de su caballo, desde su mansión en la Ciudad Brillante hasta la Axarquía, lo que, sin duda, habría representado un enorme esfuerzo físico.

No tuvimos que platicar largamente, porque ambos, por medio de nuestras misivas, éramos plenamente conscientes del problema al que nos enfrentábamos. Cuando le expuse la decisión que había tomado de abandonar Córdoba con los libros que pudiera llevar sobre la jamuga de una acémila y dirigirme a Oriente, a algunas de las ciudades dominadas por los fatimíes, embarcando en un cárabo en el puerto de Almería, no mostró ninguna sorpresa. El experimentado arquitecto me aseguró que, dadas las circunstancias y expuesto, como seguía estando, a ser detenido y encarcelado, habría llegado a la misma conclusión que yo: la única que me iba a proporcionar la seguridad que en Córdoba o en cualquier otra de las ciudades de al-Andalus, dominadas por el tirano Almanzor y sus mercenarios bereberes, no iba a encontrar.

—Jalid: has tomado una acertada resolución —manifestó con la voz entrecortada, casi como un susurro—. Nada te ata ya a esta ingrata ciudad que se dirige irremediablemente a su propia destrucción. Has de salvar tu vida y algunos de los valiosísimos incunables que están ocultos en el sótano de mi mansión de las garras de los malvados *fuqahas*, que solo desean verlos arder en una repulsiva pira.

—Agradezco, querido amigo, tus palabras de aliento, cuando he de tomar una decisión tan dolorosa —expuse emocionado—. Aunque las enormes desgracias que he tenido que presenciar y, a veces, sufrir en los últimos años de mi azarosa vida me han transformado en un humanista escéptico, espero que la promesa que nos hizo el Profeta, a través del Libro Sagrado, de que resucitaremos algún día cuando llegue la hora del Juicio Final, nos permita volver a encontrarnos.

—Toma tu mula y acompáñanos a mí y a mi criado. Al amparo de la noche, nos trasladaremos hasta la Ciudad Brillante. En mi casa podrás seleccionar las obras que quieras llevar contigo y que quepan en la jamuga de una acémila, que cubriremos con una envoltura de cuero como si fueran mercancías para su venta. Te proporcionaré este joven y fiel criado, Farid, que será como tu hijo o tu hermano y que irá contigo hasta la ciudad en la que decidas establecerte. También te regalaré otras dos mulas, una para ti y la otra para Farid. Te daré una cantidad de dinero suficiente para que podáis pagar el viaje en barco y comprar las vituallas que necesitéis.

Tomé las temblorosas y rugosas manos de Maslama y las besé con emoción para mostrarle mi amor y mi agradecimiento. Luego emprendimos el camino que había de conducirnos a la Ciudad Brillante antes de que amaneciera.

Una vez en la mansión de Maslama ben Abd Allah, descendimos hasta el sótano de la casa donde, tras una gruesa puerta, en una estancia con las paredes forradas de madera para evitar que la humedad hubiera podido dañar los libros, se hallaban las doscientas obras que dejé al cuidado del arquitecto de la Ciudad Brillante. Con la ayuda de Farid, seleccioné los cien libros que consideré más valiosos y los metimos con mucha delicadeza en dos serones de esparto que colocamos sobre la jamuga de la acémila. Procuré elegir las obras que eran inéditas y únicas o copias de gran valor, cuyos originales en griego o en latín sabía que se habían perdido. Con gran dolor de mi corazón tuvimos que dejar el resto de los libros en la mansión de Maslama sin saber qué sería de ellos cuando el bondadoso protector de aquellas grandes obras —que escribieron e iluminaron insignes sabios de la antigüedad o heterodoxos musulmanes como al-Himar al-Saraqustí, arriesgando su vida— hubiera entregado su alma al Altísimo.

Estaba la aurora iluminando el cielo por Oriente cuando nos despedimos, con lágrimas en los ojos, del anciano arquitecto de la Ciudad Brillante. La acémila, con los libros camuflados como si se tratara de mercancías para su venta y las otras dos mulas, una montada por Farid y la otra por mí, con sendas talegas cargadas de vituallas sobre sus grupas, iniciaron la larga marcha que nos llevaría, al cabo de catorce o quince jornadas, al puerto de Almería.

Ataviado con el jubón negro, el sombrero de ala ancha cubriéndome la cabeza y una barba que ocultaba mi verdadera identidad, nadie hubiera podido reconocer en la ajada figura de aquel acemilero al destacado humanista que una vez fue famoso traductor de latín y director de la Gran Biblioteca de Córdoba.

No he de cansar al lector con el relato y la descripción de aquel largo viaje a Oriente que, en parte, fue semejante al que, hacía treinta y un años, acompañado de Lubna y Mubassir, emprendimos para acceder a la ciudad de Bagdad y traer a Córdoba la obra del famoso poeta y genealogista persa Abulfaraj al-Isfahani. Solo diré que embarcamos en Almería en un gran cárabo que se dirigía al puerto de Alejandría con las tres acémilas y, en una de ellas, su preciosa carga y que, sin que aconteciera ningún suceso digno de mención, arribamos a esa famosa ciudad —donde estuvo la biblioteca que, hasta su destrucción, albergaba la más grande colección de libros y papiros escritos en griego, en demótico egipcio y tablillas sumerias— a mediados del mes de agosto del año 988. Desde esa ciudad portuaria, una semana más tarde, guiados por un *fellah* egipcio, avistamos los muros de la populosa urbe de El Cairo, que sería, a partir de entonces, mi lugar de residencia.

Acababa de cumplir sesenta y ocho años.

Sin embargo, la satisfacción y la paz de espíritu que sentí al entrar en El Cairo y saber que, por fin, me hallaba a salvo de la persecución del infame y cruel Almanzor, del intolerante visir Abu Bakr al-Zubaydi y de los fanáticos *fuqahas* acogido por el generoso califa Abu Mansur Nizar al-Aziz en la Casa de la Sabiduría, se ensombrecían por la amargura y la tristeza que me producía el convencimiento de que el ostracismo y el obligado alejamiento de la ciudad que me había visto nacer y en la que había llegado a ser director de la Gran Biblioteca sería para siempre, y que la herida que albergaba en mi viejo y sufrido corazón, producida por el amor imposible que sentí durante buena parte de mi existencia hacia la dulce muchacha que un día conocí en la madrasa kabira, nunca se cauterizaría del todo.

Solo deseo que la posteridad me recuerde con indulgencia y sepa perdonar mis numerosos pecados de arrogancia y suficiencia intelectual cometidos en mi lejana juventud.

* * *

Cuando Jalid ben Idris se hallaba, acompañado de su criado Farid, embarcado en el cárabo que los habría de llevar hasta Alejandría, Muhammad ben Abi Amir estaba empeñado en el cerco y la conquista de la ciudad portuguesa de Coimbra y ya tenía muy avanzadas las obras de ampliación de la mezquita aljama, que casi duplicaba en extensión y en el número de naves —aunque no en belleza y en ricos mosaicos— a lo construido hasta entonces. Con aquella obra pía quería mostrar, el tiránico y ambicioso Almanzor al pueblo de Córdoba, su devoción y su apego a la religión revelada por el profeta Mahoma y emular a los anteriores emires y califas legítimos que lo habían precedido en el poder y que no dejaron de ampliarla y embellecerla a lo largo de sus fecundos reinados.

Pero cuando el advenedizo chambelán —que, durante gran parte de su vida, solo aspiró a suplantar la legítima autoridad que ostentaba el pusilánime y desdichado Hixam II— murió el 9 de agosto del año 1002 en las cercanías de la ciudad de Medinaceli, después de su última y fracasada aceifa contra los cristianos del norte, y, aunque sus dos hijos, Abdalmalik al-Muzzafar y Abderramán «Sanchuelo», intentaron sucederle en el poder, la perniciosa semilla que su padre había sembrado en la sociedad y el ejército andalusí germinó con enorme fuerza, arrasando, al paso de varias décadas, tras una devastadora guerra civil, la inmensa obra de los omeyas en al-Andalus. Los guerreros bereberes, los soldados andalusíes del *chund* y los mercenarios *saqalibas* se enfrentaron en largas y devastadoras batallas, hasta que acabaron con la grandeza y la unidad del califato.

En el año 1010, las aguerridas tropas bereberes que Almanzor había inscrito en su ejército, mandadas por el general Sulimán al-Mustaín, con otro numeroso contingente de feroces guerreros que este militar trajo del Magreb, entraron a sangre y fuego en Córdoba, sacaron de la Gran Biblioteca los libros escritos en árabe que se habían salvado de la destrucción ordenada por al-Zubaydi y los *fuqahas* —excepto los ejemplares del Corán bellamente encuadernados con ricas tapas de piel curtida que al-Mustaín mandó trasladar a la mezquita aljama— y, a continuación, los hizo quemar en el mismo lugar donde, veinticinco años antes, ardió la pira de los que, decían, eran libros «heréticos».

Luego se dirigieron los temibles guerreros norteafricanos a Medina Azahara y destrozaron los hermosos paneles de mármol del Salón del Trono y los artesonados elaborados con maderas nobles, después de haber robado las perlas engastadas en las fuentes de plomo, las piedras preciosas y la plata y el oro que encontraron en la Casa de la Moneda, no dejando ni muro, ni arquería, ni puerta, ni monumento en pie.

Un historiador musulmán que visitó el lugar después de haber transcurrido veinte años de la destrucción acometida por los guerreros de al-Mustaín, escribió apesadumbrado lo que sigue: «De aquella ciudad palatina que había sido el orgullo de la dinastía omeya, sede de su inmenso poder y foco de la cultura y el arte, no quedaba ya piedra sobre piedra. De esa manera —concluye el cronista— señala el sapientísimo Alá a los soberbios hombres que todo el poder solo a Él corresponde».

De los libros que contenían las obras de los grandes sabios de la antigüedad que eran consideradas «heréticas» por los *fuqahas*, como el *Liber de curandi ratione per sanguinis missionem* de Claudio Galeno; *El árbol de la ciencia* de al-Himar al-Saraqustí; el *Liber de intellectu* de al-Kindi; *El gran libro de la música* de al-Farabi; la *Materia médica* de Dioscórides; *El calendario de Córdoba* del obispo Recemundo; el *Timeo* de Platón, los libros de filosofía de Aristóteles o los cuentos hindúes conocidos como el Panchatantra, entre otros muchos incunables que permanecieron en el sótano de la mansión de Maslama ben Abd Allah o se llevó en la jamuga de su acémila Jalid como si se tratara de prosaicas mercancías y que debieron de llegar a la Casa de la Sabiduría de El Cairo, no sabemos cuántos se perdieron para siempre y cuántos consiguieron ser salvados para conocimiento de la posteridad.

Es probable que algunos de ellos, que contenían tratados de oftalmología, odontología y cirugía o compendios de herbología para la elaboración de recetas, acabaran en las escuelas de medicina de Montpellier y Salerno, que destacaron, desde el siglo X, por sus conocimientos y avances en dichas materias; y otros, a la Escuela de Traductores de Toledo, fundada por el rey Alfonso X el Sabio a mediados del siglo XIII, aunque sus miembros judíos, musulmanes o cristianos venían recogiendo obras procedentes de los reinos en que se dividió el territorio de al-Andalus al desaparecer el califato y traduciéndolas desde, al menos, un siglo antes.

BREVE BIOGRAFÍA DE LOS PERSONAJES MENCIONADOS

ABD ALLAH BEN ABDERRAMÁN. Hijo del califa Abderramán III. Encabezó una rebelión para derrocar a su padre. Descubierta la conjura, fueron decapitados varios altos dignatarios de la corte, entre ellos el reputado juez Abu ben Abd al-Barr. Abd Allah fue ejecutado durante la fiesta del Sacrificio del año 950.

ABDERRAMÁN BEN FUTAYS. Famoso juez de Córdoba que falleció en el año 931. Era un gran bibliófilo que mandó construir un edificio para que contuviera su biblioteca, en la que trabajaba media docena de escribas que se dedicaban a copiar los manuscritos que él lograba reunir comprados o prestados por instituciones o amigos.

ABU AL-FADL-AL-MUQTÁDIR. Califa abasí de Bagdad entre los años 895 y 932. Los abasíes se consideraban los legítimos herederos del título califal. Se proclamaban Príncipes de los Creyentes y verdaderos Comendadores de Todos los Musulmanes; hasta que, en el año 910, los fatimíes, asentados en el norte de África, descendientes de Fátima, la hija del profeta Mahoma, asumieron el título califal y, en el año 929, el emir de los omeyas de al-Andalus, Abderramán III, también se intituló califa, recitándose la oración del viernes o *azalá* en la mezquita aljama en su nombre. De esta manera se quebraba la unidad religiosa del islam. La unidad política hacía más de un siglo que se había roto.

ABU ALÍ AL-QALI. Gramático, filólogo y experto en poesía árabe arcaica que procedía de Basora, aunque estuvo quince años enseñando en Bagdad, antes de emigrar a al-Andalus en el año 939, reclamado por el califa Abderramán III. Fue preceptor del príncipe al-Hakam e impartió enseñanzas, como profesor de gramática y filología, en la madrasa kabira de Córdoba.

ABU BAKR AL-ZUBAYDI. Prestigioso gramático, filólogo e historiador. Había nacido en Sevilla, aunque siendo joven marchó a Córdoba para estudiar en la madrasa kabira, teniendo como uno de sus maestros a Abu Alí al-Qali. Llegó a ser destacado jurista. Fue consejero para asuntos teológicos de Almanzor. Publicó un opúsculo titulado *Hay que arrancar la máscara a los impíos*, apoyando la persecución emprendida por Muhammad ben Abi Amir contra los librepensadores y los libros que se consideraban contrarios a la moral y a la ley musulmana. Antes había escrito una extensa obra sobre los principales filólogos orientales y andalusíes, desde el siglo VIII hasta su tiempo. Murió en su ciudad natal en el año 989.

ABULCASIS. Médico y cirujano nacido en Córdoba en el año 936, que gozó de justa fama. Sus estudios y sus publicaciones, como el tratado de cirugía denominado *Kitab al-Tasrif*, demuestran, según los estudios de su obra realizados en la actualidad, el elevado nivel que alcanzó la medicina y, sobre todo, la cirugía en la Córdoba del siglo X. Se le considera el mejor de su tiempo en oftalmología, pues aportó soluciones quirúrgicas para la curación de las cataratas.

ABULFARAJ AL-ISFAHANI. Sabio, poeta y genealogista persa, aunque de origen árabe, nacido en la ciudad de Isfahán. Pasó su juventud en Bagdad, ciudad en la que se estableció. Era descendiente de los omeyas de Oriente, lo que le permitió mantener una fluida correspondencia epistolar con el califa al-Hakam II. Compuso un extensísimo tratado, en doce volúmenes, sobre los cantantes, las canciones, los poemas, los relatos y las anécdotas de estos, titulado *Kitab al-Aghani* (El libro de los cantares). Una copia fiel de esta obra la adquirió al-Hakam II por mil dinares a través del poeta Abu Mansur Daqiqi, que era el agente literario o representante del califa de Córdoba en Bagdad.

ABU-L-MUSTARRIF AL-MUGHIRA. Era hermano de al-Hakam II. El día en que murió este califa, el 2 de octubre del año 976, algunos influyentes alfaquíes y otros altos dignatarios *saqalibas* se negaban a aceptar que la oración del viernes en la mezquita aljama pudiera ser dirigida por un niño, pues Hixam II solo contaba once años de edad. Por ese motivo se confabularon, quizás con la connivencia del visir Yafar al-Mushafi, para que se anulara el nombramiento y se reconociera como califa al príncipe Abu-l-Mustarrif al-Mughira. Sin embargo, aquella misma noche apareció muerto al-Mughira en su mansión. Según algunos cronistas árabes, fue estrangulado por el propio Almanzor.

ABU MANSUR DAQIQI. Poeta persa, residente en Bagdad, que actuaba como representante o agente literario del califa al-Hakam II, encargado de localizar y adquirir obras relevantes para la Gran Biblioteca de Córdoba. Murió en el año 980 a manos de un esclavo o, según otras fuentes, asesinado por un criado que seguía las órdenes de alguno de sus enemigos políticos.

ABU MANSUR NIZAR AL-AZIZ. Califa de los fatimíes que reinó entre los años 975 y 996. En su tiempo, el Imperio fatimí, que ya dominaba el norte de África desde Túnez hasta Egipto, se extendió por Siria y Palestina. Asesorado por su gran y culto visir, Ya'aqub ben Killis, fundó la «Casa de la Sabiduría» de El Cairo, junto a la mezquita al-Azhar, con su gran biblioteca y la madrasa en la que impartían enseñanza treinta y cinco doctores de la ley musulmana.

ABU UBAYDA. Gramático, filólogo e historiador nacido en Basora en el año 728. Escribió más de cien obras, entre ellas *El libro de los días*, que le sirvió de base al famoso historiador Ben al-Athir para redactar su magna obra sobre la historia del mundo. En el año 803, fue llamado a Bagdad por el califa abasí Harún al-Rashid para que formara parte del grupo de sabios que estaba reuniendo en la ciudad.

AHMAD AL-HARRANI. Ahmad y Umar al-Harrani, ambos médicos, habían nacido en la ciudad de Harrán (hoy en Turquía). Con su padre, también médico, emigraron a al-Andalus siendo aún niños, aunque a los dieciocho años marcharon a Bagdad, donde aprendieron medicina y conocieron la obra de Galeno con el famoso médico Thabit ben Qurra. Diez años más tarde, en el 962, regresaron a Córdoba, convirtiéndose en médicos de palacio del califa al-Hakam II. Ahmad, que sobrevivió a su hermano, al mismo tiempo que residía en la ciudad palatina de Medina Azahara, abrió una consulta en Córdoba para atender a enfermos pobres.

AHMAD BEN BAQI. Jurista de origen muladí que vivió en las primeras décadas del reinado del emir, y luego califa, Abderramán III. Fue nombrado por este cadí de Córdoba en el año 927 y, luego, imán supremo de la mezquita aljama. Gozó durante toda su vida del apoyo y el respeto del primer califa de al-Andalus. Falleció en torno al año 941.

AL-HIMAR AL-SARAQUSTÍ. Filósofo y científico nacido en Zaragoza, apodado al-Himar (el burro), aunque en al-Andalus ese apelativo no era peyorativo, sino que significaba «hombre esforzado». Se estableció y estudió en Córdoba, ciudad en la que siguió las teorías aristotélicas. Destacó, además de en filosofía, en matemáticas, astronomía, poesía y música. Escribió un tratado sobre la composición musical titulado *Ta'lif fi l-musiqa* y una extensa obra científico-filosófica sobre la clasificación de las ciencias, cuyo contenido provocó que Almanzor y sus *fuqahas* la mandaran quemar. Fue detenido por el poderoso chambelán y condenado a muerte, aunque logró huir de Córdoba con la ayuda de algunos alfaquíes moderados y exiliarse en la isla de Sicilia, en la que vivió hasta el día de su muerte.

ARIB BEN SA'ID. Destacado personaje cordobés, descendiente de un liberto cristiano, que se dedicó a la medicina, la historia y la poesía. Había nacido en torno al año 905. Con cuarenta años, el califa Abderramán III lo nombró gobernador de la provincia de Osuna y, en el 962, por su preclara inteligencia y sus conocimientos en las ciencias y las letras, el nuevo califa, al-Hakam II, lo hizo su secretario y, probablemente, director de la principal madrasa de la ciudad. Supo adaptarse a las intransigencias de Almanzor, que lo mantuvo en puestos importantes de la administración hasta su muerte en el año 981. Escribió varias obras de medicina sobre la generación del feto y el tratamiento de las mujeres embarazadas y de los recién nacidos.

ARISTARCO DE SAMOS. Astrónomo y matemático griego que vivió en el siglo III antes de Cristo. Fue el primero en proponer el modelo heliocéntrico del sistema solar, situando el Sol y no la Tierra en el centro del universo conocido. Se opuso, con esta teoría, a los planteamientos defendidos por Aristóteles, que aseguraba que la Tierra era el centro del universo. También calculó la distancia existente entre la Tierra y el Sol. Una de sus obras, que conocemos a través de autores posteriores, ¿Es el Sol el centro del universo?, fue muy criticada por sus contemporáneos, porque contradecía las verdades, consideradas intocables, expuestas por el gran Aristóteles.

BEN ABD RABBIHI. Poeta y gramático nacido en Córdoba en el año 860, descendiente de un esclavo cristiano liberto del emir Hixam I. Fue un reconocido maestro de retórica y uno de los creadores de la moaxaja y de la lírica propiamente andalusí. Abderramán III lo nombró poeta áulico y su asesor en asuntos culturales. Se conserva una antología suya en verso y prosa titulada *Iqd al-farid* (El collar único), constituida por más de mil trescientos versos. Falleció en Córdoba en el año 940.

BEN ABI ISA AL-ANSARI. Astrónomo y matemático. Personaje notable por su sabiduría. De él dijeron los genealogistas que descendía de uno de los compañeros del profeta Mahoma. Enseñó matemáticas y astronomía en la madrasa kabira de Córdoba en tiempos de los califas Abderramán III y al-Hakam II. Uno de sus alumnos fue el que luego sería un famoso astrónomo, nacido en Madrid, Maslama al-Mayrití, que lo sustituyó, cuando murió al-Ansari, en su cátedra de la madrasa. Al-Mayrití dijo que al-Ansari le había enseñado todo lo referente a la geometría y que le reconocía su superioridad en esa materia y en todas las ciencias matemáticas.

BEN AL-QUTIYYA. Historiador nacido en Sevilla en torno al año 890. Era descendiente del rey visigodo Witiza. Siendo muy joven se estableció en Córdoba, donde impartió sus enseñanzas de historia de al-Andalus en la madrasa kabira. Escribió una obra fundamental para el conocimiento de los primeros tiempos del establecimiento del islam en *Hispania*, titulada *Historia de la conquista de al-Andalus*. En ella resalta, al margen de los conflictos bélicos, la importancia que tuvieron los pactos firmados entre los conquistadores y miembros de la aristocracia civil y eclesiástica visigoda. Murió en Córdoba el 8 de noviembre del año 977.

BEN SAYYAR AL-WARRAQ. Erudito nacido en Bagdad a principios del siglo X. Fue el autor de una famosa compilación de recetas de cocina titulada *Kitab al-Tabih* (El libro de los platos). Contenía seiscientas recetas divididas en ciento treinta y dos capítulos. Este autor oriental recogió en su obra recetas provenientes de la península arábiga y, también, numerosas clases de guisos tradicionales de la cocina persa y nabatea.

CLAUDIO GALENO. Médico, cirujano y filósofo que nació en Pérgamo en el año 129 después de Cristo. Sus estudios sobre anatomía, farmacología y patología perdurarían hasta bien entrada la Edad Media. Realizó estudios de medicina en Esmirna y Corinto, completándolos en Alejandría. Es famosa su obra *Liber de curandi ratione per sanguinis missionem* (Libro sobre cómo curar las secreciones y hemorragias de la sangre), en la que describe los diferentes remedios que descubrió para poder detener las hemorragias internas. Viajó a Roma para ejercer como cirujano de los gladiadores, siendo elegido médico personal por el emperador Marco Aurelio. Murió en Roma, en torno al año 216.

CLAUDIO PTOLOMEO. Astrónomo, geógrafo y matemático nacido en Egipto hacia el año 100 después de Cristo. Utilizó para sus estudios y descubrimientos los antiguos libros y papiros custodiados en la biblioteca de Alejandría. Fue el autor del famoso tratado de astronomía conocido como *Almagesto*. Aunque, siguiendo a Aristóteles, defendió la teoría geocéntrica, se opuso a la física aristotélica sobre las órbitas de los planetas que el sabio ateniense decía que eran circulares y perfectas. Dedujo que la Tierra estaba inmóvil y que ocupaba el centro del universo. Sin embargo, supo demostrar empíricamente la esfericidad de la Tierra, que había sido defendida por otros sabios anteriores solo de manera teórica. Murió en el año 170 en la ciudad egipcia de Canopo.

ERATÓSTENES DE CIRENE. Matemático, astrónomo y geógrafo griego nacido en la ciudad de Cirene, en el año 276 antes de Cristo. Estudió en la escuela de Alejandría y, luego, en Atenas. Era amigo de Arquímedes. Fue el primero en calcular la circunferencia de la Tierra, lo que logró al medir la sombra producida por el Sol en dos puntos distantes, pero situados en el mismo meridiano. También fue el primero en calcular la inclinación del eje de la Tierra. En el año 236, el faraón Ptolomeo III lo nombró director de la biblioteca de Alejandría, puesto que ocupó hasta el día de su muerte, acontecida en el año 194 antes de Cristo.

FÁTIMA DE CÓRDOBA. Esclava cristiana manumitida en tiempos del califa Abderramán III. Era experta en gramática y poesía. Fue copista y encargada de los talleres de copia, traducción y restauración de la Gran Biblioteca de Córdoba. Creó un sistema de catalogación novedoso que recogía todos los libros de la biblioteca y que facilitaba el conocimiento de su contenido y su ubicación en las diferentes salas, estanterías y baldas. También era la encargada de supervisar los numerosos talleres y bibliotecas menores fundadas por el califa al-Hakam II.

FLAVIO VEGECIO RENATO. Escritor y tratadista militar romano que vivió en el siglo IV después de Cristo. Estuvo muy vinculado a la corte imperial y pasó a la historia por sus dos obras: *Digesta artis mulomedicinae*, un tratado de veterinaria sobre las enfermedades de los caballos y los mulos y, sobre todo, por su *De re militari*, un extenso tratado de poliorcética en cuatro tomos en los que expone cómo se ha de seleccionar a los jóvenes soldados, las artes que se han de emplear en los combates en tierra y, en el libro IV, la descripción de las máquinas con las que atacar o defender las fortalezas.

GÁLIB ABU TAMMAM. General de las tropas omeyas durante los reinados de Abderramán III, al-Hakam II y Hixam II. Había nacido en el año 900. Era un esclavo cristiano que fue manumitido por el primer califa de al-Andalus. Gozó de un enorme prestigio gracias a sus numerosas victorias conseguidas contra los cristianos del norte, los fatimíes en el Magreb y los normandos. Tras la muerte de al-Hakam II se alió con Almanzor cuando este tomó como esposa a su hija Asma. Aunque, luego, suegro y yerno se distanciaron hasta llegar a enfrentarse en el campo de batalla. En el año 980, aliado Gálib con los cristianos, se enfrentó a Almanzor, pero cuando este estaba cerca de ser vencido —en el mes de julio del año siguiente— el general Gálib apareció muerto en un barranco en extrañas circunstancias, quedando el poder absoluto del califato en manos del ambicioso Muhammad ben Abi Amir.

HARÚN AL-RASHID. Quinto califa de la dinastía abasí que reinó entre los años 786 y 809. Aunque fue un buen gobernante, no pudo impedir que su imperio comenzara a desmembrarse. Su supremacía como cabeza del islam no fue reconocida por los aglabíes de Túnez y los idrisíes de Fez. Tuvo que hacer frente y combatir a los herejes jariyíes que habían ocupado parte de sus territorios en el este y el sur. Promovió y apoyó la cultura, ejerciendo una decidida labor de mecenazgo, atrayendo a numerosos sabios, artistas y literatos a Bagdad que, en su tiempo, compitió en esplendor con otras ciudades musulmanas de Oriente. Falleció el 24 de marzo del año 809.

HASÁN BEN QANÚN. Emir idrisí de Fez que había cambiado su alianza con los omeyas cordobeses por la sumisión a los fatimíes. Al-Hakam II envió un poderoso ejército a África mandado por el general Gálib Abu Tammam y con Muhammad ben Abi Amir como intendente de las tropas. Vencido en el campo de batalla, Ben Qanún se refugió en la fortaleza conocida como «La Peña del Águila», donde fue asediado por Gálib, teniendo que rendirse en el mes de marzo del año 974. Él y su familia fueron llevados a Córdoba presos, residiendo en Medina Azahara durante un año como invitados del califa omeya. Pero, al cabo de ese tiempo, como al-Hakam II sospechaba que mantenía conversaciones secretas con los fatimíes, lo envió a El Cairo, donde fue acogido por el califa fatimí Abu Mansur al-Aziz.

HASDAY BEN SHAPRUT. Médico judío nacido en Jaén en el año 915. Muy joven se trasladó a Córdoba, ciudad en la que aprendió medicina, árabe clásico, latín y la lengua romance, además del hebreo, conocimientos que le sirvieron para ejercer una importante labor diplomática a las órdenes de Abderramán III, que lo nombró su médico personal y uno de sus principales consejeros. Fue el gran impulsor de la cultura judía en al-Andalus. Atendió, como médico, al califa Abderramán III en los últimos años de su vida. Falleció en Córdoba en el año 975.

HASSÁN BEN AL-QASIM. Emir idrisí de Fez. Sucedió a su hermano Ahmad ben al-Qasim Gannún cuando este abdicó en el año 955. Su padre y su hermano habían sido aliados y fieles vasallos del califa fatimí, pero él se inclinó por los omeyas, jurando obediencia al califa de Córdoba, aceptando pensiones y regalos de Abderramán III y la presencia de tropas andalusíes en sus territorios. Para demostrar su amistad hacia los omeyas, ordenó que se hiciera la oración del viernes en todas las mezquitas de Fez y otras ciudades que estaban bajo su dominio, en nombre del califa Abderramán III, al que envió, al mismo tiempo, cuantiosos regalos.

LUBNA DE CÓRDOBA. Como Fátima, era una esclava cristiana manumitida en tiempos del califa Abderramán

III. Destacó por su inteligencia, especializándose en gramática, caligrafía y métrica árabe. Fue conservadora, copista y traductora en la biblioteca palatina ubicada en Medina Azahara y, después, en la Gran Biblioteca fundada por al-Hakam II en el antiguo alcázar. Viajó a El Cairo, Damasco y Bagdad para buscar libros, llevarlos a Córdoba e incorporarlos a la Gran Biblioteca. Perseguida por Almanzor, se vio obligada a refugiarse en la ciudad de Carmona, donde falleció en el año 984.

MASLAMA AL-MAYRITÍ. Reputado matemático y astrónomo nacido en Madrid en torno al año 940. Siendo muy joven marchó a Córdoba, ingresando en la madrasa kabira, en la que recibió las enseñanzas del astrónomo Ben Abi Isa al-Ansari, ya anciano, al que sucedió como profesor tras la muerte de este. Desde Córdoba formó una escuela de sabios que residían en diferentes ciudades de al-Andalus. Dijo de él Sa'id al-Andalusí en su *Libro de las categorías de las naciones*: «Fue el primero de los matemáticos de su tiempo y el más sabio en la ciencia de los cuerpos celestes y los movimientos de las estrellas». Falleció en el año 1008.

MASLAMA BEN ABD ALLAH. Geómetra, arquitecto principal y diseñador de la ciudad palatina de Medina Azahara, mandada construir por el califa Abderramán III como sede de la corte y su residencia y de los altos dignatarios de la política y de la administración. Las obras comenzaron en el año 936, empleándose los mejores y más ricos materiales traídos de diferentes lugares de al-Andalus. Estuvieron parcialmente terminadas en el año 945, cuando el califa mandó que se trasladara desde Córdoba la residencia del gran chambelán, de los visires, de sus consejeros y del personal doméstico, que se instaló en la llamada Casa del Poder. En el año 947 pasó a Medina Azahara, también llamada la «Ciudad Brillante», la ceca o casa de la moneda. Sin embargo, los trabajos de construcción y ampliación continuaron hasta el año 976.

MUHAMMAD AHMAD AL-RAZI. Fue uno de los más grandes historiadores de al-Andalus, que desarrolló sus trabajos de excelente cronista durante el reinado del califa Abderramán III. Nació en Córdoba en el año 887, aunque su padre procedía de Persia, habiendo emigrado a al-Andalus en el año 865. Enseñó historia en la madrasa kabira de Córdoba y, también, en Sevilla y en otras ciudades. Entre sus obras destacan una descripción de su ciudad natal y el *Alistiyab* (una antología de los andalusíes célebres en cinco volúmenes). Pero su obra más importante es el *Ajbar muluk al-Andalus* (Historia de los soberanos de al-Andalus), que abarca desde los tiempos de la conquista de *Hispania* hasta el reinado de Abderramán III, aunque la terminó su hijo Isa ben Ahmad al-Razi durante el reinado de Hixam II. Falleció en Córdoba en el año 955.

MUHAMMAD AL-BUJARI. Considerado uno de los principales compiladores de los hadices, nació en Bujará (actual Uzbekistán) en el año 810, en el seno de una rica familia de terratenientes. A los dieciséis años viajó por primera vez a La Meca para hacer la peregrinación. En dicho viaje pasó y se estableció por algún tiempo en varias ciudades de Oriente, entre ellas Basora y Bagdad, en las que tuvo acceso a los estudios y las compilaciones realizadas por numerosos sabios y eruditos de los hadices o las tradiciones proféticas. Su obra principal se titula *Kutub al-Sittah* o *Sahih al-Bujari*, que recoge más de siete mil hadices. La escribió a lo largo de dieciséis años. Es considerada uno de los textos canónicos fundamentales, junto con el Corán, para el *fiqh* (jurisprudencia islámica). Murió en el año 870.

MUHAMMAD BEN ABI AMIR. Conocido con el apelativo de Almanzor («el Victorioso») por las numerosas victorias logradas frente a los reinos y condados cristianos del norte. Había nacido en el año 939 en la aldea de Turrush, en el valle del río Guadiaro, entonces provincia de Algeciras. Al cumplir dieciséis años marchó a Córdoba a casa de unos tíos. Estudió derecho, historia y literatura. En el año 965 apareció por primera vez en público, atendiendo como escribano en una improvisada oficina junto a una de las puertas del alcázar. Era inteligente, culto y tenía don de gente. Trabajó como escribano en la sala de audiencias del cadí Muhammad ben al-Salim. Pronto atrajo la atención de Subh, la esposa del califa al-Hakam II, con la que, según algunas fuentes, mantuvo relaciones íntimas. En el año 967 fue nombrado supervisor de la casa de la moneda; en el 968, tesorero de las sucesiones; en el 969, cadí de Sevilla y Niebla; en el 970, administrador de los bienes del príncipe heredero y, en el 972, jefe de la policía de la capital. Tras la muerte del califa al-Hakam, en el año 976, su ascenso fue imparable apoyado por Subh, el visir al-Mushafi y, posteriormente, por el general Gálib Abu Tammam, alcanzando el poder absoluto tras la muerte de este general y relegando al joven y pusilánime califa Hixam II. Se rodeó de los ulemas más intransigentes, persiguiendo a los librepensadores y a sus obras. Mandó quemar los libros que él y su consejero Abu Bakr al-Zubaydi consideraban heréticos, que se custodiaban en la Gran Biblioteca de Córdoba. Murió en el año 1002.

MUHAMMAD BEN HARIT AL-JUSANI. Había nacido en Cairuán (Túnez) en el año 900, ciudad en la que residió hasta que, en el 924, tuvo que emigrar a al-Andalus a causa de la imposición de los califas fatimíes de la doctrina chiita, pues él era un reconocido seguidor de la escuela jurídica malikí y del sunnismo. Su excelente formación jurídica le permitió ocupar importantes cargos en la administración, hasta que fue nombrado cadí supremo de Córdoba o juez de jueces, encargado de asesorar al califa en el nombramiento de los jueces de las diferentes provincias del califato. Su obra, por la que es conocido, es la *Historia de los jueces de Córdoba*, que recoge las biografías, los informes y las sentencias de los cadíes de Córdoba hasta el año 969. Falleció en esa ciudad en el año 971.

MUHAMMAD BEN RUMAHIS. Había nacido, a finales del siglo IX, en alguna ciudad del norte cristiano, siendo capturado por las tropas de Abderramán III en el transcurso de una de las algaradas llevadas a cabo por el todavía emir omeya. Este lo manumitió, y Ben Rumahis permaneció en Almería, donde aprendió el oficio de navegante y de la guerra marítima. Por sus cualidades y sus conocimientos, el califa lo nombró almirante de la flota con base en Almería y, en el año 940, gobernador de la provincia de Bayyana (Pechina, Almería). Al mando de la escuadra y con las tropas del general Gálib Abu Tammam, se enfrentó en varias ocasiones a la escuadra fatimí en aguas del Mediterráneo. Cuando falleció, en el año 971, el cargo de almirante y el de gobernador de la cora de Bayyana los heredó su hijo, Abderramán ben Muhammad ben Rumahis.

OMAR BEN HAFSÚN. Caudillo de origen hispano, pues su padre y su abuelo eran terratenientes visigodos establecidos en la comarca de la actual Parauta, en el valle del río Genal (provincia de Málaga). Había nacido en el año 850. Encabezó una gran rebelión contra los emires de Córdoba, iniciada en los montes de Málaga, con capital en la fortaleza de Bobastro, en el año 878, durante el reinado del emir Muhammad I. En este alzamiento participaron bereberes y mozárabes descontentos con la política impositiva de los omeyas. Durante más de cuarenta años logró crear un Estado independiente de los emires cordobeses, que abarcaba desde Tarifa, por el oeste, hasta las sierras de Almería por el este, llegando a las proximidades de Córdoba. Mantuvo alianzas con los fatimíes, enemigos de los omeyas, de los que recibía ayuda material y apoyo ideológico por el puerto de Algeciras. Al final de su vida se convirtió al cristianismo, tomando el nombre de Samuel. Murió en el año 918, aunque sus hijos continuaron la lucha encastillados en Bobastro, hasta que Abderramán III logró vencerlos en el año 928.

QASIM BEN ASBAG. Jurista, filólogo, genealogista, tradicionista e historiador. Había nacido en Baena, hacia el año 861. Estudió jurisprudencia con reputados juristas, como Baqi ben Majlad y el cadí al-Jusani, entre otros. Realizó un largo viaje de estudios a Oriente, visitando La Meca, Kufa, Bagdad y El Cairo, ciudades en las que consultó los trabajos sobre los hadices de renombrados tradicionistas. De vuelta a al-Andalus, se convirtió en un referente en los estudios de la exégesis coránica y las tradiciones proféticas. Impartió clases en la madrasa kabira y, entre sus discípulos, se cuentan el propio Abderramán III y sus hijos. Escribió varios libros sobre la genealogía de los omeyas y la historia del islam. Realizó las traducciones al árabe de la *Historia* de Paulo Orosio y de la *Materia médica* del griego Dioscórides. Murió el 18 de octubre del año 951.

RECEMUNDO. Conocido también en árabe como Rabi ben Sayd, fue obispo de Córdoba durante los reinados de Abderramán III, al-Hakam II y parte del de Hixam II. Había nacido en Córdoba en el año 908. Además de su relevante cargo eclesiástico, era filósofo, astrónomo y matemático. Buen conocedor de la lengua latina, del árabe y del romance, gozaba de la plena confianza de Abderramán III, que lo consideraba uno de sus más cercanos consejeros, ejerciendo de embajador del califa ante reyes cristianos, como cuando se desplazó, en su nombre, a la corte del emperador Otón I. Antes había viajado a Constantinopla y a Siria con la misión de traer a Córdoba objetos de arte para la construcción de la ciudad palatina de Medina Azahara. Fue el autor, o coautor, con Arib ben Sa'id, del famoso *Calendario de Córdoba*, que dedicó al califa al-Hakam II. Falleció en el año 980.

SUBH. Conocida entre los cristianos con el nombre de Aurora, fue una esclava cantora del califa al-Hakam II. Había nacido en Pamplona en el año 940. Hasta el año 961 solo fue una de las concubinas del califa. En ese año la hizo su esposa, recibiendo el título de *Sayyida al-kubra* (Gran Señora). La gente del común la conocía como *al-Baskuniyya* (la Vascona). Era delgada, bella y muy inteligente. Algunos cronistas aseguran que el califa la obligaba a vestir como un efebo, llamándola con el nombre masculino de Yafar. En el año 967 conoció a Muhammad ben Abi Amir y comenzaron una relación que acabó encumbrando a Almanzor. En ese ascenso, hasta hacerse con el poder absoluto del califato, Muhammad ben Abi Amir, además de Subh, contó con el apoyo del visir Yafar al-Mushafi y, en ciertos momentos, con el del general Gálib Abu Tammam, que fue su suegro. Falleció el 11 de diciembre del año 999.

TALID AL-QURTUBÍ. Eunuco dotado de una enorme inteligencia y preparación en temas humanísticos, que dominaba el árabe clásico, el griego, la lengua latina y las técnicas de ordenación, catalogación y copia de libros. Abderramán III lo puso al frente de la biblioteca palatina ubicada en Medina Azahara. Luego pasó a ejercer la función de conservador, bajo la dirección de Jalid ben Idris, en la Gran Biblioteca de Córdoba, fundada por el califa al-Hakam II en el viejo alcázar, con la ayuda de las copistas y traductoras Lubna y Fátima. Viajó, con Jalid ben Idris, a diferentes ciudades de Oriente para traer a Córdoba los libros adquiridos en ellas por los agentes literarios o representantes que el califa tenía en Bagdad, Damasco, El Cairo, Basora y Constantinopla.

UTMÁN BEN AFFÁN. Tercer califa del islam, de los denominados «ortodoxos». Gobernó el incipiente imperio islámico entre los años 644 y 656, sucediendo al califa Omar. Era yerno del profeta Mahoma y había nacido en La Meca, en el seno de un prestigioso clan de la tribu de Quraysh. Como las versiones del Corán que se leían y memorizaban, en los diversos territorios conquistados, diferían y se interpretaban de manera distinta, mandó que se redactara y pusiera por escrito una versión considerada, desde entonces, la única oficial, canónica y verdadera.

YAFAR AL-MUSHAFI. Había nacido, a principios del siglo X, en Valencia, en el seno de una humilde familia bereber emigrada desde el Magreb en tiempos de la conquista de *Hispania*. De elevada cultura —era un reputado poeta— y gran habilidad y astucia para moverse con éxito en el selecto y exclusivo ambiente de la *jassa* cordobesa, que lo despreciaba por su origen norteafricano. Comenzó su carrera política como gobernador de Mallorca, ocupando luego el cargo de jefe de la policía de Córdoba. Durante el reinado de al-Hakam II este lo nombró visir y, más tarde, cuando ocupó el trono Hixam II, el de chambelán. Habiendo perdido la confianza de Almanzor, su antiguo aliado, y de Subh, cayó en desgracia, siendo desposeído de sus funciones y encarcelado. Murió en el año 983 estrangulado, según algunas fuentes, por el propio Almanzor.

YAFAR AL-SIQLABI. Esclavo cristiano eunuco que obtuvo la libertad en tiempos del califa Abderramán III. Había nacido a principios del siglo X en alguno de los reinos cristianos del norte. Siendo aún muy joven, estuvo a cargo de las caballerizas reales y, después, fue responsable de la *dar al-tiraz* (la fábrica de tejidos de la ciudad palatina). Una vez entronizado al-Hakam II, el 15 de octubre del año 961, el nuevo califa nombró a al-Siqlabi chambelán. Este, en agradecimiento por el importante cargo recibido, regaló al califa cien esclavos francos que había comprado con su propio dinero. Estos francos participaban en los desfiles militares y eran conocidos como los «yafaríes». Dirigió la ampliación y el embellecimiento de la mezquita aljama ordenada por al-Hakam II. Mantuvo unas excelentes relaciones con el director de la Gran Biblioteca, Jalid ben Idris. Su rica mansión aún se conserva en Medina Azahara y está siendo restaurada. Murió, en extrañas circunstancias, en el año 971.

YAHYA BEN YAHYA AL-LAYTI. Jurisconsulto de origen bereber nacido en Algeciras en el año 769. Era hijo del gobernador de la ciudad, Yahya ben Katir, nombrado por el emir Abderramán I. Siendo muy joven, realizó la peregrinación a La Meca, viaje que repitió años más tarde para estudiar en Basora, Kufa y Medina. A su vuelta marchó a Córdoba, donde amplió sus conocimientos de derecho islámico y exégesis coránica. Durante su estancia en Oriente había estudiado con el famoso jurisconsulto Malik ben Anás, convirtiéndose en uno de sus más fervientes alumnos y seguidor de su doctrina jurídica contenida en su obra al-*Muwatta*, basada en la jurisprudencia sunní y base de la llamada escuela malikí, que Yahya ben Yahya trasladó a al-Andalus. Abderramán III la convirtió en la doctrina jurídica oficial del califato. Acusado de haber participado en la Revuelta del Arrabal en el año 818, se vio obligado a huir de Córdoba y ocultarse en el Valle de los Pedroches entre los miembros de su antigua tribu de los masmudas. Habiendo retornado a la capital del califato tras ser entronizado el emir Abderramán II, pudo ocupar de nuevo su antiguo cargo. Falleció en el año 848.

ZIRYAD. Abu-l-Hasán Alí ben Nafi, apodado Ziryad, que significa «mirlo», había nacido en Mosul en el año 789. Probablemente era un liberto que declamaba y tocaba el laúd en la corte de los califas de Bagdad. Envidiado por otros músicos palatinos o por algún personaje relevante cercano al culto califa al-Mamún, se vio obligado a emigrar, primero a Túnez y, luego, a al-Andalus, adonde llegó en el año 822, cuando había comenzado a reinar el emir Abderramán II. Este lo tomó como músico de la corte, otorgándole una elevada pensión y regalándole una rica mansión. Al margen de sus dotes musicales, que lo llevó a añadir una quinta cuerda al laúd y a fundar un conservatorio de música en Córdoba, destacó por introducir en al-Andalus modas y costumbres orientales. En la gastronomía, añadiendo a la dieta nuevas frutas y verduras, el uso de las copas de cristal y proponiendo servir las comidas en tres platos diferentes: uno constituido por las sopas, otro por las carnes o pescados y un tercero por los postres. En la moda introdujo nuevas clases de peinados y el uso de la depilación y el afeitado. Falleció en Córdoba en el año 857.

GLOSARIO

Abasí. Dinastía musulmana que, en el año 750, sustituyó a los omeyas, que tenían su capital en Damasco. Abu-l-Abbás, descendiente de un tío del Profeta, se alzó contra los omeyas y entró en la capital del imperio matando a toda la familia gobernante. Solo escapó el príncipe Abderramán que, emigrado a Occidente, se convertiría en el primer emir omeya de al-Andalus. Los abasíes trasladaron la capital de su imperio a Bagdad.

Aceifa. Campaña militar realizada por los emires o los califas de al-Andalus contra los reinos y condados cristianos del norte, generalmente durante los meses de verano.

Adarga. Escudo, de forma redonda u ovalada, que, usado principalmente por los guerreros bereberes, estaba hecho con la piel curtida de las gacelas.

Ajabeba. Flauta usada por los musulmanes en al-Andalus y el norte de África.

Albacara. En un castillo, recinto amurallado exterior usado como refugio para los habitantes de un núcleo de población cercana o para acoger a los rebaños en caso de ataque enemigo.

Albanega. En la arquitectura musulmana, la superficie que quedaba delimitada por el extradós de un arco y el alfiz que lo enmarca.

Alfaquí. Doctor en la ley musulmana. Experto en jurisprudencia islámica capacitado para proceder a su interpretación.

Alfiz. En la arquitectura musulmana, moldura que encierra por el exterior un arco enmarcando una superficie, tendente a triangular, que se denomina albanega.

Alfoz. Término o territorio que pertenecía a una ciudad, castillo o aldea.

Algarbía. Región o comarca situada al oeste.

Algorfa. Galería elevada que comunica dos edificios afrontados por encima de la calle.

Alheña. Tinte de color rojizo o pardo que se obtenía de las hojas secas y las bayas trituradas de una planta de la familia de las oleáceas. Se lo aplicaban las mujeres para tatuarse el rostro o las manos y, los hombres, para teñirse el cabello.

Alhóndiga. Edificio destinado a la compra y venta de mercancías y al hospedaje de los mercaderes. Presentaba una planta cuadrada, con un patio central, abrevadero para las acémilas, almacenes, establos, comedor y habitaciones, en la planta superior, para el alojamiento de los mercaderes y comerciantes foráneos.

Almadraque. Cojín o almohadón.

Almajaneque. Máquina de guerra usada por los musulmanes en los asedios de fortalezas para lanzar piedras u otra clase de proyectiles por medio del contrapeso o de la tensión producida por cuerdas o tendones. Eran similares a los artilugios empleados por la artillería neurobalística conocidos en el mundo cristiano medieval como trabucos o trabuquetes.

Almalafa. Vestidura típica de los musulmanes que, a modo de túnica suelta, iba desde el cuello a los pies. Podía disponer de una cogulla o capucha para cubrirse la cabeza.

Almenara. Candelero. Candelabro de varios brazos que porta, cada uno, una vela o candil.

Almotacén. En las ciudades musulmanas, funcionario encargado de la vigilancia de los zocos y mercados, de contrastar las pesas y medidas para evitar fraudes y que se mantuvieran limpios los lugares de venta.

Almud. Medida de capacidad para áridos usada en al-Andalus que, después, pasó a los reinos cristianos.

Almuédano. También llamado muecín, era el encargado de llamar, desde el alminar de las mezquitas, a los musulmanes para que acudieran a realizar la oración.

Almunia. Casa de campo o finca rodeada de huertos, de tierras de cultivo y con ganado, generalmente alejada de los núcleos urbanos, cuyos dueños eran ricos personajes que residían en las ciudades.

Alquería. Caserío o pequeña comunidad rural constituida por viviendas y edificios agrícolas en las que residía un grupo de familias dedicadas a la agricultura o la ganadería de subsistencia, En Andalucía, en la Edad Moderna, dieron lugar a los llamados «cortijos».

Alquerque. Juego de mesa muy popular en al-Andalus, en el que podían participar tres, nueve o doce jugadores. Dio lugar al actual juego de damas.

Amazigh. Personas pertenecientes a la etnia bereber. También se aplica ese término a la lengua que hablan los bereberes.

Amiríes. Breve dinastía que ostentó el poder en al-Andalus entre los años 976 y 1009, iniciada por Muhammad ben Abi Amir, conocido como Almanzor, y seguida por sus dos hijos, Abdalmalik y Abderramán «Sanchuelo».

Amura. Zona de los costados de un buque que se estrecha para formar la proa. A la derecha se halla la amura de estribor y, a la izquierda, la de babor.

Añafil. Instrumento musical de viento de metal usado en al-Andalus. Era parecido a una trompeta actual, pero recta y larga.

Araar. Especie arbórea muy extendida y usada en las montañas del Rif, codiciada por su excelente madera, que se emplea en ebanistería fina.

Arrecife. Camino empedrado o compactado con tierra batida.

Ataifor. En el mundo andalusí, cuenco cerámico de paredes cónicas y base profunda, generalmente decorado con motivos geométricos o zoomorfos y vidriado.

Ataracea o taracea. Labor de ebanistería que consistía en cubrir la superficie de un mueble con piezas recortadas de maderas finas y de diferentes colores, nácar, marfil u otros materiales nobles.

Ataurique. Decoración realizada generalmente sobre placas de mármol, constituida por temas vegetales (ramas entrelazadas, hojas, piñas, flores, etc.), utilizada, sobre todo, por el arte califal cordobés.

Axarquía. Región o comarca situada al este.

Azalá: Oración principal de los musulmanes, que se recita en la mezquita los viernes.

Babor. Costado situado a la izquierda de una embarcación, mirando desde la parte de atrás, o popa, hacia la de delante, o proa.

Balista. Artilugio neurobalístico, similar a una enorme ballesta, que lanzaba proyectiles de piedra o grandes y pesadas flechas o viratones sobre el ejército enemigo o una ciudad sitiada.

Bolina. En el arte de la navegación, variar la orientación de las velas para que reciban mejor el viento cuando se torna contrario.

Buyíes. Dinastía de guerreros fundada por Alí ben Buya que logró apoderarse de gran parte del actual Irán. En el año 945 penetraron en Irak y sometieron a vasallaje al mismo califa abasí en Bagdad. Continuaron con las conquistas de las ciudades que aún no controlaban, tomando Alí ben Buya el título de emir, porque, aunque ejercían el poder efectivo en los territorios de los abasíes, no dejaron de respetar la figura religiosa del califa por la legitimidad que decían ostentar como cabeza de todos los musulmanes.

Cálamo. Instrumento para escribir obtenido de una caña hueca cortada oblicuamente en un extremo. También se podía obtener de la pluma gruesa de un ave.

Califa. El califa, como heredero y representante legítimo del profeta Mahoma, ostentaba tanto el máximo poder político y administrativo como, sobre todo, el religioso en el islam. Todas las mezquitas que se hallaban en los territorios bajo su jurisdicción tenían que rezar la oración del viernes o *azalá* en su nombre.

Cárabo. Embarcación de vela y remo usada en la Edad Media, sobre todo en el norte de África, para el transporte de caballos, impedimenta y tropas.

Chambelán (*Hachib*). En al-Andalus, alto funcionario que ejercía el cargo de primer ministro. Asistía al soberano en las funciones del gobierno. Era su principal consejero en asuntos políticos y militares. Se encargaba de controlar la administración de la justicia, la cancillería y las finanzas.

Chiismo. Rama del islam que surgió de la batalla del Camello en el año 656. Los chiitas solo aceptan la sucesión del califato en los descendientes de Alí, yerno del Profeta. No reconocen valor ni legitimidad a la *sunna*. Son considerados heréticos y tergiversadores de la Verdad Revelada por los sunníes.

Chund. En los primeros tiempos del islam se aplicaba este término a las colonias militares de sirios establecidas en los territorios conquistados para su defensa. En el califato de Córdoba se usaba para designar a esos grupos militares y a los voluntarios andalusíes inscritos en el *diwán* para diferenciarlos de los mercenarios bereberes y cristianos o *saqalibas*.

Codo. Unidad de longitud que medía algo más de medio metro.

Cora. Circunscripción territorial, a modo de provincia, que dependía de una ciudad que ejercía de capital y en la que tenían su residencia el gobernador y el cadí o juez.

Corma. Cepo de madera con el que se sujetaban los pies o el cuello y brazos de un cautivo para obstaculizar sus movimientos e impedir que escapara.

Cúfica. Estilo muy elegante de la escritura árabe, originado en la ciudad de Kufa, en el actual Irak. Se utilizó para escribir los primeros ejemplares del Corán y, posteriormente, en inscripciones parietales o textos de libros, a veces ornamentada con motivos vegetales.

Dromón. Navío de gran eslora dotado de tres velas latinas, dos filas de remeros y capacidad para ciento cincuenta o doscientos hombres entre marineros, remeros y soldados. También disponía de máquinas lanzadoras del llamado fuego griego. Era el barco de guerra por excelencia de la flota imperial bizantina.

Emir. Título del soberano musulmán que ostentaba únicamente el poder político, militar y administrativo de un territorio.

Escorpión. Máquina de guerra utilizada por las legiones romanas que usaba la tensión de un nervio para, a modo de una ballesta, lanzar proyectiles de piedra o dardos sobre el campo enemigo. Su nombre se debe a unas tenazas parecidas a las de un escorpión con las que agarraba el proyectil que tenía que lanzar.

Estribor. Costado situado a la derecha de una embarcación, mirando desde la parte de atrás, o popa, hacia la de delante, o proa.

Fatimíes. Dinastía establecida en el norte de África, desde Túnez a Egipto, defensora del legitimismo que representaban Fátima, la hija del Profeta, y sus herederos. Sus emires se proclamaron califas en el año 910, abandonando la obediencia y sumisión religiosa a los califas abasíes de Bagdad. Eran chiitas, enemigos de los omeyas de al-Andalus, seguidores del sunnismo.

Fellah. Nombre dado a los campesinos en Egipto.

Felús. Moneda de cobre, de escaso valor, empleada por

la gente del común en tiendas y mercados para adquirir productos y objetos de poco precio.

Fetwa. Pronunciamiento legal emitido por un especialista en la ley musulmana. Normalmente, una *fetwa* es dada por un buen conocedor del *fiqh* o la jurisprudencia islámica. Por lo general, son sentencias de obligado cumplimiento.

Fuqahas. Juristas expertos en el conocimiento del derecho islámico y de las normas contenidas en el Corán. A diferencia de los ulemas moderados de la escuela jurídica malikí, tenían una visión rigorista de la legislación y un exacerbado fanatismo a la hora de aplicar la jurisprudencia musulmana.

Fustíbalo. Arma montada en un bastón de aproximadamente un metro de largo que funcionaba aprovechando la fuerza de palanca del brazo del artillero. Lanzaba una piedra como si fuera una honda o un pequeño trabuco.

Gandora. Especie de túnica o chilaba de origen bereber que cubría el cuerpo hasta los pies, con mangas largas y anchas y capucha. Se usaba, sobre todo, en las fiestas religiosas.

Gualdrapa. Revestimiento o cubierta de tela de vistosos colores que se colocaba sobre la grupa y las ancas de las caballerías a modo de adorno para embellecerlas.

Hadices. Dichos o hechos atribuidos al profeta Mahoma transmitidos oralmente y, más tarde, recopilados y escritos por exégetas en los primeros tiempos del islam.

Harira. Sopa muy nutritiva originaria del Magreb, pero que se extendió en la Edad Media a otras zonas, como a al-Andalus. Se elaboraba a base de garbanzos y carne de ternera. Era consumida, preferentemente, en la ruptura del ayuno al finalizar el mes de Ramadán.

Idrisíes. Dinastía musulmana establecida en los territorios ocupados hoy, en parte, por Argelia y, en parte, por Marruecos, con capital en Fez. En el año 789, Idris I, descendiente de la familia del Profeta, se vio obligado a abandonar Bagdad y halló refugio en el norte de África, siendo acogido como imán por la tribu bereber de los *awrabas*, instalándose en la antigua ciudad de Volúbilis. Fue su sucesor, Idris II, el que trasladó la capital y fundó Fez en el año 791. Esta inestable dinastía, que duró algo más de dos siglos, se inclinó, a veces, hacia los fatimíes de Túnez y, otras, hacia los omeyas de al-Andalus.

Jácena. Viga de madera, sobre todo las principales que sostienen el techo.

Jamuga. Estructura de madera, con o sin respaldo, que se coloca sobre la mula o el asno para montar a personas o transportar mercancías.

Jariyíes. Secta surgida dentro del islam tras la batalla del Camello en el año 656. Para los *jariyíes*, el mejor musulmán es el que debe ser elegido califa. Consideran legítima la fuerza para deponer a los califas impíos. Declarados herejes, fueron perseguidos tanto por los chiitas como por los sunníes.

Kuffiya. Pañuelo de algodón, lino o lana de diferentes colores que se usaba en algunas regiones del islam para protegerse del frío o del sol.

Legua. Unidad de longitud que equivalía a unos 4,8 kilómetros.

Madrasa kabira. Madrasa o universidad musulmana principal o grande. En algunas ciudades relevantes y ricas, como Bagdad, Basora o Córdoba, existían varias madrasas, algunas privadas y otras públicas con profesorado pensionado por el Estado, como era el caso de la madrasa kabira de Córdoba.

Magrawas. Una de las tribus zanata que, con los *hawara*, *sinhaya*, *masmuda*, *kutama* y *bargawata* constituían el grupo étnico de los bereberes que ocupaban parte de los territorios que hoy pertenecen a Argelia y Marruecos y que, tras la conquista de *Hispania* por Tariq y Musa, se establecieron en algunas comarcas de al-Andalus.

Malikí. Seguidor o perteneciente a la escuela jurídica musulmana sunní creada por el jurisconsulto Malik ben Anás en Oriente, partidario de los omeyas. Su obra la *Muwatta* la introdujo en al-Andalus, en el siglo IX, el jurista algecireño Yahya ben Yahya al-Layti, convirtiéndose en la doctrina jurídica oficial de los omeyas en tiempos del califa Abderramán III.

Maqsura. Recinto situado delante del *mihrab* en las mezquitas aljamas. Era el espacio reservado al imán en las oraciones diarias y al califa durante la oración principal o *azalá* de los viernes. Generalmente estaba coronada por arcos y una elegante cúpula realizada con mosaicos dorados, como la de la mezquita aljama de Córdoba.

Marlota. Vestidura lujosa que consistía en una túnica, poco ceñida, de lino o de algodón, que llegaba hasta las rodillas, con mangas largas y ajustadas. En origen, era una prenda de lana que usaban las clases bajas.

Marwaníes. Apelativo con el que se conoce también a los omeyas. Procede del nombre de Marwán I, gobernador de La Meca, cuarto califa omeya, quien asumió el poder en Damasco tras la muerte del califa Muawiya II.

Matacán. En una fortificación, obra que sobresale en el adarve por encima de una puerta con una abertura en el suelo para poder arrojar sobre el enemigo que la amenaza piedras u otros materiales defensivos.

Mawla **o muladí**. Habitante de *Hispania* que, tras la ocupación de al-Andalus por los musulmanes, optaron por convertirse al islam y asumir su lengua y sus costumbres, a diferencia de otros hispanos que continuaron profesando la fe cristiana y sus antiguas costumbres y eran conocidos como mozárabes.

Merlones. En las fortificaciones medievales, elementos prismáticos, construidos generalmente con sillares o ladrillos, que remataban el antepecho de una muralla dejando entre ellos unos espacios libres. Estos parapetos y los huecos que los separaban constituían las almenas.

Mezquita aljama. Mezquita principal de una ciudad musulmana en la que se rezaba la *azalá* u oración principal de los viernes.

Mihrab. Nicho semicircular u hornacina situada en la pared orientada hacia La Meca en las mezquitas. Es el lugar al que deben dirigir los musulmanes la oración. En el caso de la mezquita aljama de Córdoba, el muro principal no mira al este, como debiera, sino al sur.

Miknasa. Tribu bereber perteneciente a la confederación de los zanatas.

Miliarios. Bloques de piedra, por lo general de forma cilíndrica, que se colocaban al borde de las calzadas romanas. En ellos aparecía una inscripción con diversas informaciones, entre ellas la distancia en millas que faltaban para llegar al lugar de destino.

Milla. Unidad de longitud que equivalía a 1,6 kilómetros.

Minbar. Estructura de madera (hoy se construyen también de mampostería) situada a la derecha del *mihrab* en las mezquitas, con un asiento al que se accede por medio de varios escalones, en el que se sitúa el imán para dirigir la oración o decir el sermón o *jutba*.

Mishaba. Cuentas ensartadas en un hilo, que pueden ser de marfil, ámbar, perlas, madera o huesos de frutos —según el poder adquisitivo de quien las usa—, a modo de un rosario, que los devotos musulmanes van pasando con los dedos al tiempo que recitan e invocan repetitivamente los nombres de Dios.

Mozárabe. Término con el que se designa a los cristianos que continuaron residiendo en los territorios ocupados por el islam en la península ibérica. Por extensión, arte que estos mozárabes, una vez que emigraron al norte cristiano, desarrollaron al construir iglesias y objetos muebles siguiendo la tradición andalusí.

Musalla. Espacio abierto situado en el exterior de una mezquita utilizado tradicionalmente para realizar las oraciones en las dos fiestas principales: la *Eid al-Fitr* (Fiesta de la Ruptura del Ayuno) y la *Eid al-Adha* (Fiesta del Sacrificio). También para decir las oraciones funerarias. La *musalla* se hallaba, generalmente, ubicada extramuros, como sucedía en Córdoba, ciudad en la que se hallaba en la Algarbía, al oeste de la muralla.

Nisba. En la onomástica árabe es el adjetivo que indica el lugar de origen geográfico de la persona, su afiliación tribal o su ascendencia.

Quif. Nombre con el que se designaba en el mundo bereber a las inflorescencias del cáñamo indio que producían el hachís.

Rawda. En origen, su significado era el de jardín. Luego se designaba con este nombre a un cementerio destinado a enterramiento de la realeza que estaba rodeado de espacios ajardinados.

Redoma. Recipiente de vidrio de pequeño tamaño, ancho en su base, que se estrecha hasta llegar a la boca. Podía estar provista de un asa.

Rodezno. En un molino hidráulico, rueda de madera, con palas o álabes en su circunferencia exterior, colocada horizontalmente, que recibía el chorro de agua lanzada por el saetillo, que se traducía en un movimiento rotatorio que se transmitía a la muela de piedra denominada volandera.

Sadaqah. Limosna. Acto de caridad voluntario que demuestra la generosidad, el amor y la compasión de un buen musulmán hacia uno de sus semejantes.

Samánidas. Dinastía, con capital en Bujará, que, en los siglos IX y X, dominó los territorios orientales del actual Irán. Independientes en lo político de los califas abasíes y seguidores del sunnismo, sin embargo reconocían la supremacía religiosa de los califas de Bagdad. Los emires samánidas apoyaron la literatura, la poesía persa y las ciencias, acogiendo en Bujará a sabios de otras zonas de Oriente. En medicina sobresalió el famoso Avicena.

Fundaron madrasas de rito sunní en contraposición a las que se estaban fundando en Bagdad siguiendo el rito chií.

Saqaliba. Nombre que se aplicaba a los esclavos cristianos que participaban en el ejército omeya como mercenarios o en labores administrativas. Con frecuencia eran castrados y, como eunucos, algunos llegaron a ocupar importantes cargos en la administración o la política del califato, como Yafar al-Siqlabi, un eunuco que fue nombrado chambelán por el califa al-Hakam II o Talid al-Qurtubí, también eunuco, que con Jalid ben Idris como director, desempeñó el relevante cargo de conservador en la Gran Biblioteca de Córdoba.

Shahada. Profesión de fe musulmana. Es la declaración con la que el musulmán reconoce que no hay más dios que Allah, de acuerdo con la fe islámica y las enseñanzas de Mahoma. Su recitación se considera uno de los cinco pilares del islam, según el rito sunní.

Sharia. Sistema legal musulmán que, basado en el Corán, los hadices y las interpretaciones realizadas por prestigiosos exégetas y antiguos juristas, conforma un extenso código que sirve para reglamentar todos los aspectos de la vida de un musulmán, desde las horas de oración y el contenido de las plegarias, los ayunos, la moralidad, lo permitido y lo prohibido, los tipos de impuestos legales, las limosnas, etc.

Soga y tizón. Aparejo de construcción consistente en la disposición de los sillares en un muro, colocando unos con el lado más largo mirando hacia el exterior, y otros con el lado más corto a la vista. Fue un aparejo que se utilizó en al-Andalus, especialmente en la primera mitad del siglo X. Representa la arquitectura oficial del califato durante el reinado de Abderramán III.

Sufíes. Devotos musulmanes, seguidores del sufismo, práctica cercana al misticismo y a la vida contemplativa. Se reúnen en cofradías y congregaciones que persiguen alcanzar la perfección espiritual interior. Consideran al profeta Mahoma como el hombre perfecto al que ven como guía espiritual y personificación de la moralidad y la verdadera piedad. Sus miembros desprecian los lujos y todo aquello que les pueda alejar del recogimiento y la actitud piadosa.

Sunnismo. Rama del islam que surgió tras la batalla del Camello en el año 656. Para los sunníes, el califa solo puede ser elegido entre los miembros de la tribu del Profeta. Valoran y dan legitimidad a la *sunna* y exigen un cumplimiento rigorista del Corán.

Tabiyya. Técnica constructiva que emplea la tierra arcillosa apisonada, a veces con la adición de grava fina, mediante encofrado de madera. En español se denomina «tapial». Era una técnica muy empleada para la construcción de viviendas e, incluso, para edificar murallas defensivas desde la antigüedad en Oriente, el norte de África y al-Andalus.

Tahalí. Tirante o correa que cruza el pecho y la espalda desde el hombro hasta el lado opuesto de la cintura y que sirve para sostener la vaina y la espada.

Timón de codaste. Los timones antiguos consistían en una pala o remo ancho que se colocaba en la amura de babor o estribor para poder fijar el rumbo del navío. En la Edad Media se sustituyó por el timón de codaste, una pieza móvil que se fijaba en la popa y era movida desde la toldilla por el timonel, lográndose una notable mejora en el control y rumbo del barco y en su adaptación a los cambios en la dirección del viento.

Ulema. Experto conocedor y estudioso de la *sharia* y las ciencias religiosas del islam, como el Corán, los hadices, la exégesis coránica, la jurisprudencia y la teología. Sus *fetwas*, opiniones y sentencias eran muy respetadas por la comunidad musulmana. Sin embargo, algunos ulemas interpretaban las leyes y aplicaban las sentencias de manera muy estricta (como los rigoristas *fuqahas*), lo que los diferenciaba de las opiniones y sentencias expresadas por los ulemas moderados.

Visir. En al-Andalus ejercía un cargo similar al de los actuales ministros. Los visires estaban por debajo de la autoridad del chambelán y los había encargados de funciones administrativas, como la de intendente de palacio, gobernadores de la ciudad de Córdoba o de Medina Azahara, la casa de la moneda, la oficina de correos o la justicia. En algunos casos, actuaban como asesores del soberano en asuntos de su competencia.

Wadi. Valle o vega por donde hubo corrido el agua de un río.

Yahannam: El infierno de los musulmanes, consistente en un lago en el que ardía un fuego eterno.

Yamur. Remate compuesto de tres esferas o bolas de bronce dorado, la mayor en la parte inferior y la más pequeña en la superior, en que termina el alminar de las mezquitas. Según una antigua tradición musulmana, representan a los tres profetas principales del islam: Mahoma, Moisés y Jesucristo.

Zabazoque. Funcionario encargado de los zocos y los mercados y las tiendas en las ciudades de al-Andalus. Debía proteger los intereses de los comerciantes, evitar que surgieran rivalidades y enfrentamientos entre ellos, encargarse del cobro de los impuestos, mantener la higiene de los espacios ocupados por los puestos, perseguir los fraudes en las pesas y medidas y hacer que se cumpliera lo estipulado en los manuales de *hisba*. En estos menesteres contaba con la participación de otro funcionario, que era el almotacén.

Zabazorta. Funcionario que actuaba como jefe de la policía, encargado del orden público en las ciudades de al-Andalus.

Zalmedina. En árabe *sahib al-madina* (jefe o señor de la ciudad). Tenía atribuciones administrativas, de mantenimiento del orden público y, también, ejercía funciones judiciales. Algunas de ellas coincidían con las desarrolladas por el zabazorta y el almotacén, aunque es posible que tuviera un rango más alto en el organigrama de la administración local.

Zanata. Perteneciente a la confederación tribal bereber establecida en la región oriental del actual Marruecos y en Argelia. Constituyeron imperios, como el de los meriníes de Fez, en los siglos XIII y XIV.

Zihara. Túnica de color blanco sobre la que, generalmente, se ponía una blusa de tela suave, de nombre *gilala*.